KB163019

아리스를 위하여

금빛안개 장편소설

아리스를 위하여 1권

초판 1쇄 인쇄일 | 2017년 10월 25일
초판 1쇄 발행일 | 2017년 10월 31일

지은이 | 금빛안개
펴낸이 | 박성면
펴낸곳 | (주)동아

출판등록 | 제406-2007-000071호
주소 | 경기도 파주시 문발로 115, 세종출판벤처타운 201-A호
전화 | (031)8071-5201
팩스 | (031)8071-5204
E-mail | bear6370@hanmail.net

정가 | 11,800원

ISBN 979-11-5511-919-8 (04810)
     979-11-5511-918-1 (set)

ⓒ 금빛안개, 2017

※이 책은 (주)동아와 저작자의 계약에 의해 출판된 것이므로, 무단 전재 및 유포, 공유를 금합니다.

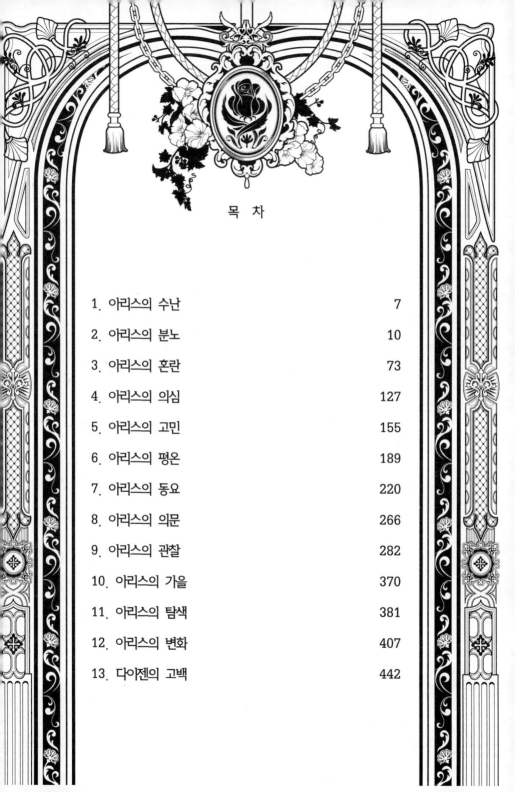

목 차

1. 아리스의 수난

맑은 햇살이 내리비추는 유리 온실에는 그윽한 향기마저 감돌고 있었다. 봄부터 겨울까지 사계절 내내 정성 어린 손길로 보살핌 받은 꽃들은 그 잎을 활짝 벌리고 저마다의 아름다움을 자랑했다.

"미안해."

그런 봄의 향취 속에서 아리스는 홀로 겨울에 내던져진 듯한 기분에 젖어 들었다.

마침내 아리스의 입술에서 작은 헛웃음이 터져 나왔다. 마주한 표정에서부터 지금까지의 말이 모두 진심이란 것을 알 수 있었기 때문에 더욱 참을 수가 없었다.

"널 기만할 의도는 아니었어. 피치 못할 사정으로 몇 번 만나다 보니……."

지금껏 이런 모멸감을 느낀 적이 또 있었던가. 더군다나 그녀에게 믿기지 않는 통보를 한 상대는 바로 오늘 아침까지만 해도 그녀의 연인이었던 사람이었다.

"아, 그러니까."

배신감보다 먼저 밀려든 것은 황당함이었다.

"나와 그 애를 같은 시기에 둘 다 만나고 다녔단 말이네. 그걸 그렇게 돌려 말할 필요가 있을까?"

"그건……. 그래, 네 말이 맞아. 명백한 내 실책이야."

다른 여자 때문에 이런 식으로 일방적인 결별을 통보받는 것 자체도 어처구니가 없는데, 더군다나 그 상대가 누구라고? 학년에서도 골 비고 멍청하기로 유명한 크리스틴 댄 시오노?

"아리스, 나는 정말……."

"거기까지만 해."

게다가 양다리였단다. 그런 주제에 제 잘못을 알긴 아는지 침통한 표정으로 변명하는 꼴이 우습지도 않았다. 드리운 꽃 그림자 사이로 보이는 얼굴은 그녀가 이제까지 늘 보아 오던 것이었으나 지금 이 순간만큼은 그 어느 때보다도 낯설었다.

"이 이상 네 말을 더 들을 필요가 있는지 모르겠어."

등줄기를 타고 기어오른 싸늘한 분노가 머리끝까지 차게 식히는 기분이었다. 아리스의 하얀 얼굴에도 냉정한 기운이 도사리고 앉았다.

"너와 내 마지막이 이런 식일 거라고는 상상도 못했는데."

박살 난 자존심이 폐부를 아프게 찔렀다. 그녀의 인생에 큰 오점을 남긴 장본인이 지금 눈앞에 있는 남자란 것에 속이 쓰렸고, 그런 만큼 그를 더욱 용서할 수가 없었다.

"최악이네."

아리스가 먼저 몸을 돌리자 반짝이는 은빛 실타래가 그녀의 등 뒤로 고운 윤기를 내며 흔들렸다. 그 은은한 빛무리 위로 안타까운 시선이 머물렀다. 하지만 남겨진 자의 얼굴에 깃든 미련과 달리 뒤돌아 걷는 아리스의 표정에서는 일말의 망설임조차 느껴지지 않았다.

"헤어지자. 너 같은 남자, 내 쪽에서 사절이야."

떠나는 그녀의 얼굴은 얼음장처럼 서늘하게 굳어져 있었다.

가히 완벽했던 아리스의 인생에서 오늘의 일은 단연코 이제껏 겪어 본 적 없던 최대의 굴욕이었다.

2. 아리스의 분노

에이드리안과 아리스는 학교에서 최고의 유명세를 달리던 연인이었다.

재색 겸비, 두뇌 명석, 품행 방정의 수식어는 두 사람 모두에게 공통되는 부속품이었다. 재학 내내 학년 수석과 차석을 나란히 도맡아 온 이 장래 유망한 인재들이 연인으로서의 첫걸음을 시작한 것은 지금으로부터 약 일 년 전.

준수한 외모와 훌륭한 매너로 수많은 여학생들의 마음을 빼앗은 에이드리안의 오랜 구애는 이미 교내에 정평이 나 있었다. 그 대상이 학교 제일의 미인이자 학년 수석으로 유명한 아리스였기 때문에 두 사람을 향한 관심은 시간이 지나도 도통 수그러들 줄을 몰랐다.

정작 아리스가 에이드리안의 마음을 받아들이지 않고 있는 동안에도 모두가 그들의 아름다운 미래를 의심하지 않았다. 비록 연인은 아니나 원만한 교우 관계를 유지하고 있던 두 사람은 누가 봐도 정말 잘 어울리는 한 쌍이었기 때문이었다.

그래서 마침내 아리스가 에이드리안의 구애를 받아들인 날에는 모두가 한 마음으로 기뻐하며 축하를 아끼지 않았던 것이다.

실로 완벽한 커플의 탄생이라고 할 수 있었다. 두 사람의 담백한 성격상 꿀이 줄줄 흐를 정도는 아니어도 어느 정도 단내를 풍기는.

그러나 두 사람의 관계는 어제부로 완전히 박살이 나고 말았다. 그것도 가장 최악의 방법으로.

"그 시스콤 자식 알아봤다니까."

어제 일의 전말을 전해 들은 리즈벳이 그럴 줄 알았다는 듯 혀를 찼다.

"아, 그래. 백번 양보해서 집안끼리 엮인 것도 있겠다, 누나 말 듣고 한번 만나 본 건 그럴 수 있다 쳐. 하지만 그게 두 번, 세 번 반복되고 지금 상황으로까지 이어진 건 진짜 변명의 여지가 없다고 봐."

연거푸 이어지는 비난조의 말에 아리스의 고개가 들렸다. 종이 위를 누비고 있던 손도 덩달아 멈추어졌다. 속마음이야 어떻든 간에 겉으로만은 평소처럼 단정한 모습을 유지하고 있던 아리스의 손에 슬그머니 힘이 들어갔다.

"그 자식이 자기 입장에서 좋게 포장해서 그렇지, 그건 그냥 뭣도 아니고 양다리라고."

종이 위의 글씨를 맹렬히 응시하고 있던 페리도트빛 눈동자에 기껏 가라앉혔던 차가운 빛이 어리고, 그 위를 긴 속눈썹이 감쌌다.

에이드리안의 집안은 증조부 때부터 이어져 온 대규모 상회를 일구고 있었고, 현재 베오니아의 자금줄을 꽉 잡고 있는 크리스틴의 집안이 가장 중요한 투자자라고 했다.

그래서 일찍부터 가업을 잇기로 결정한 에이드리안의 손윗누이가 접대차 크리스틴의 가족들을 만난 적이 있다고 들었다. 크리스틴의 부탁으로 에이드리안과의 만남을 주선한 것 역시 그녀였다고 한다.

그러니 지금껏 학교에서 별다른 접점을 가진 적이 없던 두 사람이 어떻게 지금의 관계에까지 이르게 되었는지 짐작하는 것은 그리 어렵지 않았다.

에이드리안은 누이의 청을 외면하기에도 용이치 않아 크리스틴과의 약속을 거절하지 못했다고 아리스에게 말했다. 가족들에게도 성실한 그였기에 아마 난처함을 느끼면서도 쉽사리 그 만남을 끝내기도 망설여졌을 터다. 아리스도 그것을 이해하지 못하는 것은 아니었다.

에이드리안은 늘 아리스에게 충실했으니 크리스틴을 딱 잘라 거절하지 못한 이유도 그녀를 기만하려는 의도는 아니었을 것이다. 그러니 단순히 지난 일을 아리스에게 고백하고 크리스틴과의 만남을 정리하는 선에서 그가 일을 마무리 지었다면 두 사람의 오늘은 지금과 달랐을 수도 있었다.

하지만 그는 그러지 않았다.

"그나저나 그 녀석, 취향의 폭 한 번 넓잖아. 너 다음에 크리스틴이라니, 대단하셔, 정말."

그녀는 그래도 다른 사람보다는 에이드리안을 조금 더 잘 알았다. 물론 그런 생각 자체가 그녀 혼자만의 착각일 수도 있었지만…… 그래도 만약 그녀가 알고 있는 그가 맞다면, 단순한 집안 사정만으로 연인을 배신하고 다른 여자를 택하지는 않았을 것이다. 애초에 반강제성을 띠었던 그 만남이 몇 달간이나 지속되었다는 것을 상기해 보았을 때, 거기에 에이드리안의 의지가 아예 결여되어 있었다고 할 수는 없었다.

그렇다면 에이드리안은 그녀에게 이별을 고하기로 결정한 시점에서 이미 진심으로 크리스틴을 마음에 담았다는 의미가 된다.

"어이없어."

뿌득.

아리스의 손에 들려 있던 펜이 가해지는 압력을 따라 살짝 옆으로 휘어졌다. 언제나 예쁜 미소를 잃지 않던 얼굴이 은근한 분노로 물들어 있었다. 살짝 깨문 입술은 핏방울이 맺힐 듯이 붉었다.

에이드리안에게 이별을 통보받은 직후부터 애써 아무렇지 않은 척했지만 여간 자존심이 상하는 것이 아니었다. 사실 그녀의 가슴에는 다른 그 어떤 감정보다도 치욕스러움이 가장 크게 자리 잡고 있었다.

아리스 키프로스. 그녀가 누구이던가.

입학 직후부터 단 한 차례도 학년 수석을 놓친 적이 없는 장학생에 차기 학생회장으로 가장 많이 거론되는 수재 중의 수재 아니던가. 더군다나 그녀는 교내에서 미모로 따라올 자가 없기로도 유명했다.

신비롭게 반짝이는 은발과 싱그러운 빛을 발하는 페리도트빛 눈동자는 그녀의 아름다움을 한결 더 두드러지게 만들었고, 오뚝한 콧날과 장밋빛 입술을 비롯한 오밀조밀한 이목구비는 가히 완벽한 조화라 할 만했다. 오죽하면 목석같던 에이드리안도 그녀를 보고 한눈에 반했겠느냔 말이다.

혹시 성격적인 면에서나마 아리스에게 하자가 있었을까?

천만에, 그동안 다른 사람들 앞에서 얼마나 열심히 이미지 관리를 했는데. 금전적인 면에서도 아리스는 살면서 부족함 한 번 느껴 본 적이 없었다. 그래서 스스로를 '금수저'까지는 아니더라도 '은수저' 정도는 물고 태어난 사람이라 여겼다.

그런데 이렇게 완벽한 나를 두고. 하필이면 그렇게 입만 열면 백치미가 뚝뚝 떨어지는 애를. 하물며 나보다 예쁘지도 않은데!

그녀는 에이드리안을 연인 이전에 좋은 파트너로 여기고 있었기 때문에 그의 배반을 더욱 납득할 수가 없었다.

"리즈벳. 내가 그 애보다 못한 게 뭐 같아?"

"뭐. 사람 자체로만 따져 보면, 객관적으로 너보다 나은 거라곤 하나도……."

책상 위에 걸터앉아 손톱 정리에 열중하던 리즈벳이 아리스의 질문에 즉답했다.

물론 귀족인 크리스틴에 비하면 대외적인 신분이 조금 떨어질지 몰랐으나, 아무리 그래도 에이드리안이 그 정도로 저급한 남자는 아니리라 믿고 있었다.

리즈벳도 아리스가 묻고자 하는 것이 집안 내력 같은 부수적인 것을 의미하지 않는단 사실을 아는 듯했다. 하지만 곧 말을 하다 말고 무언가를 깨달았다는 듯 고개를 든다. 태평히 이어지는 말에 아리스는 한순간 화악 열이 뻗치고 말았다.

"아. 가슴이 큰가."

뭐? 자신도 어디 가서 얼굴이면 얼굴, 몸매면 몸매, 성격이면 성격, 그 무엇 하나 뒤진다는 소리를 들은 적이 없는데 지금 뭐라고?

서슬 퍼런 눈동자가 슬쩍 아래를 향했다. 그러나 짐시 동안 여러 가지를 비교해 가늠해 보던 아리스의 눈빛이 한순간 흔들렸다.

믿을 수 없는 현실에 직면한 아리스는 미미한 충격과 열패감에 젖을 수밖에 없었다. 그녀에게 타격을 입힌 장본인인 리즈벳은 태연자약하게 예쁘게 칠해진 손톱을 후후 불고 있었다.

그 꼴이 얄미워서 아리스는 오기로 소리쳤다.

"나도 작진 않아!"

"정말 그 이유 때문이라면 확실히 아리스 선배 쪽이 승산이 없긴 하네."

그리고 갑작스럽게 등 뒤에서 들려온 저음의 목소리에 깜짝 놀라 흠칫 어깨를 떨고 말았다.

지금 그들이 있는 곳은 학생회실로, 친구인 리즈벳과 단 둘이 주위를 의식하지 않고 편하게 있던 참이라 더욱 놀라고 말았다.

이 시간에 따로 여기를 찾아올 사람은 없을 텐데?

그런 물음을 안고 막 옆을 스쳐 지나가는 사람이 누구인지 확인한 아리스가 와락 눈살을 찌푸렸다.

"넌 왜 매번 귀신처럼 기척도 없이 다니는 거야?"

일반적인 경우라면 이런 식으로 쌀쌀맞게 말할 리가 없었지만 상대가 눈앞에 있는 남학생이라면 달랐다. 그녀를 볼 때마다 먼저 앞장서 시비를 걸고 그녀가 하는 일마다 사사건건 걸고넘어지는 것은 바로 그였으니까.

그런데 지금 이 녀석이 뭐라고 한 거지? 뭐, 내가 승산이 없어? 저게!

"다이젠. 가끔은 거짓말도 필요한 법이야. 아리스가 상처 받잖아."

발끈한 아리스가 무어라 따지기도 전에 리즈벳의 말이 앞섰다. 하지만 그녀가 선배로서의 훈계랍시고 한 말이 아리스의 화를 더욱 부채질하고 있다는 점이 문제라면 문제였다. 아리스는 슬쩍 자신을 뒤돌아보는 얄밉도록 잘생긴 얼굴을 노려보았다.

그런데 시선이 마주친 순간, 다이젠의 입술 끄트머리가 슬그머니 호선을 그렸다.

"살다 보니 선배가 차이는 날도 다 오고. 역시 세상일은 모르는 거야. 그렇지?"

의도가 명백해 보이는 비웃음이었다. 아리스의 눈썹이 꿈틀 미동했다.

"누가 그래, 내가 차였다고."

의연함을 가장한 반문에 다이젠이 책상 한 구석에 놓여 있던 교과서를 들어 올리다 말고 재미없다는 듯이 대꾸했다.

"실연의 충격으로 머리까지 굳은 거야? 지금 이 상황에 제일 신나서 떠들고 다니는 사람이 누구일까?"

리즈벳은 설마 에이드리안이냐며 두 눈을 휘둥그렇게 떴지만, 아리스는 다른 사람을 떠올리면서 바득 이를 갈았다.

크리스틴 계집애. 내가 에이드리안과 사귀는 내내 질시 어린 눈빛을 감추지 못하더니, 감히 내 걸 탐낸 걸로도 모자라서 이런 치사한 짓을 해?

다시금 짜증이 치밀어 올랐다. 이제 전교에 소문이 쫙 나겠구나 생각하자 자존심이 금이 가다 못해 가루가 될 것만 같았다.

크리스틴이 입을 가만히 둘 리 없을 거라 예상하고는 있었지만 이건 생각보다도 발 빠른 행동력이 아닌가. 하긴. 그 가볍다 못해 날아갈 듯한 입을 생각하자면 하루씩이나 조용히 버틴 것이 오히려 신기한 일일지도 몰랐다.

다이젠은 학생회실에 두고 갔던 교과서를 회수해 가는 것이 목적이었던 듯 바로 발길을 돌렸다. 그런데 그는 싸늘한 얼굴을 한 아리스를 그냥 지나쳐 가지 않았다.

"그러게 내가 말했지."

탁. 다이젠의 손에 들려 있는 책이 아리스가 앉아 있던 책상에 짧은 소리를 내며 내려앉았다.

"아리스 선배는 남자 보는 눈이 더럽게 없다고."

창문에서 스민 오후의 빛이 다이젠의 교복 위로 발그스름한 윤곽을 덧그렸다. 그녀 쪽으로 기울어지는 상체를 따라 얕게 고인 햇빛도 한 차례 일렁거렸다. 가늘게 미소 짓고 있는 얼굴이 바로 코앞에서 비쳐 드는 것과 동시에 얕은 숨결이 이마를 간질였다.

"고르고 골라 선택한 게 하필이면 그런 놈이라니, 다른 사람 탓할 수도 없고 선배도 참 안 됐네. 한동안 이 수모를 어떻게 견딜까 몰라."

그러고 보면 다이젠은 예전부터 에이드리안을 싫어했다. 그는 아리스와 에이드리안의 교제 사실을 알게 되자, 이전까지와는 다른 종류의 냉랭한 적대감을 표출했다. 아리스는 그것을 기억하고 있었다.

"뭐, 내일부터는 더 시끄러워질 테니 힘내라고."

응원을 빙자한 조롱의 말을 남기고서 다이젠은 방금 전 들어올 때 그랬던 것처럼 유유히 문을 나섰다.

"아. 짜증나!"

후배 주제에 건방져!

아리스는 손에 들고 있던 펜을 책상 위에 그대로 내동댕이쳤다.

"쟤 진짜 재수 없지 않니."

"난 눈요기 돼서 좋은데. 교수님 닮아서 그런지 잘 생겼잖아."

아리스와 다이젠의 모습을 하루 이틀 봐 온 것이 아닌 리즈벳이 익숙한 듯 키득 웃으며 대꾸했다.

리즈벳은 평소에도 예쁜 것을 유난히 좋아했고, 같은 맥락으로 겉모습만은 훌륭하게 반반한 다이젠에게도 너그러운 편이었다. 하지만 아리스는 치가 떨린다는 듯이 고개를 절레절레 저을 뿐이었다.

"교수님이 백 배 더 잘 생겼어. 더군다나 쟤는 성격적 결함이 너무 크잖아."

"글쎄. 내 생각에는 성격이나 외모나 아예 다 빼다 박은 거 같은데."

"무슨 말도 안 되는 소리야!"

다이젠은 학교에서 인기가 꽤나 많은 부부 교수의 아들로, 아버지를 닮은 외모로 입학식 날부터 화제였다. 아리스도 처음에는 그런 그에게 관심이 있었으나 지금에 와서는 다이젠의 이름만 들어도 이를 갈 지경이 되었다.

아리스가 하도 강하게 부정을 하자 리즈벳도 굳이 더 우기지는 않았다. 아리스는 허리가 반으로 꺾인 펜을 다시 주워 들고 불만스럽게 바라보았다. 그리고 이내 밀려오는 두통에 이마를 짚었다.

기숙사 방으로 돌아간 직후의 일이 벌써부터 걱정이었다.

* * *

이른 아침부터 아리스는 컨디션 난조였다.

예상했던 대로 그녀는 어제 저녁 시간 내내 기숙사에서 여학생들에게 시달려야만 했다. 그들은 소문의 진위에 대해 집요하게 캐물었고, 결국 아리스는 그 기세에 밀려 하는 수 없이 진실을 시인하고 말았다.

물론 다른 여자에게, 그것도 크리스틴에게 남자 친구를 빼앗겼다는 소리는 듣고 싶지 않아 일부 이야기는 제외한 채였다. 하지만 에이드리안과 헤어졌다는 사실 자체만으로도 그들은 경악한 표정을 감추지 못했다.

"아리스, 진짜 에이드리안하고 갈라선 거야?"

"아니지? 그냥 뜬소문이지?"

"크리스틴이 어제부터 너희 두 사람에 대해 헛소리 하고 다니는 거 알아?"

그리고 오늘. 교실에 들어서자마자 몰아닥치는 질문 공세에 아리스는 벌써부터 피곤해지는 것을 느꼈다. 골치 아픈 현 상황에 대한 짜증이 시시때때로 치밀었다. 더불어 자신을 이런 천박한 소문에 휘말리게 한 두 사람에 대한 분노가 속에서 부글거렸다.

그래도 아리스는 그 모든 것들을 겉으로 표출하지 않고 평소처럼 행동했다. 오늘 제출해야 할 작문 과제를 책상 위에 내려놓는 움직임에 여지없이 시선들이 따라붙었다.

아리스 키프로스는 오늘따라 흠 하나 잡을 수 없이 완벽했고, 미사 어구를 붙이기 힘들 정도로 아름다웠다.

그래. 역시 크리스틴 말이 진실일 리가 없지. 에이드리안이 미치지 않고서야 이런 여자 친구를 두고 크리스틴 같은 애랑 양다리를 걸쳤겠어?

물론 여느 때보다 더한 흠모 어린 눈길들에 아리스가 속으로 화장술의 위력을 절감하며 코웃음 친 것은 누구도 모를 일이었다.

그런데 그때, 교실 밖에서 새된 목소리가 흘러들었다.

"에이드리안하고 크리스틴이 지금 나란히 등교했대!"

숨을 들이키는 소리가 곳곳에 진을 쳤다. 곱게 휘어진 아리스의 눈썹이 일순간 꿈틀거렸다.

"팔짱까지 끼고 있었대!"

"말도 안 돼!"

아, 진짜 저 망할 것들.

그녀의 전 남자 친구였던 사람이 이 정도까지 최저라고는 생각하지 않았는데. 아니, 자신과 헤어진 지 얼마나 지났다고 다른 여자애랑 팔짱까지 끼고 등교를 해?

기가 막히다 못해 복장이 터졌다. 주위에 있던 학생들 중 일부는 제 눈으로 직접 사실을 확인하기 위해 복도로 달려 나가기까지 했다.

에이드리안도 그렇고, 크리스틴 계집애. 이건 대놓고 엿 먹어 보라는 거지? 진짜 저것들을 어떻게 응징한다지?

"뭐야, 그럼 소문이 사실인 거야? 진짜 둘이 헤어졌어?"

방금 전 복도에서 벌어진 일에 다시금 주위가 들썩거렸다. 그때, 그녀의 옆자리인 리즈벳이 주변을 떠날 줄 모르는 아이들에게 어지간히 짜증이 난 듯 으르렁거렸다.

"누구랑 만나고 헤어지든 아리스 마음이지 고작 이런 일 가지고 뭘 이렇게들 호들갑이야? 애당초 에이드리안이랑 사귀기에는 아리스가 한참 아까웠던 거, 이 중에 모르는 사람 있어? 아리스는 쟤들한테 관심도 없는데 왜 너희들이 나서서 이 난리를 쳐? 저리 안 가?"

그러고는 사납게 의자를 잡아 빼는 신경질적인 모습에 모두들 잠시 주춤거렸다. 아리스도 그 옆에서 짤막하게 말했다.

"그렇게 됐어. 이제 나와는 상관없는 사람이니까 에이드리안 얘기는 안 했으면 해."

에이드리안과 크리스틴의 등교 소식에도 아무런 타격도 입지 않은 것처럼 평정을 유지하고 있는 아리스를 보고, 학생들이 또 저마다 수군거리기 시작했다.

아리스의 반응을 보니 딱히 에이드리안에게 미련이 있어 보이지는 않는데. 혹시 아리스가 차인 게 아니라, 찬 거 아냐? 차라리 그게 더 있을 법한 일인 것 같잖아. 방금 전 리즈벳 말도 그렇고. 그래, 솔직히 에이드리안도 괜찮긴 하지만 둘이 비교하면 아리스가 아깝긴 하지. 사실 크리스틴 말은 신뢰가 안 가긴 했어. 그런데 에이드리안하고 사귀는 건 맞는 것처럼 보이잖아? 그럼 양다리는 진짜인 건가? 크리스틴이 자기 과시용으로 지어낸 이야기 아냐? 엄청 잘난 척하면서 떠들던데.

리즈벳이 한 번 더 눈을 부라리자 그들은 찔끔하여 저들끼리 속닥거리면서 흩어졌다. 그래도 아리스가 크리스틴에게 남자 친구를 빼앗기고 차였다는 말이 더 이상 들려오지 않는 게 다행이었다.

"나 잘했지?"

방금 전에 비해 확연히 조용해진 주변을 의식하며 리즈벳이 목소리를 낮춰 속삭였다. 슬쩍 움직인 시선에 반짝이는 눈망울이 잡혔다. 이건 분명 그녀에게 바라는 것이 있는 눈빛이었다. 아리스는 잠시 갈등하다가 입을 열었다.

"지난번에 네가 말했던 마리네쥬 의상실 같이 가 줄게."

"아싸."

거래가 성립되고 다른 학생들의 수군거림이야 어찌 되었든 간에 두 사람은 일시적인 평화를 되찾았다. 곧 1교시가 시작될 시간이었다. 아리스는 쏟아지는 시선들 속에서 태연히 찰랑거리는 머리카락을 어깨 뒤로 넘겼다.

* * *

론데 아사크앙은 베오니아에서 가장 유서 깊은 명문 학교로, 수많은 인재를 배출해 내는 차세대 양성소로 유명했다.

설립된 지 거의 300년이 다 되어 가는 이 학교는 세월이 지날수록 그 명예가 퇴색되기는커녕 오히려 전보다 더한 입학 경쟁으로 해마다 입시 전쟁을 치루고 있었다.

그 와중에 입학 이래로 단 한 번도 수석 자리를 놓친 적 없는 아리스 키프로스의 명성은 실로 대단한 것이라 할 수 있었다. 그녀의 남자 친구였던 에이드리안 라인츠버그 역시 벌써 3년째 학년 차석으로 만족해야만 하지 않았던가.

게다가 그녀의 아버지는 전국에 5개의 지부를 둔 베오니아 병원의 소유주로, 현재 제1병원에서 근무 중이다. 더불어 약 10여 년 전 의료 재단을 설립해 지금까지도 의료 복지에 힘쓰고 있기로 유명했다. 또한 그녀의 어머니는 명문 중의 명문 론데 아사크앙의 이사진에 속해 있다는 소문이 있으니 그것이 진실이라면 그녀의 배경만으로도 입이 떡 벌어질 만했다.

아리스 키프로스는 그야말로 교내에 있는 모든 남학생들의 선망, 여학생들의 우상이었다. 전 과목 만점을 받을 정도로 똑똑하지만 그럼에도 결코 교만하지 않으며, 언제나 상냥한 미소를 잃지 않는다. 그녀는 그야말로 결점이 없는 사람으로 보였다.

지금도 학생들은 복도를 지나는 아리스를 몽롱한 눈빛으로 바라보고 있었다.

햇살이 화사한 복도에 찬란한 은빛 머리카락이 나부꼈다. 요정이 뿌려 놓은 빛 가루인 양 걸음마다 남겨지는 신비로운 잔상에 넋 놓은 시선이 엉겨 붙었다.

교내에 떠돌던 소문 따위는 순식간에 격파해 버릴 정도로 오늘의 아리스에게서는 유독 눈부신 광채가 났다.

그녀는 주위에 눈길 한 번 주지 않고 그 넋 놓은 시선들 틈을 유유히 지나갔다. 지금은 점심시간, 아리스는 교실에서 낮잠을 자는 리즈벳을 두고 홀로 도서관으로 향하는 중이었다.

그녀의 우려와는 달리 오전 시간은 비교적 조용히 보낼 수 있었다. 물론 크리스틴과 에이드리안에 대한 뒷얘기가 들리지 않는 것은 아니었다. 하지만 더 이상 그들의 관계를 묻는 학생은 없었다.

아리스는 이런 일일수록 소문에 휩쓸리지 않는 단호함을 보여야 한다는 사실을 알고 있었다. 소문에 동요할수록 사람들의 흥미를 북돋을 뿐이다. 의연한 태도를 보이는 것이 쓸데없는 소문을 가라앉힐 가장 좋은 방법이었다.

그런 생각으로 아리스는 누구보다 유유한 모습으로 복도를 거닐고 있었다.

물론 실제로도 아무렇지 않은 건 절대 아니어서, 속으로는 어떻게 하면 그 두 사람에게 효과적으로 복수할 수 있을지 맹렬히 고민하고 있었지만 말이다.

그때, 문득 눈앞에 낯익은 사람의 얼굴이 비쳐 왔다. 그 사람 역시 아리스를 발견한 듯 제자리에 걸음을 멈추었다.

그녀가 품에 안고 있던 검은색 책 위로 그와 대비되는 색채의 머리카락이 살포시 내려앉았다. 마주한 눈동자가 그녀를 담은 직후부터 격한 파문을 그리기 시작했다. 예기치 못한 만남에 제 마음을 가누지 못하는 것이 여실히 보이는 얼굴이었다.

하지만 사실 아리스에게는 우연을 가장한 계획된 만남이었다.

"아리스……."

역시 다른 때보다 두 시간 일찍 일어나 치장에 공을 들인 보람이 있었다. 에이드리안은 홀린 것처럼 그녀에게서 눈을 떼지 못했다. 하지만 당연한 일이었다. 오늘 그녀의 모든 것은 바로 그를 위해 준비된 것이었으니까.

평소보다 배로 시간을 들인 머리카락은 탐스러운 윤기를 내며 부드럽게 살랑거렸고, 엷게 화장한 얼굴은 한결 더 생기 있게 환한 빛을 발하고 있었다.

살짝 말려 올라간 은색 속눈썹이 평소보다 풍성하게 차양을 내리고 있었다. 그녀의 자랑인 페리도트빛 눈동자는 한결 짙은 빛을 내며 좀 더 성숙한 아름다움을 뽐냈다. 그 어느 때보다 촉촉하게 빛나고 있는 붉은 입술에 달콤한 미소를 머금자 에이드리안의 눈동자가 크게 일렁거렸다.

그 얼굴을 보는 아리스의 가슴이 얕게 뛰기 시작했다.

그래, 바로 이 표정이 보고 싶었다. 그녀는 지금과 같은 얼굴을 한 에이드리안을 보기 위해 그를 만나고 싶었던 것이었다. 오늘 하루 동안 그토록 열망하던 이를 이제야 마주하고 나니 만족스러움마저 느껴졌다.

아리스는 그 어느 때보다도 예쁘게 웃는 얼굴로 나긋이 속삭였다.

"친한 척 내 이름 부르지 말아 줄래? 에이드리안 라인츠버그."

평온한 미소와 대조되는 내용의 말이 귓가에 울리자 그렇지 않아도 흔들리던 눈동자가 티 나게 동요했다. 마주한 얼굴에 자잘하게 깔리는 균열을 지켜보는 것은 상상 이상으로 즐거운 일이었다.

"너와 내가 그럴 만한 사이는 아니잖아."

아리스의 목소리는 거친 굴곡 하나 없이 부드러웠고, 표정은 봄날의 평화로운 호수처럼 잔잔했다. 그들 사이에 아무런 일도 없었다는 듯이

구는 모양새에 에이드리안은 일순간 당혹감이 들었다. 마치 두 사람에게 어떤 연관성도 존재치 않았던 것처럼 깔끔하기까지 한 태도였다. 하지만 모순되게도 오히려 그렇기 때문에 웃고 있는 아리스는 더욱 냉정해 보였다.

그리고 그녀의 그런 태도는 에이드리안에게 기대 이상으로 큰 효과를 발휘했다.

우습게도 그는 아리스에게서 처음 느껴 본 거리감에 충격을 받은 것 같았다. 일순간 말문이 막힌 듯 보이는 에이드리안을 마주하며 아리스는 속으로 그런 그를 비웃었다.

설마 지금까지처럼 그녀와 호의적인 관계를 유지할 수 있으리라 기대하기라도 한 걸까.

아리스는 꽤나 호불호가 명확하고 타인에게 가차 없이 선을 긋는 성격이기는 했으나 이제까지 그 잣대가 에이드리안을 향한 적은 단 한 번도 없었다.

에이드리안이 첫 만남부터 그녀의 마음에 든 축에 속했기 때문이다. 그는 아리스가 평소 생각해 온 '미래의 동반자'에 가장 근접한 자격을 지닌 사람이기도 했다. 때문에 그녀는 일찍부터 그에게 호감을 살 만한 모습을 보여 왔다. 물론 에이드리안이 이제껏 그녀의 분노를 살 만한 일을 벌인 적이 없었기 때문에 그 모습이 유지되었던 것이기도 했다.

어찌 되었거나, 에이드리안이 그녀의 냉대를 직접적으로 경험한 것은 이번이 처음인 것이다. 그리고 그 사실이 그에게는 퍽 괴로운 일로 느껴지는 모양이었다.

"난…… 우리가 다시 친구로 돌아갈 수 있을 거라고 생각했어."

하지만 아리스의 입장에서는 어처구니가 없다 못해 폭소할 말뿐이 되지 못했다. 어쩜 지금 상황에서 이런 답답한 말을 내뱉을 수 있을까.

"친구?"

"그래. 너와 내 관계가 변하기 전인 일 년 전처럼. 그렇지 않다면, 적어도 우리가 처음 만났을 때처럼."

고개를 기울이며 담담히 되묻자 되돌아오는 답변이 그랬다. 이토록 죄 질이 깊은 짓을 저질러 놓고 먼저 꺼낸 말이라기에는 지나치게 뻔뻔했다.

"그래. 그것도 나쁘지 않을 수 있겠네."

수긍할 것처럼 속삭이는 음성에 그의 낯에 희망이 어리는가 싶었다. 하지만 에이드리안이 다시 입을 열기 전에 아리스가 먼저 말을 이었다.

"그런데 안타깝게도, 난 이미 믿을 수 없게 된 사람과는 더 이상 상종하고 싶지 않아서 말이야."

에이드리안의 어깨가 잠시 들썩였다가 이내 무거운 추에 억눌린 듯 가라앉았다.

"하물며 나에 대한 최소한의 예의조차 지키지 않는 사람이라면 더 말할 필요가 있을까."

에이드리안의 입장에서는 차라리 배신감에 입술을 깨물며 뒤돌아섰던 지난날의 아리스가 더 나았다.

뻔뻔하다고, 염치도 없다고 욕할 수 있는 일이었지만 사실 그는 이별 후에도 아리스와 모르는 사람처럼 동떨어져 지낼 생각은 없었다. 그렇기 때문에 그로서는 지금처럼 냉정하게 자신을 밀어내는 아리스를 견디기 힘들었다.

"지금 당장 네가 나를 보고 싶지 않을 걸 알아. 이 일이 네게 갑작스러웠으리란 것도 충분히 짐작할 수 있고……. 그래서 진심으로 미안하게 생각해. 하지만 우리가 함께 했던 시간은 이렇게 한순간에 잘라 낼 수 없는 거잖아."

연인으로 지낸 시간은 비록 1년뿐이었다고 하나 입학 직후부터 실과 바늘처럼 어디에서나 함께였던 두 사람이었다. 연인이기 이전에 두 사람은 친구였고, 학교에서 서로 마음을 터넣고 여러 방면으로 교류할 수 있던 거의 유일한 상대였다. 에이드리안은 아리스가 마침내 그의 마음을 받아들여 주었을 때의 그 가슴 벅차던 순간을 아직도 기억했다.

"설마 너한테 그런 말을 듣게 될 줄 몰랐어."

아직 잔재해 있는 감정의 파편들이 아리스를 다시 마주하던 순간부터 일제히 달려들어 그를 쿡쿡 찌르는 것 같았다. 분명 스스로의 결정으로 아리스와의 관계를 끝맺었던 그인데. 분명 이제는 아리스에 대한 이성적인 의미로서의 애정이 완전히 식었다고 생각했던 그인데도, 이렇게 얼굴을 맞대고 있자 어째서인지 다시 마음이 흔들렸다.

"난 네가 조금 남아 있는 정까지 전부 떼 주려고 이런 일을 벌인 줄 알았지."

하지만 그것은 아마도 스스로의 부덕한 행동에 대한 죄책감 때문일 터였다. 실제로 그는 자신의 일방적인 통보에 큰 충격을 받았을 아리스에게 미안한 마음을 갖고 있었으니까.

"헤어진 지 하루 만에 새 여자 친구와 팔짱까지 끼고 등교한 사람이 전 여자 친구에게 할 대사로 적합하진 않은 것 같은데. 네 생각은 다른가 보네?"

아리스의 얼굴은 감정적 동요 없이 여전히 고요하기만 했으나 자신의 상처받은 마음을 숨기기 위해 일부러 아무렇지 않은 척하는 것이라면 이해가 되었다. 그렇게 생각하자 죄책감이 더욱 커져서, 에이드리안은 더 이상 어떤 변명도 하지 않기로 결심한 것조차 잊고 입을 열고 말았다.

"그건 크리스틴이……."

하지만 아침의 일은 정말 크리스틴의 억지에 마지못해 따라 준 것이었기 때문에 그로서도 적지 않게 억울한 마음이 들기도 했다.

"다른 사람 핑계를 댈 작정이라면 그만둬."

그러나 더 이어지려던 말을 아리스가 가로막았다.

"그때에도 고의가 아니었다고 말했지만 결과적으로 넌 나를 기만했고 오랫동안 속여 왔어. 오늘 일도 마찬가지야. 다른 핑계를 대며 변명한다고 해도 네가 한 선택이 다른 사람의 책임이 되진 않아."

담담히 읊조려지는 음성에 에이드리안은 입을 다물고 말았다. 아리스의 말은 모두 맞는 소리였다. 그렇기 때문에 그도 아리스 몰래 크리스틴을 만나 오던 내내 자책하지 않았던가.

"내가 너를 실망시켰기 때문에……."

하지만 그 사실을 다른 누구도 아닌 아리스의 입으로 직접 듣게 된 타격은 그리 작지 않았다.

"그래서 더 이상 친구로도 네 옆에 남아 있을 자격이 없다고 생각한 건가."

울적하게 내뱉어지는 가라앉은 속삭임에 일순간 아리스의 표정이 방금 전과 그 색을 달리했다. 그러나 그것은 극히 짧은 찰나의 순간이었다. 또 그녀가 무슨 말인가를 할 듯 입술을 달싹이기 무섭게 날카로운 소리가 고막을 꿰뚫어 왔다.

"에이드리안!"

다가오는 발걸음 소리에 에이드리안의 몸이 흠칫 흔들리고, 아리스의 시선이 조용히 옆으로 미끄러졌다. 귀엽게 곱슬거리는 갈색 머리카락을 큼지막한 꽃 머리핀으로 장식한 아담한 키의 소녀가 도도도 뛰다시피 걸어와 에이드리안의 팔에 매달렸다.

"뭐야? 왜 둘이 같이 있어?"

칭얼거리는 목소리로 투정 부리듯 물은 크리스틴이 제 앞에 선 아리스를 표독스러운 눈길로 노려보았다. 아리스는 고개를 기울인 채 그 모습을 여상히 지켜보았다.

"잠깐 대화중이야. 끼어들지 말고 먼저 가 있어."

"뭐? 그런 게 어디 있어. 싫어! 너 뭐야. 이미 헤어진 주제에 에이드리안하고 무슨 할 말이 더 있는데? 별 웃기는 게……."

"크리스틴!"

그런데 에이드리안의 반응이 약간 뜻밖이었다. 아리스를 표적으로 한 어린애 같은 반응에 그가 엄하게 일갈하자 천방지축이던 크리스틴이 주춤거렸다.

"얘기는 내가 먼저 시작한 거야. 아리스한테 그런 식으로 말하지 마."

"지금 내 앞에서 다른 사람 편드는 거야? 어떻게 그럴 수 있어?"

물론 그것은 실로 잠시라 할 만했고, 다른 의미로 억지를 부리기 시작한 크리스틴 때문에 에이드리안은 또 다른 곤혹스러움을 겪게 되었지만 말이다. 예상 외로 단호한 모습을 보이기는 했지만 계속해서 버티고 서는 크리스틴을 더 이상 매몰차게 밀어내지도 못했다.

"네 여자 친구는 나잖아! 그럼 당연히 내 편을 들어 줘야지!"

아리스는 자신을 향해 미안한 기색을 숨기지 못하는 에이드리안을 보며 순전히 지금의 상황이 우스워 조금 웃고 말았다.

"결국 네가 나한테 보여 주는 건 이런 거구나."

"아리스……."

그녀를 부르는 음성이 사뭇 애절하기까지 했다. 에이드리안은 더 할 말이 남은 것 같았지만 그것을 더 들어 줘야 할 필요성은 느끼지 못했다. 아리스는 여전히 씨근덕거리는 크리스틴과 자신을 안타깝게 쳐다보는 에이드리안에게서 시선을 뗐다.

아리스가 걸음을 옮기는 모습을 에이드리안은 아주 안타까운 심정으로 바라볼 수밖에 없었다. 그녀를 붙잡고 싶었으나 현 상황에서 그런 행동을 취하는 것은 아리스와 크리스틴 양쪽 모두에게 면목 없는 일이었다.

"확실히 내가 바보 같았어."

그러나 두 사람이 막 지나치기 직전, 시야에 아스라이 번지는 아릿한 미소에 그는 숨을 멈추고 말았다. 들릴 듯 말듯 아주 작게 귓가를 스친 속삭임이 그대로 가슴에 박혀 들었다.

"누구보다 널 믿었는데."

물살이 번지듯 파동을 그리는 눈동자를 모른 척하며 아리스는 그 자리를 떠났다.

＊　＊　＊

아. 오글거리네.

리즈벳이 들었으면 또 알아듣지 못할 소리를 한다고 투덜거렸을 말을 읊조리며 아리스는 한 차례 몸을 부르르 떨었다.

남자 친구의 배신에 상처 받은 가냘픈 전 여자 친구 역할도 못할 노룻이었다. 누가 들으면 냉정하다 말하겠지만 헤어진 연인에게 구차하게 매달리고 애정을 구걸하는 짓은 아리스가 가장 이해하지 못하는 행동이었다. 그런데 그 비슷한 짓을 하고 돌아서려니 본능적인 거부감이 여간 큰 것이 아니었다.

하지만 그녀의 뒷모습에 아주 오랫동안 따라붙던 시선을 생각하면 분명 효과는 있었던 것 같아서 적잖이 위안이 되었다. 다른 사람들에게도 방금 전과 같은 모습을 보일 생각은 눈곱만큼도 없었으나 에이드리안에게 만큼은 달랐다. 적어도 그는 자신을 배신한 것을 어떤 식으로든 후회해야 했으니까.

그러나 방금 전 에이드리안과 나눴던 대화를 상기하자 아침에 부산을 떨었던 시간들이 내심 헛되게 느껴지기 시작했다.

이이없이 자신을 차 버린 에이드리안에게 놓치기 아까운 여자로 보이고 싶었던 것도 맞고 자신에게 미련을 갖게 만들고 싶었던 것도 맞지만 이건 좀 계산 착오 같았다. 저렇게 뻔뻔하게 친구로 돌아가고 싶다니.

게다가 제 입으로 또 말하기 싫긴 했지만, 먼저 그녀를 찬 건 자신이면서 버림받은 것 같던 그 표정이란. 아주 비련의 주인공이 따로 없었다.

그녀의 기대보다도 유아적이던 크리스틴의 행동은 또 어떻고. 그녀의 생각과는 달리 에이드리안이 크리스틴에게 마냥 끌려 다니는 건 아닌 듯해서 약간 애매한 기분이 들기는 했지만……. 그래 봤자 우유부단한 그 성격이 어디 가랴 싶었다.

"아리스 선배, 안녕하세요."

"그래, 안녕."

도서관에 들어서자마자 쏟아지는 시선들을 느끼며 아리스는 예쁘게 미소 지었다. 미모 발군인 부모의 피를 고스란히 물려받아 빼어나게 아름다운 아리스는 조금 꾸민 것만으로도 무척이나 화려한 분위기를 자랑했다. 평소에도 청초한 미인이기는 했으나 오늘의 그녀는 말 그대로 눈이 멀 듯한 화사함을 두르고 있는 느낌이었다.

다른 때보다 두 배는 끈질기게 따라붙는 시선들에 이번 일로 약간 깎였던 자신감이 돌아오는 것을 느끼며 아리스는 당당히 걸음을 옮겼다.

어차피 이 정도는 구겨진 자존심을 회복하기 위한 일시적인 방법일 뿐, 제대로 된 복수가 되지 못했다. 고작 예쁘게 꾸미고 약 좀 올려 준다 해서 속이 후련해질 리는 없지 않은가. 그녀는 어떻게 하면 그 두 사람에게 좀 더 효과적인 보복을 해 줄 수 있을까 생각하며 가장 사람이 적은 열람실로 들어섰다.

도서관 뒤쪽으로 창이 난 4번 열람실은 한낮에도 볕이 잘 들어오지 않아서 점심시간에도 학생들이 거의 없었다. 아리스도 이곳에 찾는 책이 없었다면 굳이 발걸음 하지 않았을 것이다.

하지만 2학년 첫 학기 때 우연히 4번 열람실의 가장 외진 구석에 위치한 채광 좋은 자리를 발견한 뒤부터는 종종 이곳을 찾곤 했다. 빼곡한 고서적들이 들어찬 책장 뒤에 꽤나 쓸 만한 자리가 숨겨져 있었던 것이었다. 누군가 대충 치워 둔 것처럼 낡은 책상과 의자였지만, 귀찮은 시선들을 피해 머무는 장소로는 딱이었다.

하지만 한 가지 나쁜 점이라 할 것은……

"아, 뭐야. 오늘도야?"

무심코 시선을 창밖으로 두었던 아리스의 얼굴이 와락 일그러졌다. 다른 사람들이 상상조차 못할 구겨진 얼굴이었지만 이곳에서는 아무도 그녀를 보지 않았으니 상관없었다.

햇빛을 한껏 머금은 잔디 위로 두 사람이 서 있는 모습이 보였다. 4번 열람실과는 달리, 도서관 뒤뜰은 시야 가득 요란하게 눈부셨다. 달콤한 크림색 머리카락이 햇빛 아래에서 노랗게 빛났다. 훌쩍 큰 키의 남학생은 그녀를 비스듬히 등지고 있어 어떤 얼굴을 하고 있는지 알 수가 없었으나, 그 맞은편에 선 여학생의 얼굴만큼은 훤히 보였다.

분위기도 그렇고 역시 이건 그거지?

발그스름하게 상기된 예쁘장한 여학생의 얼굴을 가늘게 좁힌 눈동자로 응시하던 아리스가 불만스럽게 뺨을 부풀렸다.

아니, 천하의 나도 지금 남자 친구한테 차여서 이러고 있는데, 자기는 여자애한테 고백을 받고 있단 말이야? 재수 없는 다이젠 주제에!

지금까지 그가 고백 받는 장면을 한두 번 목격한 것이 아니긴 했지만 어쩔 수 없이 기분이 나빴다. 아니, 도대체 이 넓은 교정에 갈 곳이 고작 여기밖에 없냐는 말이다. 지금 이 자리에서 정면으로 보이는 도서관 뒤뜰은 학생들에게 꽤나 인기 있는 고백 장소였는데, 아리스에게는 그 사실이 이토록 짜증스러울 수가 없었다.

왜냐하면 바로 지금처럼, 여학생들에게 불려 나와 고백 받는 재수 없는 다이젠의 낯짝을 봐야만 했으니까.

아리스는 창문을 열어젖히다 말고 어정쩡하게 선 채 눈살을 찌푸렸다. 소리가 날 것 같아서 창문을 다시 닫지도 못하겠고. 이걸 어쩐다지.

끼익.

그런데 망설이고 있는 동안 저도 모르게 손에 힘이 들어갔는지 반쯤 열린 창문에서 듣기 싫은 녹슨 소리가 울렸다. 비록 아주 작은 소리이기는 했으나 아리스는 뜨끔하여 창문에서 손을 뗐고, 착각처럼 눈앞의 너른 등판이 아주 살짝 움직였다.

다행스럽게도 두 사람은 아리스의 존재를 눈치채지 못한 듯했다. 방금 전보다 약간 각도가 틀어진 다이젠의 옆얼굴이 그녀의 시야에 들어왔다.

이렇게 된 이상 별수 없었다. 그냥 저 두 사람이 빨리 자리를 떠나기를 기다리는 수밖에.

그동안의 경험상 시간이 그리 오래 걸리지 않으리란 사실을 알았기 때문에 쉽게 결정을 내릴 수 있었다. 물론 평소와 달리 창문까지 열려 있어 두 사람이 하는 이야기가 뜨문뜨문 들린다는 점이 마음에 걸리기는 했지만…… 으윽. 그러니까 누가 공공장소에서 이러랬나. 난 잘못 없다, 뭐.

"저기, 나 누군지 알지?"

아무래도 다이젠과 소녀가 이곳에 온 지는 얼마 되지 않은 것 같았다. 서먹서먹한 공기 속에 이제야 막 말문이 트인 듯 수줍은 목소리가 울려 퍼졌다.

"네가 누군데?"

그런데 잇따른 다이젠의 무심한 반문에 한순간 믿을 수 없다는 듯 여학생의 귀여운 얼굴이 충격을 머금는 것이 보였다. 흠. 뭐지. 둘이 면식이 있는 사이인데 다이젠이 기억을 못하는 건가?

"나 로즈 카르테야. 내가 누군지 몰라?"

"내가 널 알아야 할 이유가 있어? 난 지금 너랑 처음 얘기해 보는 것 같은데."

"그야…… 그렇지만."

여전히 무관심한 태도로 일관하는 다이젠과 달리, 오히려 그들의 대화를 듣고 있던 아리스가 조금 놀란 표정을 짓고 말았다.

저 여자애가 로즈 카르테라고?

자세히 볼 상황이 아니라 미처 몰랐으나, 다시 한 번 그 얼굴을 살피자 다이젠의 학년에서 꽤나 예쁘장한 외모로 소문난 로즈 카르테가 맞았다.

오, 과연 자신감을 가질 만도 하군. 아무리 그래도 고백할 상대에게 대뜸 '나 알지?'라는 말부터 꺼내는 건 좀 심한 것 같았지만.

그러나 그런 감상도 다이젠의 무심한 목소리를 상기하자 금세 잊히고 말았다. 아무리 주위에 관심이 없어도 그렇지 어떻게 로즈 카르테를 몰라? 그리고 저 정도의 미소녀를 앞에 두고 저 따위 심드렁한 반응이라니.

"하긴. 그러니까 네가 다이젠 아르카노발이지."

아리스의 입에서 작은 중얼거림이 흘러나왔다.

이런 분위기 속에서 고백을 이어가야 하는 로즈 카르테가 조금 불쌍하게 느껴졌다. 아리스는 왜인지 응원하는 기분으로 어렵게 표정을 수습하고 있는 소녀를 지켜보았다. 로즈 카르테는 확실히 방금 전보다 자신감이 사라진 모습으로 '널 좋아하니 사귀자'는 고백의 정석 같은 말을 했고, 다이젠은 대답을 망설이지도 않았다.

"미안하지만 잘 알지도 못하는 사람하고 사귀는 취미는 없는데."

그동안은 닫힌 창문 사이로 목소리가 들리지 않아 미처 몰랐는데, 이렇게 기가 죽을 정도로 무감정한 어조로 다른 사람의 고백을 거절하는구나 싶었다. 저런 서릿발 날리는 놈의 어디가 좋다는 건지 아리스는 여학생들을 도통 이해할 수가 없었다.

사실 다이젠 아르카노발은 입만 다물고 있으면 꽤 쓸 만한 얼굴을 가지고 있어 학년을 막론하고 여학생들에게 상당히 인기가 많았다.

음. 사실 개인적인 감정을 제외하고 솔직히 말하자면 믿을 수 없게도 다이젠의 인기는 에이드리안과 비등하게 맞먹을 정도였다. 다른 여학생들의 말을 빌려 보자면, 저런 얼굴이라면 까칠한 성격도 기꺼이 이해할 수 있다고 한다. 아리스는 저런 재수 없는 놈의 어디가 좋다는 건지 도통 알 수가 없었다.

아무리 그래 봤자 다이젠은 그 갸륵한 순정을 알아주기커녕 모든 여자애들에게 공평하게 쌀쌀맞았다. 그러나 그마저도 매력적이라고 좋아하는 별난 취미의 사람들이 많다는 것을 이제는 아리스도 알았다.

"이제부터라도 알아 가다 보면 너도 분명 내가 좋아질 거야."

역시 남자는 우리 아빠처럼 다정다감한 게 최고라니까. 그런 생각을 하며 여상스럽게 바깥의 상황을 관전하는데, 로즈 카르테가 용기 있게 외쳤다.

와, 생각보다 대단한데. 차이자마자 저런 용감한 대사라니.

아리스는 방금 전보다 더욱 흥미진진한 기분으로 다이젠의 반응을 기다렸다. 누가 들어도 편파적인 평가라 할 만했으나 아리스가 생각했을 때 겉모습만 멀쩡한 다이젠에 비해 로즈 카르테가 어딜 봐도 더 아까운 것 같았다.

아니, 다이젠은 도대체 왜 저런 여자애를 거절하는 거야?

"시간이 지나도 내가 널 좋아하게 될 일은 없어."

"왜? 달리 마음에 둔 사람이라도 있는 거야?"

재차 반복되는 거절의 말에도 그녀는 끈질겼다. 가당치도 않은 소리에 아리스는 헛웃음 짓고 말았다.

뭐? 그럴 리가 있나. 저 얼음땡이 다이젠한테 좋아하는 사람 같은 게 있을 리가. 너무 말도 안 돼서 그런 상상을 하는 것만으로도 표정이 절로 떨떠름해졌다.

하지만 어째서인지 다이젠은 대답하지 않았다. 물론 아리스가 느끼기에 그 침묵은 대답할 가치조차 없다는 의미인 것 같았지만, 다른 사람에게는 그렇게 받아들여지지 않은 모양이었다. 믿을 수 없다는 듯 사정없이 떨리는 목소리가 고막을 울렸다.

"그, 그런 얘기는 처음 듣는데. 이제까지 고백한 애들한테 그런 말 한 적 없었잖아? 혹시 내가 널 포기하게 만들려고 그러는 거야?"

그 말대로 이제껏 다이젠이 고백을 거절한 여학생들 사이에서 그 비슷한 말 한마디 소문으로나마 번진 적이 없었다. 다이젠의 얼굴에 언뜻 짜증이 깃들었다. 그는 충격에 빠진 로즈 카르테에게 참으로 가차 없이도 말했다.

"나한테 그런 사람이 있든 없든 어차피 너와는 상관없는 일이야. 어쨌거나 내가 널 좋아하게 될 일은 앞으로도 없으니까 다시는 이런 식으로 귀찮게 굴지 마."

와아……. 고백한 여자애를 거절한 걸로도 모자라서 저런 식으로 쾅쾅 못까지 박는구나.

아리스는 소리 없이 혀를 찼다. 정말 좋아하는 애한테 저런 소리를 들으면 아마 심정이 말이 아니겠지. 듣기로는 입학 후 저 녀석이 울린 여자애가 한둘이 아니라던데, 다 이유가 있었어.

"아니. 난 포기 안 해. 다른 사람을 좋아해도 괜찮으니까 나랑 사귀자. 그런 것쯤, 난 다 이해해 줄 수 있어. 네가 마음에 담은 사람이 누구인지는 몰라도 결국 너도 그 사람 말고 날 좋아하게 될 거야. 분명히."

하지만 다이젠 못지않게 로즈 카르테도 막강했다. 그 빠른 회복력에 아리스는 감탄할 수밖에 없었다.

오기가 들었는지 꿋꿋이 서서 말하는 모습이 실로 인상적이었다. 심지어는 자신이 다이젠에게 넓은 아량을 베푼다는 듯한 어투이기까지 했다. 연적이 누구라 해도 자신보다 나을 리 없다는 믿음에서 우러나오는 자만심이었다. 확신하는 목소리가 오만하게 느껴질 만도 하건만, 워낙 생긴 것이 순하게 예뻐 그마저도 귀엽게 느껴질 지경이었다.

그러나 그런 것에 넘어가면 역시 '다이젠 아르카노발'의 이름이 울 것이었다.

"네가 죽었다 깨어나도 그런 일 없어."

그래도 지금까지 꽤나 오래 참는다 싶더니, 마침내 다이젠이 고약한 본성을 드러냈다. 앞에서 무슨 말을 하던 무표정만을 띄고 있던 얼굴에 싸늘한 비웃음이 걸렸다.

"유감이지만 난 너한테 손톱만큼도 관심이 없거든. 이제까지도 그랬고 앞으로도 그럴 거야. 지금 이 순간에도 난 너한테 짜증만 나거든. 좋은 말로 해서 말귀를 못 알아먹는 사람도, 씨알도 안 먹힐 자신감만 가지고 사람 감정을 마음대로 좌지우지 할 수 있을 거라 믿는 사람도 아주 싫어해."

무엇에 또 속이 뒤틀렸는지 다이젠의 눈빛이 조금 전까지와는 비교조차 할 수 없을 정도로 살벌해졌다.

"일단 사귀고 나면 내가 널 좋아하게 될 거라고? 그렇게 확신한다고?"

차갑게 조소하는 다이젠을 정면에서 마주한 로즈 카르테가 한눈에 보일 정도로 흠칫 몸을 떨었다.

"이걸 어쩌지. 내 생각에는 절대 그럴 일 없을 것 같은데. 만약 내가 너랑 사귀면 둘 중 하나겠지. 내가 미쳤거나, 죽을병에라도 걸렸거나."

흔들리고 있는 사슴 같은 눈망울이 참으로 애처롭기도 했다. 남자라면 그 가련한 모습에 마음이 동할 만도 하건만, 이어지는 음성은 온정 하나 없이 서늘하기만 했다.

"다시는 귀찮게 치근대지 마. 몇 번씩 같은 말 하게 만드는 거 짜증 나니까."

매몰찬 축객령이 그들의 마지막을 알렸다. 결국 로즈 카르테는 눈물을 흩뿌리며 뒤돌아 떠났다. 그 모습을 보며 아리스는 질린 표정을 짓고 말았다.

역시 다이젠 아르카노발. 이 여자의 적 같으니. 다이젠은 또 다시 무표정한 얼굴로 돌아와 있었으나 그렇다 한들 귀여운 여자애에게 몹쓸 짓을 한 사실이 사라질 리 없었다.

하여간 남자라는 족속들은 하나같이 자기 생각만 한다니까. 이기적이고 배려심 없고 자기중심적이야!

연관성이 전혀 없다는 사실을 알면서도 아리스는 괜스레 다이젠과 에이드리안을 대입시키며 혼자서 치를 떨었다.

바스락.

그런데 어느 순간부터 주변에 얕게 깔리던 잔디 밟히는 소리가 서서히 커져 가는 것이었다.

"설마 훔쳐보는 취미가 있는 줄은 몰랐는데."

급기야 익숙한 목소리가 귀청을 울리기까지 하자 아리스는 그만 화들짝 놀라고 말았다.

뭐, 뭐지. 설마 나한테 하는 소리는 아니겠지, 저거?

창문 옆에 붙어 서서 몰래 밖을 힐끔거리고 있던 아리스는 덜컹 내려

앉는 가슴을 부여잡고 햇빛이 들어오지 않는 쪽으로 더욱 바싹 밀착했다. 그래 봤자 바로 옆에 책장이 있어 반걸음 정도 물러난 수준이었지만 어쩔 수가 없었다.

저기서 내가 보일 리가 없는데. 하하. 저 녀석 바보같이 혼잣말이나 하고. 웃기는 애잖아?

하지만 아리스는 그렇게 생각하면서도 조용히 숨을 죽이고 창밖으로 감각을 집중시켰다. 그러자 조금 더 가까워진 발걸음 소리가 안으로 새어 들었다.

"지금 그게 숨는다고 숨은 거야?"

마침내 두어 걸음 떨어진 곳까지 다가온 목소리를 들으며 아리스는 질끈 눈을 감았다.

"머리카락 다 보여, 아리스 선배."

슬쩍 고개를 내리자 창밖에서 스미는 바람에 반짝거리며 살랑이는 머리카락이 시야에 비쳤다.

아, 망했다. 허리까지 기른 머리카락이 지금처럼 거추장스럽게 느껴질 때가 없었다. 학교에서 이런 은발을 지닌 건 그녀밖에 없었으니 모르려야 모를 수가 없었을 터. 아리스는 난처함을 느끼며 눈매를 찌푸렸다.

"관람료도 없이 훔쳐본 게 미안해서 대신 재미있는 구경 시켜 주려고 그러는 거면 꽤 성공적이네."

과연 그의 말처럼 후배가 고백 받는 장면을 몰래 훔쳐보기까지 한데다 그 사실을 들키기까지 했으니 여간 창피한 것이 아니었다. 하지만 또 그런 심경을 내비치고 싶지는 않아서, 그녀는 일부러 뻔뻔하게 말했다.

"훔쳐보다니? 난 계속 여기서 이러고 있었는데. 밖에서 둘이 무슨 얘기하는지 하나도 안 들렸어."

그나마 귓가에 들려오는 것이 로즈 카르테를 상대할 때와는 다른 장난스러운 목소리라 약간 마음이 놓였다.

"아, 그래?"

그녀의 말에 다이젠이 창 밖에서 흐응 심드렁하게 소리 냈다. 역시 그녀의 말을 믿지 않는 눈치였다.

아리스는 공연히 발끈해서 언성을 높였다.

"정말이라니까! 기분 나쁘게 네가 고백 받는 장면 같은 걸 훔쳐볼 리가 없잖아!"

벽에서 한 걸음 떨어지며 휙 뒤돌아보자 눈부신 햇살을 그대로 맞고 있는 다이젠의 모습이 두 눈을 파고들었다. 아리스도 실내에 늘어선 빛의 융단 속으로 들어선 채 그런 그를 마주했다. 그런데 어째서인지 그녀와 시선을 맞댄 다이젠이 한순간 멈칫하며 표정을 굳혔다.

"뭐, 왜! 네가 내 말을 안 믿으면 어쩔······."

"얼굴이 그게 뭐야?"

또 다시 얄밉게 빈정거리거나 그녀의 말을 비웃을 거라고 생각했는데, 돌아오는 반응은 예상과 전혀 달랐다. 낮게 깔린 목소리가 창문 사이로 새어 들자 아리스의 눈동자에 의문이 어렸다. 얼굴? 내 얼굴?

자신의 얼굴에 뭐가 묻었나 더듬거리며 확인하던 아리스는 잠시 후 다이젠이 유별난 반응을 보이는 이유를 깨달았다. 그 직후 그녀의 입술에서 하, 의기양양한 소리가 뱉어져 나왔다.

꼴에 보는 눈은 있어 가지고. 오늘 내 미모가 유독 환상적이라 감탄했나 보지? 딱딱하게 굳어진 다이젠의 얼굴을 놀라움의 표현이라고만 생각한 아리스가 뻐기는 듯한 어투로 기세등등하게 코웃음을 쳤다.

"내가 너무 예뻐도 반하지는 마. 넌 내 취향 아니거든."

객관적으로도 주관적으로도 아리스의 자신감은 그럴 만한 이유가 충분했다. 스스로도 그 사실을 명확히 알고 있었기 때문에 그런 말을 하는 데에 부끄러움은 없었다. 그런데 바로 그 순간, 경직되어 있던 다이젠의 입매가 풀어지며 그 자리에 비틀린 미소가 어렸다.

"아리스 선배, 요즘 많이 힘들어? 헛소리가 늘었네. 그게 아니라 얼굴 꼴이 하도 가관이라 말문이 막힌 거거든."

아리스가 흥 콧방귀를 꼈다.

"너야말로 무슨 헛소리야? 말 같지도 않은 소리 다 들어 보겠네."

"눈이 있으면 직접 보지 그래."

다이젠의 말 따위에 흔들리고 싶지는 않았으나 계속되는 단호함에 슬그머니 미심쩍은 기분이 드는 것도 사실이었다.

혹시 아침에 했던 화장이 번졌나?

아리스는 하는 수 없이 속아 준다는 표정을 지으며 치마 주머니에서 작은 손거울을 꺼냈다. 그리고 확인해 보자 본인의 눈에도 여전히 예쁘기만 한 얼굴이 눈에 들어왔다. 이리저리 고개를 돌리며 꼼꼼히 들여다보아도 역시 마찬가지였다.

"너야말로 눈이 삐었어? 예쁘기만 한데 왜 시비야?"

손거울을 다시 주머니에 찔러 넣으며 짜증스럽게 얼굴을 구기자 마주한 이의 미소가 한결 더 짙어졌다.

"이 꼴을 하고 어딜 가려고? 에이드리안에게 보여 주기라도 할 셈이었나?"

무엇을 잘못 먹었는지, 다이젠은 평소보다도 더욱 본격적으로 아리스를 비꼬며 이죽거렸다.

"이 얼굴을 보면 천년의 사랑도 식겠네. 갖다 붙인 것 같은 속눈썹에, 부자연스럽게 희멀건 얼굴에. 이 치렁치렁한 머리 꼴은 또 뭐며."

당연하게도 아리스는 어이가 없을 수밖에 없었다.

이 자식, 무슨 말도 안 되는 소리지. 심미안이 어떻게 된 거 아냐? 어떻게 아침 일찍부터 공들여 꾸민 이 얼굴을 보고 저따위 헛소리를. 다른 애들도 에이드리안도 날 보고 홀린 듯 시선을 떼질 못했는데!

"게다가."

불쾌한 얼굴로 이해할 수 없는 소리를 지껄여 대는 다이젠을 보며 아리스도 덩달아 신경질적으로 눈살을 찌푸렸다.

"쥐 잡아먹었어? 뭘 이렇게 덕지덕지 바른 거야? 볼썽사납게."

신심으로 못마땅하다는 듯 그녀를 내려다보고 있는 다이젠을 마주하면서 아리스는 짜증스럽게 소리치고 말았다.

"너 뭐 잘못 먹었니? 헛소리는 다른 데 가서 해 줄래?"

트집도 작작 잡지, 도대체 또 무엇이 마음에 안 들어 이러는지 도통 모를 노릇이었다. 지금의 상황에 대한 불쾌감은 분명 자신이 더 클 터인데 왜 이렇게 무서운 눈빛으로 쳐다보고 있는 건지.

"유감스럽지만 난 너랑 입씨름하기에는 좀 많이 바빠서. 심심하면 다른 데 가서 놀아."

아리스는 더 이상 다이젠과 감정 소모를 하고 싶지 않았다. 그녀는 비아냥거린 뒤 창문을 닫으려 했다.

탁!

그런데 바로 그때 다이젠의 손이 창문을 붙잡았다. 아리스가 다시 한번 힘을 줘 당겼으나 창문은 단단히 고정된 채 꿈쩍도 하지 않았다.

"이거 안 놔?"

그런데 다이젠은 아리스가 짜증을 내든 말든 창문을 더욱 활짝 열어 젖혔다.

어어! 그 반동으로 어떻게든 창문을 닫으려 안간힘을 쓰던 아리스의 몸은 화악 앞으로 딸려 나가고 말았다.

어차피 지금 그들이 있는 곳은 1층이라 창문 밖에 상체를 내놓고 있다 해도 딱히 심각하게 문제될 것은 없었다. 하지만 요는 기분상의 문제였다.

"야, 너 지금 뭐하는……!"

아리스가 미처 말을 끝마치기도 전에 약간 빳빳한 감촉의 천이 입술 위로 내려앉았다. 그리고 이어서 벌어진 일에 그녀는 저도 모르게 멍청히 두 눈을 크게 뜨고 말았다.

새하얀 교복 와이셔츠의 소매 위로 본래 그녀에게 묻어 있던 다홍빛이 서서히 번져 가는 모습이 생경했다.

가까이에 있는 붉은 눈동자에 그녀의 얼빠진 얼굴이 비쳤다. 다이젠은 그런 아리스를 아는지 모르는지 고집스럽게 제 손을 움직이기만 했다.

아리스가 너무 황당해서 강력히 거부할 생각도 미처 하지 못한 사이, 다이젠은 기어코 이 미친 짓을 제 욕심껏 끝마쳤다.

"너 지금 뭔 거야?"

아리스는 하도 기가 막혀서 어떻게 반응해야 할지 감조차 잡지 못했다.

"돌았어?"

"돌았다 치고. 훨씬 나아졌네. 이러나저러나 못생긴 건 똑같지만."

다이젠은 지금의 상황이 아주 만족스러운 모양이었다. 멀어지는 소매에 방금 전까지 그녀의 입술에 묻어 있던 색이 고스란히 옮겨 가 있었다. 창턱을 사이에 두고 마주한 얼굴에 배부른 미소가 걸렸다. 그때에서야 아리스는 씩씩거리며 소리쳤다.

"너 이거 성희롱이야! 고소할 거야!"

그러나 다이젠은 특유의 여유로운 태도로 그런 그녀를 내려다보며 삐딱하게 웃을 뿐이었다.

"도서관에서 정숙 몰라? 시끄럽게 굴다 쫓겨나면 그게 무슨 개망신이야?"

그 얼굴이 좀 전까지만 해도 불쾌감에 젖어 있던 낯짝이라고는 상상조차 할 수 없어서, 아리스는 더욱 부아가 치밀었다. 이유도 없이 갑자기 기분이 좋아졌다 나빠졌다, 하여간 도무지 종잡을 수가 없는 놈이었다. 그런데 문제는 그 피해가 왜 자신에게 오냐, 이 말이다!

"너 이리 안 와? 야!"

"잡고 싶으면 따라오던가. 지금 바로 창문이라도 타고 넘어오면 가능할지도 몰라."

마지막까지 속을 뒤집는 미소를 입가에 건 채로 다이젠은 뒤돌아섰다. 그러면서 놀리듯 팔을 들어 올리며 눈동자를 휘는 모습에 아리스의 얼굴이 화끈 붉어졌다.

"저게, 진짜!"

멀어지는 뒷모습을 향해 소리 죽여 불러 대도 다이젠은 되돌아오지 않았다.

아리스는 별다른 방도 없이 멀어지는 뒷모습을 씨근덕거리며 지켜볼 수밖에 없었다.

* * *

　다이젠은 햇빛을 머금은 푸릇푸릇한 잔디를 밟으며 그대로 도서관 뒤
뜰을 빠져나왔다.

　등 뒤에 꽂혀 있던 시선이 사라지자마자 그의 입가에 걸린 미소도 서
서히 그 색을 변화시켰다.

　분에 차서 그를 부르던 목소리가 아직까지도 두 귀에 생생했다.

　이제 한동안 또 화가 나서 그를 생각할 때마다 씩씩거리겠지. 교내에
서 그를 볼 때면 다른 사람들 몰래 매섭게 도끼눈을 뜰 테고. 오늘 그
의 행동은 스스로 생각해 보아도 평소보다 심했으니 아리스 역시 아마
다른 때보다 오랫동안 그를 향해 이를 갈 것이었다.

　하지만 저런 모습을 하고 하루 종일 교내를 활보할 것을 생각하면 차
라리 이러는 게 나았다.

　그러게 누가 그렇게 보는 사람 기분까지 이상해지는 요사스러운 색깔
을 입술에 바르랬나.

　교정을 걷는 다이젠의 입매가 약간 딱딱하게 굳어졌다. 방금 전의 장
난스러운 모습은 모두 거짓인 것처럼 그의 눈동자는 낮게 가라앉아 있
었다.

　"야, 다이젠! 축하해."

　교실로 돌아오자마자 그의 자리에 옹기종기 모여 있던 남학생들이 환
호성을 지르며 외쳤다. 다이젠은 그런 그들을 향해 무심한 어조로 반문
했다.

　"뭘?"

　"자식. 모르는 척은. 너 여자 친구 생겼잖아. 로즈 카르테가 너한테

할 말 있다고 따로 보자고 했다며? 이 복 받은 놈 같으니."

주위에 있는 다른 학생들도 저마다 호기심 어린 눈빛으로 그를 보고 있었다. 하지만 다이젠은 동요 없이 자리를 향해 다가가며 짤막하게 말했다.

"그런 거 아니야."

"뭐가 아니야? 이 시점에 호출이면 고백인 게 뻔한 거 아니야? 로즈 카르테가 너 좋아하는 거 전교에 모르는 사람도 있어?"

순간 다이젠의 눈매가 티 나지 않게 꿈틀거렸다.

그로서는 생전 처음 보는 여자애라고 생각했는데 전교에서 모르는 사람이 없다는 소리를 들을 정도로 이미 발 넓게 퍼져 있는 이야기였다니.

"좋겠다. 우리 학년에서 그래도 로즈 카르테가 제일 예쁘잖아. 오매불망 너만 쫓아다니더니 드디어 고백을 했네."

"그런데 너도 너다. 어차피 사귈 거면 그냥 네가 먼저 아는 척 좀 해주지. 끝끝내 그 입으로 고백을 듣고 말이야."

그들은 다이젠이 로즈 카르테라는 그 여학생의 고백을 거절할 가능성은 아예 염두에 두지 않고 있었다. 그제야 다이젠은 아까 전 소녀가 보인 자신감이 조금 이해가 되었다.

그래, 제 딴에는 뻔히 티를 내고 다녔는데 그에게서 이렇다 할 반응이 없으니 튕기는 것으로 생각한 모양이지. 게다가 '로즈 카르테가 학년에서 제일 예쁘다'는 말에 지금도 모두가 한결같이 고개를 주억거렸다. 저 정도 반응이면 본인도 스스로의 외모에 어느 정도 자부심이 있었을 것이다.

하지만 그는 정말 그녀에게 아무 관심도 없었다. 아까 전 그녀 본인의 입으로 들은 이름 자체도 생소하게 느껴질 정도로.

"야, 야. 로즈 카르테 지금 친구들이랑 같이 교실에 들어갔는데 울고 있었대."

그때 어디에선가 속보를 물어 온 듯 막 교실로 들어선 학생 하나가 놀란 목소리로 외쳤다. 그 말에 학생 일동은 단체로 술렁거리기 시작했다.

"뭐야. 설마 거절한 거?"

학생들, 특히 남학생들은 경악한 눈치였다. 그를 이해하지 못하겠다는 듯 수군거리는 소리에는 '말도 안 돼', '그 로즈 카르테까지 거절하다니 남자도 아니야' 따위의 말이 끼어 있었다.

다이젠은 피로가 엄습하는 것을 느끼며 의자를 빼서 앉았다.

그래. 대개는 이런 식이었다. 말도 섞어 본 적 없는 여자애들이 그의 겉껍질에 흥미를 갖고 고백을 하고, 그가 고백을 거절하면 나쁜 놈으로 소문이 퍼지는 식의.

다이젠도 고백해 오는 여학생들을 향한 자신의 태도에 지나친 구석이 있다는 건 알고 있었다. 하지만 한 번 매몰차게 거절하면 그 후로 섣부르게 다시 다가오는 사람은 없었다. 그러니 상대에게나 자신에게나 이쪽이 나았다.

물론 오늘은 다른 때보다도 조금 심하게 굴긴 했지만 그것은 로즈 카르테가 그의 역린을 건드렸기 때문이다.

"뭐? 설마."

그의 자리에 모여 있던 학생들이 삼삼오오 흩어진 뒤로도 교실 안은 알게 모르게 소란스러웠다. 그러던 중 어느 남학생이 실로 놀라운 말을 들었다는 듯이 외쳤다. 그 후 그는 궁금해서 참을 수가 없다는 듯 교실

저편에서 소리 높여 다이젠에게 물었다.

"다이젠, 너 좋아하는 사람 있어?"

다시금 수많은 시선들이 그를 향해 날아들었다.

불과 한 시간도 되지 않은 일인데 참 쉽게도 퍼지는구나 싶었다. 그에게 그런 것을 물은 같은 반의 남학생은 본인이 물어 놓고도 믿을 수가 없다는 표정이었다.

"없어, 그런 사람."

곧 다이젠에게서 새어나온 무덤덤한 목소리에 호기심 어린 얼굴들은 금세 '그럼 그렇지'하는 표정으로 바뀌었다.

다이젠은 문득 방금 전 도서관의 뒤뜰에서 만났던 사람을 떠올렸다. 아마도 지금 이 순간에도 그를 향해 바드득 이를 갈고 있을 사람을.

곧 그의 입가가 약간 부드럽게 풀렸지만 교실에 있는 누구도 그것을 발견하지 못했다.

* * *

그날 밤, 아리스는 기숙사 방에서 한참을 씩씩거리고 있었다.

"진짜 짜증나."

낮에 당한 일이 하루 종일 머릿속에서 떠나지를 않았다.

감히 자신한테 이런 짓을 하다니. 그것도 다른 사람도 아닌 다이젠 따위가! 자신을 얼마나 만만하게 봤으면 그랬을까 생각하자 이만저만 열이 받는 것이 아니었다. 그때 창문을 타넘고 나가서라도 본때를 보여 줬어야 하는 건데. 하다못해 멱살이라도 잡았으면 지금 이렇게 성질이 뻗치지는 않았을 것을.

아리스는 손에 들고 있던 것이 원흉이라도 되는 양 한참 동안이나 노려보다가 이내 앉아 있던 침대에 내동댕이쳤다.

"왜 그래? 그 색 너한테 잘 어울렸는데."

"버릴 거야."

아침에만 해도 마음에 들어 하며 입술에 바르던 것을 거칠게 내던지자 리즈벳은 의아한 눈치였다. 점심시간이 끝나고 드물게 화가 난 얼굴로 교실에 들어섰던 아리스였으니 무슨 일이 있었던 것 같기는 한데, 본인이 말을 해 주지 않으니 알 방도가 없었다. 그러고 보면 그때에도 아리스는 입술에 아무것도 바르지 않은 채였다.

"나쁜 자식. 절대 가만 안 둬."

호기심 어린 눈길을 뒤로 한 채 아리스는 바드득 이를 갈았다.

도대체 자신에게 무슨 원수를 져 이리도 못된 짓만 자행하는 것인지 도저히 이해되지 않았다. 특별히 먼저 잘못한 것도 없는 것 같은데 언젠가부터 다이젠은 그녀만 보면 시비를 걸지 못해 야단이었다.

분노를 머금은 녹색 눈동자가 침대보 위에 놓인 것을 다시 한 번 쏘아보았다.

거침없는 입담과 달리 생각보다 거칠지 않은 움직임으로 입술 위를 매만졌던 손길이 생생했다. 어찌나 요령껏 닦아 냈는지 번진 부분이 거의 없었다. 그동안 얼마나 많은 여자들의 입술을 닦아 봤으면 이렇게 발군의 실력을 뽐낼까. 아리스는 빈정거리며 생각하다 문득 다이젠이 누군가의 얼굴을 소중히 감싸 붙드는 상상을 했다. 그러자 순간 소름이 끼쳐서 서둘러 그 장면을 머릿속에서 지웠다.

"그래. 그것들이 좀 짜증 나긴 하지. 나도 오늘 하루 종일 그 두 사람 때문에 기분이 나빴는데 넌 어떻겠어."

아무래도 리즈벳은 아리스가 이를 가는 이유를 에이드리안과 크리스틴 때문이라 결론지은 듯했다. 아리스는 그게 아니라고 말하려다가, 다이젠과 있었던 일을 입에 담기도 싫어서 그냥 그만 두었다.

"실은 그럴 줄 알고 내가 준비한 게 있는데."

그런데 침대 아래에서 무언가를 주섬주섬 꺼내는가 싶던 리즈벳이 곧 아리스에게 슬그머니 다가왔다.

"이거 마시자."

그녀의 손에 들린 것을 본 아리스의 눈동자가 휘둥그렇게 떠졌다.

"이거 술이잖아?"

둘둘 감겨 있던 종이를 풀어헤치자 어디를 봐도 술로밖에 보이는 않는 병이 모습을 드러냈다.

"반입 금지인데 어떻게 가져왔어?"

"다 방법이 있지."

리즈벳이 그녀에게 칭찬을 바라는 것처럼 눈동자를 반짝였다. 하지만 아리스는 다른 곳도 아닌 학교 기숙사에 술을 밀반입해 온 리즈벳에게 경악하고 있었다. 아까 방으로 들어올 때 어째서인지 문을 잠근다 했더니 이런 걸 숨기고 있었단 말이야?

"너 이거 들키면……."

"어허. 안 들키면 되지. 자고로 원래 실연주…… 아차, 실수. 원래 이별주는 친구랑 마시는 거랬어."

들키면 벌점으로는 끝나지 않을 일이라 한 소리 하려고 했으나 리즈벳이 발 빠르게 아리스의 말을 막았다. 그리고 그녀를 살살 구슬리기 시작했다.

"조금만 마시면 되잖아. 이거 도수도 별로 안 높다고 했어. 조금만 먹으면 티도 안 날걸? 어차피 내일 주말이잖아."

계속 되는 감언이설에 아리스의 마음도 점차 흔들리기 시작했다. 그렇지 않아도 요즘 속이 말이 아니었던 참이라 바로 눈앞에서 어른거리는 일탈의 유혹을 쉽게 떨쳐 내기가 어려웠다. 아리스의 아버지는 평소 그녀의 말이라면 들어 주지 않는 것이 거의 없었지만 몸에 좋지 않은 것은 절대 하지 못하게 했기 때문에 당연히 음주도 금지였다.

그녀가 망설이자 리즈벳이 병의 입구 부분에 코를 가져다 대고 킁킁거렸다.

"에이. 냄새 맡아 보니까 이거 그냥 물이나 마찬가지네. 그냥 기분만 내자. 정 뭐하면 따라 놓고 맛이나 보면 되잖아."

으음……. 하긴, 뭐. 기분만 내는 거면 괜찮겠지…….

"그래, 마시자. 한 입만 먹어 보지 뭐."

결국 아리스는 리즈벳의 간계에 넘어가고 말았다. 허락이 떨어지자마자 그녀는 신이 나서 마개를 땄다. 어디선가 준비해 온 컵에 은은한 분홍색의 액체가 가득 따라졌다.

"색 예쁘다."

"그런데 너무 많이 따르는 거 아니야?"

"괜찮아, 괜찮아."

컵을 들고 냄새를 맡자 무엇인지 모를 달달한 과일 향이 코끝을 간질였다. 아리스는 리즈벳을 따라 그것을 한 모금 마셨다.

그리고 잠시 후 텅 빈 컵을 발견했다.

"이거 맛있다. 더 마시자. 간에 기별도 안 가네."

리즈벳이 다시금 병을 들고 두 사람의 컵 안에 차례로 술을 콸콸 부어 댔다. 리즈벳의 말이 사실이었던 듯 술 같은 느낌도 별로 들지 않왔기 때문에 아리스도 거부감 없이 그녀가 따라 주는 것을 연거푸 들이켰다.

그리고 잠시 후 아리스는 알딸딸한 기분으로 주정을 하고 있었다.

"나쁜 새끼……. 내가 뭘 그렇게 잘못했다고."

컵 안에 든 것을 한 번에 쭉 들이마신 아리스가 다소 거친 손동작으로 젖은 입술을 훔쳤다.

"이놈도 저놈도 죄다 나쁜 새끼……. 못된 놈들. 내가 가만 안 둘 거야. 진짜야."

머리가 몽롱해지고 가슴 속에 열이 꽉 들어찬 것이, 왜인지 몸을 가누기가 조금 힘들었다. 하지만 어느 때보다 정신만은 또렷해서 그녀가 겪었던 일들이 하나둘씩 선명히 눈앞에 재생되고 있었다. 갑작스럽게 서러움이 밀려들었다. 아리스는 한참 혼잣말을 하다 말고 고개를 푹 수그린 채 울먹였다.

"엄마, 아빠 보고 싶어."

앞에서 술병을 흔들어 남은 양을 확인하던 리즈벳이 벌게진 얼굴로 히죽 웃었다.

"보고 싶으면 내일 보러 가면 되지. 그리고 너 지난 주말에도 집에 가지 않았어?"

"지금 나만 두고 여행 갔단 말이야. 보고 싶어도 못 봐."

단 둘이 여행을 떠난 부모님을 떠올리자 그녀는 더욱 서글퍼지고 말았다. 왜 하필 지금이야. 보고 싶은데 보지도 못해. 나만 빼놓고 가 버리고. 다들 나빠.

맨 정신으로는 결코 그럴 리가 없었지만 바닥에 엎드리다시피 고개를 푹 꺾은 아리스의 입에서 칭얼거리는 소리가 새어 나왔다.

이게 다 그 나쁜 자식들 때문이야……. 박멸해 버리고 말 거야……. 엄마……. 아빠아……. 흐윽. 보고 싶어.

부모님 생각을 하자 에이드리안과 교제한다는 사실을 처음 알렸을 때의 일이 새삼스럽게 떠올랐다. 아빠는 웃고는 있었지만 무언가 굉장히 못마땅한 눈치였고, 엄마는 딸의 첫 연애 소식에 신기해하며 '벤츠인 척하는 똥차를 조심하라'고 귀띔했지.

아리스가 어릴 때부터 가끔씩 뜻 모를 단어를 만들어 사용하던 엄마였다. 벤츠가 무엇인지 정확하게 알 수는 없었지만, 대충 맥락으로 의미를 파악할 수 있었다.

"아. 사람 속 좀 들여다보고 싶다……. 똥차는 피해 가게."

아리스는 침대에 힘없이 털썩 드러누우며 혼잣말을 중얼거렸다.

사람은 겉만 보고 알 수 없다더니 그 말이 딱이다. 에이드리안 같은 놈한테 깜빡 속아 1년간이나 사귄 것을 생각하자 갑작스러운 회의감이 밀려들었다. 이런 놈인 걸 알았으면 아마 상종도 안 했을 텐데.

"똥차! 똥으로 꽉 찬 마차란 뜻이야? 아하하. 에이드리안한테 딱이네!"

그녀의 혼잣말을 들은 리즈벳이 배를 잡고 깔깔깔 웃었다. 그 소리를 들으며 아리스는 무거운 눈꺼풀을 내렸다. 그동안 알게 모르게 쌓였던 피로가 한꺼번에 달려들었다.

아. 그냥 내일이 오지 않게 이대로 시간이 멈추었으면 좋겠다.

그렇게 생각하는 사이에도 의식은 착실히 멀어져 가고 있었다. 리즈벳의 웃음소리도 점차 흐려져 갔다.

아리스는 더운 숨을 천천히 내쉬다가 그만 까무룩 잠이 들고 말았다. 이때까지만 해도 그녀는 자신의 바람이 설마 현실에서 이루어질 것이라고는 차마 상상조차 하지 못하고 있었다.

그리고 마침내 눈을 떴을 때. 아리스의 세상은 뒤바뀌어 있었다.

* * *

그날은 분명 평소와 같은 아침이었다.

"으."

다른 때와 달리 쓰린 속을 부여잡으며 이불 속에서 부스스 눈을 뜨기는 했지만 그 외에는 어제와 다를 것이 없었다.

"아리스……. 일어났어?"

부스럭거리는 소리에 막 잠에서 깼는지, 잠겨 있는 리즈벳의 목소리가 옆에서 흘러들었다. 아마 아리스가 잠들고 난 직후 그녀도 제 침대로 가 누운 모양이었다.

시계를 보자 오전 9시 무렵이었다. 주말이라고는 하나 평소라면 진작 아침 식사를 끝마쳤을 시간이다. 하지만 어제 리즈벳과 함께 마신 술의 여파인지 자리에서 일어나는 것이 여간 귀찮은 게 아니었다.

"으응. 근데 더 잘래."

"그럼 나도……. 이따 점심이나 먹자."

옆을 보지도 않고 아리스가 웅얼거리며 말하자 리즈벳도 거의 죽어가는 목소리로 대꾸한 뒤 잠잠해졌다. 아리스는 반쯤 감고 있던 눈을 완전히 내리감고 한 차례 몸을 뒤척였다. 조용한 방 안에 새근새근 작은 숨소리만이 울려 퍼졌다.

"……리스. 아리스!"

결국 두 사람은 점심이 올 때까지 쭉 숙면을 취했다. 먼저 자리를 털고 일어난 리즈벳이 이불을 둘둘 감고 누운 아리스를 흔들어 깨웠다.

"점심 먹어야지. 지금 안 먹으면 저녁까지 굶어야 돼."

그새 기력을 회복한 모양인지 오전과 달리 생생한 목소리였다. 계속해서 채근하는 음성에 어쩔 수 없이 포근한 이부자리에서 몸을 일으켰다.

아리스는 침대에 앉아 건조한 눈을 비볐다. 그리고 옆에 선 리즈벳을 향해 고개를 돌리는데…….

"빨리 준비해. 나 잠깐 옆방 다녀올게."

그녀의 밝은 주황색 머리 위로 언뜻 이상한 것이 보였다. 하지만 제대로 확인할 새도 없이 리즈벳이 훌쩍 걸음을 옮겼기 때문에 아리스는 그저 잘못 봤겠거니 생각하고 말았다.

시계를 확인하자 점심 식사 시간이 얼마 남지 않아 아무래도 준비를 서둘러야겠다 싶었다. 무거운 몸을 이끌고 부지런히 움직인 지 얼마간의 시간이 흘렀을까. 문 밖에서 리즈벳의 목소리가 울렸다.

"아리스, 준비 다 됐어?"

"지금 나가."

아리스는 거울을 보고 다시 한 번 머리를 매만진 뒤 문을 나섰다. 그리고 정면에서 마주한 리즈벳을 시야에 담은 직후 저도 모르게 걸음을 멈추고 말았다.

"그기 새로운 머리 장식이야?"

잘못 보았나 했더니 역시 아니었나 보다.

주황색 머리 위로 파릇하게 돋아난 새싹이 유독 눈에 띄었다. 가느다란 줄기를 따라 시선을 움직이자 들꽃처럼 생긴 자그마한 꽃이 세 송이 피어 있는 것이 보였다. 그 광경이 다소 생소하긴 했으나 대상이 리즈벳이었기 때문에 나름대로 납득이 되었다. 그녀는 가끔 실험 정신이 지나쳐 일반인은 쉬이 이해할 수 없는 별난 패션 센스를 보이곤 했으니까.

"응? 무슨 소리야."

그런데 리즈벳의 표정이 영 이상했다. 영문을 알 수 없다는 듯 동그랗게 뜬 눈동자에 아리스는 아닌 척해도 그녀 역시 오늘은 정신이 없나 보구나 싶었다. 그럼 혹시 저 특이한 머리 장식도 실수로 한 건가?

친구의 머리 상태를 알려 주기 위해 막 떼어졌던 아리스의 입술은 다음 순간 다시 굳게 다물리고 말았다.

"아리스, 리즈벳. 이제 나와?"

"응. 오늘은 늦잠. 점심 메뉴 뭐야?"

"늘 나오던 거지 뭐. 버터 오믈렛."

"으엑. 나 그거 별론데."

짧은 인사 후 옆을 스쳐 지나가는 여학생들에게서 아리스는 눈을 떼지 못했다.

그녀들은 저마다 색과 모양이 다른 꽃을 머리에 얹고 있었다. 한 명은 붉은 색의 꽃봉오리, 또 한 명은 큰 잎이 세 장 있는 노란색의 이름 모를 꽃이었다. 그중 봉오리 진 붉은 꽃은 왜인지 그 주인의 시선이 아리스를 향하는 순간 줄기에 가시를 세우는 듯 보였는데……. 그건 잘못 보았을 게 분명하니 됐고.

아리스는 술이 덜 깼는지 아직 멍한 머리로 진지하게 고민했다.

혹시 내가 모르고 있던 새로운 유행인가? 나 혼자 유행에 뒤처지는 것도 싫지만 그렇다고 머리 위에 저런 걸 얹고 싶지도 않은데.

"뭐해? 빨리 가자. 나 배고파."

"그래……."

아리스는 괜스레 심란한 기분으로 리즈벳의 뒤를 따라 걸었다.

그들의 기숙사 방은 3층이었고, 일층으로 내려가는 동안 세 명의 여학생을 더 만났다. 오늘은 각자 자유로운 외출이 가능한 주말이었다. 그만큼 기숙사 내에 남아 있는 여학생의 수도 적었다. 평일이었다면 더 많은 학생들이 오갔을 터였다. 그리고 아리스가 만난 그들 역시 전부 머리에 꽃을 달고 있었다. 그 광경을 보자 절로 마음이 싱숭생숭해질 수밖에 없었다.

그런데 막 기숙사 정문을 나설 무렵. 아리스는 앞서 걷던 리즈벳의 머리 위의 꽃이 하나 줄어 있는 것을 발견했다.

그녀는 머리 위에 보라색 꽃을 올린 여학생과 대화를 하고 있었다. 지금까지 지나온 바닥을 훑어보았지만 어디에도 꽃은 보이지 않았다. 아리스는 꽃의 분실 사실을 리즈벳에게 알려 주기 위해 그녀를 불렀다.

"리즈벳. 네 머리 장식 하나 떨어진 것 같아."

"응? 아까부터 무슨 머리 장식?"

바로 그 순간이었다. 리즈벳과 눈이 마주치기 무섭게 벌어진 일에, 아리스는 다른 여학생들이 자신을 쳐다보는 사실조차 잊고 그만 멍청히 입을 벌리고 말았다.

사락.

흔적조차 찾아볼 수 없던 녹색의 줄기가 머리 위에서 빼꼼 고개를 들더니 옆에 있는 것과 동일한 하얀색 꽃을 피워 내기 시작했다. 손톱만 한 크기의 봉오리가 한 장, 두 장 꽃잎을 펼치고, 이내 완전히 개화했다. 바람조차 불지 않는데, 그것은 아리스를 향해 손을 흔들 듯 허리를 좌우로 살랑살랑 움직이기까지 했다.

"네 머리 위에 그거……."

믿을 수 없는 광경을 목격하자 덜컥 말문이 막혔다. 이게 무슨 해괴한 조화인지. 지금 자신이 목격한 상황을 쉬이 받아들일 수가 없었다.

"아이 참. 자꾸 내 머리가 뭐."

리즈벳과 마주하고 있던 여학생은 이미 자리를 비킨 뒤였다. 아리스는 걸음을 옮겨 그녀에게 더욱 가까이 다가간 뒤 무심코 손을 올렸다.

"설마 이거 진짜야? 내가 잘못 본 거지?"

"아야!"

"뭐 이렇게 단단히 고정시켜 놨어? 방금 했던 거 다시 해 봐."

"왜 그래, 아파!"

당장이라도 잡아 뽑을 것처럼 꽃을 쥔 손에 힘을 주었으나 아리스가 아무리 용을 써도 리즈벳의 머리 위에 있는 것을 떼어 낼 수는 없었다.

"내 머리 그만 잡아당겨. 도대체 왜 그래? 내 머리에 뭐 붙었어?"

"이 꽃말이야. 네 머리 장식 너무 이상해. 방금 전에 이 꽃이 갑자기 피는 것처럼 보였……."

"무슨 꽃? 아까부터 뜬금없이 자꾸 머리 장식 얘기야. 나 오늘 아무것도 안 했는데."

아리스야말로 리즈벳의 말이 무슨 뜻인지 알 수가 없었다. 머리 위에 이런 것을 떡하니 올려놓고 머리 장식을 아무것도 안 했다니?

"네 머리 위에 꽃이 있다니까."

"그럴 리가 없잖아."

그래도 아리스의 심각한 얼굴에 미심쩍은 마음이 생겼는지 그녀의 손이 한 차례 자신의 머리 위를 스쳤다. 그런데 아리스의 손에는 분명히 잡혔던 꽃이 리즈벳의 손을 그대로 통과시키는 것이었다. 깜짝 놀라 두 눈을 휘둥그렇게 뜨고 다시 봤지만, 이번에도 리즈벳의 손은 하얀색 꽃송이를 뚫고 지나갔다.

"아무것도 없는데."

의문스러운 목소리가 귀를 스치기 무섭게 세 송이의 꽃이 한쪽으로 갸웃 고개를 기울였다. 그럴 리는 없었지만, 마치 리즈벳을 따라 덩달아 그녀의 말에 의아함을 품은 것 같은 몸짓이었다.

"아니. 방금 전에 봤던 다른 애들한테도 다 있었는데……."

"무슨 소리야?"

그러고 보니 저 하얀색 꽃을 포함해서 그녀가 오늘 본 꽃들은 전부 반쯤 투명한 느낌이기는 했다. 그래서 당연히 유리 공예 같은 가공품일 것이라 생각했던 것인데. 하지만 직접 만져 본 바로는 실제 꽃과 같은 감촉이어서 더욱이 지금의 상황을 이해할 수가 없었다. 방금 전 꽃을 통과하고 지나갔던 리즈벳의 손을 생각하자 더욱 그랬다.

"너 진짜 왜 그래? 아직 술이 덜 깼어?"

하지만 걱정스럽게 뒤를 이은 목소리에 아리스는 겨우 지금의 일을 납득할 수 있었다.

"아, 그런가 봐."

"밥이나 먹으러 가자. 속 좀 채우고 나면 괜찮아질 거야."

리즈벳만이라면 혹여나 그녀가 자신을 놀리는 것이라 생각할 수 있었겠으나, 지금 옆을 지나쳐 가는 여학생들의 머리 상태도 마찬가지였다. 아리스는 리즈벳의 조언을 받아들여 식당으로 향하기로 했다. 그리고 기숙사 정문을 나서 걷는 동안에도 머리 위에 꽃을 단 학생들을 계속 마주쳐야만 했다.

그리고 그럴수록 불안한 기분이 들었다.

지금 맞은편에서 다가오고 있는 덩치 큰 남학생의 머리 위에도 두어 개의 기다란 잎사귀로 감싸인 사랑스러운 분홍색 꽃이 있었다.

그가 그녀를 힐끔 훔쳐보고 지나쳐 가는 순간, 연두색의 긴 잎사귀가 남학생의 머리 위로 수줍게 하늘거리며 흔들리다가 하트를 그렸다.

아리스는 제자리에 우뚝 멈추어 서고 말았다.

"나 아무래도 의무실 가야 할 것 같아……."

"왜, 속 안 좋아?"

아니. 눈이…….

리즈벳의 꽃이 또 걱정스러운 듯 시들하게 추욱 처지는 것을 보니 눈이 아니라 머리가 문제인 것 같기도 했다.

"리즈벳. 방금 전에 지나간 애한테도 꽃 없었어?"

그래도 못내 의심을 지우지 못해 다시 한 번 묻노라니, 마주한 얼굴이 심각하게 굳어졌다.

"큰일이네. 점심시간인데 의무실이 열려 있으려나."

걷는 것에는 전혀 무리가 없는데도 리즈벳은 굳이 아리스를 부축해 갔다. 그리고 들른 의무실의 문은 굳게 잠겨 있었다.

"어쩌지? 좀 기다려 볼까?"

마주한 걱정 어린 얼굴보다도 시들시들하게 축 늘어져 있는 꽃에 더욱 눈길이 갔다. 처음 봤을 때와는 달리 마치 며칠 동안 물을 주지 않은 것처럼 기운 없는 모양새라 이상하게 신경이 쓰였다.

아리스는 괜스레 머리가 지끈거리는 것 같아서 손을 들어 이마를 꾹꾹 누르다가 그냥 지나가는 말로 한마디를 툭 던졌다.

"그냥 밥 먹으러 갈까. 배고프다며."

"너 몸 안 좋잖아. 식당까지 갈 수 있어?"

"그런 문제가 아니라······. 아니야. 괜찮으니까 일단 밥 먹으러 가자."

그런데 밥 얘기가 나오기 무섭게 다 죽어 가던 꽃들이 일제히 화악 생기 있게 피어나는 것이 아닌가. 기운 없이 수그러져 있던 줄기가 꼿꼿이 허리를 곧추세우고 세 송이의 꽃이 춤을 추듯 몸을 흔들었다.

"아침도 굶어서 더 그런 걸 수도 있어. 배가 차면 기운도 나고 헛것도 안 보일 거야."

"그, 그렇겠지?"

아리스는 드물게 말을 더듬으며 리즈벳에게 이끌려 비척비척 걸었다. 그리고 마침내 도착한 식당에서 그녀는 꽃밭 한가운데에 서 있는 듯한 느낌을 받아야만 했다.

"아리스, 넌 앉아 있어. 내가 받아다 줄게."

"아니. 괜찮아······."

식당 안에 듬성듬성 앉아 있는 학생들의 머리 위에도 전부 꽃이 피어 있었다. 많게는 대여섯 송이 정도에서, 적게는 한 송이까지. 잎이 여러 개 난 꽃에서부터 아직 봉오리만 틔운 꽃까지 그 종류가 참으로 다양하기도 했다.

그리고 아리스가 식당 안으로 들어서는 순간, 그녀를 향해 고개를 돌린 학생들의 꽃이 일제히 그 상태를 변화시켰다. 반갑게 이파리를 흔드는 것도 있었고, 반쯤 벌어져 있던 꽃잎을 조금 더 활짝 펼치는 것도 있었다. 물론 개중에는 그 반대로 입을 다물 듯 꽃잎을 한 데로 모아 꼿꼿이 움직이지 않는 것도 있었다.

"아리스, 여기 옆에 자리 있어. 리즈벳이랑 같이 와."

아리스는 지나가는 자신을 불러 잡은 여학생의 옆에서 문득 걸음을 멈추었다.

앉아 있는 여학생의 갈색 머리카락 위로 둥근 똬리 같은 것이 보였다. 지금까지 본 것들과는 달리 그 속에 있는 것이 무슨 꽃인지 알 수 없을 정도로 넝쿨로 꽁꽁 몸을 만 형태였다. 아리스는 저도 모르게 그것을 향해 손을 뻗었고, 바로 그 순간 동그랗게 말려 있던 녹색의 줄기가 그녀의 손을 세게 후려쳤다.

"아!"

아리스는 살갗을 파고드는 따끔함에 손을 거두고 말았다.

"왜 그래?"

여학생은 그녀의 돌발적인 행동에 두 눈을 순진무구하게 떴다. 머리 위에서 사납게 도사리고 있는 녹색의 채찍과는 조금도 어울리지 않는 표정이었다. 둥글게 말고 있던 몸을 편 넝쿨 사이로 기분 나쁜 느낌의 갈색 꽃이 모습을 드러냈다. 곰팡이 같은 새까만 점이 군데군데 박혀 빈말로라도 예쁘다고 말하지 못할 모양이었다.

등 뒤로 식은땀이 흘렀다. 아리스의 입술에 약간 어색한 미소가 걸렸다.

"미안. 머리에 뭐가 묻은 것 같아서 떼 주려고 했는데 잘못 봤나 봐."

그녀의 말에 눈앞의 얼굴도 해맑은 미소를 덧그렸다.

"자리 맡아 놓을게. 빨리 다녀와."

"아니야. 거의 다 먹은 것 같은데 우리 때문에 기다리게 하면 미안하지. 다음에."

아리스는 아쉽다는 표정을 지은 여학생을 등진 채 걸음을 조금 빨리하여 그 자리를 벗어났다. 그리고 어느 정도 거리가 벌어진 뒤 슬쩍 뒤돌아보자, 뱀처럼 다시 조용히 몸을 말고 누운 넝쿨 사이로 갈색의 꽃이 슬그머니 잎을 벌리고 있는 것이 눈에 들어왔다. 여학생은 아리스에게서 시선을 떼고 자신의 친구들과 대화중이었다.

기분이 몹시도 이상해졌다. 리즈벳과 함께 식당 한 구석에 자리를 잡고 나서도 마찬가지였다.

꽃들의 향연 속에서 아리스는 슬쩍 제 머리 위로 손을 가져다 댔다. 기숙사를 나서기 전 보았던 거울에는 분명 아무것도 비치지 않았지만 혹여 잘못 본 것일 수도 있었으니까. 그러나 손에는 아무것도 잡히지 않았다.

"왜 그래? 아직도 헛게 보여?"

정말 아무것도 모르는 듯한 리즈벳의 얼굴을 보자 마음이 매우 심란해졌다. 리즈벳이 이런 일로 길게 장난을 칠 애도 아니었고, 무엇보다 지금의 이상한 상황을 인식하고 있는 사람이 그녀 외에 한 명도 없는 것 같다는 점이 문제였다. 기이한 풍경 속에서 모두들 너무나도 평온한 일상을 보내고 있는 것을 확인하자 몹시 혼란스러운 기분이 들었다.

요즘 스트레스를 너무 많이 받아서 그런가. 한숨 자고 나면 괜찮아지려나.

아리스는 체할 것 같은 기분으로 식사를 끝마치고 기숙사 방으로 돌아가 이불을 뒤집어썼다. 다시 깨어났을 때에는 모든 것이 원 상태로 돌아가 있기를 바라면서.

* * *

"과제가 끝나면 돌려줘도 돼. 난 이미 다 읽었거든."

"고마워, 아리스. 도서관에 참고 자료가 적어서 걱정이었는데."

"별거 아닌걸. 아, 머리 위에 나뭇잎 붙었다. 내가 떼 줄게."

결과적으로 다시 자고 일어나서도 변하는 것은 없었다. 아리스는 손가락 끝에 닿는 보드라운 꽃잎의 감촉을 느끼며 애써 미소 지었다.

"됐다. 떨어졌어."

몇 번을 확인하고 또 직접 만져 보아도 현실은 달라지지 않았다.

여전히 사람들은 머리 위에 저마다의 꽃을 피워 내고 있었고, 아리스 외에는 누구도 그 사실을 인지하지 못했다.

리즈벳을 거울 앞에 앉혀 두고 정말 이 꽃이 보이지 않느냐고 물어도 의문 어린 시선만이 돌아올 뿐이었다. 아리스가 손에 잡히는 것을 당기면 그녀는 머리카락을 뽑히는 느낌이라고 했고, 동의를 구해 조금 더 세게 쥐어뜯을 때면 손아귀에 잡힌 꽃이 두려움에 떨 듯 파들파들 꽃잎을 흔들어 댔다. 믿을 수 없게도 그 꽃은 정수리 위에 실제로 싹을 틔우고 자라난 것 같았다.

다시 한 번 의무실을 찾아갈까 싶었지만 그만두었다. 에이드리안과 크리스틴의 일로 가뜩이나 구설수에 오른 상황이다. 또 다른 소문거리를 던져 주고 싶지는 않았다.

그리고 스스로 생각하기에도 지금 눈앞에 닥친 현실이 너무 허무맹랑해서 누구 한 사람 믿어 줄 것 같지가 않았다. 기껏해야 스트레스성 착란 증세라느니 신경 쇠약이 의심된다느니 하며 따로 진찰을 받아 보라고 할 것이 뻔했다. 리즈벳부터도 그녀의 설명을 듣고 근심 가득한 눈빛을 보내지 않았던가.

리즈벳은 그녀를 환자 취급하며 어떻게든 자리에 눕히려 했으나 아리스의 고집이 이겼다. 그녀는 다시 기숙사를 빠져나와 교정을 걸으며 사람들을 관찰하기 시작했다. 뒤따라오고 있던 리즈벳이 투덜거렸지만 아리스는 굳건했다.

도대체 왜 자신에게 이런 일이 벌어졌는지 이유를 알 수가 없었다. 시간이 흘러도 눈앞에 펼쳐진 이상 현상이 도무지 개선되지 않자 정말 정신 착란이나 신경 쇠약이 아닐까 하는 의심마저 들었다.

"아, 아, 안녕."

그러던 어느 순간, 옆에서 심하게 더듬는 말소리가 들려왔다. 고개를 돌리자 왜소한 체구의 남학생이 소극적으로 어깨를 움츠리고 있는 것이 눈에 띄었다. 눈까지 가린 덥수룩한 연갈색 머리카락과 핏기 없는 창백한 피부도 낯이 익었다.

아리스는 용기 내어 건넨 것이 분명한 인사를 받아 주며 속으로 한숨을 내쉬었다.

"안녕, 가비."

"조, 조, 좋은 날씨지."

리즈벳을 짝사랑하고 있는 동급생 소년 가비 루크라임이었다.

리즈벳은 그런 그를 질색할 정도로 싫어했지만, 가비는 그 사실을 알면서도 벌써 2년째 꿋꿋이 제 마음을 지켜 오고 있는 포기를 모르는 남학생이었다.

쑥스러움을 감추기 위해 아리스에게 먼저 말을 건네긴 했으나 그의 시선은 계속해서 리즈벳이 서 있는 뒤쪽을 힐끔거리고 있었다.

머리칼을 덮고 있는 세 장의 녹색 잎 위로 끝부분의 색이 진한 다홍색 꽃잎이 자리한 것이 보였다. 아기자기한 꽃잎이 여러 장 겹쳐 난 이름 모를 꽃이 파르르 몸을 떨었다.

그런데 다음 순간, 아리스는 인상적인 광경을 목격하고 말았다.

가비의 시선이 아리스에게서 리즈벳에게 완전히 옮겨 간 바로 그 순간, 형체조차 보이지 않던 다른 꽃송이들이 정수리에서 톡톡 튀어나오기 시작한 것이었다. 한 송이, 두 송이, 세 송이……. 단 한 송만이 덩그러니 피어 있던 자리에 작은 꽃들이 연속적으로 자라나 꽃망울을 틔웠다. 그러고는 일제히 활짝 꽃잎을 펼치는데…….

"리, 리즈벳. 안녕."

착각처럼 은은한 향기가 코끝을 간질였다. 총 일곱 송이의 꽃이 연갈색 머리 위에 작은 화관처럼 동그랗게 올라앉아 햇빛을 머금었다.

"난 안녕 못 한데?"

그때 갑자기 떠오른 것이 있어 홱 뒤를 돌아보았다. 가비를 보며 얼굴을 구기고 있는 리즈벳이 시야에 들어왔다. 그런 그녀의 머리 위에는…….

꽃이 하나도 없었다.

"리즈벳."

"응?"

대놓고 떫은 표정을 짓고 있던 리즈벳이 아리스의 부름에 고개를 돌렸다. 겨우 모습을 드러내고 있던 두 개의 손톱만 한 잎이 키를 늘이기 시작했다. 그리고 한 송이, 두 송이, 세 송이. 꽃이 자라났다.

"왜?"

그것을 확인한 뒤 이번에는 가비를 향해 다시 시선을 옮겼다.

그는 찡그린 리즈벳의 얼굴마저 좋은지 쉽게 눈길을 돌리지 못하고 있었다. 그의 얼굴에는 홍조마저 올라와 있었고, 그 색을 그대로 옮겨다 놓은 듯한 다홍빛이 아리스의 시야에 일렁였다. 가비의 머리 위에 난 꽃은 리즈벳에게 손을 뻗듯 가장 큰 꽃잎을 팔랑이기까지 했다.

"리, 리, 리즈벳. 자두 말랭이 먹을래?"

"너나 먹어."

리즈벳이 짜증스럽게 눈을 흘기는 순간 그녀의 머리 위에 있던 것들도 빠르게 종적을 감추었다. 작게 올라온 새싹 두 개가 으르렁 거리는 리즈벳을 따라 사납게 진동했다.

지난밤 술에 취해 중얼거렸던 말이 뇌리를 스쳐 지나간 것은 바로 그 때였다.

"사람 속 좀 들여다보고 싶다……. 똥차는 피해 가게."

그 말이 하필 지금 떠오른 것은 어째서일까. 지극히 상투적인 말로, 그것은 운명적이라고 할만 했다.

벼락같은 깨달음이 등줄기를 스쳐지나 갔다. 그 순간, 아리스는 아득한 현기증을 느끼고 말았다.

맙소사. 도대체 이게 뭐야?

* * *

쏴아아.

낮게 부는 바람에 나뭇잎이 몸을 부대끼며 부서지는 소리를 냈다.

아리스는 주위에 눈을 돌리지 않기 위해 노력하며 낙엽이 떨어진 교정을 거닐고 있었다.

걸음을 옮기는 동안 어제와는 사뭇 다른 소음이 사방에서 밀려들었다. 차도가 있기를 기다리는 동안 시간은 허무하게 흘러 어느덧 월요일이 시작되어 있었다.

그 말은 즉, 주말 동안 자리를 비웠던 학생들이 다시 학교에 돌아와 곳곳에서 인산인해를 이루고 있다는 뜻이었다.

오늘처럼 새로운 하루가 시작되는 게 불안했던 적이 또 있었을까. 기숙사 방문을 나서기가 너무 싫어서 최대한 미적거려 봤지만 스스로에게도 적용되는 성실함은 결석을 용납하지 않았다.

주말 동안 아리스는 수많은 사람들을 관찰했고, 모종의 실험을 통해 이 괴현상에 대한 나름의 가설을 도출한 상태였다. 그러나 그 가설이란 것이 스스로 생각하기에도 헛웃음이 나올 정도로 너무 허황되어서 입 밖으로 내기에도 부끄러울 지경이었다.

점심시간. 학생들이 가장 적은 길을 찾아 걷던 아리스가 혼자서 고개를 절레절레 흔들었다.

그럼, 말도 안 되는 소리지. 다른 사람의 마음이 꽃으로 보인다니 어처구니가 없어. 더군다나 감정에 따라 꽃의 상태가 변한다니. 그게 말이 돼? 너무 유치해서 소설책에도 안 나올 이야기잖아.

하지만 그렇게 생각하면서도 아리스는 최대한 주위에 있는 사람들에게 시선을 두지 않기 위해 애썼다. 주말 내내 스스로에게 주입하듯 쉴 새 없이 반복해 읊조렸으나 우연이라도 누군가를 시야에 담는 순간이면 어김없이 등 뒤로 식은땀이 흘렀다.

누구라도 비웃을 소리이긴 했으나……. 그 가설이라면 오늘까지 그녀가 본 현상들이 전부 그럴 듯하게 설명되는 것도 사실이었다. 물론 아무리 그래도 그녀 자신조차 믿지 못할 이야기였지만 말이다.

리즈벳을 닦달해 봤지만 그녀가 공수해 온 술은 시중에서 쉽게 찾아볼 수 있는 평범한 것이었다. 게다가 그 술을 같이 마신 리즈벳은 별다른 것을 보지 못했다. 아무래도 이런 이상한 것을 보는 사람은 아리스뿐인 모양이었다.

그렇다면 어째서 자신인 걸까? 설마 술김에 중얼거렸던 소원이 이루어진 거라고? 좀 말이 되어야 믿던가 하지. 누군가에게라도 속 시원히 털어놓고 상담을 받고 싶었지만 가장 의지할 수 있는 대상인 가족들마저 멀리 있는 상황이었다.

마음이 몹시 불안해 돌덩이라도 삼킨 기분이었다. 그러나 아리스는 주위의 시선을 의식하며 애써 표정을 폈다.

그래. 요즘 너무 피곤해서 잠시 헛걸 보는 걸 거야. 요즘 여러 가지로 무리하기는 했으니까. 며칠간 좀 쉬면서 심신을 안정시키면 괜찮아지겠지.

쏴아아.

그리고 그렇게 스스로를 위로하며 고개를 든 순간. 낯익은 사람의 얼굴이 두 눈에 박혀 들었다.

바닥에 늘어진 긴 그림자 위로 노란 낙엽이 무리 지어 이동했다. 두 사람의 거리는 그리 가깝지 않았다. 무성한 나뭇잎에 상대방의 얼굴은 반쯤 가려졌다. 그러나 아리스는 그가 누군지 알 수 있었다.

그녀의 걸음이 천천히 멈추어졌다.

다이젠은 어떤 남학생과 대화를 나누는 중이었다.

정말 이상한 일이었지만, 그는 오늘 아침 아리스가 눈을 떴을 때 가장 먼저 떠올린 사람이었다. 이 말도 안 되는 가설을 세웠을 때부터 옛 연인이었던 에이드리안보다도 한 발 앞서 머릿속을 스쳐 지나갔던 사람.

물론 지금 그녀의 세계에 벌어지고 있는 이 모든 일은 곧 사라질 무의미한 망상임이 분명했지만…….

하지만 만약.

지금 그녀에게 벌어진 이 기막힌 일이 모두 사실이라면…….

"……."

분명 저 머리 위에는 이 세상에서 가장 끔찍한 게 있을 거야.

그것은 줄곧 그녀의 머릿속을 떠나지 않던 확신과도 같은 예감이었다.

어떤 꽃이든 간에, 분명 그녀를 마주하는 순간 바싹 마르다 못해 처참하게 짓무른 모양으로 시들어 버릴 터다. 새까맣게 죽은 꽃이 얼마나 참담한 모습으로 그녀를 맞이할지 상상조차 되지 않았다.

아리스의 인생에서 다이젠 아르카노발만큼 적대감을 드러내며 다가오는 사람도 없었으니까. 그래서 아리스는 다이젠의 고개가 그녀를 향한 순간, 저도 모르게 손끝을 움찔 떨고 말았다.

필요 이상으로 책을 꼭 끌어안은 손이 저릿했다. 어째서인지 두려움 비슷한 감정이 심장 어귀를 감싸며 미끄러졌다. 등 뒤에서부터 서리를 맞은 듯한 싸늘한 느낌이 번졌다.

보고 싶지 않아.

마음속에 작은 속삭임이 울렸다.

네가 날 싫어하는 건 이미 알고 있어. 그럼 나한테 굳이 보여 주지 않아도 상관없잖아.

비록 애정을 둔 상대가 아니라 해도, 자신을 향한 누군가의 적의를 직접적으로 재확인하는 일이 결코 즐거울 리 없었다. 그러니 눈에 담는 것만으로도 바늘을 삼킨 것처럼 괴로워질 그런 끔찍한 광경은 보고 싶지 않다고, 그 어느 때보다도 간절하게 생각했다.

그러나 붉은 눈동자는 기어이 그녀를 마주하고 말았고.

"뭐야."

바로 그 순간…….

"아리스 선배, 왜 그러고 서 있어?"

있을 수 없는 일이 벌어졌다.

쏴아아.

한 장, 두 장……. 위에서 소리 없이 떨어져 내리던 노란 나뭇잎이 연분홍색 꽃잎으로 화했다.

무심한 빛을 띠고 있던 시선이 그녀에게 닿은 그 찰나의 순간, 순식간에 벌어진 일이었다. 발치까지 긴 그림자를 드리우고 있던 나무에서 철모르는 꽃잎이 앞 다투어 흩어져 내리기 시작하는 광경을 아리스는 손가락 하나 까딱하지 못한 채 지켜보았다.

성큼 앞으로 내디뎌지는 걸음을 따라, 줄곧 가려져 있던 머리 위에도 새하얀 햇살이 쏟아져 내렸다.

"나한테 할 말 있어?"

아리스는 아무런 대답도 하지 못한 채로 다가오는 그를 그저 멍하니 바라보고 말았다.

그것이 무슨 꽃인지 아리스는 알지 못했다. 알지 못했으나…….

사락.

가만히 봉오리 져 있던 새하얀 꽃이 순식간에 생전 처음 보는 예쁜 붉은 색으로 물들며 피어났다. 아리스는 숨을 멈췄다. 그 광경에서 눈을 뗄 수 없었다.

낮은 웃음소리와 함께 그윽한 향기가 실바람에 실려 허공을 부유했다.

"아리스 선배, 그 표정 바보 같아."

그가 그녀를 보았다.

그리고 그 순간, 믿을 수 없게도 봄이 시작되었다.

3. 아리스의 혼란

"외출증 좀 끊어주세요. 정말 급해요."

행정실의 문을 벌컥 열고 들어서는 아리스에게 깜짝 놀란 시선이 옮겨 붙었다. 그녀의 표정은 정말 다급한 일이 생긴 것처럼 절박했고, 그를 입증하듯 숨까지 헐떡이고 있었다.

아리스가 빠른 걸음으로 다가가 박력 있게 책상 위로 손을 짚자 바로 눈앞에 보이는 연노란색 꽃도 쭈뼛 솜털을 곤두세웠다.

"왜 그러니? 무슨 일로……."

"지금 당장 병원에 가 봐야 할 것 같아서요."

아리스를 마주한 얼굴도 덩달아 진지하게 굳어졌다.

"혹시 집안에 안 좋은 일이라도 생긴 거니?"

황급히 뛰어와 병원에 가야 한다며 외출증을 요구하는 학생을 보자 가장 먼저 떠오른 이유가 그런 것이었나 보다. 가족들에게 변고가 생겼는지 묻는 말에 아리스가 고개를 저었다.

"아니, 그게 아니라 문제는 저인데……."

"저런, 어디 다쳤나 보구나. 의무실은 가 봤고?"

귀를 파고드는 걱정스러운 목소리에 아리스는 멈칫하고 말았다. 그것을 어떻게 생각했는지 잇따른 목소리가 변명하듯 조심스러워졌다.

"설마 네가 그럴 리야 없겠지만 요즘 밖에서 문제를 일으키는 학생들이 많아져서 사유서 제출이 필수가 되었거든. 정 급하면 종이를 줄 테니 작성하렴."

사유서는 손쉽게 그녀의 손 안에 들어왔다. 평소 성실하게 교칙을 준수하는 아리스였기 때문에 가능한 일이었다.

아리스는 접대용 의자에 앉아 펜을 들었다. 그러나 그녀의 얼굴에는 차마 감추지 못한 망설임이 배어 있었다. 종이 위에서 머뭇거리는가 싶던 손이 잠시 후 멈추어졌다. 결국 한 글자도 채워지지 못한 사유서 위에 펜이 내려앉았다.

"저, 이거 돌려 드릴게요. 나가지 않아도 될 것 같아요."

"그래?"

"네. 좀 앉아 있었더니 이제 괜찮아졌어요. 번거롭게 해 드려서 죄송합니다."

아리스는 방금 전과 달리 어느 정도 침착함을 되찾은 상태였다. 걱정과 의문을 품은 눈길이 따라붙었지만 그녀는 종이와 펜을 책상 위에 올려 둔 채 그대로 몸을 일으켰다.

"그래도 의무실에는 꼭 가 보렴."

"네, 감사해요."

달칵.

문을 닫고 밖으로 나선 아리스의 얼굴이 다소 딱딱하게 경직되어 있었다. 발길을 돌려 왔던 길을 다시 걸으면서도 복잡 미묘한 기분은 쉬이 가시지를 않았다.

가슴 속에 벌떼가 무리 지어 돌아다니는 것처럼 속이 요란하게도 술렁였다. 사실 아리스는 방금 전부터 엄청난 혼란 속에 내던져진 상태였기 때문에 좀처럼 본래의 냉정을 되찾지 못하고 있었다.

그러나 다시 한 번 진지하게 다시 생각해 보자 이렇게까지 당황할 만한 일인가 싶었다.

아직 그녀의 눈에 비치는 이 현상이 어떤 원리인지 입증된 바도 없지 않은가. 누군가에 대한 사람의 감정이 머리 위의 꽃으로 표현된다는 것은 어디까지나 그녀 혼자 제멋대로 추측한 것일 뿐이었다.

그렇다면 방금 전의 일도 마찬가지일 터. 아니, 분명 그럴 것이었다. 분명히 방금 전에 본 것도 그녀가 짐작한 바와 실제로 아무 연관도 없을 것이 확실했다.

하지만 그런 생각에도 산란한 머릿속이 정리되지 않았다.

아리스는 입술을 사려 물며 행정실에 가기 직전 보았던 광경을 떠올렸다.

* * *

"왜 계속 그렇게 쳐다보는데?"

삐딱한 물음이 고막을 찔렀으나 아무 대답도 할 수가 없었다.

아찔할 정도로 짙은 향기가 코끝에 감겨들었다. 후각에 이어 머릿속까지 온통 마비된 듯 눈앞이 그저 아득했다.

지금 내가 보고 있는 게 뭐지. 잘 돌아가지 않는 머리를 아무리 굴려 보아도 눈앞의 상황을 이해할 수가 없었다.

상아색 머리카락과 대비되어 더욱 강렬하게 시야를 찌르는 고혹적인 빨강. 순식간에 완전히 개화한 붉은 꽃이 아리스를 향해 미소 짓듯 부드럽게 꽃잎을 살랑였다. 그 나긋한 움직임을 따라 그녀가 서 있는 곳까지 밀려온 것은 다이젠 아르카노발과 조금도 어울리지 않는 아주 달콤한 향기였다.

아마 저도 모르게 넋을 놓고 있었던 모양이다. 퍼뜩 정신을 차려 보니 어느덧 두어 걸음 앞까지 다가온 다이젠이 멍하게 서 있는 그녀를 내려다보며 미간을 찌푸리고 있었다.

주위를 둘러보자 방금 전까지 흩날리던 꽃잎들은 온데간데없이 사방에서 굴러다니는 낙엽들만 눈에 들어올 뿐이었다. 지극히 정적인 가을 풍경에 아리스는 훅 숨을 들이켜고 말았다.

분명 주위에 꽃잎이 날린 것 같았는데. 그러나 현실을 인지하고 나자 온몸을 포근히 감싸 안던 따사로운 공기도, 눈처럼 나부끼던 꽃비도 한순간의 꿈처럼 모조리 사라져 버렸다.

그리고 그렇기 때문에…….

"언제까지 그러고 있을 거야?"

환상도 착각도 아니라는 듯이 아직까지도 선명히 남아 있는 저 붉음만이 유독 또렷이 두 눈에 박혀 들었다.

"아리스 선배."

아리스는 한 발짝 더 다가오는 걸음을 따라 무의식중에 주춤 뒷걸음질 치고 말았다. 대놓고 피하는 행동에 마주한 얼굴이 조금 더 찡그려졌으나 그녀가 알 바는 아니었다.

"너 뭐야."

눈이 마주친 순간, 처음 봄비를 맞은 싹처럼 천천히 움트던 꽃봉오리가 어째서 이리도 충격적인지 알 수가 없었다.

"도대체 뭐야?"

꽉 닫혀 있던 새하얀 꽃잎이 기다렸다는 듯이 제 색을 자랑하며 곱게 물들었다. 다이젠 아르카노발과 어울리지 않는 아주 예쁜 꽃이란 사실은 차치하고서라도 그것이 다른 누구도 아닌 자신을 향해 만개했다는 사실이 몹시도 당혹스러웠다.

너무 놀란 나머지 아리스는 손에 들고 있던 책마저 바닥에 떨어뜨리며 뒤로 물러서고 말았다.

혼란에 젖은 눈동자를 마주한 다이젠의 얼굴에 의혹이 떠올랐다.

"못 볼 걸 본 사람처럼 왜 그래?"

당연한 말이지만, 그녀의 행동을 이해하지 못하는 기색이 완연했다. 옆으로 비스듬히 기울어지는 고개를 따라 다이젠의 머리 위에 있는 것도 슬그머니 몸을 기울인 채 그녀를 쳐다보았다. 새하얀 햇빛이 반투명한 붉은 꽃을 그대로 투영해 지나갔다.

"아리스 선배, 안녕하세요."

방금 전까지 다이젠과 대화중이던 남학생이 어느새 다가와 넉살 좋게 인사를 건넸다. 그에 마주한 얼굴이 설핏 짜증스럽게 구겨졌다. 붉은 눈동자가 친한 척 자신의 어깨에 매달린 남학생을 향해 미끄러졌다. 그 순간 빼어난 아름다움을 뽐내며 느긋이 잎을 펼치고 있던 꽃이 새침하게 등을 돌리며 입을 꽉 다물어 버렸다.

시선 한 톨 주는 것조차 아깝다는 듯이 완전히 속을 감춘 채 꽉 다물린 봉오리를 보자 더는 자리를 지키고 있을 수가 없었다.

"도대체 나한테 왜 이러는 거야."

누구에게인지 모를 한탄 어린 푸념이 발작하듯 입 밖으로 터져 나왔다. 도대체 왜, 왜 나한테만 이런 게 보이는 거야. 그것도 이런 말도 안 되는 이상한 것만.

아리스는 더는 참지 못해 자리를 박차고 말았다. 그녀의 격양된 목소리에 다이젠의 고개가 다시 옆으로 움직여졌으나 그의 머리 위에 있는 것을 보고 싶지 않았다.

"아리스 선배."

그래서 뒤에는 부르는 소리조차 무시한 채 발길을 돌렸다.

"뭐야. 너 아리스 선배한테 무슨 짓 했어?"

옆에 있던 남학생이 다이젠에게 뭐라 하는 게 들렸지만 그녀의 걸음은 멈추어지지 않았다.

그 길로 아리스는 외출증을 발급받기 위해 뛰었다. 그러나 막상 사유서를 앞에 두자 어째서인지 공란에 손이 가지 않았다. 그녀는 이 기이한 현상을 누군가에게 설명하는 것도 스스로 인정하는 것도 무리라는 사실을 깨달았다.

결국 아리스는 사유서를 작성하지 못한 채 수확 없이 문을 나서야만 했다.

멀리서 점심시간의 끝을 알리는 종이 울리자 각자의 꽃을 머리 위에 피워 낸 학생들이 그녀를 지나쳐 뛰어갔다. 하지만 아리스는 알 수 없는 절망감에 휩싸여 자리에서 꼼짝도 하지 못했다.

다시 한 번 바람이 불었지만 시야에는 온통 황갈색의 낙엽뿐이었다.

* * *

"뭐야."

처음에는 도서관에서의 일로 그에게 분노를 표출하기 위해 걸음을 멈추었다고 생각했다. 하지만 다이젠은 모르는 척 물었다.

"아리스 선배, 왜 그러고 서 있어?"

딱히 의문을 품을 것도 없이 뻔한 일이었다. 아리스가 다이젠에게 볼일이 있다는 듯이 다가오는 경우는 대개 이런 이유가 있을 때뿐이었다. 그녀가 그에게 화가 났거나, 그녀가 그에게 따질 일이 있거나, 극히 드문 경우로 그녀가 그에게 먼저 시비를 걸고 싶거나 할 때.

"나한테 할 말 있어?"

그리고 다이젠은 그때마다 자신이 그런 순간을 기다리고 있었다는, 그런 기이한 기분에 휩싸였다.

그런데 아리스는 아까부터 그를 바라보기만 할 뿐, 어째서인지 말이 없었다.

쏴아아. 가을바람에 떨어진 나뭇잎이 우수수 허공을 날았다.

하지만 다이젠은 의아해졌다. 왜 저렇게 두 눈을 동그랗게 뜨고 멀거니 그를 쳐다보고만 있을까? 다른 때라면 주위를 의식해 지어 보인 맑은 웃음과 상반되는 가시 돋친 말을 벌써 그에게 마구 쏟아 내고도 남았을 터인데.

까닭 모를 그 멍한 표정이 낯설어서 다이젠은 어느 순간 입술을 비집고 나오는 웃음을 참지 못했다. 그야, 다른 때라면 절대로 다른 사람들 앞에서 보이지 않을 무방비한 표정이 아닌가.

"아리스 선배, 그 표정 바보 같아."

원래 성정이 그래서 그런지 그는 이런 고약한 말밖에 할 줄 몰랐다. 다이젠은 곧 삐딱하게 입매를 비틀었다.

"왜 계속 그렇게 쳐다보는데?"

아리스는 아까부터 계속 믿을 수 없는 무언가를 보는 것처럼 그에게 시선을 못 박고 있었다. 처음에는 그것이 재미있었으나 점차 이상하다는 생각이 들기 시작했다. 다이젠은 의아한 마음에 그녀에게 다가갔다. 그때서야 아리스는 정신을 차렸다. 그런데 그다음에는 또다시 불현듯 놀란 것처럼 주위를 두리번거리기 시작하는 게 아닌가?

"너 뭐야."

그러더니 기껏 내뱉는 말이란 이런 얼토당토않은 것이었다.

"도대체 뭐야?"

이것 역시 도서관에서의 일을 따지는 것일까? 하지만 느낌상 그런 것 같지는 않았다. 심지어 아리스는 들고 있던 책까지 바닥에 떨어뜨리고 주춤주춤 뒷걸음질 치기까지 했다.

"못 볼 걸 본 사람처럼 왜 그래?"

당연히 그 모습을 보는 다이젠의 얼굴이 밝을 리 없었다. 다이젠의 의혹은 아리스가 결국 도망치듯이 그를 등지고 먼저 자리를 떠났을 때 정점을 찍었다.

"뭐야. 너 아리스 선배한테 무슨 짓 했어?"

아리스와 만나기 전까지 그와 시시껄렁한 이야기를 나누었던 남학생이 궁금하다는 듯이 물었으나 다이젠은 대답하지 못했다.

"깜짝이야. 아리스 선배가 저러는 건 처음 보는데."

그 말을 듣고 다이젠은 잠시 말문이 막혔다.

또 다시 눈을 치켜뜨고 그에게 화를 내러 올 것이라 생각했는데, 마치 못 볼 걸 본 사람처럼 길에서 만난 그에게서 도망을 치다니? 이런 적은 처음이라 다이젠도 한순간 멀어지는 뒷모습을 향해 두 눈을 약간 크게 뜰 수밖에 없었다.

그는 아무 말 없이 방금 전 아리스가 떨어뜨리고 간 책을 주워들었다.

아리스 키프로스.

책의 겉표지에는 그 주인에게 어울리는 정갈한 글씨체로 이름이 적혀 있었다.

다이젠은 그것을 잠시 동안 알 수 없는 눈길로 바라보다가 이윽고 그 주인이 사라진 곳을 향해 고개를 돌렸다.

* * *

아리스는 어수선한 교실의 뒷문을 슬그머니 열었다.

꼼짝없이 지각인가 싶었는데 다행히도 교탁 앞은 비어 있었다. 오늘 하루 중 유일하게 운이 좋은 일이었다. 하지만 그렇게 생각하기 무섭게 교과서를 가져오지 않은 사실을 깨닫고 말았다.

아. 그러고 보니 아까 다이젠 앞에서 떨어뜨리고 왔었지. 아리스의 미간이 절로 찌푸려졌다.

이번 시간은 선택 과목에 따른 이동 수업이었기 때문에 항상 붙어 다니는 리즈벳도 교실 안에 없었다. 물론 그렇다 해서 친한 여학생들이 아무도 없는 건 아니었지만 교실 안에 그득한 꽃들을 보자 그 한가운데로 들어가고 싶은 생각이 싹 가시고 말았다.

결국 아리스는 교실 맨 뒤의 비어 있는 곳으로 가 자리를 잡았다. 이번 시간은 교내의 미남 교수로 소문난 레안 아르카노발의 역사 수업이었다. 때문에 여학생들의 대부분이 앞자리에 몰려 있어 어렵지 않게 뒷자리를 차지할 수 있었다.

"아리스, 안녕."

"그래. 안녕……."

아리스는 옆자리에서 들려오는 다정한 목소리에 웃음으로 화답하며 살짝 고개를 돌렸다. 그리고 그 직후 눈에 들어온 것에 반사적으로 말끝을 흐리고 말았다.

"오늘은 늦게 왔네?"

검은색 점이 군데군데 박힌 갈색의 꽃과 그 주위를 보호하듯 감싸고 있는 기다란 덩굴.

카밀레 키든. 주말에 식당에서 만났던 여학생이었다.

그러고 보니 역사 수업을 함께 들었던가. 그녀는 어디로 보나 순진한 얼굴로 웃고 있었으나 아리스는 원인 모를 꺼림칙함을 느껴야만 했다. 저 머리 위에 있는 덩굴로 세차게 얻어맞았던 손등이 기분 탓인지 약간 쓰라렸다. 지금은 꽃이 제 몸을 가리며 얌전히 웅크리고 있어 그나마 나았지만 또 언제 돌변할지 모를 일이었으니 결코 안심할 수 없었다.

"그런데 아리스, 머리에……."

그리고 무슨 말인가를 할 듯하다가 잦아드는 음성에 아리스는 저도 모르게 화들짝 놀라 머리 위로 손을 올리고 말았다.

머리? 내 머리가 어때서. 혹시 나한테도 꽃이 생겼나?

하지만 그녀의 손에 잡힌 것은 그런 것이 아니었다.

"평소에 안 하던 스타일이네. 대단하다. 난 그런 건 시도도 못하겠던데."

그러고 보니 오늘 잊고 있던 일이 또 하나 있었다.

아침에 등교 준비를 다 끝내고 침대 위에 멍하니 앉아 있던 아리스에게 리즈벳이 은근슬쩍 씌워 줬던 것. 그때부터 지금까지 머리 위에 얌전히 안착해 있던 리본 머리띠가 손에 잡히는 순간 그녀는 다른 사람들에게 들리지 않게 끄응 신음할 수밖에 없었다.

"이런 건 너처럼 예쁜 애가 해야 그나마 어울리지. 나 대신 네가 해 줘. 빼면 울 거야!"

지금 당장 벗어 버릴까 싶었지만 아침에 리즈벳이 한 말이 떠올라 잠시 멈칫하고 말았다. 얼마 전 비오스 거리에 나갔을 때 갖고 싶다고 노래를 부르며 사 놓고 정작 본인에게는 어울리지 않는다고 구슬퍼 했지.

리즈벳의 취향답게 아기자기 예쁜 것이 그냥 두고 보면 나름대로 괜찮기는 했다. 하지만 문제는 18살이나 먹고 하기에는 귀여워도 너무 귀엽다는 것이었다.

"내 건 아니고, 리즈벳이 빌려줬어."

아리스는 결국 그냥 손을 내렸다. 그리고 방금 전까지 속으로 좌절했던 것을 티 내지 않기 위해 그저 웃었다. 그러자 마주한 얼굴도 해맑은 미소를 띠는가 싶었다.

그런데 방금, 뭔가 비꼬는 어조 아니었어?

힐끔, 아리스의 시선이 여전히 몸을 웅크리고 있는 덩굴에 가 닿았다.

바로 그 직후 역사 과목 교수인 레안 아르카노발이 교실에 들어섰기 때문에 아리스는 그녀와 더 이상 대화하지 않아도 되었다.

"다들 왔나? 출석 부른다."

물론 그 뒤로 함께 교과서를 봐야 하긴 했지만.

아리스는 오늘따라 수업에 도통 집중이 되지 않는 것을 느끼며 교실 앞에 선 남자에게 시선을 두었다.

햇빛에 반짝이는 상아색 머리카락. 나른한 느낌으로 내리깔려 있는 붉은 눈동자. 여학생들이 너도나도 앞 다투어 선택 과목을 신청할 정도로, 확실히 연륜에 맞는 중후한 멋을 풍기는 근사한 외모였다. 그 이목구비나 전체적인 분위기가 객관적으로 보았을 때 그녀가 아는 다른 한 사람과 똑같이 닮았다고 평할 만했으나, 아리스는 오늘도 고개를 절레절레 내저었다.

봐. 역시 하나도 안 닮았잖아. 다이젠 같은 애보다 교수님이 훨씬 낫지.

그런 그녀의 감상을 방해하는 것이 있었으니, 바로 눈부신 햇살을 투과시키고 있는 푸른 꽃이었다. 그나마 한 송이뿐이라 보는 데에 거북함이 덜하기는 했으나 적응이 되지 않기는 아직도 마찬가지였다.

수업 시간 내내 아리스의 착잡한 시선은 작게 봉오리 진 파란색 꽃을 떠나지 못했다.

그리고 수업이 끝난 후, 그녀는 옆자리를 보지 않기 위해 노력하며 서둘러 뒷문을 빠져나왔다. 물론 중간에 다른 학생들에게 잡혀 인사를 받아 주느라 시간을 빼앗기긴 했으나, 오히려 그러는 동안 카밀레 키든을 보지 않고 복도로 나설 수 있었다.

하지만 문을 나서자마자 보이는 형체에 아리스는 주춤 걸음을 멈출 수밖에 없었다.

넓은 창으로 흘러든 하얀 빛이 부드러워 보이는 머리칼과 단정한 교복 위에 아낌없이 흩뿌려졌다.

여학생들의 시선을 한 몸에 받으며 창가에 몸을 반쯤 기대고 서 있는 남학생은 다이젠이었다. 그런데 웬일인지 주위에 있는 여학생들이 다른 때보다 유독 시끄러웠다. 곧 이어 옆에서 들리는 수군거림에 아리스는 그 원인을 금방 깨달을 수 있었다.

아마도 방금 전 수업을 마치고 교실을 빠져나갔던 레안 아르카노발 교수와 다이젠이 복도에서 마주쳤던 모양이다. 평소에는 제 아버지가 수업하는 교실 쪽에 얼씬도 하지 않던 다이젠이었으니, 두 부자가 한 자리에 나란히 서 있는 모습이 눈에 띄기도 했을 터였다.

그리고 그렇기 때문일까. 다이젠은 속마음이 잘 드러나지 않는 무표정한 얼굴을 하고 있었지만 조금 기분이 나빠 보였다.

하지만 그건 둘째 치고. 도대체 저 녀석은 왜 3학년 교사 앞에 서 있는 걸까. 불만 어린 의문을 품은 시선이 뒤이어 다이젠의 손에 들린 책에 날아가 박혔다.

온도 낮은 눈빛이 그녀에게 미끄러진 것은 바로 그 다음 순간이었다.

예정된 일처럼 활짝 피어나는 꽃에 아리스는 그만 형용할 수 없는 기분이 되고 말았다.

"하아……."

손을 들어 올려 힘없이 마른세수를 하는 동안에도 머릿속이 어수선하기 짝이 없었다. 여전히 저 꽃의 의미를 알 수가 없었다. 아니……. 솔직히 바보가 아닌 이상 며칠간의 관찰로 사람들의 머리 위에 피어난 꽃이 무엇을 뜻하는지 짐작하고도 남았지만…….

문제는 바로 저 다이젠의 꽃이었다. 도대체 왜 그녀만 보면 반기듯이 활짝 피어나 이다지도 큰 혼란을 안겨 주는지 도통 이해할 수가 없었다. 지금까지 관찰한 결과로 따지자면 그녀의 앞에서 흉측하게 시들거나 가뭄을 맞은 것처럼 흔적조차 찾아볼 수 없거나, 그래야 하는 것 아닌가?

그런 의문을 품은 동안 한손에 아리스의 교과서를 든 다이젠이 그녀를 향해 걸어오기 시작했다.

멀지 않은 곳에서 풍겨 오는 달짝지근한 향기에 그녀의 입에서 탄식이 새어 나왔다. 자신의 이름이 박힌 교과서를 보고서도 제발 아니기를 바랐는데, 역시 그의 목적은 그녀에게 있었다.

"역시 아리스는 인기가 많구나. 좋겠다."

그때, 옆에서 스치는 듯한 목소리가 흘러들었다. 카밀레 키든이 그녀를 지나쳐 가며 싱긋 웃었다. 아마 그녀를 향해 걸어오는 다이젠을 보고 한 말인 것 같았다.

말투도 표정도 상냥하고 나긋했지만 머리 위에서 뿜어져 나오는 기운만큼은 그렇지 않았다. 아마 며칠 전이었다면 대수롭지 않게 지나갔을 수도 있었다. 하지만 이번에는 확실한 느낌이 왔다.

뭐야. 난 아무 짓도 안 하는데 혼자서 열등감 폭발해서 부들거리는 애였잖아.

어디를 가나 그런 애들은 있기 마련이었지만 아무것도 모른다는 양 생글거리는 표정 연기가 꽤나 일품이었다. 하지만 그런 아이들을 일일이 상대해 줄 필요성은 느끼지 못해서 아리스는 그저 옅게 웃는 얼굴로 카밀레를 지그시 바라보기만 했다. 그러자 또 저 혼자 찔렸는지 티 나지 않게 약간 걸음을 서두르는 것이 느껴졌다. 그래도 끝까지 미소를 무너뜨리지 않는 것만큼은 인정해 줄 만했다.

머리 위로 그림자가 졌다. 지금은 다이젠을 보고 싶은 기분이 아니었지만 이왕 이렇게 된 것 어쩔 수 없는 일이었다. 아리스는 어느덧 가까이에서 자신을 내려다보는 얼굴을 못마땅하게 흘기며 툭 말을 던졌다.

"갖다 줄 거면 좀 빨리 오던가."

그러자 가뜩이나 기분이 저조한 듯 보였던 다이젠이 입매를 비트는가 싶었다.

"수업 전에도 왔었거든. 그보다."

그렇다면 수업 전에도, 후에도 복도에서 학생들의 구경거리가 되었던 것이니 기분이 썩 좋지 않을 만도 했다.

"고맙단 말도 할 줄 몰라?"

"내가 왜 너한테. 이게 다 애초에……."

하지만 아리스의 기분도 가히 유쾌했던 것은 아니라 다이젠의 말에 발끈하고 말았다. 그러나 그녀는 목전까지 치밀었던 말을 그냥 다시 삼켜 버렸다.

그래. 알고 있다. 이건 애꿎은 화풀이였다. 엄밀히 따져서 지금 벌어진 일들이 다이젠 때문인 건 아니었으니까. 도무지 종잡을 수 없는 저 꽃 때문에 심히 머리가 아프긴 했지만 그것을 따져 물을 수도 없는 노릇이었다.

"아, 그래. 가져다 줘서 고마워."

아리스는 다이젠을 빨리 보내 버리기 위해 대충 대꾸하며 책을 향해 손을 뻗었다. 그런데 막 닿을 듯했던 책이 다음 순간 그녀의 손을 피해 휘익 위로 들려 올라가는 것이 아닌가.

졸지에 헛손질을 하게 된 아리스가 왈칵 짜증을 냈다.

"아, 뭐야?"

그러나 다이젠은 비웃음 띤 얼굴로 그런 그녀를 내려다볼 뿐이었다.

"나날이 흑역사를 갱신 중이야?"

그의 시선이 꽂히는 곳이 어디인지 깨달은 아리스로서는 이를 갈 수밖에 없었다.

내가 아무리 부끄러운 짓을 해도 너보단 아니거든.

이 나이 먹고 깜찍한 리본 머리띠를 하고 있으려니 심히 민망하긴 했지만, 아무리 그래도 그가 머리에 달고 있는 꽃보다 창피한 일은 아닐 것이었다. 물론 지금 이 순간조차 다이젠은 머리 위의 존재에 대해 아무것도 모를 것이었지만.

"난 이런 것도 다 잘 어울려서 괜찮거든."

괜히 오기가 들어 일부러 자신만만하게 턱을 치켜들면서 말하자 다이젠이 어처구니없다는 듯 헛웃음 지었다.

"그리고 지난번부터 왜 자꾸 시비야. 네가 무슨 상관이라고."

잠시 잊고 있었던 도서관에서의 일까지 떠오르면서 또 짜증이 일었다. 지금 주위에 아무도 없었으면 얼굴을 구기고 멱살이라도 잡았을 텐데. 하지만 주변에 그들을 훔쳐보고 있는 학생들이 워낙 많아 웃으면서 뾰족한 말투로 쏘아붙여 주는 것이 한계였다.

매몰차다고도 할 수 있는 말에 마주한 얼굴이 한결 더 단단한 냉기를 두르는 것이 보였다.

"그래. 나랑은 상관없지만 선배가 예쁘게 보이고 싶은 사람이라면 다르겠지."

잘한 것도 없는 주제에, 그녀의 말이 또 제 안의 어느 부분을 건드리기라도 한 것 같은 반응이었다.

"에이드리안이 지금 아리스 선배를 보면 뭐라고 생각할까."

얼음 조각 같은 눈동자가 천천히 다가왔다. 방금 전보다 가까워진 얼굴 때문에 다이젠의 꽃이 시야 밖으로 벗어났다. 그리고 대신 날선 미소가 뚜렷하게 두 눈을 찔렀다.

"선배가 기대하는 반응은 뭐야?"

내려 깐 눈동자가 그녀를 꿰뚫을 듯 직시하고 있었다. 그 상태로 나지막하게 속삭여진 목소리에 어째서인지 몸이 굳고 말았다. 작게 벌려진 입술에서 새어 나온 얕은 숨이 그녀의 뺨을 어루만지듯 간질였다.

"아리스는 뭘 해도 귀엽고 예뻐."

착각인지 달콤한 향기가 한결 더 짙게 주위에 감돌았다. 지척에서 읊조려진 음성이 녹아들 듯 귀에 감겨드는 것도 그 영향을 받았기 때문이 분명했다. 그렇지 않고서야 저 얼음덩어리 같은 다이젠의 눈빛이, 목소리가, 연인에게 밀어를 속삭이는 사람의 것처럼 달짝지근하게 느껴질리가 없었다.

"그런 말이라도 듣고 싶어?"

고막을 긁는 낮은 목소리에 솜털이 곤두섰다.

본인의 생각을 말하는 것은 아니었지만 그의 입에서 나오는 사탕발림은 그 자체로 낯 뜨거운 감이 없잖아 있었다. 아리스는 방금 전 들은 말이 자신에게 끼친 영향력에 약간 당황해 버렸다.

"괜히 헤어졌다. 그렇게 후회라도 하면서 다시 돌아오면 좋겠어?"

가까이에서 그녀를 내려다보고 있던 붉은 눈동자가 슬며시 옆으로 미끄러진 것은 바로 그 순간이었다.

"나로서는 도무지 이해할 수 없지만."

그러서 나서 다이젠은 조금 냉소적으로 웃었고, 아리스는 그에게서 코가 마비될 정도로 풍겨 나오던 향기가 이내 감쪽같이 사라진 것을 느꼈다.

"유감스럽게도 작전 성공인 모양이네."

그는 여전히 시선을 옆에 둔 채로 숙였던 상체를 곧게 폈다.

"선배가 원한다면 다시 합치는 것도 시간문제인 것 같은데."

손에 무언가가 들어와 내려다보니 다이젠이 들고 있던 그녀의 책이었다. 다시 고개를 들기도 전에 앞에 박혀 있던 다리가 시야를 벗어났다.

"축하해. 원하는 대로 돼서 좋겠어."

다이젠은 다시 그녀를 처다보지도 않은 채 그대로 발길을 돌렸다. 귓가에 남겨진 싸늘한 음성에 아리스의 시선이 위로 들렸으나 이미 멀어지고 있는 뒷모습만 보였다. 그녀를 등지고 있는 다이젠의 꽃은 원래부터 그랬던 것처럼 틈 하나 없이 잎을 모으고 있었다.

"아리스."

그 뒷모습에 다른 때와 조금 다른 감상이 들고 만 것은 어째서인지 몰랐다. 옆에서 자신을 부르는 익숙한 목소리가 들렸지만 어딘가 복잡한 빛을 품은 눈동자는 쉬이 움직여지지 않았다.

그리고 마침내 고개를 돌리자.

"하고 싶은 말이 있어."

겉 꽃잎은 흰색, 속 꽃잎은 노란색인 꽃이 눈에 들어왔다. 그럴 이유가 전혀 없는데도 아리스는 그것을 보고 은근히 실망하고 말았다.

"방과 후에 시간 좀 내 줘."

반쯤은 오므라진 봉오리를 보니 잠시 가졌던 관심마저 급속도로 식는 느낌이었다. 다시 만난 에이드리안은 무언가를 결단한 듯 곧은 눈빛을 하고 있었다. 무엇인지는 몰라도 두 사람의 관계에 대한 이야기를 하려는 것이 분명해 보였다. 다이젠이 멋대로 넘겨짚은 것처럼 그들의 관계를 다시 원상 복귀시키자는 말은 아닐 터였다. 하지만 그런다 해도 아리스가 그의 청을 받아들여야 할 이유는 없었다.

"미안하지만 그러지 않는 게 좋겠어."

그녀는 난처하게 웃는 얼굴로 에이드리안을 거절했다. 나름대로 기대했던 입질이기는 했지만 막상 그가 이렇게 나오자 또 생각만큼 반갑지도 않았다.

복도를 오가는 학생들이 대놓고 두 사람을 힐끔거렸다. 아리스는 에이드리안을 뒤로 한 채 먼저 걸음을 옮겼다. 그런 그녀의 등 뒤에서 그는 포기하지 않고 속삭였다.

"늘 만나던 장소에서 기다릴게. 올 때까지."

물론 아리스의 입장에서는 그럴 필요가 전혀 없었기 때문에, 오늘 두 사람의 만남은 이루어지지 않을 것이었다.

게다가 지금은 에이드리안과의 일보다 더 신경 쓰이는 것이 있었다.

* * *

사실 교내에서 남녀 불문 가장 유명한 학생을 손에 꼽으라면 그 일 순위는 단연코 다이젠 아르카노발일 것이었다.

아리스나 에이드리안도 이름을 널리 알리고 있기는 했지만 다이젠은 입학식 날부터 주목받는 정도가 달랐다. 오죽하면 아리스 역시 소문을 듣고 입학식 날 알게 모르게 그를 찾아 시선을 분주히 움직였을 정도이니, 다이젠에게 쏟아졌던 초유의 관심이 어느 정도였는지 익히 짐작할 수 있을 터였다.

그리고 그 이유는 앞서 밝힌 바 있듯, 다이젠이 학교에 재직 중인 부부 교수의 아들이기 때문이었다. 그들은 불과 물처럼 상반된 성격을 가지고 있었지만 부부 사이의 애정만큼은 놀랍도록 돈독해 오래 전부터 학교의 명물로도 통했다. 게다가 둘 모두 학생들의 인기를 독차지할 정도의 수려한 외모와 발군의 실력을 지니고 있었다.

그러니 학생들뿐만 아니라 다른 교수들까지 그들의 아들에 대한 호기심을 감추지 못하는 것도 당연했다.

그리고 모두의 시선을 한 몸에 받으며 입학한 다이젠은 사람들의 기대를 저버리지 않았다.

가장 처음 이목을 집중시킨 것은 아버지인 레안 아르카노발과 판박이라 할 정도로 닮아 있는 외모였다. 그를 찾기 위해 대강당 안을 오래 둘러볼 필요조차 없었다. 다이젠은 마치 그 아버지의 아들이란 사실을 이마에 써 붙이기라도 한 것 같은 얼굴을 하고 있었던 것이다.

우선 16살 주제에 동갑내기 남학생들보다 훌쩍 큰 키가 한눈에 들어왔다. 그 다음으로는 천장까지 닿아 있는 큰 창문 아래에서 햇빛을 받고 있는 독특한 상아색 머리카락이 눈에 띄었고, 수업 시간마다 보던 것과 매우 흡사한 도드라진 이목구비가 이어서 시야를 파고들었다.

그는 대강당 한 구석에 다만 조용히 서 있을 뿐이었지만 그 자리에 있는 학생들의 시선을 모조리 쓸어 담고 있었다. 그리고 그 불변의 사실을 매우 탐탁지 않게 여기는 듯했다. 아래로 내리뜬 붉은 눈동자가 더없이 싸늘하게 굳어 있었으니까. 심지어 그 차가운 표정까지 아버지를 꼭 빼닮아 있어 주위에서 수군거리는 소리는 시간이 갈수록 오히려 기져만 갈 뿐이었다.

그러나 누구 한 사람 그런 그에게 용기 내어 가까이 다가가지 못했다. 왜냐하면 이제 갓 입학한 다이젠 아르카노발에게 누구도 섣불리 접근하지 못할 정도로 단단해 보이는 기묘한 벽이 느껴졌기 때문에.

아리스는 애초부터 그에게 말을 걸 생각은 없어서, 입학식이 시작될

때까지 리즈벳과 함께 호기심 어린 눈길을 빛내기만 했다.

그리고 입학식 이후 알음알음 소문으로 전해들은 바에 의하면 다이젠은 외모뿐 아니라 성격까지 아버지를 닮아 있었다.

한마디로 말하자면 그 성정이 만년 설원에 버금갈 정도로 한기를 폴폴 날리게 삭막했다.

보태서 그 냉정함은 아버지를 훌쩍 넘어서고도 남는다고 했다. 레안 아르카노발 역시 소싯적에는 '한 까칠' 하는 성격으로 교내에서 유명했다고 하던데, 이전의 그를 아는 사람들마저 다이젠은 그 수준을 웃도는 정도라 입을 모을 정도였다.

그럼에도 이 소년이 가진 외적인 매력은 대단했다. 졸업 학년의 여학생들까지도 신입생이던 다이젠을 노리고 있다는 소문이 돌았다.

하기야 그 아버지인 레안 아르카노발부터도 성격이야 어찌되었든 간에 여학생들에게 인기 만발이지 않던가. 이미 결혼한 남자임에도 각종 기념일마다 산더미 같은 선물을 받을 정도였으니 그 마음이 아들인 다이젠에게 옮겨 가는 것도 어찌 보면 당연한 순리 같았다.

게다가 이미 '품절남'이 된 레안과 달리 다이젠은 파릇파릇한 한창 때의 소년이었다. 그것도 제 아버지를 아주아주 많이 닮은. 이쯤 되니 그동안 이룰 수 없는 사랑에 애달파 했던 여학생들이 기쁘게 목표를 바꿀 만도 했다.

그리고 그런 이유가 아니더라도 다이젠은 눈에 띄게 훤칠한 소년이었다. 호기심이 소녀다운 연정으로 발전하는 것도 이상한 일이 아니었다.

물론 성실하고 다정한 남자가 이상형이었던 아리스는 이미 1년 전부터 에이드리안에게 이성적인 호감을 갖고 지켜보는 입장이었기 때문에 거기에 속하지 않았다.

다이젠은 남녀 가리지 않고 골고루 정 없이 굴었지만 입학 직후부터 워낙 귀찮게 군 전적이 많아서 그런지 특히 여학생들에게 거리를 두었다. 처음 한 학기 정도는 가끔 아버지와 함께 대화하는 모습을 보이기도 했으나 그마저도 극성맞은 소녀 떼의 습격이 있은 뒤부터 쉽게 찾아볼 수 없게 되었다.

그쯤 되니 다이젠과 전혀 접점이 없던 아리스조차 약간의 동정심이 일 정도였다. 물론 그 인간적인 연민은 다이젠 아르카노발이라는 사람을 자세히 알게 되면서 빠른 속도로 자취를 감추었지만 말이다. 그래도 어찌 되었거나 그의 학교생활이 꽤나 피곤했으리라는 사실만은 인정해 줄 만했다.

아무튼 사람들의 등쌀은 당사자의 서릿발 같은 기세에 눌려 약간 수그러들기는 하되, 지칠 줄 모르고 긴 시간 동안 꾸준히 이어졌다. 물론 그중에서도 가장 집요한 것은 여학생들이었다. 그녀들은 다이젠과 특별히 가까운 여학생이 없기 때문에 아직 포기가 안 된다고 했다.

그러니 다이젠으로서는 차라리 누구 한 사람 마음 가는 대로 골라 사귀어 버리는 편이 귀찮음의 해소를 위해서라도 좋을 텐데.

아리스는 그와 한 걸음 떨어진 거리에서 약간 미적지근하게 그리 생각했다. 하지만 시간이 지나도록 다이젠 아르카노발이 선택하는 여학생은 없었고, 그러는 동안 아리스는 마침내 에이드리안의 마음을 받아들여 첫 번째 연애에 돌입하게 되었다.

그리고 1년 뒤, 그들은 다시 원점에 서 있었다.

"아무리 생각해도 너무 이상해."

가을 낙엽이 데구르르 굴러 와 바스락거리며 몸을 비볐으나 은은한 광택이 흐르는 검은 새틴 구두는 제자리에 못 박힌 채 움직일 줄을 몰랐다. 방금 전부터 한 곳에 고정되어 있는 눈동자 또한 마찬가지였다.

무언가를 뚫어져라 응시하던 아리스의 입에서 마침내 의구심 어린 음성이 새어 나왔다.

아무리 생각하고 또 생각해도 이상했다. 바로 지금 그녀의 눈앞에 있는 사람이.

물론 아리스가 보고 있는 것은 그 사람 자체라기보다 꽃이라 해야 할 것이었다. 그것도 다이젠 아르카노발의 머리 위에 있는 꽃.

아리스는 노랗게 물든 나뭇잎이 햇빛 조각처럼 떨어지는 풍경 속에 조용히 서 있었다.

좀처럼 눈을 떼기 어려운 그림 같은 광경에 길을 오가던 이들의 발걸음이 여지없이 멈추어졌다. 고요한 가을 정취를 배경으로 한 아름다운 소녀의 모습은 그 자체로 감수성을 자극하기에 충분했다. 노란 잎에 뒤섞여 나부끼는 반짝이는 은빛 실타래도, 생각에 잠긴 듯 살짝 내리깔려 있는 깊은 녹안도 시선을 사로잡기에 손색이 없었다.

그러나 사실 아리스는 기껏 곱게 빗어 내린 머리카락이 바람에 헝클어지고 있어 약간 짜증이 난 상태였다. 그렇지만 이대로 발길을 돌려 실내로 들어갈 생각은 하지 않았다. 그녀는 지금 처음의 목적대로 다이젠을 지켜봐야만 했기 때문이었다.

물론 대놓고 뒤꽁무니를 쫓아다니며 관찰하는 것은 영 모양새가 빠졌기 때문에 어디까지나 그녀는 대외적으로 바람을 쐬러 잠시 바깥에 나온 것이었다.

그리고 그녀의 노력은 헛되지 않아서 아리스는 자신의 짐작을 확신의 단계로 발전시킬 수 있었다.

그도 그럴 것이, 이제껏 지켜본 다이젠의 꽃은 누구의 앞에서도 꽃

봉오리를 피우지 않았던 것이다. 그것은 지금 이 순간 역시도 마찬가지였다.

그나마 친구라 할 수 있는 학생들 앞에서는 봉오리가 열리기도 했지만 절대로, 정말 절대로 제 속을 온전히 드러내며 활짝 벌어지는 법은 없었다. 방과 후, 조심스럽게 다이젠의 뒤를 밟으며 아리스가 알아낸 사실이었다.

그동안 그녀가 본 바에 의하면 사람들의 머리 위에 달린 꽃은 호감을 가진 상대의 앞에서 잎사귀를 펼쳤다. 그것은 모든 사람들의 공통적인 특징으로, 꽃의 색과 모양 혹은 숫자에 상관없이 나타나는 현상이었다.

마치 사람의 호의적인 감정을 양분 삼아 자라나는 것처럼 말이다.

"거기 너."

그리고 다이젠은 그 메마른 감성에 걸맞게 누구를 봐도 꽃을 활짝 피우는 법이 없었다. 단 한 명을 제외하고 말이다.

"잠깐 나 좀 보지?"

이제껏 한 번도 그런 식으로 생각해 본 적은 없었지만 설마, 하는 생각이 들었다.

물론 상대가 상대였기 때문에 아리스도 섣불리 어림짐작해 자신의 생각을 확정 지을 수는 없었다. 하지만 그렇다 해서 이렇게 눈앞에 보이는 증거를 두고 의심조차 하지 않는 것은 바보라고밖에 할 수 없을 터였다. 물론, 아리스는 절대 바보가 아니었다.

"진짜 잠깐이면 되는데."

그녀를 발견하지 못하고 옆을 지나쳐 가려 하던 다이젠이 고개를 돌리자 이번에도 선명한 붉은색이 눈앞에 만연했다. 기숙사로 향하는 가로수 길. 노란 나뭇잎 비를 맞으며 그늘 아래 서 있던 아리스의 눈동자와 막 그 옆을 스쳐 지나가던 다이젠의 눈동자가 허공에서 마주쳤다.

그 직후, 이어지려던 그의 발걸음이 우뚝 멈추어졌다.

어째서인지 다이젠은 지금 이 자리에서 그녀를 발견한 것이 전혀 예상치 못했던 일이라도 되는 듯한 눈빛을 하고 있었다.

"무슨 일이야."

하지만 역시나 그답게도 금세 본래의 무심함으로 돌아가 반문했다. 아리스는 그런 그를 올려다보며 살포시 고개를 기울였다. 평소 혼자 움직이는 것을 선호하는 다이젠이었기 때문에 지금 그의 옆에는 딱히 그녀가 의식해야 할 다른 사람이 아무도 없었다. 물론 그럴 것을 알고 그를 붙잡은 것이긴 했지만. 그렇다면 정말 더 망설일 필요가 없었다.

"이거 진짜 혹시나 해서 물어보는 건데."

아리스는 마주한 시선을 똑바로 직시하며 주저 없이 물었다.

"너, 나 좋아하니?"

쏴아아.

그리고 흔들리는 나무 그림자 아래로 서서히 변하는 얼굴을 지켜보았다. 다이젠의 머리 위로 부서진 햇빛이 군데군데 얽힌 금사처럼 내려앉았다. 바람에 휩쓸려 귓가로 스민 말간 속삭임이 그에게 끼친 여파는 작지 않은 듯했다. 표정을 거의 드러내는 법이 없던 얼굴에 어린 감정에 아리스는 미묘한 기분이 들고 말았다. 약간 크게 떠진 눈동자가 굳은 채 그녀를 응시하고 있었다.

다이젠은 그 상태로 잠시 동안 말이 없었다. 그러나 곧 그에게서 흘러나온 음성에 아리스는 눈살을 찌푸리고 말았다.

"선배, 미친 거야?"

그래. 그녀가 생각해도 자신이 미친 것 같았다.

대뜸 찾아와 이런 것을 질문이라고 하는 자신이 얼마나 이상해 보일까. 하지만 어쩌겠는가. 다이젠이 그녀의 앞에서 더없이 활짝 피워 낸 꽃이 이번에도 그녀를 몹시 반기는 것으로 보이는데. 매몰찬 표정을 짓고 냉담한 소리를 하는 와중에도 저 꽃만은 그녀에게 반응하며 그윽한 향기를 내뿜고 있는데. 지금도 그녀의 말에 미처 동요를 감추지 못하는 것으로 느껴지는데.

어차피 그의 성격에 고운 대답이 돌아오지 않으리란 건 예상했으니 이쯤은 아무렇지도 않았다.

"그럼 왜 질투해?"

"질투?"

"아까 했잖아. 질투."

다이젠은 어느새 본래의 밉살맞은 표정으로 돌아가 있었다. 거기에서 포기하지 않고 재차 묻노라니 그의 얼굴이 이번에는 삐딱한 미소를 덧그렸다.

"선배 눈에는 그게 질투로 보였나 보지?"

"그럼 뭔데."

아리스도 어디 한 번 변명해 보라는 양 팔짱을 끼고 턱을 치켜들었다.

자신의 짐작이 틀리다면 그건 그것대로 손해 볼 것 없는 일이었으니, 일단은 다이젠이 제 양껏 늘어놓는 소리를 전부 들어 볼 셈이었다. 만약 아니라면 자아도취에 빠져 헛다리를 짚은 모양새가 될 테지만 계속해서 갉작갉작 신경을 긁는 이 찜찜함만 해소할 수 있다면 그런 민망함조차 참아 낼 수 있을 것 같았다.

그래서 다이젠의 비웃음을 각오하고 오히려 도도하게 콧대를 세우며 기세 좋게 대답을 종용했다. 그러자 마주한 눈동자가 그 형태를 약간 달리하는 것이 보였다.

주위를 지나던 학생들이 시선을 마주하고 서 있는 두 사람을 보며 소곤소곤 귀엣말을 했다. 하지만 주변이 워낙 시끄러운 데다 그들이 서 있는 자리와도 제법 거리가 있어 지금 나누는 대화까지는 들리지 않을 터였다.

하지만 귓가에 맴도는 자잘한 소음들 때문이었을까. 아리스는 마침내 들려온 다이젠의 목소리를 잘 알아듣지 못하고 말았다.

"그래, 질투라고 하면?"

아니. 사실 그것은 인지상의 문제일지 몰랐다. 아주 뜻밖의 놀라운 말을 들은 사람처럼 아리스는 한순간 제 귀를 의심했다. 무슨 말이라도 해 보라고 먼저 반 강제로 요구한 주제에 막상 그의 입에서 수긍의 언어가 흘러나오자 도무지 그것을 받아들일 엄두가 나지 않았다.

"내가 아리스 선배를 좋아해서 질투한 거라고 하면?"

그대로 움직임을 멈춘 아리스의 두 눈에 무표정한 얼굴이 박혀 들었다. 한 치의 흔들림조차 없이 그녀를 꿰뚫고 있는 붉은 눈동자에 덜컹 가슴이 내려앉았다.

"그럼 어쩔 건데."

아리스는 그만 당황해 버리고 말았다.

얘, 설마 지금 나한테 고백한 건가? 누가? 다이젠 아르카노발이?

방금 전 들은 말이 도무지 이해되지 않아 두 눈을 깜빡였으나 시야에 비치는 얼굴에는 표정 변화 하나 없었다.

"어, 어쩌긴 뭘 어째."

머릿속이 백지장처럼 텅 비어 아무 생각도 할 수가 없었다. 마주한 얼굴에 혼란만이 급속도로 몸을 불렸다.

뭐지. 이거 지금 고백 맞아? 그런데 표정이 왜 이래? 조금은 긴장하거나 쑥스러워 하기라도 해야 하는 거 아니야?

이 상황에서 불리한 것은 분명 다이젠인데 어째서인지 자신을 내려다보고 있는 눈빛에 쫓기는 느낌이 들었다. 방금 전 그녀가 속마음을 물었을 때 다이젠의 기분도 이랬을까?

아리스는 엉겁결에 입을 열어 말했다.

"뺑 차 버릴 거야."

그녀의 말에 다이젠이 눈썹을 꺾었다. 하지만 그는 기분이 불쾌해 보이지도 화가 나 보이지도 않았다. 오히려 그것은 더 말해 보라는 표정에 가까웠다. 그 얼굴을 보자 멈춰 있던 사고 회로가 다시 천천히 가동되기 시작했다.

아리스는 자신이 지금 막 내뱉은 말을 되뇌어 보았다. 생각해 보자 저도 모르게 뱉은 소리 치고는 제법 괜찮은 대답 같았다.

"너 지금 그거 고백이야?"

아리스도 서서히 본래의 침착함을 되찾았다. 곱씹을수록 방금 전 자신이 한 말이 마음에 들었다. 얼결에 답한 것치고 얼빠지게 들리지도 않았고 말이다. 애초에 질문한 건 자신인데 되묻기나 하고, 그러면 누가 당황할 줄 알고?

"그럼 그렇다고 말해. 아예 지금 차 버리게."

한순간 말문이 막혔던 것조차 잊고 이제 그녀는 여유롭게 미소까지 짓고 있었다.

게다가 다이젠은 그녀의 말에 동요 한 점 없는 얼굴을 하고 있지 않은가. 이 고백이 진심이라면 그럴 리가 없었다. 또 그녀를 놀리거나 비아냥거릴 목적으로 한 소리가 분명했다.

그때 시야에 살랑이며 지나간 것이 있었지만 워낙 순식간의 일이라 아리스는 제대로 목격하지 못했다. 역시라고 해야 할지, 다이젠은 그럴 줄 알았다는 듯 입술을 들썩여 밉살맞게 웃었다.

"안됐네. 그럴 기회 올 일 없어서."

예상하고는 있었지만 역시 고약한 장난질이었던 모양이다. 하지만 아리스도 다이젠이 이런 놈이란 걸 알고 있었기 때문에 화는 나지 않았다. 물론 방금 전 그가 한 말에 속았다면 엄청나게 화가 났을 것 같았지만.

"선배도 이상한 취미가 있어. 괜한 말로 사람 들쑤시는 게 재미있어?"

그럼 도대체 저 꽃의 기이한 생물학적 반응은 무엇을 의미한단 말인가. 그 원인은 여전히 오리무중이었으나 그녀의 예상이 빗나갔다는 사실을 확인한 것만으로도 일단은 만족스러웠다.

아리스는 다이젠의 말에 거짓이 없는지 두 눈을 가늘게 뜨고 시선을 위 아래로 움직이다가 일관된 무반응에 의심을 거두었다.

"아님 말고. 괜히 헷갈리게 굴고 있어."

"내가 뭘 했다고 헷갈려?"

이번에는 다이젠의 얼굴에 의혹이 어렸지만 그렇다고 머리 위의 꽃 얘기를 해 줄 수도 없는 노릇이었다.

"붙잡아서 미안하게 됐네. 가던 길 계속 가."

아리스는 의문스러운 눈길을 뒤로 하고 발길을 돌렸다. 그런데 다이젠의 목소리가 그녀를 멈춰 서게 했다.

"그쪽 방향 아닐 텐데."

이건 또 무슨 말인가 싶어 뒤돌아보자마자 아리스는 의미를 깨달을 수 있었다.

"에이드리안은 저쪽이잖아."

무슨 말인가 했더니 그 소리였군.

아마도 에이드리안의 일방적인 약속을 어디선가 들은 모양이었다. 다이젠이 떠나고 난 뒤 나눈 대화였으니 그가 직접 들었을 리도 없었다. 그러나 그 당시 주위에 듣는 귀가 워낙 많았던 것을 떠올리자면 교내 전체에 소문이 퍼지고도 남을 만했다.

그러고 보니 다이젠은 에이드리안과 아리스가 주로 만나던 장소가 어디인지도 알고 있었다. 예전에 그곳에서 다이젠과 우연찮게 만난 적도 있었고 말이다.

그래서 그런지 다이젠은 아리스가 당연히 에이드리안을 만나러 갈 것이라고 생각하는 듯했다. 그녀는 그것이 별로 마음에 들지 않았다.

"너 뭔가 단단히 잘못 알고 있는 것 같은데."

고개를 기울이자 빛나는 은사가 어깨 위로 굽이치며 흘러내렸다. 한 차례 헛웃음을 내뱉은 입술에 마침내 깊게 패인 미소가 걸렸다.

"내가 오라면 오고 가라면 가는 사람으로 보여?"

슬쩍 내리깐 눈동자가 햇살을 담고 반짝거렸다. 그녀의 태도에서는 오만함까지 느껴졌으나 오히려 아리스에게는 합당하다고까지 할 수 있는 것이었다.

그녀는 아까부터 지속된 다이젠의 오해에 은근히 짜증이 나 있었고, 그런 마음을 굳이 감출 생각이 없었다.

그런데 바로 그 순간, 주위의 공기가 얇게 일렁이기 시작했다. 아지랑이가 피어오르는 것처럼 아주 희미한 현상이었으나 아리스는 그것을 민감하게 알아채고 말았다.

그 순간의 다이젠은 뜻 모를 얼굴을 하고 있었다. 코끝에 스미는 향기가 언뜻 강렬해지는 것과 동시에 보송한 꽃잎이 약간 움직였다. 한 잎, 두 잎, 점차적으로 넓게 팔랑이는 꽃잎에 눈길이 박혔다. 눈앞에서 서서히 벌어지는 변화에 절로 감각이 집중되었다.

굳게 다물려 있던 다이젠의 입술이 천천히 벌어졌다. 아, 왜인지 이제 곧 무슨 일이 벌어질 것 같은데…….

하지만 마법은 제대로 발현되기도 전에 금세 깨지고 말았다.

"다이젠!"

아리스의 얼굴에 머물던 시선이 벼락같은 부름을 따라 반사적으로 비껴 나갔다. 그 순간 은은히 번지던 꽃의 동요도 흔적 없이 멎어 버렸다.

순식간에 봉오리로 돌아간 꽃을 보자 왜인지 맥이 풀렸다.

분명 지금, 그녀가 다이젠의 고백(물론 진짜 고백도 아니었지만)을 거절하는 말을 할 때보다 확실한 반응이 있었는데.

아리스의 짜증스러운 시선이 하필 지금 다이젠을 부른 남학생에게 날아가 꽂혔다. 그럴 이유가 없었는데도 아주 중요한 순간을 방해받은 것만 같은 아쉬움과 불쾌함마저 밀려들었다.

"나 갈게."

아리스는 괜스레 부아가 치밀어서 다이젠을 남겨 두고 먼저 걸음을 옮겼다. 아니, 그러려 했다.

"아리스 선배."

그 순간 귓가를 스치는 목소리만 없었다면. 옆으로 몸을 틀자마자 울리는 음성에 아리스는 퍼뜩 고개를 돌렸다.

"사람 너무 갖고 놀지 마. 별로 재미없어."

하지만 그렇게 말한 사람은 얼굴을 제대로 보기도 전에 이미 그녀에게서 뒤돌아선 직후였다. 그 말이 무슨 뜻인지 알 수가 없었지만 다이젠은 설명할 마음이 없는 듯 이미 걸음을 옮기고 있었다.

혼자 남겨진 아리스는 어처구니가 없어 미간을 구기고 말았다.

그리고 뒤돌아서기 전 문득 시선을 내리자 바닥에는 어디선가 본 것 같은 꽃잎 하나가 떨어져 있었다.

* * *

"이거 다이젠 거 맞는 것 같은데."

결국 주워 오고 말았다.

손에 들고 있는 것을 들어 올리자 얇은 꽃잎에 불빛이 투과되었다. 하얀 손가락과 대비된 붉은빛이 시야에 선연히 박혔다.

옅지도 탁하지도 않은 선명한 빨강. 활짝 핀 꽃송이만 보았을 때에는 미처 몰랐는데 이렇게 따로 떼어 놓고 보니 꽃잎의 폭이 좁고 긴 편이었다.

아리스는 한 손에 턱을 괴고 그것을 뚫어져라 응시했다. 꽃잎의 주인을 생각하자 여지없이 인상이 찌푸려지고 말았다.

웃겨. 내가 언제 자기를 갖고 놀았다는 거야?

그녀가 한 짓이라고는 자신을 좋아하는지 확인한 것밖에 없는데 어째서 그런 말을 들어야 하는지 알 수가 없었다. 물론 제대로 된 답변을 듣기도 전에 가차 없는 말을 해 버리긴 했지만 어차피 다이젠도 진심으로 고백한 것이 아니었으니 상관없지 않나.

그렇게 따지자면 오히려 다이젠이 훨씬 나빴다. 그녀는 그를 놀릴 목적으로 떠 본 것이 아니었지만 그는 그녀의 당황한 꼴을 보며 비웃으려 진지한 척한 것이 분명했으니까.

"뭐가 다이젠 건데?"

그때, 자는 줄 알았던 리즈벳이 등 뒤에서 부스럭거리는 소리를 냈다. 아리스는 깜짝 놀라 꽃잎을 손에 쥐어 감췄다.

"깼어?"

"지금 몇 시야?"

그녀가 기숙사 방에 들어올 때부터 자고 있던 리즈벳이 얼굴에 덮고 있던 책을 내리며 물었다. 어젯밤에도 과제 때문에 새벽까지 깨어 있는 것 같더니 많이 피곤했던 모양이다.

"아직 7시야."

"헉. 미쳤다."

졸음에 잠겨 있던 눈동자가 순식간에 부릅떠졌다.

"왜, 무슨 일 있어?"

리즈벳은 대답할 겨를도 없는 듯 침대에서 벌떡 일어나 급히 옷을 갈아입었다.

"오늘 화분 옮기기로 했거든."

입 부분이 천에 눌려 약간 발음이 새긴 했지만 내용을 이해하기에 무리는 없었다. 리즈벳이 요즘 한창 열중하고 있는 방과 후 특별 활동 이야기였다.

그녀가 이번 학기에 뜬금없이 입부한 곳은 리즈벳과 별로 어울리지 않는 원예부였다. 만약 그녀가 평소 식물에 관심을 두었다면 아리스도 의문을 갖지 않았을 것이다. 하지만 아리스가 알기에 리즈벳은 꽃이 시드는 것보다 손톱에 칠해진 매니큐어가 벗겨지는 것에 더 상심할 아이였다.

그래서 금방 그만둘 것이란 예상과 달리 그녀는 지금까지도 아주 성실히 원예부 활동을 하고 있었다.

"아, 방과 후에도 짜증 나는 얼굴을 또 봐야 하다니."

헝클어진 머리를 빗다 말고 리즈벳이 투덜거렸다.

가비를 말하는 것이었다. 그는 리즈벳과 같은 원예부 소속이었으니까. 생각만 해도 불쾌하다는 듯 얼굴을 구기는 리즈벳을 향해 아리스는 약간의 노파심을 담아 말했다.

"그러지 말고 조금만 친절하게 대해 줘."

"내키면."

리즈벳의 매몰찬 행동을 보면 가끔 가비가 딱할 때가 있었다. 리즈벳의 앞에서 쑥쑥 피어나던 일곱 송이의 꽃 화관을 떠올리자 아리스는 안쓰러운 마음이 들었다.

"나 괜찮아?"

"화분 옮기러 가기엔 너무 예쁜데?"

그러나 그러한 마음을 숨기며 일부러 짓궂게 말했더니 리즈벳이 씨익 웃어 보였다.

"선배한테도 그렇게 보였으면 좋겠다."

가비가 더욱 짠한 이유는 여기에 있었다. 리즈벳은 한 학년 위의 원예부 선배를 남몰래 흠모하고 있었다. 그녀가 관심도 없던 원예부에 들어간 이유도 그것이었다. 그토록 질색하는 가비가 원예부에 있는데도 입부할 정도라면 가벼운 마음은 아닐 터였다.

하지만 어쩌겠는가. 아리스는 가비가 아닌 리즈벳의 친구였다. 그러니 그녀로서는 리즈벳의 짝사랑을 응원해 주는 수밖에 없었다.

"나 다녀올게!"

아리스는 기숙사 방을 나서는 리즈벳에게 손을 흔들다가 잠시 후 고개를 돌렸다.

손을 펴자 다행히 어느 한 군데 찌그러지지 않은 붉은 꽃잎이 모습을 드러냈다.

그것을 보자 안심이 되었다. 그리고 아리스는 왜 자신이 마음을 놓았는지 한순간 의문을 가졌다가 이내 납득했다. 아마도 자신이 손에 넣은 유일한 표본이기 때문일 터였다.

그녀는 방금 전 끝마치지 못했던 관찰을 다시금 시작했다.

그나저나 이 꽃잎은 왜 떨어진 거지?

* * *

고작 하루가 지났는데도 아리스의 리본 머리띠는 여학생들 사이에서 급속도로 번져 나갔다.

교칙상 주말이 되기까지 교문 밖을 나설 수도 없는데 한두 명도 아닌 여학생들이 도대체 어디에서 머리띠를 구했는지 모를 일이었다. 아리스는 그것이 영 의문이었지만 어쩔 수 없이 약간 의기양양한 기분이 되었다. 게다가 그녀를 비웃던 카밀레 키든이 리본 머리띠를 한 여학생들을 보고 눈매를 찡그린 것을 보았다. 스스로 유치하다는 걸 알면서도 기분이 좋아지고 말았다.

하지만 그 산뜻한 기분은 그녀에게 씩씩거리며 다가온 크리스틴을 보자마자 다시금 하향 곡선을 그리기 시작했다.

크리스틴의 머리 위에 있는 것은 아리스가 처음 볼 때부터 꽉 다물려

있던 노란 봉오리였다. 전에 다른 여학생에게서 보았던 것처럼 줄기에
는 뾰족한 가시가 돋쳐 있었다.

"너 에이드리안한테 꼬리 치지 마!"

성난 황소처럼 달려와 내지른 소리가 너무 전형적이라 할 말이 없
었다.

"네가 뭔데 에이드리안을 만나? 뭐? 전에 둘이 만나던 장소에서 보자
고? 웃기지도 않아!"

에이드리안이 어제 복도에서 한 말을 크리스틴 역시 어디선가 전해
들은 모양이었다. 다짜고짜 따지는 모양새에 아리스의 고개가 까딱 옆
으로 기울어졌다.

"임자 있는 남자 꼬실 생각이나 하고. 너무 뻔뻔한 거 아냐?"

크리스틴은 무엇이 그리 분한지 꽉 쥔 주먹을 파르르 떨고 있기까지
했다. 아리스에게서 남자 친구를 빼앗아 간 여자가 그녀의 앞에서 취할
법한 표정과 행동은 아니었다. 아리스는 그것이 다소 의아하면서도 웃
겼다. 게다가 지금 하는 말은 심히 재미있지 않은가.

"네가 그런다고 에이드리안이 눈 하나 깜짝할 것 같아? 너처럼 남자
홀리려고 용쓰는 것들은 금방 바닥이 드러나게 돼 있어! 남의 남자 친
구한테 껄떡거리기나 하고! 아무리 고상한 척해 봤자 결국 너도 그런
값싼 여자였던 거야!"

발작적으로 소리쳐 놓고 크리스틴은 또 제 성질을 못 이겨 씨근덕거
렸다. 그 움직임을 따라 아리스의 턱밑에 겨우 닿는 곱슬거리는 갈색
머리카락이 흔들렸다. 그녀가 쏘아붙이는 동안 아리스는 여전히 변화
없는 얼굴로 그런 크리스틴을 물끄러미 내려다보고 있었다.

그리고 마침내 아리스가 흘려 보낸 목소리에 크리스틴의 얼굴이 와락

구겨졌다.

"몰랐어, 크리스틴. 너 스스로를 그렇게 생각하고 있었구나."

그 음성은 그리 크지 않았는데도 조용한 복도에 한 글자 한 글자 또 렷이 박혀 들었다. 아리스는 바람에 날려 약간 흐트러진 머리카락을 귀 뒤로 넘겼다. 그 손짓 하나조차 지독히도 우아하게 아름다워서 보는 사 람이라면 누구나 기가 죽을 지경이었다. 엷은 미소가 윤곽이 부드러운 입술에 걸렸다.

"임자 있는 남자에게 뻔뻔하게 꼬리를 치고."

"……."

"남의 남자 친구에게 껄떡거리는 값싼 짓이라니."

"……."

아리스의 입에서 방금 전 크리스틴의 입에서 토해졌던 것과 동일한 말이 흘러나왔다. 하지만 아무리 같은 말이라 해도 그 느낌은 그야말로 천지 차이였다.

"전부, 에이드리안이 나하고 헤어지기 전에 네가 했던 짓이잖아. 꼭 너 스스로에게 하는 말 같네."

그 말의 끝에 유리알 굴러가듯 맑은 웃음소리가 울렸다. 그 말투도 표정도 친구를 앞에 둔 것처럼 부드럽기 그지없었지만 크리스틴은 엄청 난 모욕을 당한 것처럼 화악 얼굴을 붉혔다. 그런 그녀를 보며 아리스 는 눈동자를 접어 웃었다.

"몰랐는데 자학하는 취미가 있었구나, 크리스틴."

크리스틴은 말문이 막힌 눈치였다.

그녀의 성격상 애당초 별다른 생각 없이 무턱대고 아리스를 비난하러 왔을 것이 자명했다. 그러나 입에서 내뱉는 소리마다 의도치 않게 저 자신을 겨냥하는 꼴이 되었으니 얼마나 당황스러울까. 아리스의 입장에서는 그녀가 뇌까린 말 족족이 비웃음이 절로 나올 만큼 우습기 그지없었다. 도대체 누가 누구에게 할 소리인지.

크리스틴은 아리스의 지적에 그제야 제 말의 오류를 알아차린 듯 달아오른 얼굴로 입만 벙긋거렸다. 하지만 이대로 질 수는 없다고 생각했는지 한결 더 뻔뻔스럽게 외치기 시작했다.

"달라! 에이드리안이 좋아하는 건 나니까! 에이드리안은 그럴 마음이 없는데 일방적으로 집적대는 건 바로 너라고!"

그것 역시 상황을 제대로 파악하지 못한 주장이었지만 말이다.

"하지만 어제 단둘이 이야기하고 싶다고 먼저 말한 건 에이드리안인걸."

"그런 헛소문 누가 믿을 줄 알고!"

아. 상황 파악을 못 한 게 아니라 믿고 싶지 않은 것이었던 모양이다. 그런데 이상한걸. 그렇게 자신이 있다면 왜 그녀에게 와서 이 난리인걸까. 게다가 듣는 귀가 있다면 어제 곧바로 찾아와 분통을 터트렸어야 마땅한 일을 왜 오늘에서야 따지는 거지?

무엇보다 그녀에게 망신을 줄 요량이라면 학생들이 많은 장소를 택할 수 있었을 텐데도 이렇게 인적이 없는 본관 건물까지 쫓아와 붙든 이유를 알 수가 없었다.

하지만 곧 아리스의 눈동자에 이채가 스쳐 지나갔다.

아하. 알겠다.

"너, 어제 에이드리안과 나 사이에 무슨 일이 있었는지 모르는 거구나."

애초에 약속 장소에 나가지 않은 그녀와 에이드리안 사이에 무슨 일이 있었을 리가 없었다. 하지만 아리스는 천연덕스럽게 말하며 크리스틴의 얼굴을 살폈다.

"네 성격에 그런 소문을 듣고 가만히 있었을 리는 없고."

아리스가 알고 있는 크리스틴이라면, 에이드리안을 찾아가 소문의 진위를 캐물으며 따지고도 남았다. 그런데 지금 아리스의 말에 크리스틴은 표독스러운 표정을 지으면서도 아무 말도 하지 못했다.

"그런데 만나지 못한 거야? 아니면."

그렇다면 답은 아마도.

"만났지만 아무것도 듣지 못했어?"

이어진 크리스틴의 반응에 아리스는 웃을 수밖에 없었다.

그녀가 생각했던 것보다 에이드리안은 훨씬 비겁한 사람이었던 모양이다. 지금 크리스틴의 얼굴에 떠오른 감정을 보니 어제 두 사람 사이에 있던 일을 어렵지 않게 추측할 수 있을 듯했다.

"그가 말해 주지 않은 모양이네."

아마도 크리스틴은 에이드리안이 아리스를 보러 가기 전이나 후에 그를 만났을 것이다. 하지만 에이드리안은 그녀에게 아리스와의 만남에 대한 아무런 해명도 하지 않았다. 만약 후자라면 아리스가 약속 장소에 끝내 나타나지 않은 것에 자존심이 상하거나 상심해 그랬을 것이고, 전자라면……. 으음. 어쩐지 크리스틴이 조금 불쌍해지려 했다. 하지만 어느 쪽이든 간에, 여자 친구인 크리스틴의 불안감을 지워 줄 노력을 안 했다는 점에서 그는 좋은 남자 친구가 아니었다.

그래도 역시 이 시점에서 아리스가 크리스틴을 동정할 여지는 없었지만.

"에이드리안이 여자 친구에게 모든 비밀을 털어놓는 타입은 아니야. 그렇지?"

마치 다 안다는 듯 안쓰러운 미소를 지으며 말하자 크리스틴이 입술을 앙 다문 채로 아리스를 노려봤다.

하지만 아무리 그 눈빛이 매서워 봤자, 어제 두 사람이 만나지 않았다는 사실조차 모르는 그녀에게 아리스가 눈 하나 깜짝할 리 없었다.

"크리스틴!"

부리나케 다가오는 발걸음과 크게 울린 음성에 크리스틴의 어깨가 티나게 흠칫 흔들렸다. 따로 돌아볼 것도 없이 에이드리안의 목소리였다. 크리스틴은 겁에 질린 표정을 지으며 고개를 돌렸고, 그 순간 노란빛이 눈앞에 만개했다.

아. 크리스틴이 가진 꽃의 정체는 장미였다.

"에, 에이드리안⋯⋯."

크리스틴은 지금 그들의 모습을 에이드리안에게 들킨 것이 퍽 당황스러운 모양이었다. 아리스는 주인을 향해 꼬리를 흔드는 강아지처럼 대번에 활짝 피어나 사근사근하게 살랑대는 꽃잎을 보고 저도 모르게 헛웃음 짓고 말았다.

방금 전까지만 해도 그녀에게 독기 어린 얼굴을 하고 있던 사람이라기엔 너무도 큰 차이가 나는 모습 아닌가. 하지만 그것은 그녀가 다시 한 번 아리스를 노려보는 순간 날카로운 가시로 무장한 요새 같은 봉오리로 변했다.

"뭐랄까⋯⋯. 넌 생각보다 참 솔직하네⋯⋯."

그 모습을 지켜보다가 지극히 무의식중에 흘러나온 말이었다. 어디까지나 순수한 의미였지만 크리스틴은 그녀의 말을 다르게 받아들인 듯했다.

"너 지금 나 놀려?"

씩씩거리며 버럭 외쳐 놓고 크리스틴은 또 빠른 속도로 가까워지고 있는 에이드리안을 향해 비 맞은 강아지 같은 표정을 지었다. 마냥 저 하고 싶은 대로 하며 사는 줄 알았더니 그건 또 아닌 모양이었다. 이렇게 제 감정을 주체 못해 일을 저질러 놓고 에이드리안의 눈치를 살필 거라면, 애당초 조금 참고 말지. 하지만 이것 역시 아리스가 크리스틴을 불쌍히 여길 이유는 되지 못했다.

 "난 가 볼게. 아무래도 오해가 있는 것 같으니 에이드리안하고 어제 일에 대해 얘기 잘 나눠 봐."

 괜히 두 사람 사이에 껴 귀찮은 일에 휘말리고 싶지는 않았기 때문에 아리스는 이쯤 해서 퇴장하기로 했다.

 "물론 에이드리안이 솔직히 말해 줄지는 모르겠지만."

 그래도 마지막에 불씨를 던져 넣는 것은 잊지 않았다. 이제 에이드리안이 어제 아리스와 만나지 않았다고 곧이곧대로 말해도 크리스틴은 순순히 믿지 않을 것이다.

 크리스틴의 얼굴이 언제 울상을 지었냐는 듯 또 다시 야차같이 변했다. 아리스는 그런 그녀에게서 뒤돌아서며 메롱 혀를 내밀었다. 유치하다면 유치한 짓이었지만 어차피 아무도 보지 않을 테니 상관없었다.

 그리고 언뜻 뒤를 돌아보았을 때, 크리스틴을 앞에 둔 에이드리안의 꽃은 여전히 반쯤만 벌어져 있었다.

* * *

 잠시 후, 아리스는 도서관의 책장을 뒤지고 있었다.
 고대의 저주, 민간 신앙, 근현대의 오컬트 문화……

사뭇 심각한 표정으로 그녀가 뒤적이고 있는 것들은 애당초 이런 쪽의 취미가 아니고서야 들여다볼 일이 없는 서적들이었다. 개중에는 <소리 소문 없이 네 숨통을 조이는 101가지 방법>이나 <아직도 내가 네 친구로 보이니?>라는 다소 수상쩍은 제목을 가진 책도 있었다.

아리스는 미간을 구기며 책장 앞에서 서성이다가, 가까운 곳에서 누군가의 인기척이 느껴지면 처음부터 이런 책들을 들여다본 적이 없다는 듯 딴청을 피우는 짓을 반복했다.

하지만 얼마간의 시간이 지난 후에도 결국 그녀의 손에 들린 책은 없었다.

이런 책들을 봐도 소용이 없을 것 같은데. 아니면 애들이 없는 이른 아침이나 늦은 밤에 다시 와 볼까.

얼마 전부터 이상해진 눈의 실마리를 찾아볼 생각으로 와 보긴 했지만 아무래도 꺼림칙한 느낌이 들어 책장에 쉬이 손이 가지 않았다. 잠시 멈춰 있던 걸음이 옅은 한숨 소리 뒤에 다른 곳으로 옮겨졌다. 아리스는 곧장 서고를 빠져나가지 않고 일전에 곁눈으로 봐 두었던 다른 분야의 서적들이 모여 있는 곳으로 발길을 향했다.

그녀가 잠시 훑어보다 집어든 책은 <사계절 식물도감>이었다.

"그것보다 옆에 있는 책이 더 도움이 될 거야."

귀를 스치는 음성에 아리스는 퍼뜩 놀라 고개를 들고 말았다. 그러자 부드러운 곡선을 그리며 시야에 피어나는 미소가 가장 먼저 눈에 띄었다.

"안녕하세요, 교수님."

교내에 단 둘 있는 역사 과목 교수 중 한 명인 리리안 란테 아반크 교수였다.

"식물에 관심이 있는 거라면 내가 몇 권 추천해 줄 수 있을 것 같은데."

예기치 못한 만남에 일순간 놀라긴 했으나 아리스도 곧 그 미소에 마음을 놓고 편안히 말할 수 있었다.

"이쪽 방면으로 조예가 깊으신가 봐요."

"일전에 취미 삼아 읽어 본 적이 있을 뿐이란다."

그녀는 보기만 해도 온몸이 포근해지는 따스한 미소를 얼굴에 드리우며 나긋이 대답했다. 아리스는 그 모습을 보고 속으로 그만 작게 탄식하고 말았다.

아, 치유된다.

정말이지, 재수 없는 다이젠과 천지 차이가 아닐 수 없었다. 어떻게 이런 엄마 밑에서 그런 아들이 나올 수가 있는지.

지금 그녀의 머리 위에 소담히 피어나 있는 꽃도 그 성격을 나타내듯 가장 순수한 흰색이 아닌가.

"그것보단 이 책이 정리가 잘 되어 있어 보기 편할 거야."

"네, 한번 읽어 볼게요."

학교의 선택 과목 중에서도 학기마다 역사 과목이 유독 만석인 이유가 있었다. 아마 레안 아르카노발 교수만 아니었다면 아리스도 지금 눈앞에 있는 사람을 선택했으리라. 레안 아르카노발 교수와의 수업 시간은 언제나 살풍경했기 때문에, 그녀조차 가끔씩 이 다정함의 산물인 듯한 여교수가 그리워지곤 했다.

"우측 정렬 모르나?"

그때, 아무래도 양반은 아닌 듯 지금 막 머릿속에 떠올렸던 사람의 목소리가 머리 위에서 울렸다. 어느덧 서고로 들어온 레안 아르카노발이 한껏 못마땅한 표정을 지으며 아리스를 내려다보고 있었다. 그는 그녀를 향해 훠이훠이 쫓아 내듯 손짓하기까지 했다.

"그렇지 않아도 좁은데 길 막지 마라."

그런데 도대체 지금 내가 무슨 길을 막고 있다고…….

거기까지 생각했을 때, 문득 지금 자신이 부부 교수 사이에 샌드위치처럼 껴 있다는 것을 깨달았다. 뭐야. 그러니까, 지금 부인한테 가는 길을 막고 있다고 이렇게 불만인 거야?

"공부하려고 책 보는 학생한테 왜 그래요."

그녀의 예상이 맞는 듯 옆에서 다정하나 엄격한 음성이 울려왔다. 그것이 학생을 대하는 듯해서, 아리스는 웃어야 할지 말아야 할지 약간 애매한 기분이 되어 버렸다. 천하의 레안 아르카노발 교수가 아내한테 야단맞는 모습이라니!

"아니, 내가 무슨 말을 했다고."

물론 그는 전혀 반성의 기미가 없는 얼굴로 작게 투덜거렸지만, 그것만으로도 놀랄 만했다. 게다가 아리스에게서 막 시선을 돌린 레안 아르카노발의 머리 위에…….

"허얼."

"허얼?"

그녀가 볼 때마다 항상 꽉 닫혀 있던 꽃이 처음으로 온전한 모습을 드러내며 잎을 펼쳤다. 아래에서 올려다보고 있기 때문에 형체가 제대로 확인되지는 않았지만, 그녀의 눈에 비친 성긴 꽃잎은 분명 보송보송한 속내를 드러내 보이고 있었다.

웬일, 닭살이야.

아리스는 어쩐지 못 볼 걸 본 듯한 기분이 들어 어색하게 웃으며 슬금슬금 걸음을 옮겼다.

"전 이것만 대출하면 될 것 같아서 먼저 가 볼게요. 그럼 안녕히 계세요."

그런 그녀의 뒷모습을 의문 어린 두 쌍의 눈동자가 쫓았으나 아리스의 발길은 오히려 빨라질 뿐이었다. 그런 그녀의 머릿속은 또 다시 복잡해져 있었다.

아니, 그런데 잠깐. 지금 상황에서 교수님 머리 위에 꽃이 폈다는 건…….

서고 밖으로 나와서도 아리스는 줄곧 찜찜한 표정이었다. 자꾸만 속을 갉작거리는 기묘한 위화감과 의구심이 이제는 돌멩이처럼 콱 틀어박혀 사라질 생각을 하지 않았다.

그것은 머리 위에 큰 그림자가 드리워졌을 때 극에 달했다.

"길 막지 말고 비켜 줄래?"

나지막한 목소리가 마음속에서 다시금 커져 가고 있던 의심에 날아와 꽂혔다. 고개를 들기 전부터 코끝에 감기는 달큼한 향내가 선연했다.

다음 순간 시선을 마주한 다이젠은 제 머리 위의 꽃과 함께 그녀를 내려다보며 삐딱하게 고개를 기울이고 있었다.

잠깐만. 그러니까 대체 뭐냐고.

"너 진짜 뭐하자는 거야?"

"선배야말로 자꾸 뭔데?"

약간 짜증스레 반문하는 목소리가 쌀쌀맞기도 했다.

냉정한 놈. 하여간 머리 위만 봄이었다.

아리스는 다이젠을 따라 얼굴을 구기고 입을 다물었다. 그런 그녀를 향해 잠깐 의문 어린 눈길이 날아들었다. 그러나 그 역시 아리스와 길게 말싸움 할 생각은 없었던 듯, 바로 시선을 거두었다. 그리고 아리스를 지나쳐 서고로 들어섰다.

그리고 잠시 후 곧장 밖으로 되돌아 나왔다. 다이젠의 얼굴은 안으로 들어서기 전보다 배는 더 오만상을 찌푸리고 있었다.

"왜 그냥 나와?"

"안에 누가 있는지 왜 말 안 했어."

다이젠이 마치 못 볼 것을 보기라도 한 표정을 짓고 있어서 아리스는 내심 고소해졌다.

안에서 부모님 애정 행각이라도 목격했나. 그렇다면 이렇게 학을 떼는 것도 이해할 수 있었다. 아리스도 부모님의 그런 모습을 목도할 때마다 괜스레 낯부끄러워져 못 본 척하곤 했으니까. 알 수 없는 동질감이 들었지만 그렇다고 그런 얘기를 다이젠과 하고 싶진 않았기 때문에 아리스는 그냥 자리에서 걸음을 뗐다.

그런데 잠시 후 문득 깨달아 보니 뒤에서 다이젠이 뒤따라오고 있는 것이었다.

"왜 따라와?"

그녀가 휙 뒤돌아보며 묻자 그는 별소리를 다 듣겠다는 듯 헛웃음을 내뱉었다.

"착각도 자유라곤 하지만 지금은 접어 둬. 가는 길이 겹치는 것뿐이거든."

그 말을 듣고 아리스는 눈동자를 가늘게 좁히다가 이내 흥 콧방귀를 뀌며 뒤돌아섰다. 같은 말이라도 곱게 좀 하면 어디 덧나.

하지만 그렇게 투덜거리다가도 눈앞에 다른 학생이 나타나자마자 표정 관리에 들어가는 것이 아리스다웠다. 교내의 유명 인사답게 아리스에게 아는 척하는 사람들은 많았다. 그녀는 그 관심을 즐기며 하나하나 친절히 인사를 받아 주었다.

"안녕하세요. 이 책 대출 되나요?"

머리 위에서 울리는 목소리에 거울을 보며 화장을 고치고 있던 사서가 약간 귀찮은 듯 고개를 들었다. 그리고 아리스를 보자마자 반색을 했다.

"어머, 아리스. 마침 잘 만났다."

그녀는 책상 위에 쌓여 있던 대여섯 권의 두꺼운 장서들을 아리스의 앞으로 밀어 놓았다.

"혹시 가는 길에 이 책들 좀 모아튼 교수님께 가져다 드릴 수 있니? 어제 부탁받아 찾아 놨는데 내가 가져다 드릴 시간이 없어서. 아무래도 급한 자료인 것 같았는데, 꼭 좀 부탁해."

"모아튼 교수님이요? 그럴게요."

어디를 보나 바빠 보이진 않았지만 아리스는 군말 없이 선뜻 수락하고 나섰다. 그래서 도서관을 나섰을 때 아리스의 손에는 무거운 책들이 들려 있었다.

"시키는 족족 잘도 떠맡네. 바보같이."

그동안 뒤에서 잠자코 있던 다이젠이 입을 연 것은 그때였다.

이런 말이나 할 거라면 곧장 가 버리지 않고 왜 여태껏 뒤에 남아 있었는지 모를 노릇이었다. 아리스는 덧붙여진 다이젠의 말에 슬그머니 한쪽 눈썹을 치켜 올렸다.

"가만히 보면 되게 요령 없어."

딱히 불만이 있는 어투는 아니었지만 그 말에 담긴 내용은 역시 불순했다.

"아닌데. 나 그런 소리 처음 들어 봐."

"아, 그러셔."

하지만 아리스가 보았을 때는 다이젠이야말로 바보였다. 교수들에게 잘 보여 둬서 나쁠 것 없다는 것도 모르나. 게다가 깐깐하기로 정평이 난 교수들에게 예쁨 받는 기분도 나쁘지 않았고 말이다. 사서에게도 미리 이렇게 눈도장을 찍어 두면 차후 읽고 싶은 책을 다른 학생보다 먼저 선점할 수 있다는 엄청난 혜택이 있는데, 자기야말로 그런 것도 모르면서.

아리스는 오히려 자신이 그동안 제법 영악하게 살아왔다고 생각했기 때문에 다이젠의 말에 동의할 수 없었다.

그런데 그녀보다 두어 걸음쯤 뒤에서 걷고 있던 다이젠이 성큼 옆으로 다가온 다음 순간, 묵직하던 손이 문득 가벼워졌다. 아리스는 또 아무 말도 없이 자신을 앞질러 가는 다이젠의 뒷모습을 보았다.

"너 기숙사 가려던 거 아니야?"

"갈 거야."

"이리 줘. 내가 들 수 있어."

그녀가 종종걸음으로 따라붙어 손을 내밀자 그는 귀찮다는 듯 아리스를 휘휘 쫓아 보내기까지 했다.

"눈앞에서 정신 사납게 왔다 갔다 거리는 거 거슬려. 선배는 평소처럼 우아 떨면서 천천히 오던가."

생각해 보니 다이젠이 이런 식으로 그녀의 짐을 대신 들어 준 적은 종종 있었다. 물론 그때마다 지금처럼 미운 소리를 해 대서 끝에는 늘 성질이 뻗쳤던 것으로 기억하지만.

그러나 이제 와 새삼스럽게 생각해 보니 뭔가 이상했다. 아리스의 의문은 모아튼 교수의 개인 연구실에 들러 도서관의 책들을 전달하고 나올 때까지도 계속되었다.

"야, 다이젠. 너 지금 한가하지?"

건물 밖으로 나오자마자 이번에는 다이젠의 친구가 그를 붙잡았다.

"왜."

"그럼 이거 교실로 옮기는 것 좀 도와줄 수 있어? 우리 루시가 너무 무겁다고 해서."

다이젠의 친구와 루시라 하는 여학생은 아마도 사귀는 사이인 모양이었다. 찰싹 달라붙어 있는 두 사람이 다이젠에게 운반을 부탁한 것은 그림이 끼워진 액자였다. 아리스는 그것이 이번에 교내에서 열린 시화 공모전의 응모작임을 눈치챘다.

"네가 하면 되잖아."

"나도 그러고 싶지. 하지만 난 동아리 때문에 지금 당장 가 봐야 한단 말이야. 오늘도 늦으면 부장이 벌금 물린댔어. 완전 악덕이라니까."

다이젠의 시선이 이번에는 옆에 있는 여학생에게 날아가 박혔다. 그의 얼굴에는 귀찮다는 기색이 아주 역력했다.

"네 여자 친구는 손이 없어, 발이 없어? 이 정도는 직접 들고 갈 수 있을 텐데?"

다이젠치고는 많이 순화한 말이었으나 그 말에 다이젠의 친구가 펄쩍 뛰었다.

"우리 루시 가느다란 팔목 안 보여? 어떻게 이걸 혼자 들려 보내?"

그 옆에 있던 여학생도 짐짓 상처받은 척하며 제 남자 친구의 팔뚝에 더욱 바싹 붙어 섰다. 하지만 다이젠은 넘어가지 않았다.

"난 바쁘니까 다른 사람한테 부탁하던가."

"여기 다른 사람이 어디……."

바로 그때, 뒤에서 다이젠이 하는 것을 관찰하고 있던 아리스에게 두 사람의 시선이 미끄러졌다.

"어, 아리스 선배……. 저기……."

그들은 다이젠에게 한 것과 같은 부탁을 아리스에게 해야 할지 말아야 할지 고민하는 것 같았다. 평소라면 이런 상황에서 웃는 낯으로 무시하고 지나갔을 테지만 아리스는 무슨 생각에서인지 앞으로 나섰다.

"내가 도와줄까?"

빙긋 웃으며 말하자 대번에 두 사람의 얼굴이 환해졌다. 두 사람의 시선이 아리스에게 향할 때부터 눈살을 찌푸리던 다이젠과 대조되는 얼굴이었다.

"교실에 가져다 두면 되니?"

"네! 정말 고맙습니다. 보시다시피 저희 루시가 참 많이 연약하고 가녀려서요."

"아이, 몰라."

한 쌍의 바퀴벌레 같은 커플 때문에 그냥 관둘까 싶기도 했지만 아리스는 초인적인 인내심을 발휘해 웃는 얼굴을 유지했다.

"이건 또 뭔 오지랖이야? 쓸데없이 선배가 왜 끼어들어?"

"어차피 지나가는 길인데 서로서로 도우면 좋잖아."

"4층까지 올라가야 하는 건 알고 나서는 거야?"

"그래? 그래도 둘이 같이 들 거니까 괜찮겠지."

다이젠이 굳게 입을 다물었다. 아리스는 루시라는 여학생과 함께 바닥에 세워져 있던 액자를 집어 들었다.

아니, 그런데 얘가? 남자 친구 앞이라고 연약한 척하는 것도 정도가 있지. 척 봐도 내 팔뚝의 두 배는 되겠구먼 뭐 이렇게 내숭을 떨어.

맞은편에서 엄살을 부리며 자꾸만 팔을 내리는 통에 무게가 온통 아리스 쪽으로만 쏠리고 있었다. 다이젠의 친구는 그런 제 여자 친구가 안타까운지 옆에서 같잖은 응원을 해 대고 있어 은근히 짜증이 났다. 하지만 그런 그녀를 옆에서 지켜보던 다이젠이 분명 아리스보다 몇 배는 더 짜증스러운 얼굴을 하고 있었다.

"답답하기는. 이리 내놔."

대뜸 다가온 손이 그녀가 들고 있던 것을 휙 낚아채 갔다. 다이젠의 서늘한 시선이 아리스의 앞에 있는 여학생에게 한차례 꽂혔다가 이내 옆으로 방향을 틀었다.

"어어, 고마워!"

다이젠의 돌발 행동에 당황하던 두 사람이 그의 뒤에 대고 인사를 했다.

"앞으로는 다른 사람 시킬 생각하지 말고 직접 해. 완전 민폐니까."

다이젠은 살벌한 말을 남긴 후 뒤도 돌아보지 않고 걸음을 옮겼다. 아리스의 미묘한 눈길이 멀어지는 뒤통수에 가서 박혔다.

* * *

내가 지금 뭘 하고 있는 거지?

쿵.

다이젠은 손에 들린 액자를 대충 아무렇게나 바닥에 내려놓으며 와락 미간을 좁혔다. 처음에는 분명 그럴 생각이 없었는데 어느덧 정신을 차려 보니 그는 4층 복도에 서 있었고 심지어 이 웃기지도 않은 액자를 나르고 있지 않은가.

하. 잠깐 어처구니가 없어서 입술 사이로 메마른 웃음이 비집고 나왔다. 깨닫고 나자 속에서부터 은근히 짜증이 올라왔다.

예전부터도 그랬다. 어느 한 사람만 관련되면 자신도 모르게 어느덧 휩쓸려서 이런 답지 않은 짓이나 저질러 버리고.

곧 그의 눈매가 미묘하게 날카로워졌다.

"시화전의 출품작을 제출할 거면 이쪽이야."

바로 그때 등 뒤에서 단정한 목소리가 흘러들었다. 슬쩍 고개를 돌린 다이젠의 얼굴이 방금 전과 다른 의미로 서늘하게 식었다.

에이드리안 라인츠버그는 벽에 비스듬히 세워 놓은 액자와 다이젠을 번갈아 쳐다보더니 이내 뜻밖이라는 듯이 말했다.

"네가 이런 일을 하다니 의외네."

"내가 이런 데 참가할 사람으로 보여?"

다이젠이 재미없는 농담이라도 들은 듯이 차갑게 웃자 에이드리안의 반듯한 얼굴이 미비하게 찌푸려졌다.

"심부름이라고 해도 의외인 건 마찬가지지."

직접 시화전에 출품하는 것이 아니라면 교수의 심부름으로 어쩔 수 없이 여기까지 액자를 들고 왔다고 생각하는 듯했다. 다이젠은 아무런 변명도 없이 한 손으로 대충 액자를 들어 에이드리안의 앞에 턱 하니 내려놓았다.

"학생회에서 주관하는 일에 그쪽이 여기서 어슬렁거리는 걸 보니 담당자인 것 같은데. 이거 가져가."

다른 사람에게 대신 맡긴 물건이라는 점에서 이미 이 액자의 향방이 어찌 되든 다이젠이 책임질 바는 아니라는 게 그의 생각이었다. 하지만 그와 마주한 사람의 생각은 다른 듯했다.

"내가 담당자는 맞지만 이걸 맡은 사람은 너니까 접수까지 직접 해야 하는 거 아니야?"

"내가 왜."

"그런 식의 무책임한 태도는 좋지 않다고 몇 번이나 말했잖아."

그 말을 듣고 다이젠은 더 참지 못해 그만 비소하고 말았다. 즐거움이라고는 조금도 담기지 않은, 차디찬 조롱에 가까운 것이었다.

이건 마치 철없는 불량 학생을 선도하는 교수 같은 어투가 아닌가? 에이드리안은 다이젠이 잠시 학생회에 적을 둔 적이 있었을 때에도 내내 그랬다.

그래서 다이젠은 예전부터 어른스러운 척, 세상의 모든 정의는 혼자서 다 지키는 척하던 에이드리안이 재수 없었다. 그런 식의 완전무결함을 주장하는 인간 치고는 하는 짓이 꽤나 위선적이라 더욱.

"그쪽이 나한테 책임감을 논하는 걸 보니까 재미있네."

"난 네 선배야. 호칭을 좀 더……."

"요즘 그쪽 여자 친구가 흘리고 다니는 얘기가 꽤나 흥미롭던데 말이야. 잘난 에이드리안 라인츠버그가 말하는 책임감이란 게 고작 그런 거라면 확실히 대단한 것 같기도 하고."

누구에게나 통용되는 무관심으로 에이드리안을 볼 때마다 잠시 표정을 구길지언정 한 번도 이런 식으로 대놓고 빈정거린 적은 없던 다이젠이었다. 하지만 지금의 그는 마주한 사람을 향한 조롱을 미처 숨기지도 않고 있었다. 에이드리안의 단정한 얼굴이 순식간에 굳어졌다. 하지만 다이젠으로서는 웃기지도 않은 일이었다.

그는 액자를 에이드리안에게 떠밀어 넘긴 뒤 파르스름하게 웃으며 뒤돌아섰다.

"그렇게 책임감이 투철하시다니 믿고 맡길 수 있겠어. 다행이네."

등을 돌리기 직전 보았던 경직된 얼굴에 참을 수 없는 조소가 밀려들었다. 저 혼자만 바른 사람인 척 같잖은 훈계질을 하고 싶었던 거라면 번지수가 틀렸다는 걸 알려 주고 싶었다. 그렇지 않아도 다이젠은 그를 매우 싫어하고 있었고, 그 적대감은 요즘 들어 거의 끝을 찍고 있었으니까.

뭐, 양다리? 그것도 저가 먼저 일방적으로 이별을 통보해?

다이젠의 얼굴에 서서히 웃음기가 가셨다. 조소마저 깨끗이 지워 낸 그의 눈빛은 얼음장처럼 지독히도 싸늘하게 굳어 있었다.

스스로도 합리적이지 않은 분노임을 알고 있었지만 그럼에도 기분이 미치도록 더러운 것은 어쩔 수가 없었다.

그런 주제에 감히 그에게 책임감 운운이라니. 에이드리안은 다이젠이 지금 그 자리에서 주먹을 날리지 않은 것만으로도 다행이라 여겨야 할 것이었다.

4. 아리스의 의심

"리즈벳, 이리 좀 와 봐."

"왜?"

그날 밤, 아리스는 책상에 앉아 있던 리즈벳을 불렀다. 그녀는 탁상 거울을 보면서 앞머리를 다듬다가 아리스의 부름에 의자에서 엉덩이를 뗐다. 침대에서 한창 식물도감을 읽고 있던 아리스가 다가온 리즈벳의 정수리를 유심히 관찰했다.

"이거 맞다. 네 머리에 핀 꽃, 데이지인가 봐."

"아직도 그 소리야?"

아직도 환각 증상이 나아지지 않았냐는 듯 잠시 걱정 어린 눈길을 보내던 리즈벳이 아리스의 옆에 바짝 자리를 잡고 누웠다. 그러더니 나름대로 호기심이 생긴 것처럼 식물도감을 힐끔 들여다봤다.

"뭐, 꽤 귀엽네."

국화과의 여러해살이풀. 봄에서 가을까지 백색, 홍색, 홍자색의 꽃이
핀다. 꽃말은 명랑, 순수.

리즈벳은 자신의 꽃이 퍽 마음에 든 눈치였다. 어차피 제 눈에는 보
이지도 않는 것을 더듬듯 정수리를 만지작거리는 모습에 아리스는 픽
웃고 말았다. 하지만 잠시 후 다른 사람의 꽃을 찾아 다시 식물도감을
뒤적이는 그녀의 얼굴은 사뭇 진지했다.

"어휴, 다이젠이요? 말도 마세요."

설마 했던 생각이 제 존재감을 과시하듯 자꾸만 머릿속을 부산스럽게
돌아다녔다. 아리스는 낮에 들었던 말을 또 한 번 되새겨 떠올리고 있
었다.

"평소에 자기랑 관계없는 일에는 신경 뚝 끊고, 얄짤없다니까요."

다이젠의 친구는 그렇게 손사래 치며 혀를 내둘렀다. 그가 설명한 다
이젠은 평소 아리스가 인식해 왔던 모습과도 별다른 차이가 없었다.

"특별히 친구라서 봐준다거나 여자라서 도와준다거나 그런 거 하나
도 없어요, 진짜. 방금도 보셨죠? 저희 루시한테 저 무거운 액자를 혼
자 들리려고 하는 거. 포크 하나도 겨우 겨우 드는 우리 루시한테 무슨
힘이 있다고 저렇게 피도 눈물도 없이……."

그리고 그렇기 때문에 이제껏 다이젠이 그녀에게 보여 왔던 행동들이 다른 의미를 입기 시작했다.

"아니, 그렇다고 제가 이런 얘기한 거 다이젠한테 말씀하진 마시고요……. 아무튼, 오늘은 도대체 무슨 바람이 불었는지 몰라. 역시 우리 루시가 너무 예뻐서 그런가? 헉, 그럼 안 되는데."

"아이 참. 걱정 마, 난 너밖에 없어!"

"루시!"

잠시 끼어든 잡음에 아리스는 눈살을 찌푸리며 그것을 쫓아 보내듯 휘휘 손을 내저었다. 옆에 있던 리즈벳이 의아한 시선을 보냈지만 그녀는 아무것도 아니라고 웅얼거린 뒤 다시 생각에 잠겼다.

별것 아닌 일에 유난인 것 같기도 하지만 그래도 역시 의심해 볼만 해. 그렇지?

혹시 하고 남겨 두었던 짐작이 그녀의 안에서 점차적으로 크게 자리 잡아 가고 있었다.

그리고 본인 앞에서 이런 말을 한다면 아마 미친 소리라고 또 한 번 일축하고 말겠지만…….

어쩌면 그녀는 그동안 다이젠 아르카노발에게 미움 받고 있었던 것이 아닐지도 몰랐다.

* * *

"그럼 축제에 대한 최종적인 안건은 다음 주에 세부적으로 논의하는 걸로 하자.”

일주일에 한 번 열리는 학생회 회의가 끝났다.

아리스는 사람들의 얼굴보다 먼저 두 눈에 들어오는 꽃들을 피해 지체 없이 학생회실을 벗어났다. 물론 밖으로 나와서도 보이는 게 온통 꽃 천지라 별다른 소용은 없었지만 말이다.

지난번 아리스가 약속 장소에 나타나지 않은 이후로 에이드리안은 줄곧 잠잠했다. 지금도 그는 문 밖으로 나서는 그녀를 그저 가만히 바라볼 뿐, 따로 불러 세우거나 하지는 않았다. 그래 봤자 그 눈동자에는 숨길 수 없는 복잡한 감정이 고스란히 눌러 붙어 있어 아리스는 내심 조소할 수밖에 없었다.

복도를 걷는 동안 교정을 내다보니 저마다의 꽃을 머리에 이고 있는 학생들이 제각기 할 일을 위해 어디론가 바삐 걸음하고 있었다. 시간이 약이라더니, 아리스도 이제는 슬슬 지금의 괴현상에 조금씩이나마 적응이 되고 있었다.

얼마 전 그녀는 마침내 망설임을 버리고 부모님에게 편지를 보냈다. 단 둘만의 단란한 시간을 보내고 있는 그들을 앞장서 방해하고 싶지는 않았지만 딸로서 부모님에게 어리광 부리고 싶은 마음이 이기고 말았다.

답장은 금세 아리스의 손으로 들어왔다. 그녀는 ‘곧바로 돌아가겠다.’ 는 부모님의 편지를 받고 창피하게도 조금 울 뻔하고 말았다.

“하아.”

복도를 걷다 말고 아리스는 폭 한숨을 내뱉었다.

아, 편지를 받았더니 더 보고 싶어졌다. 이 나이를 먹고도 부모님에게 의지하는 것이 낯부끄럽기도 했지만 어쩔 수가 없었다. 그들이 다시 그녀의 옆으로 돌아온다는 사실만으로도 이렇게 마음이 편안해지고 있었으니까. 영원히 변치 않을 온전한 자신의 편이 있다는 건 이다지도 마음 든든한 일이었다.

아리스는 부모님의 편지를 받기 전보다 확연히 밝은 얼굴로 걸음을 옮겼다. 그러나 때 마침 지나가던 넓은 운동장의 한 구석에서 다이젠의 얼굴을 발견하고는 무의식중에 발을 멈추고 말았다. 그런 그녀의 눈동자는 어느덧 가늘게 좁혀져 있었다.

이상하게 요즘 들어 자꾸만 눈에 띄는 것 같단 말이야.

방과 후인데도 어째서인지 몇몇 학생들이 남아 체육 활동을 하고 있는 모습이 눈에 띄었다. 그 자체로 희한한 일은 아니었으나 하필 무리 속에 다이젠이 껴 있는 것이 기이했다.

왜냐하면 그는 방과 후 따로 시간을 내 친구들과 어울리는 유형이 아니었으니까.

아리스는 혼자서 잠시 갸웃거리다가, 공터 한가운데에서 열성적으로 학생들을 지휘하고 있는 달튼 교수를 보고 이내 상황을 이해했다.

평소 체육 수업 시간에 불성실한 학생들을 언제 한 번 따로 모아 땀 좀 흘리게 만들어 줘야겠다고 벼르더니 그게 오늘인 모양이었다. 아리스도 교무실에 갔다가 우연히 투덜거리는 소리를 들은 것이었는데, 그 대상자에 다이젠이 속해 있다니 이제 놀랍지도 않았다.

열의가 넘치는 달튼 교수와 달리 다이젠은 지금도 역시 미적지근한 태도를 보이고 있었다.

막상 마음먹기만 하면 뭐든 못하는 것이 없으면서도 그는 꼭 저렇게 건성이었다. 물론 그 아버지를 보면 부전자전으로 그냥 타고난 성격이 그런 것 같기도 했지만 말이다.

교수들의 등쌀에 못 이겨 학생회에 잠시나마 몸담았던 동안에도 다이젠은 줄곧 그랬다. 생각해 보면 아무리 강제로 등 떠밀렸다고는 하나 그가 이런 귀찮은 일을 억지로나마 수락했던 것 자체가 놀라운 일이었다.

　하지만 역시나 체질에 맞지 않았는지, 다이젠은 얼마 전 자진 사퇴의 의사를 밝히고 학생회실을 완전히 떠났다. 지난번 리즈벳과 아리스가 있는 학생회실에 잠시 들렀던 것도 그 전에 두고 갔던 짐을 마저 챙겨 가기 위해서였다.

　사실 아리스로서는 속이 후련할 일이었다. 그동안 옆에서 내내 신경에 거슬리던 사람이 사라졌으니. 그러나 믿을 수 없게도 다이젠이 사라진 학생회실은 종종 지나칠 만큼 조용하게 느껴졌다.

　그런 생각을 하고 있을 때, 갑자기 달튼 교수가 학생들을 불러 모았다. 그들은 하나같이 지루한 표정들이었다. 그런데 달튼 교수가 무슨 말을 했는지 돌연 눈빛을 변화시킨 학생들이 어느 순간 일제히 달리기 시작했다. 아마 선착순 몇 명에 든 사람은 그만 보내 주겠다거나, 그런 류의 제안이 아니었을까 싶었다.

　운동장을 돌아 가장 먼저 제자리로 돌아온 것은 다이젠이었다. 놀랍게도 그는 숨조차 별로 헐떡이지 않고 있었는데, 그러고 나서 지어 보이고 있는 귀찮은 표정이 유독 선연했다. 그 모습을 보고 아리스는 헛웃음을 내뱉을 수밖에 없었다.

　역시 아리스의 생각이 맞았는지 달튼 교수는 선두로 들어온 다섯 명을 해방해 주었다. 남은 학생들은 다시 운동장을 달리기 시작했다. 이번에도 조건은 동일했던 모양으로, 학생들의 뛰는 모습이 방금 전보다 필사적이었다. 아리스는 어슬렁거리며 잔디밭을 가로질러 오는 다섯 명의 학생들을 자리에 서서 지켜보았다. 물론 그 속에는 다이젠 역시 포함되어 있었다.

다음 순간, 그들은 나무 그늘 아래 서 있는 아리스를 발견했다. 남학생들이 그녀를 볼 때마다 으레 그렇듯 이번에도 눈앞에 꽃이 피어났다.

"헉. 아리스 선배다."

"나 머리 안 뻗쳤어?"

자기들끼리 부산을 떨며 옷매무새나 머리를 매만지는 모습이 어떻게 보면 제법 재미있기도 했다. 그들이 속닥거리는 소리가 그녀에게까지 전부 다 들렸기 때문에 더욱 그랬다.

"안녕하세요, 아리스 선배."

"안녕."

아리스는 너그럽고 친절한 선배였기 때문에 이번에도 후배들의 인사를 기껍게 받아 주었다.

"완전 예뻐."

"나 달리기 2등 했는데 봤을까?"

학년을 막론하고 아리스의 인기는 대단했기 때문에 이런 숙덕거림도 익숙했다. 그녀는 자신을 힐끔거리며 스쳐 지나가는 학생들 대신 눈앞에 있는 사람에게 시선을 두었다.

눈이 마주치는 순간 다이젠이 미간을 찌푸렸다.

하지만 그래 봤자 머리에 핀 꽃은 아리스를 향해 잎사귀를 팔랑팔랑 흔들고 있었다. 마치 반갑게 손을 흔드는 것 같았다. 그녀의 기분은 요즘 다이젠을 볼 때면 늘 그렇듯 또다시 미묘해졌다.

"뭘 그렇게 봐."

어느덧 가까이 다가온 다이젠이 아리스를 내려다보았다. 그리고 툭 내뱉은 말에 아리스도 입을 열었다.

"너 보고 있었어."

그녀의 직설적인 말에 다이젠이 더욱 눈매를 찡그리는가 싶었다. 때맞춰 다이젠의 꽃이 동요하듯 흔들렸다. 아리스는 그 모습을 보고 애매한 표정을 짓다가 다시 운동장 쪽으로 눈길을 돌렸다.

방금 전부터 묘하게 소란스럽다 싶더니 달튼 교수의 앞에 정렬해 있던 학생들이 언제부터인가 아리스를 보고 있었다. 그들의 머리에도 여지없이 꽃이 피어 있었는데, 그 모습이 이제는 나름대로 귀엽게 느껴지기까지 했다.

하지만 그들 역시 다이젠만큼 무방비하게 꽃을 만개시키고 있지는 않았다.

"그러고 보니까 넌 참 꾸준히 나한테 시비를 걸더라."

그동안 다이젠이 그녀에게 보여 온 모습들이 새삼스럽게 재인식 되었다. 생각해 보면 그는 번거로운 일은 늘 질색하면서도 그녀에게 말을 거는 것만큼은 귀찮아하지도 질려 하지도 않았다. 지금도 그는 굳이 그녀의 앞에 서서 시비를 걸고 있었다. 다이젠 아르카노발이 싫어하는 사람에게 굳이 먼저 다가가 딴죽을 걸고 비아냥거릴 정도의 열정을 가지고 있는 사람이던가?

"내가 언제."

그러나 다이젠은 별소리를 다 들어 보겠다는 듯 발뺌을 했다.

"지금도 그렇잖아."

"선배가 먼저 쳐다보고 있었잖아."

"난 그냥 지나가다가 우연히 본 것뿐이야. 그러니까 누가 자꾸 내 눈앞에서 얼쩡거리래?"

"선배야말로 자꾸 내 눈에 띄는 데 있지 마."

두 사람은 옥신각신 유치한 싸움질을 했다. 그들은 언제부터인지 서로의 앞에서 만큼은 지금처럼 어린애가 된 양 굴고 있었다. 아리스와 다이젠 모두 이런 종류의 유치한 말씨름과는 거리가 먼 사람들인 것을 생각하면 이상한 일이었다.

아리스는 입을 꾹 다물고 다이젠을 노려보다시피 올려다보았다. 그에게 무언가를 말하고 싶어 입이 근질거리기도 했고, 또는 다이젠에게 무언가를 말하게 만들고 싶기도 했다. 하지만 그 말이 도대체 무엇인지를 알 수가 없었다.

이제는 다이젠뿐만이 아니라 다이젠의 머리 위에 있는 꽃도 신경에 거슬리기 시작하고 있었다. 도대체 왜 제 주인하고 정반대의 반응을 보여 그녀를 이리도 혼란스럽게 만드는 것인지. 물론 그녀의 마음에 들지 않는 건 주인이나 꽃이나 똑같았지만.

"그렇게 노려보면 뭐."

잡아 뽑으면 사라지지 않을까?

아리스는 잠시 동안 다이젠의 꽃을 노려보다가 충동적으로 손을 들었다. 다이젠은 의아한 표정을 짓다가 이어지는 그녀의 행동에 그대로 굳어 버렸다.

몇 발자국 떨어져 있던 거리가 한걸음 정도로 바싹 좁혀졌다. 다이젠의 키가 쓸데없이 컸기 때문에 아리스는 그의 머리에 손을 올리기 위해 발뒤꿈치를 들어야만 했다.

"잠깐……."

싱그러운 풀잎색의 눈동자가 전에 없이 가까이 다가든 순간 다이젠이 혹 숨을 멈추었다. 하지만 아리스의 신경은 온통 머리 위의 꽃에만 쏠려 있었기 때문에 그런 그의 반응을 미처 눈치채지 못했다.

손가락 끝에 보드라운 꽃잎이 닿는 순간, 아리스는 저도 모르게 작은 탄성을 내뱉고 말았다. 냉정한 다이젠의 꽃답게 얼음덩어리처럼 차갑고 딱딱한 느낌일 줄 알았더니 깃털처럼 아주 부드러운 촉감이었다.

그리고 그것은 아리스의 손길을 기뻐하고 있었다.

말도 못하는 식물일 뿐이었고, 또 이런 말은 이상하게 들릴 것을 알았지만……. 그냥 만지는 순간 알 수 있을 것 같았다. 이 꽃이 그녀에게 무척이나 호의적이라는 것을. 아니, 그저 호의적이기만 할까. 분명 이 꽃은…….

"지금 뭐하는 거야?"

그때, 나직한 목소리가 공기를 가르고 그녀의 귀에까지 흘러들어 왔다. 속삭이듯 낮은 음성에 불현듯 정신이 돌아왔다. 시선을 내리자 바로 코앞에서 그녀를 직시하고 있는 붉은 눈동자가 시야에 들어왔다.

눈이 마주친 한 순간 시간이 멈춘 것 같았다. 하지만 아리스는 곧 정신을 차리고 당황한 티를 내지 않으려 애쓰며 입을 열었다.

"어, 아니. 네 머리에 뭐가 붙어서."

다이젠의 얼굴이 너무 근접해 있었다. 정면에서 날아드는 시선에 공연히 말문이 막혔다. 하지만 아직 그녀는 목적을 이루지 못한 상태였다.

에잇, 이렇게 된 이상 속전속결이었다.

"잠깐만 가만히 있어 봐."

대범하게도, 아리스는 뒤로 물러나는 대신 오히려 다이젠에게 더 가까이 몸을 붙였다.

그러자 이번에는 그가 그녀를 피해 한 걸음 뒤로 물러났다. 그 반사적인 움직임에 아리스는 다이젠이 움직이지 못하도록 한 손으로 그의 팔을 붙잡기까지 했다.

"이게 무슨."

그녀의 손 안에서 팔의 근육이 딱딱하게 수축하는 것이 느껴졌다. 하지만 이제 와서 멈출 수도 없었다. 아리스는 다이젠의 반응을 무시하고 다시 한 번 머리 위로 손을 올렸다.

그러나 이번에도 그녀는 망설이고 말았다. 다이젠의 꽃이 너무도 얌전했기 때문이었다.

그것은 그동안 아리스가 몇 번인가 잡아 뽑기를 시도해 봤던 다른 학생들이나 리즈벳의 꽃과는 확연히 다른 반응을 보이고 있었다. 다른 꽃들은 그녀의 손 안에서 오들오들 떨거나 꽃잎을 안쪽으로 움츠려 말았다. 마치 아리스가 무엇을 하려는지 눈치챈 모양새였다. 그러나 다이젠의 꽃은 순응하듯 그저 가만히 그녀의 손을 받아들이고 있었다.

물론 아리스가 가만히 있으라고 말하긴 했지만 이건 너무 말을 잘 듣는다 싶었다. 하도 무방비하게 얌전히 있어서, 오죽하면 꽃을 상대로 양심의 가책마저 느껴질 정도였다.

그녀가 자신에게 해를 끼치려는 걸 모르는 걸까? 아니면 그녀가 무슨 짓을 해도 괜찮다는 걸까?

주인을 닮아 배짱이 있는 건지, 아니면 그녀가 자신에게 나쁜 짓을 할 리가 없다고 믿기라도 하는 건지. 그것도 아니라면 이대로 그녀의 손에 잡아 뽑혀도 된다는 건지…… 거기까지 생각해 놓고 아리스는 다시 기분이 이상해져서 눈가를 움찔거리고 말았다.

지금 다른 것도 아니고 꽃을 보고 무슨 생각을 하는 거지?

잠시 후, 결국 그녀는 꽃잎 한 장 떼어 내지 못한 채 손을 내렸다.

"으응. 이제 됐어."

아무래도 다음을 기약해야 할 성 싶었다.

도대체가 꽃을 상대로 이런 찜찜한 마음이 드는 것은 무엇 때문이란 말인가. 그녀의 앞에서 완전히 무장 해제하고 있는 꽃을 잡초 대하듯 잡아 뽑으려 하는 자신이 아주 나쁜 사람이라도 된 것 같았다.

"그럼 봐."

아리스가 뒤꿈치를 내리자 다이젠이 기다렸다는 듯이 말했다. 하지만 그러면서도 그는 아리스를 밀쳐 내지는 않고 있었다. 평소 하는 짓을 보면 자신을 붙들고 있는 손을 매몰차게 떨쳐 내고도 남을 터인데, 다이젠은 아까부터 굳은 듯 움직임이 없었다.

문득 운동장에서 소란스러운 소리가 들렸다. 아리스는 그 웅성거림에 떠밀리듯 다이젠의 팔을 놓았다. 그 직후 그가 곧장 아리스를 비껴 지나갔다.

"다이젠."

그런데 방금 전 그 표정은 뭐지?

다이젠에게서 처음 본 표정이었기 때문에 지금 그가 느끼고 있는 감정이 무엇인지 감을 잡을 수가 없었다. 한순간이나마 그 얼굴에 신경이 쏠려 머리 위의 꽃을 확인하지 못한 것이 아쉬웠다. 아리스가 이름을 불렀으나 다이젠은 뒤돌아보지 않았다.

"따라오지 마."

그녀 외의 것에 시선을 둔 다이젠의 꽃은 다시 봉오리로 돌아간 상태였다. 아리스는 제 속내를 감추고 아무렇지 않은 척 다이젠의 그림자를 밟으며 계속 말을 걸었다.

"너 지금 기숙사 가는 거 아니야? 나돈데."

그렇게 하면 돌아보지 않을까 싶었지만 아리스가 볼 수 있는 것은 다이젠의 뒷모습뿐이었다. 그는 부자연스러울 정도로 그녀에게 자신의 얼굴을 보이지 않고 있었다.

"교실 들를 거야."

여전히 무미건조한 목소리가 귀청을 울렸다. 아리스는 이 와중에도 다이젠이 그녀의 말을 무시하지는 않고 있다는 사실을 깨닫고 약간 멈칫했다.

"같이 가 줄까?"

"됐어."

단호한 거절의 말 이후, 다이젠이 훌쩍 멀어졌다. 긴 다리로 성큼성큼 이어지는 걸음에 저절로 대화가 끊겼다. 아리스의 눈동자가 가늘어졌다. 그녀는 슬며시 부풀어 오르는 오기를 다시 안으로 꾹꾹 눌러 담았다.

원한다면 뒤따라가지 못할 것도 없었지만 여기에서 다이젠의 뒤꽁무니를 쫓기엔 보는 눈들이 많았다. 천하의 아리스 키프로스가 남학생 뒤나 쫓아가는 모습을 보이는 건 모양이 좀 많이 빠지지 않는가.

방금 전 수많은 눈들 사이에서 다이젠과 밀착해 있던 사람이 할 생각은 아니었지만, 아리스의 머릿속에는 그 일이 다른 사람들 눈에 어떻게 비쳐졌을지 인식조차 되어 있지 않았다.

결국 그녀는 불만스러운 마음을 안고 다이젠의 뒷모습에서 고개를 돌렸다.

* * *

"아리스, 과제물 제출 오늘까지 맞지?"

"응, 맞아. 나한테 주면 돼."

"무거워 보이는데 같이 들어 줄까?"

"아니, 됐어."

잠깐, 잠깐. 너 여자 친구 있잖아. 마음대로 꽃 피우지 말란 말이야.

현재 아리스는 교실의 앞문 쪽에서 같은 반 남학생과 얼굴을 마주하고 있는 중이었다. 그녀는 여느 때처럼 다정히 웃는 얼굴을 하고 있었지만 그 속은 떨떠름하기 그지없었다.

아리스가 보기 드물게 단호히 대답하자 남학생이 약간 놀란 기색을 내비치는가 싶었다. 아리스는 그것을 보고 다시 상냥히 말했다.

"나 보기보다 튼튼해서. 이 정도는 거뜬해."

물론 어디로 보나 바람 불면 휙 날아갈 듯 여린 몸에 가느다란 팔목이었기 때문에 아리스의 말은 농담으로밖에 들리지 않았다. 하지만 그녀는 눈앞에 있는 남학생에게 틈을 주지 않고 생글거리는 낯으로 곧장 뒤돌아섰다.

그런 아리스의 미간은 미비하게 찌푸려져 있었다.

뭐야, 쟤. 그동안 미처 몰랐는데 예쁜 여자애들한테 한눈이나 파는 가벼운 애였잖아.

방금 전까지 마주 보고 있던 남학생 때문에 기분이 약간 나빴다. 평소 친절하고 매너 있는 애라고만 생각했는데 그게 다 같잖은 수작질이 있구나 싶었다. 요즘 아리스는 다른 학생들의 꽃을 전보다 더 주의 깊게 살피곤 했는데, 그중에서도 그는 조금 예쁘다 싶은 여학생들 앞에서 죄다 꽃잎을 펼치고 있었던 것이다. 심지어 자신의 여자 친구를 볼 때보다 훨씬 더 말이다.

이런 지조 없는 꽃 같으니. 평소 무슨 생각을 하고 사는지 모를 재수 없는 다이젠의 꽃도 안 어울리게 한결같은 구석이 있는데…….

그러나 아리스는 무심코 떠올린 생각에 흠칫해 곧 고개를 휘휘 젓고 말았다.

아, 아니야. 아니야. 다른 생각 하자, 다른 생각.

한순간 멈칫했던 걸음이 다시 물 흐르듯 자연스럽게 이어졌다. 그녀는 머릿속에 잠시나마 머물렀던 얼굴을 지우개로 지우듯 박박 닦아 버리고 이내 상념의 화살표를 다른 곳으로 돌렸다.

그래. 차라리 지조 없는 꽃은 양반이었다. 그래도 다른 사람에게 피해를 주지는 않으니까. 현재 상황에서 아리스에게 가장 큰 거부감을 주는 건 바로 카밀레 키든의 것 같은 꽃이었다.

뿌리에서부터 썩은 것처럼 짙은 갈색이나 검은색을 띠며 때때로 역한 냄새마저 풍기고 있는, 죽어 가는 꽃들.

보기만 해도 기분이 불쾌해지는 것은 둘째 치고서라도 아리스는 그 꽃들에게 미비한 위협마저 느끼고 있었다. 첫날 줄기에 손등을 얻어맞은 뒤로 두 번 다시 가까이 다가가지 않고는 있었지만, 아무리 모른 척하려고 해도 주위 가득 넘실거리는 적의가 너무도 또렷했다.

그것은 카밀레 키든처럼 아리스에게 향할 때도 있었고, 혹은 그녀가 아닌 다른 사람을 향할 때도 있었다. 그런 모습을 볼 때마다 아리스는 등골을 찌릿하게 만드는 섬뜩함에 남몰래 걸음을 서두르고는 했다.

그리고 그럴 때면 여지없이 저도 모르게 비교하고 말았다. 어째서인지 흉측한 모양을 하고 있는 꽃들과 단지 보는 것만으로도 마음을 편안해지게 만드는 어여쁜 꽃들을. 거기에 다이젠의 꽃이 섞여 있는 것은 아리스로서도 어쩔 수 없는 일이었다.

"아리스, 나랑 같이 들자."

그때, 옆에서 불쑥 다가드는 음색에 아리스는 무의식중에 어깨를 떨고 말았다. 고개를 돌리지 않아도 옆얼굴에 느껴지는 선명한 적개심. 가식된 친절함을 덮어쓰고 있는 카밀레 키든이었다.

"아니, 나 혼자 들 수 있어."

"이렇게 무거운걸."

아리스는 다가오는 손을 피하려다가 카밀레 키든이 도통 물러날 기색을 보이지 않자 차라리 지금 들고 있는 과제물들을 빨리 덜어 가게 가만히 기다리고 섰다. 한결 가까워진 갈색 형체에 금세 이 자리가 불편해졌다. 기분 탓인지 카밀레 키든의 꽃이 그녀를 노려보는 것 같았다.

다른 학생들 앞에서 단순히 착한 척을 할 요량인지, 아니면 다른 꿍꿍이가 있는 건지는 모르겠으나 아리스는 자신에게 다가오는 카밀레가 마뜩잖았다. 지금 당장이라도 옆에 있는 사람에게서 멀리 떨어지고 싶었다.

"리즈벳은? 친구가 이런 걸 혼자 들고 가는데 도와주지도 않나 봐?"

그리고 역시나 짐만 들어 주고 말 생각은 아니었는지, 나란히 복도를 걷는 중에 카밀레가 은근슬쩍 아리스의 친구인 리즈벳을 폄하하고 나섰다. 물론 그 꼴을 가만히 보아 넘길 아리스가 아니었다.

"리즈벳은 아침부터 체기가 있어서 의무실에 갔어. 자꾸 도와준다고 하는 걸 말리느라 힘들었지 뭐야."

"그래……."

하지만 원래 목표는 리즈벳과 아리스를 이간질시키는 것이 아니었던 듯, 그녀는 그 이상 리즈벳에 관한 말을 너 하지는 않았다. 하긴, 그렇게 속이 뻔히 들여다보이다 못해 한심한 소리나 늘어놓는 애였다면 애초에 지금까지 아리스의 앞에서 본색을 숨기고 있지도 않았을 터다.

"아리스, 네가 에이드리안에게 차였다는 소식을 처음 들었을 때에는 정말 놀랐어."

그리고 잠시 후 카밀레가 꺼내는 말에, 아리스는 그녀의 목적이 무엇인지를 금방 알아챌 수 있었다.

"두 사람, 그렇게 사이가 좋았었는데. 우리 학교 공식 커플이라고 해도 과언이 아니었잖아. 더군다나 에이드리안의 마음이 변한 이유가 '그 크리스틴'이라니. 누가 믿을 수 있겠어?"

왜 이런 부류의 여자 아이들은 이렇게 시시한 비꼬기밖에 못하는 걸까. 아무리 안타까워하는 척 연기해도 속으로는 고소해하며 웃고 있다는 사실쯤이야 훤히 읽히는데.

"그 두 사람도 참 너무해. 에이드리안도 너랑 헤어지자마자 보란 듯이 크리스틴하고 사귀지를 않나. 아, 그게 아니지. 아리스 너랑 헤어진 것보다 크리스틴하고 사귄 게 먼저였다고 했나? 언뜻 들어서 헷갈리네."

굳이 머리 위의 꽃을 확인할 필요도 없이 말이다.

"내색하지 않아도 마음고생이 얼마나 심하니. 힘내, 아리스. 세상에 남자가 에이드리안 하나뿐인 건 아니잖아. 너무 속상해하지 마."

이 말을 하며 그녀를 비웃고 싶어 얼마나 입이 간지러웠을지 너무나 쉽게 상상이 되었다. 그리고 에이드리안과 헤어진 후에도 의연해 보이는 아리스를 그동안 얼마나 고깝게 여겼을지도.

"어머. 고마워, 카밀레."

나긋이 속삭여진 제 이름에 카밀레의 얼굴이 미세한 균열을 그리는 것이 보였다. 아리스는 눈빛 한 번 굳히는 일 없이 봄바람이 산들거리는 것 같은 평온한 얼굴을 하고 있었다.

"그렇게까지 날 생각해 주다니. 응. 감동이야."

"……."

"하지만 소문에는 과장과 왜곡이 뒤따르기 마련이니 네가 걱정해 줄 필요는 없어."

어디로 보나 부드러운 목소리였지만 그 내용은 상대방에게 선을 긋고 있는 것이었다. 넌 참 쓸데없는 걱정을 다 하는구나. 얼마나 할 일이 없으면. 그런 의미가 내포된 것을 눈치챘는지 카밀레의 눈썹이 한 차례 꿈틀거렸다.

"그럼 에이드리안이 크리스틴 때문에 변심한 것도 그래서 먼저 너한 테 헤어지자고 한 것도 사실이 아니란 말이야?"

아, 지금의 표정과 말투는 그래도 조금 솔직했다. 옅은 감정을 담아 낸 직설적인 물음에 아리스는 웃었다.

"그런 걸 나한테 물어서 뭐해. 그냥 믿고 싶은 대로 생각해."

"뭐?"

아리스의 대답에 카밀레는 혼란스러운 듯했다. 헛소문이라고 정색을 하고 잡아떼거나 아니라고 반박할 것이라 생각했는데 아리스의 반응이 예상과 달라 당황스러운 모양이었다.

"혹시 지금 네가 말한 것들이 사실이었으면 좋겠니?"

"무슨 소리야. 그럴 리가 없잖아."

카밀레는 아직까지 자신의 가면을 벗을 생각이 없는 듯 아리스의 물음을 대번에 부정했다. 그것은 아리스가 생각했던 그대로라서, 그녀는 여전히 웃는 낯으로 카밀레에게 말할 수 있었다.

"그렇다면 굳이 나한테 진실을 확인할 필요는 없을 것 같아. 원래 소문이란 게, 당사자가 뭐라고 말해도 결국은 각자 믿고 싶은 대로 떠들기 마련이잖아?"

"……."

"아. 이제 다 왔으니까 나머지는 내가 들고 갈게. 여기까지 네가 들어
주지 않았으면 힘들 뻔했어. 도와줘서 고마워, 카밀레."

아리스는 카밀레 키든의 손에 들려 있던 과제물들을 다시 가져온 뒤
아무 말도 없는 그녀를 등진 채로 뒤돌아섰다.

* * *

"아, 나 이런 거 별론데."

모퉁이를 꺾어 카밀레 키든의 시선에서 벗어나자마자 아리스는 걸음
을 서둘렀다. 사실 그녀는 겉으로 보이는 것만큼 여유 있는 상태가 아
니었다.

아니……. 무슨 줄기를 채찍처럼 막 휘두르고 그러지? 별로 대단한 말
을 한 것도 아니구면. 겨우 이 정도로 저렇게 포악을 떨 거라면 애초에
시비를 왜 걸었냐 이 말이다. 속에 저런 무시무시한 걸 숨기고 그동안
어떻게 살았는지 모르겠네.

그녀가 뒤돌아서기 직전까지도 눈앞에서 위협적으로 흔들리던 가시
돋친 줄기를 생각하자 절로 인상이 찌푸려지고 말았다.

앞으로는 저쪽에서 먼저 친한 척해도 꼭 피해야지.

아리스는 너무 잘난 것도 질투를 사 참으로 피곤하다고 생각하며 휴
우 한숨을 내쉬었다.

"그러니까 네가 대신 해."

"싫어요. 꼭 귀찮은 것만."

그러다 문득 들려오는 낯설지 않은 음성에 고개를 들었다. 교수들의 개인 연구실이 즐비한 본관 복도에서 얼굴을 마주 보고 서 있는 아르카노발 부자의 모습이 눈에 들어왔다.

사이가 썩 친밀해 보이지 않았지만 그래도 역시 아버지와 아들이긴 한 모양이었다. 타인을 대할 때는 꿈쩍도 않던 꽃이 서로를 향해 피어 있는 것을 보면.

"어차피 너 요즘 한가하잖아. 난 학술제 준비로 바쁘니까 이번 한 번만 네가 해라."

"그 말 얼마 전에도 들었는데. 아버지도 이제 나이가 드셨나 봐요. 했던 소리 기억 못하고 심심할 때마다 또 하시는 걸 보면."

"하나뿐인 아버지한테 말버릇하고는."

"하나뿐인 아들한테 사기나 치면서."

그 사이로 끼어들기가 망설여지긴 했으나 굳이 그들을 피해 멀리 돌아가야 할 이유도 없어서 아리스는 앞을 향해 다시 멈추었던 발길을 뗐다.

또각.

구두의 뒷굽이 대리석 바닥에 부딪혀 소리를 냈다. 그녀의 발소리를 듣고 두 사람이 동시에 고개를 돌렸다.

아리스를 발견한 직후 한 사람의 꽃은 다시 굳게 봉오리를 다물었고, 한 사람의 꽃은 오히려 더욱 활짝 꽃잎을 펼쳤다.

그 확연한 차이에 아리스의 눈매가 한차례 작게 움찔거렸다.

하지만 그녀는 곧 아무렇지 않은 척 레안 아르카노발을 향해 먼저 인사를 건넸다.

"안녕하세요, 교수님."

"그래……."

그는 아리스의 등장이 마뜩잖은 기색이었다. 하지만 그녀를 보는 눈빛에 떨떠름함은 있을지언정 아들과의 격 없는 대화를 제자에게 들킨 것에 대한 민망함이나 부끄러움의 감정 같은 건 티끌만큼도 찾아볼 수 없었다. 아리스는 그런 점이 역시 레안 아르카노발 교수답다고 생각했다.

다이젠은 언제 그녀를 봤냐는 듯 입을 꽉 닫은 채 고개를 다른 곳으로 돌리고 있었다. 그래서 아리스도 굳이 먼저 그를 아는 척하지 않고 그냥 두 사람을 지나쳐 버렸다.

"너 뭐야. 갑자기 왜 이렇게 조용하냐?"

"아, 좀."

등 뒤에서 레안이 묻는 말에 다이젠이 약간 짜증스럽게 뇌까리는 소리가 들렸다. 그 후로 목소리를 낮춘 대화가 몇 번 오가는 듯했다. 그것은 아리스가 그들과 가까이에 있는 한 개인 연구실에 노크를 하고 안으로 들어설 때까지 계속되었다.

그리고 과제물을 교수에게 제출하고 다시 밖으로 나왔을 때, 아리스는 그녀가 있는 쪽으로 막 발걸음을 돌리는 레안 아르카노발을 볼 수 있었다.

그의 뒤에서 떫은 표정을 짓고 있는 다이젠을 보아하니 아무래도 그들이 방금 전 옥신각신하던 사안의 승자는 레안인 듯했다. 다이젠은 제 아버지의 등에 대고 무어라 말하려다가 아리스가 문을 열고 다시 복도로 나오자 입을 다물었다.

하지만 그와 반대로 레안 아르카노발의 얼굴은 더없이 산뜻해 보였기 때문에, 아리스는 웃을 듯 말 듯한 기분으로 두 사람의 모습을 번갈아

볼 수밖에 없었다.

"다이젠."

레안이 자신의 개인 연구실로 사라지고 난 뒤, 아리스는 다이젠이 있는 방향으로 걸음을 옮겼다. 그는 또 살며시 미간을 찌푸리며 그녀에게서 시선을 비끼고 있었다. 또각, 작은 발소리와 함께 자신의 이름을 부르는 미성이 가까워지자 다이젠의 표정이 아주 미세하게 변했다.

"왜."

무뚝뚝한 반문이 뒤따랐다. 그는 또 지난번처럼 이상할 정도로 고집스럽게 그녀를 쳐다보지 않았다. 아리스가 바로 코앞까지 다가가서 뒷짐을 지고 기웃거려도 마찬가지였다.

"뭐하는 거야."

눈매를 움찔거리며 재차 물으면서도 그는 끝내 시선을 움직이지는 않았다. 그래서 아리스도 지난번과 같은 오기가 생겨 버렸다.

"지난번부터 이상해. 왜 내 얼굴을 안 쳐다봐?"

다소 고약한 일인 것 같기도 했지만 다이젠의 반응이 너무 특이해서 자꾸만 건드리고 싶어졌다. 그래서 사뭇 천진난만하게 묻자 기다렸다는 듯이 그의 입이 열렸다.

"그러는 선배야말로……."

아니, 그는 그녀의 물음에 울컥한 것 같기도 했다. 그러나 참지 못해 터져 나왔던 말은 다음 순간 어째서인지 다시금 다이젠의 입 안으로 삼켜졌다. 그는 잠시 동안 굳게 어금니를 물다가 이내 방금 전보다는 감정을 배제한 음성으로 읊조렸다.

"선배야말로 왜 그렇게 불러."

"내가 뭘?"

하지만 그의 말이 도무지 이해되지 않아서 아리스는 되물을 수밖에 없었다. 그러자 다이젠이 다시금 낮게 속삭였다.

"내 이름을 왜 그런 식으로 부르냐고."

"무슨 소리야. 내가 네 이름을 어떻게 불렀다고……."

눈살을 찌푸리며 그렇게 항의한 순간 머릿속을 스쳐 지나가는 것이 있었다. 아리스는 설마 하는 마음으로 그것을 소리 내 말했다.

"다이젠?"

가느다란 목소리가 귓가에 울리는 것과 동시에 다이젠의 굴곡진 미간이 한결 더 깊게 패였다.

"지금 내가 널 '다이젠'이라고 불렀다고 이러는 거야?"

"원래 그렇게 안 불렀잖아."

그가 따지고 든 말이 무척이나 뜻밖이라서 아리스는 그만 할 말을 잃고 말았다.

그러고 보면 평소 그를 볼 때마다 '거기, 너'라던가, '다이젠 아르카노발'이라던가, 그것도 아니면 '야'나 혹은 '얘'라고 지칭했던 것 같기는 하다. 하지만 분명 지금처럼 그냥 '다이젠'이라고 불렀을 때도 있었는데?

"무슨 소리야. 원래 이렇게 부를 때도 있었어."

"다른 사람들 앞에서 이미지 관리할 때야 그랬지."

다이젠의 말을 듣고 긴가민가해졌지만 어쨌든 그게 뭐 이리 따지고 들어야 할 문제인가 싶었다.

"그래서 내가 널 다이젠이라고 부르는 게 불만이야?"

"그래."

그가 그녀의 물음에 한 치의 망설임도 없이 대답했기 때문에 아리스는 그만 심통이 나고 말았다.

뭐, 이 녀석이 날 좋아한다고? 좋아하기는 개뿔. 어쩌다 그런 어이없는 생각을 다 했는지. 취소, 취소였다. 역시 얘가 날 좋아할 리가 없어.

"그냥 평소처럼 해. 안 어울리게 그런 목소리로 다정한 척 부르지 말고."

다이젠이 건방지게 덧붙이기까지 하자 아리스도 더욱 배알이 꼴렸다. 그래서 스스로 유치한 것을 알면서도 일곱 살짜리 어린애처럼 반응해 버렸다.

"싫어. 어떻게 부르든 그건 내 마음이지. 다이젠, 다이젠, 다이젠……."

"지금 뭐……. 그만해."

"다이젠, 다이젠."

"아, 그만하라고."

"다이젠……."

다이젠이 그녀를 무시하듯 눈 한 번 마주치지 않고 그대로 발길을 돌렸기 때문에 더욱 약이 올랐다. 그래서 아리스도 더 유치하게 계속 그의 이름을 불러 댔다. 물론 다이젠의 옆에 끈질기게 따라붙는 것은 덤이었다.

그러던 어느 순간, 더는 못 참겠다는 듯 그녀보다 반걸음쯤 앞서 가던 발이 멈추어졌다.

"다……."

아리스는 굴하지 않고 다시 한 번 그의 이름을 부르려 입술을 뗐다. 다이젠이 그녀를 돌아본 것은 바로 그때였다.

"진짜 그만해."

화사하게 피어나는 꽃잎만큼이나 선명한 붉은 눈동자가 그녀를 꿰뚫었다. 순식간에 주위 가득 들어찬 달콤한 향기에 머리가 조금 어지러 웠다.

아리스는 훅 숨을 멈추며 작게 달싹이던 입술을 다시 다물고 말았다. 그런 그녀의 눈동자는 속에서부터 번지는 당혹감을 감추지 못해 약간 크게 떠져 있었다.

"그런 식으로 장난치지 마."

지금 아리스를 놀라게 만들고 있는 것은 그녀의 앞에서 제 흔들림을 고스란히 드러내고 있는 다이젠의 얼굴이었다.

그의 얼굴을 마주한 순간, 목에 돌멩이가 굴러 들어온 것처럼 말문이 막혔다. 얼마 전 아리스가 그의 머리에 손을 댔을 때에는 가물가물하게 스쳐 지나갔던 것이 지금은 좀 더 명확하게 드러나 있었다.

그것은 그녀에게 있어 그리 낯설지 않은 것이었다.

왜냐하면 지금 마주한 사람에게서 엿보이는 감정은 아리스 키프로스 가 원하든 원하지 않든 살아오는 동안 끊임없이 타인에게서 받아온 것 이었으니까. 그러니 지금 마주한 붉은 눈동자에 어른거리고 있는 잔상 역시 아리스에게는 오히려 익숙하다면 익숙했다.

하지만 그를 보는 아리스의 심정은 다른 때처럼 무덤덤하지 못했다.

왜냐하면 다른 누구도 아닌 다이젠 아르카노발에게서, 다른 소년들이 그녀의 앞에서 서툴게 내비치던 것과 동일한 것을 발견하게 될 줄은 상 상도 하지 못했기 때문이었다.

"내가……."

그렇기에 눈앞에 있는 사람이 미처 제어하지 못해 흘려 보내고 만 감 정을 처음으로 온전히 마주한 지금, 아리스는 다이젠 못지않게 동요하 고 말았다.

"내가 뭘 어쨌다고."

그러나 그것을 겉으로 내보인 시간은 짧았다.

당혹감에 젖어 동그랗게 떠져 있던 눈동자가 두어 번의 깜빡임 뒤 본래의 잠잠함을 되찾았다.

"고작 이름 하나 가지고 예민하게 굴기는."

그리고 날아든 핀잔에 다이젠의 눈썹이 일순간 꿈틀거렸다. 자신에게는 나름대로 의미 있는 것이 다른 사람에게는 하찮은 일로 치부되었기 때문이었을까. 다이젠은 아리스의 말이 그의 자존심을 건드린 것처럼 반응했다. 그러나 아리스는 그것조차 모르는 척해 버렸다.

"다이젠을 다이젠이라고 부르지 그럼 뭐라고 부르니?"

이어지는 말에 다이젠이 짧게 실소했다.

"그동안 내가 네 이름을 제대로 안 불러 줘서 적응이 안 되는 모양이네. 이제부터라도 착실히 다이젠이라고 불러 줄게."

다이젠은 그 후 잠시 동안 아무 말도 없이 아리스의 얼굴만 물끄러미 내려다보았다. 그러는 동안에도 붉은 꽃잎은 잔물결을 맞은 것처럼 잘게 흔들리고 있었다. 마침내 다이젠이 그녀를 향해 얼굴을 구기며 읊조릴 때까지.

"어차피 내가 하지 말라고 해도 제멋대로 할 거면서. 마음대로 해. 그게 얼마나 갈지는 모르겠지만."

그는 그녀가 괜한 심술을 부린다고 생각하는 것 같았다. 단순히 그가 싫어하는 것처럼 보이기 때문에 그녀도 더욱 그 호칭에 집착하는 것이라고. 다이젠은 아리스를 더 상대하기 싫다는 듯 곧장 걸음을 옮겼다.

그런 그의 뒷모습을 아리스의 눈동자가 기민하게 훑고 있었다.

"왜 따라와?"

하지만 얼마 지나지 않아 다이젠은 자신의 뒤를 쫓고 있는 인기척을 눈치챘다. 얼마 전부터 느낀 것이었지만, 그는 요즘 들어 유독 아리스에게만 예민하게 굴고 있었다.

"가는 길이 겹치는 것뿐이야. 착각은 접어 두지 그래?"

아리스는 며칠 전 도서관에서 만났을 때 다이젠이 그녀에게 했던 말을 그대로 돌려주었다. 놀리듯 던진 말에 다이젠은 또 눈살을 잔뜩 찌푸렸다.

잠시 멈추어졌던 걸음이 다시 이어졌다. 아리스를 뒤돌아보는 순간 피어났던 꽃도 다이젠의 시선이 그녀에게서 떠나는 것과 동시에 확 오므라졌다.

아리스는 가만히 그 모습을 바라보다가 다시 다이젠의 뒤를 따라 걸었다. 그런 그녀의 얼굴은 더없이 개운한 빛을 띠고 있었다.

그렇구나. 그랬던 거였어.

명확한 결론을 내리고 나자 기분이 상쾌해졌다. 마치 시험 시간 내내 머리를 싸매고 끙끙거리며 고민하던 산수 문제의 답을 가까스로 도출해 낸 것처럼.

"다이젠."

"자꾸 부르지 마."

아리스는 괜히 다이젠의 이름을 한 번 더 소리 내 불렀고, 당연한 수순으로 매몰찬 면박이 돌아왔다. 하지만 이번에는 그의 냉랭한 태도에 화내는 일 없이, 아리스는 그저 눈동자를 내리깔며 흐응 소리 낼 뿐이었다.

* * *

　그날 밤 아리스는 책상에 앉아 무언가를 곰곰이 생각하고 있었다. 불이 꺼진 한밤중의 기숙사 방은 아주 조용했기 때문에 그녀는 방해받지 않고 생각을 이어갈 수 있었다. 그런 아리스의 앞에는 일전에 주워 보관하고 있던 붉은 꽃잎이 놓여 있었다.

　아리스는 창밖에서 흘러드는 달빛을 조명 삼아 그것을 가만히 내려다보았다. 그녀가 지금 생각하고 있는 것은 두말할 필요도 없이 오늘 낮에 만났던 다이젠이었다. 다이젠과 처음 만났던 날의 기억에서부터 천천히 되감기기 시작한 상념의 꼬리는 그를 알아 왔던 약 2년간의 시간을 지나 오늘에 이르러 마침표를 찍었다.

　묘한 빛을 띤 눈동자가 책상 위에 놓인 꽃잎에 못 박혔다.

　"아리스, 안 자?"

　"자야지."

　아리스는 먼저 침대에 누워 묻는 리즈벳에게 대강 대답한 뒤 턱을 괴고 있던 팔을 내렸다. 그리고 원래 보관하던 장소에 다시 돌려 넣기 위해 조심스러운 손길로 꽃잎을 들어 올렸다.

　"거기 앉아서 뭐했어?"

　"그냥. 뭐 좀 생각하느라."

　"불도 안 켜고."

　"이제 됐어. 그만 자자."

　기분 탓인지 손가락 끝에 닿은 붉은 꽃잎은 약간 따뜻하게 느껴졌다.

5. 아리스의 고민

"크리스틴도 꽤 예쁘지 않아?"

아리스는 학생회실에 들어가려다 말고 걸음을 멈추고 말았다. 그녀의 손은 기다란 문고리 위에 그대로 얹어져 있었다.

"가슴이 크지."

"음. 가슴이 커."

"머리는 나쁘지만."

"사실 머리는 심하게 나쁘지. 우리 학교는 어떻게 들어왔는지 모르겠어. 기부금 입학 소문도 있던데 진짜인가?"

오늘은 학생회 회의가 있는 날이라 방과 후 잠시 도서관에 들렀다가 온 참인데. 왜 그녀도 아는 이름이 안에서 들려오는 것일까?

"입만 다물면 괜찮은데 솔직히 말하는 거 들으면 좀 깨긴 해."

"오히려 그 점이 귀엽다는 놈들도 몇 있잖아."

"난 차라리 B반에 베스가 더……."

하지만 문 안쪽에서 흘러나오는 목소리에 저도 모르게 귀를 기울이던 아리스는 곧 심드렁한 기분이 되고 말았다. 크리스틴의 이름이 들려 뭔가 했더니, 별로 특별할 것도 없이 남학생들끼리 모여 여학생들의 품평회를 열고 있던 모양이다.

도란도란 들려오는 수군거림에 아리스의 눈살이 슬며시 찌푸려졌다.

이것 봐. 학생회라고 해서 별다를 것도 없다니까. 여학생들이 없다고 저렇게 외모 비교하면서 떠드는 것 좀 봐. 하여간 남자란 족속들이란.

"리즈벳은 어때?"

"아. 아리스 옆에 매일같이 붙어 다니는 애 말이지?"

"예쁘긴 예쁜데 성격이 센 거 같아서 난 좀."

아리스는 문을 밀어젖히려다 말고 다시 울컥했다. 시답잖은 소리란 걸 알면서도 제 친구의 이름이 남들의 입에 오르내리자 발끈한 탓이었다.

저놈들이! 리즈벳이 얼마나 귀여운데! 모두가 꾀부리면서 설렁설렁 노는 체력 점검 테스트 때도 장거리 달리기를 한 바퀴도 속이지 않고 끝까지 성실하게 뛰었던 애란 말이야! 그리고 리즈벳은 디저트 가게에 가면 꼭 엄청 단 초콜릿 무스 케이크와 진한 핫초코를 세트로 시켜서 먹는다고. 맨날 시다고 투덜거리면서도 중요한 규칙이라도 되는 것처럼 케이크 맨 위에 올린 딸기는 언제나 맨 마지막에 찍어 먹는데 이게 안 귀여워? 러플과 레이스가 잔뜩 들어간 옷도, 아기자기한 액세서리들도 유난히 좋아해서 쇼핑할 때마다 나를 마네킹 삼기 일쑤이고. 좋아하는 소설 작가한테는 매달 꼬박꼬박 팬레터까지 보내고 있는데.

"사귀다 보면 한 대 맞을 것 같지 않아?"

"그러고 보면 키나 몸집도 아담한 편인데 희한하게 그렇단 말이야. 눈매가 사나워서 그런가?"

그리고 무엇보다도, 리즈벳은 아직도 잘 때마다 인형을 끌어안고 잔다고! 리즈벳이 그 인형한테 '베타β'라는 이름까지 붙여 주고 아침저녁마다 인사한다는 것도 모르는 것들이.

꼭 이렇게 잘 알지도 못하면서 겉만 보고 저딴 소리들을 한다니까. 그리고 설령 리즈벳의 성격이 세다고 해도 그게 뭐. 자기들 수준은 생각도 안 하고 저따위 품평질이나 하고 있어.

"그래도 지난번에 같이 조별 과제 한 적 있었는데 의외로 열심히 하더라고."

"아, 어제 보니까 원예부에서 묘목 옮기던데. 좀 더 화려한 걸 좋아할 줄 알았는데 원예부에 들어서 놀라긴 했어."

아리스는 약간 짜증이 난 채로 서 있다가 곧바로 들려오는 말에 헛웃음 지었다.

"역시 우리 학년에서는 아리스가 제일 괜찮은 것 같네."

같은 학생회에서 매주 만나는 주제에 잘도 떠들어 대는구나 싶었다. 말하는 꼴을 보니 지금까지 한두 번 이런 얘기를 해 온 것이 아닌 것 같은데. 물론 아리스도 이런 상황을 예상치 못했던 것은 아니었다. 아무리 앞에서 점잖 떤다 해도 이 나이의 남자애들은 대개 바보이기 마련이다.

그렇기 때문에 아리스가 지금 황당함을 느끼는 이유는 다른 부분에 있었다.

진짜 바보들 아니야? 지금 누구 보고 그냥 '괜찮은' 정도래. 나 같은 완벽한 여자한테.

"진짜 끝내 주지."

"난 그렇게 예쁘게 생긴 애는 태어나서 처음 봤어. 입학식 날에 신입생 대표로 인사했잖아. 솔직히 그때 단상에 천사가 서 있는 줄 알았어."

"야, 그때 넋 놓고 있던 애들이 한둘이야? 난 침까지 흘릴 뻔했는데 지금 생각하면 쪽팔려."

당연한 말을 하고 있네. 입학식 날 내가 아침 몇 시에 일어나서 신입생 선서식을 준비했다고 생각하는 거야?

"눈 돌아가게 예쁘지, 학년 수석일 정도로 똑똑하지, 베오니아에서 제일 큰 병원이 부모님 소유지. 우리 학교 이사장하고도 아는 사이라는 말이 있던데."

하 참. 이래서 인기인의 삶은 고달프다. 어디를 가든 무엇을 하든, 심지어 가만히 숨을 쉬기만 해도 모두들 관심을 가지지 못해 안달이었으니까.

물론 그것이 그녀를 찬양하는 말이라면 언제 들어도 기분 좋았지만, 아리스는 이쯤 해서 영양가 없는 대화는 그만 듣고 학생회실 안으로 들어가기로 했다.

"그런데 내가 듣기로는 그 다이젠 아르카노발하고……."

끼익.

오래된 문에서 쇳소리가 울리는 순간 나지막하게 이어지던 속삭임이 뚝 끊어졌다. 안으로 한 발짝 들어서기 무섭게 익숙한 이름을 듣고 만 아리스도 덩달아 걸음을 멈추었다.

아, 이런. 조금만 늦게 문 열걸.

뒤늦은 호기심에 아리스는 후회했다. 하지만 그녀는 자신을 보고 제발 저린 표정을 짓고 있는 남학생들을 향해 아무렇지도 않게 웃었다.

"뭐야. 표정들이 왜 그래. 내 얘기라도 하고 있었어?"

"그, 그럴 리가!"

"맞아. 축제 얘기 하고 있었어. 오늘부터 안건 발표하기로 했잖아."

"아, 날씨 덥다. 창문 열까?"

"그러게. 공기가 좀 답답한 것 같은데."

"이쪽으로 와서 앉아, 아리스."

아리스의 눈길이 잠시 동안 가늘어졌다가 이내 자신을 향한 시선들에 옅은 미소를 띠었다.

뭐, 어차피 내 귀에 굴러 들어올 소문이라면 결국은 어떤 방식으로든 들려오기 마련이니 상관없으려나.

아리스는 괜히 일어나 창문을 열고 스트레칭을 하는 등, 티 나게 소란을 떠는 남학생들 사이에 자리를 잡고 앉으며 시큰둥하게 생각했다.

그리고 그녀의 예상은 맞아 떨어졌다.

"아리스, 너 다이젠하고 사귀는 거 맞아?"

며칠 뒤, 그녀의 귀에 들어온 말이란 이토록이나 얼토당토않은 것이었다.

"무슨 소리야?"

기막힌 마음을 숨기고 일단 아리스는 자신에게 다가와 물은 여학생들을 향해 반문했다. 방과 후 기숙사로 돌아와 막 방으로 들어서려던 참인데, 이건 또 무슨 말도 안 되는 상황인 것일까.

"에이드리안하고 헤어지고 난 뒤에 네가 2학년의 다이젠 아르카노발하고 만난다는 소문이 있는걸."

"어머나. 누가 그래?"

물론 만난 적이야 있지만 여기서 말하는 것은 그런 사전적인 의미가 아닐 터였다.

"그냥 목격자가 꽤 있는 것 같던데?"

목격자라니. 아리스는 더욱 의아해졌다. 다이젠과 그녀 사이에 사귄 다고 오해를 받을 만한 무언가가 있었던가? 붉게 만개하던 다이젠의 꽃이 한순간 머릿속을 스쳐 지나갔지만 일단 그것은 제쳐 두기로 했다.

"요즘 좀 자주 붙어 있기는 했잖아."

"글쎄…… 그냥 평범했던 것 같은데."

그리고 이어지는 여학생들의 열띤 주장에 아리스는 잠시 할 말을 잃고 말았다.

"같이 도서관 데이트 하는 걸 A가 봤다던데. 책 가지고 서로 내가 들 겠다고 그러면서 아주 알콩달콩해 보였다고."

"지난번에 나무 밑에서 아리스가 그 남자애 머리를 이렇게, 이렇게 만지는 걸 B가 봤다고 그랬어."

"그래, C도 그러더라. 보통 사귀지 않으면 그런 스킨십은 안 하잖아. 딱 붙어서 둘이 그렇게 다정해 보일 수가 없었대."

"맞아. D도 말하기를……"

"E는……"

"또 A가……"

빌 없는 말이 천리를 간다더니…….

애초에 다이젠과 그녀 사이에 있던 일들이 소문의 원인인 건 알겠지 만 이건 좀 심하게 오해하는 경향이 없잖아 있었다. 게다가 그녀들이 지금 하는 말도 죄다 어디선가 주워듣고 온 말들뿐이었다. 하긴. 원래 소문이란 게 다 그렇지 뭐.

하지만 평소와 달리 다른 사람들의 이목을 생각 않고 행동했던 자신의 탓도 있었기 때문에 아리스는 속으로 혀를 차고 말았다.

"그건 오해야. 도서관에서의 일은 다이젠이 내가 들고 있던 책을 대신 들어다 준 것뿐이고, 만난 것도 그냥 우연이었어. 나무 밑에서의 일도 다이젠 머리에 붙어 있던 나뭇잎을 내가 떼어 준 게 전부고."

아리스가 친절하게 정정해 주었지만 여학생들은 오히려 흥분하며 외쳤다.

"에이, 그럼 맞네! 다이젠 아르카노발이 이유 없이 남의 책을 대신 옮겨 주는 게 말이 돼?"

"맞아! 그리고 '그' 다이젠 아르카노발이 자기 머리를 만지게 그냥 두다니! 절대 있을 수 없는 일이야. 다른 사람이 그랬으면 당장 손을 쳐 내 버렸을걸?"

"그래. 실은 그 머리 만지는 장면은 나도 지나가다가 직접 봤는데, 뭐랄까. 분위기가 굉장히……."

자신들이 오히려 더 쑥스러워 하며 말끝을 흐리는 모습을 보자 조금 골치가 아파졌다.

아니, 왜 해명하려고 한 말이 오히려 소문의 증거가 되고 있는 거지? 평소 다이젠의 성정이야 그녀도 알고 다른 학생들도 알고 모두가 알고 있다지만, 고작 저 정도로 이리 오해를 살 정도라니. 아무래도 다이젠은 다른 여학생들에게 있어 아리스의 생각보다 좀 더 까칠한 이미지인 듯했다.

"아. 혹시 비밀 연애야?"

그리고 알겠다는 듯 소리 낮추어 소곤거리는 말에 아리스는 다시 한 번 할 말을 잃고 말았다.

"에이드리안하고 헤어진 지 얼마 안 돼서 이번에는 비밀로 사귀려는 거 맞지?"

"그럴 거 뭐 있어. 에이드리안은 벌써 크리스틴하고 대놓고 만나는데. 솔직히 걔네들 꼴 보기 싫은 거 우리만은 아닐걸. 아리스 너도 당당하게 공개 연애 해 버려."

그런 사이가 아니라고 말했는데도 다들 당사자를 눈앞에 두고 대단한 소설들을 쓰고 있었다.

"그런데 정말 놀랍다. 하긴, 생각해보면 다이젠이 예전부터 아리스한테만 사근사근하게 굴긴 했지."

뭐? 사근사근? 사근사근이라고?

세상에. 사근사근이 다 죽은 모양이었다. 다른 누구도 아닌 다이젠에게 그런 수식어라니.

"다이젠하고 나는 정말 그런 사이 아니야."

아리스는 약간 어이없는 기분으로 다시 한 번 소문을 부정했다.

"정말?"

그녀가 거듭 말했는데도 여학생들은 계속 긴가민가한 눈빛이었다. 하지만 어쩌겠는가. 정말 사실이 아닌데. 물론 그들은 당사자들이 무언가를 숨기고 있다고 생각할 수도 있었지만 어쨌든 진실은 하나였다.

앞으로 다이젠이랑 같이 있으면 지켜보는 눈들이 많아지겠네.

아리스는 마지막까지 수군대다 멀어지는 여학생들을 보면서 그렇게 생각했다. 그리고 이내 삐죽 고개를 드는 궁금증에 남학생 기숙사가 있는 방향으로 슬며시 눈길을 돌렸다.

그런데 다이젠도 이 소문을 들었을까?

* * *

"헛소리 하지 마."

다이젠은 매몰차게 일축했다.

점심시간에 몰려와 이상한 소문을 들이밀며 야단을 떠는 것을 성가셔 하는 기색이 역력했다.

"아니야. 헛소리가 아닌 것 같은데."

"그래! 나도 그날 운동장에서 봤어. 아리스 선배랑 그런 다정한 모습을 연출해 놓고 이제 와서 발뺌이냐?"

사실 다이젠은 아리스가 처음 소식을 접한 시점에 앞선 점심나절부터 교내에 떠도는 소문 때문에 짜증을 느끼고 있었다. 그에게 진실을 요구하는 학생들의 모습은 아리스 때와 비슷했지만 결정적으로 온도 자체가 달랐다.

"여자애들한테 관심 없는 척할 때는 언제고. 용서 못해!"

"게다가 상대가 아리스 선배라고? 말도 안 돼!"

마치 다이젠이 그들의 성역을 더럽히기라도 한 것 같은 열띤 반응이었다. 다이젠은 평소 말도 몇 번 섞어 본 적 없는 데면데면한 관계의 학생들을 어처구니없다는 듯이 쳐다보았다.

"머리에 나뭇잎 붙어서 떼 준 게 뭐 별거라고."

사실도 아닌 일로 흥분하는 꼴이 웃겨 대답해 주었으나 오히려 그 말이 끼친 파장이 더 컸다.

아니, 너한테는 별거지! 그것도 엄청 별거인 거 맞는데?

"너 지난번에 로즈가 네 머리 삐쳤다고 손댔을 때 엄청 짜증 냈잖아."

"맞아. 네가 죽일 듯이 노려봐서 무서웠다고 거의 울려고 하던데."

막 회자된 로즈 카르테는 2학년 남학생들 사이에서 인기가 많은 여학생이었기 때문에 몇몇 남학생들은 그 말을 듣고 분개했다. 로즈 카르테가 다이젠 아르카노발을 좋아한다는 소문은 전부터 알음알음 번졌던 것이었다. 그러나 그녀의 은근한 어필에도 다이젠은 로즈의 이름조차 기억하지 못했다. 더군다나 로즈 카르테가 그 후 다이젠에게 고백까지 했다는 사실까지 퍼졌던 참이라 그렇잖아도 남몰래 구슬픈 눈물을 흘렸던 남학생들이 많았다.

이 자식, 그랬으면서 아리스 선배한테는 그렇게 얌전히……. 역시 이 자식도 남자였어.

하지만 그들이 그렇게 생각하건 말건 다이젠은 입 아프게 당연한 소리를 한다는 듯 얼굴을 구길 뿐이었다.

"허락도 없이 막 만져 대는데 짜증 나는 게 당연하지."

"그럼 허락 받고 만지면 괜찮다는?"

"아, 치워."

옆에 있던 남학생이 장난삼아 손을 뻗었으나 다이젠은 한껏 귀찮아하며 여지없이 그것을 뿌리쳐 버렸다.

이거 봐, 이거 봐. 이래 놓고 내숭은?

본의 아니게 학생들의 의심을 더욱 깊어지게 만든 것도 모르고 다이젠은 더 이상은 대화할 생각이 없다는 듯 책상에 엎어졌다.

소문의 장본인이 입을 다물자 학생들도 웅성거리며 결국 하나둘씩 자리를 떠나기 시작했다. 다이젠이 슬쩍 고개를 든 것은 그로부터 어느 정도의 시간이 더 지난 후였다.

쏴아아.

나뭇잎을 쓸고 지나가는 바람 소리가 귀에 아득히 울렸다.

창밖에서 새어 든 오후의 빛이 상아색 머리카락 위로 번져 들고 있었다. 다이젠은 책상에 팔을 뻗어 반쯤 엎드린 상태로 창밖의 정적인 풍경을 할 일 없이 시야에 담았다.

"너 아리스 선배랑 사귄다는 거 진짜야?"

문득 방금 전 누군가가 물었던 질문이 머릿속을 스쳐 지나가 다이젠은 설핏 실소하고 말았다. 만약 그와 똑같은 말을 들었다면 소문 속의 사람이 어떤 반응을 보였을지 어렵지 않게 상상할 수 있었던 탓이었다.

누가 그런 소문을 퍼트렸냐며 기막혀 했을까? 아니면 웃기는 소리 하지 말라고 화를 냈을까? 혹은 재미없는 농담은 그만 두라며 그냥 웃고 말았을지도 몰랐다.

어쨌거나 그 안에 부정적인 감정이 깃들어 있을 것은 불 보듯 뻔했다.

그야 당연하지 않은가. 아리스 키프로스가 선택할 만한 사람이란, 언제나 빈 틈 하나 없이 성실하고 반듯한 느낌을 풍기는 에이드리안 라인츠버그 같은 남자였으니까.

"다이젠. 저기 리리안 교수님 오셨어."

다이젠은 옆에서 들려온 목소리를 따라 고개를 들었다. 책상에서 반쯤 몸을 일으키자 어느덧 옆으로 다가와 쭈뼛거리고 선 여학생이 눈에 들어왔다. 시선을 움직이는 것과 동시에 교실 앞문에 서 있는 낯익은 얼굴이 시야에 비쳤다.

드르륵. 다이젠은 의자에서 몸을 일으켰다.

"고마워."

자리를 떠나면서 툭 던진 말에 여학생이 약간 당황하는 것이 느껴졌다. 설마 다이젠에게서 감사 인사를 들을 줄은 몰랐다는 듯한 표정이었다. 그러나 다이젠은 여느 때 그랬듯 다른 사람의 시선쯤이야 가뿐히 무시한 채 자신을 기다리는 사람이 있는 곳으로 나른히 걸음을 옮겼다.

"자고 있었는데 깨웠나 보구나."

"아니. 자고 있던 건 아니에요."

"내 개인 연구실로 갈까?"

다이젠의 어머니인 리리안 란테 아반크 교수가 주위에서 그들을 힐끔거리는 학생들을 보면서 물었다. 다이젠이 입학 직후부터 그들을 구경거리라도 된 양 쳐다보는 사람들을 짜증스러워 한다는 사실을 알고 있었기 때문이었다. 하지만 사실 다이젠은 어머니보다는 아버지인 레안 아르카노발과 자신을 대놓고 비교하며 흥미로워 하는 시선들을 마뜩잖게 여기고 있었다.

"그냥 여기서 말씀하셔도 괜찮아요."

그래서 이대로도 괜찮다고 말하자 리리안이 다이젠을 향해 수채화처럼 말갛게 미소 지었다.

"그럼 그러자. 지나가는 길에 물어볼 게 있어서 잠깐 들렀어. 혹시 이번 주말에 병원에 가 줄 수 있는지 궁금해서. 우린 토요일까지 급한 일이 있어서 일요일에야 갈 수 있을 것 같거든."

"그렇지 않아도 토요일에 들를 생각이었어요."

다이젠은 담담하게 대꾸했다. 사실 며칠 전 아버지인 레안 아르카노발을 통해 소식을 들었을 때부터 생각하고 있던 일이라 대답하는 데에는 따로 망설임이 필요하지 않았다. 게다가 이런 일이 있을 때마다 부모님을 대신해 병원에 가는 일도 이제는 익숙했다. 아니, 애초에 그는 이 일을 '부모님 대신'이라고 생각하지도 않았지만 리리안의 생각은 또 다른 모양이었다.

"그렇구나."

다이젠은 자신을 바라보는 눈동자에 고마움, 대견함, 또는 기특함 같은 감정들이 어린 것을 보고 괜스레 약간 얼굴이 간지러워졌다. 리리안이 어린 아들을 칭찬하듯이 손을 들어 그의 머리를 쓰다듬기까지 하자 더욱 그랬다.

학교의 명물이라 할 수 있는 이 모자의 특이한 모습에 주위에서도 도통 시선을 떼지 못하고 있었다. 다이젠은 공연히 쑥스러워져서 투덜거렸다.

"제가 애도 아닌데 이건 좀."

"우리한테 넌 몇 살이 되어도 애야."

결국 리리안은 자신보다도 훌쩍 큰 아들의 머리를 양껏 쓰다듬고 난 뒤에야 자리를 떠났다. 다이젠도 그러고 난 뒤 학생들의 시선을 한 몸에 받으며 교실로 들어섰다.

"좋겠다. 나도 저런 다정한 엄마 갖고 싶어."

넉살 좋은 몇몇 남학생들이 다이젠을 향해 부럽다는 듯이 말했다. 개중 몇은 단순히 다이젠을 놀릴 수 있는 구실이 생겨 즐겁다는 느낌을 풍기며 히죽거리고 있었다.

드륵.

다이젠은 늘 그렇듯 잡소리는 무시한 채로 자리로 돌아갔다. 다시 창밖을 보자 아직도 밖에는 햇살이 한창이었다.

잠시 후, 그의 손이 슬그머니 머리 위로 향했다. 다이젠이 만지작거리는 곳은 방금 전 어머니가 쓰다듬었던 곳이지만 지금 그의 머릿속에 떠오른 사람은 그녀가 아니었다.

"네 머리에 뭐가 붙어서."
"잠깐만 가만히 있어 봐."

살랑살랑 창문 틈으로 들어와 머리카락을 스치는 바람이 꼭 누군가의
부드러운 손길 같았다.

쏴아아.

결국 다이젠은 머리에서 손을 떼고 다시금 책상 위에 엎드려 버렸다.

"다이젠, 너 또 자려고? 이제 수업 시작해."

"안 자."

그런 그의 목덜미를 오후의 햇빛이 발그스름하게 물들이고 있었다.

* * *

"아리스! 이것도 입어 봐! 이것도!"

황금 같은 토요일 오후. 아리스는 벌써부터 오늘의 외출을 후회하고
있었다.

"뭐해? 자, 빨리빨리! 시간 없단 말이야."

"리즈벳. 기합이 너무 들어간 거 아니니……."

"뭘 이 정도로."

하지만 아리스가 보기에 리즈벳은 잔뜩 흥분해서 이미 눈까지 번뜩이
고 있는 상태였다. 그렇지 않아도 사람이 바글거리는 비오스 거리에 발
을 들인 순간부터 차라리 기숙사 방에서 책이나 볼 걸 그랬다고 후회하

고 있던 참이었는데.

비오스 거리는 베오니아에서 가장 활성화된 상업 중심지로, 아리스와 리즈벳이 재학 중인 학교 근처에 위치해 있었다. 그래서 외출이 가능한 금요일 오후부터 주말까지 학생들도 많이 찾는 곳이었다.

그리고 지금 그들이 있는 곳은 비오스 거리의 '마리네쥬 의상실'이라는 곳이었다.

"헉. 이거 새로 나왔나 봐. 너무 예쁘다."

아리스는 화려한 옷들에 푹 파묻혀 행복해하고 있는 리즈벳을 보며 어쩔 수 없이 혀를 차고 말았다. 리즈벳의 취미는 쇼핑으로, 마리네쥬 의상실은 그녀가 가장 선호하는 옷가게 중 하나였다. 하지만 만약 일전에 약속한 것이 아니었다면 아리스는 오늘 리즈벳과 함께 이곳을 찾지 않았을 것이었다.

그 이유는 바로 리즈벳이 그녀에게 마네킹 역할을 시키기 때문이었다.

"리즈벳. 이거 레이스가 너무 과하지 않아?"

"괜찮아, 괜찮아. 넌 다 어울려."

"너 지금 네가 입을 거 아니라고 대충……."

"아냐! 내가 장담하는데 이 옷은 널 위해 만들어진 옷이야."

아리스가 약간 불만스럽게 쳐다봤으나 리즈벳은 눈을 찡긋하며 그녀를 가차 없이 탈의실로 밀어 넣어 버렸다. 그래서 아리스는 좁은 방 안에 리즈벳이 안겨 준 옷과 함께 남게 되었다. 곧 그녀의 입에서 작은 한숨이 새어 나왔다.

이럴 때의 리즈벳은 누가 무슨 말을 해도 귓등으로 흘려들을 뿐이었다. 어차피 여기에 있는 옷을 거의 다 입어 보고 난 후에야 성에 찰 테지. 그러니 아리스의 입장에서는 차라리 후딱 해치워 버리는 게 나았다. 하지만 역시 조금 번거롭기는 해서, 그녀는 혼자 투덜거리며 옷을 갈아입기 시작했다.

"와아, 아리스! 그거 너한테 진짜 잘 어울려!"

아리스가 옷을 갈아입고 나오자 리즈벳은 손뼉까지 치며 좋아했다. 지금 그녀가 입은 옷은 고풍스러운 느낌의 드레스로, 신분제가 거의 무늬만 남았다시피 약화되고 복식이 많이 간소화된 요즘에는 잘 입지 않는 형식의 복장이었다.

"어머. 항상 느끼는 건데 손님 안목이 정말 대단하세요. 친구 분도 너무 예쁘시고. 이 옷은 아무나 소화 못 하는 건데."

"그렇죠? 언니도 그렇게 생각하죠?"

그동안 몇 번 본 적이 있는 의상실의 주인까지 슬그머니 다가와서 사탕발림을 하기 시작했다. 척 보기에도 아부가 섞인 과장된 칭찬이었으나 리즈벳은 기분이 좋은지 아리스에게 와서 챙이 넓은 모자도 씌워 보고 드레스와 어울리는 구두도 신겨 보고 했다.

"자. 다음에는 이거 입어 보자."

그리고 잠시 후 만족스럽게 웃으며 아리스에게 다른 옷을 들려 주었다.

그래, 이제부터 시작이구나.

아리스는 반쯤 포기한 채 리즈벳이 원하는 대로 그 후로 몇 번이나 더 탈의실을 들락거렸다. 그때마다 의상실의 주인은 입에 침이 마를 새도 없이 호들갑을 떨며 칭찬을 해댔고, 리즈벳은 신이 나서 가게 곳곳에 있는 옷들을 더 꺼내 와 아리스에게 입혀 보았다.

"리즈벳. 나만 입히지 말고 너도 입어 봐."

그러던 중 아리스는 아까부터 리즈벳이 내심 눈길을 두고 있던 옷을 꺼내 와 말했다.

"이거. 네가 입은 거 보고 싶어."

"뭐? 나한테는 그런 거 안 어울려."

"아니야. 네가 입으면 엄청 귀여울 것 같은데."

리즈벳은 펄쩍 뛰었지만 아리스가 포기하지 않고 재차 권하자 마음이 흔들리는 듯했다. 아리스는 친구의 취향을 잘 알았다. 그리고 자신에게 어울리지 않는다며 매번 아쉬움이 뚝뚝 떨어지는 얼굴로 제 취향의 옷과 물건들을 포기하던 것도 알고 있었다.

"너도 내가 원하는 옷 하나쯤은 입어 봐 줘야 공평하지. 자자, 빨리 들어가."

"아, 아리스. 잠깐만."

결국 아리스는 아까의 리즈벳이 그랬듯 막무가내 식으로 친구를 탈의실에 밀어 넣었다.

"괜히 입은 거 같지 않아?"

아리스가 할 일 없이 다른 옷들을 구경하고 있을 때 리즈벳이 쭈뼛거리며 탈의실의 문을 열고 나왔다. 아리스는 그런 그녀에게 아낌없이 예쁘다는 말을 해 주었다.

"아니, 전혀 아니야! 역시 넌 아담하고 귀여워서 잘 어울릴 줄 알았어. 이것도 들어 봐."

하지만 빈말은 아니었다. 아리스의 생각에는 다른 사람들도 그렇고 리즈벳도 스스로를 잘 모르는 게 분명했다. 리즈벳은 가만히 숨만 쉬어도 귀여운데 이런 옷이 안 어울릴 리가 있나. 어찌 보면 약간의 콩깍지가 반영된 생각이었지만 정작 아리스 스스로는 그렇게 여기지 않았다.

아리스가 소녀풍 원피스에 어울리는 귀여운 가방까지 들려 주자 리즈벳은 두 배로 더 귀여워졌다. 리즈벳이 조금 더 자신감을 갖도록 의상실 주인이라도 와서 아까처럼 요란스럽게 감탄을 날려 주기를 바랐으나 지금 그녀는 저 멀리 있는 다른 손님에게 정신이 팔려 있었다. 아리스는 그것이 다소 아쉬웠다. 하지만 리즈벳은 오히려 보는 사람이 없어서 더 자신감을 얻은 듯 방금 전보다 환해진 얼굴로 거울을 들여다보았다.

"그런데 이런 거 사도 딱히 입고 갈 데도 없고."

"왜 없어? 나랑 데이트할 때 입으면 되잖아."

"앗! 그럼 너도 그때 지금 입고 있는 거 입어 줄 거야?"

그, 그건 좀.

아리스는 리즈벳의 반문에 잠시 할 말을 잃고 말았다. 무엇보다 이런 화려한 원피스는 아리스의 취향이 아니었다.

"나 그런 거 한 번쯤 해 보고 싶었어! 제일 친한 친구랑 짝 맞춰서 옷 입는 거!"

하지만 리즈벳이 모처럼 솔직하게 자신의 마음에 드는 옷을 사겠다는데. 게다가 이렇게 귀엽게 반짝이는 눈망울을 보니 아리스로서는 거절하기 어려웠다.

"그래……. 그러지 뭐."

결국 아리스는 잠시 후 어쩔 수 없이 승낙의 말을 내뱉고 말았다.

"와아! 그럼 나 이거 살래! 그 옷도 내가 사 줄게. 선물이야!"

"그럼 네 건 내가 살게. 서로 선물하는 걸로 하자."

그러자 리즈벳의 머리 위에 있던 꽃이 화악 꽃망울을 펼치며 춤을 추듯 이파리를 흔들었다. 그 모습이 그녀가 탈의실에서 막 나올 때까지만 해도 기운 없게 줄기를 추욱 구부리고 있던 것과 무척 대조되어 보였다.

"응? 아리스, 왜 그렇게 웃어?"

"아니. 오늘 너랑 나오길 잘한 것 같아서."

리즈벳이 아리스를 보고 의아하다는 듯이 물었지만 그녀는 그냥 그렇게 말하며 웃어 보이기만 했다.

딸랑.

잠시 후 아리스와 리즈벳은 기분 좋게 마리네쥬 의상실을 나섰다. 그녀들의 팔에는 가게의 로고가 찍힌 종이 가방이 사이좋게 하나씩 들려 있었다.

그런데 가게 문을 나선 지 얼마 지나지 않아 아리스는 눈살을 찌푸리고 말았다.

"길거리에 낙엽 봐. 요즘 햇볕이 따뜻해서 잘 몰랐는데 그래도 가을은 가을인가 봐."

리즈벳의 말처럼 거리에는 황갈색 낙엽이 가득한데, 아리스의 코를 찌르는 것은 그 어느 때보다 강렬한 꽃향기였다. 어느 화원에 가도 이 정도로 향기가 지독하지는 않을 것 같았다.

하지만 어찌 보면 당연한 일일 수도 있었다. 지금 이 비오스 거리는 인산인해를 이루는 사람들만큼이나 그들의 머리 위에 있는 온갖 꽃들로 가득 차 있는 상태였으니까. 그리고 바로 그것이 오늘 아리스가 이곳에 오기 싫었던 이유이기도 했다.

"이제 어디 갈까? 오늘 광장에서 무슨 행사 한다고 했던 것 같은데. 거기 갈래?"

학교에서도 이 정도로까지 속이 울렁거리지는 않았는데. 다양한 사람들이 수도 없이 지나다니는 거리라 그런지 이런저런 냄새가 뒤섞여서 속이 매스꺼울 지경이었다.

"리즈벳. 우리……."

그래도 의상실 안에 있을 때는 좀 괜찮았으니 사방이 탁 트인 광장 말고 카페에라도 들어가 있자고 말할 생각이었다.

픽!

"어어!"

그런데 바로 그때 누군가 리즈벳을 거칠게 확 치고 지나갔다.

"뭐 저런 사람이 다 있어?"

"괜찮아?"

"헐. 내 가방!"

하지만 기분 나빠한 것도 잠시뿐, 곧 리즈벳은 방금 전까지 들고 있던 가방이 사라진 것을 깨달았다.

"야, 이 개xxx야! 이 xx해서 xxx할 놈이!"

자체 심의에 들어가야 할 것 같은 우렁찬 욕설이 고막에 쩌렁쩌렁하게 울린다 싶더니, 리즈벳이 곧장 자리를 박차고 달려 나갔다.

"리즈벳!"

아리스가 당황해서 외쳤으나 이미 리즈벳은 소매치기를 쫓아 순식간에 저 멀리까지 사라지고 있었다.

갑작스러운 상황에 잠시 어안이 벙벙해졌다. 하지만 곧 정신을 차리고 아리스는 리즈벳을 따라 뛰기 시작했다.

"리즈벳!"

하지만 비오스 거리에서 사람을 찾기란 사막에서 바늘 찾기였다. 광장에 다다라서 아리스는 숨을 헐떡이며 잠시 제자리에 멈추어 섰다. 오늘 무슨 행사를 한다더니 과연 광장에는 사람들이 바글바글했다.

그 말은 즉, 지독한 꽃냄새 때문에 머리가 어지러울 지경이라는 의미였다.

"뭐야. 왜 길을 막고 서 있어."

아까부터 안 좋던 속이 갑자기 더 울렁거리면서 현기증이 났다. 아리스는 비틀거리며 뒷걸음질 치다가 광장으로 모여드는 사람들에 치여서 그만 바닥에 넘어지고 말았다.

"괜찮아요?"

그래도 어떤 친절한 사람이 팔을 잡아 줘서 다른 사람들에게 밟히는 일 없이 자리에서 일어날 수 있었다. 하지만 아리스는 그 사람에게 미처 고맙다는 인사도 하지 못하고 도망치듯 급히 그곳을 떠날 수밖에 없었다.

불행 중 다행으로 그녀는 인파에 휩쓸리기 전에 광장을 떠날 수 있었다. 아리스는 가까스로 걸음을 옮겨 앞에 있던 분수대에 주저앉듯이 걸터앉았다.

쉴 새 없이 물을 뿜어 대고 있는 분수대에서는 옅은 물비린내가 났다. 하지만 주위에 자욱하던 꽃냄새가 조금이나마 가신 것만으로도 살 것 같았다.

"이게 뭐야……."

어쩌다 자신이 이런 상황에 처하게 된 건지 알 수가 없었다. 빨리 리즈벳을 찾아야 하는데. 하지만 이 이상 사람들 틈을 헤매고 다녔다가는 기절해 버릴지도 몰랐다. 게다가 광장에서 넘어질 때 삐었는지 발목이 마구 쑤시기까지 했다.

아리스는 아직까지도 속이 울렁거리는 것을 느끼며 앉은 상태로 코를 막고 고개를 숙였다. 아직도 정신을 차리기 힘들었다. 평소라면 이런 공공장소에서 사람들의 시선도 잊고 행동할 리 없었지만, 지금은 아무것도 눈에 들어오지 않았다.

아, 나 이러다가 토하는 건 아니겠지? 그럼 진짜 최악인데.

그런 생각을 하며 애써 속을 가라앉히고 있을 때였다.

저벅.

"아리스 선배."

갑자기 역겨운 꽃향기들 대신 달짝지근한 향내가 풍겨 왔다. 그와 동시에 익숙한 목소리가 귀로 흘러들어 왔다.

"뭐야. 왜 그러고 있어?"

고개를 들어보니 지는 해를 등지고 선 다이젠이 보였다. 역광이라 얼굴까지는 잘 보이지 않았지만 목소리 하며 골격 하며, 그리고 저 머리 위의 꽃 하며……. 어디로 보나 다이젠 아르카노발이 확실했다.

신기한 일이었다. 아까부터 고개를 푹 숙이고 있었는데 어떻게 그녀를 알아봤을까?

"무슨 일 있었어? 꼴이 왜 이래?"

그런데 어째서인지 다이젠의 목소리가 평소와 조금 달랐다. 아리스는 얼굴을 반쯤 가리고 있던 손을 떼고 허리를 폈다. 그러자 각도가 달라져서 그런지 방금 전보다 마주한 얼굴이 한결 더 선명히 보였다.

이제 보니 다이젠은 조금 놀란 것 같았다.

하긴 그럴 만도 했다. 지금 아리스가 하고 있는 모습을 생각해 보면.

잠깐……! 내 모습이 지금 어떻더라?

갑자기 번뜩 정신이 들었다. 아리스는 아까 전에 리즈벳이 소매치기를 쫓아갈 때 그랬던 것처럼 누구에게라도 거친 욕설을 퍼붓고 싶어졌다.

"너, 네가 왜 여기 있어?"

이상한 말인 걸 알았지만 충동적으로 새어 나온 말을 어쩔 수가 없었다. 하필이면 이런 추레한 몰골을 하고 있을 때 아는 사람과 마주치다니! 게다가 하필이면 그 사람이 다이젠 아르카노발이라니!

"지금 그런 거 물을 때야?"

역시나 다이젠은 기가 막힌 눈치였다. 응? 그런데 평소와 다를 것 없는 그녀의 모습에 은근히 안심하는 것 같은 건 그냥 기분 탓이겠지?

"지나가던 길이었으면 빨리 가던 길이나 가."

정신을 차리고 나니 민망함이 엄습했다. 분수대 위에 아무렇게나 퍼질러 앉아서 숙취에 시달리는 중년 남성처럼 끙끙거리고 있는 걸 들키고 말았다는 충격이 생각보다 컸다. 게다가 그녀는 교내에서 언제나 모범적이고 단정한 모습만 보이던 아리스 키프로스인데!

"뭐해? 빨리 가라니까. 난 그냥 조금 어지러워서 잠깐 앉아 있다가 가려고……."

"스타킹 찢어졌어."

갑자기 턱 말문이 막혔다.

아리스의 시선이 스윽 아래로 미끄러졌다. 그 직후 그녀는 속으로 욕설을 내뱉고 말았다.

망할! 스타킹은 또 언제부터 찢어져 있었던 거야!

"내 다리를 왜 봐? 저질이야!"

"보이는 위치에 둬 놓고 왜 보냐고 해 봤자."

아리스는 괜히 다이젠에게 성질을 냈다. 다이젠은 또 그런 그녀가 황당한 듯했지만 잠깐 동안 아무 말도 없이 아리스를 보다가 이내 묵묵히 겉옷을 벗어 주었다.

어라. 평소의 다이젠을 생각해 보면 좀 더 그녀를 비웃을 줄 알았는데 뭔가 의외였다. 아리스는 얼결에 다이젠이 내민 옷을 받아 놓고 손 안에 번지는 온기에 잠깐 멈칫하다가 이내 입술을 옴짝거리면서 다시 입을 열었다.

"필요 없어. 다시 가져가."

"이런 상황에서도 고집을 부리고 싶어?"

그러게. 난 왜 이런 상황에서도 이렇게 퉁명스러운 말밖에 못 하는 거지.

하지만 어쩔 수가 없었다. 차라리 다이젠이 어디서 칠칠맞게 넘어진 거냐고 조롱하면서 비웃었으면 그녀도 지금보다는 더 태연했을 텐데. 그런데 다이젠이 예기치 못하게 눈앞에 나타나서는 그녀를 걱정스럽게 쳐다보고 또 쌀쌀맞게 구는 그녀에게 말없이 겉옷까지 벗어 주니 갑자기 당혹감이 밀려들면서 오히려 이런 밉살맞은 말만 더 튀어나오게 되었다.

"네가 남자라서 모르나 본데 이럴 때는 그냥 모른 척 지나가 주는 게 도와주는 거거든?"

"선배야말로 바보라서 모르는 모양인데 지금 그 꼴을 하고 그냥 가는 게 더 창피한 거야."

이잇! 네 말이 맞는 건 나도 알아! 그런데 지금은 너한테 그런 말 듣고 싶지 않단 말이야!

아리스는 다이젠의 코트를 든 손을 움찔움찔하면서 끊임없이 고뇌했다. 그놈의 자존심이 도대체 뭐라고 이런 호의 하나 제대로 받아들이지 못하는 건지 잠시 회의감이 들었다.

"구경거리 되는 게 취미면 끝까지 그러고 버티던가."

그런 아리스를 또 가만히 내려다보던 다이젠이 그녀의 손에 들린 걸

옷을 다시 빼내 갔다. 아, 그래서 결국 자기 옷을 들고 다시 발길을 돌리려나 싶었는데…….

"안 쓸 거면 버려. 나도 필요 없어."

이번에는 곧장 다리 위에 온기가 내려앉았다. 짧은 시간 동안 가까이 다가왔다가 다시 멀어지는 손에 아리스의 눈길이 머물렀다.

다이젠은 아리스의 다리에 제 코트를 덮어 준 뒤 그대로 뒤돌아섰다. 마치 더 이상은 그녀에게 아무런 관심도 볼일도 없다는 것처럼.

"다이젠!"

그 뒷모습을 말없이 바라보던 아리스는 어떤 충동에 못 이겨 입을 열었다.

그녀를 등진 채 걸어가는 모습이 지독히도 무심해 보여서 딱히 반응하지 않을 것 같았는데 다이젠은 자신을 부르는 소리를 듣자마자 느리게 걸음을 멈추었다. 그리고 아리스를 뒤돌아보았다.

"나 발목 삐었어."

아리스는 분수대에 앉은 채로 다이젠을 향해 툭 내뱉듯 말했다.

"그래서?"

"혼자 못 걸어."

아까보다 멀리 보이는 다이젠의 얼굴이 황당함으로 물드는 것이 보였다.

"그래서 지금 나더러 부축이라도 하라고?"

"어차피 너도 학교 가는 길 아니야?"

뻔뻔할 정도로 당당한 아리스의 말에 다이젠이 하, 기가 막힌 듯이 웃었다.

하지만 사실은 아리스도 생각처럼 당당하지 못했다. 방금 전까지 그

진상을 피워 놓고 이제 와서 다이젠에게 이런 소리를 하고 있으려니 여간 낯이 부끄러운 게 아니었다. 하지만 그런 마음을 티내는 건 더 창피했기 때문에 아리스는 크흠 헛기침을 하며 애써 민망함을 감추었다.

다이젠은 한쪽 눈매를 찡그린 채 아리스를 바라보고 있었다.

아리스는 솔직히 그가 이대로 자신을 두고 갈 수도 있다고 생각했다. 아마 반대의 경우였다면 아리스도 굳이 상대방을 챙겨서 학교까지 데려가고 싶지는 않을 것 같았다. 윽. 방금 전에 그녀가 좀 밉상으로 굴기도 했고 말이다.

하지만 다이젠은 아리스를 분수대에 그냥 내버려 두고 가지 않았다. 잠깐 허공을 쳐다보며 낮은 한숨을 내쉬는가 싶던 다이젠이 마침내 그녀를 향해 발길을 돌렸다.

"잡아."

"어, 어디를?"

"아무데나 편한 데 잡아."

심지어 그는 그녀의 말처럼 옆에서 부축까지 해 줄 생각인 것 같았다. 아리스는 자리에서 일어나 옆에 내려 두었던 짐을 다시 챙기고 슬며시 옆에 있는 팔을 붙잡았다. 체온이 닿는 순간 둘 모두 작게 움찔거렸지만 그것을 서로 눈치채지는 못했다.

"병원 가야 하는 거 아니야? 그러고 보니까 병원장 딸이 왜 길바닥에서 이러고 있어?"

"이 상태로 걸어가기는 너무 멀어. 그리고 그냥 학교 의무실에 가도 될 정도 같아서. 아. 잠깐 어디 좀 들러도 돼?"

아리스는 다이젠의 동의를 얻은 뒤 비오스 거리의 치안대와 아까 들렀던 마리네쥬 의상실에 차례대로 들렀다. 어디에도 리즈벳은 없었지만 다행히도 마리네쥬 의상실에서 방금 전에 리즈벳이 아리스를 찾아 왔었다는 소식을 들을 수 있었다. 하지만 의상실 주인의 설득에 따라 리즈벳은 학교로 돌아갔다고 했으니 아리스도 이제 마음을 놓아도 될 것 같았다.

"무턱대고 소매치기를 뒤쫓아 가는 사람이나, 소매치기를 쫓아간 사람을 따라가는 사람이나."

오늘 있던 일의 전말을 알게 된 다이젠이 어김없이 입을 가만히 두지 못하고 바보 같다는 듯이 중얼거렸다. 아리스는 잠깐 다이젠을 찌릿 흘겨보다가 그냥 반박하지 않고 마리네쥬 의상실을 나섰다.

다이젠의 팔을 붙잡고 있는데도 조금 걸었다고 또 발목이 시큰거리기 시작했다. 이제 저녁 무렵이라 그런지 비오스 거리도 한낮보다는 약간 한산했다.

아리스는 아까부터 아무 말 없이 그녀에게 팔을 내어 주고 있는 다이젠이 신경 쓰여서 은근히 옆을 힐끔거리다가 곧 낮게 흘러드는 한숨 소리에 흠칫하고 말았다.

"차라리 업혀."

"뭐?"

아리스는 순간 귀를 의심했다.

얘가 지금 뭐라고 한 거지? 지금 나를 업고 가겠다고?

혹시 잘못 들었나 싶어서 눈을 깜빡이며 마주한 얼굴을 처다봤으나 다이젠은 한술 더 떠 아예 그녀의 앞에 다리를 굽히고 앉아 버렸다. 그렇게 되니 아리스는 당황하지 않을 수 없었다.

"잠깐만! 그렇게까지 안 해도 돼. 나도 양심이 있는 사람인데 어떻게 너한테 업히기까지 하니?"

"이 상태로는 날 새도 학교 못 가. 마음 변하기 전에 그냥 빨리 업혀."

"다이젠? 얘? 비록 내가 깃털처럼 가볍긴 하지만 그렇다 해도 그 정도 거리를 업고 갈 만큼 공기같이 가벼운 건 아니거든?"

"그런 쓸데없는 소리 안 해도 알거든. 버리고 가기 전에 그냥 업히라고."

허. 뭐? 알아? 알긴 뭘 알아? 이게?

아리스는 잠깐 발끈해서 다이젠을 일으키기 위해 노력하던 것을 멈추었다. 그는 여전히 아리스의 앞에 등을 내보이고 있었다. 그녀는 이러지도 저러지도 못하다가 결국 무언의 압력에 못 이겨 다이젠에게 업히고 말았다.

아, 오늘 진짜 무슨 날이지. 별일을 다 겪어 보네.

"너 후회할 거야."

"후회는 이미 하고 있어."

다이젠이 그녀의 다리 밑에 팔을 두르며 몸을 일으키자 시야가 훌쩍 높아졌다. 아리스는 그들을 힐끔힐끔 쳐다보는 사람들 속에서 어색함에 어찌할 바를 몰랐다.

도대체 어쩌다가 그녀가 지금 다이젠의 등에 업혀서 비오스 거리를 걷고 있는 건지 도통 알 수가 없었다. 차라리 눈 뜬 채 코를 베이는 게 이보다는 더 현실성 있을 것 같았다.

아리스가 다이젠의 어깨에 얹은 손을 꼼지락거리며 속으로 온갖 생각을 다 하고 있는 동안 다이젠은 한마디도 하지 않고 계속 걷기만 했다.

그리고 보니 그녀를 업자마자 '무거워서 죽겠다'느니, '살 좀 빼야 하지 않겠냐'느니 하며 또 복장을 뒤집어 놓을 줄 알았는데 다이젠은 그런 기색이 전혀 없었다.

확실히 그의 말처럼 둘이서 절뚝거리며 걸을 때보다는 이렇게 업혀 가는 편이 훨씬 빠르고 편한 것 같았다.

그런데 다이젠 애, 생각보다 등이 넓네……?

아리스는 힐끔 눈동자를 굴려 바로 코앞에 있는 상아색 머리를 가만히 응시했다. 다이젠의 뒷덜미가 아주 가까이에서 보여서 기분이 무척 이상했다. 왜인지 숨을 크게 쉴 수도 없었다.

그러고 보니까 다이젠의 시선이 그녀를 떠나서 그런지 그의 머리 위에 있던 꽃도 어느덧 감쪽같이 사라져 있었다. 그런 이유로 분수대에서부터 맡아 오던 달콤한 향기 역시 종적을 감춘 상태였다. 하지만 그 자리를 대신 채운 것은 아리스를 줄곧 어지럽게 만들던 역한 꽃향기가 아니었다.

"너 샴푸 뭐 써?"

아리스의 뜬금없는 질문에 다이젠이 한순간 움찔했다. 하지만 아리스는 그가 그러거나 말거나 계속해서 코끝을 스치는 냄새에 후각을 집중했다.

"그런 건 왜 물어 봐."

"너한테 좋은 냄새 나서. 샴푸 냄새가 아닌가?"

음. 일단 보편적인 남자애들이 내뿜는 특유의 쿰쿰한 냄새가 아니라 산뜻한 냄새가 나는 건 마음에 들었다.

"너 향수 쓰니?"

한 번 궁금증을 느끼기 시작하자 호기심이 밑도 끝도 없이 제 존재감을 주장하고 나섰다. 만약 향수라면 무슨 향수를 쓰는지 알아내고 싶을 정도로 이 냄새가 뭔지 궁금했다.

하지만 다이젠은 그런 그녀를 향해 협박을 날리기 시작했다.

"계속 이상한 짓하면 두고 간다."

"아니, 칭찬인데? 나 지금 너한테 좋은 냄새 난다고 칭찬해 준 건데?"

"아, 진짜."

그런데 가만히 맡아 보니 미약하게 소독약 냄새도 나는 것 같았다. 아리스의 아버지는 베오니아에서도 가장 큰 병원을 소유하고 있었는데, 그래서 그녀는 아이들이 싫어하는 소독약 냄새에도 어릴 때부터 익숙한 편이었다. 게다가 지금도 방학 때마다 아버지의 병원에 봉사 활동을 하러 가고는 했기 때문에 더욱 그랬다. 혹시 다이젠이 병원이나 약국에 다녀왔나?

아리스는 여전히 냄새들의 출처가 궁금했지만 다이젠의 협박에 일단 더 캐내는 것을 그만두기로 했다. 하지만 완전히 포기한 것이 아니라 다음에 기회가 되면 또 물어 봐야겠다고 생각한 뒤 이번에는 눈앞에 있는 상아색 머리카락에 시선을 고정시켰다.

그녀를 볼 때마다 활짝 만개하곤 하던 꽃은 지금 봉오리조차 모습을 드러내고 있지 않은 상태였다. 길을 지나가는 사람마다 생면부지의 낯선 이들이라 그런지 지금 다이젠의 머리 위에는 새끼손톱만 한 작은 새싹 하나가 전부였다.

아리스는 그것을 눈에 담다가 조심스럽게 손을 뻗었다.

체격 차이 때문인지 지금 걸치고 있는 다이젠의 코트 소매 밖으로는 겨우 이리스의 손가락 끝만 삐죽 튀어나와 있었다. 연두색 이파리가 그 손가락 끝을 닿을 듯 말 듯 툭 건드리고 지나갔다.

그 직후 뜨끔해서 슬쩍 다이젠의 기색을 살폈으나 그는 그녀가 무슨 짓을 하는지 모르는 것 같았다.

별다른 감촉이 없나? 하긴. 꽃인데 만져지는 느낌이 있는 것도 이상하겠지.

그렇게 생각하자 행동이 한층 더 대범해졌다. 보송보송한 여린 잎이 아리스의 손길을 따라 다이젠의 머리 위에서 가느다랗게 흔들거렸다. 지난번에 그녀가 만져 본 것은 완전히 활짝 핀 꽃이었는데 이렇게 작은 새싹을 눈앞에 두니 또 감회가 새로웠다.

아리스는 내친김에 자그마한 새싹이 자라나 있는 상아색의 머리카락도 슬쩍 한 번 만져 보았다.

어머. 남자애 머릿결이 좋은 것 좀 봐.

평소에도 만지면 보드라울 것 같다고 생각하긴 했지만 이건 상상 이상의 촉감이라 놀라울 정도였다. 아리스는 기묘한 감정에 젖어 저도 모르게 눈앞의 머리카락을 노골적으로 만지작거리고 말았다.

바로 그때, 다이젠이 불현듯 자리에 우뚝 멈추어 섰다. 그때에서야 아리스도 번쩍 정신을 차렸다.

헉. 도대체 지금 내가 뭘 하고 있던 거지?

아리스는 지레 찔려서 다이젠이 뭐라고 하기도 전에 앞장서 변명했다.

"저기, 네 머리에 먼지가 있어서 털어 준 거야."

"내려."

두 번의 경고는 없었다.

음산한 목소리가 귀청을 울린다 싶더니 곧 그녀를 받치고 있던 팔의 힘이 느슨해졌다.

"아니, 먼지 털어 준 거라니까!"

하지만 재차 강조한 변명에도 스르륵 몸이 내려가기 시작했다.

앗, 이 얄짤없는 자식! 지금 여기서 내려 주면 난 어떻게 걸어가라고! 게다가 아까였다면 모를까, 이미 다이젠의 등이 생각보다 무척 편하다는 걸 알아 버린 참이라 더욱 내려가기가 싫어졌다. 아리스는 저도 모르게 급히 다이젠의 목에 팔을 두르고 매달렸다.

"안 해, 안 해. 이제 안 해. 진짜야. 나 진짜 가만히 있을 거야. 응?"

팔에 힘을 줘서 목을 꽉 끌어안은 탓인지 아까보다 두 사람의 거리가 확연히 가까워져 있었다. 두 개의 체온이 마치 하나인 것처럼 깊숙이 겹쳐졌다. 그 상태로 아리스가 달래듯이 연거푸 속삭이자 본의 아니게 다이젠의 귀에 곧장 그 나긋한 음성이 흘러들게 되었다.

어느 순간부터 다이젠은 숨을 멈추고 있었다. 하지만 맞닿은 몸이 뻣뻣이 굳은 것도 모르고 아리스는 계속해서 그의 귀에 대고 아까와 같은 말을 속삭여 댔다.

"알았으니까 좀 떨어져."

잠시 후, 다이젠이 딱딱한 목소리로 낮게 읊조렸다.

아리스는 혹시 화가 난 건가 싶어서 슬쩍 다이젠의 얼굴을 훔쳐보았다. 하지만 지금 각도로는 그의 표정이 어떤지 보이지가 않았다. 그래도 지금 당장 내리라고는 안 하는 걸 보니 괜찮은 거겠지.

그런 생각을 하며 그녀는 다이젠의 요청대로 슬그머니 팔을 느슨히해 맞닿은 몸을 살짝 떨어뜨렸다. 그러고 나니 방금 전에 그에게 너무달라붙었다는 생각이 들기는 해 약간 겸연쩍어졌다.

하지만 이건 다 다이젠 때문이다. 남자애가 쓸데없이 좋은 냄새를 풍기지를 않나, 머릿결이 좋지를 않나. 게다가 등짝은 또 왜 쓸데없이 넓고 편해서는…….

그런데 그런 생각을 하자 문득 기분이 이상해졌다.

방금 전까지는 다른 데 정신이 팔려 크게 의식하지 않고 있었는데 이

거 상당히 미묘한 상황이 아닌가? 비록 그녀가 환자라고는 하나, 어쨌든 이렇게 몸을 바짝 밀착하고…….

갑자기 손끝에서부터 은근히 힘이 들어가기 시작했다. 생각해 보니 다이젠이 가까워도 너무 가까웠다. 게다가 다이젠의 코트를 걸친 채 다이젠에게 몸을 붙이고 이렇게 업혀 있기까지 하니 마치 사방이 온통 다이젠인 것 같아서 기분이 이상했다. 어쩐지 속에서부터 알 수 없는 기묘한 감정이 얕게 밀려들기 시작하는 것 같았다.

그러고 보니까 오늘 아침까지만 해도 그녀는 다이젠에 관련된 소문 때문에 곤욕을 치르지 않았던가. 리즈벳은 교내에 떠도는 그 소문을 재미있어 해서 그녀의 빈축을 샀지만 말이다.

그리고 아리스는 다이젠이 그 소문을 어떻게 생각하고 있을지 조금 궁금했다. 이렇게 그에게 업혀서 길을 걸으려니 더더욱.

하지만 매일같이 그런 생각을 하는 것 자체가 그녀답지 않은 일이라고 생각되었기 때문에 아리스는 애써 머릿속에 떠도는 상념을 휘휘 날려 버렸다.

"의무실 앞에서 내려 줄게."

학교까지 오는 동안 엄청나게 긴 시간이 흐른 것 같기도 했고, 혹은 매우 짧은 시간이었던 것 같기도 했다. 어쨌거나 두 사람은 또 다시 수많은 학생들의 눈길을 사며 교정을 걸었다.

아리스는 그것이 조금 신경 쓰였지만 이내 자신은 환자이니 어쩔 수 없는 일이라고 합리화하며 주위의 시선들을 모른 척하기로 했다.

그나저나 이제 곧 이 등에서 내려와야 한다니. 조금 아쉬운 것 같기도 하고.

하지만 그런 생각을 한 순간 화들짝 놀라서 아리스는 고개를 절레절레 휘저었다.

"아리스?"

그런데 바로 그때 저 멀리서 익숙한 목소리가 날아들었다. 다이젠과 아리스의 고개가 동시에 소리가 들린 방향으로 움직여졌다.

그 직후 그녀의 눈앞에 그윽한 보라색의 꽃이 화악 펼쳐졌다. 그 누구보다 정겨운 얼굴들도 함께 시야에 번졌다.

아리스는 두 눈을 크게 뜨며 반갑게 외치고 말았다.

"엄마, 아빠!"

6. 아리스의 평온

"엄마, 아빠!"

그들은 오렌지색 해가 떨어지는 아름드리나무 아래에 서 있었다. 아리스는 두 사람을 발견하자마자 곧장 다이젠의 등에서 내려섰다. 그리고 발목을 삔 것도 잊은 듯이 다이젠을 뒤로 한 채 앞을 향해 달려 나갔다. 주위 시선 따위는 하나도 신경 쓰지 않고 그렇게 순수한 반가움을 표하는 아리스는 처음이라 다이젠은 저도 모르게 멈칫하고 말았다.

"아리스."

"보고 싶었어, 우리 공주님!"

"어떻게 이렇게 빨리 오신 거예요? 적어도 일주일 정도는 더 있어야 할 줄 알았는데."

"우리 딸이 편지를 보냈는데 당연히 곧바로 와야지."

"맞아. 우리는 그렇게 급한 일이 있던 것도 아니었고. 물론 그런 일이 있었어도 아리스가 우선이었을 테지만. 그리고 너도 네 아빠 성격 알잖니."

아리스를 포함한 세 사람은 그야말로 완벽하게 화목한 가족의 모습이었다.

벚꽃 같은 분홍색 머리카락을 가진 여자는 아리스를 만나자마자 그녀의 손을 붙잡으며 활짝 웃었는데, 기쁨을 가감 없이 드러내는 말간 얼굴이 마치 소녀 같았다. 이렇게 나란히 서 있으니 두 사람은 마치 자매처럼 보이기도 했다. 그러나 아리스와 똑 닮은 녹색 눈동자에는 어디로 보나 어머니다운 따뜻한 애정을 담고 있었다.

"잠깐. 그런데 아리스. 발목을 다친 것 같은데."

반면 아리스의 부친으로 보이는 은발 금안의 남자는 딱 떨어지는 검은 양복이 무척 잘 어울리는 부드러운 분위기의 신사였다. 하지만 다이젠은 다음 순간 자신을 향해 미끄러지는 시선에 그 생각을 철회할 수밖에 없었다.

"밖에서 넘어져서요."

"같이 있던 친구는 뭘 하고 있었기에?"

딸을 향할 때에는 더없이 다정한 빛을 발하던 눈빛이 다이젠을 그 안에 담는 순간, 방금 전의 따스한 온도가 모두 거짓인 양 은근히 싸늘한 한기를 품었다. 하지만 그 목소리는 여전히 부드럽기 그지없어서 아리스는 설마 자신의 아버지가 다이젠을 향해 그런 눈빛을 보내고 있을 거라고는 상상도 하지 못했다.

그리고 다이젠은 그런 그들의 모습을 다소 미묘한 기분으로 바라보고 있었다.

"아니……. 다이젠은 우연히 만나서 절 도와준 거예요."

바로 그 순간 아리스의 아버지인 이안 키프로스의 눈썹이 미비하게 꿈틀거렸다. 다이젠의 이름을 듣는 순간 속에서부터 알싸한 불쾌감이 일어난 탓이었다.

어쩐지 마주한 얼굴이 낯이 익다 싶더니만 역시 그 사람의 아들이었군.

아리스의 시선이 힐끔 자신을 향하자 다이젠은 약간 어색하고 멋쩍은 기분으로 인사할 수밖에 없었다.

"안녕하세요. 다이젠 아르카노발이라고 합니다."

그 이름을 듣고 이안은 침묵했다. 하지만 그와 대조되게도 두 눈을 반짝이며 흥분하기 시작한 것은 그의 아내인 줄리아 오거스티였다.

"그래. 다이젠 아르카노발이라면 레안 아르카노발 교수님의?"

"네."

사실 줄리아는 다이젠이 아리스를 업고 오는 모습을 처음 보았을 때부터 은근히 눈동자를 빛내고 있던 참이었다.

하지만 다이젠은 그 묘한 친근감을 담은 눈빛에 다소 얼굴이 간지러워지기 시작했다. 다이젠은 그들이 생각보다 낯설지 않았다. 그녀의 부모님은 딸과 함께 학교에서도 소문이 자자한 유명 인사들이었기 때문이다. 게다가 입학 이래로 종종 딸을 만나러 찾아오는 두 사람을 먼 말치에서 본 적도 있었고 말이다.

그런데 이렇게 처음으로 가까이에서 마주한 두 사람은 18살 된 딸을 가진 부모라기에는 실로 무서운 동안이었다. 다이젠은 곤혹스러웠다. 심지어 아리스의 어머니인 줄리아 오거스티는 그를 향한 뜻 모를 반가움을 감추지 않고 있었다.

"그래. 아리스를 여기까지 데려다줬다니 고맙구나."

게다가 아리스의 아버지인 이안 키프로스는 도대체 왜 그를 향해 저런 웃고 있어도 웃는 게 아닌 싸늘한 표정을 짓고 있는 것일까?

"아닙니다. 어차피 오는 길이 같았으니까요."

"어머. 다이젠은 참 겸손하구나."

이번에는 줄리아가 흐뭇한 미소를 지으며 다이젠을 칭찬했다. 방금 전 이안이 말한 '고맙다'는 인사가 왜인지 미묘한 느낌이었던 것에 비하면 진실성이 느껴지는 칭찬이었다.

"우리 아리스하고 많이 친한 모양이야? 그저 데면데면한 선후배 사이면 이렇게 직접 학교까지 업고 오기도 어려웠을 텐데."

응? 그런데 이어지는 그녀의 말에 다이젠은 한순간 의혹을 느끼고 말았다.

그가 자신의 나이를 밝힌 적이 있던가? 어떻게 같은 학년도 아니고 선후배 관계인 걸 알고 있지?

하지만 그런 의문을 미처 표하기도 전에 이안이 아내를 부드럽게 제지하고 나섰다.

"꼭 돈독한 관계여야만 선행을 베풀 수 있는 건 아니지. 이렇게 보니 방금 전 당신이 말한 것처럼 꽤나 겸손하고 착실한 친구인 것 같은데. 덕분에 우리 딸이 이런 곤란한 상황에서 도움을 받았으니 참 고마운 일이야."

"맞아요. 다이젠하고 저는 그렇게 친한 사이도 아니라구요."

음. 그런데 분명히 그를 향해 고마움을 표하고 있는 이안의 말에 어째서 아까부터 계속 미묘한 기분이 드는 것인지 알 수가 없었다. 다이젠은 알쏭달쏭한 마음으로 미세하게 눈매를 찡그리며 고개를 갸웃거렸다.

게다가 당황한 듯이 손을 저으며 그와의 친분을 부정하는 아리스를 본 순간 이안의 얼굴이 '역시 그럴 줄 알았다'는 듯이 한결 더 온화하게 풀어졌기 때문에 더욱 그랬다.

"다이젠이라고 했나? 시간이 된다면 고마움도 표할 겸 잠시 이야기라도 나누고 싶은데."

"아. 제가 딱히 대단한 일을 한 것도 아니고."

"그래. 아무래도 얼굴을 보니 많이 피곤해 보여서 어려울 것 같군. 지금 곧장 방에 가서 쉬는 게 좋을 것 같으니, 줄리아. 당신도 더는 붙잡지 않는 게 좋겠어."

이안은 언제 다이젠에게 같이 이야기하기를 권했냐는 양 그가 대답하기 무섭게 칼같이 말을 돌렸다. 그것이 오죽 자연스러운지 한순간 다이젠조차 이상함을 느끼지 못할 정도였다.

"그래도 모처럼 인사까지 한 걸 이렇게 그냥 보내기는 아쉬운데."

"한동안은 베오니아를 떠날 일도 없으니 다음에도 기회는 있잖아."

"하긴. 게다가 오늘은 아리스를 보러 온 거기도 하니까."

"그래."

정말이지 묘하게 적응이 되지 않는 풍경이었다.

다이젠을 마주할 때에는 은근히 차가운 태도를 고수하던 이안은 자신의 아내와 딸에 한해서만큼은 마치 봄바람 같은 더없이 부드러운 기운을 뿜어내고 있었다.

그러니 아무리 눈치가 없다 해도 이쯤 되면 알아챌 수밖에 없었다. 아무래도 이안 키프로스는 다이젠이 영 마음에 들지 않는 모양이었다.

"다이젠. 오늘 도와줘서 고마워."

하지만 어째서? 이 짧은 시간 동안 그가 딱히 불쾌하게 군 일은 없는 것 같은데.

그러나 다이젠의 의문은 아리스가 그를 돌아본 순간 허공으로 흩어져 버렸다. 그녀는 분수대 위에 좌절하여 아무렇게나 몸을 웅크리고 있던 것이 거짓인 것처럼 어느덧 밝은 얼굴을 하고 있었다. 심지어 그녀는 다이젠을 향해 순수한 감사를 표하며 옅게 미소 짓고 있기까지 했다.

그것을 보자 다른 것은 그냥 다 쓸모없는 것으로 생각되었다.

"아니야. 의무실 꼭 가 보고."

여전히 무미건조한 억양이기는 하나 다이젠이 평소답지 않게 그런 말을 하고 만 것도 그래서였다.

그는 오늘 뜻하지 않게 만난 아리스의 부모님을 향해 인사한 뒤 먼저 자리를 떠났다. 이안은 그런 그를 가늘게 떠진 눈동자로 조용히 지켜보고 있었고, 줄리아는 여전히 이유 모를 반짝이는 눈빛으로 옆을 스쳐 지나가는 그를 바라보았다.

다이젠은 이유 모를 찝찝함에 괜스레 뒤통수가 간지러워서 기숙사 방에 들어가고 난 후 결국 머리를 벅벅 긁고 말았다.

* * *

"아리스. 발목이 이러면 곧바로 병원에 가 봤어야지. 아까 그 친구는 그 정도도 생각을 못 한 모양이구나."

다이젠이 자리를 비키고 난 직후 이안이 다리를 굽혀 아리스의 발목을 직접 살펴보았다. 과연 의사라 그런지 부은 발목을 살피는 눈길과 손이 꽤 전문가다웠다. 그런데 그러면서 그가 하는 말은 은근히 다이젠을 흉보는 것이었다.

"다이젠은 병원에 가자고 했는데 그렇게 심한 것 같지 않아서 제가 됐다고 했어요."

어째서인지 아리스는 저도 모르게 다이젠 대신 변명을 하기 시작했다.

"그래도 여기까지 업어 줬고. 음. 거리가 멀어서 힘들었을 텐데."

하지만 그녀가 다친 건 다이젠의 탓이 아닌 것도 맞았고 또 그는 아무 상관없는 그녀를 도와주기까지 했으니까. 그러니 아버지가 괜히 오해해서 다이젠을 못마땅하게 여기는 것은 바라지 않았다. 게다가 이안은 그녀에 관한 일에는 유독 예민해지는 구석이 있지 않던가.

그런 생각을 하느라 아리스는 옆에서 줄리아가 약간 장난스럽게 웃는 얼굴로 자신을 보는 것도 알아차리지 못했다.

다행히도 이안은 아리스의 말을 듣고 더 이상 다이젠에 대해 말하지 않았다. 대신 그는 발목의 상태를 더욱 자세히 살펴보더니 이내 안심했다는 듯 낮은 숨을 내쉬었다.

"그래도 상태는 양호한 것 같아 다행이다. 일단 의무실부터 가자."

그 말을 듣자 아리스도 안심이 되었다. 내심 부어 있는 발목이 걱정이던 참이었는데 아버지가 괜찮다고 하니 그녀도 이제야 마음을 놓을 수 있었다.

"으앗."

그런데 다음 순간 아리스의 몸이 갑자기 허공에 붕 떠올랐다. 깜짝 놀라 시선을 들자 아버지의 얼굴이 바로 코앞에 보였다. 그제야 아리스는 자신이 아버지에게 공주님처럼 안겼다는 사실을 깨달을 수 있었다.

"아, 아빠. 이거 좀 부끄러운데요."

"환자는 그런 생각 할 필요 없단다."

물론 그녀의 부모님이 그녀를 애지중지 길러 온 것도 맞고, 그래서 어릴 적부터 아버지에게 이런 식으로 안긴 적이 한두 번이 아닌 것도 맞았다. 게다가 그녀의 어머니인 줄리아가 젊을 적부터 몸이 약했기 때문에 이안은 딸인 그녀가 태어난 후로 둘 모두에게 온갖 정성을 다했다고 들었다.

그래도 학교에서까지 이런 모습을 보이자니 여간 쑥스러운 것이 아니었다. 하지만 이안은 아리스의 말을 단칼에 잘라 버렸다. 평소 사소한 일까지 아리스의 뜻을 존중해 주던 것과는 사뭇 다른 모습이었지만 상황이 상황이니만큼 이러는 그가 이해되지 않는 것도 아니었다.

"후후. 뭐 어때. 이런 것도 가끔은 좋잖니."

게다가 어머니인 줄리아까지 옆에서 아리스의 손을 잡으며 웃자 그녀도 더 이상은 아무 말도 할 수 없게 되고 말았다.

"편지를 보고 걱정 많이 했는데 그래도 얼굴이 생각보다 어둡지는 않은 것 같아 다행이다."

사라락. 부드러운 목소리와 함께 눈앞에 보이는 자색의 꽃이 가볍게 흔들렸다. 그녀를 향해 한없이 다정한 모습만을 보이고 있는 꽃을 보자 거짓말처럼 마음이 서서히 편안해지기 시작했다.

"그래. 일단 급한 일부터 하나씩 처리하는 게 좋겠다. 지금 당장은 네 발목을 치료해야 할 것 같으니 요컨대 '그 일'에 대한 대화는 그 후에 나누도록 하자."

"맞아. 오늘뿐만이 아니라 이제부터는 계속 우리가 옆에 있을 테니까."

세상 모든 역풍으로부터 그녀를 지켜 줄 것만 같은 단단한 음성에 아리스의 표정이 눈 녹은 것처럼 사르르 풀렸다. 아리스는 자신의 손을 맞잡은 어머니의 손을 약간 더 세게 힘주어 움켜잡았다.

공주님처럼 안겨 교정을 활보하는 그녀에게 곳곳에서 학생들의 시선이 날아들었으나 더 이상은 그런 그들이 신경 쓰이지 않았다. 아리스는 존재 자체만으로도 그녀를 안심시키는 이들과 함께 의무실로 향했다.

그리고 붓기가 있는 발목을 얼추 치료하고 난 후 세 사람은 아리스가 편지에 썼던 내용에 대해 깊은 대화를 나누었다. 어느 날 갑자기 그녀의 눈에만 보이게 된 이 이상 현상에 관해서.

혹시라도 믿어 주지 않으면 어떡하지, 하는 불안감이 아주 조금이라도 없던 것은 아니었다. 하지만 그녀의 부모님은 아리스가 하는 말을 모두 조용히 들어 준 후에 그녀의 머리를 쓰다듬어 주며 말했다.

"그래. 그동안 우리 딸이 혼자 마음고생이 많았겠구나."

"왜 이런 일이 생긴 건지 이유는 모르겠지만 해결 방법을 같이 찾아 보자. 혹시 다른 데 아프거나 한 곳은 없고?"

그 걱정 어린 얼굴들에 아리스는 그만 울컥하고 말았다.

그동안 단짝 친구인 리즈벳에게 털어놓는 것에도 한계가 있었다. 그런데 처음으로 이렇게 온전한 이해를 받는다고 생각하니 어린애처럼 투정 부리고 싶어졌다.

"음. 그래도 처음보다 적응이 되어서 그런지 이제는 좀 괜찮아요."

하지만 또 다른 한편으로는 그녀의 충동적인 편지 한 장에 만사를 제쳐 두고 달려온 부모님을 더 이상 걱정시키고 싶지 않기도 했다.

그래서 약간 잠긴 목을 감추며 그렇게 말하자 그들은 또 그런 그녀를 세상 누구보다 따뜻한 눈빛으로 바라봐 주었다.

"아리스. 그 꽃말이야. 혹시 지금 우리 머리 위에도 있니?"

실로 오랜만에 보내는 더없이 평화로운 시간이었다. 아리스는 그 온화한 시간에 잠겨 그대로 잠이라도 들고 싶은 기분이었다. 어느덧 교문이 닫힐 시간이 되어 아리스를 기숙사까지 바래다준 후 어머니가 지나가듯 물었을 때에도 그랬다.

아리스는 눈앞에 있는 부모님의 꽃을 올려다보았다. 딸인 자신을 향할 때에도, 그리고 부부인 서로를 향할 때에도 한결같이 사랑스럽게 만발해 있던 쌍둥이 같은 보라색의 꽃 두 송이를.

"응. 제가 본 것 중에서 제일, 제일 예쁜 꽃이에요."

그 모습이 아주아주 어여뻤기 때문에 아리스는 사람들의 머리 위에 있는 꽃을 볼 수 있게 된 이래로 처음으로 티 없이 환하게 웃을 수 있었다.

* * *

아리스는 부모님과 내일 또 만나기로 약속했다. 떠나기 직전 그녀의 말에 잠깐 동안 서로의 얼굴을 바라보다가 곧 빙긋이 웃던 부모님의 얼굴이 아직도 눈에 선했다.

"아리스! 진짜 미안!"

리즈벳은 예상대로 기숙사 방 안에서 그녀를 기다리고 있었다. 그녀는 소매치기를 쫓느라 그만 아리스를 깜빡 잊었노라며, 하지만 마리네쥬 의상실에서 주인의 조언을 받아 길이 엇갈리지 않게 먼저 학교로 돌아오기 전까지는 계속 그녀를 찾았다고 호소했다.

또 원래는 교문 앞에서부터 아리스가 돌아오기를 기다리고 있었지만 중간에 배가 아파서 자리를 비우고 말았다고 진심으로 미안해하기까지 했다. 이야기를 듣자 하니 그 후에는 아리스가 다이젠에게 업혀 온 일이나 아리스의 부모님이 학교에 왔었던 이야기 등을 다른 학생들에게 전해 들은 것 같았다.

리즈벳이 비오스 거리에서 아리스를 버리고 갔던 일을 진심으로 미안해하는 것 같아서 아리스는 그녀에게 더 이상 아무 말 않기로 했다.

"그래도 가방 되찾아 왔어! 그 망할 놈한테 내가 드롭킥도 먹여 줬어!"

"리즈벳. 그러다가 다치면 어쩌려고. 위험하잖아."

"에이. 괜찮아. 나 호신술 배웠잖아. 그리고 다치기는 네가 다쳤으면서. 어디 봐. 많이 안 부었어?"

어차피 붕대를 칭칭 감아 눈에 잘 보이지도 않을 텐데 리즈벳은 한참 동안이나 아리스의 발목을 들여다보려 끙끙거렸다.

똑똑!

"아리스! 들어가도 돼?"

그때, 누군가 두 사람이 있는 기숙사 방에 노크를 해 왔다. 아리스와 리즈벳은 의문을 느끼며 대답했다.

"들어와."

그리고 놀랍게도 문이 열리자마자 안으로 쏟아져 들어온 여학생들은 족히 열 명은 되어 보였다.

"아리스! 방금 전까지 기숙사 앞에서 만난 거, 너희 부모님이야?"

"응. 맞아."

"와아, 대박!"

아리스가 대답하자마자 여학생들은 물 만난 고기처럼 기다렸다는 듯이 호들갑을 떨어 댔다. 때 아닌 요란한 환호성에 아리스는 흠칫하고 말았으나 여학생들은 어느덧 자신들만의 세계에 빠져 있었다.

"세상에. 앞으로 내 이상형은 아리스네 아빠야."

"와, 진짜 멋있어. 레안 아르카노발 교수님 못지않은 미중년은 생전 처음 봐."

"아냐. 중년이라는 단어는 어울리지 않아! 게다가 그 미모면 나이 같은 건 진심 아무 상관없다고."

"야, 너 그거 위험 발언이다."

"난 교문 지나다가 먹고 있던 메론 소다를 뿜었잖아. 진짜 눈 튀어나오는 줄 알았다니까. 역시 슈트 입은 연상남은 완전 진리야."

"아아, 아까워! 아리스 아빠가 아니라 삼촌 정도만 되었어도."

그들의 대화를 듣고 리즈벳은 옆에서 '또 올 것이 왔군.'하는 표정을 짓고 있었다. 아리스도 처음에는 그들의 과격한 반응에 흠칫했으나 곧 익숙한 얼굴을 하고 말았다. 그녀의 부모님이 학교에 찾아올 때마다 그들의 모습을 본 학생들의 반응에 이제는 어느 정도 익숙했기 때문이었다.

"그런데 아리스 엄마도 진짜 미인이시더라. 뭔가 버전이 다른 아리스 같기도 하고!"

"아, 맞아! 그 느낌 나 알 거 같아. 아리스랑 같이 서 있으니까 언니 같던데."

"아리스네 엄마도 그렇고 아빠도 그렇고. 와. 역시 아리스 정도의 미모는 그냥 나오는 게 아니었나 봐. 아까 보니까 아리스는 진짜 부모님 얼굴을 딱 반씩 닮은 것 같더라."

그녀들의 말을 가만히 듣고 있던 리즈벳까지 장난기가 샘솟았는지 한마디씩 추임새를 불어넣기 시작했다.

"너네 그거 알아? 아리스네 아빠가 만들어 주신 수플레 엄청 맛있는 거."

"뭐? 그런 걸 직접 만드신단 말이야?"

"수플레뿐만이 아니야. 요리는 다 잘하셔."

리즈벳은 아리스의 아버지가 만든 요리를 얻어먹었던 것이 엄청난 자랑거리라도 되는 것처럼 가슴을 활짝 펴고 의기양양하게 말했다.

믿을 수 없다는 듯 자신을 돌아보는 눈길들에 아리스는 곤혹스럽게 미소 지으며 대답했다.

"음. 원래 요리랑 베이킹은 엄마 취미였는데 신혼 때부터 같이 하다 보니까 아빠도 잘하게 되셨대."

그래서 휴일에는 아버지가 어머니와 함께 부엌에 들어가 있는 모습도 드물지 않게 볼 수 있었다. 그 다정한 뒷모습은 아리스가 어릴 때부터 가장 좋아하던 집안의 풍경이기도 했다.

"아리스네 아버지는 딱 그거 같아."

그리고 리즈벳은 아리스의 단짝 친구라는 명목으로 몇 번 집에 놀러 왔을 때 이안이 해 준 요리를 먹어 본 적이 있었다.

"차가운 베오니아 남자! 하지만 내 아내와 딸에게는 따뜻하겠지. 크흐."

리즈벳이 연극조로 유치한 로맨스 소설책에나 나올 법한 대사를 장엄하게 읊기까지 하자 아리스는 이제 그만 하라는 의미로 그녀의 옆구리를 팔꿈치로 쿡쿡 찌를 수밖에 없었다.

"우와아, 요리까지 잘하신다니 진짜 놀랍다. 으흑. 내 이상형이 가정적인 남자인 건 어떻게 아시고."

"헉. 그럼 지난번에 아리스가 집에서 가져왔던 쿠키도 아리스네 아버지가 만들어 주신 거였어? 파는 것처럼 엄청 맛있었는데."

"아니. 그건 엄마가."

"아. 원래는 아리스네 어머니 취미셨다고 했지. 아니, 그런데 그건 이미 취미 수준이 아니잖아?! 제과점에서 파는 것보다 훨씬 예쁘고 맛있었단 말이야!"

어째서인지 여학생들은 아까보다 더욱 신이 나서 아예 방 안에 자리까지 잡고 재잘재잘 이야기꽃을 펼치기 시작했다.

그에 맞추어 그녀들의 꽃들도 화기애애한 느낌으로 이파리를 팔랑팔랑 흔들었다.

원래 대로였다면 그 모습에 부담감을 느꼈을 것이 분명했지만 지금의 아리스는 색색의 꽃들이 사부작거리며 흔들리는 모습을 전보다 편안히 받아들일 수 있었다. 그리고 아마도 그것은 방금 전 만난 부모님의 영향일 것이 분명했다.

아, 그러고 보니 다이젠에 대한 일도 덩달아 같이 잊힌 것 같은…….

"아, 맞아! 아리스, 너 아까 다이젠하고 같이 들어왔다며?"

그 순간 아리스는 망했다는 표정을 짓고 말았다.

그녀의 부모님 이야기에 묻혀서 다이젠과 있었던 일은 다른 사람들의 관심에서 잊힌 줄 알았는데 헛된 기대였던 모양이었다.

"앗! 잊을 뻔했다. 그래, 리즈벳하고 같이 외출한다고 나갔던 애가 왜 다이젠하고 사이좋게 같이 들어왔을까?"

여학생들의 반짝거리는 눈빛이 아리스를 압사시키기라도 할 것처럼 한꺼번에 밀려들었다. 그들의 머리 위에 있던 꽃들도 대답을 독촉하듯이 아리스를 향해 푸드덕 꽃받침을 들었다 놨다 하고 있었다. 그 묘한 박력에 절로 난감함이 샘솟았다.

특히 전교생 기숙사제인 학교이기 때문일까. 기숙사라는 폐쇄된 공간에는 학생들이 즐길 만한 여흥거리가 그다지 많지 않았다. 그래서 그런지 학생들은 평소에도 흥미로운 소문거리가 있으면 하나라도 놓칠 세라 눈에 불을 켜고 달려들었다.

그런 의미에서 아리스에 관한 일은 그들에게 있어 아주 먹음직스러운 간식거리일 수밖에 없었다.

"그건…… 리즈벳이 나 대신 설명해 줄 거야. 난 잠깐 학생회 일 때문에 모아튼 교수님께 찾아가야 해서."

아리스는 대답하는 대신 웃는 얼굴로 옆에 있던 리즈벳을 그녀들에게 덥석 안겨 주었다. 졸지에 무시무시한 눈빛을 한 여학생들의 한가운데에 떨어진 리즈벳이 '어어' 소리 냈으나 어느덧 아리스는 방의 문고리를 잡아 돌리고 있었다.

"그럼 천천히 놀다 가, 애들아."

"아, 아리스!"

아리스는 리즈벳을 희생양 삼아 홀연히 자리를 벗어났다. 뒤에서 리즈벳이 당황한 듯이 그녀를 부르는 소리가 들렸으나 아리스는 웃는 얼굴 그대로 문을 닫아 버렸다.

오늘 비오스 거리에서 리즈벳이 그녀를 혼자 두고 사라진 것에 대한 복수는 결코 아니었다. 음, 아마도.

* * *

"아리스. 발목을 다쳤다면서?"

다음 날 오전 11시 경, 아리스는 이동 수업을 마치고 복도를 걷던 중 그리 반갑지 않은 사람과 맞닥뜨리고 말았다.

"어제 소식을 듣고 걱정했어."

오전의 하얀 햇살을 받으며 마치 기다렸다는 듯이 교실 앞에 서 있는 것은 다름 아닌 에이드리안이었다.

구경거리가 되는 것이 취미인지, 그는 다른 학생들의 시선을 여실히 독점하며 아리스의 교실 앞문 쪽에 서 있었다. 설마 자신의 행동이 학생들로부터 이 정도의 관심도 받지 않으리라 여긴 것도 아닐 텐데 말이다.

이럴 때마다 크리스틴이 성화를 부린다는 사실을 알면서도 어떤 의미로 그는 참 꿋꿋했다. 물론 에이드리안이 크리스틴의 눈치를 보며 행동할 이유는 없었지만, 그래도 이렇게 직접 아리스를 찾아오기까지 할 정도면 크리스틴을 알아서 잘 제어할 자신이 있다는 것일까? 그도 아니면 자신의 여자 친구가 성질을 부리는 것은 자신과 하등의 상관도 없으니 마음대로 행동하겠다는 심산일까?

사실 어느 쪽이든 상관없기는 했다.

에이드리안이 몇 걸음 앞으로 다가오자 단정하게 정리된 검은 머리카락이 가볍게 그 모양을 흐트러뜨렸다. 아리스를 바라보는 푸른 눈동자에는 옅은 걱정이 어려 있어, 한순간이나마 그들의 관계가 다시 예전으로 돌아가기라도 한 것처럼 느껴졌다.

그리고 그런 생각을 한 것이 아리스 혼자만은 아닌지, 옆에 있던 리즈벳이 황당하다는 어투로 말했다.

"너 좀 웃긴다. 네가 아직도 아리스 남자 친구인 줄 알아?"

"여기서 그런 말이 왜 나와?"

에이드리안은 리즈벳의 말에 잠시 멈칫하다가 곧 미비하게 얼굴을 굳히며 반문했다.

"아니. 지금 너 말하는 거나 하는 행동이 꼭 아리스랑 사귈 때 같으니까 그러지."

"교제하는 사이가 아니면 걱정도 해선 안 된다는 건가?"

"허?"

리즈벳이 어처구니없다는 듯이 입을 벌렸다.

아리스가 에리드리안과 헤어졌다는 사실을 알았을 때만 해도 '만남이 있으면 헤어짐도 있는 법이지. 물론 양다리는 처단해야 하지만!' 하는 식의 깔끔한 반응을 보이던 리즈벳이다. 그런데 지금은 에이드리안의 태도에 불쾌함을 느끼는 것 같았다.

아리스는 리즈벳의 얼굴에 삐딱한 미소가 피어오르는 것을 보고 입을 열었다.

"다친 건 맞는데 지금은 많이 괜찮아졌어. 그러니까 네가 걱정할 필요는 없을 것 같아."

미려한 미소에 눈부신 햇살이 한줌 내려앉았다. 아리스는 언제나처럼 화사하게 웃는 낯을 하고 있었지만 그녀의 말에서는 알게 모르게 벽을 치는 느낌이 배어났다.

옆에서 리즈벳이 그냥 무시하고 가자는 듯 팔을 붙잡았다. 그러나 아리스는 다른 학생들의 시선을 받으며 여태껏 자신을 기다리고 있던 그에게 다소의 흥미가 일었다.

보아하니 고작 저런 말을 하려고 그녀를 찾아온 것 같지는 않은데, 도대체 무슨 일일까?

아리스가 대화를 이어갈 의사를 보이자 검은 머리카락 위에서 봉오리를 틔우고 있는 흰색의 꽃이 이파리를 슬쩍 이완시켰다. 에이드리안은 그 상태로 잠시 주저하는 듯하더니 곧 천천히 입을 열었다.

"다이젠이 어제 널 부축해서 들어왔다고 하던데."

추측하건대 아무래도 진짜 본론은 이쪽이었던 듯했다.

리즈벳이 옆에서 하, 헛웃음을 터트리더니 '그게 자기랑 무슨 상관이야'라며 짜증스럽게 중얼거렸다. 그건 아리스와 동일한 생각이었다.

"응, 맞아. 밖에서 혼자 난처해하고 있었는데 마침 운 좋게 만나서 도움을 좀 받았어."

"그래……"

에이드리안의 푸른 눈동자가 여전히 무언가를 망설이는 느낌으로 아리스에게서 살짝 시선을 비꼈다. 바로 그 순간 아리스는 마주한 눈동자 안에 한순간 옅게 일렁이는 감정을 예리하게 알아챘다.

흐응. 그래, 그렇단 말이지?

"다이젠 말이야. 생각보다 친절하고 배려심도 많더라."

아리스가 지나가듯 덧붙인 말에 에이드리안과 리즈벳 둘 모두가 멈칫했다.

리즈벳은 '다이젠이 친절하고 배려심이 많다고?'라고 중얼거리며 믿을 수 없다는 듯 아리스를 바라보았다. 아리스가 뭘 잘못 먹은 사람이라도 되는 듯한 시선이었다. 더불어 에이드리안은 아주 뜻밖의 말을 들은 것처럼 동요 어린 눈동자로 아리스를 바라보고 있었다.

"지금까지는 왜 몰랐나 싶은 거 있지."

아리스는 그 시선들을 받으며 그냥 한 번 빙긋이 웃고 말았다.

"아무튼 다이젠 덕분에 오늘은 혼자 걸을 수 있을 정도야. 그러니까 네가 걱정할 건 없을 것 같아, 에이드리안."

그녀의 목소리는 여전히 나긋나긋했지만 에이드리안은 거기에서 더이상 침범할 수 없는 어떤 벽을 느낀 것처럼 더 이상 아무 말도 하지 못했다.

"들어가자, 리즈벳."

이번에는 아리스가 먼저 리즈벳의 팔을 붙잡고 이끌었다. 에이드리안이 무슨 말을 할 것처럼 입을 열었으나 아리스는 그에게 다른 말을 더할 기회를 주지 않았다.

두 사람은 그들을 보며 귀엣말하는 학생들을 뒤로한 채로 에이드리안을 지나쳤다. 막 교실로 들어섰을 때, 리즈벳이 아리스에게 소리 낮추어 속닥거렸다.

"아리스, 너 나 모르는 새 다이젠하고 많이 친해졌나 보네?"

"글쎄."

리즈벳은 아리스가 방금 전과 같은 말을 하게 된 경위가 심히 궁금한 모양이었지만 아리스는 그저 뜨뜻미지근한 음성으로 그렇게만 대답할 뿐이었다.

* * *

오늘 하루 단 한 번도 다이젠을 만나지 못했다.

이미 어제 일에 대한 소문은 교내에 퍼질 대로 퍼진 상태였지만 오늘 두 사람 사이에 별다른 접촉이 없어서 그런지 그 이상의 살을 붙인 소문은 더 생겨나지 않았다.

"아리스. 집으로 가고 싶으면 언제든 말해도 돼."

그날 방과 후 아리스는 행정실을 찾아가 외출증을 발급 받았다. 전에도 말한 바 있듯이 원래 학생들이 평일에 외출 허가를 받는 것은 극히 어려웠으나 그 대상이 아리스였기 때문에 쉽게 승인받을 수 있었다.

그래서 아리스는 어제부터 내내 기대했던 대로 부모님과 함께 단란한 점심 식사 시간을 보낼 수 있게 되었다.

"아니에요. 불편했으면 제가 먼저 말했을 거예요. 이 정도는 적응이 되어서 아무렇지도 않은 걸요."

하지만 아리스의 부모님은 그녀가 걱정되는 모양이었다. 그들은 학교 정문 앞에서 아리스를 만났을 때부터 밖에 있는 것보다 차라리 집으로 가는 편이 낫지 않겠냐고 재차 그녀의 의사를 물었다. 그런 그들의 권유를 웃는 얼굴로 거절한 것은 아리스였다.

물론 그녀 역시 사람들이 많은 장소가 불편한 건 맞았지만 그래도 어제의 광장처럼 사람들이 정신없이 북적이는 곳만 아니면 그럭저럭 견딜 만했다. 그렇지 않으면 이런 상태로 지금껏 학교를 다닐 수 있었을 리 없지 않은가.

"마침 여기 있는 비프스테이크가 먹고 싶기도 했고요."

"그래. 이왕 온 김에 맛있는 거 많이 먹자. 그렇지 않아도 우리 딸 얼굴이 반쪽이 되었어."

"더 먹고 싶은 게 있으면 뭐든 말하렴."

아리스가 군이 고집하자 그녀의 부모님도 더 이상 같은 말을 더 하지는 않았다.

아리스의 입장에서는 퍽 다행인 일이었다. 그렇지 않아도 부모님이 제대로 여행을 끝마치지 못한 채 급히 발길을 돌린 것이 마음에 걸렸던 차였다. 심지어 그들이 돌아온 이유는 그녀의 편지 때문이었다. 그런데 모처럼 가족끼리 모인 자리에서 또 그녀의 증상 때문에 외식조차 하지 못한다면 두고두고 마음이 쓰일 게 분명했다.

"그래도 여기는 다른 테이블하고 자리가 멀찍이 떨어져 있어서 다행이야."

지금 그들이 있는 곳은 비오스 거리에 있는 고급 레스토랑으로, 잔잔히 깔린 음악만큼이나 분위기가 편안하고 정적인 곳이었다. 과연 어머니의 말처럼 테이블들 간의 거리도 꽤나 큰 편이라 특별히 언성을 높이지 않는 한 대화 내용이 다른 사람들에게 들릴 일도 없었다.

"그래도 전망 좋은 창가 자리로 갈 걸 그랬어요."

그중에서도 특히 지금 아리스의 가족이 앉아 있는 곳은 가게에서도 구석진 자리에 속했다. 그들은 이 레스토랑의 단골에 속했고, 이곳에 올 때면 늘 창가 자리에 앉곤 했다. 오늘도 그들을 알아본 지배인이 평소처럼 전망 좋은 창가 쪽 자리로 그들을 안내하려 하지 않았던가.

하지만 오늘은 그녀의 부모님이 먼저 웃는 얼굴로 그것을 거절했다. 그리고 그 이유는 아리스 때문이 분명했다.

깊이 생각할 필요도 없이, 답은 뻔하지 않은가. 어제도 광장에서 어지러움을 느꼈던 그녀를 생각해 최대한 다른 사람과 접촉할 만한 일을 피하게 해 주려는 것이었다.

"어머, 아니야. 여기도 아늑해서 마음에 드는걸. 오히려 다음에도 종종 이 자리에 앉아야겠다고 생각하고 있었는데."

"그래. 그렇지 않아도 오늘은 우리 둘 다 조용히 있고 싶던 참이었어. 아리스, 너도 알다시피 가끔은 사람들 시선이 피곤하게 느껴질 때가 있지 않니."

그러니 그런 부모님이라면 이런 식으로 대답해 줄 것이란 사실도 이미 알고 있었다.

아리스는 어쩔 수 없이 설핏 웃고 말았다. 이래서 부모님 앞에서는 자꾸만 때늦은 어리광을 부리게 되는 것이다. 아무리 그러고 싶지 않아도, 그녀가 어리광을 부리면 또 그것을 다 받아 주리란 걸 알고 있으니

불쑥불쑥 제 안의 어린 마음이 고개를 들고 만다.

"그런데 오늘 시간 괜찮으셨던 거예요? 아빠는 이따가 또 병원에 나가 보셔야 하는 거 아니에요?"

"휴가가 아직 끝나지 않아서 괜찮아. 병원에도 미리 말해 뒀고."

"잘 됐지, 뭐. 너희 아빠도 이럴 때 아니면 언제 쉬겠어."

오늘도 괜히 그녀 때문에 부모님이 바쁜 와중에 시간을 낸 것이 아닌가 싶어 물었으나 그들은 오히려 잘 되었다는 듯이 말했다.

"그러고 보니 오늘 아침에 아버지한테 연락이 왔어요."

그러던 중, 어머니인 줄리아가 문득 생각났다는 듯이 화두를 옮겼다. 아리스도 그녀의 말에 귀를 쫑긋했다. 사시사철 만년설이 쌓인 이웃 나라 레쟌으로 얼마 전 겨울 낚시를 떠난 할아버지의 이야기였다.

"아주 재미있게 잘 지내고 계시다고, 다른 지역도 좀 더 돌다가 돌아오시겠다네요."

"즐거우시다니 다행이네."

아버지인 이안이 줄리아의 말에 한 차례 가볍게 웃었다. 아리스도 옆에 있던 물컵을 들어 올리며 미소 짓고 말았다.

그녀의 할아버지인 맥클라인 오거스티는 비오스 거리에서 취미 삼아 고서점을 운영하고 있었는데, 아직까지도 얼마나 정정한지 이웃사촌인 잡화점의 덴젤 할아버지와 함께 마음 내킬 때마다 방방곡곡으로 여행을 떠날 정도였다. 이번 겨울 낚시도 마찬가지였다. 아리스의 예상으로는 앞으로 최소 보름은 더 있어야 집으로 돌아오시지 않을까 싶었다.

사실 아리스는 그런 할아버지의 모습을 보고 부모님에게 여행을 권유했다. 좀처럼 둘만의 시간을 보내지 못한 부모님이 단란히 여행이라도 갔으면 했기 때문이다.

그런데 설마 자신이 그들의 여행길을 돌리게 만들 줄이야.

"맞아. 이번에 갔던 프로방스의 단풍길이 참 예쁘더라. 다음에는 셋이 가자. 아리스한테도 꼭 보여 주고 싶었어."

하지만 이미 저지른 일을 어쩌겠는가. 아리스가 계속 그 일로 울적해 봤자 괜히 부모님 마음까지 더 무겁게 만들 뿐이었다. 그녀는 아까부터 알게 모르게 계속 자신을 신경 쓰고 있는 부모님을 향해 웃어 보였다. 그러는 게 제일 좋은 방법이라는 것을 알고 있었기 때문에.

"주문하신 음식 나왔습니다."

때마침 웨이터가 왔기 때문에 분위기는 자연스럽게 환기되었다.

"그러고 보니 어제 만났던 다이젠 말이야."

하지만 잠시 후, 아리스는 줄리아의 입에서 흘러나온 이름에 한순간 멈칫하고 말았다. 어머니의 입에서 나온 익숙한 이름이 왜인지 낯설게 느껴진 탓이었다.

"가까이서 보니 정말 아르카노발 교수님하고 많이 닮았더라."

그녀는 어제 잠깐 보았던 다이젠이 꽤나 마음에 들었는지 호의적인 목소리로 말하고 있었다.

"맞아. 엄마도 레안 아르카노발 교수님 수업을 들으셨다고 했죠."

생각해 보니 그녀의 부모님 역시 론데 아사크앙의 졸업생이었다. 그리고 그 당시에도 레안 아르카노발은 역사 과목을 담당하고 있었다고 했으니, 이 학교에서 재직한 기간이 상당히 긴 셈이었다. 특히 어머니인 줄리아는 학창 시절 레안 아르카노발 교수의 수업을 몇 과목이나 신청해 들었다고 했다.

"전 그렇게 닮았는지 잘 모르겠던데. 교수님이 훨씬 멋있지 않아요?"

"내가 봤을 때는 완전히 판박이던데. 특히 눈매가 아주 똑같지 않니?"

"그건 그런 것 같기도 하지만……. 그래도 교수님이 열 배는 더 잘 생겼어요. 성격도 교수님이 스무 배는 더 좋을 걸요. 다이젠이 얼마나 까칠하고 재수 없는데요."

"그래? 어제 봤을 때는 애가 참 예의 바르고 착한 것 같았는데. 비오스 거리에서 학교까지면 그리 가깝지도 않은 거리인데 흔쾌히 널 업어 주기까지 하고. 그러고도 생색 한 번 내지 않았잖아."

아리스는 한순간 멈칫하고 말았다.

줄리아는 딱히 아리스를 탓하려는 의도로 그런 말을 한 것은 아니었다. 오히려 그것은 아리스의 말에 대한 순수한 궁금증에 가까웠다.

하지만 아리스는 어머니의 말에 다소 기분이 미묘해지고 말았다. 다이젠에 대해 박하게 평가하는 것은 지난 2년간 만들어진 습관 같은 것이었다. 그런데 이제 와서 거기에 작은 찜찜함이 생겨 버렸다.

어머니의 말처럼 바로 어제만 해도 그녀를 도와준 사람에 대해 그런 식으로 말하는 것은 잘못된 일인 것 같았다. 게다가 가만히 생각해 보면 지금까지 다이젠이 그녀에게 이렇게까지 야박하게 평가받을 만큼의 큰 실수나 엄청난 실례를 저지른 적이 있던가 싶기도 했다.

그리고 얼마 전 뜻하지 않게, 정말 조금도 예상하지 못하고 있던 다이젠의 속마음을 살짝 엿보기까지 해서 그런가……. 생각할수록 왜인지 마음 한구석이 묘하게 갑갑하고 찜찜한 기분이었다.

더군다나 그녀는 그의 그런 마음을 알면서도 오늘 오전에 에이드리안 앞에서 다이젠을…….

"그래. 사람에게는 여러 가지 일면이 있는 거니까 보는 사람마다 평가도 각자 다를 수 있지."

아리스가 무언가를 고민하는 것을 알았는지 곧 줄리아가 웃으며 그렇게 말했다. 딸의 혼란을 느끼고 다른 것을 더 묻지 않기로 한 것이 분명했다.

그때, 이안이 한 입 크기로 작게 잘라 놓은 스테이크의 접시를 아리스의 앞에 있던 것과 바꾸며 입을 열었다.

"내가 봤을 때는 아리스가 말한 게 맞는 것 같던데."

그는 앞에 놓인 접시 위의 고기를 또 잘게 썰며 말을 이었다. 그런데 그 말이란 것이, 다이젠을 '까칠하고 재수 없다'고 평한 아리스를 두둔하는 것이었다.

"아니, 어제 말도 몇 마디 안 해 보고서는?"

"당신도 몇 마디 안 해 봤잖아."

줄리아가 반박했으나 이안은 웃는 낯으로 말할 뿐이었다.

"다이젠 아르카노발이라고 했나. 물론 어제 우리 앞에서 퍽 예의 바르게 행동하긴 했지만, 글쎄. 줄리아, 당신 생각대로 그 아이가 아버지와 외모도 성격도 쏙 빼닮았다면 차라리 아리스의 말이 신빙성 있다고 봐야 하지 않을까. 요컨대 그 '약간의' 성격적 결함 말이야."

듣는 이로 하여금 상당히 헷갈리게 만드는 화술이었다. 내용만 봐서는 레안 아르카노발 교수와 다이젠을 안 좋게 말하는 게 분명했다. 하지만 매끄럽게 웃는 얼굴과 온화한 목소리 때문에 한순간 아리송해지고 마는 것이다. 게다가 아리스가 아는 평소의 이안은 다른 누군가를 험담하거나 좋지 않은 의도로 비꼬아 말하는 사람이 아니라 더욱 그랬다.

"아니, 지금 그게 무슨 말이에요? 레안 교수님한테 무슨 성격적 결함이 있다고. 우리 교수님이 겉은 좀 쌀쌀맞아도 속은 얼마나 따뜻한 분인데요. 당신도 다 잘 알면서 괜히 말로만 꼭 그러더라."

하지만 줄리아는 알겠다는 듯이 흐응 웃으며 다만 그렇게 말할 뿐이었다. 그런 그녀의 반응에 이번에는 줄리아의 앞에 있던 접시와 방금전까지 자신의 앞에 있던 접시를 바꾸던 이안이 웃는 얼굴 그대로 움찔 미간을 찌푸렸다.

"우리 교수님?"

모르긴 몰라도 그 말이 그의 심기를 불편하게 만든 것만큼은 확실한 것 같았다.

"에이. 그래도 당신하고 내 은사님인데 너무 그러지 마요. 당신도 좋아하잖아요, 레안 아르카노발 교수님."

"좋아하다니, 누가 누구를. 당신이 오해하는 것 같은데."

"지금이야 다들 시간이 안 나서 그렇지만 그래도 전에는 해마다 찾아뵙고 그랬잖아요?"

"그건 당신이 원했으니까 그렇지."

그쯤 되자 아리스도 지금 눈앞에서 일어나고 있는 일을 대강이나마 이해할 수 있었다.

으음. 아무래도 어머니가 학창 시절 레안 아르카노발 교수님을 짝사랑하던 때가 있었다는 게 진짜인가 보다. 그러니까 평소 자상하고 다정한 아버지가 레안 아르카노발 교수님의 일에 저렇게 예민하게 반응하는 거겠지. 어쩐지 어제도 다이젠을 보면서 묘하게 눈빛이 날카롭다 싶더니, 그럼 그 이유도 다이젠이 레안 교수님 아들이어서인가?

"아리스. 식기 전에 먹자. 아빠가 잘라 줘서 더 맛있겠다, 그렇지?"

뭐, 어머니인 줄리아나 딸인 아리스나 똑같이 레안 아르카노발 교수를 좋아하는 것을 보면 모녀의 취향이 참으로 일관적이기도 했다.

아리스는 어머니와 아버지가 그 후로도 작게 투닥거리는 것을 흥미롭게 지켜보았다.

"그러고 보니 아리스. 에이드리안은 요즘 잘 지내니?"

한참 아버지를 놀리던 어머니가 문득 생각났다는 듯 물어오기 전까지는.

바로 그 순간 포크를 들고 있던 아리스의 손이 허공에서 멈추어졌다. 그런 아리스의 모습을 이안의 눈동자가 기민하게 포착하는가 싶었다.

"아……. 에이드리안이요?"

아리스의 목소리는 평소와 같았지만 그녀의 눈동자는 약간 당황해서 흔들리고 있었다.

그녀는 에이드리안과 헤어진 사실을 부모님에게 아직 말하지 않고 있었다. 딱히 숨기려는 의도는 아니었고, 그저 어쩌다 보니 말할 기회가 없었기 때문이었다. 그리고 솔직히 말하자면 에이드리안과 끝이 안 좋게 끝난 것을 부모님에게 굳이 알리고 싶지 않기도 했다.

"네, 잘 지내고 있어요."

"그래?"

아리스에게서 이상한 낌새를 느꼈는지 줄리아도 그저 그렇게만 말할 뿐 에이드리안에 대해 다른 것을 더 묻지는 않았다. 아리스는 잠깐 뜸을 들이다가 그냥 사실대로 밝히기로 마음먹은 뒤 쉽게 떨어지지 않는 입을 열었다.

"음. 실은 얼마 전에 헤어졌어요."

공개적으로 하는 연애는 이런 점이 안 좋구나 싶었다. 처음 부모님에게 에이드리안과의 교제 사실을 알릴 때만 해도 이런 상황은 상상조차 하지 않았는데. 하기야 처음부터 이별을 염두에 두고 상대방과 사귀기 시작하는 사람이 어디 있겠느냐만은.

"차라리 잘 된 것 같아요. 그게, 성격이 맞지 않는 부분이 조금 있었거든요."

법정에서 이혼 사유에 대해 말할 때 부부가 주장하는 1순위가 '성격적 차이'인 이유를 알 것만 같았다. 물론 모든 사람들이 지금의 그녀와 비슷한 경우인 것도, 또 지금의 그녀와 같은 마음인 것은 아닐 테지만.

어쨌든 아리스는 그녀의 갑작스러운 고백에 부모님이 놀란 듯이 잠깐 멈칫하는 틈을 타서 먼저 그들의 말문을 막아 버렸다.

"서로 충분히 상의하고 깨끗하게 정리했어요. 전 아무렇지도 않으니까 걱정하실 것도 없고요."

그런 뒤 입꼬리를 올려 미소 짓는 아리스의 얼굴은 방금 전과 다름없이 태연해 보였다. 하지만 그 속까지 그렇지는 않다는 것을 꿰뚫어 보지 못할 이안과 줄리아가 아니었다.

"그래. 어떤 일이든 만남이 있으면 헤어짐도 있는 법이지."

그러나 아리스가 그 일에 대한 자세한 내막을 밝히고 싶어 하지 않는 것을 알았기 때문에 그녀가 원하는 대로 모른 척해 주기로 했다.

"네가 괜찮다면 그걸로 됐다. 지나간 인연에는 길게 신경 쓰지 않는 게 좋아."

"맞아. 앞으로 더 좋은 만남들이 많을 테니까."

"이제 와서 하는 말이지만, 사실 아빠는 그 애가 썩 마음에 차지 않았단다."

"아니, 설마 그거 비밀이었어요? 볼 때마다 그렇게 마음에 안 드는 티를 냈으면서? 그리고 당신은 누가 와도 못마땅해 할 거잖아요."

"당연한 거 아니야? 누가 상대라 해도 우리 딸이 아까운데."

이안이 너무 당연하다는 듯이 담담히 말해서 아리스는 방금 전까지 기분이 침체되었던 것도 잊고 그만 피식 웃고 말았다.

아. 이제 보니 다이젠이 레안 아르카노발 교수님의 아들이라 싫었던 게 아니라, 그냥 그녀의 옆에 있어서 마음에 들지 않았던 건가 보다. 예전부터 참 과보호라고 생각했지만 그게 싫지 않다는 게 어쩌면 아리스의 문제점인지도 몰랐다.

가족들과의 식사 시간은 그렇게 평온하게 흘러갔다. 식당을 나올 때쯤, 아리스는 언제 기분이 저조했었냐는 듯 말끔한 기분이었다.

"아리스, 수업에는 늦지 않겠니?"

식사를 마치고 자리에서 일어날 때, 이안이 줄리아에 이어 아리스에게도 직접 코트를 입혀 주었다. 겉옷 아래 눌린 머리카락까지 부드럽게 꺼내 주는 손길이 이런 일에 퍽 익숙한 것처럼 보였다.

"지금 가면 딱 맞을 것 같아요."

"그럼 나가자."

거의 룸 형식으로 사방이 가려져 있던 자리에서 벗어나자 여지없이 사람들의 시선이 따라붙었다. 외모에서부터 상당히 화려한 가족이었기 때문에 그들은 어디를 가나 손쉽게 타인의 관심을 끌고는 했다. 하지만 이미 그런 일이 익숙하기 때문인지, 세 사람 중 누구도 다른 사람들의 시선을 크게 의식하지 않았다.

"아리스, 그럼 주말에 보자."

"그때까지 잘 지내고. 무슨 일 있으면 바로 연락해."

부모님은 괜찮다고 하는 아리스를 끝내 학교 정문까지 데려다 주었다. 어차피 휴가도 냈겠다, 시간이 남아돌아 주체를 못한다는 이유였다. 아리스도 그것이 싫은 것은 아니어서 못 이긴 척 학교까지 동행하고 말았다.

"네. 엄마, 아빠도 조심해서 가세요."

이제 막 점심시간이 끝날 무렵인지 건물로 들어가기 시작한 학생들 틈에 섞여 아리스도 걸음을 옮겼다.

이안과 줄리아는 그런 딸의 모습을 웃는 낯으로 지켜보았다.

"당신, 지금 무슨 생각해요?"

"당신이랑 같은 생각."

부부가 입을 연 것은 딸의 모습이 건물 안으로 완전히 사라진 직후였다. 줄리아가 지나가듯 물은 말에 이안이 담담히 대답했다. 미소 띤 그들의 얼굴은 고요했으나 두 명 다 눈빛만큼은 그렇지 않았다.

"아무래도 좋게 헤어진 게 아닌 것 같은데."

"아리스가 그런 표정을 짓게 만들다니. 아무래도 그 라인츠버그의 애송이가 내 경고를 우습게 알았나 봐."

이안의 입가에 서늘한 미소가 떠올랐다.

그가 말하는 경고라 하면 아버지들이 딸의 남편 혹은 딸의 남자 친구에게 흔히 하는 것으로, 간략히 말하자면 '내 딸 눈에서 눈물이 나면 네 놈 눈에서는 피눈물이 날 것이다' 하는 것과 일맥상통했다.

물론 이안은 아리스의 남자 친구였던 에이드리안에게 저런 식의 과격한 언사를 꺼낸 적이 없었지만 어쨌든 아리스 몰래 이와 비슷한 말을 했던 적은 있었다. 그리고 그때 에이드리안은 잠깐 동안 당혹감과 멋쩍음이 뒤섞인 표정을 짓다가, 곧 결의 어린 눈빛을 보이며 '걱정 마시라'는 대답을 했다. 그 얼굴이 의외로 꽤나 믿음직스러워 보였기 때문에 이안도 그 후 에이드리안을 암묵적으로나마 딸의 남자 친구로 인정했던 것인데.

그런데 방금 전 식당에서 아리스가 에이드리안과의 결별 소식을 전하며 보인 표정은 도대체 무엇이란 말인가?

그들의 이별에 중대한 원인이 된 것은 에이드리안이 분명하다는 것이 부부의 공통된 생각이었다.

그리고 비록 팔이 안으로 굽은 생각이기는 했지만 그것은 정답이었다.

"아리스의 눈이 이렇게 된 시기와 에이드리안의 일이 겹치는 것 같아서 그것도 신경 쓰이고."

"뭐, 관련이 있는지 없는지는 조사해 보면 알게 되겠지."

딸에게는 한없이 자애로운 빛만을 띠던 얼굴에 스산한 미소가 깔렸다.

그들은 외동딸인 아리스를 아끼는 만큼 그녀의 사람들에게도 관대했으나 그 대상이 딸을 울린 사람이라면 이야기가 달랐다. 아마도 지금 그들의 싸늘한 눈동자를 보았다면 에이드리안은 당장에 깜짝 놀라 주춤 뒷걸음질 치고 말았을 것이다.

어쩔 수 없는 팔불출인 두 사람은 누가 부부 아니랄까 봐, 같은 생각을 하며 학교로부터 발길을 돌렸다.

"아리스가 모르게 해야 해요."

"당연한 소리를."

꽃길만 밟아야 할 우리 딸의 평온을 방해하는 나쁜 놈이 있다면 그게 누구라 해도 눈앞에서 모조리 박멸해 버리리라.

물론 에이드리안이 알았다면 사색이 되었을 이야기였다.

7. 아리스의 동요

"그러니까 괜찮으면 나랑 사귀지 않을래?"

오늘은 날씨가 무척 좋았다.

하늘에는 솜사탕 같은 뭉게구름이 둥실둥실 흘러가고 햇볕은 딱 따스하게 느껴질 정도로만 부드러운 온기를 띠고 있었다. 머리 위에서 쩍쩍거리는 소리가 들리는 것을 보니 참새라도 지나가고 있나 보다.

"에이드리안보다 잘해 줄 자신 있는데."

그런 와중에 아리스는 새삼스러운 감회에 젖어 있었다.

눈앞에는 꽤나 호감형인 단정한 외양의 남학생이 약간의 긴장감을 품은 얼굴로 아리스를 바라보고 있는 중이었다. 그는 오다가다 몇 번 얼굴을 본 적 있는 한 학년 위의 남학생이었다.

아, 그러고 보니 교무실에서 짧게 이야기를 나눈 적이 있는 것 같기도 하고. 그리 중요한 대화는 아니었고 그냥 교수님 심부름으로 왔는데 장부들을 정리해 놓은 곳이 어디냐, 뭐 그런 내용의 이야기를 잠깐 나누었던 것 같다.

어쨌든, 이런 식의 고백은 상당히 오랜만이어서 아리스는 짧은 시간이지만 묘한 감상을 느끼고 말았다. 그야, 에이드리안과 교제하게 된 사실이 교내에 퍼지고 나서는 남학생들이 이렇듯 대놓고 고백해 오는 일이 드물었으니까.

물론 틈새시장을 노리는 학생들이 아예 없는 건 아니어서 지난 일 년간 고백 받은 일이 전혀 없지는 않았고, 또 개중에는 그냥 자신의 마음을 전하는 것만으로 만족하는 사람도 있기는 했다.

어쨌든 그때나 지금이나 대답하는 방식이 약간 다를지언정 아리스의 결정은 같았다.

"마음은 고맙지만, 죄송해요. 전 지금 누구를 사귀거나 할 마음이 없어서요. 아마 한동안은 계속 그럴 것 같네요."

깔끔한 거절에 남학생은 바로 알겠다는 듯이 반응했다. 그 얼굴에 실망감은 깔려 있었지만 짙지는 않았다. 아리스의 대답을 이미 어느 정도 예상하고 있었던 것 같았다.

다행스럽게도 그가 금세 수긍하고 돌아설 것 같아 아리스도 안심이 되었다. 그야, 이미 고백을 거절당하고도 끈질기게 달라붙는 사람을 상대하는 건 굉장히 피곤하지 않은가. 더군다나 오늘은 날씨도 이렇게 좋은데 말이다. 그런 의미에서 이렇게 깔끔하게 상황을 받아들이는 것을 보자 남학생의 호감도가 방금 전보다 약간 더 올랐다.

그러고 보니 지금 그들이 서 있는 곳은 다이젠이 고백 받던 단골 장소였다. 도서관 뒤뜰은 주로 여자애들이 남자애한테 고백할 때 많이 쓰이는 곳인 줄 알았는데. 지금까지 그녀가 열람실에서 의도치 않게 보게 된 장면들에서도 그랬고 말이다.

"그래. 왠지 그럴 것 같았어. 네가 한 학년 아래의 다이젠 아르카노발하고 사귄다는 소문도 있지만 난 그것도 안 믿었거든."

그러던 중 갑자기 지금 막 생각하고 있던 사람의 이름이 튀어나와서 아리스는 조금 떨떠름한 기분이 들고 말았다. 소문을 믿지 않은 건 잘한 일이라고 해 주고 싶었지만 이런 상황에서 굳이 그 이름을 꺼낼 건 또 뭔가 싶었다. 게다가 다이젠은 지난 주말 이후 그녀의 앞에 코빼기도 내비치지 않고 있었는데 말이다.

"한동안은, 이라는 건 그럼 나중에는 마음이 변할 수도 있다는 건가?"

"그거야 모르는 일이죠."

아리스는 콧잔등을 약간 찌푸린 채로 애매하게 웃으며 답했다.

"하긴, 그건 또 그렇지. 오늘 시간 내줘서 고마웠어. 교내에서 만나면 인사할 테니까 괜찮으면 아는 척해 줘."

그래도 그는 아리스의 기분을 상하게 할 만한 다른 말을 더 꺼내지는 않고 마지막 인사말을 남긴 뒤 깨끗하게 뒤돌아섰다.

아리스는 멀어지는 뒷모습을 보며 손을 들어 바람에 흩날리는 머리카락을 그러잡았다. 오늘따라 날씨가 좋다 했더니, 간만에 받은 고백 역시 깔끔하게 해결되었다. 간혹 가다 고백을 거절해도 질척하게 나오는 사람이 있어 곤욕을 치렀던 것을 생각하면 오늘은 운이 좋았다.

자, 그럼 이제 뭘 한다지. 기껏 도서관 뒤뜰까지 온 김에 안에 들어가서 책이나 빌려 갈까? 아니면 그냥······.

끼익.

그렇게 아리스가 앞으로의 일정에 대해 할 일 없이 생각하고 있을 때, 문득 창문에서 나는 녹슨 쇳소리가 귓가를 울렸다. 그녀는 소리가 나는 방향으로 고개를 돌렸다가 그만 흠칫 놀라고 말았다.

"헉."

그녀가 가끔 찾곤 하는 4번 열람실의 창문이 반쯤 열려 있는 것은 그렇다 쳐도, 그 밖으로 불쑥 튀어나와 있는 저 팔뚝은 도대체 무엇이란 말인가? 게다가 저 위치라면, 딱 아리스가 발견한 책상과 의자가 있는 곳이 아니던가?

4번 열람실 자체도 학생들이 잘 찾지 않는 곳인 데다 특히 저 자리는 눈에 띄지 않는 구석에 숨어 있어 아리스가 발견한 것도 요행이었다. 그녀 외에 저곳을 알고 있는 사람이 또 있는 걸까?

물론 그럴 수도 있었다. 어쨌거나 도서관은 공공장소였으니까. 하지만 그녀는 저 자리를 이용하는 사람을 한 번도 본 적이 없었다. 적어도 그녀가 재학 중인 동안에는 그랬기 때문에 어쩔 수 없는 호기심이 들었다. 게다가 마치 지금껏 혼자만 알고 있던 비밀 장소를 다른 사람에게 빼앗긴 것 같은 불만도 몽글몽글 샘솟기 시작했다.

끼익, 끽.

그러는 동안에도 창문은 계속해서 작은 소리를 내며 흔들리고 있었다. 저렇게 창문 밖으로 팔만 삐죽 나와 있는 걸 보면 아무래도 책상 위에 엎드려 있는 것 같은데? 어쩌면 햇볕도 좋고 하니 책을 보다가 졸고 있을 수도 있겠다는 생각이 들었다.

짹짹짹.

머리 위에서 다시 한 번 새가 지저귀는 소리가 들렸다. 아리스는 푸릇한 잔디 위를 살금살금 걸어갔다. 그녀의 비밀 장소에 침투한 사람이 누구인지 얼굴만 확인하고 갈 요량이었다.

하지만 어느 정도 창가에 가까워졌을 때, 아리스는 그만 맥이 풀려 다소 허탈하게 입을 열고 말았다.

"아, 뭐야. 너 여기서 뭐해?"

흔들리는 창문에 가려져 있던 상아색 머리카락이 햇빛을 받아 반짝반짝 빛났다. 심지어 그는 자고 있던 것도 아니어서, 아리스는 책상 위에 한쪽 팔을 뻗고 엎드린 채 두 눈을 말똥히 뜨고 있는 다이젠을 시야에 담을 수 있었다.

그 상태로 그는 눈동자만 슬쩍 움직여 아리스를 올려다보며 지나가듯 툭 말했다.

"보면 몰라? 일광욕하잖아."

다이젠의 시선이 아리스를 향하는 순간 기다렸다는 듯이 붉은 꽃이 화악 피어났다. 코끝에 감도는 이 달콤한 향기를 그녀가 모를 수는 없었으니, 적어도 다이젠은 방금 전까지 창밖을 보지 않고 그냥 엎드려 있기만 했던 것이 분명했다.

하지만 그가 내뱉은 말에 아리스는 어처구니가 없어 코웃음을 치고 말았다.

일광욕? 일광욕이라고? 일광욕은 개뿔. 도대체 어느 누가 일광욕을 실내에서 한단 말인가? 그것도 하필이면 많고 많은 장소 중에서도 이 신성한 도서관에서?

물론 보아하니 마치 맞춘 듯이 햇빛이 딱 다이젠의 머리 위에만 한 움큼이 고여 있기는 했다. 게다가…… 음. 그 햇살을 정통으로 받고 있는 꽃도 상당히 기분이 좋아 보이고…….

아니, 하지만 고작 저 정도의 햇빛을 가지고 일광욕을 하고 있다고 당당히 말하기에는 굉장히 이상하지 않나?

"일광욕을 하려면 잔디에나 엎어져 있을 것이지 왜 남의 자리를 차지하고 앉았어?"

"선배가 이 자리에 전세 냈어?"

그러자 책상 위에 느른하게 엎어져 있던 다이젠이 삐딱하게 웃으며 그녀의 말에 반박했다. 하지만 그 정도는 늘 있어 왔던 일이라 아리스도 그저 콧방귀를 뀌며 뻔뻔하게 말할 뿐이었다.

"몰랐어? 거기 내가 오래 전부터 침 발라 놨어."

'그러니까 탐 내지 마!'라는 의미였다. 사실 본인이 자각이 없어 그렇지 아리스는 독점욕이 은근히 강한 편이었다.

아리스가 팔짱을 끼며 호기롭게 선언한 말을 듣고 다이젠은 한 차례 어깨를 들썩이며 픽 웃었다.

사실 그는 지난번 이곳에서 아리스를 만났을 때 창문 앞에 책상이 있던 것을 떠올리고 방과 후 할 일 없이 도서관에 들른 것이었다. 그리고 자리에 앉아 문득 창밖을 보니 날씨는 좋고 주위는 조용하고……. 왜 아리스가 이 자리를 선택했는지 알 수 있을 것만 같은 기분이었다.

어찌 되었거나 그래서 다이젠은 잠깐 눈이나 붙일까 싶어 책상에 엎드렸던 것인데……. 설마 하니 아리스가 누군가에게 고백 받는 것을 듣게 될 줄은 꿈에도 몰랐다. 하지만 다이젠은 지금 여기에서 그녀를 아는 척할 마음은 없었다.

그런데 하필이면 그때 바람이 불어와 창문이 흔들릴 것은 또 뭐란 말인가? 마치 누군가가 일부러 이런 상황을 만들기라도 한 것처럼 작위적으로까지 느껴지는 타이밍이었다.

아무튼 그런 이유로, 그들은 지난번 있었던 상황의 정반대 같은 일을 지금 겪고 있는 것이었다.

"난 지난번에 아리스 선배가 여기에 있던 게 생각나서 한번 와 본 건데 역시 명당은 명당이야. 오늘은 내가 재미있는 구경을 다 하고."

다이젠이 엎드려 있던 몸을 부스스 일으키며 하는 말에 아리스가 눈매를 꿈틀거렸다. 그가 말하는 '재미있는 구경'은 방금 전 그녀가 고백을 받은 것을 말하는 게 분명했다. 이미 그럴 것이라 짐작하고 있긴 했지만 역시 다 들은 모양이다.

어쩐지 두 눈을 말똥말똥 뜨고 있더라니. 책상에 엎드려 있던 김에 그냥 자는 척을 할 수도 있었을 텐데 그러지 않는 게 과연 다이젠다웠다.

"그럼 너도 관람료 내. 넌 왜 몰래 엿 들어 놓고 민망해하지도 않아?"

아리스는 지난번에 다이젠이 했던 말을 떠올리며 그의 뻔뻔함을 타박했지만 다이젠은 오히려 그녀의 속을 뒤집는 말을 했다.

"아, 아리스 선배 그때 민망했구나? 그래서 숨은 거였어? 말을 하지."

"아니거든? 내가 왜 민망해 해야 해? 난 그냥 보여서 본 것뿐인데!"

"나도 그냥 들려서 들은 건데 그럼 민망해 할 필요 없겠네."

아리스는 잠깐 할 말을 잃고 말았다.

눈앞에 있는 얄미운 얼굴을 보자 말려들었구나 싶었지만 그런 티를 낼 수가 없었다. 물론 그녀가 티를 내지 않으려 애쓴다는 걸 다이젠은 이미 알고 있을 것이었지만 어쨌든!

"난 가끔 너를 좀 때리고 싶더라."

"참아. 나 비싸."

다이젠은 저런 재수 없는 소리도 낯간지러운 줄 모르고 참 뻔뻔스럽게 꺼내 놓았다.

그러다가 아리스는 문득 다이젠이 그녀를 편하게 대하고 있다는 사실

을 깨닫고 표정을 약간 변화시켰다. 비오스 거리에서 우연히 만나기 전
까지만 해도 그는 되도록 그녀의 얼굴을 똑바로 마주하지 않았었다.

하지만 지금은 창문과 벽에 가로막혀 서로에게 일정 거리 이상 다가
갈 수 없는 환경이 조성되었기 때문일까? 얼마 전까지만 해도 약간 서
먹하던 것이 마치 거짓말 같았다.

게다가 그녀의 부모님 덕분에 지난 주말에 헤어질 때만 해도 잠시 잊
고 있기는 했지만, 바로 오늘 아침까지만 해도 아리스는 다이젠을 보면
무슨 말을 해야 할지 조금 고민하고 있었다. 비록 다리를 다쳤기 때문
이라고는 하나, 다이젠에게 업힌 채 학교까지 왔던 동안의 기억은 아리
스에게도 작지 않은 동요를 이끌어 냈기 때문이었다.

"나 발목 거의 다 나았어."

그런데 어째서일까. 다이젠이 며칠째 그녀의 앞에 머리카락 한 올 비
추지 않는 동안 그녀의 감정은 약간 다른 종류의 것으로 변화해 버렸
다. 원래는 '고맙다'는 말을 하려고 했으나 저도 모르게 다른 말을 먼저
꺼내게 된 것도 그런 이유에서였다.

"그래 보이네."

다이젠 역시 그녀에게 다행이라거나 하는 말을 할 법한데 그러지 않
았다.

"다이젠 너 말이야. 어떻게 그러고서 며칠째 한 번도 얼굴을 안 비추
니? 지금 주말에 보고 처음 만나는 거 알아? 괜찮냐고 한 번 물어 보기
라도 할 줄 알았더니."

물론 다이젠에게 그럴 의무가 없다는 것은 알고 있었다. 그런데 그가
얼굴 한 번 보이지 않던 지난 며칠간 자꾸만 그런 생각이 꿈틀꿈틀 고
개를 드는 것을 어쩌겠는가. 그래도 다이젠은 주말에 그녀가 다친 것을

직접 보기까지 한 사람이었는데. 의무실에 꼭 가 보라는 말까지 했으면서. 그런데 치료를 했는지 안 했는지 확인도 안 하다니, 무책임하게.

지금도 그러고 싶지 않은데 모처럼 자신의 눈을 똑바로 마주하고 있는 다이젠을 보니 그런 마음이 또 다시 생겨났다.

다이젠은 그녀에게 뜻밖의 말을 듣기라도 한 것처럼 잠깐 동안 아무 말도 하지 않았다. 무슨 생각을 하는지 모를 붉은 눈동자가 조용히 아리스를 응시했다. 잠시 후 그가 내뱉은 말은 아리스로서도 미처 예상치 못한 것이었다.

"나 아니어도 걱정해 줄 사람 많잖아."

그런 말을 하는 다이젠의 표정은 미묘했다. 그는 조금 난처한 것 같기도 했고, 약간의 당혹감을 느끼는 것 같기도 했다. 아리스는 지금 그가 한 대답이 핵심이 아니라, 본질을 살짝 비껴간 말 같다고 생각했다. 어쩌면 단순히 지금의 상황을 모면하려고 하는 소리 같기도 했기 때문에 아리스는 그냥 솔직히 헛웃음을 지으며 말했다.

"그게 무슨 '어제 밥 먹었으니까 오늘은 안 먹어도 돼' 같은 소리야?"

그러자 이번에는 다이젠이 헛웃음을 내뱉었다. 아리스가 그렇게 말하니 또 방금 전 자신이 한 말이 이상했던 것 같기는 하다는 반응이었다.

다이젠은 이번에도 입을 꾹 다물고 아리스를 올려다보았다. 그는 그 상태로 잠시 동안 미동이 없었으나 머리 위의 꽃은 창 밖에서 날아드는 바람이 잠잠해진 뒤에도 계속해서 느리게 흔들리고 있었다.

그런 상태로 다이젠이 천천히 입술을 열었다.

"그럼 아리스 선배는 나한테도 걱정 받고 싶어?"

나지막한 물음이 스쳐 지나간 순간 '어라?' 싶었다.

방금 전 다이젠의 대답을 들었을 때와 왠지 좀 비슷한 느낌이 들었다. 하지만 그녀가 그에게 말하고 싶었던 게 저것인지 아닌지, 본인 스스로조차 명확히 알 수가 없었다. 혹시 방금 전의 다이젠 역시 그랬던 걸까?

'아니'라고 답하려니 그건 본심이 아닌 것 같았고, '그래'라고 답하려니 목구멍에 무언가가 걸린 것처럼 말이 나오지 않았다.

결국 아리스는 자신을 물끄러미 바라보고 있는 사람에게 에둘러 두루뭉술한 대답을 꺼내 놓았다.

"뭐어, 네가 정 나를 걱정해 주고 싶다고 하면 그걸 굳이 말릴 생각은 없는데 말이야. 게다가 어쨌든 넌 내 발목의 위중함을 제일 먼저 발견한 사람이니까 나중에라도 괜찮냐는 말 한마디는 물어 보는 게 맞는 거…… 아닌가?"

일단 말해 놓고 보니 어딘가 좀 속이 보이는 것도 같았지만 어쨌거나 다이젠은 그녀의 말에 수긍했다.

"그건 또 그렇네. 다음에는 꼭 찾아가서 물어 볼게."

그런데 기분 탓인가, 어쩐지 그렇게 말하는 목소리가 웃음을 참는 것처럼 약하게 떨리는 것 같기도 하고? 꽃이라도 봐서 다이젠의 상태를 알고 싶었지만 지금의 그는 시선을 내리고 있었기 때문에 아리스는 작은 봉오리만 시야에 담을 수 있었다.

"그런데 너, 나 피해 다녔지?"

꽉 다물린 봉오리를 못마땅하게 바라보다가 그녀는 불쑥 물었다.

"그렇지 않고는 며칠 동안 이렇게 감쪽같이 안 보일 리가 없어."

그것은 거의 확신이었다. 이 좁은 교내에서 오다가다 얼굴 한 번 마주치지 않는 게 어디 가능한 일이던가? 게다가 하루도 아니고 며칠 동안이나 내내.

"되도록 안 마주치려고 하긴 했지."

의외로 다이젠은 쉽게 인정해 왔다.

"아니, 도대체 왜?"

"그걸 나한테 물어 봤자. 소문 못 들었어?"

"무슨 소문……."

거기까지 이야기했을 때, 퍼뜩 뇌리를 스치는 것이 있었다.

"아리스, 너 다이젠하고 사귀는 거 맞아?"

날개 돋친 듯 암암리에 교내 구석구석까지 퍼져 나갔던 뜬구름 같던 바로 그 소문. 지금 다이젠이 말한 게 설마 그것일까? 게다가 방금 전에도 그에 관련된 소리를 듣지 않았던가.

"네가 한 학년 아래의 다이젠 아르카노발하고 사귄다는 소문도 있지만 난 그것도 안 믿었거든."

아무래도 그것이 맞는 것 같았다. 하지만 그렇다고 한다면 한 가지 의문이 생긴다. 아리스는 의아한 눈길로 다이젠을 쳐다보며 물었다.

"너 그런 거 신경 써?"

"난 안 쓰지."

역시 다이젠은 콧방귀를 뀌며 대번에 아리스의 의혹을 부정했다.

하지만 그 말은 즉, 다이젠은 그런 소문을 신경 쓰지 않지만 아리스가 신경 쓸 것을 생각해 되도록 교내에서 마주치지 않으려 했단 의미였다. 아리스는 이 사실을 기특하게 여겨야 할지 말아야 할지 헷갈리는 기분이 되어 버렸다.

하지만 다시금 다이젠이 두 눈으로 그녀를 응시하고, 그와 동시에 또한 번 눈앞에서 활짝 피어난 꽃을 시야에 담자 저도 모르게 충동적으로 손이 움직이고 말았다.

사락.

아리스는 창틀에 한 손을 대고 다른 쪽 팔을 앞으로 뻗었다. 그러자기다란 은빛 머리카락이 창문 안쪽으로 새어 들던 햇빛을 머금고 희게 반짝였다. 다이젠이 그녀의 행동을 미처 예측하지 못한 듯 자리에서 움직이지 않고 있었기 때문에 일은 한결 수월했다.

손끝에 보드라운 꽃잎이 닿은 순간 기다렸다는 듯이 향기가 짙어졌다. 이번에도 아리스의 손길을 반가워하고 있다는 것이 여실히 드러나는 반응이었다.

원래 아리스의 목표는 다이젠의 머리 위에 있는 꽃이었으므로 애초에 생각했던 대로 그것을 계속 쓰다듬어 주는 것이 맞았다. 분명 그랬을 터인데…….

살랑.

어째서인지 아리스는 다음 순간 꽃이 아닌 다이젠의 머리를 직접 손으로 만지고 있었다. 바로 며칠 전 주말에도 이런 식으로 만진 적이 있었기 때문인지 손 안에서 느껴지는 감촉이 낯설지 않았다. 꽃잎과는 다른 느낌이지만 꽃잎만큼이나 보드라운 머리카락이 그녀의 손 안에서 사르륵 흘러내리며 모양을 헝클어뜨렸다.

잠깐 동안은 완전히 시간이 멈춘 것 같았다.

숨소리 하나 들리지 않는 적막한 공간에서 오직 아리스의 등 뒤로 흘러드는 하얀 햇살만이 소란스러웠다.

드르륵! 덜컹!

하지만 바로 다음 순간 정적이 깨졌다. 의자가 거칠게 뒤로 끌리는 소리가 고막을 찌른 직후, 성급한 움직임을 감당하지 못한 책상이 자리에서 얕게 들렸다가 떨어지는 소리가 뒤이어 울렸다.

어느덧 아리스의 손은 허공에 걸려 있었고, 방금 전까지 그녀의 앞에서 숨을 죽이고 있던 사람은 저 뒤쪽으로 성큼 물러나 있었다.

"뭐야……."

흔들림을 감추지 못한 목소리가 부유하는 먼지 속을 맴돌았다.

"지금 뭘 한 거야."

아리스는 자신의 손길을 피해 달아난 것이 분명해 보이는 이를 약간 크게 뜬 눈으로 바라보았다. 그리고 마주한 눈동자가 방금 전 흘려 보낸 목소리만큼이나 엉망으로 흔들리고 있는 것을 발견하고 마찬가지로 당황해서 두 눈을 깜빡이고 말았다.

아니, 저 얼굴을 보면 마치 자신이 작고 연약한 토끼를 사냥하는 맹수라도 된 것 같지 않은가?

아리스는 갑자기 자리에서 벌떡 일어나 뒷걸음질 친 다이젠을 보며 그때까지도 허공에 붕 떠 있던 손을 머쓱하게 내렸다.

"아니, 난 그냥……. 왠지 칭찬해 줘야 할 것 같아서."

그 말에 다이젠은 어떤 반응을 보여야 할지 미처 모르겠다는 듯이 표정을 여러 가지로 변화시키다가, 이내 '하!'하고 메마른 웃음을 터트렸다. 그것을 보자 아리스는 왠지 방금 전 자신이 그에게 중대한 실수라도 저지른 것 같은 기분이 들어 버렸다.

입술을 꾹 다물고 여전히 동요를 감추지 못한 눈으로 그녀를 바라보던 다이젠이 이윽고 휙 몸을 돌린 채 그대로 자리를 떠났기 때문에 더욱 그랬다. 심지어 그 마지막 걸음까지도 마치 그녀에게서 도망이라도 치는 듯한 모양새였다.

졸지에 창밖에 덩그러니 홀로 남겨진 아리스는 당연하게도 몹시 곤혹스러운 마음이 되고 말았다.

아니, 도대체 내가 지금 왜 다이젠 머리를 쓰다듬었지? 그리고 쟤는 왜 이렇게까지 유별나게 반응하는 거지?

방금 전 다이젠의 머리카락에 닿았던 손을 한 번, 또 지금 막 다이젠이 사라진 책장 너머를 한 번. 그렇게 몇 번이나 번갈아 쳐다보던 아리스는 결국 다이젠 못지않게 이상한 표정을 지으며 뒤돌아서고 말았다.

쩍쩍.

그 와중에도 머리 위에서는 얄궂도록 맑은 새 울음소리가 울려 퍼지고 있었다.

* * *

"비슷해 보이긴 하지만 이것도 아닌 것 같은데."

아리스는 기숙사 방에서 또 식물도감을 뒤적이고 있었다. 사람들의 머리 위에 달린 알록달록한 골칫거리를 보게 된 후부터 이렇게 틈날 때마다 식물도감을 찾아보는 것이 그녀의 취미가 되었다.

지금 그녀가 찾고 있는 것은 다이젠의 꽃으로, 꽃잎의 모양이나 색깔이 비슷한 것을 발견해 한동안 주의 깊게 살펴보고 있던 참이었다. 하지만 자세히 뜯어본 결과 외양이 조금 비슷할 뿐 동일한 꽃은 아니라는 결론을 내릴 수 있었다.

아리스는 식물도감을 그대로 펼친 채 배 위에 뒤집어 덮어 놓았다.

책이 꽤나 두툼하기 때문인지 배 위에 묵직한 무게감이 더해져 짓눌리는 것이 느껴졌다. 하지만 무겁기로 친다면 지금 그녀의 머리를 이기지 못할 것이었다. 속에서 이런저런 상념들이 휘몰아치고 있기 때문인지 머리에 미약한 두통이 일기 시작했다.

"아리스, 졸려?"

"그냥 좀 피곤해서."

책상 앞에 앉아 손톱을 다듬던 리즈벳이 침대에 누워 눈을 감고 있는 아리스를 보더니 알만하다는 표정을 지었다. 같은 방을 사용하고 있기 때문에 그녀 역시 아리스가 쉴 때마다 무엇을 하는지 알 수밖에 없었다.

"그렇게 책만 들여다보고 있으니까 피곤하지."

리즈벳은 이제 아리스의 증상에 대해 그러려니 하고 있는 것 같았다. 하지만 어찌 보면 그것이 당연한 일일지도 몰랐다. 지금도 그녀의 머리 위에는 데이지 꽃 세 송이가 피어 있었으나 본인이 그것을 볼 수 있는 것도 아니었다. 그러니 아리스만큼 깊게 고민하고 생각하지 못하는 것도 당연했다. 게다가 아무리 말로 자세히 설명한다 한들 당사자인 아리스만큼 이 현상을 생생하게 받아들이는 것도 무리였고 말이다.

"배고프면 더 피곤해. 저녁 먹고 오자."

그래도 리즈벳은 아리스의 말을 항상 진지하게 듣고, 이렇게 된 원인에 대해 함께 고민해 주고 있었다. 아리스로서는 그것만으로도 퍽 고마운 일이었다.

"그럴까. 오늘 맛있는 거 나와?"

"나도 오늘 저녁 메뉴가 뭔지 못 들었는데. 가 봐야 알겠네."

두 사람은 하던 일을 대충 정리한 뒤 기숙사 방을 나섰다.

"아, 저녁에는 좀 괜찮은 거 나왔으면 좋겠다. 며칠째 계속 내가 싫어하는 것만 나와서 짜증 나. 차라리 그 이상한 맛 나는 닭고기 샌드위치라도 나와라."

"으. 난 그것도 별로."

"으흑. 너무해. 아리스 너 혼자만 맛있는 거 먹고 오고."

식당으로 향하는 동안 리즈벳은 계속 해서 투덜거렸다.

사실 그녀는 아리스가 외출증을 발급받아 점심시간에 부모님과 함께 외식을 하고 들어왔을 때부터 내내 이런 식으로 우는 소리를 하곤 했다. 중간에 아는 학생이라도 만났으면 붙잡고 저녁 메뉴가 뭔지 물어봤을 테지만 눈에 익은 얼굴은 하나도 보이지 않았다. 결국 아리스는 꼼짝 없이 리즈벳의 푸념을 들어 줘야만 했다.

"어! 저기 레안 아르카노발 교수님이다."

바로 그때, 리즈벳이 저 멀리서 걸어오는 사람을 보고 외쳤다.

"어디?"

아리스도 그 소리를 따라 고개를 돌렸다. 그러자 학교 건물 앞에 일직선으로 나 있는 가로수 길로 걸어오고 있는 키 큰 남자가 눈에 띄었다. 하지만 그가 있는 곳과 지금 그녀들이 있는 곳은 상당히 거리가 멀었는데, 이 거리에서 단번에 레안 아르카노발 교수를 알아본 리즈벳도 참 대단하다 싶었다.

"나 잠깐만!"

"어, 리즈벳!"

그런데 리즈벳이 갑자기 이해할 수 없는 행동을 했다. 레안 아르카노발 교수와의 거리가 좁혀지는 동안 점차적으로 우왕좌왕 불안정한 모습을 보이던 리즈벳이 급기야 자리를 박차고 어디론가 달려가기 시작한 것이다.

당연하게도 아리스는 그런 리즈벳의 뒷모습을 황당하게 쳐다보았다. 친구의 밝은 주황색 머리카락이 가로수 뒤로 사라지는 것을 보는 동안 아리스의 눈동자에는 의혹이 떠올랐다.

하지만 곧 저 멀리에서부터 다가오던 사람이 그녀의 바로 앞까지 가까워졌기 때문에 아리스는 다시 정면으로 고개를 돌리고 말았다.

"안녕하세요, 교수님."

달콤한 크림색 머리카락이 가을바람에 가볍게 나부꼈다. 아리스의 인사를 받는 순간 레안 아르카노발 교수는 한 차례 눈가를 움찔거렸다. 머리 위에 봉오리 진 푸른 꽃과 대조되게도 그녀를 응시하는 눈동자는 피처럼 붉었다.

"아리스 키프로스."

그의 입에서 나지막하게 흘러나오는 자신의 이름에, 아리스는 무의식 중에 눈을 조금 크게 뜨고 말았다.

그동안 아리스가 선택해 들은 레안 아르카노발 교수의 역사 관련 수업만 해도 한두 개가 아니었기 때문에 그 역시 아리스를 기억하고 있다는 사실은 그리 놀라운 것이 아니었다. 하지만 수업 시간을 제외하고 그의 입에서 그녀의 이름이 나오는 것은 극히 드문 일이었다. 그래서 이번에도 그녀의 인사를 대충 받아 주고 그냥 옆을 지나쳐 갈 줄 알았더니?

그런데 레안 아르카노발이 찡그린 듯 만 듯한 얼굴로 뒤이어 읊조린 말은 더욱 예상치 못한 것이었다.

"며칠 전에 너희 부모님이 학교에 방문하셨다던데."

"아, 네."

"그럼 너희 아버지."

그는 거기까지 말해 놓고 목구멍에 생선 가시라도 걸린 것처럼 잠깐 미간을 찌푸린 채 입을 다물었다가 이어서 툭 내뱉듯이 말을 이었다.

"이제 휴가도 끝난 건가? 얼마 전부터 병원에 갈 때마다 계속 자리에 없던데."

아하. 그녀가 아니라 아버지의 병원에 볼일이 있던 것인가 보다. 하기야 아버지의 병원은 베오니아에서도 가장 큰 병원이다. 아픈 곳이 있을 때 그곳을 찾는 건 어찌 보면 당연한 일이기도 했다.

하지만 '갈 때마다'라고? 그동안 몇 번이나 병원에 가서 직접 그녀의 아버지를 만나려 했단 말인가? 물론 레안 아르카노발은 그녀의 부모님을 직접 가르쳤던 은사라 했으니 그저 옛 제자를 한 번 만나려 찾아갔던 것일 수도 있었다. 그러나 평소 레안 아르카노발의 성격이나 지금의 표정을 보았을 때, 그런 단순한 목적은 아닌 것 같았다.

"아니요. 한동안 더 쉬신다고 했어요."

"언제까지? 아, 그런 것까지는 모르려나."

"제가 알기로, 오래는 아니고 아마 일주일 정도……."

이런저런 생각을 혼자서 해 보다가 아리스는 덧붙였다.

"혹시 중요하거나 급한 문제면 제가 아버지한테 전해 드릴게요."

"아니, 그런 건 아니고. 그냥 물어 보고 싶은 일이 좀 있어서. 그래, 일주일이라고. 그럼 그때 다시 찾아가지."

레안 아르카노발은 알겠다는 듯이 고개를 끄덕이며 다시 발길을 옮겼다. 아리스는 약간의 의문을 느끼며 옆을 스쳐 지나가는 그를 바라보았다.

"아, 하필이면 여기서 딱 마주칠 게 뭐야."

그때, 나무 뒤로 사라졌던 리즈벳이 멀어지는 레안 아르카노발을 힐끔거리며 슬금슬금 아리스의 옆으로 다가왔다. 그 작태를 보니 짐작했던 대로 레안 아르카노발 교수를 피했던 것이 분명해 보였다.

"뭐야, 너 왜 숨은 거야?"

"어제 원예부에서 화분 나르다가 깨 먹었거든. 그런데 글쎄 그게 엄청 귀한 모종이었대. 부장이 오늘 고문 교수한테 말한다고 했으니까 마주치면 혼날 수도 있잖아."

그때에서야 아리스도 상황을 이해하고 고개를 주억거렸다.

그러고 보니 레안 아르카노발 교수가 원예부의 고문이었지. 워낙 연결이 안 되는 뜬금없는 조합이라 잊고 있었다.

"그런데 교수님 지금 식당에서 나오신 거 아닌가? 웬일로 혼자지?"

리즈벳이 아리스의 팔을 잡아끌며 의아하게 중얼거렸다. 학교의 명물 교수 부부인 레안 아르카노발과 리리안 란테 아반크는 식사 시간에도 거의 함께 시간을 보내곤 했다. 그런데 오늘은 어찌된 일인지 그 혼자였다.

아리스는 리즈벳과 함께 식당을 향해 걸으며 방금 전 그녀가 본 것을 떠올렸다. 곧 그녀의 입술에서 비식 작은 웃음이 새어 나왔다.

"방금 교수님이 손에 들고 있는 거 못 봤어? 식당에서 뭐 포장해서 리리안 교수님한테 가려는 것 같더라."

"큼. 역시, 그럼 그렇지."

역시 교내에서 소문난 잉꼬부부는 남달랐다. 특히 레안 아르카노발 교수는 겉모습만 보면 절대 그럴 것 같지 않은데 만인이 인정하는 애처가라는 점이 신기할 정도였다. 심지어 아리스는 리리안 교수의 앞에서만 활짝 피어나던 레안 아르카노발 교수의 푸른 꽃을 직접 목도하지 않왔던가?

"그런데 포장해서 가져갈 수 있는 거면 오늘 저녁 메뉴가 샌드위치 같은 건가?"

"글쎄. 교수님들은 식당에 말하면 다른 메뉴도 만들어 주지 않을까? 간단한 것 정도는."

"앗, 진짜면 부럽다."

아리스는 다시금 배가 고프다고 노래를 부르기 시작하는 리즈벳과 함께 낙엽이 굴러다니는 가로수 길을 걸었다.

그런데 레안 아르카노발 교수님이 그녀의 아버지를 직접 만나서까지 물어 보고 싶어 하는 게 도대체 뭘까?

* * *

"역시 눈요기 상대와는 일정 거리를 둬야 좋은 건가 봐."

다음 날 점심시간, 레안 아르카노발 교수의 개인 연구실로 불려 갔던 리즈벳이 진지한 얼굴로 말했다. 그녀는 아리스 앞의 빈 의자에 털썩 주저앉으며 회한 가득한 얼굴로 계속 중얼거렸다.

"자고로 미인은 가까이에서 보면 비극, 멀리서 보면 희극이라더니."

"그건 미인이 아니라 인생 아니야?"

아리스는 리즈벳의 말에 짤막한 웃음을 터트리고 말았다. 부 활동 시간에 화분을 깨트린 일로 어제부터 전전긍긍하더니 결국 레안 아르카노발 교수에게도 그 일이 알려진 모양이었다. 그는 오늘 있던 오전 수업이 끝나자마자 리즈벳에게 점심 식사 후 자신의 개인 연구실로 오라고 통보했다.

"레안 아르카노발 교수님한테 많이 혼났어?"

레안 아르카노발 교수와 대면하고 온 리즈벳의 얼굴은 파리하게 질려 있었다. 아무래도 부 활동 중 부주의에 대해 적지 않게 혼이 난 모양이었다.

"사실은 별로 안 혼났는데 대신 교수님이 부르면 그날부터 가비 루크라임이랑 같이 일주일 동안 부 활동 시간 외에도 원예부 일 해야 돼."

리즈벳은 정말 싫다는 듯이 머리를 감싸 쥐며 끄응 신음했다. 느닷없이 튀어나온 이름에 아리스는 고개를 갸웃할 수밖에 없었다.

"가비하고? 왜?"

"갑자기 걔가 귀신 같이 옆에 슥 다가오는 바람에 내가 깜짝 놀라서 화분 떨어뜨린 거거든. 그런데 내가 괜찮다니까 계속 자기 잘못이라고, 교수님한테도 그렇게 말하겠다잖아."

저런. 그 말을 듣고 아리스는 약간 측은한 표정을 짓고 말았다.

"그래서 결국은 그럼 너희 둘 다 같이 벌 받아라, 뭐 그렇게 된 거지."

리즈벳은 싫은 사람과 함께 시간을 보내야 한다는 생각 때문인지 진심으로 짜증스러운 표정을 짓고 있었다. 가비에게 잘못이 있는 건 아니지만 지금의 상황 자체에 심통이 난다는 듯한 얼굴이었다.

아리스의 입장에서 가비 루크라임은 리즈벳을 짝사랑하는 안쓰러운 남자아이였다. 그러나 그와 동시에 리즈벳이 그를 얼마나 싫어하는지도 알고 있었다. 아리스는 둘 모두에게 측은한 마음이 들었다.

리즈벳의 성격에 저런 마음을 가비에게 숨겼을 리도 없으니, 앞으로 한동안은 그가 또 얼마나 의기소침해서 있을까 싶었다.

"걘 왜 맨날 나한테 자두 말랭이를 주고 싶어 하지? 넌 그 이유를 알아?"

"음. 글쎄."

리즈벳은 가비 루크라임을 생각하는 것만으로도 속이 답답하다는 듯이 한숨을 푹 내쉬었다. 하기야 사람 마음이란 게 그렇게 생각처럼 되는 것도 아니었으니 리즈벳으로서도 어쩔 수 없는 노릇이기는 할 것이었다.

"아, 우울하다."

결국 리즈벳은 울적한 얼굴로 아리스의 책상에 엎드려 버렸다.

"어떻게 일주일 동안 매일 그 답답한 온실에서 그 답답한 애랑 단 둘이 있지?"

"무슨 일을 해야 하는데?"

"잘은 모르지만 원예부 일이니까 화분을 옮긴다거나, 흙을 다진다거나, 식물에 물을 준다거나. 뭐 그런 거 아닐까?"

"그럼 꼭 같이 있지는 않아도 되겠네. 반씩 분담해서 하면 되잖아."

아리스의 손이 위로하듯 리즈벳의 단발머리에 내려가 앉았다. 리즈벳은 아리스에게 쓰다듬 받으며 어린애처럼 우는 소리를 냈다.

"리, 리즈벳."

옆에서 더듬거리는 말소리가 들려온 것은 잠시 후였다.

"나 때문에 미, 미안."

연갈색 머리카락을 덥수룩하게 기른 가비 루크라임이 고개를 푹 수그린 채 리즈벳에게 시무룩하게 사과했다.

"내가 괜찮다고 했잖아."

리즈벳은 어제부터 계속된 가비의 사과에 조금 짜증이 난 눈치였다. 책상에서 몸을 일으키는 그녀의 얼굴은 미비하게 찌푸려져 있었다. 가비는 그것을 보고 오히려 더 어쩔 줄 몰라 하며 말을 더듬거렸다.

"교, 교수님이 시키신 거 내가 혼자 다 할 테니까, 너, 너, 너는 안 나와도 돼."

"뭐?"

"내, 내가 다 할 수 있어."

어제 리즈벳이 화분이 깬 원인이 가비라고 하더니만, 그는 리즈벳이 자신 때문에 벌을 받는 사실에 적잖은 양심의 가책을 느끼는 듯했다. 그래서 교수님에게도 혼자 책임을 지겠다고 말했던 것인데, 오히려 레안 아르카노발 교수는 둘 모두에게 벌을 내려 버렸으니……. 가비는 그렇지 않아도 리즈벳이 자신을 싫어한다는 사실을 알고 있었기 때문에 일이 이렇게 되자 더욱 몸 둘 바를 몰라 하는 게 분명했다.

하지만 레안 아르카노발이 시키는 일을 혼자서 다 하겠다니, 도대체 무슨 일을 얼마나 시킬 줄 알고? 뭐, 리즈벳으로서는 나쁠 것 없는 제안이기는 했지만.

"무슨 소리야? 화분을 깬 건 나인데, 왜 네가 혼자 다 해?"

하지만 리즈벳은 그게 무슨 소리냐는 듯이 미간을 좁히며 반문했다.

"나, 나 때문에 깬 거잖아."

"네가 원인 제공을 했어도 화분을 떨어뜨린 건 나잖아. 솔직히 난 네 얘기는 꺼낼 생각도 없었어. 그리고 그걸로 치면 벌은 내가 혼자 다 받아야지. 아, 그래. 그냥 내가 혼자 할 테니까 넌 나오지 말래? 교수님한테는 내가 말해 줄게."

"그, 그럴 수는 없어!"

"그거 봐. 나도 마찬가지야. 일은 내가 저질러 놓고 어떻게 너 혼자 책임을 다 지게 해? 그러니까 그런 말도 하지 말고 미안하다는 말도 이제 좀 그만해. 네가 잘못한 것도 없는데 왜 자꾸 나한테 사과를 해? 솔직히 너 때문에 놀라서라고는 해도 화분까지 떨어뜨린 건 내가 오버한 거야."

방금 전까지만 해도 가비와 함께 방과 후의 시간을 보내야 한다는 것에 울적해하던 것치고는 단호한 대답이었다.

그 말을 들은 가비가 땅 끝까지 파고들 듯 폭 숙이고 있던 머리를 조금씩 들어 올리는가 싶었다. 아리스는 연갈색의 머리카락 위로 포옹 포옹 피어나는 꽃을 보며 자꾸만 들썩이려 하는 입꼬리를 아래로 꾹 눌렀다.

"그러니까 이 일은 네가 잘못한 것도 아니고, 나한테 미안해할 필요도 사과할 필요도 없고, 방과 후에 교수님이 시키는 일은 너랑 나랑 둘이 나눠서 하는 거야. 맞지?"

"으, 응."

그리고 리즈벳은 이제 할 말이 더 없으면 가보라는 듯이 가비에게서 시선을 뗐다. 하지만 그는 잠시 동안 자리에서 미적거리다가 이내 웅얼거리며 작게 속삭였다.

"리즈벳. 자, 자두 말랭이 먹을래?"

"아, 안 먹는다고!"

* * *

찰싹.

"아."

아리스는 저도 모르게 작게 소리 내고 말았다.

"왜 그래?"

"아니. 종이에 손이 베여서."

"저런, 조심해야지."

걱정 어린 얼굴을 하는 카밀레 키든을 향해 아리스는 '그러게'라며 아무렇지 않게 웃어 보였다. 하지만 사실 아리스가 무의식중에 신음하고 만 이유는 종이에 손가락을 베였기 때문이 아니었다.

휘익!

가시 박힌 줄기가 다시 한 번 아리스의 손등을 노리고 휘둘러졌다. 하지만 이번에는 순순히 당하지 않았다. 아리스는 책상 위에 올려 두고 있던 손을 자연스럽게 슬쩍 움직이는 것으로 간단히 그 날카로운 공격을 피해 버렸다.

철썩!

녹색 줄기는 목표물을 잃고 맥없이 책상을 후려친 뒤 꿈틀거리며 다시 거두어졌다.

"확인 다 끝났어. 각 반에서 나온 의견은 한꺼번에 모두 취합해서 집행부에 안건으로 올릴 거야."

아리스는 책상 위에 있는 종이들을 한 데 모아 정리하며 지나가듯 물었다.

"네가 이번 축제 준비 위원회였구나. 자원했어?"

"응. 재미있을 것 같아서."

"시험 기간이랑 겹쳐서 많이 바빠질 텐데."

곧 교내의 축제 기간이 다가오고 있었기 때문에, 학생회에서는 매년 그렇듯 각 반에서 축제 준비 위원회를 따로 선출하여 학생들의 적극적인 참여를 촉구하고 있었다. 특히 이번에는 학생들의 의견을 최대한 많이 반영해 축제를 개최하자는 것이 다수의 의견이라 이렇게 설문 조사를 진행하게 된 것이었다.

그런데 오늘 학생회에 설문 조사 종이를 들고 온 축제 준비 위원회의 학생 중 한 명이 바로 카밀레 키든이었다.

"어차피 학생회가 하는 일을 거드는 정도인데 뭘. 조금이라도 도움이 되면 기쁠 거야."

"그래. 같이 열심히 하자."

아리스와 카밀레는 얼굴을 맞대며 서로 훈훈하게 미소 지었다. 하지만 그 속마음마저 보이는 것처럼 훈훈하지는 않다는 것을 아리스는 너무나도 잘 알았다.

일단 지금 이 순간에도 머리 위에서 꿈틀거리고 있는 저 가시 돋친 줄기부터 상당히 위협적이지 않은가? 게다가 방금 전에는 두 번이나 앞에 있는 아리스를 공격하기까지 했고 말이다. 그래도 지금까지는 갈색의 꽃봉오리에 제법 얌전히 둘둘 감겨 있더니 오늘은 아예 대놓고 줄기를 휘두르며 그녀를 후려치기까지 하고.

아무래도 카밀레 키든의 꽃은 지난번 복도에서 만난 일 이후로 아리스에게 더욱 날선 반응을 보이는 것 같았다.

달칵.

카밀레 키든은 여전히 가면 같은 웃는 얼굴을 한 채 문을 닫고 학생회실을 떠났다.

아리스는 방금 전 그녀의 줄기에 한 대 얻어맞은 손등을 만지작거렸다. 실제 생물체가 아니기 때문인지 자국까지는 남지 않았지만 방금 전 느꼈던 따끔한 감촉만큼은 아직도 생생했다.

아니, 그런데 도대체 쟤는 왜 나한테 이렇게까지 적대적인 감정을 느끼는 거지? 혹시 내가 모르는 새 저 애한테 무슨 실수라도 했나?

더군다나 저렇게 가시가 숭숭 자라난 줄기로 공격까지 하는 것으로 보았을 때, 적어도 그녀에게 품은 감정이 보통 감정은 아닌 듯했다.

달칵.

그런 의문을 느끼며 찜찜하게 눈매를 찌푸리고 있을 때, 다시 문이 열렸다. 아리스는 혹여나 지금 막 학생회실을 떠났던 카밀레 키든이 다시 돌아온 것일까 싶어 손등을 보고 있던 시선을 들어 올렸다.

하지만 문을 열고 들어온 것은 카밀레 키든이 아니었다.

"아리스."

에이드리안이 막 안으로 들어오다 말고 혼자서 책상 앞에 앉아 있는 아리스를 보며 잠깐 멈칫했다.

"다른 사람들은 아직 안 왔어?"

"좀 늦는 것 같아."

시선이 마주친 것도 잠시뿐, 곧 아리스는 에이드리안의 질문에 사무적으로 짤막하게 대답한 뒤 다시 고개를 돌렸다.

그녀의 태도는 지극히 무심했다. 같은 학생회이기 때문에 아예 얼굴을 보지 않을 수는 없었지만 꼭 필요한 대화가 아니고서는 딱히 말을 섞을 이유도 없다는 느낌이었다.

드륵.

에이드리안은 그런 아리스를 바라보며 조용히 의자를 빼서 앉았다.

방과 후의 고즈넉한 분위기가 주위에 낮게 깔려 있었다. 창가에서 새어드는 빛이 그 앞에 있는 사물과 사람의 윤곽을 수채화 물감처럼 부드럽게 덧그렸다.

그 속에서 아리스는 마치 한 폭의 그림처럼 존재해 있었다.

올이 가는 은색의 긴 머리카락이 언뜻 연약한 느낌을 풍기는 동그란 어깨 위에서 굽이치며 흘러내렸다. 아래로 내리깔린 풍성한 속눈썹도 머리카락처럼 투명한 은색이었다. 그것은 페리도트 같은 눈동자에 깊은 음영을 만들며 아리스가 눈을 감았다 뜰 때마다 나비가 날갯짓 하듯 느리게 팔랑거렸다.

아리스는 오늘 학생회 회의에서 발언할 내용을 정리 중인 것 같았다. 가느다란 손목이 움직일 때마다 종이 위에 섬세한 필체의 글씨가 구름 흘러가듯 유려하게 흔적을 남겼다.

허공에 부유하는 햇살이 그녀의 옆으로 투명한 빛을 덧칠하고 있어서 마치 아리스 키프로스라는 사람 자체가 유리로 만들어진 하나의 공예품처럼 느껴질 정도였다.

"그렇게 쳐다보면 조금 부담스러운데."

귓가에 작은 속삭임이 날아진 직후에야 에이드리안은 방금 전까지 자신이 눈앞에 있는 사람을 지나칠 정도로 빤히 쳐다보고 있었다는 사실을 깨달았다.

"아, 미안."

반사적으로 사과해 놓고 보니 지금의 상황이 어딘가 낯설지 않다는 생각이 들었다. 에이드리안은 그 이유를 문득 깨달았다.

아, 그렇구나. 아리스와 정식으로 교제하기 전, 그녀와 함께 처음 학생회 임원이 되었을 때에도 이와 비슷한 일이 있었다.

그때도 에이드리안은 창가에 앉아 있는 아리스를 홀린 듯이 바라보고 말았고, 그의 집요한 시선을 느낀 아리스가 약간 어색한 듯이 방금 전과 같은 말을 했다. 에이드리안의 반응 역시 같았다. 그는 당황한 채 스스로가 생각하기에도 어수룩한 태도로 아리스에게 사과했고, 그녀는 그런 그를 향해 부드럽게 웃어 주었다.

"할 일이 없으면 그 앞에 있는 설문지를 보는 게 좋을 거야. 어차피 우리 학년에서 정리해야 할 것 같거든."

지금 그들이 있는 공간에 흐르는 고요한 공기와 평온한 분위기까지. 모든 것이 그때와 같았다.

하지만 아리스는 더 이상 그에게 예전처럼 웃어 주지 않았고, 에이드리안은 그런 그녀에게 일정 거리 이상 가까이 다가갈 수 없었다.

"그래. 그럴게."

이상하게도 지금 이 순간 그 차이점이 너무도 확연히 폐부를 찌르고 들어와서, 에이드리안은 막연한 허전함을 느끼며 가까스로 작게 대답하고 말았다.

* * *

학생회 회의가 끝나고 아리스는 곧장 도서관으로 향했다.

오늘의 회의 내용은 근 한 달 사이 늘 그랬던 것처럼 축제에 대한 이야기가 대부분이었다. 조만간 축제 준비 위원회와 함께 최종 안건을 상의할 계획이라고 하던데, 그럼 또 카밀레 키든을 가까이에서 봐야 하겠구나 싶었다.

"안녕, 아리스."

"안녕, 조안나."

아리스는 도서관 로비를 지나며 슬쩍 열람실을 들여다보았다.

아직 저녁 시간도 아닌데 도서관에는 벌써 학생들이 많았다. 얼핏 보니 졸업 시험을 준비 중인 4학년이 대다수였고, 중간중간 과제나 개인 공부를 하는 학생들도 심심찮게 눈에 띄었다. 다들 아래로 고개를 푹 수그리고 있었기 때문인지 아리스의 눈에는 색색의 꽃들이 가장 두드러져 보였다.

우연히 눈이 마주친 아는 친구들과 눈짓으로 인사한 뒤 아리스는 계속 걸음을 옮겼다. 지금은 과제에 참고할 책들을 빌릴 겸 도서관에 온 것뿐이라 열람실에 따로 자리를 잡지 않아도 되었다.

교과목에 연관된 책들이 많기 때문인지 그녀가 들어선 서고의 책장 앞에는 다른 학생들도 듬성듬성 서 있었다. 아리스는 미리 빌려야 할 책들의 목록을 확인한 뒤였기 때문에 책장 앞에서 그리 긴 시간을 할애하지 않을 수 있었다.

그런데 책을 대출하고 나오는 길에 그녀는 4번 열람실 앞에서 잠깐 걸음을 멈추고 말았다. 여전히 해가 잘 들지 않는 어두침침한 열람실에는 학생들이 없었다. 멈추어 있던 아리스의 발길이 곧 그 안으로 천천히 움직여졌다.

"역시 이 시간에는 해가 하나도 안 들어오네."

눈에 띄지 않는 한쪽 귀퉁이에 마련된 낡은 책상은 여전히 허름한 존재감을 뽐내며 책장 뒤에 숨어 있었다. 아리스는 꽉 닫힌 창문에 잠깐 시선을 두다가 이내 손에 들고 있던 책들을 책상 위에 내려놓았다.

덜컹.

이러려고 도서관에 왔던 것은 아닌데, 어느덧 아리스는 얼마 전 다이젠이 앉아 있던 자리에 똑같이 몸을 붙이고 앉아 있었다.

하지만 엄밀히 따지자면 원래 이곳은 아리스가 먼저 찾아내 이용하던 자리였으니 꼭 다이젠을 따라서 지금 여기에 앉은 것은 아니었다. 누구도 듣지 않을 생각이었으나, 아리스는 공연히 혼자서 그렇게 변명한 뒤 그런 스스로가 우습게 느껴져 얼굴을 찡그렸다.

창밖을 보니 이 자리에서 정면으로 보이는 도서관의 뒤뜰은 여전히 햇살을 담뿍 머금은 파릇한 잔디로 가득 채워져 있었다. 하지만 유리 너머로 새어 드는 햇살은 고작 해야 손바닥 하나를 비출 정도로 야박하기만 했다.

아리스는 책상 끄트머리에 걸려 있는 노란 햇볕에 손을 가져다 댔다. 그러자 손바닥과 손등에 따뜻한 온기가 기어 올라왔다.

이 한 조각의 햇볕을 쫓아 책상 위에 상체를 기대고 있던 사람이 떠오른 것은 당연한 수순이었다.

"이게 도대체 무슨 기분이지?"

아리스는 듣는 이 없는 소리를 혼자서 작게 중얼거렸다.

이곳에서 다이젠과의 만남이 있었던 것도 벌써 일주일이 지나 있었다. 아리스는 그 이후로 그와 얼굴을 마주하고 이야기한 적이 단 한 번도 없었다.

물론 점심시간이나 방과 후, 혹은 이동 수업을 위해 층계를 이용한 쉬는 시간 같은 때 길을 오고가다 다이젠과 마주친 적은 있었다. 하지만 그때마다 둘 모두 서로에게 굳이 아는 척을 하지는 않은 채 그대로 옆을 스쳐 지나갔다.

다이젠이 무슨 생각을 하는지는 알 수가 없었으나, 아리스가 그러는 이유는 지난주 바로 이곳에서 본 적이 있는 그의 얼굴이 자꾸만 어른어른 머릿속에 떠오르기 때문이었다. 그날의 일을 생각할 때마다 그녀는 다이젠에게 평소처럼 아무렇지 않게 말을 걸 수도, 아는 척을 할 수도 없었다.

아무튼 그래서 두 사람은 일주일 동안 서로 한마디도 섞지 않은 채 하루하루를 보내고 있었는데……. 참, 사람 사이의 거리라는 것이 이런

식으로 간단하게 넓혀질 수 있구나 싶었다. 반대로 생각하면 그동안은
참 별것도 아닌 일로 서로에게 시비를 걸어가며 쉽게 툭툭 아무 말이나
잘도 던져 댔다 싶기도 하고.

그런데 이상하단 말이지. 예전에는 다이젠이 그녀를 모른 척 하면 앓
던 이가 빠진 것처럼 속이 시원하기만 할 것 같았다. 그런데 막상 일주
일 동안 서로 아는 척을 안 하니 생각과는 달랐다. 상대방이 요즘 뭘
하고 지내는지 궁금하고 평소와 같은 일상이 심심하게 느껴졌다. 도대
체 왜 이러는 걸까?

게다가 웃기는 일이었지만 다이젠의 꽃도 아주 조금쯤 그립기도 했
다. 특히 오늘처럼 카밀레 키든의 것 같은 꽃을 본 날이면 더더욱.

아리스는 이런저런 생각들을 하며 책상 위에 흩뿌려진 옅은 햇빛 조
각을 덧그리듯 손가락으로 만지작거렸다. 그리고 노란 흔적이 조금씩
움직여 마침내 창틀 밖으로 완전히 사라졌을 때에서야 자리에서 일어
났다.

아리스가 열람실을 벗어나 막 도서관 로비로 들어섰을 때였다. 그녀
는 시야에 들어온 반갑지 않은 사람의 얼굴에 잠깐 눈동자를 가늘게 좁
히고 말았다. 마찬가지로 아리스를 발견한 사람 역시 얼굴을 구기며 입
을 여는가 싶었다.

"뭐야, 네가 왜 여기에 있어?"

하지만 그건 정말 바보 같은 질문이었다. 아리스는 어지없이 자신을
향해 이를 드러내는 크리스틴을 보며 안쓰럽다는 듯 웃었다.

"저런. 도서관이 네 허락을 받아야 올 수 있는 곳이었나 보구나. 언제
부터 그랬는지 알려 줄래?"

크리스틴은 오늘도 머리에 가시 돋친 노란 봉오리를 피운 채 아리스

를 맹렬히 노려보고 있었다. 게다가 그녀는 도서관 로비에 있는 아리스를 향해 삿대질까지 하며 언성을 높이기 시작했다.

"내가 그럴 줄 알았어! 너, 에이드리안이 도서관에 있는 줄 알고 쫓아온 거지!"

"미안하지만 고작 남자애 하나를 쫓아서 움직일 만큼 내가 한가하지를 않아. 세상의 모든 사람이 전부 너 같지는 않거든. 그리고 네가 도서관에 처음 와 봐서 모르는 모양인데, 로비에서 그렇게 소리를 지르면 안에 있는 사람들에게 방해가 되지 않겠니? 목소리를 낮추지 않으면 쫓겨날 수도 있으니 주의 좀 해."

아리스가 한숨을 내쉰 뒤 시종일관 고요한 목소리로 어린애한테 가르치듯 말하자, 자신을 한심하게 여기는 것을 알았는지 크리스틴이 발끈해서 얼굴을 붉혔다.

"지금 누구를 바보 취급하는 거야? 그 정도는 나도 알거든! 그리고 나 도서관에 처음 와 본 거 아니야! 오늘도 에이드리안하고 같이 공부하러 온 거라고!"

그 말에 아리스는 뜻밖의 소리를 들었다는 듯이 두 눈을 약간 크게 떴다. 그 모습을 보고 크리스틴은 또 기세등등하게 팔짱을 끼며 턱을 높이 들었다. 사실 에이드리안과 함께 공부를 할 것이라는 것은 그녀 혼자만의 계획이었지만, 어쨌거나 먼저 도서관에 온 그의 옆에서 그녀도 공부를 하면 되는 것이니 방금 전 한 말이 거짓말인 것은 아니었다.

게다가 아리스의 표정을 보아 하니 에이드리안과 함께 도서관 데이트를 한다는 자신의 말에 동요하는 것 같아서 크리스틴은 기분이 좋아졌다.

하지만 곧이어 아리스에게서 흘러나온 말은 그녀의 예상과 달랐다.

"난 그동안 네가 도서관 위치도 모르고 있는 줄 알았는데 오해였나 보네. 오늘 처음 와 본 게 아니라니 놀랐어. 하긴. 아무리 그래도 에이드리안이 학년 차석인데 신경 쓰이기는 하지? 그러고 보니 에이드리안은 '공부를 못 하는 건 사실 안 하기 때문'이라고, 뭐든 노력하면 안 되는 건 없다고 했었는데. 그래서 그런 의욕조차 없는 사람이 싫다고 했었지, 아마?"

얼핏 들었을 때 아리스의 말은 어떤 의도도 없이 정말 순수한 것처럼 들렸다. 하지만 그녀의 입에서 나오는 말을 듣는 동안 크리스틴의 눈동자는 지진이 난 듯 흔들리고 있었다. 아리스는 그런 그녀를 보고 웃으며 덧붙였다.

"하지만 그 말대로라면 에이드리안이 지금까지 만년 차석으로만 있을 리 없잖아. 너도 알다시피 그가 열심히 노력하지 않는 사람도 아니고. 그러니까 너도 지금 내가 한 말 너무 새겨듣지 마. 그럼 공부 열심히 하고."

그리고 에이드리안이 지금껏 학년 차석으로만 만족해야 했던 이유는 바로 아리스 때문이었다. 그녀는 입학한 이래로 벌써 3년째 단 한 번도 학년 수석 자리를 다른 학생에게 양보하지 않고 있었고 그것은 에이드리안에게도 예외는 아니었다.

아리스는 사정없이 동공을 흔들고 있는 크리스틴을 뒤로 한 채로 도서관 로비를 빠져나왔다. 그리고 남몰래 흥 콧방귀를 뀌었다.

머리에 든 게 뇌가 아니라 두부라는 소리를 들을 정도로 백치미를 자랑하는 크리스틴이었지만 막상 에이드리안과 사귀게 되니 성적에 아예 무심해지는는 않는 모양이었다. 하기야 벌써부터도 그녀는 실컷 비교당하고 있지 않던가. 현재 그녀의 남자 친구인 에이드리안뿐만 아니라 그의 전 여자 친구였던 아리스와도.

하지만 이게 다 크리스틴의 업보 아니겠는가? 그러기에 누가 하고 많은 남자 중에 하필이면 자신과 사귀고 있던 에이드리안에게 꼬리를 쳤나.

그런 생각을 하며 아리스는 도서관 건물을 지나 기숙사로 가기 위해 가로수 길에 접어들었다.

애초에 의도했던 바는 아니나 크리스틴에게 한 방 먹여 주게 되자 속이 조금은 후련해지며 기분이 좋아졌다. 그래서 그런지 낙엽을 밟는 그녀의 발걸음도 가벼웠다.

하지만 아리스의 걸음은 얼마 못 가 다시 한 번 멈추어지고 말았다. 그 이유는 방금 전과 달리 이번에는 반가운 얼굴을 만났기 때문이었다.

"엄마?"

가로수 길 옆에 위치한 본관 건물에서 막 빠져나가고 있는 사람은 분명 그녀가 너무나도 잘 알고 있는 사람이었다.

어깨 위에서 부드럽게 굽이치는 저 벚꽃 같은 색깔의 단발머리도 그렇고, 선글라스를 껴 눈이 가려지기는 했지만 그 아래로 드러난 전체적인 이목구비도 그렇고. 그리고 머리 위에 봉오리 진 저 보라색 꽃도 그랬다. 아무리 먼발치에서 본다 해도 다른 누구도 아닌 자신의 가족을 알아보지 못할 리는 없었다.

"아리스!"

아리스의 부름에 고개를 돌린 줄리아가 곧 반색하며 발길을 돌렸다. 두 사람의 거리가 좁혀졌을 때, 그녀는 늘 그렇듯 딸을 끌어안고 인사하며 활짝 웃었다.

"오늘은 못 만나겠거니 생각하고 왔는데 이렇게 얼굴을 다 보네. 어디, 도서관에 갔다 오니?"

그녀의 가을 코트에서는 포근한 냄새가 났다. 아리스도 반가움을 숨기지 않고 웃는 낯으로 어머니의 물음에 고개를 끄덕였다. 줄리아가 선글라스를 벗자 웃음기를 머금고 곱게 접힌 눈동자를 마주할 수 있었는데, 그것은 아리스의 눈동자와 거의 똑같았다.

"학교에는 어쩐 일이세요? 방금 오신 거예요?"

"응. 레안 아르카노발 교수님한테 볼일이 있어서 왔는데 지금 시간이 좀 어중간해서 그런지 자리에 안 계시네."

"그래요? 이 시간에는 보통 개인 연구실에 계시는데."

"잠깐 다른 볼일이 있어서 나가셨나? 그럼 조금 기다려 볼까. 그런데 아리스, 저녁은 먹었니?"

"아직 배도 안 고프고, 저녁 시간도 넉넉히 남아서 나중에 먹어도 돼요."

아리스는 어머니가 레안 아르카노발 교수를 기다릴 동안 옆에 함께 있기로 했다. 오늘은 주말도 아닌 평일인데 뜻하지 않게 어머니를 만나게 되니 더욱 반가웠다. 바로 지난 주말에 집에서 얼굴을 보았는데도 그랬다.

리즈벳은 또래 친구들 중에 가족을 이렇게까지 좋아하는 건 아마 너밖에 없을 거라면서 그녀를 약간 특이하게 생각했지만 그래도 좋은 것을 어쩌겠는가. 그렇다 해서 부모님이 그녀를 의존적인 성격으로 키운 것도 아니었기 때문에 사실 아리스는 그런 말을 별로 신경 쓰지 않았다.

"그래, 벌써 축제 준비를 하는구나. 우리 때 생각나네. 그때는 축제가 겨울이어서 다들 꽁꽁 얼어붙은 손으로 다녔는데. 내가 졸업할 때쯤에 가을로 바뀌긴 했지만."

"맞아. 엄마가 학교에 다니실 때 만들었다는 온갖 맛이 나는 사탕이었나. 이번에 설문 조사 보니까 그거랑 비슷한 안건이 있더라고요."

평소에도 친구 같은 어머니였기 때문에 함께 이야기꽃을 피우며 보내는 시간은 조금도 지루하지 않았다.

"아. 그러고 보니 병원에 '아나'가 왔다고 하더라."

그러다 문득 생각났다는 듯이 줄리아가 한 말에 아리스는 급히 되묻고 말았다.

"아나가 왔다고요? 혹시 저를 찾아온 거예요?"

"한동안 입원 치료를 할 예정이라고 들었어."

하지만 이어지는 줄리아의 말에 그녀는 다시 입을 다물 수밖에 없었다.

'아나'는 몇 년 전 아리스가 아버지의 병원에서 만난 소녀였다. 아리스는 어릴 때부터 병원에서 봉사 활동을 하고는 했는데, 그때 장기 입원 치료를 받던 그녀를 만나게 된 것이었다. 아리스는 외동딸이었기 때문에 자신보다 3살이 어린 아나를 거의 친동생처럼 생각하며 지냈다.

하지만 그녀는 어느 날 돌연 아리스에게 한마디 말도 없이 그대로 병원에서 퇴원해 버렸다. 그것이 못내 서운했지만 그래도 이제 아픈 것이 다 나아서 어디에선가 잘 지내고 있겠거니 생각했었는데 또 다시 입원이라니.

"보러 갈 거니? 이번에도 꽤 장기 입원이 될 거라고 해."

아리스의 마음을 모르지 않는 줄리아가 조심스럽게 물었다. 하지만 아리스는 쉽게 대답할 수 없었다.

"어느 쪽이든 네 마음에 후회가 적은 쪽으로 선택하렴."

이것만큼은 아리스가 스스로 고민해 결정해야 할 문제였기 때문에 줄리아도 다만 그렇게 말할 뿐이었다. 아리스는 잠깐 손으로 마른세수를 하다가 곧 언제 심각한 분위기를 냈냐는 듯이 어머니를 향해 빙긋이 웃었다.

"알려 주셔서 감사해요. 너무 늦지 않게 생각해 볼게요."

"그래."

"그것보다 오늘 시문학 시간에 말이에요."

학교 얘기로 다시 돌아가 방금 전처럼 떠들기 시작하는 아리스의 목소리는 밝았다. 줄리아는 그런 딸의 손을 괜히 한 번 도닥여 주었다. 하지만 마찬가지로 딸에게 화답해 이야기하는 그녀의 얼굴은 방금 전 무슨 얘기를 했냐는 양 옅은 미소를 띠고 있었다.

"그 교수님은 그때도 그랬어. 하지만 학생들이 제일 기피했던 건 역시 레안 아르카노발 교수님이었지."

"지금은 수강 신청일만 되면 제일 먼저 만석이 되는데."

"내가 알기로는 결혼하시고 많이 변했을 거야. 뭐, 사실 엄마는 다른 학생들이 피할 때도 교수님 수업은 항상 꼬박꼬박 다 챙겨 들었지만. 이래 봬도 재학하는 내내 레안 아르카노발 교수님 수업은 하나도 놓친 게 없었단다."

그렇게 말하며 장난스럽게 웃는 얼굴이 아직도 열일곱의 소녀 같았다. 그녀는 나이가 들어서도 말로는 쉽게 형용하기 어려운 그런 특유의 분위기가 있었다.

"호랑이도 제 말하면 온다더니. 아무래도 양반은 아니신가 보다."

줄리아의 말에 고개를 돌리자 과연 가로수 길을 걸어오고 있는 레안 아르카노발 교수의 모습이 보였다. 손에 출석부를 들고 있는 것을 보아하니, 마지막 수업 때 교실에 두고 온 출석부를 가지러 갔던 것 같았다.

어느 정도 거리가 가까워졌을 때 그 역시도 두 사람을 발견했다. 아리스는 그의 머리 위에 있는 푸른 꽃이 잎을 조금 펼치는 것을 보고 깜짝 놀라고 말았다.

"안녕하세요, 교수님. 오랜만에 뵙네요."

줄리아는 생글생글 웃으며 그에게 인사했으나 레안 아르카노발은 어쩐지 '또 너냐'하는 듯한 표정으로 눈매를 살짝 찡그리고 있었다. 하지만 그러면서도 그의 꽃은 어머니를 향해 반쯤 벌어져 있어서, 아리스는 알쏭달쏭한 기분이 들고 말았다.

"리리안 교수님도 안녕하시죠?"

사실은 그녀의 어머니가 레안 아르카노발 교수의 아끼는 애제자라거나, 뭐 그런 거였던 걸까? 부인인 리리안 교수를 제외하고 지금까지 몇 번을 보아도 그의 꽃이 이 정도로까지 틈을 내며 펼쳐지는 일은 없었는데 어쩐지 신기했다.

"그래. 상당히 오랜만에 뵙는⋯⋯군요."

레안 아르카노발은 어딘가 어정쩡한 목소리로 대답했다. 아리스는 존댓말이 이렇게 어울리지 않는 사람은 아마 레안 아르카노발 교수밖에 없을 거라고 생각했다.

"저희 남편을 찾으셨다고요. 휴가가 끝나서 오늘부터 다시 출근했으니 병원에 가시면 만나실 수 있을 거예요."

그리고 그건 줄리아 역시 마찬가지인 것 같았다. 그녀는 재미있는 구경을 한다는 듯이 레안 아르카노발 교수를 보고 있었는데, 아리스는 그런 두 사람을 번갈아 쳐다보다가 이내 어머니에게 먼저 가겠다는 표시를 보인 뒤 자리에서 발길을 뗐다. 지난 주말에 자신이 부모님에게 전

했던 이야기를 하는 것을 보니 이대로 그녀가 들어도 될 이야기는 아닌 것 같았다.

레안 아르카노발 교수는 가볍게 고개를 숙여 인사해 보인 뒤 조용히 자신을 스쳐 지나가는 아리스를 곁눈질로 보다가 다시 입을 열었다.

"그렇지 않아도 병원에는 내일쯤 한 번 들르려고 했으니 그럼 그때 뵙죠."

응? 그냥 이대로 대화를 끝내려는 건가? 그럼 자리를 비키지 않아도 되는 건가?

하지만 슬쩍 뒤돌아보니 줄리아가 여전히 웃는 낯으로 작게 손짓하고 있어서 아리스는 눈치껏 계속 가던 길을 가기로 했다. 사실은 리즈벳이 배가 고프다며 우는 소리를 할 시간이 되어서 슬슬 기숙사에 가 봐야겠다고 생각하던 참이었다.

그리고 아리스가 어느 정도 멀어졌을 때, 줄리아는 레안 아르카노발을 향해 말했다.

"교수님, 그냥 평소처럼 편하게 말씀하세요. 괜히 거리감 들잖아요."

학생 앞이라 어울리지도 않게 말을 높였던 것을 어찌 모를까. 그 학생이 그녀의 딸이기는 하지만. 아무리 그래도 그렇지 그런 어색하기 짝이 없는 존댓말이라니? 아리스의 앞에서 웃음을 참느라 얼마나 힘들었는지.

레안 아르카노발도 방금 전 자신의 그 이상한 화법이 다시금 생각났는지 그녀의 말에 짐짓 얼굴을 찡그렸다. 하지만 덧없는 오기라도 든 것일까. 그는 오히려 뻔뻔스럽게 말했다.

"거리감이 든다니, 그건 참 반가운 소리인데. 그냥 앞으로도 계속 지금처럼 말하는 걸로."

"어머, 정말요? 사실 전 교수님이 저한테 존댓말 하는 것도 좋아요. 제가 또 언제 이런 교수님을 보겠어요. 아리스가 이 학교에 오기 전까지만 해도 상상도 못한 일이었는데, 제가 딸 덕분에 생각지도 못한 호사를 누리네요. 그럼 이왕 학부형 취급해 주시는 김에 교수님 개인 연구실에서 차라도 한 잔 내주시는 게 어때요?"

"어림도 없는 소리. 도대체 너는 왜 나이가 들어도 변하지를 않는 거야?"

하지만 줄리아는 레안보다 한 술 더 떴다. 기다렸다는 듯이 재잘거리는 그녀를 보다가 레안은 결국 참다못해 얼굴을 찌푸리고 말았다. 어느덧 그의 말투는 평소 그녀의 앞에서 그렇듯 편하게 돌아가 있는 상태였다. 그런 그를 향해 줄리아는 빙긋이 웃어 보였다.

"감사해요. 제가 좀 동안이라는 소리를 들어요."

"외모 말고 그 성격 말이야, 성격."

"에이. 교수님도 여전히 정정하신데요, 뭐."

"벌써 정정하다는 소리 들을 정도로 나이 안 먹었어. 애초에 너나 나나 몇 살이나 차이 난다고."

"그건 그래요. 그러니까 저보다 두 살 어린 리리안 교수님하고 결혼도 하셨겠죠. 게다가 교수님 제자이기까지 했는데. 알고 보면 교수님도 참 로맨티스트예요."

레안은 그만 골치가 아파서 이마를 짚고 말았다.

그래, 잠시 잊고 있었다. 줄리아 오거스티는 론데 아사크앙 재학 시절에도 내내 이런 식으로 그의 속을 뒤집어 놓는 데 선수였다. 벌써 20년 정도 지난 일이던가. 하지만 아직도 그때의 기억이 생생했다.

그 당시 그는 20대 초반의 젊은 교수였고, 줄리아 오거스티는 그의 수업을 듣는 특이한 학생이었다. 왜 특이한 학생이었냐고 하냐면, 예나 지금이나 썩 좋지 못한 성격을 지니고 있었던 그에게 포기를 모르고 다가오는 유일한 사람이었기 때문이었다.

아니, 생각해 보면 지금이 그나마 유해진 것이지 그 당시의 그는 지금의 서너 배는 더 고약한 성격을 가지고 있었다. 하지만 줄리아 오거스티는 굳건했다. 아무리 그가 귀찮다고 짜증을 내도, 교내 소음 공해죄라며 벌점을 먹여도 그녀는 끊임없이 먼저 그를 찾아와 말을 걸고 지금처럼 해맑은 얼굴로 그를 보며 웃었다.

사실 레안 아르카노발은 그런 줄리아 오거스티가 성가셨다. 하지만 가랑비에 옷 젖는 줄 모른다고, 어느 순간부터 줄리아 오거스티가 눈에 보이지 않으면 주위가 너무 조용하고 또 그날 하루가 심심하게 느껴지기 시작했다.

그리고 그 인연은 그녀가 졸업한 뒤에도 끝나지 않아서 오늘까지도 질기게 이어지고 있었던 것이다.

"그나마 아리스가 엄마 성격을 안 닮아서 다행이지."

레안 아르카노발은 지끈거리는 머리를 짚으며 혼잣말처럼 중얼거렸다.

설마 하니, 그 딸이 또 이 학교에 들어올 줄 어떻게 알았겠나. 그런 이유로 이번에는 지금 눈앞에 있는 사람과 학부형 대 교수로 만나게 되었으니, 그에게는 참으로 얄궂은 일이기도 했다. 지금도 또 이렇게 그의 앞에 불쑥 나타나 두통을 유발하고 있지 않은가?

"아리스? 저희 딸이요?"

그런데 레안의 혼잣말을 들은 줄리아가 갑자기 눈을 반짝반짝 빛내며 외치는 통에, 그는 그만 흠칫 놀라고 말았다. 그녀는 그가 그러거나 말거나 아랑곳 않고 기다렸다는 듯이 입을 열어 말하기 시작했다.

"말이 나와서 말인데, 우리 아리스 참 예쁘지 않아요? 제 딸이라 그러는 게 아니라 그 애는 태어났을 때부터 얼마나 귀엽고 예뻤는지 몰라요. 사실 성격은 저보다는 남편을 더 닮았죠. 하나를 가르치면 열을 알고, 뭐든지 혼자서 척척 해내고, 그러면서도 무슨 일이든 설렁설렁 하는 법 없이 항상 열심히 한다니까요. 저는 그게 좀 걱정이에요. 어느 한군데 아픈 곳 없이 그저 건강하게만 자라 주면 좋겠는데 혹시라도 안 보는 데서 무리하고 있을까 봐. 그게 그렇잖아요. 어떻게 학교에 다니는 내내 애가 한 번도 빠짐없이 전교 1등만 할 수가 있어요? 혹시 학교에서 공부하라고 과도한 부담감을 주는 건 아니겠죠? 전 그런 건 반대거든요. 아무튼, 조금만 쉬엄쉬엄 하면 좋으련만. 하지만 이렇게 말하면 또 공부하는 게 재미있다고 하지 뭐예요. 하긴, 우리 아리스는 공부만이 아니라 다른 것도 이것저것 다 잘 하기는 하지만요. 일단 손을 댔다 하면 못 하는 게 없고 또 자기가 재미있다고 하니까 저는 어쩔 수 없이 원하는 대로 다 시켜 주기는 하는데……."

레안 아르카노발은 자신을 향해 무자비하게 쏟아지는 '딸 자랑'이라는 폭격에 그만 할 말을 잃고 말았다.

이제 보니 줄리아 오거스티는 엄청난 팔불출이었다. 지금도 막히는 일 없이 줄줄줄 딸에 대한 이야기를 늘어놓고 있는 것으로 보았을 때, 이대로 가만히 두면 반나절이라도 지치지 않고 혼자서 떠들어 댈 수 있을 것 같았다.

줄리아는 한참 동안 자신의 딸이 얼마나 예쁘고 귀엽고 착하며 뭐든 잘하는지에 대해 재잘거렸다. 그것을 듣는 동안 레안의 얼굴은 서서히 질린 표정으로 변해 갔다. 그때, 줄리아가 눈을 가늘게 뜨면서 무언가

꿍꿍이가 있는 얼굴로 씨익 웃었다.

"아, 참. 그러고 보니 저 얼마 전에 교수님 아들을 만났는데요."

"다이젠을? 언제?"

"제 딸이랑 같이 있더라고요. 그건 그렇고 다이젠이 교수님만큼 아주 귀엽던데."

"뭐? 귀엽……."

하지만 레안 아르카노발은 느닷없이 튀어나온 아들의 이름에 깜짝 놀란 것도 잠시뿐, 곧 줄리아의 입에서 꺼내진 충격적인 단어에 말을 더듬고 말았다.

"다이젠이 아리스보다 한 살이 어리죠?"

역시나 줄리아는 레안이 그러거나 말거나 혼자서 무언가를 생각하며 나긋한 목소리로 물었다. 레안은 줄리아의 은근한 눈빛에 영문 모를 위기감을 느끼고 말았다.

"그걸 왜 궁금해 해?"

"어머? 교수님도 참. 같이 애들 키우는 입장에서 그런 것도 못 물어보나요? 교수님 아들 나이가 일급비밀이라도 돼요? 거 참 야박하시네."

그러나 줄리아가 그를 좀생이라도 된 양 쳐다보며 질타하는 통에 어쩔 수 없이 대답하고 말았다.

"아리스보다 한 살 어린 게 맞아."

"아직 어린데 벌써부터 키도 훤칠하고 애가 잘 생겼더라고요. 젊을 때 교수님이랑 엄청 많이 닮았던데."

"그렇다고들 하더군."

"교수님 아들하고 저희 딸하고 친한가요? 사실 지난번에 둘이 같이 있는 걸 봤거든요."

"그걸 내가 어떻게 알아."

"왜 몰라요? 계속 학교에 있으시면 이런저런 것도 다 보실 것 아니에요."

"그게 좀 미묘해서. 내가 봤을 때는 친해 보이는데, 둘은 서로 안 친하다고 우기니까. 이번에 난 소문도……."

레안은 거기까지 말해 놓고 멈칫했다.

생각해 보니 어느 순간부터 저도 모르게 줄리아 오거스티에게 말려들고 있는 것 같았다. 왜 자신이 이런 걸 그녀에게 술술 다 말해 주고 있는 거지?

"소문? 무슨 소문이요?"

"그냥 그런 게 있어. 어차피 애들 소문이 다 거기서 거기지."

레안은 찜찜한 기분을 안고 입을 다물었다. 꼭 줄리아 오거스티만 만나면 이렇게 된다니까.

"난 바빠서. 할 얘기 더 없으면 그만 가 봐."

"그러죠. 저도 이제부터 바쁠 예정이어서요."

레안이 더 말해 주지 않을 것을 눈치챈 줄리아도 이쯤 해서 작전상 후퇴를 하기로 했다. 그녀가 손에 들고 있던 선글라스를 다시 끼자 레안이 이해할 수 없다는 듯 물었다.

"이제 저녁인데 그건 왜 쓰는 거야?"

"교수님은 TV도 안 보시…… 는 게 아니라 여긴 그런 게 없으니까 못 보셨겠구나. 나도 참, 벌써 시간이 얼마나 지났는데 아직도 가끔씩 깜빡한다니까. 아무튼 거기에서 첩보물을 보면 다들 이런 걸 쓰거든요? 그래서 저도 지금부터 알아볼 게 있는데 기분 좀 내려고요."

"그게 뭔지는 잘 모르겠지만, 설마 그 알아볼 거라는 게 내 아들인 건 아니겠지?"

"물론 그것도 궁금하지만 일단 오늘은 아니에요. 그럼 전 이만 가 볼게요."

"뭐? 나중에도 궁금해하지 마!"

"어머, 그건 제 마음이죠?"

그렇게 말한 뒤 줄리아는 레안을 향해 상큼하게 마지막 인사를 날린 뒤 또각또각 구두 굽 소리를 내며 뒤돌아섰다. 레안은 그런 그녀의 뒷모습을 찜찜함이 뒤섞인 오묘한 눈길로 바라보다가 이내 고개를 절레절레 저으며 건물 안으로 발길을 옮겼다.

줄리아 오거스티가 이해할 수 없는 행동을 한 게 한두 해 있던 일도 아니고, 그것을 일일이 파헤치려 하면 괜히 자신만 귀찮아진다는 것을 이제는 너무나도 잘 알았기 때문이었다. 하지만 개인 연구실로 들어설 때까지도 찜찜함은 여전히 마음 한 편에 남아 그의 미간에 깊은 굴곡이 패이게 만들었다.

그런데 줄리아 오거스티는 도대체 왜 그의 아들에게 관심을 보이는 걸까? 아리스와 다이젠이 함께 있는 모습을 봤다고 하더니, 설마 그때 뭔가를 눈치챘나?

어쩐지 뒷덜미가 묘하게 싸해졌지만 레안은 기분 탓이겠거니 생각하며 그저 한 번 뒤통수를 만지작거리고 말았다. 하지만 그러면서도 그의 찜찜한 의문은 끝내 가실 줄을 몰랐다.

8. 아리스의 의문

"아리스, 샌드위치 하나 더 먹어."

"네가 계란 많이 든 쪽 먹을래?"

아리스와 리즈벳은 잔디밭 위에 앉아 미리 챙겨 온 샌드위치를 사이 좋게 나눠 먹고 있었다. 오늘 급식 메뉴는 에그 샌드위치와 오렌지 주 스였는데, 휴대가 가능한 음식이다 보니 지금의 그들처럼 식당 밖에 나 와 식사를 하는 학생들이 주위에 많이 있었다. 개중에는 아예 돗자리까 지 가지고 나와 본격적인 피크닉을 즐기는 학생들도 있었다.

"앗, 소매에 소스 묻었어. 나 티슈 좀."

"잠깐만."

오늘은 야외 활동을 하기에도 날씨가 무척 좋았다. 하지만 이제 곧 시험 기간이었다. 게다가 이맘때를 지나면 날씨는 부쩍 쌀쌀해질 것이 뻔했다. 그래서 추위와 시험이 몰아닥치기 전에 가을을 만끽하려는 것이다.

"이제 곧 시험 기간이네. 학기 중에는 매일 시험만 보는 것 같아."

샌드위치를 냠냠 먹다 말고 리즈벳이 한탄했다. 하기야 밀려드는 과제의 홍수에서 이제 막 벗어나나 했더니 또 기말 고사라니.

론데 아사크앙은 1년이 총 3학기로 구성되어 있었기 때문에 한 학년을 마치려면 시험도 도합 6번을 봐야만 했다. 게다가 4학년은 마지막 학기 때 졸업 시험을, 3학년은 졸업 예비 시험을 봐야 하지 않던가.

4학년 때 필수로 치러야 하는 졸업 시험을 미리 경험해 보고 자신의 학업 성취도를 확인한다는 취지는 좋았다. 하지만 비록 성적이 반영되지 않는다 해도 시험은 시험이었다. 학생들에게 부담이 되지 않을 리가 없었다.

"아리스, 넌 방학 때 뭐할 거야? 또 봉사 활동 해?"

리즈벳은 현실 도피를 하려는지 기말 고사가 끝나면 곧 다가올 방학으로 화제를 돌렸다. 원래 아리스는 이번 방학 때도 아버지의 병원에서 시간을 보낼 생각이었지만 어머니에게 들었던 아나의 이야기가 그녀를 망설이게 했다.

"글쎄. 아직 잘 모르겠어."

"그럼 나랑 같이……."

리즈벳은 아리스가 확답하지 않자 기회를 놓치지 않고 방학 때 자신과 함께 놀자고 신이 나서 재잘거렸다.

그러고 보니 에이드리안과 사귀는 동안은 학기 중이나 방학 때나 리즈벳과 함께 많은 시간을 보내지 못했던 것 같다. 그렇다 해서 에이드리안과 내내 붙어 다녔던 건 또 아니었지만 아무래도 리즈벳에게 전만큼 신경을 못 썼던 것도 맞았다.

"그래. 방학 때 만나서 놀자."

그래서 미안한 마음으로 그렇게 말하자 리즈벳은 생각보다 더 좋아했다. 아리스는 방학 때의 청사진을 줄줄이 읊기 시작하는 리즈벳의 말을 들으며 오렌지 주스에 꽂은 빨대를 입에 물었다.

산들산들 불어오는 바람에 초록색 잔디가 부스스 몸을 흔들었다. 고개를 들어 하늘을 보자 청명한 푸른색이 시야에 가득 쏟아져 들어왔다. 아리스는 그 속을 헤엄치듯 노란 나뭇잎이 하나 둘씩 흩날리는 모습을 바라보았다.

쏴아아.

그러다 문득 아리스는 콧잔등을 움찔거리고 말았다. 어디선가 흘러든 달콤한 냄새가 코끝을 스친 탓이었다.

그리고 이 향기는 아리스에게 낯선 것이 아니었다.

아, 다이젠이다. 혹시 지금 날 보고 있는 건가? 어디에 있지?

아리스는 은은한 향기가 흘러드는 곳을 찾아 눈동자를 움직였다. 하지만 사방이 탁 트인 실외라 그런지 향기의 근원을 쉽사리 발견할 수가 없었다.

잠시 후, 아리스의 눈동자에 마침내 익숙한 형상이 비쳤다.

쏴아아.

다이젠은 부스러지는 나뭇잎 아래에서 기하학적 무늬를 덧그리며 흩어지는 햇빛을 받고 서 있었다. 그리 멀지도 않지만 그렇다 해서 가까운 거리도 아니었기 때문에 '눈이 마주친다'는 느낌까지는 들지 않았다. 그래도 그의 얼굴은 아리스 쪽을 향하고 있었고, 머리 위의 꽃은 향기를 맡으며 짐작했던 대로 활짝 피어나 있는 상태였다.

하지만 그것도 잠시뿐, 곧 다이젠은 다른 방향으로 고개를 돌렸다. 붉은 형체가 흔적도 없이 사라진다 싶더니 그 역시도 곧 학생들 틈에 섞여 모습을 감추었다.

향기가 점차 옅어졌다.

"지금 내가 말한 거 어때?"

"응……."

아리스는 오렌지 주스를 들고 있던 손을 다리 위에 내려놓으며 건성으로 대답했다. 사실 옆에서 한 말을 잘 듣지 못했지만 그것을 모르는 리즈벳은 아리스를 보며 해맑게 웃었다.

"헤헤. 이런 말 좀 그렇지만 네가 에이드리안이랑 헤어져서 좋은 것 같아. 예전보다 나랑 더 많이 놀아 주잖아."

그 말에 아리스는 어쩔 수 없이 양심의 가책을 느끼고 말았다. 아무래도 이제부터는 진짜로 리즈벳과 더 많은 시간을 보내야겠다 싶었다.

"나도 너랑 같이 있으니까 좋아."

그래, 그까짓 남자 따위가 뭐라고. 뭐니 뭐니 해도 친구가 최고지.

아리스는 리즈벳과 함께 잔디밭에서 남은 점심시간을 보낸 뒤 다음 수업이 십 분쯤 남았을 때 자리를 털고 일어났다.

"맞아! 지난번에 산 옷 있잖아. 그거 입고 만나자."

"음, 생각해 볼게."

그녀는 리즈벳의 말에 조금 당황해 가로수 길을 가로질러 걷다가 샌드위치를 포장했던 종이를 바닥에 떨어뜨리고 말았다.

"아! 유리 선배 안녕하세요."

그래서 흘러내리는 머리카락을 한 손으로 잡고 낙엽 위에 떨어진 종이를 줍는데, 갑자기 머리 위에서 수줍은 리즈벳의 목소리가 울렸다.

유리 선배라면, 리즈벳이 짝사랑 중인 원예부의 선배가 아닌가?

"리즈벳이구나. 밖에서 점심 먹었나 보네?"

"네, 친구랑요."

"그래. 날씨가 따뜻하긴 하지만 그래도 감기 걸리지 않게 조심해."

남자치고 가는 편인 나긋나긋한 목소리가 귓가에 스몄다. 리즈벳에게 건네는 말씨가 퍽 상냥하고 다정했다. 그는 상냥한 목소리만큼이나 친절한 성격의 남학생으로, 비록 말을 섞어 본 적은 없지만 아리스도 교내에서 그를 몇 번인가 본 적이 있었다.

"그럼 부 활동 시간에 보자. 수업 잘 들어."

"네!"

하지만 아리스는 다음 순간 앞을 스쳐 지나가는 유리를 보고 그만 두 눈을 크게 뜨고 말았다.

"으악, 나 입에 샌드위치 소스 묻어 있는 거 아니야? 앞머리는 어때? 안 갈라졌어?"

리즈벳이 짝사랑 중인 4학년의 원예부 선배 유리 하이트.

놀랍게도 그의 머리 위에는 아무것도 없었다. 아리스 외에 다른 사람이라면 누구나 가지고 있는 작은 새싹마저 흔적조차 없이.

* * *

이럴 수도 있는 걸까? 아리스는 의문이 들었다.

심해 같은 진청색 머리카락과 짙은 청색 눈동자를 지닌 소년. 성격이 온화하고 상냥한 데다 늘 웃는 얼굴을 하고 있어서 누구나 쉽게 그에게 친근감을 느끼고, 성적은 중상위권에 부 활동은 원예부. 그것이 유리 하이트에 대해 아리스가 알고 있는 것들이었다.

그런데 머리 위에 아무것도 없다니?

물론 사람이라면 원래 머리 위에 아무것도 달고 있지 않는 것이 정상이었지만, 얼마 전부터 아리스의 눈에만 보이던 것이 있다 보니 신기한 기분이 들었다. 아무리 호감이 없는 상대를 눈앞에 두고 있다 해도 자그마한 새싹 정도는 누구에게나 있기 마련이었는데, 유리 하이트의 머리는 그마저도 없이 아주 깨끗했다.

그리고 그런 사람은 처음 봐서 그런지 아리스는 유리 하이트에게만 꽃이 없는 이유가 궁금해졌다.

찰싹!

하지만 아리스가 다른 생각에 빠져 있을 수 있던 시간은 그리 길지 않았다. 시종일관 옆에서 틈을 노리던 가느다란 줄기가 이번에는 가디건을 걸친 어깨를 때리고 지나갔다.

"그럼 지금 말한 건 일단 후보에 넣기로 하고. 이 오케스트라 연주는 어느 반 의견이야? 예산이 너무 많이 들어가지 않아?"

"아, 그건 콜린네 집안이 대대로 음악가 출신이라⋯⋯."

축제 준비 위원회와 회의를 하는 내내 이 상태였다. 아리스는 자신의 옆에 앉아 있는 카밀레 키든을 약간 착잡한 눈으로 힐끔 쳐다보았다. 그러는 와중에 또 한 번 그녀의 줄기가 아리스의 팔을 채찍처럼 후려 갈겼다.

철썩!

그나마 약간 따끔한 정도라 다행이지, 그렇지 않았으면 자리를 박차고 일어났을 터였다. 회의 내내 옆에 딱 붙어 앉아 있으니 이건 뭐 제대로 몸을 움직여 피할 수도 없고. 벌써 저 줄기에 얻어맞은 게 몇 번인지 몰랐다.

"일일 카페는 하고 싶어 하는 반이 너무 많아. 제비뽑기를 하던 사다리 타기를 하던 해서 숫자를 줄여야 할 것 같은데."

그래도 오늘은 첫 번째 회의이기 때문인지 일전에 설문 조사한 내용을 간단히 정리하는 것으로 회의를 일찍 끝마칠 수 있었다.

"아리스, 기숙사에 갈 거지? 같이 가자."

"그래……."

하지만 자리에서 일어나자마자 기다렸다는 듯이 카밀레 키든이 건넨 말에 딱히 거절할 명목도 없어서, 아리스는 하는 수 없이 고개를 끄덕이고 말았다.

"오늘 회의 재미있었어. 그렇지?"

그거야 회의 시간 내내 날 때려 댔던 너나 재미있었겠지.

"맞아. 축제 준비 위원회와 함께 상의하니까 더 좋은 것 같아."

아리스와 카밀레는 서로의 얼굴을 마주 보고 싱긋 웃었다.

휘익!

"복도에 창문이 열려 있네. 닫아야겠다."

아리스는 한 발짝 옆으로 움직이는 것으로 눈앞에서 휘둘러지는 녹색의 채찍을 피했다. 건물을 벗어나는 동안의 짧은 시간이 얼마나 길게 느껴졌는지 모른다. 하지만 다행히도 아리스는 기숙사까지 카밀레 키든과 동행하지 않아도 되었다.

"아리스! 이제 끝났어?"

"리즈벳?"

학생회실이 있는 본관 건물을 벗어나자마자 리즈벳이 눈에 들어왔다. 그녀는 기숙사에서 아리스를 기다리다가 심심해서 미리 이 앞까지 그녀를 마중 나왔다고 했다.

"밥 먹으러 가자. 오늘 바비큐 나온대!"

"그럼 난 먼저 가 볼게. 나중에 봐."

리즈벳이 고기, 고기 노래를 불러 대자 카밀레 키튼이 먼저 자리를 비켰다. 가만히 보면 그녀는 아리스에게만 친한 척을 하고 리즈벳에게는 그러지 않았다.

카밀레가 어느 정도 멀어졌을 때, 아리스는 리즈벳을 꼭 껴안으며 말했다.

"리즈벳. 난 네가 정말 좋아."

리즈벳이 예상했던 바는 아닐 것이었으나, 어찌 되었든 그녀는 아리스가 카밀레 키튼에게서 벗어날 수 있게 해 준 구세주였다. 아리스에게는 맞으면서 즐거움을 느끼는 괴상한 취미가 없었기 때문에 저 가시 채찍에서 해방된 것이 그렇게 기쁠 수가 없었다.

리즈벳은 아리스의 느닷없는 말에 고개를 갸웃거렸지만 그래도 그녀의 말에 기분이 좋은 눈치였다. 두 사람은 사이좋게 손을 붙잡고 식당으로 향했다.

저녁 메뉴는 리즈벳이 말한 대로 숯불에 구운 돼지고기 바비큐였다. 리즈벳은 식판에 고기를 산더미처럼 수북이 받아서 쌓아 놓고 폭식을 했다. 고기를 두 눈에 담은 리즈벳의 머리 위에는 아리스를 볼 때처럼 꽃이 세 송이나 자라나 있었다. 아리스는 웃어야 할지 말아야 할지 알 수 없었다.

그런데 부른 배를 두드리며 식당을 나오던 리즈벳이 문득 자신의 팔을 내려다보며 '어라?' 소리 냈다.

"내 팔찌 어디 갔지?"

리즈벳이 찾는 것은 아리스의 것과 한 세트인 팔찌였다. 지난번에 둘이 같이 비오스 거리에서 쇼핑을 하다가 샀던 것으로, 일전의 리본 머리띠와 마찬가지로 리즈벳의 취향이 그대로 반영된 아기자기한 디자인이었다. 아리스 역시 리즈벳의 성화에 못 이겨 지금도 그것을 팔에 착용하고 있었다.

"식당에 흘린 거 아니야?"

리즈벳은 아리스에게 잠깐 기다리라고 말한 뒤 다시 식당으로 들어갔다. 하지만 잠시 후 밖으로 다시 나온 그녀는 울상을 짓고 있었다.

"없어. 다른 데 떨어뜨렸나?"

"기숙사에 있을 수도 있잖아."

하지만 결론적으로 말하자면 식당까지 이어진 가로수 길에도, 기숙사 방에도 리즈벳의 팔찌는 없었다.

"아! 교실에 가 봐야겠어!"

"잠깐만, 리즈벳……."

그냥 내일 찾으러 가면 될 것 같은데, 리즈벳은 아리스가 미처 말리기도 전에 다시 기숙사 방을 뛰쳐나갔다. 팔찌가 사라졌다는 사실을 알자마자 저렇게 되찾으러 혈안이 된 것을 보니 아리스도 가만히 있을 수가 없어졌다. 그래서 기숙사 방을 구석구석 뒤져보았지만 그녀가 찾는 것은 어디에서도 모습을 드러내지 않았다.

"으어어, 난 망했어! 누가 주워 갔나 봐. 걸리면 없애 버릴 거야!"

한참이 지나서 돌아온 리즈벳은 곧장 침대에 엎드리며 엉엉 흐느끼는 소리를 냈다.

"교실에도 없어?"

"아무데도 없어. 점심에 갔던 잔디밭에도 가 봤는데."

"오늘 없어진 건 맞아? 생각해 보니까 오늘 아침에도 못 본 것 같은데. 잘 생각해 봐."

리즈벳이 이렇게 속상해하는 이유는 그것이 아리스와 함께 맞춘 우정 팔찌이기 때문이었다. 리즈벳은 전부터 유독 그런 것을 좋아했다. 지난번 마리네쥬 의상실에서 비슷한 옷을 사서 다음에 밖에서 만날 때 입자고 했던 것만 보아도 그랬다.

아리스의 물음에 리즈벳은 머리를 부여잡고 끙끙거렸다. 그리고 잠시 후 불현듯 중요한 깨달음을 얻은 듯이 침대에서 벌떡 몸을 일으켰다.

"아! 잡초!"

잡초? 그 말을 들으니 아리스도 생각나는 것이 있었다.

"어제 잡초 뽑을 때 떨어뜨렸나 봐!"

리즈벳은 지난번 부 활동 때 화분을 깨트린 일로 가비 루크라임과 함께 레안 아르카노발 교수에게 방과 후마다 벌을 받고 있었다. 그들은 기껏해야 온실에서 비료 포대를 나른다거나 하는 일을 예상했다.* 하지만 레안 아르카노발 교수는 지독하게도 담벼락 주변과 후원 쪽의 잡초를 뽑을 것을 지시했다.

그래서 리즈벳은 매일매일 잡초와의 씨름으로 녹초가 된 채 기숙사 방에 돌아오고는 했다. 오죽했으면 그렇게 질색하던 가비 루크라임에 대해서도 푸념 한마디 못할 정도였으니, 그녀의 고생이 얼마나 큰지 알 만했다.

"가 봐야겠어."

"같이 가."

아리스는 눈을 번뜩이며 자리를 박차고 일어난 리즈벳을 따라 기숙사를 나섰다.

멀리 보이는 산등성이 너머로 해가 뉘엿뉘엿 넘어가고 있었다. 그나마 오늘은 저녁 식사를 일찍 한 축에 속했기 때문에 아직 밖이 밝아 다행이었다.

그래도 학교 전체를 둘러싸고 있는 담벼락 근처의 잔디밭을 전부 다 살펴볼 수 있을까? 하지만 어제 하루 동안 잡초를 뽑은 구역만이라면 둘이 함께 충분히 찾아볼 수 있을지도 몰랐다.

"그래도 가비랑 구역을 반씩 나눠서 작업했으니까 어제 내가 있었던 데만 찾아보면 될 거야."

아리스와 리즈벳은 무성한 풀들 사이를 누비며 반짝이는 것을 찾기 시작했다. 그나마 리즈벳이 어제 높이 웃자란 잡초들을 모두 뽑아 놓은 후였기 때문에 바닥을 살피는 것도 한결 수월했다. 아리스는 자꾸만 흘러내리는 머리카락이 거추장스러워서 한 손으로 모아 잡고 고개를 숙였다.

"야, 왜 안 보이지?"

시간이 얼마나 지났을까. 리즈벳이 속상하다는 듯이 외쳤다. 당연히 이곳에 있을 거라고 생각했는데 보이지 않자 좌절한 기색이 역력했다.

"어제 또 다른 데는 안 갔어? 저녁 먹을 때는 팔에 하고 있었던 것 같은데."

아리스는 어제의 기억을 애써 더듬어 보다 리즈벳을 향해 말했다.

"그럼 온실인가? 장갑 꺼내러 갔었던 것 같기도 하고. 아닌가? 가비 루크라임이 가져다 줬던 것 같기도 한데."

리즈벳은 기억이 가물가물한지 영 자신감이 없는 목소리로 중얼거렸다.

"혹시 모르니까 다녀와 볼게."

"그럼 난 여기서 좀 더 찾아보고 있을게."

그래도 아리스의 말에 혹시나 싶은지 그녀는 또 자리에서 벌떡 일어나 온실을 향해 달려갔다. 온실의 위치가 지금 그들이 있는 곳에서 육안으로 보일 정도의 거리였기 때문에 아마 다녀오는 데 그리 긴 시간은 소요되지 않을 것이다.

아리스도 리즈벳이 떠난 후 다시 한 번 잔디 위를 훑기 시작했다. 주홍빛 노을이 한창 낮게 깔린 시간이었다. 그래서 반짝이는 무언가가 잔디 위에 떨어져 있으면 쉽게 눈에 띌 거라고 생각했다. 하지만 눈에 띄는 물건은 어디에도 없었다.

역시 여기에는 없는 것 같은데 온실에서는 찾았을까?

그런 생각을 하며 슬슬 그녀도 온실에 가 볼까, 하고 있을 때였다. 오늘 낮에도 맡은 적 있던 향기가 후각을 간질이며 아래에서부터 은은히 피어오르는 풀 냄새 틈을 파고들었다.

아리스는 아까처럼 그 향기를 쫓아 반사적으로 고개를 돌렸다. 그리고 이번에는 곧바로 다이젠과 눈이 마주치고 말았다.

"너 거기서 뭐해?"

기분 탓인지 다이젠은 그녀에게 아는 척을 할까 말까 하다가 갑자기 아리스가 고개를 돌리는 바람에 흠칫한 것 같았다. 그는 아리스의 뒤를 지나가고 있던 모양새로 그녀에게서 몸을 반쯤 비낀 채 어정쩡하게 서 있었다.

다이젠은 자신의 존재를 아리스에게 들키게 되자 움찔 눈매를 찡그렸다. 그리고 잠시 눈동자를 굴리다가 다시금 뻔뻔한 얼굴로 돌아가 아리스에게 말했다.

"그건 내가 물어야 할 것 같은데? 선배야말로 거기서 뭐해?"

가만히 보니 다이젠은 셔츠의 소매를 거의 팔꿈치까지 걷어붙인 채

한 손에는 기다란 삽자루를, 다른 한 손에는 목장갑을 들고 있었다. 아무리 보아도 그것은 방금 전까지 노동을 했던 사람, 혹은 이제부터 노동을 할 계획인 사람 같은 행색이었다.

하지만 누가? 귀차니즘의 대명사인 다이젠 아르카노발이?

누군가 본다면 두 눈을 의심하며 입을 떡 벌릴 광경이었으나 아리스는 놀라지 않았다. 그녀는 다이젠을 한 차례 훑어본 뒤 알 만하다는 듯이 말했다.

"너 또 온실에서 일해? 교수님이 시켰구나."

"알면서 뭘 물어."

그리고 그녀의 말에 다이젠의 얼굴이 구겨지는 것을 보고 쯧 혀를 찼다.

사실 아리스가 오늘의 그를 보고 놀라지 않은 이유는 전에도 이런 모습의 다이젠을 종종 본 적이 있기 때문이었다. 원예부의 고문 교수가 다이젠의 아버지인 레안 아르카노발 교수였기 때문에, 다이젠도 어쩔 수 없이 교내에 총 세 개인 온실의 보수 작업 등을 돕곤 했던 것이다.

그리고 아리스가 그런 것을 아는 이유는…….

"그러는 선배는 웬일이야. 에이드리안하고 헤어진 뒤에는 한동안 안 오더니."

바로 그 온실 중에 하나가 다른 사람들의 눈을 피해 에이드리안과 만나곤 하던 나름의 비밀 장소였기 때문이었다. 물론 아리스는 다이젠이 입학하기 전에 온실이 거의 창고로만 쓰이던 때부터 그곳을 혼자만의 장소로 애용했지만, 에이드리안과 사귄 이후에는 그곳을 그와 공유했었다.

그래서 지난번 에이드리안이 아리스에게 할 말이 있다며 기다리겠다고 했던 장소도 바로 그 온실이었고, 얄궂게도 그에게 일방적인 이별

통보를 들었던 곳도 바로 그곳이었다. 그러니 에이드리안과 헤어진 직후 아리스가 온실에 발길을 끊을 만도 했다.

그리고 아리스가 본의 아니게 온실에 있는 다이젠을 목격했던 것처럼, 다이젠 역시 온실에 있는 아리스를 본 적이 있었다. 그곳이 에이드리안과 주로 만나던 장소라는 사실을 아는 사람도 다이젠이 유일했다.

"리즈벳 때문에."

아리스는 다이젠의 입에서 나온 에이드리안의 이름에 끄응 소리 죽인 신음을 내뱉은 뒤 말했다.

"리즈벳이 요즘 방과 후에 잡초 뽑는 일을 하고 있거든. 그런데 이 근방에 팔찌를 떨어뜨린 것 같다고 해서. 혹시 못 봤어? 지금 내가 한 거랑 비슷하게 생겼는데."

"아……. 봤어. 온실 바닥에 있던데."

"아, 진짜? 지금 리즈벳이 찾으러 갔는데."

"버릴까 하다가 그냥 구석에 놔둬서 금방 못 찾을걸. 잠깐 있어 봐."

다이젠은 짐짓 미간을 찌푸리다가 아리스의 앞에 멈추었던 발길을 다시 뗐다. 그것을 보고 아리스도 자리에서 걸음을 옮겼다.

"온실 갈 거면 같이 가. 어차피 리즈벳도 거기 있으니까."

결국 두 사람은 온실까지 함께 이동하게 되었다.

그런데 막상 다이젠과 나란히 길을 걸으려니 뭔가 어색했다. 이런 식으로 둘이 함께 있는 것이 상당히 오랜만이었기 때문에 더욱 그랬다. 방금 전까지는 서로 아무렇지 않은 양 평범하게 대화했으면서 퍽 우스운 일이었다.

"그런데 너도 의외다. 이런 거 시켜도 안 할 것 같은데."

힐끔 시선을 들어 보니 정면을 응시하고 있는 다이젠의 꽃이 동그란 봉오리를 이루고 있었다. 그것은 석양 같은 붉은 눈동자가 아리스를 스치는 순간 느리게 피어났다가, 그의 시선이 다시 앞으로 움직이는 것과 동시에 지는 해처럼 서서히 다시 몸을 오므렸다.

"나도 귀찮은데 아버지가 협박해서 어쩔 수 없이 하는 거야."

"협박? 무슨 협박?"

호기심에 물었으나 다이젠은 어째서인지 입을 꾹 다물어 버렸다. 아리스는 직감적으로 다이젠이 지금의 화제에 대해 더 이야기하기 싫어한다는 것을 깨달았다. 그래서 아리스는 더 묻지는 않았다. 하지만 고집스럽게 다물어진 다이젠의 입매를 보는 동안 궁금증이 더 커진 것은 어쩔 수 없었다.

뭐지? 교수님이 용돈 삭감이라도 한다고 했나? 천하의 다이젠을 좌지우지할 만큼 두려운 협박이라는 것이 도대체 뭘까 열심히 머리를 굴리는 동안 그들은 온실에 다다랐다.

벌컥!

그리고 바로 그때 온실 문이 열렸다.

"헉!"

"윽."

아리스는 문틈으로 모습을 드러낸 주황색의 머리통이 그대로 다이젠의 명치를 들이받는 모습을 두 눈을 크게 뜬 채 바라보았다.

"헉, 미안! 밖에 아무도 없는 줄 알고."

리즈벳이 깜짝 놀라 사과했다. 다이젠은 방금 전 들이받힌 배가 아픈 듯 장갑을 든 손으로 문지르며 눈썹 사이를 좁히고 있긴 했지만 그래도 리즈벳에게 화를 내지는 않았다.

"아리스도 같이 왔네! 나 팔찌 찾았어!"

아리스를 발견한 리즈벳은 물 만난 고기처럼 신이 나서 외쳤다. 다이젠이 구석에 치워 놨다는 팔찌를 어떻게 요령껏 잘 찾아낸 모양이었다.

"그럼 내가 도와줄 필요 없겠네. 어두워지기 전에 들어가."

낮은 음성이 저녁 공기를 타고 귓가로 흘러들었다. 다이젠은 그렇게 말한 뒤 온실에 들어가려는 듯 리즈벳이 열고 나온 문을 잡았다.

"고마워, 다이젠."

온실 문이 닫히기 전 눈이 마주쳤다.

그 눈동자만큼이나 붉은 꽃이 한 차례 눈앞에 나타났다가 곧 문 뒤로 완전히 모습을 감추었다. 그 꽃의 주인도 아리스의 눈앞에서 함께 사라졌다. 다만 허공에 떠도는 잔향만이 아직까지도 선명한 존재감을 드러내고 있었다.

"다이젠 쟤, 요즘 계속 여기서 뭐 하는 것 같더라. 교수님이 나랑 가비한테만 시킨 줄 알았더니."

리즈벳은 레안 아르카노발이 자기 아들도 부려먹는 악덕 교수라며 기숙사로 돌아가는 길 내내 투덜거렸다. 아무래도 레안 아르카노발에 대한 리즈벳의 평은, 그저 보는 것만으로도 기분이 좋아지는 훌륭한 눈요깃감에서 학생을 괴롭히는 몰인정한 교수로 급격히 격하된 것 같았다.

아리스는 그런 리즈벳에게 적당히 맞장구 쳐 주며 아까부터 서서히 어스름해지기 시작한 길을 걸었다. 저무는 해가 산등성이 너머로 곧 완전히 자취를 감추었다.

지는 해를 보던 아리스도 곧 앞으로 다시 시선을 움직였다.

어째서인지 뒤돌아서기 전 보았던 붉은빛이 눈앞에 잔상처럼 남아 있었다.

9. 아리스의 관찰

그윽한 향기가 코끝에 맴돌았다.

유리 온실 밖은 쌀쌀한 초겨울 바람이 한창 몰아치고 있었지만 그 내부에는 훈훈한 온기가 감돌고 있었다. 철에 맞지 않는 따스함에 계절을 착각한 꽃들이 너도나도 제각각의 아름다움을 자랑하며 함초롬한 꽃망울을 틔웠다.

색색의 어여쁜 꽃들도, 파릇하게 자라난 이름 모를 식물들도 위에서부터 비치는 햇살을 받아 보석처럼 반짝이고 있었다.

"그래서 머셸 그리섬의 다른 책을 좀 더 찾아볼까 생각 중이야. 지금 보고 있는 책은 너무 피상적인 내용만 늘어놓는 것 같아서."

"그 개론서 내용이 썩 친절하지는 않지."

고요한 온실 안에 울려 퍼지는 목소리는 아리스와 에이드리안의 것이었다. 그들은 나란히 화단에 걸터앉아 사이좋게 담요를 나눠 덮고 있었다.

"잠깐 책 좀. 지금 네가 보고 있는 데가 어디야?"

"11장의 정치국제법 부분."

그들이 이야기 중인 것은 요즘 수업을 듣는 교과목에 대한 것이었다. 두 사람은 예전부터 이런 식으로 깊이 있는 학술적 논의를 나누는 것을 즐기곤 했고, 그것은 그들의 관계가 변한 뒤에도 여전했다.

"아, 이 부분. 도식으로 만들어서 보면 좀 편하던데."

"도식?"

"그러니까, 이렇게."

2학년의 겨울. 에이드리안과 아리스가 교제하기 시작한 지도 이제 막 석 달 정도가 지나고 있었다. 그들은 학년 수석과 차석이라는 위명에 걸맞게 퍽 학구적인 커플이어서, 평상시에도 도서관에서 만나 공부를 하는 도서관 데이트를 하거나 지금처럼 점심시간이나 방과 후에 수업 내용에 대한 이야기를 곧잘 나누고는 했다.

"아. 정말 그렇게 정리해서 보니까 간단하네. 계속 헷갈렸는데, 한 번에 이해가 됐어."

아리스가 옆에 있던 종이에 적은 것을 본 에이드리안이 곧 턱을 매만지며 감탄했다.

"아마 이 정도는 너도 금방 생각했을걸. 이 과목은 네가 나보다 잘하잖아."

아리스는 그런 그를 향해 생긋 웃어 보인 뒤 다시 읽고 있던 책으로 고개를 돌렸다.

방과 후의 유리 온실은 고즈넉한 분위기가 지처에 깔려 있어 평온한 느낌이 들었다. 빈 나뭇가지가 고스란히 찬바람을 맞고 있는 바깥과는 상당히 대조되는 아늑함이었다.

주위에 감도는 침묵 역시 불편하지 않았다. 아리스는 에이드리안과 공유하는 이런 시간을 좋아했다. 특별한 무언가를 하지 않아도 그저 그와 함께 있는 것만으로 마음이 편안해졌기 때문이었다.

시선을 조금만 돌려도 곧바로 시야를 가득 메우는 식물들 또한 그 편안함에 한몫했다.

약 1년간에 걸친 보수 작업으로 온실 안에는 이미 예쁜 꽃들이 한 가득이었지만 아직 학생들에게 개방하기 전이라 그런지 현재 이곳을 찾는 사람은 아무도 없었다. 사실 아리스는 이곳이 텅 빈 온실일 때부터 발견해, 그 후로 줄곧 혼자만의 휴식 공간으로 사용하고 있었다. 하지만 지금 그녀는 남자 친구인 에이드리안과 함께였다.

편안한 장소와 편안한 사람. 언제나 다른 사람의 시선에서 자유로울 수 없고, 또 그런 시선들을 의식하며 지내 온 아리스에게 잠시나마 휴식을 취할 수 있도록 해 주는 요소들이었다.

부스럭.

그러다 문득 아리스는 그리 멀지 않은 곳에서 들리는 자그마한 소리에 잠시 눈동자를 옆으로 미끄러뜨렸다. 곧 그녀의 눈동자가 약간 갸름해졌다.

하지만 아리스는 지금 막 그녀의 청각을 건드린 소리에 그리 오랜 관심을 둘 수 없었다. 별안간 뺨 언저리와 귀에 여트막한 온기가 닿았기 때문이었다.

사락.

반사적으로 고개를 돌리자마자 짙은 고동색의 눈동자와 시선이 마주치게 되었다.

"아, 미안. 머리카락이 흘러내려서 불편할까 봐."

에이드리안이 약간 당황한 표정으로 손을 멈칫했다. 마치 저도 모르게 아리스의 머리에 손을 대 놓고 자신도 깜짝 놀란 것 같은 얼굴이었다. 하지만 그는 잠시 머뭇거리다가 다시 말했다.

"아니, 사실은 머리카락이 예뻐서 만져 보고 싶었어."

그러더니 그는 다시금 느리게 손을 뻗어 아리스의 머리카락을 조심스럽게 스쳤다. 비단결 같은 은색 머리카락이 에이드리안의 손 안에서 부드럽게 흘러내렸다.

잠시 후, 그의 손이 이번에는 아리스의 머리카락이 아니라 그녀의 흰 뺨에 닿았다.

한순간 분위기가 미묘해졌다.

사실 그들은 교제한 지 석 달이 지나도록 이런 식의 접촉을 한 적이 한 번도 없었다. 고작 해야 우연을 가장해 손을 잡거나 하는 것이 두 사람 사이에 있던 거의 유일한 신체적 접촉이었다.

허공에서 두 사람의 눈길이 마주쳤다. 꽃들이 풍기는 달콤한 향내가 주위의 공기를 한결 더 그윽하게 만들고 있었다.

마주한 갈색 눈동자에는 지금껏 본 적 없던 낯선 감정이 스며 있었다. 아리스는 그것을 발견하고 손끝을 작게 움찔 하고 말았다.

눈앞의 얼굴이 조금 더 가까워지려던 찰나, 아리스는 고개를 살짝 옆으로 돌리며 미소 지었다.

"밖이 벌써 어두워지기 시작하네. 항상 너랑 같이 있으면 시간 가는 줄도 모르는 것 같아."

암묵적인 거부였고, 그것이 아리스가 할 수 있는 최선이었다. 미안한 마음이 없는 것은 아니었지만 그녀로서도 어쩔 수 없었다.

잠시 후, 뺨에 닿아 있던 온기가 조용히 그녀를 떠났다. 아리스는 에이드리안을 향해 여느 때처럼 예쁘게 웃어 보이며 말했다.

"슬슬 일어나야겠다. 너도 교수님한테 가 봐야 한다고 하지 않았어? 여긴 내가 정리할 테니까 늦기 전에 가 봐."

"그래. 그래야겠네."

에이드리안도 방금 전 있었던 일을 없던 것으로 할 요량인지 엷게 웃으며 아리스의 말에 수긍했다. 곧 그는 아리스를 온실에 혼자 둔 채로 먼저 자리를 떠났다.

화단 위에 홀로 남은 아리스는 에이드리안이 온실을 완전히 벗어날 때까지 그의 뒷모습을 조용히 바라보았다.

그리고 마침내 온실의 문이 완전히 닫히고 난 뒤에야 무릎에 덮고 있던 담요를 홱 걷어 버리고 자리에서 벌떡 일어났다.

"너 또 왜 여기에 있어?"

아리스가 구두 굽 소리를 내며 걸어간 곳은 그녀의 앞에 있는 화단의 건너편이었다. 그리고 그곳에는 방금 전 부스럭거리는 소리를 듣기 전까지만 해도 있는 줄도 몰랐던 사람이 떡 하니 자리해 있었다.

"눈 안 떠? 너 안 자는 거 다 알아."

화단에 줄 비료 부대를 베개 삼아 바닥에 한가로이 누워 있는 것은 다름 아닌 다이젠 아르카노발이었다. 아리스가 걸어오는 소리를 뻔히 들었을 텐데도 시치미를 뚝 떼며 누워 있는 꼴이 여간 황당한 게 아니었다. 게다가 그는 그녀의 말을 귓등으로 듣는 것처럼 자리에서 꼼짝도 하지 않고 있었다.

하지만 아리스가 그렇게까지 말하자 곧 다이젠도 눈을 떠 그녀를 마주했다. 그런데 그 간단한 행동도 귀찮아 죽겠다는 느낌이 폴폴 풍겨져 나와 저절로 얼굴이 찡그러졌다.

"아니, 갈 데가 여기밖에 없어? 어떻게 올 때마다 너랑 마주치는 것 같아."

게다가 방금 전 에이드리안과 함께 있던 모습도 전부 다 봤겠구나 싶어서 아리스는 더욱 심통이 났다. 그야, 남자 친구와 단 둘이 있는 모습을 굳이 다른 사람들에게 보여 주고 싶지는 않았으니까. 아니, 물론 불건전한 행동은 절대 안 했지만! 그래도 일단 그건 별개의 문제였다.

줄곧 황량하던 이 온실을 지금처럼 가꾼 것이 다이젠이라는 사실은 알고 있었다. 그래서 그가 이곳을 자주 들락날락한다는 사실 역시 이미 알고 있었다. 하지만 마음에 안 드는 것은 안 드는 거였다.

"그러는 선배야말로 에이드리안이랑 노닥거릴 데가 여기밖에 없어?"

다이젠은 여전히 건방지게 누운 자세로 그 두 배는 건방진 목소리를 흘려 보냈다. 웃음 한 조각 없는 그 서늘한 얼굴에 아리스는 눈매를 좁히고 말았다.

"내가 방해해서 불만인 것 같은데 방해받은 건 나도 마찬가지거든."

아리스의 입매가 한순간 움찔거렸다.

"에이드리안이 네 친구니? 선배한테 호칭이 그게 뭐야?"

"그딴 자식 어떻게 부르든 내 마음이지, 선배가 무슨 상관이야? 아, 벌써 남자 친구라고 대변인 역할이라도 하려는 건가? 그 자식은 제 입으로 말도 못 한대?"

다이젠은 기다렸다는 듯이 빈정거렸다.

처음 만났을 때부터 그가 이런 식의 어투로 말하는 데에는 익숙했지만 그렇다 해서 지금처럼 대놓고 시비를 거는 것은 전에 없던 일이었다. 게다가 지금 이런 말을 하는 다이젠의 얼굴에는 장난기가 하나도 없었다.

"너 왜 그래?"

"내가 뭘."

"얼마 전부터 계속 나한테 유독 띠껍게 굴잖아."

아리스의 물음에 다이젠은 입을 다물었다.

근래의 그는 계속 기분이 안 좋아 보였다. 아니, 그것을 '기분이 안 좋다'는 말로 표현할 수 있을까. 어쨌든 다이젠은 원래도 살가운 성격이 아니었지만 몇 달 전부터는 그 차가운 기운이 서릿발 같았다.

그리고 아리스는 그가 이러는 이유를 알 수가 없었다. 사실 다이젠이 에이드리안을 은근히 마음에 들어 하지 않는다는 사실은 진작 알고 있었는데, 혹시 그래서 그와 사귀기 시작한 그녀에게도 이런 식의 차가운 태도를 내비치는 걸까?

하지만 다이젠은 물음에 답하는 대신 속을 알 수 없는 침잠한 눈동자로 한참 동안이나 말없이 그녀를 올려다보기만 했다.

"왜 그렇게 쳐다봐?"

"내가 병신 같아서."

잠시 후 귓가에 읊조려진 메마른 음성에 아리스는 흠칫하고 말았다.

다이젠이 이 정도로 과격한 언사를 사용하는 모습을 본 건 이번이 처음이었다. 하지만 또 그런 극적인 단어를 사용한 것치고 그 음성은 지극은 무덤덤했고, 억양 역시 이렇다 할 굴곡이 없었다.

"그게 무슨 말이야?"

"듣고도 몰라? 내가 등신 같아서 웃기다고."

하지만 그의 표정 없는 얼굴이나 건조한 목소리만 따져 보자면 그의 상태는 오히려 모든 감정이 철저히 배제된 것에 가까워 보였다.

다이젠은 그렇게 말해 놓고 팔을 들어 얼굴을 가렸다. 아리스는 드러난 그의 목울대가 무언가를 억누르듯 뻣뻣하게 움직이는 모습을 바라보았다.

"됐어. 원래 이런 말 하려던 것도 아니고."

곧 다이젠이 자리에서 몸을 일으켰다. 그는 그대로 아리스에게 시선한 번 주지 않은 채 걸음을 옮기기 시작했다. 하지만 아리스는 이대로 그를 보내 줄 마음이 없었다. 무엇보다 벌써 몇 달 동안이나 계속된 냉대가 납득이 안 가서, 오늘만큼은 그 이유를 들어야 속이 시원할 것 같았다.

옆을 스쳐 지나가는 다이젠의 팔을 붙잡고 만 건 그래서였다.

"어디 가? 이유나 말하고 가. 네가 그렇게 나만 보면 날 세우는 거 짜증 나거든?"

"어차피 내가 무슨 말을 해도……."

아리스가 원하던 대로 그의 발길이 우뚝 멈추어졌다.

"진지하게 안 들을 거잖아."

하지만 곧 그녀는 다이젠의 얼굴에 걸린 확연한 비소에 움찔하고 말았다.

"선배는 내가 무슨 말을 하던 다 거짓말 같고 우스갯소리 같고 그렇지?"

무의식중에 잡고 있던 팔을 놓고 말자 이번에는 다이젠의 손이 아리스의 손목을 붙들었다. 뜨거운 체온이 순식간에 피부 속으로 스며들었다.

"그러니까 난 아무것도 말 안 해. 아리스 선배가 나한테 궁금해하는 게 뭐든."

마주한 붉은 눈동자 안에는 분노에 가까운 열기가 흔들리고 있어서 아리스는 거기에서 시선을 돌릴 수가 없었다. 천장에서부터 새어 든 지는 해의 농도 짙은 주황빛이 마주한 얼굴의 윤곽을 어스름하게 더듬고 지나갔다.

"하지만 사실은 별로 궁금하지도 않잖아. 그렇지?"

"다이젠……."

"내가 장담하는데, 선배는 지금 나랑 한 대화도 얼마 못 가 금방 잊어버릴 거야."

그러나 그렇게 말하는 다이젠은 그녀에게 화가 난 사람이 아니라 그녀에게 상처를 받은 사람 같았다. 아리스가 결국 말을 잇지 못하고 입을 다문 사이, 그는 어딘가 허탈해 보이는 얼굴로 지금껏 붙잡고 있던 그녀의 팔을 놓았다.

하지만 다음 순간 마주한 다이젠은 얼굴은 이전까지의 서늘하고도 무심한 빛으로 다시금 되돌아가 있었다.

"내 태도가 예전과 다르다고 했지? 이제부터는 전이랑 똑같을 테니 안심해."

그리고 그는 그녀에게인지, 스스로에게인지 모를 말을 건조하게 읊조린 뒤 홀연히 온실을 빠져 나갔다.

"왜냐면 나도 잊을 거니까. 전부 다."

* * *

"아."

햇볕이 쨍쨍한 오후. 다이젠은 화단 가장자리에 조용히 누워 있다 말고 작게 소리 내고 말았다.

지금은 교내에 있는 학생들의 수도 적은 주말이었고, 그래서 그런지 온실 밖에서 느껴지는 소음도 유독 작았다. 이 유리 온실은 입학 직후부터 본의 아니게 자주 오고 가던 곳이기 때문에 다이젠에 있어서 교실보다 익숙한 곳이었다.

오늘도 그는 아버지인 레안 아르카노발 교수의 명으로 다른 온실에서 화초를 돌보다가 옆에 있는 이 유리 온실에 걸음 한 참이었다.

눈가를 가리고 있던 팔을 부스스 내리자 위에서부터 쏟아지는 눈부신 빛이 일직선으로 두 눈을 파고들어 왔다. 다이젠은 천장에 그대로 투영되어 보이는 새파란 하늘을 시야에 담으며 문득 눈매를 찡그렸다.

오랜만에 그리 달갑지 않은 예전의 기억이 떠올라 버렸다.

잊을 것이라고 그렇게 호언장담을 한 주제에 우습지도 않지.

하지만 일 년 전의 일을 생각해도 더 이상 속이 쓰리지는 않은 것을 보면 그는 비록 그 시간들을 잊지는 못했어도 그때의 감정들에서는 벗어나는 데는 성공한 것일지도 몰랐다.

그의 말처럼 정말 아리스는 그때의 일을 다 잊었는데 아직도 혼자만 기억하고 있는 것 같아서 그게 아주 조금 분하기도 했지만 말이다.

그래서 그도 다 잊은 것처럼 행동하려고 했는데. 그리고 충분히 잘하고 있다고 생각했는데. 그런데 지금도 가끔씩은 불현듯 참을 수 없는 무언가가 속에서 울컥울컥 치밀어 올라서.

다이젠은 그 말간 얼굴을 볼 때마다 그녀가 원하는 대로 상냥하게 대해 주고 싶다가 또 괴롭혀 주고 싶다가 생각이 줏대 없이 왔다 갔다 하곤 했다.

살랑.

지금은 문도 완전히 닫아 놓아 바람 한 점 들어온 곳도 없었는데, 옆에 있는 화단에서 문득 짙은 꽃향기가 피어올랐다. 다이젠은 멀거니 천장을 바라보던 눈길을 옆으로 돌렸다.

아직 완전히 개화하지 않은 과꽃이 방금 전 그가 준 물을 머금고 한층 더 선명한 붉은 빛을 내뿜고 있었다. 느리게 손을 움직여 그 이파리를 툭 건드리자 위에 있는 봉오리도 그의 손길을 따라 약하게 흔들거렸다.

좋아하지 않아.

난 그 사람을 좋아하지 않아.

스스로 정말 그렇다고 믿는 것인지, 아니면 스스로에게 읊조리는 다짐 같은 것인지는 알 수가 없었으나 그의 말을 듣는 이 역시 아무도 없었으니 아무래도 상관없었다.

다이젠은 앞에서 어른거리는 붉은빛을 가만히 응시하다가 이윽고 천천히 눈을 감았다. 천장에서 내리비추는 하얀 햇살이 그런 그의 얼굴을 조용히 어루만지고 있었다.

* * *

맑고 화창한 토요일 오후.

에이드리안은 크리스틴과 함께 시간을 보내고 있는 중이었다. 그들은 본래 도서관에서 만나 함께 공부를 할 계획이었다. 그러나 피치 못할 사정으로 지금은 학생 휴게실에 자리한 참이었다.

"고작 말 몇 마디 했다고 사람을 쫓아내다니 이게 말이 돼?"

그리고 그 피치 못한 이유란 바로, 도서관 내에서의 소음 공해로 사서에게 열람실에서 퇴출을 당한 것이었다. 크리스틴은 학생 휴게실의 의자를 거칠게 빼 앉으며 말도 안 된다는 듯이 씩씩거렸다.

"아빠한테 다 말할 거야. 이건 사서가 날 우습게 본 거라고!"

에이드리안의 생각에도 이건 말이 되지 않았다.

"그만 진정해."

사서가 아니라 크리스틴이.

"네 목소리가 크기는 했어. 그러니까 내가 조금만 조용히 하라고 했잖아."

솔직히 말하자면 크리스틴의 목소리는 조금 큰 것이 아니라 상당히 많이 컸다. 간간이 책장 넘기는 소리와 학생들이 무언가를 필기하는 소리를 제외하고는 조용하던 열람실 안에 오직 그녀의 목소리만 쩌렁쩌렁하게 울려 퍼질 정도로.

당황한 에이드리안이 크리스틴에게 주의를 줬을 때에는 그녀도 잠깐이나마 조용했다. 하지만 무의식의 발로인지, 그 후로도 몇 번이나 그녀는 에이드리안에게 말을 걸 때마다 목소리를 죽일 생각을 하지 못했다.

"에이드리안……. 혹시 화났어?"

"아니야. 화 안 났어."

그럼에도 크리스틴은 계속 걱정이 되는지 슬슬 에이드리안의 눈치를 봤다. 하지만 화가 나지 않았다는 말은 거짓말이 아니었다. 사실 그의 감정은 황당함에 가까웠다.

살면서 도서관에서 쫓겨나 본 것은 처음이기 때문에 에이드리안은 아직까지 실감도 나지 않는 상태였다. 거기다 다른 곳도 아닌 도서관에서 이렇게까지 생각 없이 큰 소리로 말하는 사람도 처음 보았다. 그런데도 크리스틴은 이 모든 것이 사서의 잘못이라며 아직까지도 투덜거리고 있었다.

"뭐, 학생 휴게실도 공부하기에 나쁘지 않으니까."

에이드리안은 낮은 한숨을 한 번 내쉰 뒤 책상 위에 책을 올려놓았다. 어차피 크리스틴의 성격이 이런 것은 원래 알고 있었으니 이제 와서 딱히 놀랄 것도 없었다.

"응! 나도 열심히 할 거야."

그래도 웬일로 이번 시험 때부터는 공부를 열심히 하겠다고 그를 따라 도서관에 온 것만으로도 칭찬할 만했다. 그래서 에이드리안은 아까 도서관에서 그랬던 것처럼 다시 한 번 크리스틴을 격려해 주었다.

"그래. 학생 휴게실은 도서관에서처럼 조용히 있을 필요는 없으니까 아까처럼 모르는 게 있으면 물어봐도 돼."

그렇지 않아도 내년에는 졸업 시험도 봐야 할 텐데 크리스틴이 성적에는 전혀 관심이 없는 것 같아 내심 우려가 되던 참이었다. 그런데 모처럼 공부할 마음이 들었다면 남자 친구로서 응원해 주는 것이 당연했다.

그 후로는 가까스로 면학 분위기가 조성되는가 싶었다.

에이드리안은 잠시 아리스와 교제하던 때가 생각났다. 오래 전의 기억을 거슬러 올라갈 필요도 없이 바로 지난 중간시험 기간에만 해도 같이 공부를 했기 때문에, 이렇게 책을 펼쳐 놓고 있으려니 얼마 지나지 않은 기억이 새록새록 생각났다.

아리스와도 이렇게 나란히 앉아 함께 공부를 하고는 했는데. 하지만 지금 그의 옆에 있는 사람은 더 이상 아리스가 아니었다. 그 사실이 문득 이상하게 느껴졌다.

그러나 에이드리안은 곧 고개를 두어 번 저으며 자신이 생각을 떨쳐 버렸다. 지금 그의 여자 친구는 아리스가 아닌 크리스틴이었으니, 이렇게 지난 인연을 계속 떠올리며 되새기는 것은 두 사람 모두에게 미안한 일이었다.

툭툭.

그런데 문득 옆에서 들리는 소리에 시선을 미끄러뜨리자 까딱까딱 위아래로 움직이며 책을 두드리고 있는 펜이 눈에 들어왔다. 크리스틴은 지금 공부 중인 내용이 어려운지 짐짓 얼굴을 찌푸린 채 손에 들고 있는 펜으로 계속 해서 책을 두드리고 있었다.

툭툭툭툭툭.

무의식적인 행동인 것 같아 딱히 별다른 주의를 주지는 않았지만 조용한 공간에 울려 퍼지는 소리가 신경 쓰이는 것은 어쩔 수 없었다. 하지만 에이드리안은 자신이 다른 상념에 빠져 있었기 때문에 저런 작은 소음에도 집중력이 흐트러진 것이라 생각하며 애써 마음을 다 잡으려 노력했다.

드르륵.

하지만 크리스틴은 그것만으로도 모자라 급기야는 의자를 시끄럽게 뒤로 빼 앉으며 책상에 반쯤 엎드리기까지 했다. 에이드리안은 그런 자세로 몸을 자꾸만 뒤척이며 부스럭거리는 크리스틴을 이해할 수 없는 눈동자로 쳐다보았다.

도대체 왜 저렇게 몸을 가만히 놔두지를 못하는 것일까? 아까 전 도서관의 열람실에서도 그러더니.

"에이드리안. 나 이거 잘 모르겠는데 물어봐도 돼?"

하지만 에이드리안은 크리스틴이 자신을 올려다보며 묻는 순간 다시금 마음을 가라앉히고 말았다.

그래. 사람마다 공부가 잘 되는 환경은 전부 다 다른 거니까, 거기에 대고 뭐라고 하는 것도 이상하지.

"어떤 건데?"

"여기, 왜 이게 답이야?"

크리스틴이 천진난만한 얼굴로 자신이 보고 있던 교과서를 내밀었다. 하지만 에이드리안은 그것을 받아서 문제를 확인한 직후 멈칫하고 말았다.

"이건 그냥 공식만 대입하면 되잖아."

"무슨 공식? 그런 거 안 배웠는데?"

여전히 순진무구하기만 한 눈망울에 한순간 말문이 막혔다.

"그럴 리가. 설리반 교수님 수업 아니야?"

"맞아. 우리 반이 아직 수업 진도가 덜 나갔나?"

"이건 학기 초에 배운 내용이야……."

"뭐? 그렇게 한참 전에 배운 걸 어떻게 아직까지 기억해? 학기 초에 배운 거면 기말 고사 범위도 아니잖아. 이상한 교수네!"

크리스틴은 진심으로 어처구니가 없다는 듯이 소리쳤다. 에이드리안은 그런 그녀에게 무어라 말해야 할지 일순간 알 수 없는 기분이 되어 버렸다.

"학기 초에 배웠지만 이번 시험 범위와 연계되는 내용이니까 지금이라도 다시 공부하는 게 좋아."

아무리 학기 초에 처음 나온 공식이라고는 하나 사실상 바로 지난주 교과목 시간에 좀 더 심화된 내용을 포함한 부분까지 진도가 나갔을 게 분명했다. 졸면서 적었는지 무슨 글씨인지 알 수 없기는 했지만, 어쨌든 크리스틴이 필기해 놓은 부분만 봐도 그랬다.

그래도 에이드리안은 답답한 마음을 억누르고 애써 침착하게 설명해 주었다. 크리스틴이 그동안 공부와 담을 쌓고 지냈다는 것 정도야 이미 알고 있지 않았던가. 그러니 그가 도움을 줄 수 있는 일이라면 아무리 사소한 부분이라도 차근차근 알려 주면 될 것이었다.

하지만 그런 의지가 무색하게도, 크리스틴은 에이드리안의 설명에 몇 번이나 고개를 갸웃거리다가 끝내 이해하지 못하는 표정을 한 채 다시 자리로 돌아갔다. 그래서 에이드리안은 방금 전 공부한 내용이 그렇게 어려웠던 것인지, 혹은 그의 설명이 그렇게 알아듣지 못할 만큼 복잡했던 것인지 괜스레 혼란스러운 기분이 들고 말았다.

결국 크리스틴은 그 후 책을 들여다보는 둥 마는 둥 하더니 얼마 못가 수학 교과서를 덮어 버렸다. 그리고 그 다음으로 작문법 교과서를 꺼내고 온갖 색의 펜들로 책의 글씨마다 알록달록하게 밑줄을 치기 시작했다.

에이드리안은 '저렇게 교과서의 모든 내용에 다 밑줄을 그어서 무슨 소용이 있지?' 싶었지만 저것 역시 크리스틴만의 공부 방법일 것이라애써 생각하며 다시금 고개를 돌렸다.

크리스틴은 여전히 산만했다. 아니, 크리스틴은 일 분 일 초 시간이 갈수록 그 전과는 비교조차 할 수 없이 점점 더 산만해지는 것 같았다.

잠시 후 에이드리안은 옆에서부터 느껴지는 시선에 불편함을 느끼고 말았다.

하지만 기분 탓이겠거니 하고 그냥 모른 척하자, 크리스틴은 이제 대놓고 에이드리안이 공부하는 모습을 빤히 쳐다보기 시작했다. 그 모습이 도대체 오늘 이 자리에 공부를 하러 온 건지 에이드리안을 구경하러 온 건지 알 수가 없었다.

잠시 후, 크리스틴이 에이드리안의 책을 향해 팔을 뻗었다. 그녀의 손가락이 가리킨 것은 교과서의 한 귀퉁이에 실린 어느 인물의 초상화였다.

"아, 나 이 플뢰에라는 사람 알아! 그, 그 메가더? 그 사람 부인이지? 엄청난 현모양처였다는!"

그러더니 크리스틴은 눈을 반짝이며 자신도 현모양처가 꿈이라느니, 어릴 때부터 집에서 신부 수업을 받고 있다느니 하는 말을 늘어놓았다.

그 말을 듣고 에이드리안은 이제는 걷잡을 수 없는 기분이 되어 조용히 속삭이고 말았다.

"크리스틴. 플뢰에는 남자야."

"……."

"젊었을 때 요절한 예술가고. 메가더 부인과는 살았던 시대도 국적도 완전히 달라."

"그, 그래? 되게 여자처럼 예쁘게 생겼는데. 다시 보니까 남자 맞네. 에잇, 왜 메가더 부인하고 닮게 생기고 난리야."

그 후 학생 휴게실에는 잠시 동안 침묵이 맴돌았다.

그리고 얼마간의 시간이 지났을 때 마침내 인내심이 끝에 달한 크리스틴이 거칠게 책을 덮으며 버럭 소리 질렀다.

"이런 거 하나도 재미없어!"

그녀는 잔뜩 골이 나서 씩씩거렸다.

"저 사람이 메가더 부인인지 화가인지 내가 알 게 뭐야!"

어쩐지 오래 참는다 했더니 마침내 크리스틴이 폭발했다. 그녀는 옆에 있던 에이드리안의 팔을 붙잡고 칭얼거리기 시작했다.

"에이드리안, 우리 나가서 데이트하자. 넌 공부 같은 거 안 해도 똑똑하니까 책 좀 덜 봐도 시험 잘 볼 거야! 응? 응응? 공부 그만 하고 나가자아아!"

"하아……."

팔을 잡아 흔드는 크리스틴의 옆에서 에이드리안은 깊은 한숨을 내쉬고 말았다. 기말 고사가 그리 오래 남은 것도 아닌데 벌써부터 이러는 것을 보니 앞으로 그의 앞에 펼쳐질 고생길이 눈에 훤했다. 그것을 생각하자 머리가 지끈지끈거렸다.

"밖에 날씨도 엄청 좋아. 이런 날 학교에, 더군다나 실내에만 콕 틀어박혀 있으면 너무 아깝지 않아?"

이상하네. 원래 크리스틴이랑 같이 있으면 이렇게 피곤했던가? 얼마 전까지만 해도 이 끝도 모를 발랄함과 해맑음이 귀엽게 느껴졌던 것 같은데.

"에이드리아아아안!"

"알았어. 알았으니까 그만해."

에이드리안은 결국 크리스틴의 성화에 못 이겨 책을 덮고 자리에서 일어났다. 크리스틴은 좋다고 옆에서 천진난만하게 웃었지만 그것을 보는 동안 어쩐지 그는 조금 착잡한 마음이 들고 말았다.

하지만 크리스틴이 이렇게 좋아하니까. 그러니까 시험공부는 오늘 저녁에 해도 괜찮겠지.

물론 크리스틴이 저녁 늦게까지 쇼핑을 하자며 그를 끌고 다닐 줄 알았다면 절대 하지 않았을 생각이었다.

"일단 기숙사 앞에서 기다려! 나 옷 갈아입고 나올 테니까."

"그냥 이대로 가도 되지 않아?"

"안 돼! 절대 안 돼!"

"알았어……."

그러나 그것을 모르는 에이드리안은 크리스틴과 함께 학생 휴게실을 나섰다. 그들이 이곳에 온 지 불과 30분 정도가 지난 후의 일이었다.

* * *

"저게 지금 뭐하는 거야?"

아리스는 도서관 로비를 가로지르다 말고 그만 헛웃음을 짓고 말았다.

도서관 열람실에서 막 강제로 퇴실당한 에이드리안과 크리스틴이 로비의 한가운데에서 사서와 입씨름을 벌이고 있었다.

"아니, 도서관에서 사람이 말 좀 할 수도 있지! 도대체 멀쩡한 입을 왜 닥치고 있으라는 거야? 도서관이면 다야? 열람실이면 다야!"

"크리스틴! 그만 나가자니까."

"계속 안 나가고 시끄럽게 굴면 벌점 줄 거야!"

결국 화가 머리 꼭대기까지 찬 사서가 벌점까지 운운하고 나서야 크리스틴은 에이드리안에게 이끌려 못 이긴 척 도서관을 나섰다. 아리스는 그 모습을 멀찍이서 흥미진진하게 바라보았다.

와아, 살다 보니 별 진귀한 구경을 다 해 보네.

설마 다른 곳도 아니고 학교 도서관에서 저렇게 난동을 피워 쫓겨나는 학생이 있을 줄은 몰랐다. 더군다나 어린애들도 출입하는 국립 공용 도서관도 아니고 나름대로 지식의 보고라고 불리는 명문 론데 아사크앙의 도서관에서. 게다가 그것만으로도 놀라운데 쫓겨난 사람 중 한 명이 그녀의 전 남자 친구인 에이드리안이라니.

물론 척 봐도 에이드리안은 단지 크리스틴에게 휘말려 덩달아 열람실에서 퇴출당한 것뿐이라는 사실을 알 수 있었지만 그래도 놀라운 건 놀라운 거였다. 아무래도 지난번 로비에서 만났을 때 아리스가 전해 준 충고는 크리스틴의 마음에 닿지 않은 모양이었다.

"뭐야?"

"지금 설마 에이드리안이랑 크리스틴이야?"

"진짜 도서관에서 쫓겨난 거야?"

시장통도 아닌데 갑자기 실내가 소란스러워진 탓에 여기저기 무슨 일인지 구경을 나온 학생들이 많았다. 아리스는 나쁜 의미로 학생들의 구경거리가 된 두 사람을 황당함과 흥미로움이 뒤섞인 눈으로 바라보다가 곧 발길을 돌렸다.

도서관이 놀이터인 줄 아는 여자 친구 때문에 뜻하지 않게 곤욕을 치르게 된 에이드리안이 조금은 안쓰러웠고, 또 조금은 우습기도 한 마음이었다.

뭐, 어차피 다 스스로가 자초한 일이라고 할 수 있었지만. 설마 크리스틴의 성격을 모르고 사귀는 것도 아닐 테고. 으음. 물론 오늘 보니 그 후안무치함의 강도가 아무래도 상상 이상인 것 같기는 하다.

그나저나 저 두 사람이 괜히 사서 선생님의 기분을 저조하게 만들어서 지금 말 걸기가 좀 그렇잖아?

아리스는 크리스틴 때문에 화가 나서 씩씩거리며 자리로 돌아가는 사서를 힐끔 본 뒤 곧장 열람실로 향했다.

어차피 시험 기간이기도 하니 다른 공부를 하다가 볼일을 봐도 되기는 했다. 방금 전 한 차례 소란이 있었기 때문인지 열람실은 약간 어수선한 분위기였다. 하지만 아리스가 안으로 들어서자 소란은 곧 잠잠해졌다.

이따금씩 저들끼리 수군거리는 소리가 들렸지만 그걸 굳이 귀 기울여 듣고 싶지는 않아서 그냥 무시했다. 어차피 뭐라고 떠들고 있을지 들어보지 않아도 알 수 있을 것 같기도 했고 말이다.

언뜻 보니 열람실에서 쫓겨나기 전까지 에이드리안과 크리스틴이 앉았던 것 같은 좌석이 두 개 비어 있었지만 아리스는 빈자리를 그저 한 번 무심하게 시선으로 스친 뒤 다른 비어 있는 좌석에 가서 앉았다.

흐음. 이번에 역사 과목이랑 세계 지리 범위 많던데. 그것부터 공부해 두는 게 나으려나.

아리스는 일단 들고 왔던 책을 책상 위에 펼쳤다. 한 번 자리를 잡고 나니 집중하는 건 그렇게 어렵지 않았다. 곧 그녀는 주위로부터 완전히 격리된 사람처럼 잡음에는 조금도 신경 쓰지 않은 채 눈앞에 있는 책만 들여다보았다.

아리스가 주위의 시선에는 곁눈조차 주지 않자 열람실에 있던 학생들도 하나둘씩 그녀에게 관심을 끄기 시작했다. 아무래도 방금 전 도서관에서 소동을 피웠던 두 사람이 아리스와 밀접한 관련이 있는 이들이었기 때문에 절로 시선이 집중되었던 것인데, 정작 당사자인 아리스가 주위에 무심하자 일찌감치 화력이 꺼지고 말았다.

게다가 애초에 그들 역시 얼마 남지 않은 시험 때문에 공부를 하러 도서관에 왔던 것이었으므로 방금 전의 소란이 아니었다면 애초에 다른 일에 한눈을 팔 이유는 없었을 터였다.

그래서 잠시 후 열람실 안에는 다시금 본래의 정적만이 가득 들어차게 되었다.

아리스는 그때에서야 슬그머니 찌푸려져 있던 미간을 폈다. 학생들이 제각각 책상 위로 고개를 박자 방금 전보다 숨 쉬기가 조금 더 편해졌다. 언뜻 시선을 들어 보니 학생들의 머리 위에 있는 꽃은 어느덧 봉오리나 새싹으로 돌아가 있었다. 그걸 보니 역시 공부하는 것 자체를 그렇게 즐거워하는 학생은 없구나 싶어서 문득 실소가 났다.

시간은 빠르게 지나갔다.

아리스는 저녁 해가 불그스름하게 빛날 무렵에서야 자리에서 일어났다. 자리를 정리하며 언뜻 주변을 살펴보자 아직까지도 책상에 고개를 파묻고 열심히 공부 중인 학생들이 많았다. 시험 기간이기 때문인지 좀 더 늦은 시간까지 도서관에 남아 있을 학생들이 많은 모양이었다.

"안녕하세요."

아리스는 조용히 열람실을 빠져나와 애초에 볼일이 있었던 사서를 향해 다가갔다.

"아, 그래. 아리스구나."

다행히 사서는 아까보다 기분이 많이 나아진 눈치였다. 아리스는 손거울을 들여다보며 화장을 고치고 있는 사서를 향해 웃는 낯으로 입을 열었다.

"혹시 다음 달 신간 도서 내역 좀 잠깐 볼 수 있을까요?"

"그럼, 물론이지."

그래도 평소 다른 학생들에 비해 아리스와 나름의 친분이 있었기 때문인지 사서는 귀찮아하는 기색도 없이 흔쾌히 그녀에게 장부를 건네주었다. 아리스는 그것을 펼쳐 맨 앞 장에 정리된 목록을 한 번 훑어보았다.

"여기서 세 권 정도 미리 예약하고 싶은데 괜찮을까요?"

"그럼 여기에 적어 줄래?"

사실 신간 도서를 미리 예약하는 것은 일반 학생들에게 불가능한 일이었지만 이번에도 사서는 군말 없이 아리스에게 메모지와 펜을 건네주었다. 그녀는 사서가 준 종이에 원하는 책의 제목을 적은 뒤 다시 사서에게 그것을 돌려주며 방긋 웃었다.

"항상 감사합니다. 혹시 바쁘실 때에는 지난번처럼 제가 도와드릴게요."

"어머, 아니야. 아리스가 꼭 내 조카 같아서 챙겨 주고 싶어서 그런걸."

호호호 간드러지는 웃음소리가 귓가에 울렸다.

하지만 말은 이렇게 해도 또 다시 필요한 일이 있으면 지난번처럼 어느 교수님에게 책을 가져다주라는 등의 심부름을 그녀에게 시킬 것이 분명했다. 아리스는 거의 매일 도서관에 출입하는 데다 교수들 사이에서도 인망이 두터운 편이었기 때문에 그런 일이 종종 있었다. 하지만 어차피 서로서로 필요한 것을 취한다고 생각하면 나쁠 것 없는 일이었다.

아리스는 하이에나 같은 다른 학생들에 앞서 누구보다 빠르게 신간 도서를 쟁취한 만족감을 느끼며 도서관을 빠져나갔다.

* * *

건물 밖으로 나서자마자 시야에 온통 주황색 물이 들었다.

그래도 도서관에서 일찍 자리를 정리하고 나온 참이었는데 벌써 해가 뉘엿뉘엿 저물고 있었다. 이제 슬슬 가을의 중반에 접어들 시점이라 그런지 해도 점점 짧아지는 것 같았다.

토요일, 더군다나 아직은 어중간한 저녁 시간이라 교정에는 지나다니는 학생들이 보이지 않았다.

아리스는 저녁 식사를 어떻게 할까 심심한 고민을 하며 기숙사까지 이어진 가로수 길을 걸었다. 리즈벳은 어제 저녁 집으로 돌아가 내일에야 돌아올 참이었기 때문에 오늘은 식당에 가자며 노래를 부를 사람도 없었다. 점심은 기숙사에 남아 있던 다른 친구들과 먹었지만 지금은 입맛이 없는 걸 보니 아무래도 저녁은 그냥 걸러도 될 것 같았다.

사실 아리스는 먹는 것에 대한 욕심이 별로 없어서 무엇이든 행복한 얼굴로 먹어 치우는 리즈벳이 조금 신기했다.

야옹.

그런데 바로 그때, 어디선가 자그마한 울음소리가 들려왔다.

아리스는 의문을 느끼며 소리가 들려온 방향으로 고개를 돌렸다. 그리고 곧바로 길게 뻗은 나무 그림자 아래에 몸을 들이고 있는 작은 생명체를 발견했다.

앗, 고양이다. 하지만 갑자기 웬 고양이지? 기숙사는 교칙상 애완동물을 기르지 못하게 되어 있는데? 그럼 설마 길고양이일까? 하지만 밖에서 안으로 들어오기는 힘들었을 텐데?

"앗."

바로 그때, 고양이가 늘씬한 뒤태를 보이며 살금 걸음을 옮기기 시작했다.

야옹.

그러나 고양이는 몇 걸음 채 옮기기도 전에 아리스를 뒤돌아보며 길게 울음소리를 냈다. 그것이 마치 따라오라는 것 같아서 아리스는 슬쩍 고개를 기울이고 말았다.

그럼에도 그녀가 제자리에서 움직이지 않자 고양이는 몇 걸음 앞에 있는 나무 그늘에 또 다시 자리를 잡고 앉아 제 털을 핥기 시작했다. 그리고 잠시 후 또 다시 아리스를 향해 '냐앙' 가느다란 소리를 내며 꼬리를 살랑살랑 흔들었다.

호오, 제법 밀고 당기기를 할 줄 아는 고양이네.

아리스는 결국 못 이긴 척 자리에서 발길을 떼고 말았다.

그러자 고양이는 언제 그녀에게 살갑게 꼬리를 흔들었냐는 듯이 새치름하게 일어나 도도하게 앞을 향해 걷기 시작했다.

아리스는 '요것 봐라' 하는 심정이 되어 고양이의 늘씬한 자태를 따라 느리게 걸음을 옮겼다.

노르스름한 가을 햇볕 아래로 기다란 그림자가 이어졌다. 아리스는 바람을 따라 낙엽이 얕은 파도처럼 쓸려 다니는 길을 작은 발자국을 따라 걸었다.

"어디까지 가는 거야?"

그런데 고양이는 좀처럼 걸음을 멈출 생각을 하지 않았다. 아리스는 불현듯 '지금 이게 뭐 하는 짓인가' 싶어져서 고양이의 도발 따위는 무시하고 그냥 다시 가던 길을 마저 가기 시작할지 고민했다.

하지만 그녀의 고민은 그리 길지 않았다. 왜냐하면 담벼락에 거의 다 다르자마자 눈앞의 토실한 엉덩이가 우뚝 멈추어졌기 때문이었다.

야옹.

얼룩 고양이는 다시 한 번 아리스를 향해 울더니 갑자기 담벼락 밑을 앞발로 파기 시작했다. 아리스는 그 모습을 '이 고양이가 지금 도대체 뭘 하는 걸까' 하는 호기심 반, '그리고 나는 지금 여기서 도대체 뭘 하고 있는 걸까' 하는 회의감 반을 끌어안은 채 잠시 동안 지켜보았다.

그리고 또 다시 짧은 시간이 지난 후 고양이는 아리스의 발치에 무언가를 물어다가 툭 뱉어 놓았다.

"윽."

그것이 무엇인지 확인한 뒤 그녀는 한순간 움찔하고 말았다.

고양이가 그녀에게 물어다 준 것은 바로 죽은 쥐였다.

아니, 교내에 쥐가 있다니? 아리스의 머릿속에 학교의 위생 사태에 대한 고찰이 순식간에 진을 치며 퍼져 나갔다.

그러고 보니 지난번 같은 반의 친구 한 명이 식당으로 가는 길에 회색의 무언가가 자신의 발을 쏜살같이 밟고 지나갔다며 경기를 일으키려 했는데, 설마 그게 쥐였던 걸까? 아니, 학교에서 받아먹는 등록금이 얼마인데 이래도 되는 건가?

"너 지금 이거 나한테 선물 주는 거야?"

그 와중에 고양이는 한껏 의기양양한 얼굴로 아리스를 올려다보고 있어서 한순간 헛웃음이 나왔다. 기분 탓인지는 모르겠지만 저건 마치 칭찬해 달라는 듯한, 자부심 넘치는 표정이 아닌가?

마치 '너희 집에는 이런 거 없지? 너, 가을 생쥐가 특히 맛있단다. 이 몸이 특별히 자비를 베풀어 맛을 보여 주지. 옛다! 받아라, 인간!' 뭐 이렇게 말하고 있는 것 같은 느낌이었다.

"너 오늘 나랑 처음 만나는데 너무 적극적이다. 나 그렇게 쉬운 여자 아닌데?"

그래도 고양이들이 쥐를 물어다 주는 건 친근감의 표시라는 걸 알아서 그런지 앞에서 '냥냥냥' 우는 고양이가 제법 귀여워 보이기도 했다.

아리스는 애써 눈앞의 죽은 쥐는 무시하려고 노력하면서 고양이의 앞에 무릎을 굽히고 앉았다.

오늘이 초면인데도 불구하고 느닷없이 뒤를 쫓아오라고 하지를 않나, 또 갑자기 선물을 주면서 애정 공세를 펼치지를 않나. 더군다나 낯도 안 가리는 것처럼 지금도 그녀의 앞에서 골골거리며 애교를 피우기까지.

아리스는 머리라도 한 번 쓰다듬어 줘야 하나 싶어져서 손을 들었다.

투욱!

"윽, 잠깐만."

그런데 돌연 고양이가 애써 잊으려 노력 중이던 쥐의 사체를 앞발로 툭 쳐서 그녀의 앞으로 더 가까이 밀어 놓는 바람에 저도 모르게 흠칫하고 말았다.

잠깐…… 혹시 지금 이 고양이를 쓰다듬다가 입이나 발에 손이 닿기라도 하면 저 생쥐를 간접적으로 만진 셈이 되는 거 아니야?

문득 그런 생각을 하자 등줄기로 오소소 소름이 돋으면서 본능적으로 허공에서 손이 우뚝 멈추어졌다.

야옹.

그런데 그런 그녀의 속도 모르고 고양이는 '왜 가만히 있냐, 인간? 내가 이렇게 예쁜 짓을 했는데 날 예뻐해 주고 싶지 않은 거냐?'라고 묻는 듯이 고개를 갸웃거리며 아리스를 쳐다보고 있었다. 그 초롱초롱한 눈망울이 몹시 깜찍했다. 하지만 발치에 있는 흉측한 쥐의 사체에 다시금 시선이 닿는 순간, 귀여운 생명체와의 심적 거리감이 순식간에 벌어졌다.

아리스는 끄응 신음하며 허공에 엉거주춤 멈춘 손을 이러지도 저러지도 못했다.

부스럭.

그런데 바로 그때, 등 위로 부스럭 마른 풀을 밟는 소리가 들렸다. 갑작스럽게 느껴지는 인기척에 아리스는 움찔하여 고개를 돌렸다.

"네로."

다음 순간 부드러운 미성이 귓가에 울렸다. 저녁놀을 받은 진청색 머리카락이 눈앞에서 사르륵 그 모양을 흐트러뜨리는 것이 보였다.

'네로'라고?

아리스의 등 뒤로 나타난 것은 얼마 전 만난 적이 있는 원예부의 유리 하이트였다. 그는 아리스의 곁으로 다가와 자리에 쭈그려 앉은 뒤 아무런 거리낌 없는 손길로 얼룩무늬 고양이의 머리를 쓰다듬었다.

냐아.

"요 녀석, 예쁜 누나한테 선물 줬구나."

고양이가 반갑다는 듯 그의 손에 머리를 부비는 것으로 봐서, 아마도 둘은 면식이 있는 사이인 것 같았다. 게다가 방금 전 유리 하이트가 고양이를 '네로'라고 부르기도 했고 말이다.

그는 아리스를 향해서도 웃는 낯으로 말했다.

"이번 학기부터 보이기 시작한 고양이야. 밖에서 들어온 녀석 같은데, 아마 혼자만 알고 있는 통로가 있는 모양이더라고. 식당 아저씨가 가끔 밥 주는 걸 봤어."

아리스를 힐끔 그의 머리 위로 시선을 던졌다. 지난번 봤을 때와 마찬가지로 그의 머리 위에는 아무것도 없었다.

"이 고양이 이름이 네로예요?"

"응. 네로랑 오늘 처음 봤어?"

"네. 도서관에 들렀다가 기숙사로 가는 길이었는데 갑자기 따라오라고 부르더라고요."

그런데 막상 그렇게 말하고 보니 약간 머쓱했다. 고양이가 사람 말을 할 수 있는 것도 아니고, 그냥 꼬리 좀 흔들고 야옹거리면서 울었다고 해서 '고양이가 따라오라고 했다'고 마음대로 해석해도 되는 건가?

하지만 유리 하이트는 알만하다는 듯이 눈꼬리를 접고 웃었다.

"첫눈에 네가 마음에 들었나 봐. 처음 만나자마자 네로가 이렇게 선물까지 주고 그러는 건 나도 처음 봐."

"아, 이 고양이랑 많이 친하신가 봐요?"

"그냥 오다가다 만나서 가끔 놀아 준 정도야."

조금은 희한했다.

유리 하이트와 이렇게 만나 단둘이 대화하는 것은 처음이었는데도 이상하게 어색하거나 불편한 마음이 들지 않았다. 아까부터 굉장히 자연스럽게 대화를 이끄는 유리 하이트를 보자 조금 신기한 기분이 들기도 했다.

뭐라고 설명해야 할지 잘 모르겠는데, 은근히 분위기가 묘한 선배네.

"그런데 주말인데도 학교에 있네? 역시 시험 기간이라 그런가."

"선배도 시험 기간이라 학교에 남으신 거 아니에요?"

"난 집보다는 학교가 편해서 원래 잘 안 가."

야옹.

유리 하이트의 손길이 좋은지 고양이는 갸르릉거리며 얼굴을 더욱 비비적거렸다. 그는 아리스를 향해 짙은 푸른색의 눈동자를 고정시키며 말했다.

"보나마나 이번에도 네 이름이 벽보 제일 위에 있겠네."

바로 그 순간 아리스는 그에게서 흘러나오는 미묘한 느낌이 어디에서 오는 것인지 깨달을 수 있었다.

아, 그렇구나.

무색, 무취, 무형.

유리 하이트는 마치 투명한 물 같았다.

"배가 고픈 것 같으니까 내가 식당으로 데려갈게."

그렇게 말한 뒤 유리 하이트는 얼룩무늬 고양이를 안아 들었다. 이런 일이 한두 번이 아닌지, 고양이는 거부하지도 않고 유리 하이트의 품에서 하품을 했다.

아리스는 먼저 자리를 떠나는 그의 뒷모습을 잠시 동안 자리에 서서 바라보았다.

* * *

"어? 리즈벳."

기숙사로 돌아가자 익숙한 얼굴이 눈에 띄었다.

아리스는 문을 여는 순간 시야에 들어온 낯익은 주황색 머리칼에 두 눈을 약간 크게 뜨고 말았다. 리즈벳은 외출복 차림 그대로 침대 위에 엎어져 있다 말고 아리스를 향해 반색하며 몸을 일으켰다.

"아리스! 공부하고 와?"

"너 내일 오는 거 아니었어?"

"아, 원래 그러려고 했는데 동생이랑 싸워서 그냥 일찍 왔어."

리즈벳은 생각하기 싫은 일을 떠올렸다는 듯이 입술을 삐죽거렸다.

리즈벳에게는 나이 차이가 많이 나는 남동생이 하나 있었다. 부모님이 늦둥이로 낳은 동생이라서 아마 지금 나이가 8살, 아니면 7살이었을 것이다. 보통 터울이 크면 서로 다툴 일이 없을 것 같은데, 특이하게도 리즈벳과 그 남동생은 허구한 날 싸우기 일쑤였다.

지금도 리즈벳은 어지간히 약이 오른 듯 '어린 게 독하다'고 이를 갈며 중얼거렸다. 아리스는 외동딸이라 그런지 도대체 무슨 일로 다투면 저렇게 바싹 독이 오르게 되는 것인지 도통 알 수가 없었다.

"아무튼 잘 왔어. 너 없어서 얼마나 외로웠는데."

"진짜? 내가 없어서 심심했어?"

"당연하지."

하지만 아리스의 말에 리즈벳은 또 금세 기분이 좋아져서 헤헤거렸다. 아리스는 그런 그녀를 향해 지나가듯 말했다.

"나 방금 그 선배 만났어."

"응? 누구?"

리즈벳의 반문에 아리스는 방금 전 담벼락 근처에서 보았던 얼굴을 떠올렸다.

"원예부의 유리 하이트."

"뭐? 진짜?"

리즈벳은 짝사랑 중인 선배의 이름이 아리스의 입에서 흘러나오자 순식간에 환한 얼굴이 되어 침대에서 벌떡 일어났다.

그 모습을 보니 새삼스럽게도 리즈벳이 정말 유리 하이트를 어지간히 좋아하는 게 아닌가 보구나 싶어졌다. 그래서 아리스는 문득 궁금해져서 물었다.

"리즈벳, 넌 그 선배의 어디가 좋아?"

갑작스러운 물음이었는데도 리즈벳은 잠깐 고민하다가 별 어려움 없이 대답했다.

"음. 하얀색이 잘 어울릴 것 같은 점?"

"응? 그게 뭐야?"

아리스는 책상 위에 책을 내려놓다 말고 등 뒤로 들려오는 목소리에 뒤돌아보고 말았다. 아리스의 묘한 표정에 리즈벳이 잠깐 어떻게 설명해야 할지 고민하듯 짐짓 미간을 찌푸리다가 다시 말했다.

"그러니까 유리 선배는 겉과 속이 동일한 느낌에, 착하고 맑고 투명한 사람이라는 거지!"

스스로도 이걸 어떻게 설명해야 할지 잘 모르겠다는 듯한 느낌이었지만 그래도 아리스는 그럭저럭 납득할 수 있었다. 아리스가 느낀 유리 하이트란 사람은 리즈벳이 설명한 것과 비슷한 느낌이기도 했고 말이다. 게다가 덧붙여지는 리즈벳의 말에는 저도 모르게 공감하여 고개를 주억거릴 수밖에 없었다.

"요즘 대세는 뭐니 뭐니 해도 착하고 다정한, 지고지순한 남자지."

"그건 그래."

아리스는 리즈벳의 말이 끝나기 무섭게 곧바로 긍정했다. 그러자 리즈벳이 역시 뭘 안다는 듯 아리스를 향해 엄지손가락을 척 치켜들었다. 두 사람의 유대감이 한결 더 *끈끈해졌다*.

그런가. 역시 리즈벳이 본 유리 하이트도 그런 사람인가. 하기야, 방금 전에 만나서 얘기해 보니 느낌이 편안하고 괜찮긴 했지. 오히려 그런 식으로 직접 대화를 나눈 것은 처음인데도 마치 한동안 알고 지내던 사람인 양 친숙한 느낌마저 들어 한편으로는 기이할 정도였다.

"리즈벳 지금 배 안 고파?"

아리스는 혼자서 고개를 주억거리며 리즈벳을 향해 넌지시 물었다. 평소라면 밥시간이 되자마자 식당에 가자며 노래를 부르던 리즈벳이다. 하지만 오늘따라 그녀는 아리스의 물음에 고개를 저었다.

"응. 오는 길에 병아리 만주 사 먹어서 그렇게 고프진 않아. 아, 너도 먹을래? 두 봉지 샀는데 내가 먹고 이제 한 봉지 남았어."

"그래? 아쉽네. 아까 들었는데 유리 하이트 선배가 지금 식당에 간다
고 했……."

"당장 밥 먹으러 가자! 빨리!"

아리스의 말이 채 끝나기도 전에 리즈벳이 자리에서 용수철처럼 벌떡
일어났다. 그리고 그녀는 만주를 꺼내려 손을 집어넣고 부스럭거리던
가방을 아무렇게나 내팽개친 뒤 아리스의 팔을 급히 낚아챘다.

어차피 이럴 줄 알고 꺼낸 말이기는 하나 제법 무서운 박력이었다.
아리스는 괜히 리즈벳을 놀려 주고 싶어서 지나가듯 말했다.

"난 저녁 안 먹으려고 했는데? 너도 배 안 고프다며?"

"그래도 삼시 세끼 밥을 잘 챙겨 먹어야지! 자, 가자!"

결국 아리스는 리즈벳에게 이끌려 식당으로까지 뛰다시피 걸어야 했다.

* * *

시간은 착실히 흘러 기말 시험이 눈앞으로 다가왔다.

"아, 나 이번 시험 망했어."

"시험도 얼마 안 남았는데 과제가 너무 많은 거 아니야?"

시험 기간과 겹쳐 교수들은 학생들에게 사정없이 과제 폭탄을 투하했
다. 그래서 학생들은 시험공부를 하랴, 산더미 같은 과제를 처리하랴,
하루하루 고통에 몸부림치고 있었다. 이제 곧 기말 고사라 교수들이 과
제의 양을 줄여 줄 것으로 기대하던 학생들은 배신감마저 느끼며 머리
를 감싸 쥐어야만 했다.

그리고 그것은 리즈벳도 예외는 아니었다.

"아리스, 10년 정치학 과제 다 했어?"

"응, 어제."

"우와, 벌써? 난 주제도 못 정하겠던데."

어제보다 핼쑥해진 얼굴을 한 리즈벳이 과제를 다 끝냈다는 아리스의 말에 부럽다는 얼굴을 했다. 아리스와 리즈벳은 선택 과목이 대부분 겹쳤기 때문에 과제의 양도 엇비슷했는데, 리즈벳은 오늘까지 마감인 과제를 어제 밤새 해치운 뒤 이번에는 내일까지 제출해야 하는 과제에 허덕이고 있었다.

그 모습이 안 되어 보여서 아리스는 리즈벳을 향해 말했다.

"내 거 보여 줄까? 도서관에서 대출한 책도 빌려줄 수 있어. 대신 나중에 네가 반납해 주면."

"헐, 사랑해."

리즈벳은 한껏 감동 받은 얼굴로 난 너뿐이라느니, 영원히 너만 사랑할 거라느니, 한참 동안 아리스를 찬양했다.

그리고 아리스에게서 받은 과제물과 책을 책상 위에 고이 모셔 놓은 뒤 '아아' 탄식하며 의자 등받이에 깊숙이 몸을 기댔다.

"우리 시험 끝나면 케이크 먹으러 가자. 당분이 필요해."

"네가 쏘는 거야?"

"물론이죠, 여왕 폐하."

"그럼 오늘은 이거 먹자."

"앗, 아리스네 어머니의 스페셜 쿠키!"

아리스가 눈앞에 작은 꾸러미 하나를 풀어놓자 리즈벳이 반색하며 달려들었다.

전에 말했다시피 베이킹은 어머니인 줄리아의 취미였고, 그래서 그녀는 이따금씩 아리스의 손에 직접 구운 과자 같은 것을 들려 보내고는 했다.

지금 아리스가 책상에 펼쳐 놓은 것도 어머니가 만든 쿠키였다.

그녀는 홀아버지 밑에서 자랐기 때문에 학창 시절 어머니가 만들어 준 것이라며 과자를 꺼내 나눠 먹는 친구들이 은근히 부러웠다고 했다. 그래서 아리스는 자신이 지금 대신 그 수혜를 받는 것이 아닌가 싶었다.

아리스와 리즈벳은 잠깐 간식을 나눠 먹으며 휴식을 취한 다음 다시금 과제 삼매경에 빠져들었다.

* * *

"한번 확인해 봐야겠네. 작년에 쓰던 현수막이 있는 것 같기는 한데."

기말 시험이 끝나고 얼마 지나지 않아 곧바로 축제 일정이 잡혀 있었기 때문에 학생회와 축제 준비 위원회는 다른 학생들의 두세 배로 바빠졌다.

"그럼 비품 창고에 가 봐야겠네요."

방대한 양의 과제와 공부에 더해 축제 때 필요한 물품 준비, 운영 계획서의 마무리, 교내 각 부서에 공문 넣기, 협력 업체에 연락까지 끝내야 했으니 몸이 두 개라도 되지 않는 한 여유가 없을 수밖에 없었다.

그래서 그들은 모두 지난주에 비해 확연히 초췌해진 얼굴로 회의 시간을 보내고 있었다. 그중에서도 이제 졸업 학년인 4학년은 특히 사흘 밤낮은 못 잔 것처럼 눈 밑이 거뭇해진 상태였다.

"그래, 그럼……. 아리스가 회의 끝나고 비품 창고에 가서 물품 확인 좀 해 주면 안 될까?"

학생회장의 말에 아리스의 눈매가 살짝 찌푸려졌다. 그러자 그가 곧 변명조로 덧붙였다.

"여기 적힌 물품들의 개수 파악은 물론이고 상태를 봐서 새로 사야 할 것과 아닌 걸 따로 체크해야 하니까 꼼꼼한 사람이 하는 게 좋을 것 같아서. 중간에 실수가 생기면 다시 가서 확인해야 하니까."

그것이 틀린 말은 아니었지만 사실 다른 학생들을 제쳐 두고 아리스에게 시킬 만한 일은 아니었다. 하지만 아예 이해가 안 되는 것도 아니었다. 지난번 장부를 확인했던 2학년 후배가 내역을 헷갈리는 바람에 열 권이나 되는 장부의 내용을 다시 훑어야만 했으니까.

피차 바쁘니까 괜히 두세 번 번거롭게 일할 거리를 만들지 말자 이거겠지. 그렇다고 해서 대충 해도 될 일도 아니었으니.

게다가 분명 오늘 이 자리에 모인 사람들 중 아리스가 가장 멀쩡한 모습을 하고 있는 것이 비품 확인을 떠넘긴 주요 원인이 되었을 것이 분명했다. 사실 아리스는 지금껏 학교 시험이나 과제로 다른 학생들처럼 고통을 느낀 적이 없었으므로 이번에도 딱히 기말 시험 직전이라고 해서 시간에 쫓기며 허덕이고 있지는 않았다.

그래도 굳이 이런 허드렛일을 맡아야 하나 싶었지만 잠깐 주위를 훑어보니 확실히 다들 몰골이 말이 아닌지라 아리스는 그냥 조용히 수락했다.

하지만 역시 이해는 별로 되지 않았다. 공부든 과제든 애초에 미리미리 해 두면 이렇게 힘들어하지 않아도 될 텐데. 게다가 어차피 학교 교과 과정이란 게 그렇게 어렵지도 않잖아?

물론 지금 아리스가 하고 있는 생각이야말로 다른 학생들이 들었으면 절대로 납득하지 못할 말이었다.

어쨌든, 다른 학생들에 비해 여유로웠던 아리스는 다른 학생들을 대신해 비품 창고 확인을 하기로 결정한 뒤 회의가 끝나고 밖으로 나섰다.

"아리스, 미안. 나도 같이 가서 도와주고 싶은데 지금 바로 교수님한테 가야 해서."

막 문을 열고 복도에 발을 디뎠을 때 카밀레 키든이 옆으로 따라붙으며 말했다. 오늘도 그녀의 식물은 아리스를 향해 줄기를 휘두르지 못해 안달이었다. 그런데 인간이란 적응의 동물이라 그런지 이제는 눈앞에서 위협적으로 움직이는 가시 줄기를 보아도 전과 같은 감흥이 일지 않았다.

아리스는 카밀레 키든을 향해 미소 지으며 대꾸했다.

"아니야. 간단한 일이니까 굳이 두 사람이나 가서 시간 할애할 필요는 없지."

"그래도 둘이 하면 좀 더 빠를 텐데. 지금 바로 비품 창고에 가는 거야?"

"응. 그래도 지난 학기에 정리를 잘 해 놔서 시간이 오래 걸리지는 않을 거래."

카밀레 키든은 아리스를 향해 '그럼 힘내'라고 말한 뒤 웃는 낯으로 자리를 떠났다. ㄱ 직후 이번에 아리스에게 다가온 것은 에이드리안이었다.

"아리스, 내가 같이 할까?"

아리스는 걸음을 늦추지 않으며 옆에 있는 사람을 힐끔 쳐다보았다.

"괜찮아."

"난 그렇게 바쁘지 않아서……."

"아니."

아리스의 거절에도 에이드리안은 재차 입을 열었다. 하지만 아리스가 그의 말을 막았다.

"너랑 둘이 같이 있는 건 별로 좋지 않을 것 같아."

그 순간 에이드리안의 걸음이 멈추어졌다. 방금 전 귓가를 파고든 말에 잠시 말문이 막힌 눈치였다.

아리스는 아무 말도 덧붙이지 않고 그저 한 번 에이드리안을 쳐다본 뒤 멈추어 서 있는 그를 혼자 둔 채 걸음을 옮겼다.

* * *

비품 창고는 지난번 유리 하이트와 고양이를 만났던 담벼락 한쪽 구석의 으슥한 곳에 있었다.

"문이 왜 이래?"

짤그랑.

아리스는 들고 온 열쇠를 꽂다 말고 덜컹거리는 자물쇠에 눈살을 찌푸리고 말았다. 아무래도 심하게 덜컹거리는 것이 이상해서 다시 열쇠를 빼고 손으로 연결된 부분을 만지자 자물쇠는 곧바로 열렸다.

쯧. 이래서야 축제 때 쓸 비품보다도 비품 창고 자물쇠를 먼저 사야겠네.

끼이익.

그런 생각을 하며 문을 밀치자마자 날카로운 쇳소리가 고막을 찔렀다. 아리스는 미간을 살짝 구기며 창고의 안으로 들어섰다.

이미 문을 열고 들어오기 전부터 느낀 바가 있기는 했지만, 역시 비품 창고는 한동안 제대로 된 관리를 받지 못한 듯했다. 아리스는 코끝을 스치는 케케묵은 냄새에 불만스럽게 한쪽 눈썹을 치켜 올렸다.

이런 곳에 오래 있고 싶지는 않으니 최대한 빨리 할 일만 하고 나가야겠다.

그나마 지난 학기에 정리를 했다는 학생회장의 말이 거짓말은 아닌지 창고에 쌓인 물건들이 제법 깔끔히 정돈되어 있어서 기분이 한결 나아졌다.

아리스는 들고 온 비품 목록과 대조해서 창고 안에 있는 물건들을 하나씩 확인하기 시작했다.

콰앙!

순간, 갑자기 큰 소리가 귀청을 울리더니 창고 안이 방금 전보다 약간 더 어둑해졌다. 아리스는 반사적으로 고개를 돌린 뒤 꽉 닫힌 문을 보고 작게 입을 벌렸다.

달그락.

밖에서 무언가를 만지는 것 같은 매우 수상쩍은 소리가 들렸다. 그러고는 걸음을 재게 놀려 후다닥 달려가는 소리까지.

"뭐야?"

아리스는 멀어지는 발소리를 들으며 쭈그려 앉아 있던 몸을 바로 세웠다. 밖에서 들리는 소리는 이제 거의 사라져 있었다. 누구인지는 몰라도 상당히 급하게 뛰어 창고에서부터 멀어지고 있는 게 분명했다.

아리스는 손에 들고 있던 펜과 비품 목록을 한손에 쥔 뒤 걸음을 옮겨 문을 잡아당겨 보았다.

덜컹.

하지만 문은 한 번 크게 덜컹거릴 뿐 열리지 않았다.

덜그럭거리는 소리에 이어 도망치듯 달음박질쳐 뛰어가던 누군가의 발소리. 방금 전 문 밖에서 들렸던 소리가 다시금 아리스의 뇌리를 스쳐 지나갔다.

깊이 생각해 볼 것도 없이 이 상황에서 가장 가능성이 높게 도출되는 결론은 하나였다.

설마 누가 지금 날 여기에 가둔 건가?

혹시 창고 관리를 하는 사람이 문이 열려 있는 걸 보고 닫은 건 아닐까 하는 생각이 잠깐 들었지만 수위 아저씨라고 하기에는 밖에서 들리던 발소리가 상당히 가벼웠다. 게다가 누가 들어도 그건 분명 도망치는 것 같은 발놀림이었고.

아리스의 미간이 찌푸려졌다.

"귀찮네."

그녀는 다이젠이나 할 법한 소리를 중얼거리며 잠깐 비품 창고 안을 훑어보았다. 그리고 곧 벽에 비스듬히 기대 세워져 있는 부러진 나무토막 같은 것을 들고 문고리를 한 번 내려쳤다.

그러자 '퍽!' 하는 짤막한 소리와 함께 아까부터 덜렁거리던 문고리가 간단히 떨어져 나갔다. 문의 반대쪽에서도 무언가가 툭 떨어지는 소리가 들렸다.

끼이익.

이번에는 손쉽게 문이 열렸다.

"나 참. 도대체 뭐지?"

아리스가 이런 상황에서도 당황하지 않은 것은 아까 전 잔뜩 녹이 슬어 제 역할을 하지 못하고 있던 자물쇠를 보았기 때문이었다. 아무래도 범인은 건들기만 해도 떨어질 것처럼 너덜거리던 자물쇠의 걸이 부분을 미처 발견하지 못한 모양이었다. 하기야, 안에서 듣기에도 움직임을 무척 서두르는 것 같기는 했지.

아리스는 새로 구입할 비품 목록에 문고리까지 추가해야겠다고 생각하며 창고를 나섰다.

손에 들고 있는 열쇠 꾸러미에서 짤그랑거리는 소리가 울렸다. 결국은 무용지물이 된 열쇠를 보자 비품 창고의 보수가 더욱 시급하다고 생각되었다. 바닥으로 고개를 떨어뜨리자마자 부서져 있는 손잡이와 자물쇠가 눈에 들어왔다.

아리스는 그녀를 이곳에 가둔 사람이 도망쳤을 것으로 예상되는 방향으로 가늘게 뜬 눈동자를 고정시켰다. 하지만 이미 그곳에는 아무런 인기척도 느껴지지 않았다.

그리고 바로 그때, 달콤한 꽃향기가 후각을 자극했다.

이제는 굳이 얼굴을 확인하지 않아도 지금 근처에 있는 사람이 누구인지 알 수 있었다. 고개를 돌리자 시야에 비친 것은 역시나 상아색 머리카락에 붉은 눈동자를 가진 남학생 다이젠이었다.

그는 귀찮은 듯이 미간을 좁힌 채 긴 다리를 느리게 움직여 걸어오다가 불현듯 비품 창고 앞에 서 있는 아리스를 보고 멈칫했다. 다음 순간 그의 눈동자에 의문이 어렸다.

"뭐야? 왜 거기서 나와?"

"학생회 일 때문에 비품 확인 좀 하느라."

다이젠은 아리스가 이런 후미진 곳에 서 있는 것이 이상하다는 듯이 물었다. 아리스는 짤막하게 답한 뒤 이번에는 마주한 사람에게 질문을 되돌렸다.

"넌 여기 웬일이야?"

"나는⋯⋯."

다이젠은 무언가를 떠올리듯 잠깐 눈살을 찌푸리다가 대답했다.

"온실에 있었는데 갑자기 큰 소리가 나서."

그러고 보니 온실 역시 정원 옆의 구석진 곳에 있어서 비품 창고와 거리가 멀지 않았다. 그러니 온실에 있던 중에 창고 문이 닫힐 때 난 소리나 혹은 아리스가 문고리를 부술 때 난 소리를 들은 것이 분명했다. 하지만 방금 전 다이젠이 보였던 귀찮은 표정을 생각하자 의문이 생겼다.

저렇게 귀찮아할 거면서 왜 굳이 여기까지 확인을 하러 온 거지?

그런데 아리스가 의문을 표하기 전에 먼저 다이젠이 바닥으로 시선을 내리며 입을 열었다.

"이건 왜 부러졌어?"

그의 눈길이 닿은 곳에는 두 동강 난 문고리와 부서진 자물쇠가 있었다. 처참하리만치 부서진 잔해들을 눈에 담으니 괜스레 겸연쩍어졌다.

"살짝 쳤는데 부러지더라고."

그래서 약간 머쓱하게 말하자 다이젠이 대번에 황당하다는 표정을 지었다.

"열쇠 없었어? 멀쩡한 문을 왜 부숴?"

"열쇠 있어도 안에서는 못 열잖아? 비품 확인하러 들어갔었는데 밖에서 누가 자물쇠를 채워서 어쩔 수 없이."

아리스는 왜인지 변명하는 기분으로 설명했다. 그런데 바로 그 순간 다이젠이 멈칫했다. 그의 붉은 눈동자가 한순간 움찔거린다 싶더니 곧 그 안에 미약하게 날카로운 빛을 품었다.

"잠깐. 안에 들어가 있는데 누가 밖에서 문을 잠갔다고?"

"응."

"그런 말을 뭐 그렇게 태연하게 해?"

다이젠은 이제 황당함을 넘어서 기가 막힌다는 듯이 반응하고 있었다. 아리스는 그런 그를 향해 눈을 몇 번 깜빡거리다가 곧 시선을 약간 옆으로 비끼며 대꾸했다.

"어차피 문고리고 자물쇠고 다 녹슬어서 딱히 갇힌 것도 아니었어."

다이젠의 한쪽 눈썹이 굴곡을 그리며 위로 슬쩍 치켜 올라갔다.

그가 생각했을 때는 창고에 혼자 갇힐 뻔했던 상황에서 이처럼 아무렇지 않은 모습을 보이는 아리스가 이해되지 않았다. 하지만 아리스는 그 나름대로 방금 전의 일이 정말 그녀에게 심각하지 않았기 때문에 오히려 이 정도로 호들갑을 떨며 무서워하는 것도 이상하다고 생각되었다.

물론 방금 전의 일이 정말 고의였다면, 이런 짓을 할 정도로 그녀에게 악의를 품은 사람이 있다는 점에서 쉽게 넘어가서는 안 될 문제이기는 했지만 말이다. 아리스에게도 물론 그 정도의 자각은 있었다.

다이젠은 잠시 입을 꾹 다물고 찌푸린 듯 만 듯한 얼굴로 상황을 살폈다. 여전히 태연한 얼굴을 하고 있는 아리스와 허름한 창고, 그리고 인적 없이 풀만 무성히 자란 주위의 풍경. 그것들을 시야에 담다가 이내 이해가 안 된다는 듯이 아리스에게 따져 물었다.

"애초에 이런 데를 왜 혼자서 오는데?"

"그럼 고작 창고 한 번 오는데 두세 명씩 끌고 오니?"

물론 아리스는 다이젠의 말에 그냥 한 번 헛웃음을 짓고 말았다.

"방금 저 안에 갇혔던 사람 맞아?"

"너 지금 나 걱정해서 이러는 거야?"

어이가 없다는 듯이 물었던 다이젠이 아리스의 반문에 '누가?'하는 표정을 지었다. 아리스는 다이젠의 반응과 상반되게도 그녀의 말에 동요하듯 파르르 흔들리는 꽃잎을 보며 오묘한 표정을 지을 수밖에 없었다.

"뭐야, 진짜 벽이라도 무너졌어?"

바로 그때, 다이젠이 나타난 방향에서 이번에는 다른 사람의 목소리가 들렸다.

슬쩍 고개를 돌리자 눈앞에 있는 사람의 등 뒤로 모습을 드러낸 것은 레안 아르카노발 교수였다. 그는 방금 전의 다이젠과 마찬가지로 한껏 귀찮은 듯한 얼굴로 어슬렁거리며 걸어오다가 아리스를 발견하고 '어' 하고 소리 냈다.

"안녕하세요, 교수님."

"어, 그래⋯⋯."

아리스의 인사에 레안 아르카노발은 어째서인지 찜찜한 표정을 지으며 마지못한 듯 대답했다. 아리스는 그것이 조금 이상했다. 하지만 곧이어 그가 부서진 문고리와 자물쇠를 힐끗 쳐다보며 묻는 말에 방금 전 레안이 보였던 기묘한 반응을 잊고 말았다.

"그런데 이건 왜 이래?"

"축제 때문에 비품 확인 차 왔는데 자물쇠랑 문이 많이 낡아서 건드리자마자 떨어져 버리더라고요."

직접 문고리를 부숴 놓고 아닌 척하는 아리스의 천연덕스러운 모습에 다이젠이 표정을 변화시켰다. 하지만 아무래도 그녀가 직접 학교의 비품을 파손시켰다고 말하기는 좀 그렇지 않은가? 그러나 다이젠은 별 웃기는 짓을 다 보겠다는 듯, 한 차례 코웃음을 친 뒤 아리스가 한 짓을 제 아버지에게 모조리 까발렸다.

"건드려서 떨어진 게 아니라, 방금 전에 창고 안에서 부쉈대요."

"뭐?"

"안에 있는데 밖에서 누가 문을 잠갔다던데."

"뭐?"

다이젠의 말이 뜻밖인지 레안 아르카노발이 진짜냐는 듯이 아리스를 쳐다보았다. 그녀는 뒤에 말만 하면 될 걸 굳이 자신이 문고리를 부쉈다고 고자질한 다이젠을 한 차례 흘겨보았다. 하지만 그는 자신이 뭘 잘못했냐는 듯이 얄미운 표정을 지은 채 그녀를 바라보고 있을 뿐이었다.

아리스는 자신이 기물 파손을 한 사실은 두루뭉술하게 넘기며 밖에서 문을 잠근 사람에게만 초점을 맞추었다.

"혹시 밖에서 문을 잠근 사람이 수위 아저씨였을까요?"

"그 양반 환절기 감기 때문에 어제부터 결근인데."

다행히 레안 아르카노발은 아리스가 은근슬쩍 문고리에 대한 이야기를 넘긴 것을 눈치채지 못했다.

그는 잠깐 날카로운 눈빛으로 주위를 훑어보더니 곧 '지금은 아무도 없는데'라고 중얼거리며 다시 얼굴을 느슨히 했다.

"그래서, 밖으로 나오느라 문을 부쉈다고?"

앗. 그냥 넘어간 줄 알았는데 아니었던 모양이다. 아리스는 짧은 곤혹감을 느꼈지만 '난 아무것도 몰라요'하는 표정을 지어 보이며 대꾸했다.

"부수려고 한 건 아닌데 그냥 툭 치니까 문고리가 떨어지던걸요?"

"뭐, 보니까 많이 낡기는 했네."

다행히 다른 사람이 보기에도 비품 창고가 워낙 많이 낡아 있었던지라 레안은 그럭저럭 수긍했다. 하지만 그는 그렇다고 해서 바로 문고리를 부수냐는 듯이 혼잣말을 중얼거렸다.

"그래도 보통은 안에서 도와달라고 소리치거나 좀 기다려 보지 않나?"

레안과 다이젠은 창고에서 얼마 떨어지지 않은 온실에 있었으니 물론 아리스가 소리를 질렀으면 그것을 듣고 구해 주러 왔을 것이었다. 실제로도 그들은 갑자기 밖에서 난 큰 소리에 상황을 확인하러 여기까지 무거운 발걸음을 이끌고 왔으니까.

그러고 보니 방금 전 다이젠이 귀찮은 얼굴을 하면서도 굳이 이곳에 왔던 것은 아버지인 레안 아르카노발이 시켰기 때문인 것이 분명했다. 그리고 그가 생각보다 오랫동안 돌아오지 않으니 낡은 창고가 정말 무너지기라도 했나 싶어서 뒤늦게 레안 아르카노발이 걸음 한 것이겠지.

"제 힘으로 나갈 수 없었으면 그랬을 거예요."

레안은 아리스의 말에 잠깐 의외라는 듯 눈빛을 변화시켰다. 그러더니 그는 혼자서 무언가를 생각하는 것처럼 짤막하게 '흐음' 소리를 내며 그녀에게 물었다.

"비품 확인은?"

"아, 그건 다 끝냈어요."

"그럼 이제 그것만 교무실에 가져다 두면 되는 건가?"

"아니요, 학생회실에요."

"그래, 그럼 가는 길에 내가 전해 줄게."

그렇게 말하며 레안은 아리스의 대답을 듣기도 전에 그녀의 손에서 비품 목록을 적어 둔 장부를 빼내 갔다.

응? 지금 내가 제대로 들은 건가? 이걸 학생회실에 나 대신 직접 가져다준다고?

그런 그의 행동에 당연하게도 아리스는 의아한 표정을 짓고 말았다.

도대체 왜 레안 아르카노발 교수가 그런 일을 한다는 것일까? 원래 이유 없이 이런 귀찮은 일을 대신 할 그런 이타적인 성격인 것도 아닌데.

"그럼 이제 급한 일 있어?"

"아니요?"

자연스럽게 말꼬리가 올라간 의문문 형식의 물음이 입 밖으로 튀어나왔다. 아리스는 눈앞에 있는 사람이 도대체 왜 이러는 건지 알 수가 없어 약간의 경계심마저 느끼고 있었다.

그렇기 때문에 잇따른 레안 아르카노발의 말에는 오히려 맥이 풀리고 말았다.

"그래, 잘 됐네. 원래 내가 해야 할 일인데 지금 좀 바쁘거든. 네가 대신 온실에 가서 식물에 물 좀 줘라."

물론 그것이 권유의 형식이 아니라 거의 반강제에 가까운 종용이라는 게 마음에 걸리기는 했다. 그는 개인 연구실에 가는 길에 같은 건물에 있는 학생회실에 잠시 들러 장부를 대신 가져다주는 것이 그와 비등한 등가 교환이라고 진심으로 믿는 것 같았다.

"아니, 아버지 일을 뭐 이렇게 당당하게 다른 사람한테 떠넘겨요?"

"아, 기물 파손한 것도 퉁 치는 걸로 하면 되잖아."

"어차피 다 낡아 있었는데 무슨 기물 파손이야?"

내 말이.

아리스는 속으로 공감했다. 레안의 뻔뻔함에 아리스가 잠시 할 말을 잃은 사이, 옆에 있던 다이젠이 어처구니없다는 듯이 따졌다.

"그리고 아무리 급한 일이 없어도 지금이 시험 기간인데 한가할 리가 있나."

"넌 한가하잖아."

"그건 나니까 그런 거고."

뻔뻔한 것은 다이젠도 아버지에게 지지 않았다. 시험 기간임에도 너무도 당당하게 공부를 하지 않는다고 말하는 아들을 향해 레안 아르카노발이 움찔 입매를 꿈틀거렸다.

"너 가끔은 내가 네 아버지이고 교수라는 사실을 잊는 거 아니야?"

"잊지 않았으니까 이 정도로 참는 거지. 애초에 온실 관리도 다 아버지가 해야 하는 일인데 언젠가부터 은근슬쩍 나랑 다른 학생들한테 죄다 떠넘기고 말이야. 오늘도 불러내서는 쓸데없이 온실 유리창이나 닦게 시키고……."

"너 나한테 그러면 안 될 텐데? 약점 잡힌 거 잊었냐?"

"아, 진짜. 아버지가 그러고도 아버지야? 그러고도 교수야?"

"그러게. 나도 슬슬 좀 귀찮다. 그냥 다 너 해라."

가만히 두고 보려니 꼭 둘이서 만담을 하는 것 같았다.

만사를 귀찮아하는 성격상 지금처럼 말씨름하는 것이 누구보다 어울리지 않을 것 같은 두 사람이었다. 그런데 이렇게 닮은 모습으로 티격태격하는 모습을 보니 아닌 척해도 은근히 서로와 마음이 잘 맞는 것이 아닌가 싶었다. 서로 비슷한 크기로 펼쳐져 한마디씩을 번갈아 할 때마다 이파리를 하늘거리는 꽃은 또 어떻고.

지난번 교수들의 개인 연구실이 있는 복도에서 그랬듯이, 이번에도 승자는 레안 아르카노발인 듯했다. 그는 아들을 이겨 먹어서 퍽 기분이 좋은지 아까보다 배는 산뜻해진 얼굴로 걸음을 옮겼다.

"하기 싫으면 그냥 저 녀석한테 떠넘기고 가라. 어차피 거절도 못할걸."

레안 아르카노발은 꼭 그 일을 아리스에게 시키고 싶었던 건 아닌 듯, 그렇게 말한 뒤 그녀를 스쳐 지나갔다. 완전히 자리를 떠나기 전에 바닥에 떨어져 있던 부러진 문고리와 자물쇠를 발로 대충 밀어서 구석에 치워 놓는 것도 잊지 않았다.

그런 그의 뒷모습을 다이젠이 소태 씹은 얼굴로 바라보고 있었다.

"난 그동안 몰랐는데 왜 사람들이 너하고 교수님이 닮았다고 했는지 이제 알 것 같아."

"그게 무슨 의미야?"

아리스가 문득 생각나 중얼거린 말에 다이젠이 발끈했다. 정말로 싫다는 듯이 학을 떼는 것을 보자 얘도 참 어지간히 스스로를 모르는구나 싶어서 절로 측은한 표정이 나왔다. 다이젠은 또 그런 아리스의 얼굴을 보고 와락 얼굴을 구겼다.

"그냥 내가 할 테니까 가."

곧 그가 성가시게 되었다는 듯이 쯧 혀를 차며 아리스를 향해 말했다. 하지만 다이젠은 아버지의 명으로 온실 유리창을 닦고 있었다고 하지 않았던가? 레안 아르카노발에게 잡힌 약점이 무엇인지는 몰라도 다이젠에게 있어 보통 중요한 문제가 아닌 모양이었다. 그러니까 귀찮은 일을 싫어하는 저 성격에도 이 모든 걸 감수하면서 아버지가 시킨 일을 하는 거겠지.

"넌 교수님이 다른 일 시킨 거 아니야?"

"물 주는 건 금방 해."

아리스는 다이젠의 말에 흐응, 소리를 내며 그를 물끄러미 쳐다보다가 물었다.

"이렇게 방과 후마다 일하면 시험공부는 언제 해?"

문득 시험 때마다 다이젠의 성적이 나름대로 중상위권이었던 것이 떠올랐다. 물론 아리스는 그의 성적이야 어떻게 되든 평소 관심이 없었다. 하지만 학생회에서 다이젠과 같은 학년인 학생들이 '저 녀석은 수업 시간에도 매일 자고 공부도 안 하는데 시험만 보면 나보다 성적이 좋다'고 억울한 어투로 떠들어 대는 것을 들었던 기억이 났다.

지금도 다이젠은 눈 밑이 거뭇하게 되어 시험에 열중하는 다른 학생들과 달리 공부에는 눈곱만큼도 관심이 없어 보였다. 아리스는 갑자기 호기심이 생겼다.

다이젠은 아리스의 말에 콧방귀를 뀌었다.

"공부 같은 거에 목숨 안 걸어도 웬만큼은 해."

"하긴, 학교 공부가 막 그렇게 어렵지는 않지?"

"그 말 다른 애들 앞에서도 하는 건 아니지?"

"내가 바보니?"

아리스는 심드렁하게 말한 뒤 또 잠시 동안 가만히 다이젠의 얼굴을 바라보았다. 그에 움찔한 다이젠이 '뭘 그렇게 쳐다 보냐'는 표정을 지어 보였다. 그녀는 다이젠의 머리 위에 있는 꽃이 약간 정신 사납게 파닥이기 시작할 때에서야 시선을 옮겼다.

"물뿌리개는 온실에 있어? 네가 꺼내 줘야 할 것 같은데."

그 말에 다이젠이 멈칫했다.

"그냥 내가 한다니까."

"기물 파손 통 치는 거라잖아. 그냥 여기까지 온 김에 내가 해 줄게."

레안 아르카노발이 시킨 일이었음에도 아리스는 생색을 내며 '내가 널 위해 해 주는 거'라는 듯이 말했다.

아리스는 다이젠과 활짝 핀 붉은 꽃송이를 뒤로한 채로 앞장서 걸었다. 그리고 얼마 안 가 뒤를 돌아보았다.

"왜 안 와?"

다이젠은 아리스의 독촉에 성가시다는 표정을 지으며 손을 들어 제 머리를 헝클어뜨렸다. 그 모습이 자신의 아버지로 인해 발생된 지금의 상황을 퍽이나 귀찮아하는 듯했다.

하지만 그의 꽃은 아리스를 향해 반갑다는 듯이 꽃잎을 파닥파닥 위아래로 흔들고 있었다.

곧 다이젠은 여전히 머리 위의 꽃잎을 파닥이며 아리스의 뒤를 따라오기 시작했다.

* * *

"여기 꽃 많이 폈네? 마지막으로 왔을 때는 거의 없었는데."

온실 안에 들어와 아리스는 주위를 살펴보았다.

에이드리안과의 파국 이후 한 번도 온실을 찾지 않았던 그녀로서는 내부의 변화한 모습이 신기하게 느껴질 수밖에 없었다. 물론 지금 그들이 들어와 있는 온실은 애초에 아리스가 비밀 장소로 삼았던 온실이 아니었다. 학교에는 총 3개의 온실이 있었고, 그중에도 이곳은 가장 마지막으로 보수 중인 온실이기 때문이었다. 그래서 아리스가 마지막으로 본 가을 초쯤에는 정말 흙과 죽은 식물의 줄기, 또 바싹 말라비틀어진 이파리만 내부에 가득했다.

하지만 지금 아리스가 들어와 본 온실의 안에는 그윽한 향기를 뿜어내는 꽃들이 저마다 오순도순 모여 보기 좋게 피어나 있었다. 흙투성이이던 붉은 벽돌 화단도 어느덧 깨끗이 정리되어 있었다. 예전에는 이런저런 잡다한 물건들이 거의 창고처럼 한쪽 구석에 쌓여 있었는데.

그러니 지금의 변모는 실로 놀라운 수준이었다.

"뭐, 시간이 꽤 지났으니까."

그러나 다이젠은 시큰둥하게 반응할 뿐이었다.

분명 레안 아르카노발의 명령에 의해 강제로 수행하는 일이라고 했는데, 온실에 있는 식물에서는 상당히 공을 들여 가꾼 흔적이 느껴졌다. 알고 보니 다이젠도 어울리지 않게 가드닝에 재미가 들린 것이 아닐까? 그러지 않고서야 아무리 약점을 잡혀서라고 한들 강제로 이 정도까지 해내지는 못할 것 같았다.

아리스는 조금 짓궂은 마음이 들어서 그런 그를 향해 눈을 가늘게 접으며 말했다.

"협박 받아서 어쩔 수 없이 하는 것 치고는 아주 본격적인데?"

"대충 해도 이 정도는 되던데. 기껏 해야 온실 하나 돌보는 게 막 그렇게 어렵지는 않잖아?"

하지만 아까 전 아리스가 한 말을 흉내 내며 얄미운 표정을 짓는 다이젠 때문에 결론적으로 아리스만 발끈하고 말았다.

난 저렇게 재수 없게 말 안 했는데!

아리스는 괜히 울컥해서 다이젠이 건네주는 물뿌리개를 홱 낚아챘다.

"이걸로 어느 세월에 물을 줘? 호스 같은 거 없어?"

"수압이 세서 안 돼."

괜스레 트집을 잡았으나 오히려 바보 아니냐는 듯한 눈빛만이 돌아왔을 뿐이었다.

그 꼴을 보고 있으려니 갑자기 회의감이 들었다.

왜 내가 지금 여기에서 이런 물뿌리개 따위나 들고 있는 거지? 게다가 이 재수 없는 다이젠의 얼굴을 마주하고. 그러고 보니까 요즘 이 녀석에 관련된 일에는 나도 모르게 애매하게 행동하는 것 같아. 난 불명확한 건 딱 질색인데.

"왜 째려봐?"

이건 다 저 요망한 꽃 때문이야. 괜히 반갑다는 듯이 꽃잎을 귀엽게 팔랑거리기나 하고.

"거 봐. 내가 그냥 가라고 했지. 하기 싫으면 이리 줘."

"됐어. 저 꽃들은 너보다 내가 물 주는 걸 더 좋아할걸."

그 말에 다이젠이 헛웃음을 흘렸으나 아리스는 눈 하나 깜짝 하지 않은 채 물뿌리개를 들고 새침하게 몸을 돌렸다. 그리고 그 직후 화단 중앙에 있는 붉은 꽃을 발견하고 '어!' 소리 내고 말았다.

"이거 저쪽 온실에도 있던 꽃 아니야?"

아리스가 화단에 핀 꽃을 아는 척하자 다이젠이 한순간 멈칫했다.

"맞아."

"내가 예쁘다고 했던 거 맞지?"

아리스의 기억으로 저 붉은 꽃은 이전에 다른 온실에서 다이젠과 만났을 때 그가 돌보고 있던 꽃과 같은 종인 것 같았다. 어느 날인가 다이젠이 온실에 다 죽어 가는 식물을 가지고 와서 '어차피 죽을 걸 뭐하러 들고 온 거지'하고 생각했던 기억이 난다. 솔직히 아리스는 다이젠이 그 꽃을 살릴 수 있을 것이라고 생각하지 않았다. 하지만 얼마간의 시일이 지난 후 놀랍게도 그녀는 온실 속에 함초롬하게 피어난 붉은 꽃을 볼 수 있었다.

"그런 걸 기억하고 있어?"

"나 바보 아니거든?"

잇따른 다이젠의 음성은 방금 전보다 가라앉은 것이었지만 아리스는 또 다시 그가 자신을 무시하는 줄 알고 반박했다.

"애초에 그렇게 오래 지난 일도 아닌데 왜 기억을 못해?"

그리고 그녀는 눈에 띈 붉은 꽃에 먼저 물을 주기 시작했다.

탐스러운 붉은 꽃송이 위에 물방울이 이슬처럼 알알이 맺혔다.

그리고 보면 다이젠 쟤, 안 어울리게 식물 돌보는 데 능숙하단 말이야? 으음. 레안 아르카노발 교수님을 닮은 건 아닌 것 같고……. 지난번에 도서관에서 만났을 때 리리안 교수님이 식물 관련 책을 직접 추천해 주기도 한 걸 생각해 보면 역시 어머니를 닮은 건가?

그런 생각을 하며 꽃에 물을 주다 보니 문득 무언가가 이상했다. 아까부터 다이젠이 너무 미동 없이 자리에 조용히 서 있는 것 같았다.

아리스는 의문을 품은 눈길을 옆으로 돌렸다. 그리고 그 직후 시야에 들어온 다이젠의 모습에 무의식중에 입술을 작게 벌리고 말았다.

다이젠은 거의 무표정에 가까운 얼굴로 아리스를 쳐다보고 있었다. 아무 말도 없이, 마치 그가 서 있는 자리의 시간만이 멈춘 것처럼.

'무표정한 얼굴'이 아니라 '무표정에 가까운 얼굴'이라 설명한 것은 그 감정 없는 얼굴 위에 가시 같은 얼음 결정이 한 조각 박혀 있는 것 같은 느낌이 들었기 때문이었다.

아리스는 그 표정의 의미를 알 수가 없어서 다만 손에 쥐고 있는 물뿌리개를 주춤거리며 고쳐 잡고 말았다.

그리고 바로 그 순간, 다이젠과 마찬가지로 숨을 죽인 채 미동이 없던 붉은 꽃에서 핏방울 하나가 투욱 떨어져 내렸다.

아니……. 그것은 핏방울이 아니었다. 단순히 일종의 착시 현상에 의해 그렇게 보였을 뿐, 다이젠의 꽃이 방금 전 눈앞에 떨군 것은 붉은 꽃잎이었다.

아리스가 무슨 말을 해야 할지 모른 채 꽃잎이 팔랑거리며 바닥으로 떨어져 내리는 것을 보는 동안 두 번째 꽃잎이 다이젠의 어깨 위로 내려앉았다.

지난번 가로수 길에서의 만남 이후 저 꽃이 자신의 꽃잎을 떨어뜨리는 모습을 보는 것은 이것으로 두 번째였다.

하지만 어째서일까? 무슨 이유로 저렇게 꽃잎을 떨어뜨리는 거지?

그리고 왜 지금 그녀의 눈에는 다이젠의 꽃이 마치 상처를 받은 것처럼 보이는 것일까?

"난 밖에 있을 거니까 다 끝나면 불러."

마침내 다이젠이 입을 열어 나지막한 목소리로 말했다. 그리고 그는 아리스에게서 뒤돌아 문을 향해 걷기 시작했다. 그의 어깨 위에 앉아 있던 붉은 꽃잎이 아리스의 앞으로 느리게 날아들었다.

그녀는 왜인지 자신이 다이젠에게 알지 못할 실수를 저지른 것만 같은 기분에 휩싸여 그 뒷모습이 눈앞에서 사라질 때까지 자리에 우두커니 서 있고 말았다.

* * *

타악.

다이젠은 온실의 문을 닫고 밖으로 나왔다.

탁 트인 공간으로 나오자 실내에 있을 때와는 다른 서늘한 기운이 밀려와 목덜미를 시리게 했다. 잠시 동안 자리에서 움직이지 않던 발걸음이 곧 앞으로 내디뎌졌다. 다이젠은 그대로 걸음을 옮겨 온실의 옆쪽으로 향했다.

온실을 보수하는 데 사용했던 기타 부속물과 자재들은 이제 온실 내부에서 밖으로 옮겨져 있었다. 원래는 진작 비품 창고에 가져다 놓았어야 했으나 온실 정리가 전부 끝난 후에 치울 생각으로 일단은 대충 밖에 꺼내 놓은 것이었다.

다이젠은 허리를 굽혀 아까 큰 소리를 듣고 비품 창고로 향하기 전에 대충 던져 놓았던 것을 들어 올렸다. 아버지인 레안 아르카노발이 그를 이곳에 끌고 온 뒤 걸레 대용으로 쓰라며 던져 준 헌 수건이었다.

하지만 그는 또 그것을 손에 들고 잠시 동안 자리에 우두커니 멈추어 섰다.

쓸데없는 건 잘만 기억하고 있으면서…….

어쩔 수 없이 그런 모난 마음이 불쑥 튀어나와 목구멍을 간질거리게 했다. 다이젠은 그런 스스로가 꼴사나워서 수건을 들고 있지 않은 손으로 머리카락을 약간 거칠게 헤집었다.

하지만 사실은 어쩔 수 없는 일인 것을 알고 있었다. 어차피 고작 그 정도였기 때문이겠지. 아리스에게 있어 과거에 있던 그와의 일은, 또 그라는 존재는. 화단에 피어난 꽃보다도 못한 있으나 마나 한 그런 사람, 또 그런 일. 그러니 별로 중요하지도 않은 지난 기억 따위 잊어버리는 것도 어쩔 수 없겠지. 애초에 모르고 있던 사실도 아니지 않았던가.

그러니 그 역시도 담아 두지 않고 그저 털어 버리는 수밖에 없었다.

다이젠은 소매를 걷어붙이고 다시금 아까 하던 일의 연장선으로 새가 많게 때가 탄 유리창을 닦기 시작했다. 뽀득뽀득 소리가 귀를 울릴 때마다 눈앞에 있는 까만 유리도 본래의 투명한 빛을 되찾아 갔다.

그러나 유리창을 닦는 동안 점차적으로 미간을 구기는가 싶던 다이젠은 결국 얼마 지나지 않아 손에 들고 있던 것을 바닥에 내팽개쳐 버렸다.

"내가 이런 짓을 왜 해야 해."

갑작스럽게 짜증이 밀려들면서 지금 하고 있는 일에도 회의감이 들기 시작했다.

아니, 명색이 교수에 아버지라면서 시험 기간 중인 아들한테 이런 잡일을 막 시켜도 돼? 물론 그렇다고 해서 딱히 공부를 하는 건 아니지만 그래도 대신 그 시간에 기숙사에 가서 잠을 잔다든가 하는 생산적인 일도 얼마든지 할 수 있는 것을.

그러나 바로 그때, 예전에 온실에서 그가 키운 꽃을 '예쁘다'고 했던 아리스의 모습이 문득 뇌리를 스치고 지나갔다. 다이젠은 약간 거친 동작으로 자리에 다리를 굽히고 앉아 손으로 마른세수를 했다.

그러자 방금 전 온실 안에서 긴장감 없이 부드럽게 풀어진 얼굴로 화단에 물을 주던 아리스가 또 한 번 그의 머릿속을 훑고 지나갔다. 다이젠의 입술에서 억누른 숨이 새어 나왔다.

사실 그는 아리스가 다른 사람들 앞에서 보이는 완전무결해 보이는 미소 띤 얼굴보다 온실에서 혼자 있을 때 지어 보이는 무방비해 보이는 얼굴이 더 보기 좋다고 생각했다.

다이젠은 속으로 스스로를 향한 욕설을 중얼거리면서 방금 전 그가 내팽개쳤던 수건을 슬그머니 다시 들고 왔다.

뽀득뽀득.

수건이 지나가는 길마다 까만 때가 걷히기 시작했다. 손닿는 곳마다 깨끗하게 닦아 놓으면 온실 안에 해가 더 잘 들어서 식물들도 한결 더 쑥쑥 자라겠지. 그런데 아버지 손에 놀아나는 것 같은 기분이 드는 건 왜지?

다이젠은 찜찜함에 눈살을 찌푸리면서도 유리를 닦는 손을 멈추지 않았다. 마음속에 솔솔 피어오르는 회의감은 아까보다 한결 더 짙어져 있었으나 더 이상은 손에 든 수건을 바닥에 팽개치는 일도 없었다.

다이젠은 묵묵히 흰 수건이 새까맣게 변할 정도로 온실을 빙 둘러 있는 창문을 닦으며 '지금까지는 한 번도 그런 생각을 해 본 적이 없는데 사실 나는 호구인 게 아닐까'하는 의혹에 미간에 주름이 갈 정도로 인상을 찡그렸다.

"와아, 너 청소 되게 잘한다."

감탄 어린 목소리가 귓가로 날아든 것과 얼굴 옆에 긴 머리카락이 살랑거리며 다가온 것은 거의 동시였다.

"좀 의외네."

생전 처음으로 든 고민에 한눈을 판 사이 어느덧 다가온 아리스가 그의 바로 뒤에 서 있었다.

그녀는 다이젠이 윤이 나게 닦은 유리창을 보고 신기하다는 듯이 반짝이는 유리를 가까이에서 관찰하기까지 했다. 그러는 바람에 창의 밑부분을 닦던 다이젠의 얼굴 옆으로 아리스의 은색 머리카락이 살랑거리며 다가왔다.

툭, 그의 등 뒤로 따뜻한 체온이 닿았다. 꽃향기 비슷한 향내가 훅 달려드는 것을 느끼며 다이젠은 그대로 얼어붙고 말았다.

"엄청 반짝반짝하네. 이 옆은 새까만 걸 보니까 원래는 이렇게 더러웠던 거야?"

낭랑한 음성이 뺨 바로 옆을 스쳐 지나가는 것 같았다. 다이젠의 입술이 잠깐 딱딱하게 굳어 있다가 곧 틈을 내며 벌어졌다.

"너……."

'너무 가까이 붙지 마'라고 말하려고 했다.

하지만 고개를 드는 순간 눈에 들어온 아리스의 얼굴이 너무 지척에 있어서 갑자기 말문이 덜컥 막히고 말았다.

유리에 반사된 노란 햇빛을 머금은 녹색의 눈동자가 눈앞에서 그를 똑바로 직시하고 있었다. 그가 공들여 닦아 놓은 유리보다 더욱 맑고 투명하게 반짝이는 눈동자를 마주하자 갑자기 가슴이 덜컹 내려앉으면서 숨을 들이마시기가 어려워졌다.

물론 그런 와중에도 그의 얼굴은 서늘한 무표정을 유지하고 있어서 지금 그가 느끼고 있는 당황스러운 마음이 조금도 겉으로 티 나지 않는다는 것이 불행 중 다행이었다.

그래서인지 아리스는 그의 속도 모르고 눈썹을 치켜 올리며 따졌다.

"너? 너 지금 나한테 너랬어?"

"물 다 줬으면 이제 가."

다이젠은 아리스에게서 시선을 비끼며 곧장 자리에서 몸을 일으켰다.

"내가 아무리 너보다 어려 보여도 누나거든? 너보다 한 살 많거든?"

"아, 그 말 하려고 했던 거 아니야."

아리스는 성큼성큼 앞서 걸음을 옮기는 다이젠을 따라 걸으며 여지없이 불만을 표출했다. 보아하니 이제는 다이젠이 그녀와 완전히 맞먹으려 한다는 생각에 성질이 난 것이 분명했다. 다이젠은 궁색하게 설명하는 것도 좀 그렇다 싶어서 그냥 짤막하게 변명하고 말았다.

"그게 아니면, 그럼 뭔데?"

하지만 아리스는 그냥 넘어가지 않았다. 다른 건 몰라도 한 살 위인 자신을 '너'라고 부르는 것만큼은 용납하지 못하겠다는 듯한 얼굴이었다. 그걸 보니 아무래도 다이젠이 다른 변명을 더 하지 않는 이상은 이대로 그냥 넘어가지 않을 것 같았다.

그래서 다이젠은 하는 수 없이 방금 전 미처 하려다 못한 말을 다시금 입 밖으로 읊조렸다.

"너무 가까이 오지 말라는 말이었어."

아직 동요한 마음을 가라앉히지 못했기 때문인지 생각보다 냉정하게 들리는 딱딱한 목소리가 밖으로 흘러나왔다. 그래서 남몰래 한순간 멈칫했으나, 다행히도 아리스는 그의 말을 고깝게 듣지 않은 것 같았다.

"진짜야?"

"진짜가 아니면."

다이젠은 일부러 퉁명스럽게 말했다. 그러자 아리스가 '흐음' 소리를 내며 진실을 가늠하려는 듯 눈동자를 가늘게 좁힌 채 다이젠의 옆얼굴을 빤히 쳐다보았다. 당연하게도 그것은 다이젠에게 있어 꽤나 괴로운 일이었다.

곧 그녀는 그가 거짓말을 하지 않았다고 판단한 듯 이번만 봐주겠다는 분위기를 풍기며 다시 시선을 앞으로 돌렸다. 그제야 저도 모르게 딱딱하게 굳어져 있던 다이젠의 얼굴이 아주 약간 긴장감을 던 채 풀어졌다.

그런데 막 온실에 들어서기 직전, 다이젠은 문득 의문이 들었다.

왜 아리스와 나란히 걷고 있는 거지? 아버지가 시킨 일을 다 했으면 곧바로 기숙사로 돌아가면 될 것을.

그는 생각한 것을 말하기 위해 아리스를 향해 고개를 돌렸다. 그리고 어째서인지 아리스가 또 다시 자신을 물끄러미 올려다보고 있는 것을 발견한 뒤 겉으로 드러나지 않게 움찔했다.

그녀는 잠깐 물어볼까 말까 약간 고민하는 표정을 짓다가 곧 그를 향해 입을 열었다.

"다이젠, 너 향수 써?"

"안 쓰는데."

"그럼 샤워할 때 뭐 써?"

"그런 걸 왜 물어?"

느닷없는 물음에 다이젠은 눈매를 좁혔다. 설마 저런 것을 물어보려고 온실 문 앞까지 그와 함께 걸었던 것일까 하는 의문이 들었다.

그리고 다이젠은 뒤이어 아리스가 지나가듯 던진 말에 그만 무어라 반응해야 할지 알 수 없게 되어 버렸다.

"아까 가까이에 있을 때 너한테 좋은 냄새가 나서."

다이젠이 말을 잃고 있는 잠깐 사이 아리스는 또 담담하게 덧붙여 말했다.

"그때 네가 업어 줬을 때도 그랬는데. 그래서 그때부터 궁금했어. 진짜 향수 안 써? 그럼 그냥 네 몸에서 나는 건가."

바로 그 순간 다이젠의 손에서 투욱, 걸레가 떨어졌다. 그러고 보니 원래 유리창을 닦던 곳에 두고 왔어야 할 수건을 여기까지 들고 온 사실도 지금까지 미처 모르고 있었다.

"걸레 떨어졌어."

아리스는 다이젠의 손에서 미끄러진 수건으로 덩달아 시선을 내렸다. 수건은 군데군데 새까만 떼가 묻어 있었다. 손을 대고 싶지 않았지만 다이젠에게서 움직일 기색이 보이지 않았다. 아리스는 하는 수 없이 허리를 굽혔다.

뭐지? 방금 전 내가 물어 본 말이 그렇게 충격적이었나? 하기야 자신 같아도 뜬금없이 어떤 남자애가 자신이 쓰고 있는 향수나 샤워 용품 등을 묻는다면 변태라고 생각할 것 같기는 한데…….

잠깐. 그럼 설마 지금 나를 변태로 보고 있는 거야?

"아, 오해하지 마. 난 이상한 마음으로 물어본 게 아니라…….″

아리스는 걸레의 새하얀 부분을 찾아 손가락 끝으로 집으며 다시 굽혔던 허리를 바로 폈다. 그리고 변태의 누명을 벗기 위해 미간을 찌푸린 채 곧장 해명에 나섰다.

하지만 곧이어 시야에 들어온 다이젠의 모습에 그녀는 곧 할 말을 잃고 말았다.

다이젠은 자리에 못 박힌 듯 서서 방금 전보다 더욱 딱딱하게 얼굴을 굳히고 있었다. 하지만 그런 그의 눈동자에 어린 감정은 분명 의심할 여지조차 없는 '당혹감'이었다.

뭐, 뭐지?

그러한 감정이 전염되듯 이번에는 아리스가 당황하고 말았다.

기껏해야 그녀를 변태라고 놀리거나 헛소리 하지 말라는 등의 핀잔이 돌아올 것이라 생각했는데 이 반응은 도대체 무엇이란 말인가?

게다가 더욱 놀라운 것은 다이젠의 꽃이었다.

사르륵, 사르륵.

아마도 사람의 동공에 지진이 나면 딱 저런 상태이지 않을까? 꽃을 두고 이런 생각을 하는 것 자체가 웃기기는 했지만, 다이젠의 머리 위에 있는 꽃은 마치 지금의 당혹감을 어쩌지를 못하겠다는 것처럼 사정

없이 부스럭거리며 흔들리고 있었다.

더군다나 그것뿐만이 아니었다.

아리스를 향해 만개한 붉은 꽃은 마치 사람이 손으로 얼굴을 가리듯 곁에 있는 가장 큰 두 개의 잎을 들어서 꽃술을 홱 감싸기까지 했다.

그녀는 자신에게서 모습을 감추려는 듯이 줄기를 꼬아 홱 뒤돌기까지 하는 꽃을 보고 그만 꿀 먹은 벙어리가 되고 말았다.

이번에는 아리스의 손에 들려 있던 걸레가 밑으로 투욱 떨어져 내렸다.

한순간 '어라' 싶으면서 형용할 수 없는 낯선 감정들이 한꺼번에 그녀의 안으로 우르르 달려들어 왔다. 지금 그녀가 보고 있는 게 무엇인지 언뜻 이해가 되지 않았다. 전혀 상상조차 하지 못했던, 엄청나게 뜻밖인 무언가를 보고 만 것 같기는 한데 지금 자신이 본 것이 진짜인지 믿기지가 않았다.

얘, 뭐야. 설마……. 설마 지금 쑥스러워 하는 거야? 누가? 다이젠이? 설마 다이젠 아르카노발이?

"이상한 소리 하지 마."

한 박자 늦게 그녀가 예상했던 힐난 어린 말이 마주한 사람에게서 흘러나왔다. 그런 뒤 다이젠은 아무렇지도 않은 척 다시 아리스가 떨어뜨린 걸레를 집어 들었다.

"쓸데없이 냄새는 왜 맡아? 변태야?"

그런 그의 얼굴은 어느덧 평소와 같은 건방진 낯빛으로 돌아가 있었다. 하지만 머리 위의 꽃은 그렇지 않았다. 아리스는 여전히 자신에게서 몸을 숨기듯 돌아앉은 채 파들파들 몸을 떨고 있는 꽃을 보며 입술을 달싹였다.

"그게 아니라……."

왜인지 엄청나게 당황스럽고 또 엄청나게 오묘하기 짝이 없는 기분이 들어서 지금의 상황에서 벗어나기 위해 일단 아무 말이나 해야겠다는 생각이 들었다.

"네가…… 네가 쓸데없이 지나치게 좋은 냄새를 풍기고 다니니까 그렇잖아."

그런데 웅얼거리듯 작게 내뱉은 변명이 오히려 제 2의 파장을 몰고 왔다.

다이젠은 아리스에게 명치라도 맞은 듯이 그대로 숨을 멈추었고, 아리스는 지금 막 자신이 저도 모르게 내뱉은 말에 지레 놀라 자리에 굳어졌다.

이럴 줄 알았으면 아까 전 별생각 없이 그런 질문을 하는 것이 아니었다. 그저 그녀는 호기심에 물었을 뿐이었다. 지난번 다이젠에게 업혔을 때 맡았던 향기를 아까 유리창 앞에서 또 한 번 느껴서.

아리스는 얼음 석상처럼 굳어 있는 다이젠을 보며 당혹감에 휩싸여 되는대로 말하기 시작했다.

"그래……. 내가 이상한 게 아니라 네가 남자애 주제에 너무 좋은 냄새가 나서 그런 거야."

"……."

"내가 궁금해하는 게 싫었으면 네가 그런 냄새를 나한테 안 풍겼으면 됐잖아."

"……."

"뭐, 대답해 주기 싫으면 됐어. 나도 뭐 그렇게 엄청나게 궁금했던 건 아니거든? 진짜거든."

흔들리는 꽃에서 점점 더 짙게 흘러나오는 달콤한 향내에 머리가 어지러워서 그런지 더욱 아무 생각도 들지 않았다.

아리스는 여전히 아무 말이 없는 다이젠을 향해 횡설수설했다. 그러다가 또 불쑥 말문이 막혔다. 그녀는 잠깐 동안 우두커니 선 채 눈동자만 흔들다가 이내 자리에 못 박혀 있던 걸음을 뗐다.

"그럼…… 나 간다."

다이젠은 그녀의 말을 들은 건지, 듣지 못한 건지, 여전히 말 한마디 없이 뿌리박힌 나무처럼 가만히 서 있기만 할 뿐이었다. 아리스는 그런 그를 홀로 둔 채 빠른 걸음으로 온실에서 멀어졌다.

와, 뭐지? 이거 뭐야?

머리카락을 나부끼며 거의 뛰다시피 걷는 그녀의 표정은 실로 이상했다. 지금 그녀가 느끼는 기분 역시 한마디로 정의 내려 형용하기 어려운 것이었다. 다만 어째서인지 방금 전까지 다이젠을 마주하고 있던 얼굴이 약간 홧홧했다.

내가 살짝 미친 게 아닐까?

아리스는 부스럭거리는 낙엽을 밟으며 지금 자신이 느끼고 있는 감정을 도무지 믿을 수 없다고 생각했다.

어째서, 어째서 다이젠의 꽃도 아니고 저 다이젠이 귀엽다는 생각이 드는 거야?

확실히 머리가 이상해진 모양이었다. 그동안 알게 모르게 시험공부에 스트레스가 쌓이기라도 한 걸까? 그래, 아무래도 그런가 보다. 하긴, 예비 졸업 시험도 얼마 남지 않았는데 아무리 아닌 것 같아도 스트레스를 아예 안 받을 수는 없긴 하겠지.

아리스는 그렇게 자기 합리화를 하며 낙엽이 파도처럼 춤을 추는 길을 달렸다.

이미 지금도 쉬엄쉬엄하고 있기는 하지만 앞으로는 공부하는 시간을 좀 더 줄여야겠다고 생각하면서.

* * *

수많은 학생들을 고뇌에 들게 만들었던 기말 시험이 마침내 끝났다.

"아리스! 주말에 맛있는 거 먹으러 가자!"

리즈벳은 시험이 끝난 직후부터 완전히 신이 나서 교실을 날아다니기라도 할 기세였다. 기말 고사가 끝났다고 해도 축제 후에는 곧바로 4학년은 졸업 시험, 3학년은 예비 졸업 시험이 있었다. 그래도 일단은 급한 불을 한 차례 꺼서 한숨 돌린 탓인지 학생들의 얼굴은 전날보다 확연히 밝았다.

물론 아리스는 철저한 자기 관리로 언제나 가뿐하게 일정을 소화 중이었으므로 그런 학생들 틈에 끼지 않았다. 오늘도 아리스는 5일간이나 이어진 기나긴 시험의 마지막 날을 맞이한 학생이라고는 믿기지 않게도 평소와 같은 단정한 모습을 하고 있었다. 그동안의 피곤이 쌓여 어두침침한 낯빛을 한 학생들과는 상반되게도 그녀의 얼굴에서는 여전히 화사한 빛이 났다.

"일단 오늘은 들어가서 잘 거지?"

"어, 나 거의 이틀 밤을 샜더니 죽을 거 같아. 마지막 시험은 문제를 손으로 풀었는지 발로 풀었는지 모르겠어."

과연 그 말처럼 리즈벳은 졸음이 머리끝까지 차오른 얼굴이었다. 시험이 끝났다는 기쁨에 잠시 활력이 솟아났던 것 같기는 하나 그마저도 잠시뿐, 곧 그녀는 아리스의 어깨에 매달려 기댄 채 추욱 늘어져 버렸다.

"종례 하자마자 기숙사로 가자."

아리스가 그런 리즈벳의 머리를 쓰다듬어 주자 그녀의 머리에 돋아난 새싹이 연한 푸른 잎을 살랑거렸다.

"리, 리, 리즈벳 시험 잘 봤어?"

저 멀리서 아까부터 이쪽을 힐끔거리며 눈치를 보던 가비 루크라임이 마침내 용기를 낸 듯 슬금슬금 다가와 물었다. 리즈벳은 '또 너냐'는 듯이 아리스의 어깨에 기댄 그대로 고개만 살짝 틀어 그런 그를 쳐다보았다. 아무래도 오늘은 기운이 없어 그에게 뭐라고 한 소리 하기도 힘든 것 같았다.

"자, 자두 말랭이 먹을래? 피, 피곤할 때 좋아."

오늘도 가비 루크라임은 훌륭한 자두 말랭이의 수호자였다. 오죽하면 기운 없이 늘어져 있던 리즈벳이 입을 열어 그에게 물었을 정도였다.

"넌 왜 나한테 맨날 자두 말랭이를 먹으래?"

갑작스러운 질문에 그는 놀란 눈치였다. 아리스는 가비가 어쩔 줄 몰라 하며 연갈색 머리카락에 가려진 얼굴을 우왕좌왕 흔드는 모습을 지켜보았다. 곧 그가 '그건……'이라고 운을 떼며 더듬거렸다.

"마, 마, 맛있으니까……."

어느 정도 이미 예상하고 있기는 했으나 생각보다도 단순하기 짝이 없는 답변에 리즈벳은 금세 흥미가 가신 얼굴을 했다.

"너 그게 진짜 맛있어?"

"머, 먹어 볼래?"

"너나 먹어."

그래도 예상 외로 리즈벳은 전처럼 가비 루크라임을 완전히 무시하지 않은 채 상대해 주고 있었다. 물론 마지막까지 자두 말랭이를 거절하기는 했지만……. 그래도 레안 아르카노발에게 잡초를 뽑는 벌을 받으며 함께 시간을 보낸 보람이 있는 것일까? 아직까지 리즈벳의 꽃은 지금 마주하고 있는 사람 앞에서 피어나고 있지 않았지만 말이다.

"지, 지, 진짜 맛있는데."

"그래, 그러니까 너나 먹어."

아리스는 오늘도 예쁜 화관을 만들며 피어난 가비 루크라임의 꽃을 보며 언뜻 미소 짓고 말았다.

* * *

"아, 맛있다!"

리즈벳은 온갖 달콤한 디저트들을 눈앞에 둔 채 행복함에 몸을 부르르 떨었다.

시험이 끝나고 두 사람은 일전에 기약했던 대로 비오스 거리의 카페에 와서 부족했던 당분을 충전하고 있었다. 아리스는 좀 전까지 눈앞에 있는 케이크와 마카롱, 스콘 등을 전부 다 먹어 치울 수 있을까 약간 걱정했다. 하지만 지금 리즈벳이 먹는 것을 보니 오히려 주문한 디저트의 양이 부족할 것 같았다.

"역시 이 맛이야. 사람은 가끔씩 날 잡아서 당을 섭취해야 한다니까?"

아리스도 포크를 들어 리즈벳을 따라 주문한 모카 가나슈 케이크를 먹었다. 약간 쓸쓸한 맛을 선호하는 아리스에게는 조금 달았지만 커피를 함께 마시니 혀에 감겨 있던 질척한 단 맛이 가셔서 그럭저럭 괜찮았다.

잠시 후, 한참 동안 디저트에 집중하던 리즈벳이 맞은편에 앉은 아리스를 뚫어져라 바라보더니 곧 뿌듯한 얼굴로 입을 열었다.

"그런데 아리스, 너 그 옷 진짜 잘 어울린다."

그 순간 아리스는 품위 없게 마시던 커피를 조금 뱉을 뻔했다. 하지만 리즈벳은 아리스의 떨떠름한 반응에도 아랑곳하지 않고 그저 자신의 작품을 흐뭇하게 감상하고 있을 뿐이었다.

"응, 역시 내가 보는 눈이 있어."

오늘 아리스가 입고 있는 것은 지난번 마리네쥬 의상실에서 리즈벳과 함께 구입했던 원피스였다. 아리스는 개나리 색보다 약간 옅은 노란색, 리즈벳은 분홍색이 섞인 다홍색 원피스였는데, 리즈벳의 계속된 성화에 결국은 오늘 그것을 꺼내 입고 말았던 것이다.

아리스는 평소 단정하고 심플한 스타일을 선호했지만 지금 입은 원피스는 리즈벳의 취향을 모조리 쓸어 담은 화려한 옷이었다. 게다가 외출 직전 아리스의 머리는 또 얼마나 공들여 만져 주던지…….

그래서인지 아까 거리에서도 그렇고 지금 카페 안에서도 두 사람이 앉은 테이블을 대놓고 힐끔힐끔 쳐다보는 사람들이 많았다.

그것이 처음에는 약간 불편했으나 아리스는 이왕 이렇게 된 김에 좀 더 뻔뻔해지기로 했다. 취향의 여부를 떠나서 어차피 무슨 옷을 걸치든 자신이 예쁘다는 사실 정도는 스스로가 가장 잘 알고 있었다.

"나보다는 리즈벳, 네가 더 잘 어울리지."

그래서 아리스는 친구와 함께 티타임이라도 가지러 나온 귀족 아가씨처럼 우아하게 커피 잔을 들며 리즈벳을 향해 빙긋 웃어 보였다.

리즈벳도 오늘따라 기분이 무척 좋은 듯 다시금 행복한 얼굴로 눈앞에 있는 디저트를 먹었다.

딸랑.

그러던 어느 순간 아리스는 가게의 문을 열고 들어오는 낯익은 사람을 발견했다.

그 직후 커피 잔을 들고 있던 아리스의 손이 무심코 허공에 멈추어졌다. 창가에서 스미는 햇살에 연녹색으로 빛나는 눈동자가 지금 막 실내로 들어선 사람의 옆모습을 그 안에 조용히 담아냈다.

"어, 다이젠이네?"

아리스를 따라 입을 우물거리며 고개를 돌렸던 리즈벳이 입을 열었다.

두 사람은 나란히 다이젠의 모습을 관찰했다. 그는 케이크의 진열대 앞으로 가더니 그 맞은편에 있던 점원과 무어라 대화를 나누기 시작했다. 무슨 말을 하는지는 당연히 들리지 않았다. 하지만 그 직후 다이젠이 고민하는 얼굴로 진열대를 내려다보며 입을 여는 모습이나 뒤이어 점원이 진열대 안에서 몇 가지의 디저트를 꺼내 포장하기 시작하는 모습을 보았을 때, 아마도 구입할 케이크를 추천해 달라거나 한 게 아닐까 싶었다.

"오, 쟤 케이크 좋아해? 의외네."

그러게.

아리스는 어울리지 않게 달콤한 케이크 앞에서 한참 동안 고민하는 얼굴을 하던 다이젠을 지켜보았다.

"아니면 선물용인가?"

리즈벳이 이어서 고개를 갸웃거리며 중얼거렸다.

아리스의 생각에도 어쩐지 전자보다는 후자 쪽이 더 맞는 것 같았지만……

"앗, 눈 마주쳤다."

바로 다음 순간, 카페 안에 지금까지와는 다른 달짝지근한 향기가 가득 퍼졌다.

어째서인지는 모르겠다. 그러나 다이젠의 붉은 눈동자와 시선이 마주치는 순간, 문득 시간이 멈춘 것 같은 느낌이 들었다. 주위의 웅성거림이 잦아들고 눈앞에 있는 사람만이 그 존재감을 그녀에게 부각시키기 시작했다.

하지만 그 순간은 지극히 짧았다.

붉은 꽃이 또 다시 지난번 온실 앞에서 그랬던 것처럼 꼬물거리며 잎을 흔들더니, 곧 눈앞에서 완전히 사라졌다.

딸랑. 문에 달린 종이 맑은 소리를 퍼트렸다.

"아는 척도 안 하고 가네. 쟤도 참 애가 삭막하단 말이지."

다이젠을 향해 작게 손을 흔들고 있던 리즈벳이 투덜거렸다. 하지만 말이 투덜거렸다 뿐이지, 리즈벳은 곧 다이젠이 저럴 줄 알았다는 것처럼 기분이 조금도 상하지 않은 얼굴로 다시 케이크를 먹기 시작했다.

햇빛이 쏟아져 들어오는 유리창 너머로 멀어지는 다이젠의 뒷모습이 보였다. 아리스는 잠시 동안 창 밖에 시선을 두다가 이내 고개를 돌렸다.

* * *

"아리스 키프로스."

시험이 끝나고 집에서 편안한 주말을 보낸 아리스는 일요일 오후 3시 무렵 일찌감치 학교로 돌아왔다. 그리고 학생회 일로 모아튼 교수의 개인 연구실에 잠시 들렀다가 나오는 길에 레안 아르카노발을 만났다.

그런데 평소라면 그녀의 인사에 대충 고개만 끄덕이고 말았을 그가 웬일로 먼저 아리스를 불렀다.

"마침 잘 만났다. 기숙사 가는 길에 이것 좀 다이젠한테 가져다 줘라."

"다이젠이요?"

"지금 온실에 있으니까."

레안 아르카노발의 손에 들린 것은 무언가를 포장한 듯 부피가 있는 웬 조그마한 종이 봉투였다.

원래 교수들이 시키는 일은 선뜻 맡아 왔던 아리스였지만 이번만큼은 괜스레 찜찜해져서 그녀는 저도 모르게 입을 열어 묻고 말았다.

"왜 저한테 이런 심부름을 시키세요?"

"너희 친하잖아."

"아닌데요."

하지만 레안 아르카노발은 믿지 않는 눈치였다. 사실 그는 예전부터 종종 아리스와 다이젠이 함께 있는 걸 볼 때마다 '너희 친하냐?'라고 지나가듯 묻곤 했다. 물론 그때마다 두 사람의 대답은 같았고, 레안 아르카노발은 그런 그들을 향해 사실 별로 궁금해서 물어 본 건 아니라는 듯이 항상 '그래?'하며 심드렁하게 반응했었다.

그런데 이번에는 도대체 어디에서 그런 확신을 얻고 아리스에게 이러는지 도통 알 수가 없었다.

"거기서 뭐 해요?"

그래서 아리스가 혼자 오묘한 표정을 짓고 있을 때, 문득 등 뒤로 문이 열리는 소리와 함께 누군가의 고운 목소리가 흘러들었다.

아리스는 자신의 등 뒤로 눈길을 움직인 레안 아르카노발의 푸른 꽃이 약간 벌어진 봉오리 상태에서 완전히 만개한 상태로 변하는 것을 보고 그녀가 리리안 란테 아반크 교수라는 사실을 눈치챘다.

"아리스구나."

"안녕하세요, 교수님."

리리안 교수는 무슨 이야기 중이었냐는 듯이 남편을 쳐다보았다. 그러자 레안 아르카노발이 고개를 비스듬히 기울이며 설명했다.

"아까 가져온 거, 다이젠한테 전해 주라고 대신 부탁 좀 했어."

아마도 부부는 주말을 이용해 어딘가를 다녀온 듯했다.

그런데 부탁이라니? 도대체 그가 언제 아리스에게 부탁을 했단 말인가?

레안 아르카노발의 말에 리리안의 자색 눈동자가 그의 손에 들린 것으로 옮겨 갔다. 곧 그녀가 입을 열었다.

"당신이 직접 가져다주지 않으려고요?"

"음. 이번에 강제로 떠맡게 된 연구회 논문 때문에 바빠서."

"그래도 이런 개인적인 일을 학생에게 시키면 되나요."

"괜찮아. 둘이 사적으로 엄청 친해."

"그럼 제대로 부탁을 해야죠. 보나마나 지나가던 애를 붙잡아서 강제로 떠넘기려고 했죠?"

역시 부부는 부부였다. 직접 보지 않아도 레안 아르카노발이 아리스에게 어떤 식으로 말했을지 훤히 아는 것을 보니. 아니, 그것보다 일단 그녀는 다이젠과 사적으로 친하지도 않은데!

아내에게 혼이 난 레안의 꽃이 약간 의기소침한 느낌으로 오므라들었다. 그는 잠시 끄응 신음하더니 곧 아리스에게 다시 고개를 돌렸다. 그리고 국어책을 읽듯이 딱딱한 어투로 말했다.

"기숙사 가는 길에 괜찮으면 온실에 잠깐 들러서 다이젠에게 이걸 좀 전해 주지 않을래? 내가 무척 바빠서 그러는데, 대신 심부름 해 줘서 정말 고맙다."

그런 뒤 아리스의 손에 작은 종이봉투가 휙 떠넘겨졌다. 방금 전에 비해 실로 장족의 발전이라고 할 수 있었지만 그래도 역시 레안은 레안이었다. 그의 모습을 가만히 보고 있던 리리안 교수가 지금 뭘 하는 거냐는 듯이 남편을 한 차례 흘기다가 아리스를 향해 미소 띤 얼굴로 말했다.

"아리스, 이런 심부름은 굳이 안 해도 돼. 다이젠에게는 내가 직접 전해 줄게. 이 사람이 늘 이 모양이라 미안하다."

"아니, 내가 뭘?"

"당신은 가만히 좀 있어요."

레안은 억울하다는 듯이 따졌지만 아내의 말에 또 아무 말도 못하고 불만스러운 표정만 지어 보였다. 아리스는 그의 머리 위에 있는 푸른 꽃이 여전히 의기소침한 모양으로 꽃잎을 오므렸다 폈다 하는 모습을 복잡 미묘한 기분으로 바라보았다.

"아니에요. 어차피 기숙사에 가던 길이 맞으니까 다이젠에게는 제가 가져다줄게요."

"그래도 괜찮겠니?"

"네. 다이젠이 어디에 있을지도 아니까요."

아리스의 말에 레안은 또 옆에서 '거봐, 둘이 엄청 친하다니까.'라고 구시렁거렸다. 하지만 리리안과 아리스 둘 중 누구도 그의 말에는 귀를 기울이지 않았다.

"그럼 고맙지만. 아, 혹시 괜찮으면 잠깐만 기다려 줄래?"

그리고 리리안 교수는 걸음을 서둘러 자신의 개인 연구실로 들어갔다.

"너 때문에 혼났잖아."

아리스는 기회를 놓치지 않고 투덜거리는 레안 아르카노발 교수를 약간 차게 식은 눈빛으로 바라보았다.

그가 소문난 애처가인 것은 알고 있었다. 하지만 막상 이런 광경을 제 눈으로 거듭 확인하게 되니 떨떠름해지는 것은 어쩔 수 없었다. 그동안 가지고 있던 소녀다운 환상들이 서서히 한 꺼풀씩 벗겨지는 것 같은 느낌이었다.

그렇게 아리스가 약간 허탈한 기분으로 서 있는 사이, 리리안 교수가 다시 복도로 나왔다.

"괜찮으면 이거 가져가서 다이젠하고 먹어."

그녀가 건네준 것은 중간 크기의 상자였다. 아리스는 얼결에 그것을 받아서 상자의 겉면에 쓰인 로고를 두 눈에 담은 뒤 한순간 멈칫했다.

"어제 너무 많이 사 버려서. 안에 일회용 포크도 들어 있어."

어제 리즈벳과 함께 갔던 카페의 이름이었다. 아, 그럼 다이젠이 그곳에서 사 갔던 케이크가 혹시 가족들과 먹을 거였나?

"감사합니다."

그런데 이걸 다이젠하고 둘이 먹으라고?

아리스는 난처한 기분이었지만 일단 생글거리며 웃는 리리안 교수에게 감사 인사를 했다.

으음. 그냥 전해 주기만 하고 얼른 기숙사에 가야겠다.

"그리고 다이젠하고 친하게 지내 줘서 고마워."

아리스는 잇따른 리리안의 밝은 목소리에 또 한 번 난처함을 느끼며 찜찜한 마음을 남긴 채로 걸음을 옮겼다.

* * *

온실에 갔을 때, 다이젠은 어디에도 보이지 않았다.

다른 두 온실에도 들러 봤지만 마찬가지였다. 그래서 아리스는 다이젠이 잠깐 다른 볼일을 보러 갔나 보다 생각하며 조금 기다려 보기도 했다.

아무래도 지난번 온실 앞에서 그런 식으로 헤어졌기 때문인지 다이젠의 얼굴을 보는 것이 영 서먹한 느낌이었다. 어제 밖에서 잠깐 눈이 마주치기는 했지만 그때에도 서로 아는 척은 안 했었고 말이다.

아리스는 역시 다이젠을 보면 교수님들에게 받아온 것만 전해 준 뒤 얼른 기숙사로 돌아가야겠다고 생각하며 손에 들고 있는 케이크 상자와 종이봉투를 화단의 붉은 벽돌 위에 내려놓았다.

야옹.

그런데 문득 화단의 뒤쪽에서 지난번 들었던 고양이의 울음소리가 들렸다. 아리스는 혹시 하는 마음으로 걸음을 옮겼다가 곧 시야에 걸린 기다란 꼬리에 입을 벌리고 말았다.

"앗, 고양이."

지난번 만났던 그 얼룩 고양이가 이번에는 온실에 들어온 모양이었다. 어쩐지 안으로 들어오기 전에 문이 열려 있더니, 그 사이로 들어온 건가? 이제 보니 그동안 아리스가 몰랐을 뿐, 예전부터 학교 곳곳을 제 집처럼 누비고 다녔던 것은 아닌가 싶었다.

그러나 아리스는 고양이가 몸을 파묻고 있는 곳이 어디인지 깨달은 뒤 곧 두 눈을 크게 뜰 수밖에 없었다.

"잠깐, 너 지금 뭐하는 거야?"

고양이는 아리스의 목소리를 들은 듯 화단에서 고개를 들었다. 그리고 한 번 야옹거리며 우는데, 그 입에 붙어 있는 것은 어디로 보나 화단에 피어난 꽃과 똑같아 보이는 분홍색의 꽃잎이었다.

파바박!

고양이는 한술 더 떠 날씬한 앞발로 화단의 흙을 파헤치기 시작했다.

"야, 너 그러면 안 돼!"

아리스는 기겁해서 달려갔다.

고양이는 공들여 손질되어 있는 화단을 제 놀이터라고 생각하는 듯 거침없이 발을 놀리며 야옹야옹 울었다. 그 모습에 당황한 아리스가 저도 모르게 화단의 무법자인 얼룩 고양이를 두 손으로 냉큼 들어 올렸다. 손 안에 있는 동물이 불만스럽게 버둥거리는 것이 느껴졌지만 이대로 놓아줄 수는 없었다.

아리스는 일단 고양이에게 폭격 당한 화단에서 몇 걸음 뒤로 물러났다.

"너 이게 무슨 짓이야? 저 화단을 가꾼 사람이 얼마나 오랫동안 공들여서 애썼는지 알아?"

야옹!

"흙을 저렇게 다 파헤쳐 놓으면 어떻게 해? 앗, 너 설마 꽃을 먹기까지 했어?"

애옹애옹!

아리스의 말을 알아듣지는 못해도 자신이 혼나고 있다는 사실은 아는지 방금 전까지만 해도 활기차게 버둥거리고 있던 고양이가 점점 얌전해졌다. 그러더니 글쎄, 이번에는 아리스에게 얼굴을 비비며 가슴팍에

덥석 안겨 드는 것이 아닌가?

엉겁결에 화단에 있던 고양이를 안아 들기는 했으나 원래 이럴 생각은 없었던 아리스는 그만 당황하고 말았다.

냐앙.

고양이는 마치 한 번만 봐달라는 듯 애처롭게 울며 아리스에게 계속 몸을 비볐다. 동물에 대해 잘 모르는 아리스조차 지금 이 고양이가 자신에게 애교를 부리고 있다는 사실을 그리 어렵지 않게 알 수 있을 정도였다.

그것을 보자 아리스는 이 고양이를 어떻게 하고 싶어서 잠시 말문이 막히고 말았다.

"잠깐……. 그런데 너 오늘은 쥐 안 만진 거지? 응?"

야옹, 야옹!

그나저나 화단의 상태가 영 처참했다. 화단 옆의 바닥은 온통 흙투성이였고, 화단 안의 이름 모를 분홍 꽃은 방금 전 고양이의 앞발에 파헤쳐져 가련하게 몸을 눕히고 있었다.

화단을 이렇게 망가뜨려 놓은 범인인 고양이는 아무것도 모른다는 양 이번에는 제 앞발을 핥고 있었다.

"아, 정말. 이거 어떻게 하냐고."

"혼자서 뭘 중얼거려?"

난감함에 중얼거리던 찰나, 갑자기 문 쪽에서 소리가 들려서 깜짝 놀라고 말았다.

아리스는 화들짝 어깨를 떨며 목소리가 들린 방향으로 몸을 돌렸다. 고양이도 덩달아 놀랐는지 높은 울음소리를 냈다.

막 온실 안으로 들어서던 다이젠이 아리스의 품에 안긴 것을 보며 일

순간 멈칫하다가 곧 얼굴을 찌푸렸다.

"그거 뭐야."

"어, 고양이……."

"내가 그걸 몰라서 물은 것 같아?"

방금 전 고양이가 화단에 한 짓을 아는 아리스가 엉거주춤 답했다.

"아, 너 이 고양이 처음 봐? 난 얼마 전에 한 번 봤는데."

저 화단에 대해 말을 해야 하는데 아무래도 쉽게 입이 떨어지지 않았다. 다이젠이 그동안 온실에 얼마나 많은 시간을 쏟았는지 알아서 그런가?

"학교 밖에서 들어온 길고양이래. 가끔 식당에 밥 먹으러 간다더라. 지금은 들어와 봤더니 온실에 있어서."

아리스는 혹시 다이젠이 고양이를 좋아하면 망가진 화단에 관해서도 화가 조금이나마 덜 나지 않을까 싶어 슬쩍 품에 안긴 얼룩 고양이를 앞으로 내밀었다.

하지만 다이젠은 대번에 눈매를 구기며 상체를 슬쩍 뒤로 물리기까지 했다.

"저리 치워."

"너 고양이 싫어해?"

"난 팽이는 딱 질색이야."

팽이…….

아리스는 잠시 할 말을 잃고 말았다. 하긴 다이젠은 온실에 들어오자마자 고양이를 안고 있는 그녀를 보고 인상을 찌푸렸다. 게다가 아리스를 향해 활짝 피어 있던 꽃이 고양이에게 시선만 닿으면 순식간에 봉오리로 돌아가 버리고 있었고…….

"그래? 잘 보면 나름대로 귀여운데……."

아리스는 화단에 대해 어떻게 말해야 할지 고민하며 우물거렸다. 그녀는 단지 무고한 목격자일 뿐이었는데, 왜인지 자신이 저 화단 폭격의 공범이라도 된 것만 같은 찜찜한 마음이 들고 있었다.

야옹.

그런 아리스의 마음도 모르고 고양이는 또 다시 간드러지는 울음소리를 내며 그녀의 품에 찰싹 안겨 들었다. 아리스는 심란한 눈으로 품 안의 고양이를 내려다보았다.

그 모습을 바라보는 동안 다이젠의 표정이 약간 부드럽게 풀어졌지만 고양이를 보고 있던 아리스는 그 사실을 미처 알아차리지 못했다.

"그런데 여긴 무슨 일이야?"

다이젠이 무덤덤한 음성으로 그렇게 물었을 때에서야 아리스는 애초에 자신이 이곳에 왔던 목적이 무엇이었는지 깨달았다.

"아, 레안 교수님하고 리리안 교수님 심부름으로 왔어. 너한테 뭘 좀 전해 달라고 하셔서 저쪽 화단에 내려놨어."

아리스의 말에 다이젠의 눈길이 옆으로 움직여지더니 곧 그의 걸음이 자리에서 떼어졌다.

"하나는 케이크래. 너랑 같이 먹으라고 하시던데 난 그냥 전해 주기만 하러 온 거라서."

"난 단 거 안 먹으니까 선배가 가져가."

아리스는 거절의 말을 내뱉으려고 입을 열었다. 하지만 결론적으로 아리스는 원래 하려던 말을 다이젠에게 꺼낼 수 없었다.

그것은 바로 그녀의 품 안에서 다시금 화단에 뛰어들기 위해 호시탐탐 기회를 엿보고 있던 고양이 때문이었다.

"앗!"

그동안 얌전히 안겨 있던 고양이가 아리스의 팔을 디딤대 삼아 갑자기 폴짝 뛰어올랐다. 아리스는 유연하게 화단 위에 올라선 고양이의 앞발이 다시금 맹렬히 흙을 파헤치기 시작하는 모습을 망연하게 바라보았다.

"야, 너 그러면 안 된다니까!"

당황한 아리스가 어떻게든 고양이를 화단과 분리시키기 위해 용을 썼지만 이미 한 번 그녀에게 방해받았던 고양이는 아까보다 한결 더 용의주도하게 움직이고 있었다. 그녀의 손에 끌려가지 않기 위해 어쩌나 사지에 힘을 주며 버티는지, 아리스는 가까스로 얼룩무늬가 있는 몸통을 붙잡고도 고양이를 들어 올리지 못해 끙끙거려야만 했다.

바로 그때, 옆으로 불쑥 누군가가 다가온다 싶더니 곧 소매를 걷어붙인 팔이 눈앞으로 뻗어졌다. 아리스가 두 손으로도 버거워서 끙끙거리던 고양이를 다이젠은 한 손으로 쉽게 들어 올렸다.

야옹, 냐앙!

"이거 아까부터 이랬어?"

고양이가 버둥거리며 화단 쪽으로 다시 달려들려고 했지만 다이젠의 손에서 벗어나지는 못했다. 아리스는 화단을 턱짓하며 서늘하게 묻는 다이젠의 목소리에 괜스레 자신이 잘못한 기분이 들어서 대답했다.

"응, 그래서 내가 말리긴 했는데⋯⋯."

예전의 모습이 어땠는지 생각조차 나지 않을 정도로 엉망이 된 화단을 보니 등 뒤에서 식은땀이 나기 시작했다. 그 와중에도 고양이는 제 잘못을 모르고 자신의 가슴팍과 배를 감싸듯 건져 올린 다이젠의 손에서 팔다리를 버둥거리고 있었다. 좀 가만히 있으면 좋으련만, 왜 저렇게 발버둥을 치는 것인지. 지금도 분홍 꽃을 향해 애절하게 앞발을 뻗는 모습을 보아하니 아무래도 저 화단이 보통 마음에 든 것이 아닌 듯했다.

"이 똥고양이가······."

아리스는 다이젠의 붉은 눈동자가 한기를 품은 채 팔에 있는 고양이를 내려다보는 모습을 곤혹스러운 기분으로 바라보았다.

애옹.

그러자 또 맞닿은 사람의 기분을 눈치 빠르게 알아챘는지, 고양이가 버둥거림을 멈추고 다이젠을 울망한 눈빛으로 올려다보기 시작했다. 급기야 고양이는 혀로 다이젠의 손을 핥기까지 했다. 그러자 다이젠의 눈썹이 비대칭을 그리며 올라갔다.

"얘 집 어디야?"

"나도 모르지, 길고양이라는데. 아, 그런데 지난번에는 제1온실에서 제일 가까운 담벼락 쪽에 쥐 파묻고 혼자 놀더라."

"쥐?"

곧바로 다이젠의 얼굴에도 찜찜함이 어렸다. 그러는 와중에도 고양이는 여전히 애교를 부리듯이 다이젠의 손등을 핥고 있었다. 하지만 고양이를 상대로 뭘 어쩌겠는가.

"얘 밖에 풀어 주고 올게."

결국 다이젠은 얼굴을 구긴 채 고양이를 품에 안고 걸음을 옮겼다. 그래도 고양이를 질색하며 싫어하는 것치고는 자신의 화단을 망친 주범을 안은 손길이 꽤나 조심스러웠다.

다이젠이 온실 밖으로 나간 사이 아리스는 살짝 눈매를 찌푸린 채 화단을 내려다보았다. 분홍 꽃들이 엉망으로 헤집어져 있는 모습을 보니 약간 기분이 착잡해졌다.

이걸 어떻게 해야 할까 고민하다가 일단 뽑힌 꽃이라도 한쪽에 정리하자 싶어서 화단에 손을 뻗는 사이 다이젠이 돌아왔다.

"그냥 놔둬."

역시 다이젠은 약간 심기가 불편한 얼굴을 하고 있었다.

하지만 그것이 이해되지 않는 것도 아니었다. 그동안 온실 정리에 많은 시간을 쏟으며 정성껏 식물을 돌보았는데 그걸 이렇게 한순간에 무용지물로 만들어 버리다니. 아마 아리스였어도 화가 나서 씩씩거렸을지 몰랐다.

"저기, 미안."

"선배가 뭐가 미안해?"

다이젠이 가까이 다가와 화단의 상태를 살피는 것을 보자 아리스도 괜히 마음이 안 좋아졌다. 그래서 약간 주저하다가 사과하자 다이젠은 잠시 멈칫하다가 그녀를 향해 고개를 돌렸다.

"내가 제대로 말렸으면 이렇게까지 안 되었을지도 모르잖아."

"저렇게 기운 센 고양이를 선배가 무슨 수로 말려."

귓가에 새어 든 목소리는 평소처럼 약간 퉁명스러웠지만 그래도 그는 화를 내고 있지 않았다. 지금도 화단을 다시 손봐야 한다는 사실에 기분이 살짝 저조해졌을지언정, 그를 귀찮게 만든 주범인 고양이에게 딱히 분노를 느끼고 있지도 않은 것 같았다.

"그래도 뿌리는 안 상했네. 됐어, 이 정도면 금방 손볼 수 있어."

기분 탓인지, 다이젠이 화단에 뽑힌 꽃을 집어 올리면서 하는 말이 꼭 아리스에게 들으라고 하는 말인 것 같았다.

아리스는 새삼스러운 기분으로 다이젠의 옆모습을 바라보았다.

그리고 그러던 중, 약간 헝클어져 있는 상아색 머리카락 위에 흙이 묻어 있는 것을 발견했다. 아마도 아까 전 고양이가 화단에서 나가지 않으려 발버둥 칠 때 뒷발에 치여 튀었거나, 손에 흙이 묻은 상태로 머리를 만져서 그런 것 같았다.

"너 머리에 흙 묻었어."

"그래?"

그래서 친절하게 알려 줬으나 다이젠은 다만 시큰둥하게 반응할 뿐, 좀처럼 머리에 묻은 흙을 털어 낼 생각을 하지 않았다. 약간의 결벽증이 있는 아리스로서는 그 모습이 영 탐탁지 않았다. 그녀의 미간이 얕은 선을 그리며 서서히 찌푸려지기 시작했다.

결국 아리스는 참다못해 흙을 덮고 있는 상아색 머리카락 위로 직접 손을 뻗고 말았다.

그녀의 손이 머리에 닿는 순간, 꽃을 솎아 내던 다이젠의 손이 우뚝 멈추어졌다. 하지만 아리스는 그것을 모른 채 점차적으로 깨끗해지는 머리카락에만 은근한 희열을 느끼고 있었다.

탁.

바로 그때, 다이젠의 손이 아리스의 손목을 붙잡아 막았다.

"하지 마."

나지막하게 가라앉은 음성이 귓가를 찔러 들어오는 순간, 아리스도 움직임을 멈추고 말았다. 곧이어 다이젠이 고개를 들어 아리스와 시선을 마주했다.

하지만 그는 방금 전과는 사뭇 다른 날카로운 눈빛을 하고 있었다.

"도대체 왜 이래?"

그 서느런 물음에 아리스의 눈동자도 마주한 얼굴에 고정되었다.

"요즘 날 놀리는 데 재미라도 붙인 것 같은데."

싸늘하게 굳어진 붉은 눈동자와 무슨 생각을 하는지 모를 녹색 눈동자가 허공에서 마주쳤다.

"이런 식으로 내킬 때마다 사람을 들었다 놨다 하는 게 재미있어?"

다이젠은 그녀에게 화가 난 것 같았다. 한동안 정성을 쏟던 화단이 엉망으로 망가져 있는 것을 보았을 때에도 겉으로 드러내지 않던 싸늘한 기운을 주위에 온통 흩뿌릴 정도로. 지금 그녀를 응시하는 그의 얼굴은 장난기라도 하나도 없이 얼음을 깎아 만든 것처럼 차게 식어 있었다.

아리스는 잠시 동안 그런 그를 물끄러미 바라보았다.

"왜?"

그리고 이내 작게 입술을 벌려 그동안 묻고 싶었던 것을 밖으로 끄집어냈다.

"내가 너를 화나게 해?"

꽃향기에 섞인 그 음성은 마주한 사람을 다정히 달래 주는 천사의 목소리 같기도 했고, 또 마주한 사람으로 하여금 속에 감춰 놓은 비밀을 모조리 고백하도록 꾀어내는 달콤한 마녀의 목소리 같기도 했다.

"어째서?"

티 한 점 없이 깨끗한 녹색의 눈동자가 마주한 이를 어루만지듯이 부드러운 빛을 띠고 있었다.

"다이젠."

그리고 아리스가 거의 속삭이듯이 그의 이름을 입술 사이로 내보낸 순간, 다이젠은 다시금 약간 비참한 기분이 되어 이를 악물고 말았다.

"너, 사실은 나를 안 싫어하지?"

마치 그의 속내를 모조리 알고 있다는 듯한 눈빛에 속이 울렁거리기 시작했다. 맞닿은 피부에서 화악 열이 피어오르는 느낌이었다.

다이젠은 단단히 붙들고 있는 흰 손목을 조금 더 세게 움켜쥐었다. 분명히 마주한 사람을 더 이상 다가오지 못하게 붙잡고 있는 것은 그인데, 어째서인지 마치 자신이 옴짝달싹 못하게 결박된 것만 같은 기분이었다.

그래도 그 모든 제어하기 어려운 감정들을 뿌리친 채 이제는 거의 습관이 되다시피 한 거짓말을 잇새 사이로 읊조렸다.

"싫어."

바로 그 순간 다이젠의 머리 위에 있던 꽃에서 선혈 같은 붉은 꽃잎이 하나 떨어져 내렸다.

"진짜 싫어."

하나 더, 꽃잎이 허공을 나부끼며 떨어졌다.

"선배 같은 사람, 정말 싫어해."

팔랑이며 떨어지는 꽃잎이 꼭 아픈 상처 자국에서 곪은 피가 터져 나오는 것 같았다.

아리스는 다이젠이 씹어 뱉듯이 꺼낸 속삭임에도 여전히 무슨 생각을 하는지 모를 얼굴로 그를 가만히 바라보기만 했다. 그리고 곧 잠시 동안 다물고 있던 입술을 열어 그에게 말했다.

"그래? 난 널 좋아하는 편인데."

다이젠은 그만 방금 전보다 더욱 비참한 기분이 되어서 아리스의 손목을 붙잡고 있던 손에 스르륵 힘을 풀고 말았다.

"그거 모르지?"

언제나 그랬다. 마주한 무심함에 화가 나다가도 곧 그런 스스로가 너무나 바보 같아지고 만다.

"내가 말하는 '싫어'보다 선배가 말하는 '좋아'가 더 지독해."

아리스는 잔인했지만 스스로가 잔인하다는 사실을 몰랐다. 그래서 너무나 쉽게 그를 난도질했다.

"다이젠. 너랑 얘기하면 난 가끔 내가 나쁜 사람이 된 것 같아."

하지만 사실 그것은 아리스의 잘못이 아니었다.

"하지만 아무 얘기도 안 하는 건 너도 마찬가지잖아."

지금 아리스가 그를 똑바로 마주하며 속삭이는 말도 모두 틀린 것이 아니었다.

"그런 식으로 모호한 말만 하면서 내가 알아차리기를 바라는 거야?"

"알아주기를 바라지 않아."

혼자서 애를 끓이다가, 또 그런 스스로에게 자괴감을 느끼다가. 그저 다이젠 혼자서 온갖 꼴사나운 짓을 다 하면서 미처 정리되지 못한 모순된 감정들에 휩쓸리고 있을 뿐이었다.

"아니, 차라리 모르는 게 나아."

그러니 이런 자신을 그녀에게만은 들키고 싶지 않았다. 그는 아리스가 자신에게 너무 깊숙이 다가오기를 바라지 않았다.

"선배가 다 알게 되면, 이제는 나도 자신이 없거든."

그러다가 만약 자신의 마음을 전부 다 들켜 버리면, 그는 그때야말로 정말 눈앞에 있는 사람에게 완전히 무릎을 꿇고 애원하게 될지도 모르기 때문이었다.

다이젠은 눈앞에 있는 사람에게 완전히 매료되었던 과거의 그날로부터 시간이 어느 정도 흘렀음에도, 자신의 마음이 퇴색되기커녕 오히려 더욱 깊어졌다는 사실을 이제야 인정했다.

"다이젠."

"그러니까 나한테 이러지 마."

아리스는 마주한 얼굴에 어리는 서늘함에 입을 다물고 말았다. 다이젠은 그런 그녀를 향해 감정을 배제한 목소리로 속삭였다.

"선배가 나한테 이 이상 가까이 오지 않으면, 나도 선배한테 더는 가까이 가지 않을 거니까."

메마른 목소리가 허공에 하늘거리며 날리는 붉은 꽃잎 밑으로 뚝 떨어져 내렸다. 그의 발치에 고여 있는 피처럼 붉은 흔적이 시야를 온통 강렬한 빛으로 물들였다.

아리스가 사람들에게 피어난 꽃을 더 이상 두 눈으로 볼 수 없게 된 것은 바로 그 다음 날부터였다.

10. 아리스의 가을

"아리스, 잘 자."

"리즈벳, 너도."

어둑한 밤, 기숙사 방의 불이 모두 꺼지고 나자 순식간에 사위가 어둑해졌다. 창밖에는 까만 밤하늘에 총총히 박힌 별들이 조그마한 유리알처럼 빛을 내고 있었다.

아리스는 곧바로 잠들지 못한 채 달빛이 새어드는 천장을 보고 있었다.

시간이 조금 흐르자 옆에서 새근새근 얕은 숨소리가 들려왔다. 아마도 리즈벳은 곧바로 잠이 든 모양이다.

"내가 말하는 '싫어'보다 선배가 말하는 '좋아'가 더 지독해."

아리스는 문득 머릿속을 훑고 지나가는 음성에 잠시 몸을 뒤척였다. 어째서인지 목에 가시가 걸린 것처럼 속이 약간 까끌거렸다.

그 말을 할 당시 다이젠이 지어 보였던 표정을 생각하니 더욱 그랬다. 그 순간만큼은 그의 머리 위에서 꽃잎을 떨구던 꽃을 굳이 보지 않아도 그의 마음이 어떤지 알 수 있을 것만 같았다.

"이런 식으로 내킬 때마다 사람을 들었다 났다 하는 게 재미있어?"

사실은 그에게 흥미 본위로 다가간 게 맞을지도 몰랐다.

어느 정도는 호기심이었고, 또 어느 정도는 신기함이었다.

언제나 아리스에게 삐딱한 모습만 보이며 얄밉게 굴기만 하던 다이젠이 사실은 그녀를 좋아하고 있다는 사실을 알았으니까. 그래서 그게 정말인지 궁금했고, 그래서 진실을 알고 싶어 다가갔다. 시간이 좀 더 흘러 다이젠의 속마음을 거의 확신하고 난 후부터는 겉과 속이 따로 노는 그의 모습이 재미있기도 했다.

그래서 일부러 더 가까이 가서 말을 걸었다. 예전 같으면 결코 먼저 그에게 손을 뻗지 않았을 거면서.

그래, 생각해 보니 내가 나빴네.

아리스는 멀거니 천장을 올려다보며 반성했다.

아무래도 방법이 나빴음을 인정할 수밖에 없었다. 다이젠은 원래부터도 날카로운 직감을 가지고 있던 녀석이니, 아리스가 하는 행동과 말에 깊은 의미가 없다는 사실을 진작부터 눈치챘을지도 몰랐다.

만약 그녀가 아무것도 모른다면 또 몰라도, 다이젠의 마음을 짐작하고 난 후부터 오히려 더 그런 태도를 보였다는 점이 어쩌면 더욱 악질

적이라 평할 만했다. 그러니 다이젠이 아리스가 자신을 가지고 놀았다
고 생각한다 해도 딱히 할 말이 없었다.

하지만 그녀는 정말 그럴 생각은 아니었는데. 그저 그토록 붉은 심홍
색의 꽃을 이제껏 참 감쪽같이 잘도 숨기고 있었구나 싶어서 다소 이상
한 마음이 들었을 뿐이었다.

게다가 그녀만 보면 그렇게 제 마음을 주체하지도 못해 꽃잎을 활짝
펼치는 주제에, 입만 열면 밉살맞은 소리만 늘어놓는 다이젠이 조금은
얄미웠다. 그래서 할 수 있으면 그를 흔들어 주고 싶기도 했다. 어쩌면
자신이 그에게 끼치는 영향력이 어느 정도인지 알고 싶었던 건지도 모
른다.

그렇다면 그건 역시 다이젠을 통해 일종의 우월감을 느끼고 싶었기
때문일까? 그렇다고 한다면 또 변명의 여지가 사라진다.

게다가 어떻게 자기 합리화를 한들, 역시 다이젠의 마음을 헤아릴 생
각은 하지 못했던 것이 맞으니 아리스가 잘한 것이 없었다.

"선배가 나한테 이 이상 가까이 오지 않으면, 나도 선배한테 더는
가까이 가지 않을 거니까."

아직까지도 생생하게 귀에서 메아리치는 낮은 목소리에 아리스는 덮
고 있던 이불을 조금 더 위로 끌어올렸다.

그 말은 뭐야…….

그러니까 결국 너는, 사실은 나한테 좀 더 가까이 오고 싶다는 거야?

다이젠이 억눌린 음성으로 계속해서 읊조렸던 '싫다'는 말도, 그리고
'더 이상 가까이 다가오지 말라'고 했던 경고의 말도, 아리스에게는 마

치 일종의 고백처럼 들린다는 것이 난처했다.

사실 냉정하게 말해 아리스는 아직 다이젠을 그와 같은 의미로 좋아하고 있지는 않았다. 하지만 기이하게도 그가 계속 신경이 쓰였다. 물론 다이젠이 신경 쓰이던 것은 전에도 마찬가지였지만, 그때와는 아무래도 그 정도가 약간 달랐다.

예전에는 미처 알지 못했던 사실을 알게 되었기 때문일까?

"레몬 싫어……. 안 돼……."

아리스가 고민하는 동안 옆에서는 리즈벳의 작은 잠꼬대 소리가 들려오고 있었다. 그녀는 도대체 무슨 꿈을 꾸는 건지 어딘가 처절한 느낌을 풍기는 목소리로 계속해서 웅얼거렸다.

"설탕…… 설탕 주세요……."

그 후로도 잠시 동안 알아듣기 어려운 말을 중얼거리는가 싶던 리즈벳이 이내 입맛을 다시며 다시금 잠잠해졌다.

아리스는 애매한 표정을 지으며 힐끔 옆에 있는 침대를 바라보았다. 하지만 그 후 리즈벳은 벽 쪽을 향해 돌아누운 자세 그대로 미동 한 번하지 않은 채 다시금 새근새근 고른 숨소리를 내기 시작했다.

잠시 후 아리스도 천장에서 시선을 떼고 몸을 옆으로 돌렸다.

내일은 또 어떤 얼굴로 다이젠을 봐야 하려나.

이상하게도 머리에 달린 꽃을 보게 된 이후로 자기 전에 이런 쓸데없는 생각을 하게 된 적이 많아졌다고 생각하면서 아리스는 약간 불만스럽게 콧잔등을 찌푸렸다.

모르겠다, 그냥 얼굴을 보게 되면 자연스럽게 알게 되겠지.

결국 그녀는 머릿속에 끈질기게 남아 있는 잡념들을 털어 버린 뒤 눈을 감았다.

하지만 그 후로도 어째서인지 잠은 쉽게 오지 않아서, 아리스는 밤이 늦도록 자리에서 뒤척여야만 했다.

* * *

"아리스, 아리스!"

다음 날, 아리스는 자신을 급하게 흔드는 손길에 얼굴을 움찔 찌푸리며 눈을 떴다.

비몽사몽 중에도 무언가 이상하다는 사실을 알 수 있었다. 원래 그녀의 아침은 자명종 소리와 함께 늘 조용해 시작되고는 했는데.

그런데 아리스가 부스스 눈을 뜨자마자 곧장 리즈벳의 급박한 음성이 귀를 찔렀다.

"우리 지각할지도 몰라! 빨리 일어나!"

바로 그 순간, 번쩍 정신이 들었다.

아리스는 아직 잠기운이 남은 상태로 자리에서 몸을 일으켰다.

"지금 몇 시야?"

"평소보다 30분이나 더 잤어!"

그 말을 듣는 순간 남은 잠기운이 순식간에 증발해 버리는 느낌이었다. 그녀는 급히 이불을 걷고 일어났다.

"알람이 안 울린 거야?"

"모르겠어. 나도 일어나 보니까 시간이 너무 늦어서……."

리즈벳은 아리스보다 한 발 먼저 일어나 바쁘게 움직이고 있었다. 머리맡에 있는 시계를 보자 알람이 세 번 울린 것으로 기록되어 있었다. 원래는 아리스가 시계 알람이 울리자마자 눈을 떠 리즈벳을 깨우고는 했는데, 어젯밤 잠을 설친 탓인지 오늘 아침 울린 알람 소리를 미처 못 듣고 늦잠을 자 버린 것 같았다.

아리스도 서둘러 일어나 리즈벳과 함께 바쁜 등교 준비에 동참했다.

"헉, 오늘 왜 이렇게 쌀쌀하지? 두꺼운 카디건 입어야겠다."

리즈벳은 양치를 하면서 창문을 열어 바깥의 날씨를 대충 살펴본 뒤 곧 몸을 부르르 떨며 다시 창문을 닫았다. 리즈벳의 말을 듣고 아리스도 옷장을 열어 어제 입던 것보다 두께가 있는 카디건을 꺼냈다. 교칙상 교복 위에 걸치는 겉옷은 자율 복장이라 아무것이나 꺼내 입어도 되어서 편했다.

두 사람은 가까스로 늦지 않게 기숙사 문을 닫고 나올 수 있었다.

"와, 아침부터 정신없네."

"그러게. 그래도 우리 완전 빨리 준비한 거 아니야?"

뛰다시피 기숙사를 빠져나와 교실로 향하는 다른 학생들 틈에 끼기 시작하자 그제야 마음이 놓이기 시작했다. 한숨 돌린 탓인지 갑자기 방금 전까지의 기행이 생각나 저도 모르게 피식 피식 웃음이 새어 나왔다. 리즈벳도 마찬가지인지 옆에서 큭큭거리며 웃는 소리가 들렸다.

"진짜. 우리 완전 능력자들인 듯. 아침밥을 못 먹어서 좀 슬프긴 하지만."

"아, 나 가방에 어제 먹던 과자 있을 거야. 이따 교실에 가서 같이 먹자."

"헐, 역시 내 친구야."

아리스는 리즈벳과 함께 심심한 수다를 떨면서 가로수 길을 걸었다.

이제 나무는 가지마다 이파리를 거의 다 바닥에 떨어뜨린 상태였다. 전보다 바짝 마른 낙엽들이 발밑에서 부서지는 소리를 냈다.

오늘 날씨는 어제에 비해 확연히 쌀쌀했다. 하루아침에 기온이 이 정도까지 떨어진 걸 보니, 아무래도 올 겨울은 작년에 비해 좀 더 일찍 찾아올 예정인 것 같았다. 아침에 리즈벳이 창문을 열어 날씨를 확인하지 않았다면 추위에 떨면서 교실까지 걸어갈 뻔했다. 물론 아직은 일교차가 큰 편이었으니 낮이 되면 부쩍 기온이 올라갈 터였지만 말이다. 그래도 아침, 저녁에는 확실히 서늘했으니 역시 두꺼운 카디건을 꺼내 입기를 잘했다 싶었다.

아리스는 그런 생각을 하며 학생들 사이를 걸었다.

그리고 그러던 어느 순간, 문득 이상한 위화감을 느끼며 약간 걸음을 늦추고 말았다.

정확히 무엇 때문이라고 표현할 수는 없었으나 어째서인지 무언가가 이상했다.

"너무 급하게 준비를 했더니 오히려 조금 여유가 있네."

리즈벳은 아리스가 그러는 이유도 모르고 덩달아 걸음을 느리게 했다.

뺨을 스치는 쌀쌀한 공기. 바닥에 쌓인 갈색의 낙엽. 오늘은 안개가 낀 듯 약간 뿌연 하늘. 주위에 웅성거리는 목소리들과 눈앞에 보이는 학생들.

바로 그 순간 아리스는 아까부터 그녀의 오감을 건드리던 위화감의 정체를 깨달았다.

아, 그래.

지금 그녀의 시야에는 꽃이 없었다.

"아리스?"

불현듯 제자리에 멈추어선 그녀를 향해 리즈벳이 의아하다는 듯 입을 열었다. 아리스는 그녀를 스쳐 지나가는 학생들에게서 눈을 뗄 이번에는 옆에 있는 친구를 바라보았다.

"갑자기 왜 그래? 뭐 두고 왔어?"

역시 리즈벳의 주황색 머리 위에는 아무것도 없었다.

"잠깐만."

아리스는 홀린 것처럼 손을 들어 리즈벳의 머리를 만져 보았다. 그러나 바쁜 와중에도 열심히 빗질을 한 결 좋은 머리카락만 손끝에 만져질 뿐, 다른 것은 역시 아무것도 손에 잡히지 않았다. 리즈벳이 왜 그러냐고 고개를 갸웃거려도 그 위에서 함께 몸을 기울일 꽃은 어디에도 보이지 않았다.

"없어졌어."

"뭐가?"

"꽃."

아리스는 도저히 믿을 수가 없어서 약간 멍하게 중얼거렸다.

그러자 리즈벳이 한순간 그게 무슨 소리냐는 듯한 의문 어린 표정을 짓다가, 곧 깜짝 놀란 듯이 두 눈을 크게 떴다.

"뭐, 진짜? 진짜 아무것도 안 보여? 이렇게 갑자기? 아까까지는 보였는데 지금 갑자기 안 보이는 거야?"

아리스는 귓가에 다다다 울리는 리즈벳의 빠른 물음에 가까스로 약간 정신을 차리고 기억을 되짚었다.

그러고 보니 아까 기숙사 방에서는 등교 준비에 정신이 없어 미처 의식하지 못했을 뿐, 그때에도 그녀를 깨운 리즈벳의 머리 위는 지금처럼 아무것도 없는 깨끗한 상태였던 것 같았다.

"와, 잘 됐다. 그럼 이제 완전히 전처럼 돌아간 거네?"

"그런가?"

"그렇겠지!"

그런데 너무 갑자기 일어난 일이라 그런지 영 현실감이 들지 않았다. 리즈벳은 호들갑스럽게 좋아하며 축하해 주었지만, 어째서인지 이게 축하받을 만한 일인지도 알 수가 없었다. 아무래도 그새 사람들의 머리 위를 장악하고 있던 꽃에 많이 익숙해졌던 모양이다.

"일단 교실로 가자. 진짜 지각하겠어."

아리스는 얼떨떨한 마음을 품은 채 리즈벳에게 이끌려 어느덧 아까보다 확연히 수가 줄어든 학생들 사이를 뛰다시피 걸었다.

* * *

혹시 일시적인 현상은 아닐까 싶었지만, 그날 오후가 되도록 꽃은 아리스의 눈앞에 모습을 드러내지 않았다.

리즈벳은 아리스보다 더 신이 나서 '이제는 걱정을 한숨 덜었다'느니, '사실 내가 너한테 그날 알코올을 섭취시켜서 그렇게 된 줄 알고 남몰래 자책하고 있었다'느니 하는 말을 수도 없이 재잘거렸다.

아리스는 그날 오전 내내 차마 형용할 수 없는 이상한 기분으로 수업을 들었다.

교실에 앉은 학생들을 비롯해 문을 열고 들어오는 교수들의 머리 위가 멀끔한 것도, 또 온 교정에 만연해 있던 꽃향기가 하루아침에 멀끔히 가신 것도 그녀의 기분을 이상하게 만들었다.

그리고 점심시간, 리즈벳과 함께 밥을 먹으러 나선 아리스는 믿을 수 없을 만큼 쾌적해진 식당에 놀라야만 했다. 이제는 더 이상 밀폐된 공간에 가득 퍼진 독한 냄새 때문에 두통을 느끼지 않아도 되었다.

하지만 반면, 다른 한편으로는 '세상이 원래 이렇게 밋밋한 색채를 가지고 있었던가?' 하는 생각이 어렴풋이 머릿속을 스쳐 지나갔다.

사람들이 저마다 자신들의 꽃을 머리 위에 피워 내고 있지 않은 지금, 눈앞에 비치는 것은 늦가을 특유의 무채색과 비슷한 적막감 어린 색뿐이었다.

알록달록하던 꽃들이 일시에 사라지고 나니 오늘의 교정은 마치 빛바랜 캔버스 속의 그림을 보는 것만 같았다.

아리스는 그 모든 것에 약간 기이한 느낌마저 들었다.

꼭 어제의 세상과 오늘의 세상이 동전의 앞뒷면처럼 갑작스럽게 반으로 갈라져 버린 것 같기도 했다. 그러나 본래 대로라면 아리스가 속해 있어야 할 세계는 지금 그녀가 서 있는 이곳인 게 맞지 않던가? 그러니 엄밀히 따지자면 지금의 현상을 그녀가 낯설게 여길 이유도 없었다.

"아리스, 안 더워? 아침에는 추웠는데 낮에는 어제처럼 따뜻하네."

리즈벳은 따사로운 햇볕을 쬐니 약간 더워졌는지 입고 있던 카디건을 벗었다. 하지만 아리스는 아침뿐 아니라 오후인 지금도 어제보다 확실히 공기가 찬 느낌이 들었다. 지금도 따뜻한 햇살 아래 서 있으면서도 이상하리만치 어깨가 으슬으슬 시렸다.

"난 그냥 입고 있어야 할 것 같아."

아리스와 리즈벳은 식당을 나와 다시 교실을 향해 걸었다. 주위에 삼삼오오 모여 걷는 학생들이 지금 무슨 생각을 하고 있는지 이제는 알 수가 없었다. 각자의 감정을 그녀의 눈앞에 여실히 보여 주던 꽃이 없어졌기 때문이었다.

아리스는 미묘한 기분에 젖어 걸음을 앞으로 내디뎠다.

"앗, 잠깐만. 나 신발 끈 풀렸어."

옆에서 리즈벳이 하는 말에 걸음을 멈추자 곁을 지나쳐가는 학생들을 좀 더 자세히 관찰할 수 있었다. 바로 어제만 해도 제법 큰 자리를 차지하고 있던 것이 사라진 탓인지 괜스레 학생들의 머리 위가 허전하게 느껴졌다.

그리고 그러던 어느 순간, 아리스는 맞은편에서 걸어오는 남학생들을 시야에 담게 되었다. 그 직후 아리스의 입술이 작은 틈을 내며 벌어졌다. 어젯밤 그녀의 밤잠을 설치게 만든 원인인 다이젠이 같은 반 남학생들과 함께 이쪽을 향해 걸어오고 있었다. 잠시 후, 마침내 다이젠의 붉은 눈동자가 아리스에게 미끄러졌다.

그 순간, 어째서 숨을 멈추고 말았는지 알 수가 없었다.

다만 그토록 선명하던 붉은 빛은 온데간데없이, 완전히 텅 비어 버린 꽃의 자리가 유독 강렬하게 아리스의 마음에 박혀 들어왔다.

그녀를 볼 때마다 반가움을 미처 감추지 못해 활짝 피어나던 다이젠의 꽃이 어디에도 보이지 않았다. 시야에 봄빛처럼 물들던 붉은 색채도 이제는 흔적조차 없었다.

다이젠은 그대로 아리스를 아는 척하지 않고 옆을 스쳐 지나갔다. 여느 때와 다름없던 그의 서늘한 얼굴이 오늘따라 유난히 시리게 느껴졌다.

"이제 됐다. 가자, 아리스."

그제야 아리스는 자신이 처한 현실을 비로소 생생히 깨달을 수 있었다.

그녀의 세상에 봄을 불러왔던 오색 찬연한 꽃들은 정말로 완전히 사라져 버렸다.

그리고 다시, 가을이었다.

11. 아리스의 탐색

주말 아침에도 아리스는 늘 일어나던 시각에 눈을 떴다.

"아리스, 일찍 일어났네? 주말인데 좀 더 자지."

"원래 아침잠 별로 없잖아요."

방에서 나와 1층으로 내려온 아리스를 보자마자 어머니가 그녀에게 말을 건넸다.

금요일인 어제 저녁 아리스는 기숙사를 떠나 집에 온 참이었다. 어제만 해도 며칠간 잠을 설친 탓에 몸이 영 찌뿌둥했으나 지금은 푹 자고 일어난 탓인지 몸이 한결 가벼웠다. 그런 걸 보면 역시 집이 편하긴 한 모양이라는 생각이 들었다.

"아빠는요?"

"병원에."

어머니는 혼자서 신문을 읽으며 차를 마시고 있었다. 아버지는 주말인데도 병원에 출근을 했다고 한다. 아리스도 어머니의 맞은편에 앉아 진하게 탄 커피를 마셨다.

"쓰지 않아? 설탕 줄까?"

"딱 좋은걸요."

"이럴 때 보면 넌 정말 네 아빠랑 입맛이 똑같다니까."

"엄마랑 아빠랑 반씩 섞였죠."

"그런가?"

"네, 좋은 것만 반씩 섞였어요."

"우리 딸은 누구 딸이라 말도 이렇게 예쁘게 하지?"

아리스가 웃으며 장난조로 하는 말에 어머니도 웃었다.

"그런데 꽃은 오늘도 안 보이니? 지금은 어때?"

그 말에 아리스의 시선이 어머니의 머리 위로 향했다.

"없어요, 완전히."

그러나 그곳은 텅 비어 있었다. 어머니뿐만이 아니라, 다른 사람들의 머리 위에 있던 꽃들도 이제는 완전히 사라져 버렸다.

아리스의 대답에 어머니는 안심한 듯했다. 그동안 딸이 갑작스럽게 찾아온 이상 현상 때문에 얼마나 골머리를 앓았는지 알고 있기 때문이었다. 그런데 하루아침에 그녀의 눈에만 보이던 이상한 것들이 씻은 듯이 사라졌으니 얼마나 다행인지 몰랐다.

나타날 때도 사라질 때도 예고 하나 없다니. 아리스는 이럴 줄 알았다면 그동안 해결책을 찾으려고 애쓸 필요도 없지 않았을까 하고 생각했다.

"점심에는 나가서 외식할까? 아빠도 오늘은 별로 안 바쁘다고 했으니까."

"전 좋아요."

아리스는 어머니와 함께 한가로운 아침 시간을 보냈다.

그리고 점심 식사를 위해 외출하기 전, 그녀는 잠시 정원에 들렀다. 가을을 맞은 집 안의 나무들에는 알록달록한 물이 들어 있었다. 아리스는 바스락거리는 낙엽을 밟으며 잘 정돈된 정원을 한 바퀴 둘러보았다.

"아, 이거."

그러다 문득 낯익은 식물이 눈에 띄었다.

온실에서 본 거랑 비슷한데 이름이 뭐더라?

하지만 아무리 곰곰이 생각해도 떠오르지 않았다. 사실 그녀는 이전까지 식물에 큰 관심이 없었기 때문에 집 안 정원에 있는 나무와 꽃들을 자세히 살펴본 적이 없었다.

솔직히 아리스의 섬세함은 이제껏 식물을 돌보는 데 발동된 적이 없었다. 그녀는 화분에 있는 꽃을 가꿀 시간에 차라리 책을 한 글자라도 더 읽는 것을 선호하는 편이었다.

그건 아버지도 마찬가지라 아리스의 어머니는 그런 그녀를 향해 '취미까지 아빠를 꼭 닮았다'고 말하곤 했다. 하지만 그런 어머니도 집 뒤쪽에 있는 텃밭을 가꾸는 소소한 일을 제외하고는 식물 돌보기에 큰 관심이 없었다.

"그러니까 나한테 이러지 마."

그러던 어느 순간, 문득 귓가에 누군가의 음성이 메아리쳤다.

"선배가 나한테 이 이상 가까이 오지 않으면, 나도 선배한테 더는 가까이 가지 않을 거니까."

아리스는 눈앞에 튀어나온 식물의 긴 이파리를 괜스레 만지작거렸다.

사실 이런 식으로 지난 일에 연연하는 건 그녀답지 않았다. 하지만 어째서인지 계속해서 그날의 일이 반복적으로 머릿속에 떠올랐다.

"아리스, 이제 나가자."

"네."

하지만 곧 어머니가 그녀를 불렀기 때문에, 아리스는 기억 속의 목소리를 정원에 남겨 둔 채 발길을 돌렸다.

* * *

"기말시험 끝나서 좋긴 한데 축제 끝나면 또 시험이네."

"아, 생각만 해도 토 나와."

기말시험 후 학생들은 축제 준비에 바빠졌다.

하지만 즐거운 축제가 끝나고 나면 3학년은 또 예비 졸업 시험을 치러야 했다. 그래도 일단은 눈앞에 닥친 즐거운 행사를 즐기자는 마음이 컸다. 진짜 졸업 시험을 앞둔 4학년과 달리 성적이 반영되지 않는 시험이었기 때문에 가능한 마음가짐이었다.

반면 4학년은 대부분 한 달도 채 안 남은 졸업 시험에 매진하고 있었기 때문에 축제 준비에는 한 발짝 떨어져 있었다.

그런 이유로 학생회가 맡은 일도 3학년이 전담하고 있는 실정이었다. 그 말은 즉, 아리스 역시 눈코 뜰 새 없이 바쁘다는 이야기였다.

"애들아, 조금만 더 힘내자. 집중해서 하면 저녁 먹기 전에 끝낼 수 있을 거야."

그나마 학생회장이 제 역할을 하고 있어서 다행이었다. 아리스는 바삐 움직이는 그를 보고 생각보다 책임감이 있는 사람이었다고 학생회장에 대한 평가를 약간 상향 조정했다.

학생회장은 졸업 시험 준비로 밤잠도 제대로 못 자는지 퀭해진 얼굴로 학생들을 통솔하고 있었다. 그 모습을 보니 마음이 조금 짠해지기도 했다.

"그냥 저희들한테 맡기고 들어가서 쉬세요. 선배 안색이 별로 안 좋아 보여요."

"아, 아리스."

오죽하면 아리스가 먼저 그를 걱정할 정도였다. 하지만 학생회장은 여전히 핼쑥한 얼굴을 한 채 그녀를 향해 웃었다.

"그래도 졸업 전 마지막 축제니까 끝까지 맡고 싶어서."

그 말이 뭔가 의외라 아리스는 조금 놀라고 말았다.

원래 이 사람이 이런 사람이었나? 아니면 졸업 학년이 되니까 감회가 남달라져서 그런가?

어찌 되었든 학생회장에게서 발견한 지금의 의외성이 썩 나쁘지 않았다. 그래도 그의 낯빛이 영 안 되어 보이는 건 여전했다. 그래서 그녀는 무리하지 말라는 말을 남긴 채 뒤돌아섰다.

"아리스, 이것 좀 봐줘."

지금 그들은 밖에서 축제 때 쓰일 부자재에 페인트칠을 하고 있었다.

"지금 좋은데?"

"이쪽은 파란색이랑 노란색 중에 뭐가 나을 것 같아?"

"음, 지금 봤을 때는 파란색이 더 나을 것 같아."

일부러 건물 밖에 나와서 작업을 하는데도 진한 페인트 냄새가 코를 찔렀다. 그래도 시간이 어느 정도 지나니 후각이 마비되어서 다행이었다.

"카밀레, 올라가서 미술부 애들 작업 어느 정도 끝나 가는지 좀 봐 줄래?"

"네."

아리스는 학생회장에게 지침을 받고 있는 카밀레 키든을 슬쩍 쳐다보았다.

그녀의 머리 위에도 더 이상 꽃은 없었다. 이제는 썩은 것처럼 보이는 까만 꽃잎도, 아리스를 볼 때마다 채찍처럼 휘둘러지는 가시 박힌 줄기도 보이지 않았다.

흐음, 그래서 그런가. 꽃을 떼어 놓고 이렇게 보니 완전히 착해 보이는 얼굴이잖아? 그런 무시무시한 꽃을 키우고 있던 사람이라고는 믿어지지가 않네.

아리스는 카밀레의 양순해 보이는 얼굴에 잠시 동안 시선을 두다가 고개를 돌렸다.

"아, 잠깐만. 거기는 어차피 나중에 가려질 부분이라……."

촤악!

그로부터 10여 분의 시간이 더 흐른 뒤였다.

"으악, 이게 뭐야!"

"뭐야, 갑자기 웬 물이야?"

머리 위에서 느닷없이 쏟아진 물벼락에 모두들 깜짝 놀라 펄쩍 뛰었다. 특히 아리스의 바로 옆에 있던 남학생은 물을 완전히 뒤집어써 머리끝에서부터 쫄딱 젖게 되었다.

당연히 아리스에게도 물이 튀었기 때문에 그녀는 곧장 고개를 들어 원인을 파악하려 했다. 그리고 막 창문 안으로 사라지는 형체를 발견했다.

하지만 그것은 찰나였기 때문에 뒤이어 고개를 든 다른 학생들은 보지 못했다.

"응? 왜 이렇게 시끄러운 거야?"

"아래에서 무슨 일 있어?"

"헉! 물통 떨어졌나 봐!"

잠시 후, 방금 전 누군가가 사라진 자리에 다른 학생들이 모습을 드러냈다.

이 시간까지 남아 있던 것은 미술부의 학생들이었다. 그들은 뒤늦게 아래의 소란을 듣고 창밖으로 고개를 내밀었다가 당황했다. 물에 젖은 생쥐 꼴이 된 몇몇 학생들과 바닥을 나뒹굴고 있는 물통을 발견하고 화들짝 놀라 우왕좌왕하는 모습이 보였다.

"미쳤어? 창가에 물통 둔 사람 누구야?"

학생회장이 페인트 옆에 굴러다니는 물통을 집어 들고 위층을 향해 버럭 소리 질렀다. 그러자 위에서 저들끼리 서로 자기가 아니라고 부정하는 소리가 들렸다.

"전 아니에요!"

"저도요! 전 계속 문 쪽에만 있었단 말이에요."

"물통에 발이 달렸어? 그럼 애가 혼자 광합성 하러 나왔냐? 아, 됐고. 지금 당장 부장 내려오라고 해."

학생회장의 짜증 섞인 목소리가 울린 직후 또 다시 안쪽에서 부산스러운 소리가 들렸다. 잠시 후, 건물 밖으로 누군가가 부리나케 달려 나왔다.

"미안! 우리 부원 중에 누가 실수했나 봐."

"물통에 맞아서 누가 다쳤으면 어쩔 뻔했어?"

결국 미술부 부장이 와서 아래에 있던 학생들에게 사과하고서야 사건은 일단락 지어졌다.

"그런데 진짜 이상하네. 물통을 거기에 놔 둘 일이 없는데······."

하지만 미술부 부장은 마지막까지 이상하다고 고개를 갸웃거리며 자리를 떠났다.

"야, 그래도 대부분 네가 몸빵해서 페인트칠한 건 멀쩡하다."

"장하다, 막내."

"하마터면 다 갈아엎어야 할 뻔했네."

"아, 근데 물감 섞인 물이라 옷에도 파란 물 들었어. 빨아야겠다."

이번 일의 가장 큰 피해자는 아리스의 바로 옆에 있던 남학생이었다. 그밖에 주위에 있던 몇몇 학생들에게도 물이 튀었다. 아리스도 그중에 한 명이었다.

"다들 왜 그래?"

그때, 건물 안에서 막 나온 카밀레 키튼이 놀란 얼굴로 다가왔다.

"넌 어디 갔다 와?"

"회장 선배 심부름으로 미술부에 갔다가 다른 동아리에서 뭘 좀 물어보기에 좀 늦었어."

그 말을 듣고 학생회장이 생각났다는 듯 '아!'하고 외쳤다. 그는 위험 구역에서 격리하듯 페인트칠 중이던 부자재의 위치를 멀찍이 옮기고 있었다.

"맞아. 방금 미술부 부장 왔을 때 겸사겸사 상황 보고도 하라고 할 걸."

"회장님 바보."

학생회장과 친한 학생들이 그를 놀리기 시작했다.

"아리스도 많이 젖었네. 누가 물통을 그런 데 뒀나 몰라."

아리스는 자신을 향해 다가온 카밀레 키든을 바라보았다.

"그러게. 누가 그랬나 모르겠어."

물이 쏟아진 직후 고개를 들었을 때 창문 안으로 사라지던 사람.

아리스도 언뜻 본 것이었지만 그 사람이 지금 눈앞에 있는 카밀레인 것 같다면 착각일까? 게다가 정면에서 물벼락을 맞은 것은 아리스의 바로 옆에 있던 다른 학생이었다. 창문과의 거리를 가늠해 보았을 때, 원래 목적했던 사람에게서 조준이 약간 비껴 나갔다고 한다면 어떨까?

아리스의 눈동자가 약간 날카로운 빛을 띠었다. 카밀레는 여전히 순진무구한 얼굴을 한 채 그녀를 보고 있었다. 곧 아리스의 시선이 아래로 미끄러졌다.

"미술부에서 다른 일도 도와주고 온 거야? 소매에 물감이 묻었네."

그녀가 지나가듯 물은 순간, 카밀레가 흠칫했다.

아리스의 말처럼 카밀레의 소매는 파랗게 변해 있었다. 그것은 방금 전 물을 맞은 학생들의 옷에 물든 것과 완전히 동일한 색이었다.

그것을 발견한 직후 카밀레가 급히 손을 움직여 소매를 가리듯 감쌌다. 그리고 곧 아차 싶은지 변명했다.

"방금 전에 이즈벨이 손수건을 빌려달라고 해서 줬는데, 그때 묻었나 봐. 아리스도 쓸래?"

방금 전 언제 동요했냐는 듯 웃으며 권하는 모습이 꽤나 감쪽같았다.

아리스는 그 모습을 약간 냉정한 눈빛으로 바라보다가, 곧 빙긋이 미소 지었다.

"괜찮아. 어차피 젖었으니까."

"그래도……."

"나보다는 카밀레, 네가 닦는 게 좋겠어."

그리고 이어지는 말에 손수건을 내밀고 있던 카밀레의 손이 움찔했다.

"깔끔하게 뒤처리하지 못해서 흔적이라도 남으면 곤란하잖아."

그 마지막 말에서 풍기는 느낌이 어쩐지 미묘했기 때문이었다.

아리스는 카밀레의 시선을 마주하며 자신에게 내밀어진 손을 부드럽지만 단호하게 밀어냈다. 카밀레는 웃고 있는 아리스의 얼굴에 약간 혼란스러운 표정을 지었다.

"젖은 애들은 먼저 들어가라. 남은 애들끼리 마저 할게. 어차피 마무리는 내일 해야 할 것 같으니까."

학생회장의 말에 물벼락을 맞은 학생들과 아닌 학생들 간의 희비가 엇갈렸다.

카밀레는 여전히 맑은 얼굴을 한 채 아리스에게서 떨어졌다. 하지만 그녀의 눈동자에는 아까까지만 해도 없던 경계심이 묻어 있었다.

아리스는 그녀의 뒷모습을 약간 서늘한 시선으로 바라보았다.

심증만 있고 물증은 없으니 섣불리 건드릴 수도 없고. 목격자가 없는 이상 아니라고 우기면 끝이니까 말이지.

평소에도 아리스에게 적의를 가지고 있던 카밀레이니 이번 일도 고의일 가능성이 컸다. 머리에 꽃을 달고 있을 때에도 줄기로 그녀를 때려대던 카밀레가 아닌가?

그런데 이렇게 되면 비품 창고에서의 일도 의심스러운데.

"아리스, 이거 입고 가."

그때, 누군가 옆으로 슬쩍 다가와서 보니 에이드리안이었다. 아리스의 시선이 밑으로 떨어졌다. 에이드리안이 그녀에게 내밀고 있는 것은 방금 전까지 그가 입고 있던 겉옷이었다.

"네 옷을 내가 왜?"

아리스가 무미건조하게 묻자 에이드리안이 한순간 멈칫하다가 말했다.

"젖었으니까. 감기에 걸릴 수도 있잖아."

"어차피 기숙사도 가까운데."

"그래도."

'그래도'는 무슨 그래도야.

에이드리안의 얼굴을 보니 아리스가 옷을 받기 전까지 물러나지 않을 기세였다. 학생회의 다른 학생들이 두 사람을 흥미진진한 듯 힐끔거리며 훔쳐보는 것이 느껴졌다.

아, 입씨름하기 귀찮은데 그냥 받을까.

한순간 마음속에 갈등이 일었다.

그때, 저 멀리서 누군가와 닮은 뒷모습이 보였다. 햇빛 아래에서 노랗게 빛나는 머리카락에 아리스의 시선이 잠시 동안 닿았다.

"야, 지안! 같이 가."

아, 아니구나.

그러고 보니 지금 그녀가 본 남학생의 머리카락은 다이젠의 상아색 머리카락보다 좀 더 색이 짙은 금발이었다. 게다가 좀 더 자세히 보니 허리도 좀 구부정하고. 다이젠은 자세가 참 반듯해서 그냥 서 있기만 해도 그림이 괜찮았는데.

그 순간 아리스는 무의식중에 '음?'하고 소리 내고 말았다.

이상하다. 내가 평소에 다이젠을 그렇게 유심히 관찰하고 있었나?

"아리스?"

아리스가 그런 심심한 의문에 젖어 있을 무렵, 옆에 있던 에이드리안이 의아한 듯 그녀를 불렀다. 그제야 아리스는 방금 전까지 자신이 에이드리안을 상대하고 있었다는 사실을 깨달았다.

그 직후, 그녀는 눈앞에 내밀어진 옷을 태연히 밀어낸 뒤 걸음을 옮겼다.

"별로 안 젖어서 괜찮아. 나 이만 가 볼게. 남은 일 잘 부탁해."

뒤에서 에이드리안이 무어라 말하려 입을 열었지만 이미 아리스의 관심은 그를 떠난 후였다.

생각해 보면 그날 있었던 일은 어딘가 이상했다.

아리스는 지난 일을 떠올릴 때마다 다이젠과 온실에서 나누었던 대화가 실제로 있었던 것이었는지 간혹 의심에 젖곤 했다. 이제 와서 생각해 보면 그날의 기억은 약간 비현실적이라 자신 혼자만의 망상 혹은 꿈같기도 했기 때문이다.

하지만 그것은 분명 그와 그녀의 사이에 실제로 벌어졌던 일이었다.

그날의 다이젠이 그녀에게 보였던 표정과 눈빛, 그리고 귓가에 속삭이던 목소리까지 이렇게 선명한데 그런 것이 가짜일 리가 없었다.

그럼 이제 어쩔까. 앞으로의 일은 내가 선택하기 나름인 것 같은데.

아리스는 바로 오늘 점심시간 때만 해도 자신을 못 본 척 스쳐 지나가던 다이젠을 떠올리며 잠시 동안 고민했다.

"남은 일 잘 부탁해."

에이드리안은 마지막 말을 남기고 멀어지는 아리스의 뒷모습에서 쉬이 시선을 떼지 못했다.

"뭐야, 에이드리안 혹시 아직 아리스 좋아하는 거 아니야?"

"내 말이."

그런 그를 보며 주위에 있던 몇몇 학생들이 머리를 맞대고 수군거렸다. 그래도 에이드리안은 아무 소리도 들리지 않는 것처럼 여전히 우두커니 서서 아리스의 뒷모습만 쫓고 있을 뿐이었다. 그 모습을 보고 잠시 동안 머리를 긁적이던 학생회장이 에이드리안에게 다가가 어깨를 툭툭 쳤다.

"우리도 빨리 하고 들어가자."

그제야 에이드리안은 정신을 차린 듯 보였다. 그는 아리스에게 거절당한 옷을 한쪽에 치워 놓은 뒤 부자재가 있는 곳으로 걸음을 옮겼다.

"남은 일 잘 부탁해."

하지만 곧 귓가에 메아리치는 말에 에이드리안은 멈칫하고 말았다.

방금 전 아리스가 마지막으로 남기고 갔던 말이 계속해서 귓가에 어른거렸다.

아리스에게 저런 식의 따뜻한 말을 들은 게 얼마 만이더라……?

사실 아리스의 말이 따뜻하다기에는 심히 무리가 있었다. 또 아무런 의미도 없이 내뱉은 말이기도 했다. 게다가 두 사람이 교제 중일 때와는 그 온도 차를 비교조차 할 수 없었다.

하지만 에이드리안은 이 정도만으로도 가슴이 크게 술렁이는 것을 느껴야만 했다.

근래 들어 계속 자신에게 선을 긋고 있던 아리스가 한순간이나마 다시 예전으로 돌아온 것 같았다. 더군다나 남은 일을 잘 부탁한다니. 이런 말은 그를 신뢰하지 않고서야 할 수 없는 것이 아닌가?

그런 생각을 하자 기분이 약간 고양되었다.

"와, 에이드리안 너 되게 잘한다."

"그래, 우리도 빨리 하고 가자!"

에이드리안은 아리스의 기대를 실망시키고 싶지 않다고 생각하며 열심히 손을 움직였다.

* * *

크리스틴은 친구들과 함께 학생 휴게실에서 시간을 보내고 있었다.

사실 그녀는 에이드리안과 함께 있고 싶었지만 그러지 못해 심통이 난 상태였다. 다가온 축제 준비로 에이드리안이 전보다 바빠졌기 때문이었다.

하여간 그 망할 학생회는 단 한 번도 그녀의 인생에 도움이 된 적이 없었다. 그렇지 않아도 아리스가 학생회를 핑계로 에이드리안에게 찰싹 붙어 있는 게 마음에 안 드는데.

물론 크리스틴이 그런 말을 할 때마다 에이드리안은 그녀를 다독였다. 어디까지나 공식적인 일 때문에 만나는 관계이니 이상한 오해를 하지 말라는 것이다.

당연히 크리스틴도 에이드리안을 믿었다. 하지만 그래도 기분이 나쁜 것을 어쩌겠는가? 오늘도 그는 여자 친구인 그녀 대신 아리스와 함께 시간을 보내고 있을 터였다.

기껏 시험도 끝났는데 이게 뭐람? 학생회 같은 거, 확 없어져 버렸으면 좋겠어.

그녀는 괜히 머리 꽂은 핀을 만지작거리며 입술을 삐죽였다.

"크리스틴, 너 그 반지 예쁘다."

"아, 진짜 예쁘네. 새로 산 거야? 아니면 선물 받았어?"

그때, 그녀의 손을 본 친구들이 입을 모아 칭찬해 기분이 조금 나아졌다.

흥, 보는 눈들은 있어서.

크리스틴은 감탄하는 친구들의 틈에서 뻐기듯 손을 앞으로 쭈욱 뻗었다.

"지난번에 에이드리안이랑 같이 쇼핑 갔을 때 봤는데 예뻐서 아빠한테 사 달라고 했어."

크리스틴의 집안은 베오니아에서도 둘째라면 서러울 재력가였다. 게다가 그녀의 아버지는 하나뿐인 딸의 말이라면 껌뻑 죽는 사람이었다. 그래서 그녀는 원하기만 하면 고가인 물건도 어렵지 않게 구입할 수 있었다.

"아, 너희 아빠가?"

그런데 그녀의 말에 어째서인지 옆에 있던 친구들이 이상한 얼굴로 웃었다.

부러워할 것이라고 생각했는데, 뭐지?

예상과 다른 반응에 크리스틴은 눈살을 찌푸렸다.

이것들이 왜 이렇게 기분 나쁘게 웃어?

그리고 그녀는 이어지는 친구들의 말에 잠깐 당황하고 말았다.

"난 또 에이드리안이 선물한 줄 알았네."

"그러게. 구경은 남자 친구랑 같이 하고, 선물은 아빠가 해 주는 거야? 좀 이상하다."

한순간 말문이 막혔지만 크리스틴은 잠시 후 도리어 버럭 소리 질렀다.

"잘 모르면 입들 다물어! 에이드리안은 더 좋은 거 선물해 줬거든?"

"뭘 선물해 줬는데?"

"그, 그건……."

갑자기 할 말이 없었다. 생각해 보니 친구들에게 자랑할 만한 선물을 에이드리안에게서 받은 적이 없었던 것 같았다. 하지만 창피하게 그런 말을 곧이곧대로 할 수는 없는 노릇 아닌가?

결국 크리스틴은 열이 나서 외쳤다.

"뭘 그렇게 꼬치꼬치 캐물어? 너희들은 몰라도 돼!"

"왜? 좋은 거 받았으면 자랑 좀 해 봐."

"맞아. 베스는 남자 친구가 목걸이 사 줬다더라. 진짜 핑크 사파이어래."

"에이드리안네 집도 그런 거 취급하지 않아?"

"하다못해 반지 정도는 남자 친구가 선물해 줘야 하는 거 아니야? 가끔 너희들 보면 진짜 사귀는 사이인지 잘 모르겠다니까."

친구들은 옳다구나 하고 크리스틴을 향해 입을 놀리기 시작했다. 사실 그들은 무늬만 친구지 평소 크리스틴을 얄미워하고 있었기 때문에 이런 좋은 기회를 놓치지 않았다.

그 덕에 크리스틴은 자존심에 적잖은 타격을 받고 말았다. 붉으락푸

르락하던 그녀가 곧 테이블을 콰앙 치고 일어나며 소리 질렀다.

"날 너희 같은 속물하고 똑같은 취급하지 말아 줄래? 내가 그런 거 바라고 에이드리안하고 만나는 줄 알아? 우린 너희랑 다르게 진실한 사랑을 하고 있거든!"

"뭐, 속물?"

"얘가 지금 뭐래?"

크리스틴의 외침에 친구들의 얼굴에도 빠직 핏대가 섰다. 곧 그중 한 명이 크리스틴을 향해 빈정거렸다.

"아, 그래. 진실한 사랑. 그래서 에이드리안이 아직도 아리스한테 미련을 줄줄 흘리고 다니니?"

"뭐?!"

그 말에 크리스틴이 약점을 찔린 고슴도치처럼 화악 얼굴을 붉혔다.

"야, 너 그게 무슨 말이야?"

"솔직히 그렇잖아. 지금 너희들 보면 꼭 너 혼자 일방적으로 짝사랑하는 것 같다고. 오죽하면 네가 에이드리안 약점을 잡아서 사귀는 게 아니냐는 소문까지 돌겠어?"

어처구니없는 소리에 뒷목이 저리기 시작했다.

뭐? 내가 에이드리안의 약점을 잡아서 사귀고 있다고? 어디서 그런 말도 안 되는 소리를 지껄이고 있어?

"누가 그딴 헛소리를 지껄여?!"

"넌 귀가 없니, 눈이 없니? 그런 말 하는 게 한둘인 줄 알아? 게다가 지금도 에이드리안이 아리스를 보는 눈빛이 참 애틋하다더라? 어제도 누가 실수로 아리스한테 물을 살짝 끼얹었었는데 에이드리안이 사색이 되어서 옷까지 벗어 줬다던데?"

"그건 우리 에이드리안이 친절해서 그런 거야! 착해서! 그래서 그런 꼴을 그냥 두고 보지 못할 뿐이라고! 아리스, 걔가 특별한 게 아니라!"

"그렇다고 치기에는 평소에도 아리스를 너무 신경 쓰고 있지 않아? 계속 찾아가서 먼저 말 걸고, 항상 아리스만 쳐다보고 있고."

신이 나서 얄밉게 떠드는 소리를 듣자니 점차적으로 열이 솟구치기 시작했다.

하나같이 아리스, 아리스, 아리스!

지금 에이드리안의 여자 친구는 나인데 왜 자꾸만 아리스 얘기가 다른 애들 입에 오르내리는 거야? 아리스는 어디까지나 에이드리안의 전 여자 친구인데! 게다가 에이드리안이 먼저 헤어지자는 말을 꺼낸 거였고!

"솔직히 나도 이상하다고 생각하긴 했어. 에이드리안 같은 애가 뭐가 아쉬워서 아리스를 두고 너를 만나? 너 우리한테만 솔직히 말해 봐. 진짜 약점 잡은 거 아니야? 나랑 안 사귀면 가만 두지 않겠다고 에이드리안을 협박한 거 아니냐고……."

"닥쳐!"

간당간당하게 유지되던 크리스틴의 인내심이 완전히 끊어졌다.

그녀는 야차처럼 돌변해, 신이 나서 입을 놀리고 있는 친구의 머리카락을 잡아챘다. 그리고 있는 힘껏 흔들기 시작했다.

"악, 얘 왜 이래?!"

"닥쳐, 닥치라고!"

"야, 너 미쳤어?"

"너도 닥쳐!"

평화롭던 학생 휴게실에는 광란의 싸움이 벌어졌다.

"아니, 이게 대체 뭐하는 짓들이야? 다들 그만 두지 못해?!"

그들이 한참을 쥐고 흔들던 서로의 머리채에서 손을 뗀 것은 소식을 듣고 헐레벌떡 달려온 교수가 고함을 내지른 뒤였다.

"하, 기가 막혀. 이런 천박한 애를 친구라고 생각했다니."

"웃기지 마. 나야말로 수준 떨어져서 너 같은 애랑 어울려 주기 힘들었거든?"

그 후로도 두 사람은 옆에 앉은 상대방을 향해 이를 갈며 으르렁거렸다.

"시끄러워! 둘 다 안 다물어?"

앞에 있던 교수가 골치 아프다는 듯 소리친 후에도 마찬가지였다.

"아무래도 부모님한테 연락을 드려야지 안 되겠다."

하지만 그 말에는 두 사람 모두 뜨끔하여 입을 다물고 말았다.

그 이름하야 학부모 소환!

비록 충동적으로 일을 저지르기는 했으나 설마 부모님을 학교로 부른다니. 아무리 천방지축인 크리스틴이라도 사고를 친 직후 부모님에게 연락하는 것은 꽤나 불편한 일이었다. 일단은 분명 꾸중을 들을 테고……

"맙소사, 크리스틴!"

"에, 에이드리안!"

그때, 교무실 안으로 에이드리안이 들어섰다.

그는 다른 교수에게 볼일이 있어 왔다가 크리스틴을 발견하고 놀란 것 같았다. 크리스틴은 서둘러 산발한 머리를 정리했다.

교수님에게 쌍방 과실이란 걸 입증하기 위해 머리가 엉망인 걸 알면서도 일부러 정리하지 않고 있었던 건데! 설마 지금 여기에서 에이드리안을 만날 줄 누가 알았겠는가?

크리스틴은 성급히 머리카락을 손으로 빗어 내렸다. 그런데 방금 전의 난투로 빠진 머리카락이 손에 한 줌이나 잡히는 것이었다. 그걸 보니 또 울컥해서 옆에 앉은 친구를 잠시 노려보았다.

망할 계집애, 쓸데없이 힘만 무식하게 세서는!

물론 둘 중 상대방의 머리를 더욱 많이 쥐어뜯은 것은 자신이라는 사실은 가뿐히 무시했다.

"지금 이게 무슨 꼴이야?"

"에이드리안……."

크리스틴은 다가오는 에이드리안을 향해 우는 소리를 냈다. 그런 그녀의 얼굴은 더없이 무고한 사람처럼 유순한 빛을 띠고 있었다. 그 변화에 옆에 있던 친구가 기가 찬 듯 '하!' 헛웃음을 내뱉었다.

"설마 싸웠어?"

눈이 있다면 누구나 나란히 앉은 두 사람이 서로의 머리카락을 뜯으며 싸웠다는 사실을 알 수 있을 터였다. 에이드리안의 경악한 얼굴을 보니 그래도 자신을 걱정해 주는구나 싶어서 크리스틴은 마음이 찡해졌다.

"나 다쳤어. 얘가 막 나 때리고, 머리카락도 쥐어뜯고……."

"웃기는 소리하네. 네가 먼저 시작했잖아!"

아, 좀 닥쳐 보라니까?

에이드리안과 오붓한 시간을 보내고 싶은데 자꾸만 옆에서 잡소리가 들리는 게 영 거슬렸다.

"네가 먼저 개소리를…… 아니, 이상한 소리를 했잖아."

그래서 저도 모르게 따졌다가 곧 아차 해서 말을 바꾸었다. 하지만 에이드리안은 이미 그녀의 욕설을 들었는지 귀를 의심하는 표정을 짓고 있었다.

그래도 그는 분명 그녀의 편을 들어 줄 것이었다. 왜냐하면 그녀의 남자 친구니까!

"아무리 그래도 그렇지……."

하지만 다음 순간 에이드리안이 내뱉은 말은 그녀의 기대와 달랐다.

"애도 아니고 무슨 싸움을 이렇게 거칠게 해?"

그는 믿을 수 없다는 듯이 크리스틴과 다른 여학생을 번갈아 쳐다보았다. 그리고 머리만 산발하고 있는 크리스틴과 달리 얼굴에 할퀸 자국까지 있는 여학생을 보고는 곧 그녀에게 물었다.

"그리고 네가 먼저 때렸다는 게 사실이야?"

"그, 그건……."

사실이었지만 설마 에이드리안이 이런 상황에서 제일 먼저 그것을 물을 줄은 몰랐기 때문에 말문이 막혔다. 그녀는 부모님에게 잘못을 숨기는 어린애처럼 저도 모르게 변명했다.

"애가 먼저 시비를 걸었단 말이야."

"시비를 걸었다고 해서 다짜고짜 사람을 때리면 돼?"

"말이 안 통하는데 그럼 어떡하라고?"

"그래도 이런 교양 없는 행동을……."

"뭐? 지금 나보고 무식하다고?"

"내가 언제 그렇게 말했어?"

"지금 그랬잖아! 그리고 나도 같이 맞았는데 왜 애 편만 들어? 싸움은 나 혼자 했어?"

"네가 먼저 때렸다면서. 난 그게 문제라고 말하는 거야."

크리스틴은 화가 나서 씩씩거렸다.

이게 뭐야! 왜 지금 내가 혼나야 하는데? 먼저 시비건 사람은 따로 있고, 그래서 나도 머리채 좀 잡아 줬을 뿐인데! 이럴 때는 당연히 여자 친구인 내 편을 들어 줘야 하는 거 아닌가? 공감하고 같이 욕해 줄수 없다면 하다못해 어디 다친 데는 없냐고 물어 보기라도 해야지! 게다가 애초에 내가 싸운 이유가 뭔데…….

"푸읍."

그렇게 한참 분을 삭이고 있을 때, 옆에서 웃음소리가 들렸다.

크리스틴은 반사적으로 고개를 돌렸다. 그러자 머리를 뜯겨 산발한 친구가 비웃고 있는 게 보였다.

그 모습을 눈에 담으니 다시금 혈압이 오르는 것이 느껴졌다. 크리스틴의 눈동자에 불똥이 튀었다. 그녀는 잠시 옆에 있는 에이드리안의 존재를 잊었다.

"웃어? 너 지금 웃었어?"

"그래, 웃었다. 어쩔래?"

"이게 돌았나, 가만히 있다가 웃긴 왜 웃어?"

"웃기니까 웃지. 이제 보니까 너 엄청 대단한 남자 친구 뒀구나?"

"네가 아직 덜 맞았지? 이리 와, 너 아주 오늘 내가 죽여 버릴 거야!"

"너만 손하고 발이 있는 줄 알아? 나도 개 값 물 거니까 어디 한 번해 봐!"

"너희들 지금 내가 앞에 있는 거 잊었냐? 또 싸우면 진짜 부모님한테 바로 연락할 테니까 그런 줄 알아라, 어?"

존재를 잊고 있던 교수가 이를 갈며 으름장을 놓고서야 두 사람은 겨우 입을 다물었다. 하지만 둘 모두 여전히 서로를 향해 으르렁거리고 있었다.

"에이드리안, 너도 볼일 보고 나가라."

"네, 죄송합니다."

크리스틴은 그제야 자신의 앞에 있던 에이드리안의 존재를 기억해 냈다.

에이드리안은 크리스틴의 행태에 말문이 막힌 듯 했다. 그는 교수의 말에 크리스틴을 한 번 응시한 뒤 발길을 돌렸다.

"에, 에이드리안……."

실망감이 어려 있던 에이드리안의 눈동자가 가슴에 콕 박힌 것 같았 다. 하지만 그녀도 서운하고 속상한 마음이 컸다.

크리스틴은 멀어지는 에이드리안의 뒷모습을 원망스럽게 쳐다보았다.

* * *

"그 얘기 들었어? 어제 3학년 여자 선배 둘이 머리채 잡고 싸웠대."

"헐, 진짜?"

아침부터 교실이 떠들썩하다 싶더니 저런 이유였던 모양이다.

다이젠은 교실의 맨 뒷자리에 앉아 귓가에 번지는 소음을 흘려들었 다. 아직 1교시도 시작하기 전이었는데 벌써부터 따분했다.

"더 재미있는 게 뭔지 알아? 둘 중 한 명은 그 선배래."

"누구?"

"왜, 있잖아. 아리스 선배 전 남자 친구의 새 여자 친구."

"헐, 진짜?!"

하지만 익숙한 이름이 귓가를 스친 순간, 그는 저도 모르게 소란스러운 학생들 틈에 시선을 던지고 말았다.

"그럼 설마 같이 싸운 다른 한 명은……!"

"아니야! 전혀 모르는 사람이야."

"아, 하긴 아리스 선배가 그럴 리는 없지."

"난 또 치정 싸움인 줄."

"치정은 무슨 치정이야? 아리스 선배는 이제 에이드리안한테 관심 없는 거 아니야?"

"올, 이 자식 보게. 선배 이름을 함부로 막 부르네. 아리스 선배한테 흑심 있냐?"

"흑심 많지."

"오올!"

"고백해, 고백해!"

곧 부산스러운 소음은 시시껄렁한 구호로 번져 나갔다.

다이젠은 그 광경을 보다가 곧 언제 그들에게 관심을 뒀냐는 듯 창밖을 향해 고개를 돌렸다.

신경 쓰지 않는다고 해 놓고 이름을 듣자마자 절로 반응하는 꼴이라니. 하지만 이제는 너무나도 자연스러운 일이어서 억지로 마음을 다잡는다 해도 뜻대로 되지가 않았다.

얼마 전 온실에서 있었던 일이 떠올랐다. 하지만 처음부터 그랬던 적이 없는 깃처럼 떨쳐 버렸다.

"이동 수업 귀찮아."

"교실이랑 별관이랑 너무 멀지 않냐?"

다음 교시는 별관에서의 수업이었기 때문에 쉬는 시간 동안 이동해야만 했다.

그렇게까지 말했으니 이제는 정말 질려서 아는 척도 하지 않겠지.

잠시 후, 다이젠은 맞은편에서 걸어오는 사람을 보며 생각했다. 이동 수업을 위해 거쳐 가야 하는 복도는 3학년도 이용하는 것이었다. 그래서 평소에도 이런 식으로 아리스를 만나는 일이 적지 않았다.

하지만 근 일주일간 아리스와 그는 우연히 만나도 서로에게 말조차 걸지 않고 있었다.

"다이젠, 너 과제 했어? 나 좀 빌려 주라."

"다이젠 말고 나한테 빌려."

"오, 웬일로?"

"대신 저녁 식권 좀."

"에라이."

"아, 용돈 떨어졌단 말이야."

그러니 오늘도 이대로 그냥 지나쳐 가면 된다.

"헉, 아리스 선배다."

"완전 예뻐."

하지만 오늘은 그의 생각대로 되지 않았다.

막 옆을 스쳐 지나가던 때, 다이젠의 팔 위로 문득 나긋한 손길이 내려앉았다. 찰나의 순간이었으나 그는 무심코 시선을 돌렸다. 그리고 곧 자신을 향해 눈꼬리를 곱게 접어 웃고 있는 얼굴을 마주했다.

"안녕, 다이젠."

귓가에 봄바람 같은 속삭임이 내려앉았다.

그녀는 대답을 기다리지 않고 그대로 그를 스쳐 지나갔다.

"애 왜 이래? 돌덩어리가 됐어."

"악, 부러워! 야, 너 혼자 아리스 선배한테 인사받으니까 좋아? 좋냐고?"

옆에서 친구들이 호들갑스럽게 떠들어 댔다. 하지만 다이젠의 귀에는 아무 소리도 들어오지 않았다. 그저 방금 전 귓가에 속삭여졌던 목소리만이 계속해서 되풀이될 뿐이었다.

다이젠은 고개를 돌려 멀어지는 아리스의 뒷모습을 바라보았다.

그는 지금의 상황이 쉽게 이해가 안 되어서 한참 동안이나 자리에 굳은 채 서 있어야만 했다.

12. 아리스의 변화

학생들이 한마음이 되어 기다리던 축제가 드디어 시작되었다.

"저기 크레페 있다!"

"난 경품 뽑기 할래!"

방과 후부터 시작된 전야제 행사에 모두들 들뜬 기색이었다.

역시 가장 인기 있는 것은 교정 내에 가득 들어선 먹거리였고, 그 다음이 이벤트성 게임이었다. 한 시간 후부터 대강당에서는 축제의 서막을 알리는 오케스트라의 연주회가 계획되어 있었다. 또 교내 곳곳에서는 일부 동아리가 각기 주관한 행사가 열릴 예정이었다.

학교의 축제들이 으레 그렇듯 참신함이 돋보이는 일정은 아니었다.

"아리스, 우리 저쪽 가 보자!"

학생회와 축제 준비 위원회에서 교대로 일하기로 했지만 아직은 아리

스의 차례가 아니었다. 그래서 그녀는 리즈벳과 함께 밖을 돌아다니고
있었다.

"아리스, 리즈벳!"

그때 저쪽에서 보라색 망토를 걸친 여학생이 그녀들을 불렀다.

"앗, 마녀 복장이야? 로셰, 너한테 잘 어울린다!"

"연극부에서 빌렸어. 이러니까 분위기가 좀 나지?"

"어, 완전 멋져!"

같은 반 친구인 로셰가 동화책 속에 나오는 마녀처럼 음침하게 '음흐
흐흐!' 웃었다. 그러자 리즈벳이 엄지손가락까지 치켜들며 좋아했다.

"너희도 이거 하나 뽑을래?"

"뭔데?"

"짠. 마녀 언니가 주는 오늘의 운세!"

바구니에 뭘 넣고 있나 했더니 평범한 과자였다. 하지만 '오늘의 운
세'라는 말을 듣고 감이 오는 게 있었다.

"포춘 쿠키구나."

"맞아!"

과자 안에 든 점괘를 보고 오늘 하루 동안 운이 어떨지 가늠해 보는
것이었다.

"대복이랑 대흉은 하나씩 있어."

그녀의 마녀 복장이 눈에 띄었기 때문에 순식간에 학생들이 몰려들
었다.

"나도 할래!"

"대흉 나오는 거 아니야? 나 이런 거 약한데."

"아, 난 복이다!"

오, 설문 조사 때도 의외로 인기가 있더니 다들 이런 걸 꽤나 좋아하는구나.

"아리스, 리즈벳. 너희도 뽑아 봐."

"그래."

아리스와 리즈벳도 바구니에 든 과자를 하나씩 집어 들었다. 반투명한 종이에 든 과자를 꺼내 반으로 가르자 안에 들어 있던 종이가 나왔다.

"엥? 반반? 이게 뭐야?"

리즈벳이 아리스보다 한 발 앞서 자신의 종이를 보고 고개를 갸웃했다.

"복이 반, 흉이 반이라는 뜻이야."

"뭐 나쁘지 않네. 아리스, 너는 뭐 나왔어?"

"잠깐만."

아리스도 과자 부스러기가 묻은 종이를 펼쳐보았다.

결과는······.

"헉, 전설의 대흉!"

리즈벳이 화들짝 놀라서 외쳤다.

"뭐, 대흉?"

"진짜?"

"헉, 아리스 선배 대흉이래."

그러자 리즈벳의 외침을 들은 주위의 학생들이 다 같이 떠들어 대기 시작했다. 정작 그녀에게 과자를 뽑아 보라고 시켰던 로셰조차 정말 대흉이 나오자 당황한 눈치였다.

하지만 정작 아리스는 아무렇지도 않았다.

어차피 이런 건 다 미신인데 굳이 신경 쓸 필요가 있나.

그런 생각에 아리스는 웃으며 아무렇지도 않게 말했다.

"내가 대흉을 뽑아서 다행이다. 다른 사람이 뽑았으면 축제 내내 신경 썼을 것 아냐. 이제 내 뒤에 올 사람들은 마음 편히 뽑아도 되겠네."

"아리스!"

학생들은 아리스의 말에 감동한 것 같았다. 마치 그녀가 살신성인이라도 한 듯이 저마다 눈을 빛내고 있는 것을 보면.

"그럼 오늘 다들 즐거운 시간 보내."

"아리스, 너도!"

아리스는 웃는 낯으로 자리를 떠났다. 그런 그녀의 옆에서 오히려 리즈벳이 얼굴을 찡그리며 말했다.

"그래도 찜찜하다, 대흉이라니."

"괜찮아. 어차피 난 이런 거 안 믿으니까."

"하긴, 어차피 오늘 지나려면 이제 몇 시간 안 남았잖아? 아, 우리 인형 뽑기 하자! 저기, 저쪽!"

아리스와 리즈벳은 그 후로 즐거운 시간을 보냈다. 그리고 같이 대강당으로 향했다. 곧 있을 연주회의 최종 점검을 위해서였다.

오늘 있을 음악회는 베오니아의 유명 오케스트라를 초빙해 열리는 것이니만큼 꼼꼼한 준비가 필요했다. 리즈벳은 관람석에 앉아 있겠다고 해서 아리스 혼자 무대 뒤쪽으로 향했다.

"어떻게 할 거야, 이대로는 무대에 못 올라가!"

그런데 문제가 있는 모양이었다. 아리스는 여성의 높은 고음을 쫓아 걸음을 옮겼다.

"무슨 일이에요?"

"아리스!"

식은땀을 뻘뻘 흘리고 있던 4학년의 선배가 아리스를 발견한 직후 무척이나 안심한 표정을 지었다. 마치 물에 빠졌다가 건져진 사람 같은 표정이었다.

"내 옷이 망가졌다고. 이 상태로 어떻게 무대에 오르란 말이야?"

자초지종은 이랬다.

무대의 관리를 맡은 학생회 선배가 대기 중인 음악가들에게 음료수를 가져다주다가 첼로 솔리스트의 드레스에 실수로 쏟고 만 것이다. 그래서 그녀는 이대로 무대에 올라갈 수 없다고 화를 내고 있었다.

과연 붉은 드레스에 얼룩덜룩한 갈색 무늬가 그려진 것이 눈에 띄었다. 학생회 선배는 거의 죄인처럼 기가 죽어 쩔쩔매고 있었다.

아리스는 어떻게 해야 할지 고민하다가 문득 생각나는 것이 있어서 입을 열었다.

"연주회 시작 전까지 다른 드레스를 구할 수 있을 것 같아요. 만족스럽지 못하실 수도 있지만 일단 그걸로 괜찮을까요? 지금 입고 계신 것과 비슷한 붉은색이에요."

아리스가 말하자 그때까지도 4학년 선배를 노려보고 있던 첼리스트가 멈칫했다. 홧김에 무대에 오르지 않겠다고 말하긴 했지만 그녀도 진심이었던 건 아닌 모양이었다.

"시간 내에 가져올 수 있어? 내 쪽에서도 준비가 필요한데."

"십 분 안에 다시 올게요."

"아, 아리스! 내가 도와줄 일은……."

"선배는 여기 남아서 하실 일이 있잖아요. 부탁할게요."

아리스는 곧바로 관람석을 향해 달려갔다. 정확히 말하자면 관람석에 있는 리즈벳을 향해서였다.

"리즈벳!"

"어, 아리스?"

그녀는 다른 학생들과 떠들다가 급히 나타난 아리스를 보고 두 눈을 휘둥그렇게 떴다. 웬만한 일이 아니고서야 제 친구가 이렇게 다급한 모습을 보일 리 없다는 사실을 알기 때문이었다.

"너 연극부에 옷 빌려준다고 가져왔지? 그거 아직 너한테 있어?"

"아니, 연극부실에. 왜?"

"그중에서 빨간색 드레스 잠깐 빌릴 수 있을까? 지금 바로. 급해!"

아리스가 빠른 말투도 다다다 말하자 리즈벳이 얼결에 고개를 끄덕였다.

"어어, 그래. 마음껏 가져가."

"연극부실에 있는 거 확실하지?"

"내가 같이 가서 찾아 줄까?"

"그래 주면 고맙고."

그렇게 해서 아리스는 리즈벳의 손을 붙잡고 달렸다.

그나마 기숙사보다 연극부실이 대강당과 가까워서 다행이었다. 연극부의 행사가 내일이라 의상을 사용하지 않는 것도 천운이었다. 어제 리즈벳이 가져온 옷을 떠올려 보니 첼로 솔리스트에게 얼추 맞을 것 같았다.

하지만 오늘은 연습 없이 자유 활동을 할 것이란 얘기를 지난 회의 때 들은 적이 있었다. 혹시 부실 문이 잠겨 있으면 어떡하지?

아리스는 그런 걱정을 하면서도 걸음을 멈추지 않았다. 일단은 다른 해결 방안이 없었기 때문이었다.

다행히도 연극부실에는 불이 켜져 있었다. 두 사람은 부실의 문을 열

어쩔했다.

"헉헉! 오, 옷! 옷 내놔!"

연극부실에 남아 있던 학생 몇이 갑자기 들이닥친 두 사람을 보고 화들짝 놀랐다. 더군다나 리즈벳은 그들을 향해 강도 같은 말을 내뱉기까지 했다.

"연극 의상, 어디에 있어? 잠시 빌릴 수 있을까?"

아리스가 숨을 고르며 묻자 그제야 그들은 정신을 차린 것 같았다.

"어제 빌려준 의상? 잠깐만."

"미안한데 빨리 줄 수 있어? 지금 급해서."

"그래, 빨리, 빨리!"

두 사람의 닦달에 떠밀려 연극부원은 급히 사물함을 뒤져 옷을 꺼내 주었다.

"고마워, 다 쓰면 바로 가져다줄게!"

아리스와 리즈벳은 또 급히 연극부실을 박차고 나와 대강당을 향해 뛰었다.

"아, 아리스! 흐억, 너 먼저 가! 난 더 못 뛰겠어……."

"그래, 천천히 와!"

조금 가다가 리즈벳이 옆구리를 붙잡고 아까 먹은 젤리를 토할 것 같다며 멈추어 섰다. 아리스는 하는 수 없이 그런 그녀를 남겨 두고 또다시 발바닥에 불이 나도록 뛰었다.

"여기 의상이요!"

"아리스, 어서 와!"

"옷 빨리 이리 줘!"

관람석에는 그새 많은 사람들이 와 있었다. 무대의 뒤편도 아까보다

아리스의 변화 413

어수선했다. 아리스는 자신을 기다리고 있던 사람들에게 드레스를 건네
준 뒤 무릎을 짚고 숨을 골랐다.

"아리스, 고생했어!"

특히 그녀를 오매불망 초조하게 기다리고 있던 4학년의 선배가 손수
물을 가져다주었다.

"저 안 늦었어요?"

"아니야, 진짜 10분 만에 왔어! 너 달리기 되게 빠르다."

늦지 않았다니 다행이었다. 그나저나 이 거리를 진짜 10분 만에 돌
파하다니. 리즈벳은 무사히 돌아왔으려나?

"30분 후에 막 올라갑니다!"

첼로 솔로 연주곡은 아직 순번이 남아 있었다. 그래서 옷을 갈아입고
준비할 여유가 있었다. 아리스는 다행이라고 생각하며 학생회 선배가
준 물로 입을 축였다.

"뭐야? 피아노 어디 갔어?"

그런데 이번에는 피아노 반주를 할 사람이 사라졌다. 소리 높여 반주
자를 찾는 모습에 아리스는 고개를 갸웃했다.

"피아노 반주, 콜린 아니에요?"

"맞을 텐데."

지금의 오케스트라는 학생회의 콜린과 연줄이 닿아 초대한 것이었다.

원래대로라면 이런 작은 학교 축제에 열릴 연주회를 수락할 오케스트
라가 아니었다. 하지만 콜린의 집안은 대대로 명성 높은 음악가 출신이
었다. 그래서 그들은 생각보다 흔쾌히 협연에 응했다. 게다가 피아노
반주에는 콜린이 함께 하기로 예정되어 있었다.

다행히 그는 금방 모습을 드러냈다.

"콜린! 너 어디 갔다 와? 빨리 와, 금방 연주회 시작해."

"선배 저 배가, 배가······."

그런데 큰일이었다. 뭘 잘못 먹고 탈이 났는지 콜린은 허리조차 제대로 펴지 못하고 복통을 호소했다.

"뭐야, 지금 배가 아프면 어떡해?"

"뭐? 피아노 배 아프대?"

"이제 연주회 시작하는데?"

"그럼 반주는?"

무대 뒤쪽에서는 또 다시 소란이 일어났다.

와, 이게 무슨 상황이지?

아리스는 학생회의 선배와 함께 잠시 동안 당황해 움직이지 못했다. 첼로 솔리스트의 의상 문제를 해결했다 싶더니, 이번에는 왜 또 이런 일이 생긴 걸까?

하지만 당황하던 것도 잠시뿐, 곧 아리스는 정신을 차리고 콜린에게 다가갔다.

"콜린, 괜찮아? 무대에 올라갈 수 있겠어?"

"배, 배가 너무 아파요······."

눈물을 글썽이며 식은땀을 흘리고 있는 걸 보니 정말 심하게 아픈 것 같았다.

"빨리 의무실에 가 봐야겠어요."

"그래. 어이! 거기 누구 좀 이리로 와 봐!"

하지만 다른 사람을 소리 높여 부르자 콜린이 황급히 속삭였다.

"아, 아니! 그냥 화장실 좀 다녀오면 괜찮아질 것 같은데······."

그 말에 모두가 잠시 동안 침묵했다.

"그, 그래. 어서 다녀와."

"그런데 시작 시간은 못 미루잖아. 다들 엄청 바빠서 연주회 끝나면 바로 이동해야 한다고 하던데? 타 지역에서 또 연주회가 있대."

그 말이 맞았다. 워낙 유명한 오케스트라이다 보니 학교에서의 연주회가 끝난 직후 또 다른 일정이 있다고 들었다.

"그, 금방 올 테니까 첫 곡이나 두 번째 곡만 어떻게……."

"시간 안에는 도저히 안 되겠어?"

"으윽, 테리 선배가 제 대신 해 주세요."

"뭐? 말이 되냐?"

"으앙, 지금 다른 대타를 어떻게 구해요."

저 멀리서 '5분 후에 막 올라갑니다!'라고 외치는 소리가 들렸다.

"아, 진짜 쌀 거 같아요."

"야, 인마. 여자애도 있는데 말 가려서 해."

아리스는 일찍이 전달받았던 연주회 팸플릿을 떠올리며 어쩔 수 없이 말했다.

"첫 번째 곡이라면 내가 대신 할 수 있어."

"아리스 선배!"

"하지만 첫 번째 곡만이야. 두 번째 곡은 내가 잘 모르는 거니까 꼭 그 전에 와야 돼."

"최대한 빨리 다녀올게요!"

콜린은 자신을 대신할 반주자를 찾아 홀가분해졌는지 나는 듯이 자리를 떠났다.

아리스는 다른 사람에게 악보를 받아서 눈으로 훑기 시작했다. 예전에 취미 삼아 이것저것 건드려 볼 때 피아노와 바이올린도 잠깐 배운

적이 있었다. 그래서 악보를 읽는 건 익숙했다. 그중에서도 오늘 연주회의 첫 번째 곡은 꽤 능숙하게 칠 수 있는 것이었다.

잠시 후 악보에 집중하고 있는 아리스를 향해 오케스트라의 노장인 지휘자가 다가왔다.

"학생이 콜린 대신인가?"

"네, 첫 곡만요. 잘 부탁드립니다."

"그래, 부담 갖지 말고 해. 어차피 학교 축제잖아."

그 말에 '학교 축제라고 무시하려는 걸까?' 싶었으나 이어진 말은 그런 것이 아니었다.

"축제는 그냥 모두가 즐겁게 놀면 되는 거지."

푸근하게 웃는 얼굴을 보니 그래도 마음이 좀 편안해졌다.

"지금 무대 위로 올라가 주세요!"

"아리스, 힘내!"

잠시 후 학생회 선배가 뒤에서 응원해 주는 소리를 들으며 아리스는 무대에 올랐다.

* * *

"아리스 선배, 저 왔어요!"

다행히 연주는 실수 없이 무사히 끝났다. 게다가 두 번째 곡이 시작되기 전에 콜린이 돌아와서 안심할 수 있었다.

"아리스, 수고했어! 너 피아노 되게 잘 치더라!"

"콜린이 늦었으면 큰일 날 뻔했어요. 저 이제 가도 되죠?"

"그래, 그래. 어서 가 봐. 이제 여긴 내가 알아서 할게."

아리스는 무대 뒤에서 빠져나왔다.

그제야 조금씩 현실감이 돌아오기 시작했다. 방금 전까지는 경황이 없어서 별 다른 느낌이 없었는데.

"콜린, 잘하네."

대강당 전체에 울리는 선율을 들으며 아리스는 무심코 감탄했다. 스스로 피아노를 꽤 잘 치는 편이라고 생각했지만 역시 전문가에 댈 것은 아니었나 보다. 애초에 그릇부터 다르다는 게 이렇게 표가 나다니.

이거 아무래도 내가 연주한 첫 곡이랑 비교가 좀 되겠는데? 그래도 원래 이 무대의 주인공은 콜린이었으니 당연했다. 그래도 갑작스러웠던 연주치고 실수는 없었으니 나도 나쁘지 않았어.

아리스는 깔끔하게 그와 자신의 실력 차이를 인정하고 관람석으로 통하는 문을 향해 걸었다.

"좋겠다, 넌 다 잘해서."

그런데 얼마 걷지 않아 카밀레 키튼이 눈앞에 나타났다.

그녀는 평소처럼 착한 척도 하지 않은 채 아리스를 향해 날카로운 눈빛을 드러내 보이고 있었다.

그 얼굴에 어려 있는 질투, 부러움, 시기.

아리스의 고개가 비스듬히 옆으로 기울어졌다.

방금 전 콜린 대신 피아노 반주를 한 걸 보고 이러는 걸까?

하지만 그게 왜? 기껏 해야 오늘의 주인공을 대신해 잠깐 자리를 채웠던 것뿐인데. 게다가 지금 대강당에 울리고 있는 이 아름다운 선율이 들리지 않나? 조금만 귀를 기울여 봐도 대번에 아리스와 그의 실력 차이를 알 수 있을 텐데.

다른 때라면 아리스도 지금 생각하는 대로 겸손히 말했을지 몰랐다.

하지만 잘못한 것도 없이 계속해서 끝 모를 적의를 받고 있으려니 기분이 영 좋지 못했다.

네가 갖지 못한 걸 내가 갖고 있으니까 질투가 나? 그래서 볼 때마다 짜증이 나서 못 참겠어?

"응, 내가 좀 그래."

그래서 나한테 어쩌라고.

같잖은 심술을 부리다가 지금은 또 이렇게 갑자기 튀어나와서 시답잖은 말을 하고 있지를 않나.

질투도 시기도 결국은 각자가 알아서 해결해야 할 사적인 감정이었다. 그런 걸 무기 삼아 남에게 휘두르는 모습은 솔직히 꼴사납다고 생각할 수밖에 없었다.

만약 카밀레 키든이 좀 더 대놓고 솔직했거나 좀 더 철저히 제 감정을 숨겼다면 그나마 조금 나았겠지만.

"칭찬해 준 거라면 고마워, 카밀레."

그녀의 눈이 예전 같았다면 아마도 지금 카밀레의 머리 위에서 썩어 들어가는 검은 꽃을 볼 수 있었겠지. 하지만 그러지 않아서 다행이다.

아리스는 입술을 꽉 깨물고 있는 카밀레를 지나쳐 관람석으로 향하는 문을 열었다.

* * *

에이드리안과 크리스틴은 지난 교무실에서의 만남 이후 냉전 중이었다.

그래서 축제의 전야제인 오늘도 두 사람은 따로 움직이고 있었다. 하지만 에이드리안은 마음이 편치 않았다. 크리스틴이 처음으로 두 사람이 함께 보내는 이번 축제를 얼마나 기대했는지 알기 때문이었다.

그래서 먼저 그녀를 찾아가 볼까 싶기도 했지만 좀처럼 발길이 떨어지지가 않았다. 그러지 않으려고 해도 어쩔 수 없이 교무실에서 보았던 크리스틴의 모습이 머릿속에 맴돌았다.

어떻게 친구와 그런 식으로 싸울 수 있지?

차라리 남자아이였다면 이해했을 것이다. 에이드리안이 아는 친구들 중에서도 서로 치고받고 하는 거친 아이들은 있었으니까. 하지만 크리스틴은 여자애가 아닌가? 그런데 친구와 그렇게 머리채를 붙잡고 몸싸움을 하다니. 에이드리안의 상식으로는 도저히 이해가 되지 않았다.

게다가 먼저 손이 나간 것도 크리스틴이라고 하지 않았던가?

그녀는 같이 싸웠다고 했지만 분명 몰골이 더 엉망이었던 건 크리스틴의 친구 쪽이었다. 아무리 봐도 크리스틴은 고작 해야 머리카락이 헝클어진 게 전부였다. 하지만 그 친구는 얼굴에 할퀸 자국도 있었고, 심지어 교복 치마에는 발자국으로 보이는 얼룩까지 남아 있었다.

그런 와중에 크리스틴이 친구에게 보이던 거친 언사까지……. 그날의 일을 떠올리자 도저히 그녀의 얼굴을 볼 자신이 생기지 않았다.

평소 크리스틴의 성격이 다소 제멋대로라는 건 알고 있었지만……. 그래도 언제나 그의 앞에서는 명랑하고 귀엽던 그녀이기 때문에 이번 일에 대한 충격이 작지 않았다. 지금까지는 제멋대로이던 그녀의 모습조차 자기 감정에 솔직하고 순진한 성격 때문이라고 생각되었는데…….

"후우."

에이드리안은 옅은 한숨을 내쉬었다. 아무래도 머릿속이 영 복잡했다. 크리스틴을 생각할 때면 기분도 점점 가라앉았다.

"아, 시작하나 봐."

"나 이 오케스트라 연주 꼭 듣고 싶었어."

"우리 학교에 오다니 신기하다. 이번 학생회, 일 열심히 하네."

하지만 곧 연주회가 시작되었기 때문에 그는 생각하던 것을 멈추고 앞을 보았다.

대강당의 불이 하나둘씩 꺼지고 난 뒤 무대의 막이 올랐다. 그리고 오케스트라의 연주자들이 모습을 드러내기 시작했다.

잠시 후, 에이드리안은 불빛 속으로 걸어 나오는 사람을 보고 두 눈을 크게 뜨고 말았다.

"어? 저기 아리스 선배 아니야?"

"정말이네? 콜린은 어디 갔어?"

"우정 출현, 뭐 그런 건가?"

놀란 사람은 에이드리안뿐만이 아닌지 주위에서 웅성거리는 소리가 들렸다.

"헐, 방금 들었는데 콜린이 갑자기 배 아프다 그래서 아리스 선배가 대신 나온 거래."

"뭐? 아까는 멀쩡했잖아."

"헉, 혹시 아까 먹은 게 탈 난 거 아니야? 그 자식, 긴장된다고 며칠 내내 굶어서 시들어 가기에 내가 억지로 먹였는데."

"그런데 왜 갑자기 아리스 선배야?"

"학생회 일 때문에 마침 무대 뒤에 있었나 봐. 난 잠깐 콜린 찾으러 가 볼게."

"아, 나도 같이 가. 아무래도 나 때문에 배탈 난 거 같은데."

근처에 원래 피아노 반주자의 친구들이 있었던 모양이다. 잠시 동안

소곤거리는 소리가 들리다가 곧 조용해졌다.

에이드리안은 아리스의 모습을 걱정스럽게 지켜보았다.

그는 앞자리에 앉아 있었기 때문에 무대 위의 모습을 속속들이 볼 수 있었다. 그래서 지금도 피아노 의자 위에 앉아 있는 아리스의 얼굴이 선명히 보였다. 그녀는 그를 발견하지 못한 눈치였지만 말이다.

지휘자가 손을 들어 올리자 잔잔한 소음이 깔려 있던 대강당 안이 조용해졌다.

곧 아리스의 손이 건반 위로 올라갔다.

따단.

피아노의 첫 음을 시작으로 아름다운 화음이 대강당 안으로 퍼져 나갔다.

연주회의 첫 곡은 '태양의 인사'로 밝고 부드러운 선율이 인상적인 곡이었다. 에이드리안의 걱정이 무색하게도 아리스는 능숙하게 피아노 연주를 해 나갔다.

위에서부터 떨어지는 빛이 흔들리는 은발 위로 은은한 광채를 덧그렸다. 아래로 내리깔린 속눈썹 위에도 빛무리가 어렸다. 건반 위를 노니는 손가락이 더없이 우아한 선을 그리며 움직였다.

에이드리안은 무대 위에 있는 아리스의 모습을 숨조차 제대로 쉬지 못한 채 바라보았다.

따단. 딴.

마침내 첫 번째 곡이 끝났다. 아리스의 시선이 무언가를 확인하듯 잠시 뒤쪽을 향했다. 그 직후 그녀는 자리에서 일어나 청중을 향해 인사한 뒤 홀연히 무대를 떠났다.

"와아아!"

그 직후 정신을 차린 청중들은 박수 갈채를 아끼지 않았다.

"아리스 선배 완전 예뻐."

"피아노도 대박 잘 쳐."

"천사가 하강한 줄 알았네."

상황을 모르는 다른 학생들은 아리스가 첫 곡을 연주한 것이 미리 준비된 깜짝 무대인 줄 아는 것 같았다. 그렇게 생각하는 것도 당연했다. 아리스의 피아노 연주는 예정 없이 진행된 것이라기에는 무척이나 수준급이었으니까.

"크리스틴 선배보다 아리스 선배가 훨씬 좋지 않냐?"

"비교가 되냐?"

"내가 에이드리안이었으면 아까워서 울었다."

수군거리는 목소리 틈에서 에이드리안은 아리스가 사라진 자리를 바라보았다. 방금 전까지 아리스가 있던 곳이 아직도 눈부시게 반짝거리는 것 같았다.

본래 반주자인 남학생이 무대 위로 올라오자 소음은 다시 잦아들었다. 아리스에 이어 그 역시도 매우 훌륭한 피아노 솜씨를 보여 주었다. 그래서 청중들은 다시금 오케스트라의 연주에 흠뻑 빠져들었다.

단지 에이드리안만이 여전히 홀린 것처럼 아리스의 자취를 쫓고 있을 뿐이었다.

* * *

"아리스!"

아리스는 살금살금 리즈벳이 있는 자리를 찾아갔다. 다행히 그녀는 문에서 가까운 가장자리 쪽에 앉아 있었다.

아리스가 비어 있는 옆자리에 앉자 리즈벳이 대번에 호들갑을 떨어왔다.

"갑자기 네가 나와서 깜짝 놀랐어!"

"나도 내가 저기에 올라갈 줄 몰랐어."

마침 연주 중이던 두 번째 곡이 끝난 참이었다. 그래서 아리스는 무대 뒤에서의 일을 리즈벳에게 짤막하게 설명해 주었다.

"너 엄청 잘하더라. 완전 최고였어."

"사실 지휘봉 보는 걸 잊어서 혼자서 막 쳤는데 역시 베테랑은 다르더라. 다들 나한테 맞춰 주셔서 덕분에 편하게 했어."

"진짜? 그런 티 하나도 안 났는데!"

"다행이다. 나 엄청 긴장했거든."

아마 연주자들은 그녀의 실력이 평범하다는 것을 대번에 알아챘을 터였다. 하지만 일단 오늘의 연주회는 학교 축제의 행사였다. 그러니 청중인 학생들이 듣기에 크게 거슬리는 점이 없었다면 그것만으로도 충분했다.

"콜린도 엄청 잘한다."

"맞아, 대단해."

우여곡절이 있긴 했으나 그날의 연주회는 성공적으로 마쳐졌다. 아리스는 시작부터 참으로 파란만장한 전야제였다고 생각하며 리즈벳과 함께 대강당을 나섰다.

아까 빌렸던 연극 의상을 연극부의 동아리실에 돌려주는 것도 잊지 않았다.

"아리스, 이제 교대해야 되지?"

"응, 미안."

"에이, 네가 미안할 게 뭐 있어? 난 다른 애들하고 놀면 돼. 너야말로 제대로 놀지도 못하고 이게 뭐야. 학생회 그냥 때려 치라니까."

"그래도 내일은 덜 바쁘니까 괜찮아."

"그래, 내일은 나랑 재미있게 놀자. 그럼 이따 봐!"

다른 학생회 임원과 교대할 시간이 되었기 때문에 아리스는 리즈벳과 인사한 뒤 헤어졌다.

"아리스, 어서 와."

"별다른 문제없었지?"

"응. 대강당 쪽은?"

"잘 끝났어."

아리스가 교대할 곳은 교내가 아닌 교외 행사 쪽이었다. 해가 떨어지면서 켜 놓은 가로등 불빛이 주위를 환하게 밝히고 있었다.

"그럼 즐거운 시간 보내."

"너도 힘내."

학생회의 역할이라고 해 봤자 정해진 구역을 돌아다니며 주변을 살피는 게 전부였다. 그렇기 때문에 사실상 그녀가 할 일은 별로 없었다. 그저 축제에 들뜬 학생들이 자칫 교칙을 어겨 사고가 나기 전에 미리 방지하는 게 그들의 역할이었다.

아리스는 천천히 주위를 둘러보며 시끌벅적한 학생들 틈에 섞여들었다.

촤악!

"앗, 어떡해!"

그러다가 문득 팔이 축축해져서 보니 옆을 지나가던 학생이 음료수를 쏟은 것이었다.

"정말 죄송해요!"

"괜찮아."

또 카밀레 키든인 줄 알았네.

그런 생각을 한 직후 아리스는 문득 미간을 좁혔다. 아무래도 무의식 중에 카밀레를 의식하고 있었나 보다. 하기야 얼굴을 볼 때마다 가시 박힌 줄기로 얻어맞아야만 했으니 그럴 만도 했다.

아리스가 극구 괜찮다고 했는데도 여학생은 자신의 소매를 당겨 아리스의 옷을 닦았다. 제 옷을 버려 가며 당황하는 모습에 아리스도 거듭 괜찮다고 말하며 여학생을 돌려보냈다.

그런데 그때부터 뭔가 이상했다.

길을 가다가 누군가가 휘두른 팔에 머리를 맞지 않나, 위에 입은 카디건의 올이 부자재에 걸려 실밥이 풀리지 않나, 앞을 제대로 보지 않고 뛰던 학생에게 부딪혀 뒤로 넘어질 뻔하지를 않나, 하필이면 거기에 와플을 만들어 파는 갑판이 있어서 화상을 입을 뻔하지를 않나.

사소하다면 사소한 일이었지만 자잘한 사고가 이어지자 아리스의 기분은 점차 하향 곡선을 그리기 시작했다.

퍼억! 촤악!

"헉! 아리스, 미안해!"

게다가 이번에는 갑자스러운 충격에 뒤돌아보니 등이 축축이 젖어 있었다.

때마침 물 풍선을 던져 과녁을 맞히는 이벤트성 게임의 현장을 지나고 있던 참이었다. 그런데 게임의 참가자가 겨냥을 잘못해 과녁 대신 아리스를 맞힌 모양이었다.

"아, 진짜 미안!"

"괜찮아……."

그나마 풍선 안에 들어 있던 것이 그냥 물이라 다행이었다.

아리스는 처음에 행사를 기획할 때 풍선 안에 반짝이 가루나 물감을 넣겠다는 기획안을 반려했던 것이 신의 한 수라고 생각했다. 그때에는 나중에 교내 청소가 어려워질 것을 감안해 반대했던 것인데, 하마터면 반짝이의 피해자가 될 뻔했다.

아리스는 그냥 겉옷을 벗어 들었다. 해가 지면서 기온이 내려가 약간 쌀쌀했지만 이렇게 젖어서는 어쩔 수 없었다.

어차피 아까 음료수를 쏟기도 했겠다, 이따가 교대 시간이 지나면 기숙사에 들러서 빨래 통에 넣어야겠다.

아리스는 그렇게 생각하며 걸음을 옮겼다.

찌익.

"응?"

그런데 문득 구두의 밑창이 바닥에 붙은 것 같은 느낌이 들어서 고개를 내렸다. 아니나 다를까, 신발 밑바닥에 껌이 붙어 있는 것이 보였다.

"아, 뭐야."

이상하네. 오늘 도대체 왜 이러지? 은근슬쩍 짜증 나는 일들이 자꾸…….

"오늘 운세 별로다. 흉이라니."

"난 복 나왔는데."

"어차피 오늘 거의 다 지나갔는데 뭐."

"근데 이 과자 맛있다. 가서 하나 더 뽑으면 안 되나?"

바로 그때, 옆을 지나가는 학생들이 나누는 대화가 아리스의 귀로 콕 박혀들었다.

"짠. 마녀 언니가 주는 오늘의 운세!"

전야제가 시작할 무렵 있었던 일이 문득 떠오른 것은 어째서인지 몰랐다.

그러고 보니 난 대흉을 뽑았지…….

하지만 찜찜함도 잠시뿐, 곧 아리스는 고개를 휘휘 저어 상념을 떨쳐버렸다.

아니야, 그런 건 다 미신이라고. 게다가 난 지금 흉조라고 할 정도로 큰일도 없었고, 그냥 약간 재수가 없다 싶은 일들밖에는…….

냐옹.

그 순간 어디에선가 낯설지 않은 소리가 들렸다.

앗, 이건 고양이 울음소리 같은데?

혹시 해서 주위를 조금 둘러보자 역시 낯익은 고양이가 눈에 들어왔다. 까만 점을 가진 흰 고양이는 학생들이 만들어 세워 놓은 간이 간판 뒤에서 발을 핥고 있었다.

다른 때는 인적이 없는 으슥한 곳에만 나타나더니 어쩐 일이지?

여긴 사람이 너무 많아서 위험하지 않을까? 원래 있던 곳으로 데려다 줘야 하려나?

야옹.

"앗."

하지만 고양이는 고민할 시간조차 주지 않고 자리를 이동했다. 아리스는 뜻 모를 책임감을 느끼며 그 뒤를 쫓았다. 그래도 나름대로 안면

이 있는 고양이라 그런지 신경이 쓰였다.

"어? 뭐야, 고양이다."

"어디서 들어왔지?"

축제 때도 교문은 개방되지 않았기 때문에 다들 고양이가 어디에서 왔는지 궁금한 눈치였다. 아리스는 고양이가 이동을 멈춘 직후 마찬가지로 자리에 우뚝 멈춰서고 말았다.

"오오, 이 고양이 좀 봐. 다이젠 너한테 친한 척하네?"

"만져 달라고 하는 거 같은데."

네로가 머리를 비비며 애교를 부리고 있는 상대는 다름 아닌 다이젠이었다.

옆에서는 고양이를 보며 귀엽다고 야단이었다. 하지만 정작 다이젠의 표정은 썩 좋지 못했다. 그걸 보고 그의 친구들이 물었다.

"너 고양이 싫어해?"

"별로 안 좋아해."

"이렇게 귀여운데."

다이젠이 고양이를 싫어한다는 사실은 아리스도 이미 알고 있었다. 그야, 지난번 온실에서 보았을 때 그의 꽃이 보인 반응이 그렇게 뚜렷했으니까.

야옹.

그래도 몸을 낮추어 발치에 있는 고양이를 매만지는 그의 손길은 부드러웠다.

"네로."

아리스는 그 모습을 잠시 동안 지켜보다가 멈추었던 걸음을 옮겼다. 그녀의 목소리에 다이젠이 한순간 손을 움찔했다. 어느덧 그의 친구들은 다가오는 아리스를 향해 반갑게 인사하고 있었다.

"안녕하세요, 아리스 선배!"

"안녕."

아리스도 그들을 향해 마주 인사했다. 그녀는 어느새 자리에서 몸을 일으킨 다이젠을 향해 미소 지었다.

"다이젠도 안녕?"

하지만 그는 입을 굳게 다문 채 그녀를 쳐다보고 있을 뿐이었다. 아리스는 그런 그를 물끄러미 올려다보다가 곧 실망스럽다는 듯 표정을 흐렸다.

"무시하는 거야?"

그 순간 다이젠의 굳은 입매가 아주 약간 움찔거렸다.

"다이젠이 무시하네. 나쁜 형이다. 그렇지, 네로야?"

아리스는 그때까지도 다이젠의 발치에 매달려 있는 고양이를 안아 들었다.

"야, 너 왜 아무 말도 안 하냐?"

"애가 쑥스러워서 그래요."

그러자 오히려 안절부절 못하는 것은 다이젠의 친구들이었다. 그들이 다이젠을 향해 힐난하는 것을 들으며 아리스는 웃었다.

"응, 다이젠이 쑥스러움을 많이 타는 건 알고 있어."

그 순간 마주한 사람에게서 기가 찬 듯한 헛웃음 소리가 흘러나왔다. 그의 친구들은 이미 아리스에게 눈이 멀어 그녀에게만 친한 척 말을 걸고 있었다.

"그런데 그 고양이, 아리스 선배가 키우는 고양이에요?"

"아니. 가끔 식당에서 밥 얻어먹는 고양이래."

"아아, 그래서 뱃살이 통통하구나. 잘 먹고 지내는 모양이네."

"다이젠하고도 만난 적 있는 고양이인데, 그래서 네로가 먼저 아는 척했나 봐."

다이젠은 친구들이 자신에게 보내는 시선에 미간을 좁혔다.

저 눈빛은 이상한 오해를 하는 듯한 눈빛이 아닌가? 마치 '이 자식, 얌전한 고양이가 부뚜막에 먼저 올라간다더니. 고양이까지 끼고 우리 몰래 아리스 선배랑 만나고 있었어?' 혹은 '관심 없는 척 내숭은 다 떨어 놓고 배신자!'라고 말하는 듯했다.

다이젠은 아리스의 행동을 이해할 수가 없어 그녀의 얼굴을 쳐다보았다. 그러나 역시 아리스가 무슨 생각을 하고 있는 것인지 알아낼 수가 없었다.

"야, 다이젠. 우리도 모르는 새 언제 이 고양이랑 이렇게 친해지셨을까? 게다가 아리스 선배랑도 같이 만났다고?"

"너 혹시 우리한테 들킬까 봐 고양이 모르는 척한 거야?"

"그게 아니라……."

"자, 아까부터 계속 너만 찾는데 너도 한 번 안아 줘 봐."

그들은 이미 다이젠의 말을 들을 생각조차 없었다.

심지어 아리스가 안고 있는 고양이를 다이젠의 눈앞에 데려다 놓고 안아 보라고 종용하기까지 했다. 네로는 지난번 온실의 화단을 파헤칠 때와는 상반되게도 매우 얌전하게 있었다.

그러나 다이젠의 앞으로 다가가자 기다렸다는 듯이 본성을 드러냈다.

냐앙!

"헉!"

그의 손등에 기다란 상흔이 생겼다. 날카로운 손톱이 할퀴고 지나간 자리에 핏방울이 맺혔다.

네로는 다이젠의 손등을 할퀸 직후 콧방귀를 뀌듯 도도하게 고개를 돌렸다. 그리고 폴짝 뒷발질을 해 다시금 아리스의 품으로 돌아갔다. 그 모습이 마치 자신을 본체만체 했던 다이젠에게 삐진 것 같았다.

"고양이가 복수했어."

"사람 아냐? 완전 똑똑한데?"

당황하던 친구들이 곧 감탄하며 중얼거렸다.

"내가 시킨 거 아니야."

당황한 것은 아리스도 마찬가지인 듯, 곧 그녀가 그를 향해 변명했다.

그야 당연히 그렇겠지.

다이젠은 순전히 지금의 상황이 우스워서 작게 실소하고 말았다.

"이래서 여자들의 한이 무서운 것이거늘."

"저 고양이 남자야. 아까 내가 봤어."

"야, 근데 너 손등 깊게 베였다. 안 아파?"

"흐엑, 정말 피 나네."

이번에도 정작 다이젠은 가만히 있는데 주위에서 더 호들갑을 떨며 야단이었다.

"네로."

바로 그때, 등 뒤에서 잔잔한 음성이 흘러들었다. 고개를 돌려 보니 푸른 머리카락과 눈동자를 가진 남학생의 모습이 눈에 들어왔다.

"유리 선배."

"내가 데려갈게."

어느덧 다가온 유리 하이트였다. 그는 아리스에게 안긴 고양이를 보며 말했다.

"아마 배고파서 왔을 거야."

아리스는 지난번 온실에서 그랬던 것처럼 이번에도 왜인지 고양이와 공범이 된 듯한 느낌을 받고 있었다. 그래서 유리 하이트의 말에 곧바로 안고 있던 고양이를 건네주었다.

냐옹.

네로는 익숙한 듯 유리 하이트의 팔 안에서 자리를 잡더니 곧 야옹야옹 울었다.

"그럼 즐거운 시간 보내."

"선배도요."

그는 아리스를 향해 인사말을 남긴 뒤 고양이와 함께 자리를 떠났다.

"우리 학교에 저런 선배가 있었나?"

"그것보다 난 저런 고양이가 있었던 게 더 신기해."

그 직후 그들은 뒤늦게 다이젠의 상처를 걱정했다.

"다이젠, 너 의무실 가야겠다."

"안 가도 돼."

"피 나는데?"

하지만 다이젠은 손등의 할퀸 자국을 치료할 생각이 없는 것 같았다. 그들이 입씨름하는 모습을 가만히 지켜보던 아리스가 이내 방긋 미소 지었다.

"다이젠은 내가 데려갈게."

"뭐?"

그녀의 말에 다이젠이 반문했다.

하지만 다음 순간 그는 저도 모르게 입을 다물고 말았다. 그의 손목을 붙들고 있는 아리스의 손 때문에.

"엇……."

다이젠의 성격을 아는 친구들은 혹시라도 그가 아리스의 손을 매몰차게 뿌리치지 않을까 싶어 잠깐 걱정했다. 아니면 정나미 떨어지는 어투로 제 몸에 마음대로 손대지 말라고 싸늘히 일갈하던가.

하지만 괜한 기우였다.

"의무실에 들렀다가 금방 돌려줄 테니까 걱정하지 마."

"아, 네……."

그들은 다이젠이 일언반구 말도 없이 아리스의 손에 끌려가는 모습을 멍청히 바라보았다. 심지어 그의 손목은 여전히 아리스에게 붙잡혀 있는 상태였다.

"야, 지금 내가 제대로 보고 있는 거 맞냐?"

"그럴 걸……."

"너 다이젠이 아리스 선배 좋아하는 거 알았어?"

"아니, 평소에도 좀 이상하긴 했는데 이건 진짜 빼도 박도 못하겠네."

멀어지는 두 사람의 위로 가로등의 불빛이 비쳐들었다.

다이젠의 친구들은 그들이 완전히 사라질 때까지 두 눈을 휘둥그렇게 뜬 채 자리를 떠나지 못했다.

* * *

"넌 거기 앉아 있어 봐."

보건 교사가 잠시 자리를 비웠는지 의무실 안에는 아무도 없었다. 그래도 비상시를 대비해 문을 잠가 놓지 않은 것이 다행이었다.

아리스는 목적지에 도착했을 때에서야 다이젠의 손을 놓았다. 그리고 약품함을 뒤적이는 그녀를 향해 그가 물었다.

"무슨 생각으로 이래?"

등 뒤에서 흘러드는 목소리에 아리스는 여전히 손을 움직이며 고개를 돌렸다.

"무슨 생각이라니?"

"아는 척 안 하기로 한 거 아니었어?"

"난 그런 생각한 적 없는데."

아, 찾았다.

약품함에서 원하는 것을 발견한 아리스가 다시금 다이젠을 향해 다가왔다.

"앉아 있으라니까."

다이젠은 여전히 의무실 가운데에 우두커니 선 채였다. 하지만 사실 다친 곳은 손등이었기 때문에 꼭 자리에 앉을 필요는 없었다. 게다가 그냥 소독을 하고 반창고를 붙이면 되는 일이라 치료하는 데 시간이 오래 걸리지도 않고.

그래도 역시 서 있는 상태로는 조금 불편했다. 그래서 아리스는 다이젠을 강제로 앉히고 자신도 의자를 끌어다가 그 맞은편에 앉았다.

아리스의 손이 다시금 다이젠의 손에 닿는 순간, 그녀는 손끝에서 느껴지는 동요를 읽었다. 하지만 아리스는 내색하지 않고 다이젠의 손등에 배어난 피를 닦았다.

"넌 나를 모르는 것처럼 지내고 싶어?"

지나가듯 던진 물음에 다이젠이 움찔했다.

기실 그 답은 지난 온실에서의 일이나 그 후에 다이젠이 보인 태도에서 나온 상태였다. 하지만 아리스는 굳이 그것을 직설적으로 물었다.

다이젠은 대답하지 않았고, 아리스는 아무래도 상관없다는 듯 굳이 그에게 대답을 종용하지 않았다.

하지만 사실 다이젠의 말처럼 상대를 모른 척하던 것은 아리스도 마찬가지였다. 그러니 어느 순간부터 아무 일도 없었던 것처럼 구는 그녀를 그가 이상하게 여기는 것도 이해했다.

다이젠의 시선이 마주한 사람의 얼굴에 머물렀다. 상처가 나서 따가운 곳보다 피부가 맞닿은 곳에 온 신경이 쏠렸다.

"다 됐다. 일단 내가 임시로 한 거니까 나중에 다시 의무실에 들러야 돼."

병원장의 딸이기 때문인지, 혹은 다년간 병원에 봉사 활동을 다녔기 때문인지, 아리스의 손길에게서는 제법 전문가의 느낌이 났다. 다이젠은 손등에 고정된 반창고를 내려다보며 잠시 동안 침묵했다.

"그럼 이제 친구들한테 널 반납하러 가야겠네."

아리스의 말에 다이젠도 자리에서 일어났다.

두 사람은 의무실을 나와 조용한 복도를 걸었다.

지금 그들이 있는 곳은 축제 행사와 상관없는 건물이었기 때문에 주위가 비교적 조용했다. 멀리서 시끌벅적한 소음이 밀물처럼 쓸려 들어왔다.

에취.

그때, 다이젠은 옆에서 들리는 재채기 소리에 고개를 돌렸다. 아까부터 겉옷을 벗고 있어 더워서 그런가 싶었는데, 이제 보니 아리스가 들고 있는 옷은 축축이 젖어 있었다.

"옷은 왜 그래?"

"이건…… 어쩌면 대흉의 저주랄까. 하지만 아니겠지. 그런 건 다 미신이야."

무슨 소리인지 알 수가 없었다.

하지만 옆에서 재채기하는 것을 들으려니 영 신경이 쓰였다. 게다가 오늘은 밤까지 밖에 있어야 해서 추울 터였다.

"교대 시간 언제 끝나?"

"아직 한 시간 남았어."

"추우면 걸쳐."

상관하고 싶지 않았는데 결국 겉옷을 벗어 주고 말았다.

하지만 어쩌면 받지 않을 수도 있으니까. 지금까지도 그녀는 그가 보이는 호의를 한 번에 받아들인 적이 없었고…….

"고마워."

그러나 아리스는 잠시 동안 다이젠을 물끄러미 쳐다보더니, 곧 눈을 접으며 웃었다. 다이젠은 더욱 알 수 없는 기분이 되어 버렸다.

"네 거라 그런지 좀 크다."

아리스가 다이젠의 카디건을 걸치자 소매가 거의 손끝까지 내려왔다. 그 상태로 그녀는 그를 보고 웃었다.

다이젠은 공연히 손을 들어서 얼굴을 문질렀다.

"아, 그런데 이러면 네가 춥잖아."

"난 이제 기숙사 갈 거야."

"전야제인데, 더 안 놀아?"

"별로 할 것도……."

"아리스."

두 사람은 의무실이 있는 건물을 빠져나왔다.

나오자마자 제법 싸늘한 가을 저녁의 공기가 뺨을 스쳤다. 다이젠에게 묻기 무섭게 어디에선가 그녀를 부르는 목소리가 있었다.

고개를 돌려 확인하지 않아도 그 목소리의 주인이 누구인지 알 수 있었다. 다이젠과 아리스의 표정이 동시에 변했다.

"왜 둘이……."

에이드리안이 굳은 얼굴을 한 채 두 사람을 번갈아 쳐다보고 있었다.

주위를 보니 길을 오가는 학생들이 몇몇 있었다. 아리스는 에이드리안을 무시하고 다이젠에게 말했다.

"다이젠, 옷은 내일 돌려줄게."

"좋을 대로 해."

"난 이제 가 봐야겠다. 넌 바로 기숙사에 갈 거야?"

"그러려고."

"그래, 그럼 내일 봐."

다이젠은 웃는 낯으로 그를 향해 인사하는 아리스와 멀찍이 서 있는 에이드리안을 보았다. 그리고 곧 다른 말없이 발길을 돌렸다.

아리스는 그런 다이젠의 뒷모습을 잠시 동안 바라보다가 고개를 돌렸다. 하지만 그녀는 에이드리안에게 말을 걸지 않고 그냥 그를 지나쳐 가려 했다.

아리스의 발길이 멈춘 것은 에이드리안이 그녀의 팔을 붙잡았기 때문이었다.

"왜 둘이 같이 있었어?"

"내가 대답해 줘야 해?"

하지만 그는 아리스의 반문에 움찔하고 말았다.

사실 에이드리안이 지금 아리스를 붙잡은 것은 지극히 충동적인 일이었다. 대강당에서의 연주회가 끝난 직후, 그 역시도 다른 학생회의 임원과 교대하게 되었다. 그가 맡은 구역은 기숙사와 별관을 낀, 상대적으로 인적이 드문 곳이었다.

아무래도 축제날은 사고가 생길 확률이 높았기 때문에 학생회에서 따로 관리에 들어간 것이었다. 원래는 크리스틴을 만나기 위해 시간을 비워 놨지만, 마음이 변한 에이드리안이 오늘 오전 학생회에 자원했다.

그런데 전담한 구역을 순회하던 중, 함께 있는 아리스와 다이젠의 모습이 시야에 들어왔다.

에이드리안의 눈에 두 사람은 무척 사이가 좋아 보였다. 무슨 이야기를 나누는지 모르나 멀리서 보기에 그들이 대화하는 모습은 제법 화기애애하게 느껴졌다.

게다가 아리스가 입고 있는 옷은 누가 봐도 남성용이라고밖에 할 수 없는 것이었다. 일전에 아리스는 에이드리안이 내민 옷을 거절한 적이 있었다. 그런데 지금은 다른 남학생의 옷을 입은 채 다른 사람을 향해 웃고 있었다.

그 모습을 보자 알 수 없는 배신감이 밀려들었다.

"너한테는 그걸 궁금해 할 이유도 나한테 물을 권리도 없어."

하지만 지금 아리스가 하는 말을 듣자 퍼뜩 정신이 들었다.

그녀의 말이 맞았다. 지금 에이드리안은 이런 식으로 아리스에게 따져 물어서는 안 되었다.

"지금처럼 날 붙잡을 자격도 없고."

아리스가 자신의 팔을 붙잡은 에이드리안의 손을 떼어 냈다. 그녀의 싸늘한 눈빛이 그를 아프게 찔렀다.

"에이드리안. 실수는 한 번으로 끝나야 실수인 거야."

여트막한 한숨을 내쉰 아리스가 곧 에이드리안을 향해 말했다.

"지금 네가 이러는 걸 보면 네 여자 친구 기분이 어떻겠어?"

하지만 에이드리안은 지금 자신의 기분을 생각해 주지 않는 아리스가 야속했다. 그러나 그런 생각을 할 자격조차 스스로에게 없다는 사실을 알기 때문에 더욱 괴로웠다.

"즐거운 날인데 피차 피곤하게 굴지 말자."

그 말을 남긴 채 아리스는 에이드리안을 등지고 걸음을 옮겼다.

뭔가가 잘못된 것 같다는 생각이 들었지만 그게 뭔지 알 수가 없었다. 그래서 그는 한참동안이나 아리스의 뒷모습을 보면서 제자리에 우두커니 서 있고 말았다.

* * *

그 후 전야제는 별다른 사건 사고 없이 지나갔다.

아리스는 역시 대흉의 저주는 없는 것이라는 결론을 내렸다. 그냥 우연히 재수 없는 일들이 그녀에게 연달아 생겼을 뿐, 거기에는 어떤 연관성도 없는 것이다.

하마터면 오늘의 운세에 조금이나마 흔들릴 뻔했네.

"오늘 수고 많았어!"

전야제의 뒷정리를 끝낸 후에 학생회와 축제 준비 위원회는 삼삼오오 흩어졌다. 물론 흩어진다고 해 봤자 어차피 다들 기숙사에 가는 것이었지만.

어느덧 시간은 훌쩍 흘러 이미 자정에 가까워져 있었다.

아리스도 다른 학생회 친구들과 함께 기숙사로 향했다.

"아."

그런데 문득 학생회실에 두고 온 것이 생각났다. 아까 전 뒷정리를 할 때 더러운 게 묻을까 봐 벗어 놨던 다이젠의 옷이 떠오른 것이다.

"나 두고 온 게 생각나서 잠깐 학생회실에 다녀올게."

아리스는 혼자서 다시 왔던 길을 되돌아갔다.

내일 아침 일찍 가져와도 되었지만, 그래도 일단은 빌린 옷인데 좀 더 잘 보관해야지…….

이미 점오 시간도 지난 차라 건물 안은 어두웠다. 아리스는 사람 한 명 보이지 않는 복도를 걸어 학생회실로 향했다.

그래도 한두 사람 정도는 아직 남아 있을 줄 알았는데 그새 정리하고 갔나 보네. 그냥 내일 올 걸 그랬나.

어둑한 복도가 너무 음침해서 약간의 후회가 들었다. 그래도 여기까지 와 놓고 빈손으로 갈 수는 없었다.

달칵.

아리스는 학생회실의 문을 열고 깜깜한 실내로 들어섰다. 그래도 이쪽 방향에서는 창밖의 불빛이 비쳐서 그런지 복도보다는 밝은 편이었다. 그대로 불을 켜자 의자에 곱게 개켜 있는 옷이 눈에 들어왔다.

그녀는 의자로 다가가 다이젠의 겉옷을 집어 들었다.

"앗, 얼룩인가?"

그런데 뒷정리를 하다가 뭔가가 살짝 묻은 모양이었다. 깜짝 놀라 자세히 보니 그냥 먼지였다. 아리스는 안심하고 옷을 털었다.

"음?"

그러다 문득 그녀는 뒤를 돌아보았다. 갑자기 인기척이 느껴진 것 같았기 때문이었다.

하지만 뒤에는 아무도 없었다. 그래서 그저 착각이었나 보다고 생각했다.

달칵.

잠시 후, 아리스는 다시 학생회실의 문을 닫고 복도로 나왔다. 기분 탓인지 깜깜한 복도가 아까보다 을씨년스러운 분위기를 풍기는 것 같았다.

저벅.

그런데 갑자기 눈앞에 정체 모를 커다란 그림자가 나타났다.

13. 다이젠의 고백

"아, 깜짝이야."

"내가 더 놀랐다."

눈앞에 나타난 것은 레안 아르카노발 교수였다.

아리스는 괴한의 정체를 알고 난 후 놀란 가슴을 쓸어내렸다. 어둑한 복도에서 갑자기 커다란 그림자가 나타났을 때에는 정말 소스라치게 놀라고 말았다. 그래도 등장한 사람이 아는 얼굴이라 다행이었다.

"이 시간에 여기서 뭐하나?"

"학생회실에 두고 온 게 있어서 가지러 왔어요."

"친구는 어쩌고 혼자야?"

"아, 먼저 가라고 했어요."

레안 아르카노발도 놀란 건 마찬가지인 것 같았다. 게다가 만나자마자 아리스가 경기하며 '으악!' 소리 지르기까지 했으니. 뒤늦게 마음을 가라앉히고 나자 우아하지 못하게 소리 질렀던 것이 조금 창피하게 생각되었다.

아리스는 괜히 큼큼 헛기침을 한 뒤 레안을 향해 물었다.

"교수님은 이 시간에 어쩐 일이세요?"

"너 같은 녀석이 없나 돌아보고 있었지."

"저 같은 녀석이라뇨?"

"축제라고 들떠서 기숙사에 들어가지도 않고 밖에서 날밤 까려는 놈."

"전 그런 애 아니거든요?"

아리스가 발끈해서 반박하자 레안이 코웃음을 쳤다.

방금 전에 두고 온 물건이 있어서 잠시 들렀을 뿐이라고 말했는데도 괜히 심술이었다. 하지만 진짜 그녀를 불량 학생 취급해서 지금처럼 말한 것이 아니란 사실도 알았다.

"여기에는 이제 너밖에 없는 것 같은데. 나가자."

레안 아르카노발은 잠시 주위를 둘러보더니 곧 아리스를 향해 말했다. 그는 바깥을 순찰하고 있다가 학생회실에 불이 켜진 것을 보고 와 봤다고 했다.

"학교 안이라고 해도 위험하니까 혼자서 너무 늦게 돌아다니지 마라."

이러니저러니 해도 걱정해 주고 있나 보다. 아리스는 새삼스러운 기분으로 옆에 있는 사람을 올려다보았다.

레안은 어차피 자신도 기숙사 쪽을 순찰해야 한다고 말하며 그녀와 함께 나란히 걷고 있었다. 혹시 지금도 그녀를 걱정해서 기숙사로 데려다 주고 있는 건가?

말투는 썩 친절하지 않았지만 어쩌면 그럴지도 모른다는 생각이 들었다. 물론 귀찮음이 담긴 표정을 보니 또 아닌가 싶어 고개를 갸웃거리게 되었지만.

"정 급한 일이면 다이젠이라도 데리고 나오던가."

그런데 갑자기 고막을 뚫고 들어온 말에 아리스는 할 말을 잃었다.

"아니면 두고 온 게 뭔지는 몰라도 그놈한테 가져오라고 시키던가."

레안은 자기 아들을 부려 먹으라는 말을 툭 던지듯 아무렇지도 않게 내뱉었다. 아리스는 저도 모르게 헛웃음 짓고 말았다.

뭔지는 몰라도 다이젠이 약점을 잡혀서 제 아버지가 시키는 일을 곧잘 맡아서 한다는 건 알고 있었다.

음, 혹시 그래서 교수님은 다이젠의 성격이 온순하다거나, 뭐 그렇게 생각하고 있는 건가? 그럼 진짜 자기 아들을 잘 모르는 건데. 하긴, 원래 부모는 자기 자식에 대해 객관적으로 판단하기 어렵다고 하니까.

온순한 성격의 다이젠을 상상하니 괜히 조금 웃겨서 아리스는 장난스럽게 말했다.

"다이젠이 어디 그렇게 다른 사람 말을 잘 듣는 애인가요."

"누가 시키냐에 따라서는 그럴 수도 있지."

어쩐지 약간 미묘한 어투의 답변이 돌아왔다.

아리스의 눈동자가 다시금 옆에 있는 사람을 향했다. 하지만 레안은 오히려 왜 그러냐는 듯 그녀를 내려다볼 뿐이었다.

이상하네. 그냥 아무 의미 없는 말인가?

아리스는 잠시 고개를 갸웃하다가 정면을 바라보았다. 그 후로는 특별한 대화 없이 기숙사까지 걸었다.

마침내 목적지가 눈앞에 보이자 레안 아르카노발이 다시금 입을 열었다.

"그런데 옆에 있던 친구는 왜 먼저 보냈어? 기왕 학생회실까지 같이 간 김에 사이좋게 손 붙잡고 기숙사에도 같이 오지."

그 말에 아리스는 의아해졌다.

"학생회실에는 저 혼자였는데요?"

"뭐?"

그녀의 말에 레안 아르카노발이 미간을 좁히며 반문했다.

아, 혹시 아까 전에 친구를 먼저 보냈다는 말을 듣고 오해했나.

"기숙사에 가는 길에 갑자기 두고 온 게 생각나서, 학생회실에는 저 혼자 돌아갔어요. 도착했을 때는 아무도 없었고요."

그래서 아리스는 레안의 의문을 해소해 주고자 설명했다. 그런데 어째서인지 그녀의 말을 듣는 동안 그의 표정이 점차적으로 이상해져 가는 것이었다.

"학생회실에 너 혼자였다고?"

아리스가 말을 끝맺자마자 그가 굳은 얼굴로 말했다. 다음 순간 아리스는 등 뒤로 오싹 소름이 돋는 것을 느껴야만 했다.

"네가 불 켰을 때, 뒤에 다른 사람 한 명 더 있었는데?"

* * *

다음 날 기숙사 사감에게 문의한 결과, 아리스보다 늦게 들어온 학생은 없다고 했다. 그럼 그 직전에 온 학생은 누구냐고 했더니 때마침 그때 잠시 자리를 비워서 잘 모르겠다는 답변이 돌아왔다.

아리스는 찜찜한 기분으로 아침을 먹었다.

어젯밤 레안 아르카노발은 그녀에게 한동안 혼자 다니지 말라는 당부를 남겼다.

그 역시도 창문으로 비치는 누군가의 모습을 잠깐 본 것뿐이라 누구인지 잘 모르겠다고 했다. 게다가 그가 서 있는 곳에서는 안에 있는 사람의 정수리 부분밖에 보이지 않았다고 한다.

하지만 분명 어두운 머리색을 가진 사람이었다고 들었다. 그마저도 불빛이 반사돼 무슨 색깔인지는 식별이 잘 되지 않았다고 했지만 아리스는 일단 기억해 둬야겠다고 생각했다.

"아리스, 오늘은 일 안 해도 되지?"

"응, 난 어제로 끝났어."

"아싸, 그럼 오늘은 나랑 하루 종일 같이 놀자!"

일단 오늘은 축제이니 고민은 잠시 미뤄 두자.

아리스는 신이 난 리즈벳과 함께 기숙사를 나섰다.

* * *

"에이드리안, 나랑 저거 하자!"

축제날 오후, 크리스틴은 기분이 매우 좋았다.

어제까지만 해도 냉전 중이던 에이드리안과의 사이가 다시 원래대로 돌아왔기 때문이었다.

솔직히 아침까지만 해도 그녀의 기분은 땅바닥을 뚫고 들어갈 지경이었다. 교무실에서 친구와 싸운 일을 들킨 이후, 그도 그녀도 서로에게 거리감을 느끼고 있었다. 그런 와중에 어제 전야제 때 만나기로 했던 약속도 취소되었으니 크리스틴의 기분이 저조할 만도 했다.

물론 그건 갑작스럽게 생긴 학생회 일 때문이었으니 에이드리안을 탓할 것은 아니었다. 그녀는 어제의 일을 떠올리며 뿌득 이를 갈았다.

나 참, 학생회면 다야? 축제 때는 좀 마음대로 놀게 해야지, 갑자기 일을 시키는 게 어디 있어? 아니면 하다못해 여자 친구가 있는 사람은 제외시켜야 하는 것 아니야?

물론 그녀의 친구들은 '축제 전야제인데 아무리 학생회라고 해도 하루 종일 일만 시키는 게 말이 돼? 에이드리안이 일부러 안 해도 될 일을 나서서 하는 거 아니야?'라고 했지만 그건 몰라서 하는 소리였다.

에이드리안은 너무 착하고 다정해서 다른 사람이 부탁하는 걸 거절하지 못했을 뿐이다. 그렇지 않고서야 그녀와의 약속을 그렇게 일방적으로 취소할 리가 없지 않은가. 그러니 모든 일의 원흉은 학생회였다.

"아이 참, 줄까지 서야 하잖아?"

전야제의 밤을 기대했던 크리스틴은 당연히 크게 실망할 수밖에 없었다. 하지만 오늘 아침 에이드리안을 본 순간 그녀의 모든 분노는 빠르게 가라앉고 말았다.

한동안 얼굴을 제대로 보지 못한 탓일까? 오늘의 에이드리안은 평소보다 더욱 멋있어 보였다.

참, 누구 남자 친구인지 반짝반짝 광채가 나기도 하지. 오늘은 하루 종일 에이드리안이랑 같이 있어야지.

그녀는 에이드리안과 냉전 중이던 것도 잊고 신이 나서 축제의 현장을 누비고 다녔다.

"이게 무슨 행사인데?"

"그, 그냥 둘이 같이 하는 게임인가 봐."

지금 두 사람이 참여하려고 하는 행사는 줄이 꽤 길어서 신청서를 작성하는 것만으로도 오래 기다려야 했다.

아무것도 안 하고 서 있는 시간이 따분하기는 했지만 에이드리안은 묵묵히 참았다.

어제 아리스가 말한 대로 지난 일도 크리스틴의 기분을 우선하지 않고 행동한 것이 맞았다. 그래서 그녀에게 약간 미안했고, 오늘 그것을 만회하고 싶었다.

따지고 보면 크리스틴이 싸웠던 이유라도 물어 보고 조근조근 이야기해 봤어야 하는데 너무 성급했다. 어지간한 일로는 분명 그렇게 싸울 리 없으니, 아마 크리스틴도 많이 당황하고 속상했을 터다.

그나저나 그렇게 끝이 안 좋게 결별했는데도 크리스틴의 마음까지 헤아리다니……. 새삼스럽지만 아리스는 역시 대단하구나 싶었다.

하기야 교제하는 동안에도 그녀는 늘 모두의 귀감이 되는 멋진 사람이었다. 언제나 주위 사람들을 먼저 배려하고 어려운 사람을 앞장서 돕고는 했지. 에이드리안 역시 그런 아리스에게 적지 않게 도움을 받았다.

한때는 아리스의 그런 완전무결한 점에 숨이 막힌다고도 생각했는데……. 지금 와서 생각해 보면 자신이 왜 그런 바보 같은 생각을 했는지 이해가 되지 않았다.

하기야 정작 손에 가지고 있을 때는 귀한 줄 모르다가 잃고 나서야 그 빈자리를 깨닫는 사람도 많다고 하지 않은가. 에이드리안 역시 그런 경우인 것 같았다. 다른 말로 배부른 투정이라고도 하던가.

그런데 자신은 마음씨 넓고 착한 아리스에게 그런 나쁜 짓을……

"와, 이제 우리 차례다! 에이드리안, 너도 이리 와서 신청서 적어."

아, 또 저도 모르게 아리스 생각을 하고 있었다. 그러지 않으려고 어젯밤에 기껏 마음까지 다잡아 놓고는.

에이드리안은 속으로 자책하며 크리스틴에게 이끌려 걸었다.

도대체 무슨 행사이기에 이렇게 참여하려는 사람이 많은 것일까? 학생회 회의 때 수많은 안건을 접해 보았기에 최종적으로 낙점된 행사가 무엇인지는 이미 꿰고 있었다. 그런데 이렇게까지 인기가 많다니. 뭔지 한 번 볼까?

에이드리안은 일단 신청서에 이름을 적고 아래 항목을 살펴보았다. 그러는 동안 그의 얼굴은 점차적으로 굳어갔다.

"크리스틴."

"응?"

"이게 뭐야? '연인과 함께 하는 최고의 사랑꾼 뽑기 대회'?"

낮게 깔린 에이드리안의 목소리에 옆에 있던 크리스틴이 움찔했다. 그 모습을 보고 그는 그녀에게 따져 물었다.

"지금 신청할 행사가 이런 거라고 왜 말 안 했어?"

"아, 아니, 난……."

"지금 동의도 없이 나한테 신청서를 쓰게 하려고 한 거야?"

사실 에이드리안이 다른 생각에 잠겨 있지만 않았다면 진작 눈치챘을 일이었다. 지금 줄을 서 있는 학생들은 전부 남녀 한 쌍이었고, 또 기다리는 동안 그들은 앞으로 참가할 행사에 대해 떠들어 댔으니까.

하지만 사랑꾼 뽑기 대회라니?

더군다나 종이에 적힌 일정표를 보니 그 내용이 참으로 가관이었다. '입에서 입으로 종이 옮기기', '엉덩이로 여자 친구(남자 친구) 이름 쓰기', '여자 친구(남자 친구) 안고 앉았다 일어나기', '막대 과자 빨리 먹기', '사랑의 O/X 퀴즈'.

그밖에도 하나같이 다른 사람 앞에서 하기에 민망하고 부끄러운 것들 뿐이었다. 물론 그중에 선택권이 있는 종목도 있었지만 에이드리안이 보기에는 전부 다 비슷해서 별 소용이 없었다.

게다가 아까 전에 에이드리안이 물었을 때에도 얼버무렸던 크리스틴을 떠올리니 더욱 화가 났다. 어디로 봐도 그에게 숨긴 채 얼렁뚱땅 신청서를 접수시키려 했단 게 명확하지 않은가?

"뭐야? 내가 뭐 못할 걸 하자고 했어?"

하지만 크리스틴도 화가 나기는 마찬가지였다.

이런 대회 정도는 같이 참여할 수도 있는 것 아닌가? 그녀의 주변에도 남자 친구와 함께 이 행사에 나갈 거라고 자랑한 친구가 많았다. 그래서 그녀도 다른 사람들에게 보란 듯이 에이드리안과 알콩달콩한 모습을 과시하고 있었다. 내 남자 친구가 이렇게 멋지다고 동네방네 소문내며 자랑하고 싶기도 했고.

물론 에이드리안의 성격상 이런 걸 흔쾌히 허락할 것이란 생각은 들지 않았다. 솔직한 말로 그래서 신청서를 접수할 때까지는 숨기고 싶었던 게 맞았다.

하지만 막상 이 앞까지 데리고 오면 마지못한 듯이라도 그녀의 뜻에 따라 줄 줄 알았다. 왜냐하면 에이드리안은 그녀의 남자 친구가 아닌가?

그런데 이런 식으로 다른 사람들도 있는 앞에서 자신을 몰아붙이다니!

게다가 그녀는 일정표를 보고 기함하는 에이드리안을 이해할 수 없었다.

이 정도는 다른 사람 앞에서 할 수도 있는 거지, 도대체 뭐라 문제라고 이러는 거야? 내가 뭐 그렇게 끔찍한 걸 하자고 했어?

"그리고 왜 말을 그렇게 해? 누가 들으면 내가 보증이라도 서라고 한 줄 알겠네!"

에이드리안은 오히려 적반하장으로 소리치는 크리스틴을 보며 황당한 표정을 지었다.

"뭘 잘했다고 지금 소리를 질러?"

"그럼 내가 뭘 잘못했는데? 사귀는 사이에 이 정도도 못해 줘? 내가 고작 이런 걸로 너한테 혼나야 해?"

하지만 말이 통하지 않았다. 크리스틴은 들고 있던 펜까지 바닥에 내던져 버렸다. 그 모습을 보고 행사의 담당자인 2학년 학생이 '기물 파손은 안 되는데……'라며 소심하게 중얼거렸다.

에이드리안 역시 화가 머리끝까지 나서 얼굴을 굳혔다.

만약 그가 넋을 놓고 있다가 신청서를 작성했다면 어떻게 되었을지 상상만 해도 아찔했다. 모두가 보는 앞에서 종이에 적힌 멍청한 짓거리를 해야 했을 것 아닌가?

게다가 지금 크리스틴이 보이는 태도에도 화가 났다.

"일단 여기서 싸울 게 아니라 다른 데로 가자."

"난 너랑 더 할 말 없어! 이딴 거 나도 이제 하기 싫어!"

"크리스틴!"

크리스틴은 자신의 신청서를 박박 찢어 버린 뒤 씩씩거리며 자리를 박차고 떠났다. 에이드리안도 곧바로 그 뒤를 쫓았다.

그리고 그들의 싸움을 지켜보던 행사 담당자는 조심스럽게 간판을 수정했다.

'상호 동의 없이 신청서를 작성하러 오셨을 때, 연인 간의 불화는 책임지지 않습니다.'

* * *

"아, 아, 안녕, 리즈벳."

"또 너냐."

소리 소문 없이 옆으로 다가와 인사하는 가비 루크라임을 보고 리즈벳이 지겹다는 듯이 말했다. 그 모습을 보고도 가비는 리즈벳이 인사를 받아 준 것이 마냥 좋은지 말갛게 웃었다.

아리스는 그런 그를 향해 웃으며 먼저 인사했다.

"안녕, 가비."

"아, 안녕, 아리스."

덥수룩한 연갈색 머리카락 위로 아리스의 시선이 닿았다.

머리 위에 있던 화관, 예뻤는데. 왠지 좀 아쉽다.

하지만 가비의 마음만큼은 머리 위의 꽃이 없어도 알 수 있을 듯했다. 지금도 리즈벳을 보는 그의 얼굴을 환한 미소를 띤 채 발갛게 상기되어 있었으니까.

"어제부터 왜 이렇게 나만 졸졸 따라다녀?"

"미, 미안."

"미안하면 그만 따라다녀. 귀찮거든?"

"따라다닌 건, 아, 아닌데."

그 말에 리즈벳이 거짓말 하지 말라는 듯 눈을 부릅떴다. 가비는 리즈벳의 사나운 눈빛을 보고 움츠러들었다.

그러나 이어지는 그의 말에는 리즈벳도 그만 할 말을 잃은 눈치였다.

"하, 하지만 내 눈에는 항상 리즈벳 너만 보여서……."

어머나.

옆에서 듣고 있던 아리스마저 괜히 쑥스러운 기분이 되고 말았다.

이제 보니 상당히 직설적인 말을 할 줄 알잖아? 물론 정작 저런 말을 한 본인은 자각 없이 한 소리인 것 같지만.

슬쩍 옆을 보니 리즈벳이 당황한 표정을 짓고 있는 게 보였다. 가비를 상대로 그녀가 이런 얼굴을 하고 있는 건 또 처음 봐서 아리스는 내심 지금의 상황이 재미있어졌다.

"야, 너 이, 이상한 소리 하지 마!"

"미, 미안해."

리즈벳은 말까지 더듬으며 가비를 향해 소리 질렀다. 그러자 가비는 또 뭣도 모르고 리즈벳에게 미안하다고 사과했다.

"아리스, 리즈벳."

"앗, 유리 선배!"

그때 얄궂게도 리즈벳의 짝사랑 상대가 나타났다. 유리 하이트의 얼굴을 보고 리즈벳은 대번에 반색했다.

"가비도 있었구나? 다들 안녕."

"안녕하세요."

"아, 안녕하세요."

리즈벳과 가비, 그리고 유리 하이트는 셋 다 원예부였다. 게다가 눈이 있는 사람이라면 누구라도 리즈벳이 유리 하이트를 좋아한다는 사실을 어렵지 않게 알 수 있을 터였다.

더군다나 지금도 유리 하이트를 보는 리즈벳의 얼굴은…….

그래서인지 가비는 풀이 죽은 눈치였다.

"네로는 잘 있어요?"

"응, 오늘은 식당 주방장 아저씨가 밥을 챙겨 주시기로 했어."

어제의 일을 떠올리며 아리스가 묻자 유리 하이트가 웃으며 대답해 주었다.

"네로?"

"아, 내가 전에 말한 적 있었잖아. 그 고양이."

"아아!"

그제야 생각한 듯 리즈벳이 눈을 빛냈다.

"저도 고양이 좋아하는데 다음에 보러 가도 돼요?"

하지만 아마도 리즈벳이 보고 싶어 하는 건 고양이라기보다는, '고양이와 함께 있는 유리 하이트'일 터였다. 수줍어하며 묻는 리즈벳이 귀여워서 아리스는 저도 모르게 웃고 말았다.

"글쎄, 네로가 낯을 좀 가려서."

그런데 유리 하이트의 답변은 조금 의외였다.

네로가 낯을 가린다고? 이상하네. 아무한테나 잘 다가가고 친한 척하던데.

아리스는 고양이와의 첫 만남을 상기하며 잠깐 의문을 가졌다. 게다가 그녀뿐만이 아니라 다이젠한테도 곧잘 애교를 부리며 다가가는 걸보면…….

"아리스, 네로가 널 많이 좋아하는 것 같더라. 다음에 또 보면 아는 척해 줘."

"아, 네……."

"혹시 보러 가고 싶으면 지난번에 네로가 놀던 곳 있잖아. 거기 아니면 식당으로 가면 될 거야. 주로 머무는 곳이거든."

왜인지 미묘한 느낌이 들어서 아리스는 말끝을 흐렸다. 자꾸 그녀에게만 권하는 것을 듣고 있자니, 옆에 있는 리즈벳이 신경 쓰였다.

그리고 뒤이어 귓가를 파고든 말에 아리스는 얼굴을 굳히고 말았다.

"네로가 아니라 날 보러 오면 더 좋고."

유리 하이트는 언제나처럼 해사하게 웃고 있었다. 하지만 지금 이 자리에 있는 네 사람 중에 미소를 짓고 있는 건 그 혼자뿐이었다.

"유리 선배, 그게 무슨 말이에요?"

잠시 후, 리즈벳이 어색하게 웃으며 물었다. 유리 하이트는 고요한 물 같았다. 그는 동요하는 사람들을 향해 흔들림 없는 음성으로 말했다.

"아리스한테 관심이 있거든."

"그런 장난, 전 별로 안 좋아하는데요."

"나도 그런 장난하는 성격 아닌데."

아리스가 장난으로 넘기려고 했지만 실패했다.

"그럼 갈게. 나중에 또 보자."

모두에게 폭탄을 던져 놓고 그는 유유히 자리를 떠났다.

그 직후 세 사람 사이에는 묵직한 공기가 흘렀다. 가비는 어쩔 줄 몰라 하며 리즈벳과 아리스를 번갈아 쳐다보고 있었다.

아리스는 가까스로 고개를 돌려 옆에 있는 리즈벳에게 시선을 옮겼다. 하지만 차마 먼저 입을 열 수가 없었다. 머리를 숙이고 있는 리즈벳의 얼굴이 보이지 않아 더욱 그랬다.

마침내 리즈벳에게서 작은 목소리가 새어 나왔다.

"미안, 아리스."

"리즈벳……."

"너 때문 아니야. 너 때문 아닌데……. 그런데 나 잠깐만."

아리스는 도망가듯이 그녀를 등지고 달려가는 리즈벳을 멀거니 바라볼 수밖에 없었다.

"리, 리즈벳……!"

가비가 허둥지둥하더니 곧 그런 리즈벳의 뒤를 쫓아갔다.

하지만 아리스는 어떻게 해야 하는지 알 수가 없어서 그저 제자리에 우두커니 서 있기만 했다.

* * *

아리스는 화단 앞에 오도카니 앉아 있었다.

이런 상황에서 뭘 어떻게 대처해야 할지 아는 것이 없었기 때문에 머릿속이 복잡했다. 리즈벳이 마지막으로 남기고 간 말이 계속해서 귓가에 어른거렸다. 그때, 리즈벳을 붙잡았어야 했나?

하지만 명확한 해답 없이 스스로에게 던지는 물음은 끊임없이 도돌이표를 찍었다.

"혼자 뭐해?"

귓가에 나지막한 음성이 스민 것은 그러던 어느 순간이었다.

애초에 이곳에 올 만한 사람은 달리 없었다. 그렇기 때문에 굳이 확인하지 않아도 다이젠이란 사실을 알 수 있었다. 물론 아무도 만나고 싶지 않아 온실을 찾은 것이어서 조금 놀라긴 했지만.

"도망 와 있었어."

아리스는 울적한 기분에 젖어 대답했다.

그러자 다이젠이 그런 그녀를 힐끔 보다가 곧 반대쪽 화단에 가서 걸터앉았다.

"소문 들었어. 오늘은 어디를 가도 사람이 밀집해 있어서 그런지 금방 퍼졌던데."

그 말에 머리를 싸매지 않을 수 없었다.

벌써 소문까지 퍼지다니, 도대체 나보고 어쩌란 말이야? 그렇지 않아도 리즈벳을 어떤 얼굴로 봐야 할지 알 수가 없는데.

"유리 하이트면 어제 봤던 그 사람인가? 그런 대담한 짓을 할 사람으로는 안 보였는데."

그 순간 '내 말이!'라는 소리가 목구멍 끝까지 치밀었다.

다른 사람도 아니고 리즈벳이 보는 앞에서 그런 소리를 한 유리 하이트를 용서할 수 없었다. 설마 리즈벳이 자신을 좋아한다는 사실을 몰랐던 건가? 하지만 리즈벳을 보면 누구라도 눈치챌 수밖에 없었을 텐데. 심지어 유리 하이트는 언제나 그런 리즈벳을 봐 왔을 당사자가 아닌가?

"리즈벳이 나한테 뭐라고 할까?"

"글쎄."

"나도 잘 모르겠어서 도망 왔어. 혹시 만날까 봐 무서워서."

"아리스 선배한테도 무서운 게 있었어?"

다이젠은 이 일에 별다른 관심이 없는 것처럼 무심하게 반응했다. 그런 그를 보자 지금 아리스가 고민 중인 일이 정말 별것 아닌 것처럼 느껴졌다. 그래서인지 방금 전보다 마음이 약간 편해졌다.

아리스는 충동적으로 자리에서 벌떡 일어났다.

"리즈벳을 찾아봐야겠어."

"찾아서 어쩌려고."

하지만 곧바로 멈칫하고 말았다. 다이젠의 건조한 물음은 아까부터 아리스가 고민하던 것이었다.

"그러게. 찾으면 뭘 어쩌려고 그러지."

아까 리즈벳과 그렇게 헤어진 후로 시간이 꽤 지난 것 같다. 오늘은 그녀와 함께 즐거운 축제를 보내려고 했는데. 어쩌다가 이렇게 된 것인지 알 수가 없었다.

"그래도 얘기해 봐야겠어."

역시 아직은 리즈벳을 보기가 무섭다. 하지만 이대로 있을 수는 없었다.

아리스는 그렇게 마음먹은 뒤 또 다시 의지가 약해지기 전에 온실을 나서기로 했다. 그런데 문득 앞에 있는 다이젠이 눈에 들어왔다.

"그런데 넌 여기 왜 온 거야?"

"불꽃놀이 명당이니까."

"지금 아직 4시인데?"

"어차피 밖에서 할 것도 없어."

모두가 흥에 겨워하는 축제인데 다이젠만큼은 여전히 참 삭막하다 싶었다.

혹시 소문을 듣고 그녀가 걱정되어서 온 건 아닐까?

이상하게 그런 생각이 들었다. 다이젠은 그녀를 위로하는 행동도, 다정한 말도 아무것도 건네지 않았지만. 그래도 일단 아리스는 그런 다이젠을 만나서 마음이 편해졌으니까.

"미안. 옷은 기숙사에 있어. 나중에 줄게."

"마음대로 해."

아리스는 여전히 무표정한 얼굴을 하고 있는 다이젠을 뒤로한 채로 온실을 빠져나왔다. 그리고 심기일전하여 리즈벳을 찾기 시작했다.

* * *

"솔직히 말해 보라니까? 아리스 선배, 언제부터 좋아했냐고."

"그런 거 아니라고."

벌써 몇 번째인지 몰랐다.

다이젠은 인내심의 한계를 느끼며 약간 짜증스럽게 대답했다. 하지만 어제의 일로 이미 확신을 얻은 친구들은 그의 말을 믿는 눈치가 아니었다.

"하긴, 우리 학교 남자 중에 아리스 선배 안 좋아하는 사람이 어디 있겠냐."

"하아, 아리스 선배는 왜 외동이지? 아리스 선배 닮은 언니나 동생 있으면 좋을 텐데."

"그럼 그 언니나 동생이 널 좋아해 준대?"

"아, 상상하는 건 내 자유잖아!"

옆에서 시끄럽게 떠들어 대는 목소리에 다이젠은 미간을 좁혔다. 곧 '상상은 자유'를 피력하던 그 친구가 어떻게 자신을 이해하지 못할 수 있냐는 듯 덧붙였다.

"그리고 다른 여자애들도 그런 생각 할 거라고. 예를 들어서 다이젠, 이 녀석 닮은 형이나 남동생이 있으면 좋을 텐데 하고. 레안 교수님하고 리리안 교수님이 다이젠을 외동으로 낳아서 엄청 아쉬울 걸. 특히 로즈 카르테는……."

"나 외동 아닌데."

그리고 그들은 지나가듯 새어 나온 다이젠의 말에 두 눈을 휘둥그렇게 뜨고 말았다.

"헐, 너 외동 아니야?"

근 2년째 같은 반이면서도 처음 아는 사실이었다. 그들은 깜짝 놀라 다이젠에게 물었다. 그러자 그가 아무렇지도 않게 대답했다.

"동생 있어."

"여동생? 남동생?"

"여동생."

“예쁘냐?”

“꺼져.”

대번에 튀어나온 본심에 다이젠이 냉담하게 말했다.

하지만 그들은 진심으로 놀란 상태였다. 다이젠에게 여동생이 있다니? 그럼 그동안 왜 말을 안 했단 말인가?

“그동안 왜 숨겼어?”

“물어 보지도 않는데 굳이 나서서 말할 건 또 뭐야.”

그런데 다이젠이 하는 말을 듣자 그건 또 그러네 싶었다.

“하긴, 그냥 넌 당연히 외동일 거라고 생각했어.”

“와, 여동생이 있었다니. 여동생…… 그래서 예쁘냐?”

“관심 꺼.”

은근슬쩍 또 한 번 물었지만 다이젠은 넘어가지 않았다.

“응? 그런데 여기 공기가 왜 이러지?”

“저쪽에서 핫도그 판다고 했는데, 기름 냄새인가?”

“아니, 그런 거 말고. 분위기 말이야.”

다이젠은 또 무슨 시답잖은 소리를 하려고 그러나 생각했다.

하지만 곧 옆을 스쳐지나가는 학생들이 속닥거리는 소리를 듣고 저도 모르게 표정을 변화시키고 말았다.

“그 얘기 들었어? 방금 4학년 선배가 아리스한테 고백 비슷한 걸 했는데, 그 선배가 글쎄 리즈벳이 좋아하는 사람이라…….”

* * *

걱정할 필요 없었네.

다이젠은 제법 씩씩하게 온실 문을 열고 나가던 아리스를 떠올리며 생각했다.

처음 다른 학생들이 떠드는 소리를 들을 때만 해도 상황이 썩 좋지 못하다 싶었는데. 워낙 친하던 두 사람이니만큼 그 부작용이 더욱 크지 않을까 하는 생각도 들었다.

사실 그는 밖에서 리즈벳이 아리스를 찾아다니는 걸 보고 이곳에 온 참이었다. 그러니 아리스가 일단 마음을 먹은 이상 친구를 만나기 위해 오래 돌아다닐 필요는 없을 것이다.

보아하니 금방 화해할 것 같은 분위기였으니까 잘 되겠지, 뭐. 아니, 사실 화해라 할 만한 일이 아니긴 했지만.

물론 그렇게 생각하면서도 굳이 이곳에 아리스를 찾아오고 만 자신도 참 바보 같다 싶었다.

야옹.

"또 너야?"

다이젠은 옆에서 들리는 소리에 미간을 좁혔다.

도대체 이놈의 고양이는 왜 자꾸 그를 찾아와서 몸을 비벼대는지 알 수가 없었다. 지금도 먼저 다가와서 슬며시 그의 다리에 머리를 문지르고 있지 않은가?

"어제는 할퀴어 놓고 왜 또 친한 척이야."

도대체가 이해할 수 없다고 생각하며 다이젠은 묘한 표정을 지었다.

냐앙.

하지만 그러면서도 그는 한창 애교를 발산하는 중인 고양이를 향해 손을 뻗었다. 그가 턱을 긁어 주자 고양이는 기분이 좋은 듯이 골골거리는 소리를 냈다.

사실 다이젠이 이 고양이를 본 것은 이번이 네 번째였다. 지난번 화단을 망가뜨린 일 이후 간혹 가다 그의 앞에 모습을 드러냈기 때문이었다. 그나마 그때 이후 화단의 꽃을 쑥대밭으로 만드는 일이 없어 다행이었다.

야옹, 야옹.

고양이를 쓰다듬는 다이젠의 손등에는 붉은 상흔이 그대로 드러나 있었다. 어제 아리스가 붙여 준 반창고는 물에 젖어 이미 떨어진 뒤였다.

문득, 입학한 지 얼마 되지 않아 이곳에서 아리스를 만났을 때가 생각났다. 게다가 사실 두 사람은 이미 몇 년 전 학교 밖에서 만난 적이 있었다. 다시 만난 아리스는 그를 기억하지 못했지만 말이다.

야옹.

하지만 이제 와서 그런 것은 전부 다 의미가 없었다.

다이젠은 갸르릉거리는 고양이를 쓰다듬으며 머릿속을 비워 냈다.

* * *

"아리스!"

다이젠의 예상대로 아리스는 금방 리즈벳을 만날 수 있었다.

온실에서 나와 학생들이 모여 있는 장소에 가자마자 너도 나도 리즈벳의 행방을 알려 주었다.

"아리스 미안해!"

뜻밖에는 리즈벳은 그녀를 보자마자 울먹이며 사과했다.

"네 잘못도 아닌데 난 괜히 속상해서, 아까 그런 식으로 너만 두고 가면 안 됐는데!"

말이 정리되지 않아 횡설수설하기는 했지만 그래도 리즈벳이 하고 싶어 하는 말이 무엇인지 얼추 알 수 있었다.

"아니야, 나도 미안해."

아리스는 괜히 코끝이 찡해져서 마찬가지로 두서없이 리즈벳에게 사과했다.

"네가 뭐가 미안해? 다 내가 바보라서 그래!"

"아니야, 너야말로 잘못한 거 하나도 없어. 그리고 너보다 내가 더 바보야."

누가 들으면 바보들의 대화라고 생각할 것이 분명했다.

서로 울먹이면서 앞뒤 없는 말이나 번갈아 늘어놓고 있었으니. 그 증거로, 그녀들의 옆을 지나쳐 가는 학생들은 저마다 오묘한 표정을 짓고 있었다. 그나마 그들이 극적으로 만난 장소가 축제의 현장과 약간 동떨어진 길목인 것이 다행이었다.

"그럼 나랑 계속 친구할 거야?"

"무슨 소리야, 내가 너 아니면 누구랑 친구를 해. 나야말로 너 아니면 아무도 없어."

애초에 두 사람은 싸운 것도 아니었기 때문에 따로 화해할 것도 없었다. 물론 그런 만큼 자칫 잘못하다가는 끝도 없이 사이가 벌어질 위험성도 있었다. 하지만 다행히 이 정도의 일로 멀어질 관계는 아니었던 모양이다.

그래도 아리스는 리즈벳에게 미안했다. 자신이 그녀에게 잘못한 일은 아니었지만 지금 리즈벳의 마음이 얼마나 속상할까 생각하면 그랬다. 그런데도 이렇게 먼저 마음을 추스르고 자신을 찾고 있었다니…….

"난 리즈벳 네가 제일 좋아."

"나도 그래, 아리스!"

옆에 있는 줄도 몰랐던 가비가 두 사람의 대화에 감격한 듯 박수를 짝짝짝 쳤다.

"뭐야, 너 아직도 있었어? 눈치껏 빠져 줘야 할 것 아니야?"

"그, 그런 거야? 미안……."

"그렇다고 지금 가라는 건 아니고."

리즈벳이 코를 훌쩍이며 힐난하자 가비가 어쩔 줄 몰라 하며 사과했다. 하지만 슬그머니 자리를 떠나려는 그를 리즈벳이 말렸다. 물론 말린 것까지는 아니었지만, 그래도 평소처럼 가비를 쫓아내지는 않았다.

아무래도 아리스가 없는 동안 가비가 리즈벳을 위로해 준 모양이었다.

"이게 뭐야. 별것도 아닌 일 때문에 시간만 다 가 버렸어."

리즈벳은 별것 아닌 일이라고 말했지만 아마도 그 속마음마저 그렇지는 않을 터였다. 그래도 그녀는 씩씩하게 말했다.

"가서 놀자. 3학년의 축제는 또 오지 않잖아."

"그래, 그러자."

아리스와 리즈벳은 사이좋게 손을 붙잡고 걸음을 옮겼다.

"너도 따라오던가."

"그, 그래도 돼?"

리즈벳이 툭 던진 말에 가비는 화들짝 놀라다가 곧 말갛게 웃으며 뒤따라왔다.

"리즈벳, 자, 자두 말랭이……."

"안 먹는다고! 오늘 맛있는 게 얼마나 많은데 여전히 자두 말랭이나 싸 가지고 다니는 거야? 그거 말고 이거나 먹어!"

아리스도 투닥거리는 두 사람의 모습을 보며 밝게 갠 얼굴로 웃었다.

* * *

"응?"

아리스는 문득 발견한 무언가에 저도 모르게 걸음을 멈추고 말았다.

"왜 그래, 아리스?"

그러자 옆에서 볼이 미어져라 와플을 씹어 먹고 있던 리즈벳이 물었다.

"아니, 아는 사람을 본 것 같아서."

"우리 학교 학생 말고?"

"우리 오늘 교문 개방 했나?"

"몇 년 전인가에 사고 난 후로 축제 때 교문 개방 안 하잖아."

리즈벳의 확답을 듣고서야 완전히 마음을 내려놓을 수 있었다.

하긴, 아나가 여기에 있을 리 없지. 지금도 병원에 있어야 할 아이인데.

곧 방학이 다가와서 그런가. 예전에 어머니에게 들었던 소식을 가끔 떠올리다 보니 아무래도 비슷한 다른 사람을 보고 무심코 착각한 모양이다.

"정 신경 쓰이면 찾아볼래?"

"아니야. 내가 잘못 본 것 같아. 아, 그러고 보니까 연극 보고 싶다고 하지 않았어? 시간 된 것 같은데 거기 갈래?"

"그래!"

아리스는 쓸데없는 생각을 떨쳐 버리며 리즈벳과 함께 연극을 보러 이동했다.

＊ ＊ ＊

"전부 죽여 버리겠어!"

콰앙!

무대 위의 여주인공이 박력 있게 발길질을 했다. 그러자 무대 소품으로 준비되어 있던 의자가 단번에 박살 났다.

관중석에 있던 학생들은 저마다 흠칫했으나 연극부의 배우들은 태연했다. 아마도 극을 위해 쉽게 부서지도록 의자를 미리 손봐 놓은 모양이다.

"이렇게 내 사랑을 엉망으로 짓밟아 놓고 너희들끼리 행복해지겠다고?"

축제를 맞아 연극부에서 준비한 대본은 예전부터 고전처럼 유명했던 소설을 각색한 것이었다.

"믿었는데! 날 사랑한다는 말을, 나밖에 없다는 말을 믿었는데!"

내용은 그냥 통속적인 로맨스로, 여주인공이 사랑하던 연인을 다른 여자에게 빼앗기고 복수극을 펼치는 이야기였다. 아무래도 내용이 치정인 만큼 학생들 앞에서 연극하기에는 다소 자극적인 부분이 없지 않아 있었다. 그래서 학생회에서 상당 부분 수정 요청을 넣은 것으로 알고 있었다.

"모두가 나를 어리석다고 해도 믿었는데……."

그래서 그런지 오늘 연극의 내용은 상당히 아슬아슬하게 선을 잘 지키고 있는 느낌이었다.

"그런데 어떻게 이럴 수 있어……. 으흐흑."

본래 순백의 드레스를 입고 있던 여주인공은 복수를 다짐한 뒤 피처럼 붉은 드레스를 걸치고 다시 무대에 올랐다. 그 붉은 드레스는 리즈 벳이 취미로 모으고 있던 옷 중 하나였다. 어제 연주회 때 첼로 솔리스트가 빌려 입었던 의상이기도 했다.

"캐서린! 내가 잘못했어, 캐서린!"

"당신이 아무리 매달려도 내 마음은 변하지 않아. 좀 더 예전에 지금처럼 말해 주지 그랬어? 그럼 나도 이렇게 당신을 경멸하게 되지는 않았을지도 모르는데."

어느덧 극이 절정에 다다랐다. 여주인공을 배신하고 떠났던 남자도 자신의 과오를 처절하게 후회하기 시작했다. 그러자 자리에 있던 관중들, 특히 여학생들이 환호하며 여주인공을 응원했다.

"맞아, 받아 주면 안 돼!"

"한 번 배신한 놈이 두 번 못 배신하냐!"

"구질구질하다, 다리우스!"

아리스는 그 모든 광경을 흥미진진하게 구경했다.

좀 상투적이긴 해도, 역시 이런 게 어디서에나 잘 먹히는구나 싶었다. 아무래도 공감대가 쉽게 형성되어서 그런가? 어쩌면 모두들 대리 만족을 기대하고 있어서 그런지도 몰랐다. 속이 뻥 뚫리는 시원함을 간접적으로나마 체험하기를 바라는 건지도.

물론 아리스도 저것과 비슷한 경험을 한 적이 있기 때문에 속으로 여주인공을 응원하고 있었다.

"와, 다들 연기 잘한다."

"완전 열연하는데? 다른 애들도 완전히 몰입해서 보고 있는 것 같아."

앞서 말했다시피 오늘의 극은 베오니아의 대표적인 명작으로도 손꼽

히는 소설이 원작이었다. 그래서 모두들 이미 그 결말까지 전부 짐작하고 있었다. 그럼에도 관중의 호응도는 엄청났다. 아마 배우들의 연기가 그만큼 흡입력 있기 때문일 것이었다.

"캐서린, 그대의 상처를 내가 치유해 줄 수 있다면······."

"오, 벤자민. 당신은 이미 나를 구원했어요."

원작인 소설이 아직까지도 인기 있는 이유는 바로 이 통쾌함 때문이었다.

대부분의 통속 소설들은 복수의 허망함을 이야기하거나 옛 연인과의 오해를 풀고 다시 사랑을 이어 가는 내용을 다루고 있었다. 하지만 이 소설은 여주인공이 자신을 배신한 옛 연인에게 복수한 후 다른 멋진 남자와 새로운 사랑에 빠지는 줄거리였다.

"당신 같은 사람은 아마 두 번 다시 만나지 못할 거야. 당신은 내 타락한 마음까지 이해해 주고, 내가 어떤 모습이어도 사랑한다고 말해 줬어."

이제 이야기는 막바지에 다다라 있었다.

복수심을 품고 잔인해졌던 여주인공은 남자 주인공이 선물한 순백의 장미를 가슴에 꽂았다. 하지만 이미 그녀는 예전의 자신으로 돌아갈 수 없었기 때문에 여전히 흰 드레스가 아닌 붉은 드레스를 입고 있었다.

"으흐흐흑."

그때, 어디선가 들려오는 흐느끼는 소리에 아리스는 고개를 돌렸다. 그 직후 그녀는 깜짝 놀라 입을 벌리고 말았다.

"으흑, 훌쩍."

옆에 있던 리즈벳이 펑펑 울고 있었기 때문이다.

마지막에 서로의 마음을 확인한 남녀주인공을 보고 눈물을 찍는 학생들이 없는 것은 아니었다. 하지만 지금처럼 흐느끼고 있는 사람은 리즈벳이 유일했다.

아리스는 그런 리즈벳을 잠시 동안 가만히 바라보았다. 그리고 곧 말없이 그녀를 끌어안고 등을 토닥여 주었다.

"아, 재미있었다."

"특히 여주인공이 연기를 엄청 잘하더라. 4학년이었지?"

"졸업하면 극단에 들어간대."

"아, 진짜? 어쩐지."

"무대 소품도 엄청 잘 만들지 않았어? 연출도……."

연극을 관람한 학생들은 저마다 만족한 기색이었다.

아리스가 보기에도 이번 연극은 학생들의 작품이라고는 믿기지 않을 정도로 완성도가 높았다.

"나 눈 많이 부었지?"

"아니야, 별로 안 부었어."

"나만 이렇게 울었나 봐. 연극이 되게 감동적이더라고."

연극이 끝난 후에야 리즈벳은 멋쩍어하며 우물쭈물 변명했다. 아리스는 약간 헝클어진 리즈벳의 머리를 정리해 주며 웃었다.

"아니야, 나도 그랬어. 여주인공한테 공감되더라."

잠시 후 아리스와 리즈벳도 다른 학생들 틈에 섞여 공연장을 빠져나왔다. 그런 두 사람을 주위에서 힐끔거리며 훔쳐보았다.

두 사람의 소문을 들었던 학생들은 긴가민가한 눈치였다. 하기야 언제 위험 기류가 있었냐는 듯 사이좋게 붙어 있는 두 사람이었으니 소문이 진짜인지 헷갈릴 만도 했다.

"리, 리, 리즈벳. 자두 말랭이 줄까?"

"아, 깜짝이야. 너 아직도 있었어?"

"미, 미안. 다, 다른 데로 갈까?"

"그런 의미로 말한 건 아니고."

가비도 아까 전에 연극을 보다가 리즈벳이 대성통곡하는 것을 본 듯했다. 그는 옆에서 리즈벳을 졸졸 따라오며 우물쭈물하다가 다시금 그녀에게 권했다.

"자, 자두 말랭이 먹을래?"

"아니, 그러니까 왜 자꾸 자두 말랭이냐고……."

그래도 가비가 자신을 위로하려고 그런 걸 알았는지 리즈벳도 다른 때처럼 성질을 내지는 않았다.

그러다 문득 리즈벳이 발길을 멈추었다.

"그런데 나……."

아리스는 그런 리즈벳의 얼굴이 방금 전보다 확연히 창백해져 있어 그만 깜짝 놀라고 말았다.

"갑자기 속이 울렁거려, 우욱!"

"리즈벳!"

그들은 급히 리즈벳을 데리고 장소를 옮겼다.

* * *

시간이 느리게 간다 싶더니 서서히 해가 지기 시작했다.

다이젠은 조용한 온실 안에서 대충 자리를 잡고 누워 투명한 유리 천장을 보고 있었다.

냐앙.

그런 그의 옆에는 얼룩 고양이가 자리를 잡고 있었다. 다이젠이 목을 긁어 주자 고양이는 좋은 듯이 야옹거리며 울었다.

중간에 온실을 나가기에 오늘은 더 이상 안 올 줄 알았더니, 어째서 인지 잠시 후 다시 돌아와 버렸다. 얼굴에 무언가가 묻어 있는 것을 보니 아마도 다른 곳에서 밥을 얻어먹고 온 것 같았다.

다이젠은 귀찮아하면서도 온실에 있는 화분 받침에 물을 담아 주었다. 그 직후 그는 잠시 자신의 행동에 회의감이 들어 눈살을 찌푸렸다. 그래도 열심히 물을 마시는 고양이를 보자 기분이 썩 나쁘지는 않았다.

그리고 나서 또 다시 그의 옆에 찰싹 붙어 털을 핥는 것을 보니 넉살이 참 좋은 고양이구나 싶었다. 이름이 네로라고 했었나? 그러고 보니 유리 하이트라고 하는 놈도 이 고양이를 알고 있었지.

할 일 없이 시간을 보내는 사이 주황색과 보라색이 뒤섞인 하늘이 점차적으로 어둑해졌다. 시간이 조금 더 흘렀을 때 그 자리에는 어느덧 별이 총총 떠 있었다.

"다이젠? 너 아직 여기에 있어?"

온실의 문이 열리고, 아리스의 목소리가 들린 것은 그러던 어느 순간 이었다.

다이젠은 깜짝 놀라 상체를 일으켰다. 그러자 그의 옆에 몸을 붙이고 있던 고양이가 펄쩍 뛰며 야옹 울었다.

"네로?"

그 소리를 듣고서야 아리스는 고양이의 존재를 눈치챈 듯했다.

온실의 불을 모두 꺼 둔 상태였기 때문에 아리스의 눈에는 온실 내부가 자세히 보이지 않는 모양이었다. 게다가 다이젠은 화단 뒤쪽에 누워 있는 상태였다.

"왜 또 왔어?"

"아, 있었구나. 왜 이렇게 어둡게 있어?"

다이젠이 자리에서 완전히 몸을 일으켜 앉자 그제야 아리스도 그를 발견했다. 그는 문득 그녀가 이곳에 올 만한 이유로 생각나는 것이 있어서 말했다.

"옷은 나중에 줘도 된다고 했잖아."

"아, 맞아. 옷도 줘야 하는데 깜빡했다."

옷을 주러 온 게 아니라고?

다이젠의 눈매가 움찔거렸다. 하지만 그를 동요하게 만든 아리스는 정작 태연했다.

그녀는 어둠에 좀 더 익숙해졌는지, 바닥에 있는 도구들을 피해 그에게 다가왔다.

"리즈벳이랑 얘기했는데 일단은 잘 해결된 것 같아."

"잘됐네."

아리스의 말에 무미건조한 음성이 뒤따랐다.

다이젠은 다소 가라앉은 눈동자로 자신을 향해 다가오는 아리스를 지켜보고 있었다.

"그래서 같이 불꽃놀이 보기로 했는데 아까 과식해서 탈이 난 것 같더라고. 지금은 의무실에 누워서 자고 있어."

아리스는 그렇게 말한 뒤 다이젠의 옆에 있는 화단에 걸터앉았다.

"그 얘기를 하려고 여기 온 거야?"

지난번 의무실에서도 느꼈지만 그녀는 그의 옆으로 가까이 다가와 이런 식으로 이야기하는 것이 아무렇지도 않은 것 같았다.

"그냥 혼자 있는데 네 생각이 나서."

다이젠의 옆에 있던 고양이가 아리스를 반기며 그녀의 다리에 머리를 비볐다. 다이젠은 아까보다 가까워진 아리스의 옆얼굴을 잠시 동안 말 없이 바라보았다.

"그러지 마."

그리고 마침내 입을 열어 가라앉은 목소리를 내뱉었다.

아리스가 그에게 이러는 이유가 뭔지 알 수가 없었다. 솔직한 말로, 그는 아리스가 이번에야말로 자신을 완전히 외면할 것이라고 생각했다.

그런데 아무 일도 없었던 것처럼 그에게 말을 걸고, 지금처럼 아무렇지도 않게 먼저 다가온다.

"선배랑 이렇게 지낼 바에는 차라리 말 한마디 섞지 않고 지내는 게 나아."

사막에서 며칠간 길을 잃어 헤매던 사람에게 물을 한 방울 주는 것과 같았다. 원하는 만큼 더 줄 수 없다면 차라리 처음부터 아무것도 맛보여 주지 않는 게 나았다.

그는 자꾸자꾸 더 갈망하게 될 테고 결국에는 해소되지 않는 갈증에 허덕이고 말 것이었다.

"그럼 완전히 모른 척하고 지내자고?"

아리스는 다이젠을 물끄러미 바라보았다. 그리고 잠시 후 입을 열어 물었다.

"넌 그게 쉽게 돼?"

"쉬워서 이러는 것 같아?"

오히려 그 반대였다.

이 모든 게 쉬웠다면 아리스에게 굳이 그런 말을 할 이유도 없었을 것이다. 이러지도 저러지도 못해 이렇게 어중간하게 발 담그고 있는 일도 없이 애초에 깨끗이 혼자 정리할 수 있었을 것이다.

하지만 결국 그러지 못해 질질 끌다가 이 지경이 되어 버렸다.

"지난번에 내가 한 말 잊었어?"

"어떻게 잊을 수 있겠어?"

"그런데 왜 이래."

"생각해 봤는데."

그리고 아리스가 조용히 속삭인 말에 다이젠은 아무 말도 하지 못하고 말았다.

"그게 왜 문제가 되는지 모르겠어."

그게 무슨 의미인지 알 수가 없었다.

"넌 늘 나를 시선으로 좇고 있지."

"……"

"입으로는 싫다고 말하면서도 다른 행동을 해."

다이젠이 혼란스러워하는 와중에도 아리스는 계속해서 말을 잇고 있었다.

"다이젠."

그녀의 입에서 나온 그의 이름이 온실 안을 부유했다.

"난 네가 좀 궁금해졌어. 게다가 전에 말했듯이 난 너를 좋아하는 편이란 말이야."

부드러운 목소리가 야트막한 물살처럼 밀려들었다.

"어쩌면 네가 원하는 걸 내가 줄 수도 있을 것 같아."

바로 그 순간 주위를 감싸고 있던 공기가 변했다. 조용한 온실 속에 고양이가 야옹거리는 소리만이 작게 울렸다.

"그러니까 한번 해 봐."

다이젠은 눈 한 번 깜빡이지 못한 채 마주한 사람을 바라보았다.

"너 하고 싶은 대로 해 보라고."

아리스는 여전히 고요한 얼굴을 한 채로 그를 응시하고 있었다. 그 평온한 눈빛을 보자면 방금 전 그가 제대로 들은 것이 맞는지 의심이 될 정도였다.

다이젠은 묻지 않을 수 없었다.

"선배가 지금 무슨 생각을 하고 있는지 모르겠어."

"그럴 만해. 사실은 나도 잘 모르겠으니까."

아리스는 가볍게 말했지만 방금 전 그들이 나눈 대화는 그렇지 않았다.

"내가 원하는 걸 줄 수 있다고?"

그녀가 했던 말을 소리 내 읊조리는 순간 눈두덩이에 뜨끈한 열이 올라왔다.

"지금 선배가 무슨 말을 한 건지 알아?"

"알아."

확답을 들으면 술렁이는 마음이 좀 더 잠잠하게 가라앉을 줄 알았는데 오산이었다.

"왜?"

아리스에게서 절대로 들을 수 없으리라 생각했던 말이었다. 그런 만큼 동요하는 마음을 감출 수가 없었다. 하지만 여전히 이해가 되지 않았다.

"날 옆에 두고 보는 게 생각보다 재미있을 것 같아?"

분명 같은 마음이 아니었다.

"이유가 뭐든……."

어쩌면 그녀가 그에게 주려는 것은 지금 발치에 있는 고양이에게 관심을 주는 정도의 일일지도 몰랐다.

"그런 게 너한테 문제가 돼?"

아리스가 다이젠을 향해 물었다.

그의 절박함을 아직 반도 채 모르고 있으면서도, 마치 그의 마음을 속속들이 아는 것만 같은 얼굴이었다.

다이젠이 거부한다면 아마 아리스는 웃는 얼굴로 그러냐고 말하며 이 모든 것을 그만둘 게 분명했다. 어차피 딱 그 정도의 깊이라는 걸 다이젠은 알았다. 그렇기 때문에 지금까지 그토록 발버둥 쳤었던 것이다.

마침내 그의 입이 작은 틈을 내며 천천히 벌어졌다.

"아니."

이제 와서 생각해 보면 전부 다 소용없었던 짓이구나 싶었다. 마치 이렇게 될 것을 처음부터 알고 있었던 것 같은 느낌이었다.

사실은 두 사람이 처음 만났을 때부터 변하지 않는 사실이었다.

"상관없어."

그들의 관계에서 약자는 아리스가 아니라 다이젠이었다.

"변덕이든 뭐든, 이유가 뭐라도 상관없어."

그의 입에서 나지막한 속삭임이 새어 나왔다.

아마 아리스가 그를 실컷 이용하고 가지고 놀다가 잔인하게 버린다 해도 다이젠은 그녀를 미워할 수 없을 것이었다.

"날 좋아하니까?"

조용한 물음이 귓가에 울렸다.

거의 본능에만 이끌려 그는 입술을 움직였다.

"그래, 좋아하니까."

다이젠의 입에서 처음으로 해묵은 진심이 토해져 나왔다.

그동안 다이젠이 그녀의 앞에서 내뱉었던 말들이 모조리 거짓이었다는 사실을 입증하듯 그 울림은 강렬했다.

아리스는 침묵한 채 마주한 사람을 잠시 동안 조용히 바라보았다.

"너한테 고백을 들으면 어떤 기분일지 상상해 본 적이 있었는데."

그리고 이내 혼잣말처럼 작게 속삭였다.

"생각보다 괜찮네."

그 후 아리스가 옅게 웃었기 때문에 다이젠은 더욱 제 마음을 감추기 어려워지고 말았다.

퍼엉!

바로 그때, 밖에서 폭약 소리가 울렸다. 머리 위에서 터져 나가는 불꽃이 두 사람의 모습을 밝게 물들였다. 환해진 시야에 마주한 얼굴이 선명히 비쳤다.

다이젠은 더 견디지 못해 고해하듯 속삭였다.

"들키고 싶지 않았어."

그녀의 허락 아래, 꾹꾹 억눌렀던 감정이 홍수처럼 넘쳐나기 시작했다.

"이렇게 미칠 만큼 좋아서……."

물에 빠져 질식할 것 같은 느낌에 휩싸여 다이젠은 허우적거렸다.

"선배가 명령한다면 죽는 시늉도 할 수 있다는 사실 같은 건."

그 자신을 지킬 최소한의 방어벽조차 지금 이 순간 산산조각 나 버렸다. 이 모든 노력이 수포로 돌아가는 순간, 그는 지금까지의 그 어떤 순간보다도 처참해질 것을 예감했다.

"그럼 좀 더 철저히 숨겼으면 되었을 텐데."

아리스는 마치 그의 고통을 안다는 듯이 천천히 손을 뻗었다. 뺨을 어루만지는 온기에 다이젠은 그를 감싸고 있던 마지막 방어막조차 완전히 허물어뜨리고 말았다.

"내가 눈치채지 못하게, 끝까지 아닌 척하지 그랬어."

다시 한 번 머리 위에서 색색의 불꽃이 터져 나갔다. 그 모양이 마치 만개하는 꽃 같았다. 아리스는 그를 향해서 어렴풋이 미소 짓고 있었다.

다이젠은 꿈을 꾸는 것 같은 기분으로 읊조렸다.

"어쩌면 내심 지금 같은 상황을 바랐는지도 모르지."

아, 그래. 이제는 정말 다 상관없어.

그는 지금 이 순간 세상에서 가장 어리석고 행복한 남자가 되어 제 뺨을 감싸고 있는 손을 붙들었다.

"바보구나."

"맞아."

비로소 눈앞에 있는 사람에게 닿았다. 물속에서 가까스로 숨 쉬는 법을 찾은 물고기가 된 것 같았다.

"그러니까 이제는 다 상관없어."

더 이상은 그의 감정을 숨기지 않아도 되었다. 그럴 이유도 그럴 필요도 없었다. 무엇이든 그에게 원하는 것을 주겠다는 그녀의 말까지 곧이곧대로 믿고 기대하지는 않았다. 아마 아리스는 그가 속에 품고 있는 것이 어느 정도의 큰 갈망인지 알지 못할 것이었다.

"선배가 원한다면 무슨 짓이든 할 수 있어."

하지만 이것만으로도 이미 충분했다.

"좋아해."

그는 깨질까 두려운 유리 조각을 만지듯 아리스의 손을 그러잡았다.

"좋아해."

한 번 더 소리 내 말하자 그것만으로도 죽을 것 같았다.

"아리스 선배가 좋아."

다이젠은 자신의 열띤 입술을 아리스의 손 안에 묻고 어느 때보다도 간절하게 애원했다.

"그러니 옆에 있게 해 줘."

그럴 수 없다면 차라리 이대로 시간이 멈추기를.

"제발."

<2권에 계속>